KB168281

도플갱어

JOSÉ SARAMAGO

Der Doppelgänger

도플갱어

주제 사라마구 지음 | 김승욱 옮김

해냄

혼돈은 해석되기를 기다리는 질서일 뿐이다.
—『반대의 책』

나는 내 양심을 믿으며 하늘이 다른 사람의 것으로 예정해 놓은
많은 생각들을 가로챈다.
—로렌스 스턴, 『트리스트램 샌디의 삶과 생각』

방금 비디오를 빌리려고 가게에 들어온 남자의 신분증에는 무척이나 보기 드문 이름이 적혀 있다. 세월의 흐름에 케케묵은 것이 되어버린 고전적인 멋이 있는 이름. 더도 덜도 아닌 테르툴리아노 막시모 아폰소이다. 비교적 흔한 이름인 막시모와 아폰소는 그도 그럭저럭 참아 넘길 수 있다. 물론 그때그때 기분에 따라 다르지만. 하지만 테르툴리아노는 마치 묘석처럼 그를 짓누르고 있다. 이 망할 놈의 이름이 비꼬는 듯한 어조, 때로는 모욕적인 어조로 부르기에 딱 좋다는 사실을 그가 처음 깨달았을 때부터 줄곧 그랬다. 그는 중학교 역사교사인데, 동료교사가 주의의 말과 함께 이 비디오를 권해주었다, 딱히 걸작 영화는 아냐, 하지만 한 시간 반을 재미있게 보낼 수는 있을 거야. 테르툴리아노 막시모 아폰소에게는 기분을 전환시켜 줄 자극이 절실히 필요하다. 그는 혼자 살고 있기 때문에 심심하다. 아니 요즘 세상이 요구하는 객관적이고 엄밀한 표현을 쓴다면, 그가 보통 우울증이라고 불리는 일시적인 정신 허약 상태에 굴복했다고 할 수 있을 것이다. 그의 상태가 어떤지 정확히 감을 잡는 데는, 그가 결혼을 했지만 애당초 자기가 왜 결혼을 하게 됐는지 이미 잊어버렸으며, 이혼을 했지만 이제는 헤어진 이유를 생각할 기분이 내키지 않는다는 말만으로 충분할 것이다. 그 불운한 결합에서 은그릇에 세상을 담아 공짜로 넘겨달라고 요구하는 자식이 생기지는 않았지만, 그는 자신이 가르쳐야 할 사명을 타고 났으며, 자신에게 편안한 피난처가 되어줄 수도 있었던 진지하고 교육적인 과목인 즐거운 역사를 한동안 아무 의미도 없는 지루한 일, 끝이 없는 시작으로 생각했었다. 향수를 곧잘 느끼는 사람들, 그래서 연약하고 다소 융통성이 없는 사람들에게 혼자 사는 것은 가혹하기 짝이 없는 벌이다. 하지만 그런 상황이 아무리 고통스럽더라도 피부가 따끔거리고 온몸의 털이 곤두설 만큼 극적으로 돌변하는 경우는 드물다는 말을 꼭 해야겠다. 우리가 흔히 볼 수 있는 것은, 그래서 사실 이제 별로 놀랍지도 않은 현상은 사람들이 자신을 꼼꼼히 훑어보는 고독의 시선 앞에 조용히 굴복하는 것이다. 대중에게 알려진 최근의 사례들, 비록 특별히 유명하지도 않고 그 중 둘은 심지어 행복한 결말을 맺지도 않았지만, 어쨌든 그런 사례들을 꼽아보면 GP라는 이니셜로만 알려져 있으며 사랑하는 조국의 품에서 숨을 거두기 위해 망명지에서 돌아온 초상화가, 원고에서 진실을 몰아내고 그 자리에 거짓을 심은 원고교정자, 사망증명서 몇 장을 가지고 도망친 중앙 호적등기소의 하급 직원 등이 있다. 이들은 모두 우연의 일치인지 남성이지만, 그 어느 누구도 테르툴리아노라는 이름으로 불리는 불운을 당하지는 않았다. 이 점이 틀림없이 다른 사람들과의 관계에서 그들에게 헤아릴 수 없을 만큼 커다란 이점이 되었을 것이다. 남자가 요구한 비디오를 이미 진열대에서 꺼낸 상점 점원이 장부에 영화제목과 날짜를 적어넣고는 손님에게 서명할 곳을 가리켜 보여주었다. 남자가 잠시 망설이다 적은 이름은 끝의 둘, 즉 테르툴리아노가 없는 막시모 아폰소뿐이었다. 하지만 나중에 논란을 일으킬지도 모르는 문제를 미리 명확히 해두려고 작심을 한 사람처럼 남자는 자기 이름을 쓰며 이렇게 중얼거렸다. 이편이 빠르거든요. 하지만 미리 이런 설명을 한 것도 별로 소용이 없었다. 점원이 손님의 신분증에 있는 정보를 색인표로 옮기는 과정에서 그 한심스럽고 케케묵은 이름을 큰소리로 읽었기 때문이다. 아무것도 모르는 어린애조차 일부러 그러는 것임을 알아차릴 수 있는 목소리로. 인생에 아무리 장애물이 없는 사람이라도 지금까지 이와 비슷한 모욕을 당해본 적이 없다고 감히 주장할 수 있는 사람은 한 명도 없을 것이다. 하지만 조만간 우리 모두 인간의 약점, 특히 가장 세련되고 섬세한 약점을 조롱거리와 웃음거리로 삼는 억센 사람들과 필연적으로 마주치게 될 것이다. 사실 우리의 소망과는 상관없이 가끔 우리 입에서 솟아나오는 그 알아들을 수 없는 소리는 우리가 오래전 옛날의 고통이나 슬픔으로 인한 신음을 억누를 수 없기 때문에 나오는 것이다. 마치 까맣게 잊고 있던 흉터를 갑자기 새삼스레 인식하는 것처럼. 테르툴리아노 막시모 아폰소는 낡은 교사용 가방에 비디오를 집어넣으면서 감탄스러울 정도로 활기 띤 모습으로 점원의 까닭 없는 조롱으로 인한 불쾌감을 드러내지 않으려고 애쓴다. 하지만 부당한 생각을 하는 자신을 내내 꾸짖으면서도 이 모든 것이 남이 원하지도 않는데 공연히 나서서 조언을 해주는 사람들과 자신의 동료 탓이라는 생각이 드는 것은 어쩔 수 없다. 눈앞의 현실을 인정하고 싶지 않을 때 어디 먼 곳에 있는 다른 존재에게 죄를 뒤집어씌우려는 우리의 욕구가 이토록 강렬하다. 테르툴리아노 막시모 아폰소는 점원이 이미 막돼먹고 무례한 자신의 행동을 후회하고 있음을 알지도 못하고, 상상도 못하고, 짐작도 못한다. 다른 사람이 있었다면, 그보다 더 섬세한 귀를 갖고 있어서 점원이 손님의 무뚝뚝한 인사에 어서 오십시오, 손님이라고 말할 때 그 목소리의 미묘한 변화를 해부해 볼 수 있는 사람이 있었다면, 카운터 뒤의 점원이 평화를 갈망하는 마음을 갖게 되었다고 그에게 말해주었을 것이다. 사실 별로 그럴 것 같지 않을 때조차 손님이 언제나 옳다는 것은 고대에 이미 정해져서 수세기 동안 수많은 시험을 통과한 장사의 친절 원칙이다. 하지만 손님의 이름이 테르툴리아노일 가능성도 무시할 수 없다.

지난 육 년여 동안, 그러니까 이혼한 뒤부터 살아온 건물 근처에 자신을 내려줄 버스에 앉은 막시모 아폰소는, 우리는 여기서 그의 이름을 짧게 줄여서 쓰고 있다, 이 이름의 유일한 주인에게서 그렇게 해도 좋다는 승인을 받았다는 생각 때문이지만, 그보다는 겨우 세 줄 위에서 등장한 테르툴리아노라는 이름이 이야기의 흐름을 크게 방해할 것 같다는 생각이 더 크다, 어쨌든, 방금 말한 것처럼 막시모 아폰소는 버스에 앉아서 수학을 가르치는 자신의 동료가(앞에서 이 동료가 수학을 가르친다는 말을 깜박했다) 도대체 무슨 생각으로, 무슨 이유로 이 영화를 한번 보라고 그토록 강력하게 권했는지 갑자기 흥미를 느끼며 어리둥절해졌다. 그때까지는 이른바 제칠의 예술이라는 영화가 두 사람 사이에 화제로 떠오른 적이 한 번도 없었다. 만약 이 영화가 논란의 여지가 없는 훌륭한 작품이라면 동료가 이 영화를 추천한 것을 이해할 수 있을 것이다. 그렇다면 미학적인 수준이 대단히 높은 작품을 발견했다는 기쁨, 만족감, 열정 때문에 그 동료가 식당에서 점심을 먹을 때나 수업 중간의 쉬는 시간에 그의 소매를 열심히 잡아당기며 우리가 지금까지 영화 얘기를 한 적은 없지만 〈경주는 빠른 자에게〉를 꼭 봐야한다고 말했을 법도 하다. 〈경주는 빠른 자에게〉는 테르툴리아노 막시모 아폰소의 가방 안에 들어있는 비디오의 제목이다. 우리가 이것도 깜박 잊고 말하지 못했다. 어쨌든 그랬다면 역사교사인 막시모 아폰소는 그 영화를 어디서 상영하느냐고 물었을 것이고, 수학교사는 이렇게 설명했을 것이다, 아, 지금은 그 영화를 상영하는 극장이 없어, 사오 년 전에 상영됐으니까, 이 영화가 개봉됐을 때 내가 왜 이 영화를 놓쳤는지 모르겠어. 그러고 나서 그는 자신이 이렇게 열심히 말하는데도 막시모 아폰소가 귀담아 듣지 않을지도 모른다는 생각 때문에 곧바로 이렇게 덧붙였을 것이다, 자네 혹시 벌써 봤나. 아뇨, 안 봤어요, 저는 극장에는 거의 안 가니까, 그냥 텔레비전이나 보면서 지내죠, 텔레비전도 많이 안 보는걸요 뭐. 그럼 이 영화를 꼭 봐야 돼, 아무 비디오 가게에나 다 있어, 비디오테이프를 사기 싫으면 빌려봐도 되고. 만약 이 영화가 찬사를 받을 만한 작품이었다면 아마 이런 식으로 대화가 흘러갔을 것이다. 하지만 실제 대화는 이보다 조금 단조로웠다. 내가 공연한 간섭을 하고 싶지는 않지만 말이야……, 수학교사가 오렌지 껍질을 벗기면서 이렇게 입을 열었다, 얼마 전부터 자네가 우울해하는 것 같아. 테르툴리아노 막시모 아폰소는 동료의 말이 맞다고 맞장구를 쳤다, 선생님 말씀이 옳아요, 요즘 기분이 좀 그래요. 건강이 안 좋아. 아뇨, 제가 아는 한 어디가 아픈 건 아니에요, 그냥 뭘 해도 피곤하고 지루해요, 이 망할 놈의 일상, 매일 반복되는 일, 제자리걸음을 하고 있다는 느낌 때문에. 외출도 하고 즐겁게 놀기도 해봐, 즐겁게 지내는 게 항상 최고의 치료제니까. 이런 말을 해서 죄송하지만, 즐겁게 노는 건 그런 치료제가 필요하지 않은 사람들한테나 치료제가 되는 거예요. 맞는 말이야, 그거야 그렇지, 하지만 이렇게 무감각하게 지내지 말고 어떻게든 해봐야지. 우울증이에요. 우울증이든 무감각이

든, 그런 건 문제가 아냐, 우리는 대개 원인을 멋대로 끌어다 붙이니까. 하지만 강도가 달라요. 학교에서 나가면 뭘 하나. 뭐, 책도 읽고, 음악도 듣고, 가끔 미술관에도 가죠. 영화는. 영화관에는 잘 안 가요, 그냥 텔레비전이나 보면서 그럭저럭 지내죠. 비디오를 몇 편 사지 그래, 마음이 내키면 비디오를 수집해 보든가. 그럴 수도 있겠죠, 하지만 지금은 책을 둘 곳도 부족한 형편이라. 그럼 비디오를 빌려봐, 그게 제일 좋은 방법이네. 뭐, 제가 비디오를 몇 편 갖고 있기는 해요, 과학 다큐멘터리, 자연을 다룬 프로그램, 고고학, 인류학, 예술 일반, 저는 천문학에도 관심이 있으니까, 뭐 그런 것들이죠. 그 것도 다 좋은데, 자네는 머릿속을 지나치게 많이 차지하지 않는 이야기를 보면서 기분을 전환할 필요가 있어, 내 말은, 예를 들어서 만약 자네가 천문학에 관심이 있다면 공상과학영화를 재미있게 볼 수도 있다는 거지, 우주 모험, 별들 사이의 전쟁, 특수효과 같은 거. 제가 보기에는 그 특수효과라는 것들이 상상력의 진짜 적인 것 같은데요, 인간들이 그토록 열심히 노력해서 발명해 낸 그 정체를 알 수 없는 수수께끼 같은 기술 말이에요. 그렇게까지 생각할 건 없잖아. 아니에요, 저더러 손가락만 까딱하면 일 초 안에 우주선이 일억 킬로미터를 여행할 수 있다는 걸 믿으라고 하는 사람들이 너무한 거죠. 그래도 자네가 그토록 무시하는 그 효과를 만들어 내는 데도 상상력이 필요하다는 건 인정해야 돼. 그렇기야 하죠, 하지만 그건 그 사람들의 상상력이지 제 상상력이 아니잖아요. 그 사람들의 상상력을 발판으로 삼을 수도 있지. 아, 그래요, 일억 킬로미터 대신 이억 킬로미터를 간다고 생각하라고요. 우리가 지금 현실이라고 부르는 게 어제는 상상에 불과했다는 걸 잊지 마, 쥘 베른만 봐도 그렇잖아. 그렇죠, 하지만 현실 속에서는 천문학적인 의미에서 바로 모퉁이만 돌면 있다는 화성까지 가는 데 적어도 구 개월이 걸려요. 게다가 지구로 돌아오려면 화성이 적당한 위치에 올 때까지 육 개월 동안 기다린 다음에 또 구 개월을 여행해야 하고요. 꼬박 이 년을 말도 못하게 지루하게 보내야 한다고요. 화성 여행을 현실 그대로 그리다 보면 세상에서 제일 지루한 영화가 될걸요. 그래, 자네가 왜 지루해하는지 알겠어. 제가 왜 지루해하는데요. 어떤 것에도 만족하지 못하니까. 저한테 뭐가 조금이라도 있기만 하다면 만족할 거예요. 자네한테는 뭔가 매달릴 것이 필요해, 일이나 직장에 관해서는 별로 불만스러워할 만한 게 없는 것 같으니까. 하지만 실제로는 일이나 직장이 저한테 매달리고 있어요, 제가 거기에 매달리는 게 아니라. 그건 병이야, 나도 앓고 있는 병, 내 말은, 나도 오래전부터 힘들어하고 있는 평범한 중학교 교사가 아니라 수학천재로 유명해지기를 바라고 있다는 얘기야, 실제로는 중학교 교사로 계속 살아가는 것밖에 방법이 없는데도. 어쩌면 그냥 제가 제 자신을 별로 좋아하지 않아서 이러는 건지도 몰라요. 만약 자네가 미지수가 두 개인 방정식을 나한테 들고 오면, 내가 전문적인 조언을 해줄 수 있어, 하지만 그런 얘길 꺼내면, 내가 알고 있는 지식이 상황을 복잡하게 만들기만 할 뿐이지, 그래서 내가 자네더러 영화나 보면서 시간을 보내보라고 권한 거야, 수학적인 계산에 몰두하는 대신 안정제를 몇 알 먹는다 생각하고, 수학문제를 풀어봤자 골치만 아프니까. 뭔든 좋은 생각 있으면 말해봐요. 무슨 좋은 생각. 재미있고 볼 만한 영화가 뭔지 말해보라고요. 그런 영화야 쌔고 쌨지, 그냥 가게에 가서 한 번 둘러보고 하나 골라. 그래도 선생님이 뭔가 권해줄 수는 있잖아요. 수학교사는 생각에 생각을 거듭하다가 이렇게 말했다. 〈경주는 빠른 자에게〉. 그게 뭔데요. 영화, 나더러 영화를 권해달라며. 무슨 속담처럼 들리는데요. 속담 맞아, 영화전체가, 아니면 제목만, 영화를 보면 알아. 어떤 종류인데요. 뭐가, 속담 말이야. 아뇨, 영화. 코미디야. 구식 치정극이나 총소리와 폭탄 터지는 소리투성이인 현대판 신파극이 아닌 거 확실해요. 가볍고 아주 재미있는 코미디야. 알았어요, 가서한 번 찾아보죠 뭐, 제목이 뭐라고요. 〈경주는 빠른 자에게〉. 맞아, 그거였죠. 딱히 걸작 영화는 아니지만 한 시간 반 동안 즐겁게 지낼 수는 있을 거야.

테르툴리아노 막시모 아폰소는 집에 도착했다. 망설이는 듯한 표정이다. 그렇다고 이것이 커다란 의미가 있는 일은 아니다. 전에도 이런 일이 있었으니까. 그는 시간을 들여 음식을 만들 것인지, 그래봤자 대개 통조림을 따서 내용물을 데우는 것에 불과하지만, 어쨌든 그렇게 할 것인지, 아니면 근처 식당에 가서 식사를 할 것인지 마음이 오락가락하고 있다. 식당에서 그는 메뉴에 관심이 없는 사람으로 유명하다. 그가 오만하고 불만 많은 손님이라서가 아니라 단지 무심하고 부주의한 사람이며, 너무나 친숙한 음식 이름들이 적혀 있는 짤막한 메뉴에서 굳이 음식을 고를 생각이 별로 없는 사람이기 때문이다. 아이들의 숙제를 채점해야 한다는 사실 때문에 집에서 식사를 하는 편이 더 편할 것이라는 생각이 옳은 것으로 확인된다. 그는 아이들이 최근에 낸 그 숙제를 꼼꼼히 읽으면서 아이들이 학교에서 배운 진리에 너무 지나치게 어긋나는 내용을 썼거나 지나치게 자유로운 해석을 한 부분이 있으면 고쳐줘야 한다. 테르툴리아노 막시모 아폰소가 가르쳐야 하는 사명을 타고 난 역사 과목은 분재와 같아서 나무가 계속 자라지 않도록 가끔 뿌리를 쳐줘야 한다. 때와 장소, 그리고 그곳에서 일어난 모든 일들로 구성된 거대한 나무의 유치한 축소판인 것이다. 우리는 이 분재를 보고 원래 나무와 크기가 다르다는 것을 알아차리고는 더 이상 앞으로 나아가지 않는다. 크기만큼이나 분명히 눈에 띄는 다른 차이점들을 무시해버린 채. 예를 들어 그 어떤 새도, 그 어떤 날개 달린 동물도, 심지어 자그마한 벌레조차도 분재의 가지에 둥지를 지을 수 없다는 것. 만약 도마뱀이 분재의 자그마한 그림자 밑에서 피난처를 구하려 한다면, 이것도 분재의 이파리가 제법 우거졌을 때의 이야기지만, 어쨌든 그렇게 한다면, 녀석의 꼬리 끝이 십중팔구 그림자 밖으로 삐져나올 것이라는 것. 테르툴리아노 막시모 아폰소가 가르치는 역사 과목에는 삐져나온 꼬리가 엄청나게 많다. 그는 이 사실을 인식하고 있으며, 누가 물어보면 그것을 기꺼이 인정할 것이다. 그런데 역사의 꼬리 중에는 여전히 움찔거리는 것들도 있고, 등뼈 몇 개가 안에 헐렁하게 들어 있는 쭈글쭈글한 살갗에 지나지 않는 것도 있다. 그는 동료와 나눈 대화를 생각하며, 수학은 지적으로 다른 행성에서 온 학문이라는 생각을 했다. 수학의 세계에서 도마뱀 꼬리는 단순한 추상에 지나지 않을 것이다. 그는 가방에서 아이들의 숙제를 꺼내 책상 위에 놓았다. 그는 또한 〈경주는 빠른 자에게〉의 비디오도 꺼냈다. 저녁에 그가 할 수 있는 일은 두 가지였다. 숙제를 채점하는 일과 영화를 보는 것. 하지만 두 가지를 모두 하기에는 시간이 모자랄 것 같았다. 특히 그가 밤늦게까지 일하는 것을 좋아하지도 않고, 그런 습관도 없었으므로. 학생들의 숙제를 채점하는 일은 결코 생사를 걸만큼 중요한 일이 아니었고, 영화를 보는 일은 그보다 덜 중요했다. 읽던 책을 들고 자리를 잡는 편이 제일 낫겠다는 생각이 들었다. 화장실에 다녀와서 그는 옷을 갈아입으러 침실로 들어갔다. 그는 신발을 갈아 신고 바지를 갈아입은 후, 셔츠 위에 스웨터를 입었다. 하지만 넥타이는 그대로 내버려두었다. 목을 노출시키기가 싫었으므로. 그러고 나서 그는 부엌으로 들어갔다. 그는 찬장에서 세 종류의 통조림을 꺼냈다. 그리고 달리 아는 선택 방법이 없었으므로, 그냥 모든 것을 우연에 맡기기로 하고 거의 잊어버렸던 어린 시절의 말도 안 되는 노래를 이용해 통조림을 골랐다. 어린 시절에 이 방법을 쓰면 그는 대개 가장 바라지 않던 결과를 얻곤 했다. 노래 가사는 이런 식이었다. 이니, 미니, 마이니, 모, 호랑이 발톱을 잡아라, 호랑이가 투덜대면 놓아주어라, 이니, 미니, 마이니, 모. 이 노래를 통해 선택된 것은 고기 스튜였다. 그가 가장 좋아하는 음식은 아니었지만, 운명을 거스르지 않는 것이 제일 좋겠다는 생각이 들었다. 그는 부엌에서 식사를 하고 적포도주 한 잔으로 입가심을 했다. 통조림을 다 먹은 후 그는 빵 부스러기 세 조각을 놓고 거의 아무 생각 없이 또 아까 그 노래를 불렀다. 왼쪽의 빵 부스러기는 책 읽기, 가운데 빵 부스러기는 숙제 채점하기, 오른쪽 빵 부스러기는 영화보기였다. 이번에 선택된 것은 〈경주는 빠른 자에게〉였다. 될 대로 되라지. 배를 놓고 운명을 상대로 쓸데없이 트집을 잡으면 안 된다. 그러면 운명이 잘 익은 배를 모두 먹어버리고 덜 익은 것을 우리에게 내밀 것이다. 이건 사람들이 자주 하는 말이다. 그리고 사람들이 이런 말을 자주 한다는 이유로 우리는 토를 달지 않고 이 말을 받아들인다. 자유인으로서 우리가 운명의 횡포에 적극적으로 이견을 제시할 의무가 있는데도 말이다. 운명이 어떤 악의를 품고 그런 결정을 내렸는지는 몰라도, 어쨌든 숙제나 책이 아니라 영화를 덜 익은 배처럼 그에게 내밀었다. 교사로서, 역사교사로서 테르툴리아노 막시모 아폰소는 빵 부스러기 세 조각과 어린 시절의 허튼 장난에 눈앞의 미래를 맡겼다. 어쩌면 그 뒤에 이어질 일까지 여기에 맡겨버린 것인지도 모른다. 우리로서는 부엌에서 방금 목격한 사실만 가지고 이야기할 수밖에 없기 때문에 하는 소리다. 우리가 하려는 말은 이 교사가 청소년들에게 나쁜 모범을 보이고 있다는 것이다. 아까의 그 운명인지 아니면 완전히 다른 운명인지는 모르겠지만, 어쨌든 운명이 그의 손에 맡긴 청소년들 말이다. 불행히도 이 이야기 속에서 우리는 이런 교사가 어린 학생들의 영혼에 틀림없이 미치게 될 유해한 영향을 미리 예측할 여유가 없다. 그래서 이 이야기는 여기서 그만두겠다. 언젠가 학생들이 삶의 길을 걷다가 이 교사와는 정반대의 영향을 미치는 사람을 만나게 되기를 바랄 뿐이다. 그렇게 되면 아마도 그들이 죽음을 맞이할 때, 그 사람이 지금 그들의 머리 위에 위협적으로 걸려 있는 불합리한 파멸로부터 그들을 해방시켜 줄 것이다.

테르툴리아노 막시모 아폰소는 접시를 세심하게 씻었다. 식사를 한 후 모든 것을 깨끗이 닦아 제자리에 정돈하는 것이 그에게는 항상 피할 수 없는 의무로 여겨졌기 때문이다. 앞에서 언급한 어린 영혼들을 마지막으로 한 번만 더 언급하자면, 이런 행동이 그들에게는 우스운 일로 보일 것이고, 그런 의무라는 것도 그저 이미 사멸해 버린 규칙으로만 보일 것이다. 하지만 그의 행동은 자유의지와 관련된 모든 문제와 화제에서 권장할 만한 것이 별로 없는 사람에게서도 뭔가를 배우는 것이 가능하다는 것을 보여준다. 테르툴리아노 막시모 아폰소는 어렸을 때 집에서, 특히 어머니에게서 이것을 비롯한 여러 가지 훌륭한 교훈을 배웠다. 그의 어머니가 아직 건강하게 살아 있다는 말을 할 수 있어서 기쁘다. 그는 자신이 세상을 향해 처음 눈을 뜬 작은 시골마을에 사는 어머니를 조만간 틀림없이 만나러 갈 것이다. 그 마을은 어머니 쪽 막시모 일가와 아버지 쪽 아폰소 일가의 고향이며, 거의 사십 년 전에 그가 태어나 사상 처음으로 테르툴리아노라는 이름을 얻은 곳이다. 아버지를 만나려면 묘지로 가는 수밖에 없다. 빌어먹을 인생이라는 년이 원래 그런 것이다. 인생은 항상 우리를 버린다. 이 천박한 표현은 저절로 그의 머리에 떠오른 것이다. 그가 부엌에서 나가면서 우연히 아버지를 생각하며 아버지가 보고 싶다는 생각을 했기 때문에. 테르툴리아노 막시모 아폰소는 원래 상스러운 말을 쓰는 사람이 아니다. 그래서 아주 드물지만 그런 말을 쓰는 경우 그 자신이 어색해서 깜짝 놀라곤 한다. 소리를 내는 기관들, 즉 성대, 구개, 혀, 치아, 입술에 전혀 확신이 깃들여 있지 않기 때문에. 마치 이것들이 자신들의 의사에 반해서 지금까지 전혀 알지 못했던 언어를 발음하는 것 같다. 서재 겸 거실로 쓰이는 작은 방에는 이인용 소파와 커피 탁자, 조금 편안해 보이는 안락의자가 있다. 안락의자 앞쪽의 소실점에는 텔레비전이 놓여 있고, 창문으로 들어오는 빛을 잘 받도록 각도를 맞춰놓은 책상 위에서는 학생들의 숙제와 비디오가 그의 선택을 기다리고 있다. 두 개의 벽에는 책이 꽂혀 있는데, 대부분의 책이 낡아서 너덜너덜하다. 바닥에는 원래 연한 색인지 아니면 색이 바래서 그렇게 된 것인지 하여튼 연한 색의 기하학적 무늬가 그려진 카펫이 깔려서 그저 평범한 수준의 아늑한 분위기를 만들어 내고 있다. 공연히 그런 척하거나 현실을 더 나은 것으로 포장하려는 기색은 없다. 돈을 별로 많이 벌지 못하는 중학교 교사의 집. 어쩌면 교사들 특유의 변덕스러운 고집 때문일 수도 있고, 아직 다 받지 못한 역사적 처벌의 결과일 수도 있다. 가운데 빵 부스러기, 그러니까 테르툴리아노 막시모 아폰소가 읽고 있던 책은 고대 메소포타미아 문명에 관한 두툼한 책인데, 전날 밤 그가 놓아둔 곳, 즉 커피 탁자 위에 그대로 남아서 기다리고 있다. 다른 두 조각의 빵 부스러기가 기다리고 있는 것처럼. 모든 사물이 항상 그런 것처럼. 그들은 기다림을 피할 수 없다. 기다림은 그들을 지배하는 운명이며, 사물로서 그들이 극복할 수 없는 본성의 일부인 것 같다. 우리가 테르툴리아노 막시모 아폰소를 알게 된 지 얼마 되지 않았는데도 그는 이미 몽상가의 징후는 물론 심지어 어물쩍거리는 모습까지 조금 보여주었다. 지금까지 우리가 본 테르툴리아노 막시모 아폰소의 이런 성격을 감안하면, 무엇을 할지 아직 결정하지 못한 사람처럼 일부러 신이 난 척 하면서 학생들의 숙제를 뒤적이거나 자기가 책에서 읽다 만 페이지를 펼치거나 비디오 껍데기의 양면을 침착하게 살펴보는 등 의식적으로 자신을 속이는 행위에 빠져든다 해도 별로 놀랄 일이 아닐 것이다. 하지만 겉모습이 사람들 말처럼 항상 기만적인 것은 아니다. 겉모습이 자기도 모르게 스스로를 드러내는 경우가 적지 않다. 일반적으로 말해서 이미 분명하게 정해졌다고 생각되던 행동

패턴의 진정한 변화 가능성을 향해 문을 열어주는 새로운 존재 양식들이 드러나는 것이다. 우리가 곧장 본론으로 들어갔다면, 그래서 테르툴리아노 막시모 아폰소가 곧장 책상으로 가서 비디오를 집어들고 껍데기의 앞뒤에 적힌 정보를 읽은 다음, 껍데기 앞쪽에 실려 있는 배우들의 상냥한 미소를 자세히 살펴보며 주연을 맡은 배우의 이름만이 자신에게 낯익다는 사실을 알아차렸다고 말했더라면 이렇게 힘겹게 설명을 하지 않아도 되었을 것이다. 그가 이름을 아는 주연배우는 예쁘고 젊은 여배우였는데, 이는 이 영화의 제작자들이 배우들과 계약을 맺을 때 이 영화를 별로 진지하게 생각하지 않았다는 확실한 증거다. 그는 잠시도 흔들림이 없는 것처럼 보이는 대담한 의지를 발휘해서 비디오테이프를 비디오플레이어에 집어넣고 안락의자에 앉아 리모컨의 단추를 누른 다음 가능한 한 즐거운 저녁시간을 보내기 위해 자리를 잡았다. 이 영화가 별로 기대를 불러일으키지 않는다는 점을 감안하면, 그가 정말로 즐거운 시간을 보내게 될 가능성이 희박해 보였지만 말이다. 결국은 이 생각이 옳은 것으로 판명되었다. 테르툴리아노 막시모 아폰소는 영화를 보면서 두 번 웃고 서너 번 미소를 지었다. 수학교사가 그를 달래면서 했던 말처럼 이 코미디 영화가 그냥 가벼운 수준에서 그치는 것이 아니라, 광기가 뚫고 들어온 공간 속으로 논리와 상식의 출입을 막아 논리와 상식이 문 뒤에서 불평을 늘어놓게 만든, 부조리하고 우스꽝스러운 괴물 같은 영화였기 때문이다. 영화의 제목인 〈경주는 빠른 자에게)는 단순히 뻔한 은유로만 사용되었을 뿐이다. 암탉이 낳는 하얀 것이 뭐냐고 묻는, 정말로 쉬운 수수께끼처럼. 영화 속에서 경주나 달리기 선수나 속도는 단 한 번도 언급되지 않았다. 이 영화는 젊고 예쁜 여배우가 마구 날뛰는 개인적 욕망을 훈련받은 대로 잘 구현한 작품에 지나지 않았다. 플롯은 오해, 거짓말, 착각과 혼란으로 가득 차 있었으며, 테르툴리아노 막시모 아폰소의 우울한 기분은 슬프게도 전혀 나아지지 않았다. 영화가 끝났을 때 테르툴리아노 막시모 아폰소는 동료교사보다 자신에게 더 짜증이 났다. 동료교사는 그래도 좋은 뜻에서 영화를 권해주었다고 변명이라도 할 수 있지만, 그는 허황된 것을 좇아다니기에 나이가 너무 많았다. 성실한 사람들이 항상 그렇듯이 그가 가장 참을 수 없는 것은 바로 자신의 성실함이었다. 그는 큰소리로 이렇게 말했다, 이 쓰레기를 내일 돌려줘야겠어. 이번에는 그가 이런 행동을 한 것이 전혀 놀라운 일이 아니었다. 그는 자신이 거친 말을 써서 감정을 분출할 권리를 얻었다고 생각했다. 게다가 최근 몇 주 동안 그가 천박한 말을 쓴 것은 이번이 두 번째에 지나지 않는다는 점을 반드시 명심해야 한다. 그나마 첫 번째 천박한 말은 그냥 머리로 생각만 한 것이었다. 단순히 생각만 하는 것은 아무 의미가 없다. 그는 손목시계를 흘깃 바라보았다. 아직 열한시였다. 시간이 이것밖에 안 됐네, 그가 중얼거렸다. 이 말은 의무 대신 동료애를, 진짜 대신 가짜를, 영속적인 것 대신 덧없는 것을 선택한 자신의 경솔함을 벌할 시간이 아

23

직 남아 있다는 뜻임이 금방 분명해졌다. 그는 책상에 앉아 학생들의 숙제를 조심스레 잡아당겼다. 마치 일을 내팽개친 것에 대해 용서를 구하듯이. 그는 밤늦게까지 일을 했다. 항상 꼼꼼한 교사라고 자부하는 사람답게. 교육자로서 학생들을 사랑하는 마음이 가득하지만 역사 속의 연대를 엄격히 확인하고 형용사에 관한 한 깐깐하기 그지없다고 자부하는 사람답게. 그가 계획대로 일을 마친 것은 늦은 시간이었지만, 자신의 실수를 여전히 참회하고 자신의 죄를 여전히 뉘우치며 고통스러운 고행을 계속하기로 결심한 사람처럼 그는 고대 메소포타미아 문명에 관한 책을 침대로 들고 가서 아모리인들, 특히 그들의 왕인 함무라비와 그가 만든 법에 관해 기술한 장을 읽기 시작했다. 그는 겨우 네 쪽을 읽고 나서 평화로운 잠에 빠졌다. 그가 이제는 용서를 받았다는 징조였다.

그는 한 시간 후 잠에서 깨었다. 꿈은 꾸지 않았다. 끔찍한 악몽이 그의 뇌를 뒤죽박죽으로 만들어 놓지도 않았고, 그가 얼굴에 달라붙은 물컹물컹한 괴물에 맞서 자신을 지키려고 몸부림을 치며 돌아다니지도 않았다. 그는 그저 눈을 뜨고 이런 생각을 했을 뿐이다. 집 안에 누가 있다. 천천히 서두르지 않고 그는 침대에서 일어나 앉아 귀를 기울였다. 침실에는 창문이 하나도 없어서 낮에도 밖의 소리가 들리지 않는다. 지금 같은 밤에는……. 지금 몇 시지……. 대개는 완전한 침묵뿐이다. 지금도 그랬다. 침입자가 누구인지는 모르지만 꼼짝도 안 하고 있는 모양이었다. 테르툴리아노 막시모 아폰소는 협탁으로 손을 뻗어 불을 켰다. 시계를 보니 네시 십오분이었다. 대부분의 평범한 사람들과 마찬가지로 테르툴리아노 막시모 아폰소 역시 용감한 면과 비겁한 면을 모두 갖고 있다. 그는 영화에 나오는 무적의 영웅이 아니지만, 그렇다고 한밤중에 성의 지하 감옥 문이 삐걱 하고 열리는 소리를 듣고 바지에 오줌을 지리는 겁쟁이도 아니다. 온몸의 털이 곤두서는 듯한 느낌이 든 것은 사실이다. 하지만 늑대들도 위험 앞에서는 같은 반응을 보인다. 정신이 똑바로 박힌 사람이라면 늑대더러 한심한 겁쟁이라고 하지는 않을 것이다. 테르툴리아노 막시모 아폰소는 자신도 틀림없이 겁쟁이가 아니라는 것을 막 증명하려 하고 있다. 그는 조용히 침대에서 빠져나와 튼튼한 무기가 눈에 띄지 않았으므로 대신 신발 한 짝을 들고 아주 조심스럽게 복도를 내다보았다. 그는 오른쪽 왼쪽을 살펴보았다. 그가 잠에서 깨어나게 만든, 누군가 있다는 느낌이 조금 더 강해졌다. 테르툴리아노 막시모 아폰소는 자신의 심장이 달리는 말의 심장처럼 뛰고 있음을 의식하며 걸어가는 도중에 불을 켜고 먼저 욕실에 들어갔다가 그 다음에는 부엌으로 가보았다. 아무도 없었다. 게다가 이상하게도 누군가 있다는 느낌이 여기서는 아까만큼 강렬하지 않았다. 그는 다시 복도로 나왔다. 그런데 거실로 다가가면서 눈에 보이지 않는 존재가 있다는 느낌이 발을 뗄 때마다 더 짙어지는 것을 느꼈다. 마치 어딘가에 숨어 있는 백열등의 반사열 때문에 공기가 진동하고 있는 것처럼. 마치 불안에 떨고 있는 테르툴리아노 막시모 아폰소가 손에 방사능 측정기를 들고 방사능이 있는 땅 위를 걷고 있는 것처럼. 방사능 측정기가 경고음을 내는 대신 영기를 쏟아내고 있는 것 같은 느낌이었다. 거실에는 아무도 없었다. 테르툴리아노 막시모 아폰소는 주위를 둘러보았다. 단단하고 무심하며 책이 빽빽이 꽂힌 높다란 책꽂이 두 개, 벽에 걸린 액자가 보였다. 지금까지 우리는 이 액자들을 언급한 적이 없지만, 어쨌든 액자들이 저기, 저기, 저기, 저기에 있다. 타자기가 놓여 있는 책상, 의자. 거실 한가운데에는 기하학적으로 정확히 중심에 작은 조각상이 놓여 있는 커피 탁자. 이인용 소파와 텔레비전. 테르툴리아노 막시모 아폰소는 겁을 내며 혼자 중얼거렸다, 그러니까 이게 그거로군. 그런데 그가 마지막 단어를 내뱉는 순간 그 존재가 마치 비누거품이 터지듯 소리 없이 사라져버렸다. 그래, 이게 그거야. 텔레비전, 비디오플레이어, 〈경주는 빠른 자에게〉라는 코미디 영화. 테르툴리아노 막시모 아폰소가 침대에서 일어나게 만들었던 내면의 이미지가 이제 제자리로 돌아와 있었다. 그는 그것이 무엇인지 짐작도 할 수 없었지만, 그것이 나타나는 순간 알아볼 수 있을 것이라는 확신이 들었다. 그는 침실로 들어가서 감기에 걸리지 않도록 잠옷 위에 가운을 걸치고 다시 나왔다. 그리고 안락의자에 앉아서 리모컨의 단추를 누른 뒤 팔꿈치를 무릎에 대고 앞으로 몸을 기울여 열심히 화면을 들여다보았다. 이번에는 웃음도 미소도 짓지 않은 채 그는 성공하고 싶어 하는 그 젊고 예쁜 여자의 이야기를 다시 돌려 보았다. 이십 분이 흐르자 그녀가 호텔로 들어가서 프런트로 다가가는 모습이 보이고, 그녀가 자기 이름을 말하는 소리가 들렸다. 내 이름은 이네스 드 카스트로예요. 아까 그는 이 이름이 재미있다고 생각했었다. 역사적인 우연의 일치라고. 그녀가 계속 말을 이어가는 소리가 들렸다. 방을 하나 예약해 두었는데요. 직원이 그녀를 똑바로 바라보았다. 아니, 그녀가 아니라 카메라, 아니 카메라가 서 있는 곳에 서 있는 그녀를 바라보았다. 하지만 이번에 테르툴리아노 막시모 아폰소는 직원의 말을 거의 알아들을 수 없었다. 리모컨을 쥐고 있던 손의 엄지손가락이 즉시 일시정지 단추를 눌렀지만 영상은 사라져버렸다. 엑스트라에 지나지 않는 배우에게 필름을 낭비할 생각이 없었던 모양이었다. 그는 영화가 시작된 지 이십 분이 지나서야 비로소 등장하는 인물이니까. 그는 테이프를 되감았다. 프런트 직원의 얼굴을 지나서 그 젊고 예쁜 여자가 다시 호텔로 들어가 다시 자기 이름이 이네스 드 카스트로라고 말하고 방을 예약했다는 말을 했다. 이제 그 장면이 나올 차례였다. 자신을 보고 있는 사람을 똑바로 바라보는 프런트 직원의 얼어붙은 이미지. 테르툴리아노 막시모 아폰소는 의자에서 일어나 텔레비전 앞에 무릎을 꿇고 화면에 가능한 한 얼굴을 가까이 댔다. 가깝지만 화면을 볼 수 있을 정도로. 저건 나잖아, 그가 말했다. 또다시 온몸의 털이 곤두서는 느낌이 들었다. 지금 그가 보고 있는 것은 사실이 아니었다. 그럴 리가 없었다. 누구든 분별 있는 사람이 그 자리에 있었다면 이런 말을 하면서 그를 달랬을 것이다. 헛소리는 그만 해, 테르툴리아노, 저 친구는 콧수염을 기르고 있는데 자네는 깨끗이 면도를 했잖아. 분별 있는 사람들은 원래 이렇다. 그들은 모든 것을 단순화하는 경향이 있다. 그렇지만 항상 너무 늦게 우리는 그들이 삶의 엄청난 다양성에 대경실색하는 모습을 목격한다. 그들은 콧수염과 턱수염에게는 마음이 없다는 것을 기억해 낸다. 수염은 우리가 허락할 때에만 무성하게 자라난다. 때로는 순전히 주인이 게을러서 자라날 때도 있다. 하지만 유행의 변화 때문에, 또는 항상 수염을 무성하게 기른 모습을 거울에서 보는 것이 짜증난다는 이유로 순식간에 수염이 흔적도 없이 사라져버릴 수도 있다. 물론 배우들의 세계와 극예술 안에서는 무슨 일이든 가능하기 때문에 호텔직원이 잘 다듬어 기르고 있는 훌륭한 콧수염이 단순한 가짜일 가능성도 높다. 가짜 수염을 사용하는 경우가 없었던 것도 아니니까. 테르툴리아노 막시모 아폰소도 이런 생각들을 해낼 수 있었다. 이런 것은 너무나 뻔한 사실이기 때문에 누구라도 떠올릴 수밖에 없었을 것이다. 이 엑스트라, 아니 더 정확히 말해서 대사가 조금 있는 이 단역배우가 나오는 다른 장면을 그토록 열심히 찾아보지 않은 사람이라면 그랬을 것이다. 콧수염을 기른 그 남자는 영화에서 다섯 번 더 등장했는데 매번 하는 일이 거의 없었다. 비록 마지막 장면에서는 저 훌륭한 이네스 드 카스트로와 뻔뻔스러운 느낌이 나도록 만들어진 대사를 몇 마디 주고받은 다음, 그녀가 엉덩이를 흔들며 멀어져가는 모습을 기괴하고 느끼한 표정으로 바라보도록 되어 있었지만 말이다. 감독은 관객들이 그 모습을 보며 웃음을 참지 못할 것이라고 생각했음이 틀림없다. 말할 필요도 없는 얘기지만, 테르툴리아노 막시모 아폰소는 처음 이 영화를 볼 때도 이 장면이 재미있다고 생각하지 않았고, 두 번째에는 더욱더 재미가 없었다. 그는 첫 번째 장면, 즉 프런트에 서 있는 직원이 이네스 드 카스트로를 똑바로 바라보는 모습을 클로즈업으로 잡은 장면으로 돌아가서 눈, 코, 입을 이리저리 뜯어봐 가며 자세히 분석했다. 몇 가지 작은 차이점, 특히 콧수염이 있고, 머리모양이 다르고, 얼굴이 더 갸름하다는 걸 빼면 나랑 똑같잖아, 그는 속으로 생각했다. 아까보다는 기분이 차분해져 있었다. 그가 자신과 닮았다는 사실 때문에 아무리 줄여서 말해도 놀라 자빠질 지경이었지만, 그뿐이었다. 닮은 꼴은 세상에 얼마든지 있다. 쌍둥이가 한 예다. 정말로 놀라운 것은 지구상에 살고 있는 육십억 명의 사람들 중에 정확히 똑같은 사람이 하나도 없다는 점일 것이다. 세세한 점까지 모두 똑같이 닮은 사람은 있을 수 없지, 그가 말했다. 마치 텔레비전 안에서 자신을 쏘아보고 있는, 자신의 분신 같은 사람에게 말을 걸듯이. 다시 안락의자에 앉아 이네스 드 카스트로의 자리를 대신 차지한 그는 이 호텔을 찾은 손님인 척했다. 내 이름은 테르툴리아노 막시모 아폰소요, 그가 말했다. 그러고 나서 미소를 지으며 말을 이었다, 당신 이름은 뭐요. 그것은 합리적인 질문이었다. 똑같이 생긴 두 사람이 만난다면, 서로에 대해 모든 것을 알고 싶어 하는 것이 자연스러운 일이다. 그리고 그런 경우 우리가 가장 먼저 물어보는 것은 언제나 이름이다. 이름이 일종의 문과 같다고 생각하기 때문이다. 테르툴리아노 막시모 아폰소는 테이프를 빨리 돌리기로 끝까지 감았다. 화면에 단역배우들의 이름이 올라가고 있었다. 배우들이 맡은 배역의 이름도 같이 언급되어 있는지 궁금했지만, 화면에서는 수많은 배우들의 이름이 그냥 알파벳 순으로 배열되어 올라갈 뿐이었다. 그는 아무 생각 없이 테이프 껍데기를 집어들어 거기에 인쇄된 그림을 흘깃 바라보았다. 주연배우들의 미소 띤 얼굴, 짤막한 줄거리 요약, 그리고 아래쪽에 작은 글씨로 인쇄된 기술적인 정보들 속에 영화 제작연도가 적혀 있었다. 오 년 된 영화로군, 그가 중얼거렸다. 수학교사가 이 이야기도 해주었다는 사실이 기억났다. 오 년이라, 그가 다시 말했다. 그런데 그때 갑자기 세상이 다시 한번 커다랗게 몸을 떨었다. 아까 그를 깨웠던, 쉽게 감지할 수 없는 신비로운 존재 때문이 아니라 뭔가 구체적인 것 때문이었다. 그냥 구체적이기만 한 것이 아니라 증명할 수도 있는 어떤 것. 그는 떨리는 손으로 서랍을 열어 네거티브 필름과 사진이 가득 들어 있는 봉투들을 꺼낸 다음 서랍을 닫았다. 그리고 필름과 사진들을 책상 위에 흩어놓았다. 마침내 그가 찾던 것이 눈에 띄었다. 오 년 전에 찍은 그의 사진. 그는 콧수염을 기르고 있었으며, 머리 모양이 지금과 달랐고, 얼굴이 더 갸름했다.

얼굴과 전체적인 이미지로 보건대 그와 똑같이 생긴 사람이 어쩌면 같은 도시에 존재할지도 모른다는 무서운 사실을 깨달은 후 잠의 여신이 그에게 그 자비로운 품을 다시 한번 내어줄지 어떨지는 테르툴리아노 막시모 아폰소 자신도 분명히 알 수 없었을 것이다. 오 년 전에 찍은 자신의 사진과 영화 속에서 호텔직원이 클로즈업된 장면을 면밀히 비교해 본 결과 그 둘 사이에 다른 점이 전혀 없다는 것, 심지어 잔주름 하나까지도 똑같다는 것을 알게 된 후 테르툴리아노 막시모 아폰소는 안락의자가 아니라 소파 위로 쓰러졌다. 안락의자는 신체적으로나 도덕적으로나 무너져 버린 그의 몸을 받아줄 수 있을 만한 크기가 아니었다. 그는 손에 머리를 묻고 뒤틀리는 속을 안은 채 완전히 지쳐서 생각을 정리하려고 애썼다. 그 자신도 모르는 사이에 닫힌 커튼 같은 눈꺼풀 뒤에서 그를 지켜보던 기억 때문에 깜짝 놀라 잠에서 깨어난 순간부터 축적된 혼란스러운 감정으로부터 생각을 풀어내려고. 제일 불안한 건, 그는 마침내 정리된 생각을 할 수 있었다, 저 자가 나를 닮았다는 사실, 내 복사판이라는 사실이 아냐, 그건 그렇게 진기한 일도 아니지, 쌍둥이도 있고, 비슷하게 생긴 사람도 있고, 같은 종에 속한 생물들은 서로의 모습을 복제하는 경향이 있으니까, 인간도 머리, 몸통, 팔, 다리를 똑같이 갖고 있잖아, 확신할 수는 없지만 이런 일은 얼마든지 있을 수 있어, 특정한 유전 집단에 미처 예측하지 못한 변화가 일어나서 유전적으로 전혀 상관없는 다른 집단의 개체와 비슷하게 생긴 존재가 만들어질 수 있다는 건 가설일 뿐이야, 정말로 불안한 건 오 년 전에 저 자와 내가 똑같은 모습이었다는 사실이야, 그러니까 우리 둘 다 콧수염을 길렀다는 것까지 똑같았단 말이지, 게다가 오 년이 지난 지금 바로 이 시간에도 그 자가 여전히 나랑 똑같은 모습을 하고 있을지도 모른다는 게 더 불안해, 마치 내게 일어난 변화가 저 자에게도 같은 변화를 일으킨 것처럼, 만약 상대가 변했기 때문에 내가 변한 게 아니라 모든 변화가 동시에 일어났다면 그게 더 무섭지, 그러면 정말 완전히 돌아버릴 거야, 그래, 맞아, 이걸 비극으로 만들면 안 돼, 무엇이든 일어날 가능성이 있는 일은 언젠가 반드시 일어난다는 걸 우리는 알고 있어, 하지만 먼저 우리 둘을 똑같은 모습으로 만든 우연한 사건이 있고 나서, 내가 들어본 적도 없는 이 영화를 보는 우연한 일이 또 일어난 거야, 평범한 역사교사에게 이런 현상이 일어날 것이라고는 짐작도 못한 채 내가 평생을 살 수도 있었는데, 몇 시간 전만 해도 학생들의 숙제에서 실수를 바로잡고 있었잖아, 그런데 지금은 순식간에 잘못된 존재가 되어버린 나 자신을 어떻게 해야 할지 모르겠어, 내가 정말 잘못된 존재일까, 만약 그렇다면 자신이 잘못된 존재라는 것을 아는 게 인간에게 어떤 의미가 있으며, 어떤 결과를 낳는 거지. 두려움이 그의 등줄기를 타고 내려갔다. 세상에는 그냥 있는 그대로 가만히 내버려두는 편이 더 나은 일들이 있다는 생각이 떠올랐다. 그렇지 않았다가는 다른 사람들이 눈치챌 위험이 있으니까. 게다가 우리 역시 태어날 때부터 우리를 더럽힌 잘못이 몸을 숨긴 채 조급하게 손톱을 씹어대며 언젠가 모습을 드러내고 내가 여기 있다고 말하게 될 날을 기다리고 있다는 사실을 그들의 눈 속에서 알아차리게 되면 정말 큰일이니까. 비록 말로 구체적으로 표현한 것이라기보다는 짧은 섬광 같은 직관이기는 해도, 완전히 똑같은 존재가 있을지도 모른다는 가능성에 초점을 맞춘 이 심오한 생각의 지나친 무게 때문에 그의 고개가 서서히 아래로 늘어지다가, 마침내 잠이 그의 지친 몸을 압도해 소파의 쿠션 위에서 편안한 자세를 취하게 했다. 잠은 그가 지금까지 수행한 정신적 노동을 그가 깨어날 때까지 그 나름의 방식으로 계속할 것이다. 이 잠이 휴식이라는 달콤한 이름에 걸맞은 것은 아니었다. 잠시 후 테르툴리아노 막시모 아폰소가 갑자기 눈을 떴으니까. 마치 고장난 말하는 인형처럼. 그는 이번에는 다른 말로 아까 품었던 의문을 되풀이했다. 잘못된 존재가 된다는 게 어떤 의미일까. 그는 어깨를 으쓱했다. 이 의문에 갑자기 흥미를 잃어버린 사람처럼. 이런 무관심이 극도의 피로로 인해 생겨난 당연한 것인지, 아니면 반대로 짧은 수면이 베푼 은혜인지는 몰라도 어쨌든 둘 다 불안하고 마음에 안 들기는 마찬가지다. 우리가 잘 알고 있듯이, 그리고 그가 누구보다 더 잘 알고 있듯이 문제가 해결된 것이 아니니까. 문제는 여전히 아까 그대로의 모습으로 비디오플레이어 안에서 기다리고 있다. 아무도 듣지는 못했지만 영화 대사의 표면 밑에 잠복해 있는 말들을 내뱉은 채. 우리 둘 중 하나는 잘못된 존재야. 호텔 프런트의 직원이 이네스 드 카스트로 역을 맡은 여배우에게 천이백십팔호가 그녀 이름으로 예약되어 있다고 말하면서 테르툴리아노 막시모 아폰소에게 실제로 던진 말이 바로 이것이었다. 이 방정식 안에 미지수가 몇 개나 되는 걸까요, 역사교사인 테르툴리아노 막시모 아폰소는 다시 한번 잠의 문턱을 넘으면서 꿈속에 나타난 수학교사에게 이렇게 물었다. 숫자 계산에 강한 이 동료교사는 그의 질문에 대답하지 않았다. 그저 안쓰럽다는 표정으로 그를 바라보며 이렇게 말했을 뿐이다, 그 얘기는 나중에 하도록 하지, 지금은 좀 쉬어, 잠을 좀 자라고, 자네는 잠을 좀 잘 필요가 있어. 사실 그 순간 테르툴리아노 막시모 아폰소가 가장 원하는 것도 잠이었지만, 깊이 잠을 이룰 수 없었다. 그는 갑자기 머리에 떠오른 눈부신 아이디어들로 가득 차서 금방 다시 잠에서 깨었다.

수학교사에게 왜 〈경주는 빠른 자에게〉를 권해주었는지 물어보자는 생각. 이 영화가 그렇게 뛰어난 작품도 아니고, 지난 오 년 동안 틀림없이 여러 가지 곤란을 겪었을 텐데. 평범한 영화가 모두 그렇듯이 저예산 영화는 능력 부족으로 일찌감치 퇴장당하거나, 아니면 소수의 괴팍한 관객들, 즉 컬트영화에 관한 이야기를 듣고 이것이 바로 그런 영화라고 착각해 버린 관객들의 호기심 덕분에 별볼일없이 퇴장하는 순간이 기껏해야 잠깐 미뤄질 뿐일 텐데. 이 복잡한 방정식에서 그가 해결해야 할 첫 번째 미지수는 그의 동료교사가 이 영화를 처음 보았을 때 두 사람이 닮았다는 사실을 알아챘는지, 만약 그랬다면 이 영화를 권하면서 농담으로라도 그에게 미리 깜짝 놀랄 일이 있으니 마음의 준비를 하라고 이야기해 주지 않은 이유가 무엇인지 하는 점이었다. 테르툴리아노 막시모 아폰소는 다른 자잘한 운명의 신들과 구분되는 운명의 여신을 그다지 믿지 않았지만, 수많은 우연이 겹쳐서 미리 계획된 것 같은 일을 만들어 내는 것이 가능하다는 생각을 떨쳐버릴 수 없었다. 아직 완전히 밝혀지지는 않았지만, 운명의 탁자 위에 그 전개과정과 결말이 놓여 있는 계획 말이다. 태초에 운명이 이미 우리 머리에서 처음으로 머리카락이 빠지는 날과 우리 입술에서 마지막 미소가 사라질 날을 정해놓은 탁자. 물론 운명이라는 것이 정말로 존재하며, 우리의 삶을 다스린다는 가정 하에 하는 말이지만. 테르툴리아노 막시모 아폰소는 이제 구겨진 양복처럼 소파 위에 누워 있지 않았다. 그는 격렬한 감정 때문에 평생 한번도 경험해 보지 못한 밤을 지낸 사람치고는 가능한 한 꼿꼿이 서 있었다. 그는 머리가 아직 제자리를 찾지 못했음을 느끼면서 창가로 가서 하늘을 내다보았다. 밤은 여전히 도시의 지붕들에 매달려 있었고, 가로등에도 여전히 불이 들어와 있었지만, 이른 새벽의 미세한 빛 때문에 하늘 윗부분이 조금씩 투명해지고 있었다. 그 덕분에 그는 세상이 오늘 끝나지는 않을 것임을 알 수 있었다. 모든 것에게 처음으로 생명을 부여해 준 해가 헛되이 떠올라 무(無)가 시작되는 것을 목격하게 하는 것은 용납할 수 없는 낭비가 될 테니까 말이다. 따라서 이 두 가지 사이의 연결고리가 그다지 명확하지 않아 불을 보듯 뻔한 사실이라고는 할 수 없었는데도, 텔레비전 화면에 호텔직원이 처음 모습을 드러냈을 때부터 침묵을 지키고 있었기 때문에 더욱 눈에 띄었던 테르툴리아노 막시모 아폰소의 상식이 마침내 모습을 드러내서 그에게 조언을 해주었다. 그 조언은 다음과 같았다. 동료교사에게 반드시 설명을 요구해야 한다는 생각이 든다면 당장 그것을 실천에 옮겨, 온갖 의문이 목구멍에 가득 찬 채로 돌아다니는 것보다는 그 편이 훨씬 더 나아, 하지만 입을 너무 많이 놀리지 말고, 말을 조심하라고 권하고 싶어, 당신은 지금 아주 뜨거운 감자를 쥐고 있으니까 손을 데기 전에 그것을 내려놓고, 오늘 당장 저 비디오를 가게에 돌려줘, 그러면 이 일에 선을 긋고, 이 수수께끼 같은 일이 당신이 알거나 보거나 하고 싶지 않은 일들을 끄집어내기 전에 종지부를 찍을 수 있어, 게

다가 당신과 복사판처럼 닮은 사람이 아무래도 존재하는 것 같은데, 만약 그렇다 해도 당신이 그를 찾아 나설 의무는 없어, 그는 존재하지만 당신은 그에 대해 아무것도 모르고, 당신은 존재하지만 그도 당신에 대해 아무것도 몰라, 당신들 둘은 서로 만난 적도 없고, 거리에서 지나친 적도 없어, 당신에게 최선의 방법은……. 하지만 만약 언젠가 내가 정말로 그 사람을 만난다면, 거리에서 내가 그 사람을 지나치게 된다면, 테르툴리아노 막시모 아폰소가 중간에 끼어들었다. 그러면 그냥 외면해 버려, 마치 난 당신을 보지 않았고, 당신을 알지도 못한다고 말하는 것처럼. 만약 그 사람이 나한테 말을 걸면. 만약 그 사람한테 양식이 조금이라도 있다면 그 사람도 똑같이 할 거야. 세상 모든 사람이 다 양식 있는 건 아니잖아. 그래서 세상이 이 모양 이 꼴인 거지. 넌 내 질문에 대답하지 않았어. 어떤 질문. 만약 그 사람이 나한테 말을 걸면 어떻게 하냐고. 그러면, 글쎄, 이 얼마나 굉장하고, 환상적이고, 기묘한 우연의 일치인가, 뭐 이렇게 적당한 말을 하면 돼, 하지만 이게 단순히 우연의 일치에 불과하다는 걸 강조해야지, 그러고 나서 그냥 그 자리를 떠나는 거야. 그렇게 간단히. 그렇게 간단히. 그건 무례하고, 예의 없는 짓인데. 때로는 최악의 경우를 피하는 방법이 그것밖에 없을 때도 있어, 당신이 그렇게 하지 않으면 무슨 일이 벌어질지 알잖아, 말이 꼬리에 꼬리를 물고 이어지고, 두 번째 세 번째 만남으로 이어져서 금방 생판 남인 그 사람한테 당신이 살아온 이야기를 다 털어놓게 될

걸, 개인적인 문제를 이야기할 때는 낯선 사람을 아무리 경계해도 지나치지 않다는 걸 알 만큼 당신도 나이를 먹었잖아, 솔직히 당신이 이제 막 발을 들여놓으려 하는 그 혼란보다 더 개인적이거나 더 사적인 건 없는 것 같아. 나랑 똑같이 생긴 사람을 타인으로 생각하기는 어려워. 그냥 그 사람이 지금까지 살아온 것처럼 살아가게 내버려둬, 당신이 알지 못하는 타인으로. 그래, 하지만 절대 그 사람을 타인으로 생각할 수 없을 거야. 우린 전부 타인이야, 심지어 우리도 그래. 우리라니 누구 말이야. 당신과 나, 당신의 상식과 당신, 우리는 서로 만나서 이야기를 해본 적이 거의 없지, 아주 가끔밖에는, 그리고 솔직히 말해서 굳이 만나서 얘기할 가치도 없었어. 그건 내 잘못인 것 같네. 아니, 내 잘못이기도 해, 우리는 본질상 그리고 우리가 처한 여건상 평행선을 걸어가게 돼 있어, 하지만 우리 둘 사이의 거리가 너무 멀어서 대개 우리는 서로의 말을 듣지 못하지. 그래, 하지만 지금은 네 말이 들리는걸. 아깐 응급상황이었잖아, 응급한 상황에서는 사람들이 한데 뭉치게 마련이지. 그런다고 뭐가 달라지겠어. 이런, 그게 무슨 소리인지 나는 알지, 사람들은 그걸 숙명이나 운명이라고 부르지만 사실은 항상 그랬듯이 우리가 뭐든 원하는 대로 하겠다는 뜻이야. 아냐, 그건 더도 덜도 말고 내가 해야 하는 일을 하겠다는 뜻이야. 어떤 사람들은 자기들이 해야 하는 일이라고 생각하는 행동을 실제로 하곤 하지. 이봐, 상식, 네가 생각하는 것과는 반대로 의지라는 건 결코 단순하지 않아, 우유부단이나 불확실성이 간단한 거지. 왜 아무도 그런 생각을 못했을까. 너무 그렇게 놀라지 마, 세상에는 항상 새로 배워야 할 것들이 많으니까. 어쨌든 내 임무는 끝났어, 당신은 아무래도 마음 내키는 대로 할 모양이니까. 맞았어. 그럼 잘 있어, 다음에 보자고, 몸조심하고. 다음에 또 응급상황이 닥쳤을 때 봐. 내가 그때 시간 맞춰 나타날 수 있다면. 가로등의 불은 이미 꺼졌고, 거리에는 차들이 시시각각 늘어나고 있었으며, 하늘에서는 푸른색이 점점 짙어지고 있었다. 매일 밝아오는 하루하루가 어떤 사람에게는 첫날이고 어떤 사람에게는 마지막 날이라는 것을 우리 모두 알고 있다. 대부분의 사람들에게는 그냥 또 다른 하루라는 것도. 역사교사인 테르툴리아노 막시모 아폰소에게 지금 우리가 존재를 이어나가고 있는 이날(이날이 우리의 마지막 날이 될 것이라고 생각할 이유가 없으므로)은 그냥 또 다른 하루가 아닐 것이다. 이날이 또 다른 첫날, 또 다른 시작이 될 것 같은 가능성을 안고 세상에 나타났다고 말할 사람이 있을지도 모르겠다. 그러니까 이날이 또 다른 운명을 의미한다고 말이다. 모든 것은 오늘 테르툴리아노 막시모 아폰소가 내딛는 발걸음에 달렸다. 하지만 옛날 사람들이 자주 하던 말처럼, 행렬이 지금 막 교회를 나서려 하고 있다. 그 행렬을 따라가 보자.

얼굴이 엉망이네, 테르툴리아노 막시모 아폰소는 거울에 비친 자신의 모습을 보며 중얼거렸다. 그의 말이 옳았다. 그는 겨우 한 시간밖에 자지 못한 채 앞에서 설명한 충격과 경악과 씨름하며 밤을 지새웠다. 어쩌면 우리가 간밤의 일을 지나칠 정도로 자세히 설명한 건지도 모르지만, 그 정도는 충분히 이해해 줄 수 있을 것이다. 인류 역사상, 테르툴리아노 막시모 아폰소가 학생들에게 열심히 가르치려고 애쓰는 바로 그 역사상 똑같이 생긴 두 사람이 같은 시간, 같은 장소에 존재했던 적이 한 번도 없으니 말이다. 시간적으로 한참 간격을 두고 신체적으로 똑같이 닮은 두 사람이 존재했던 적은 있었다. 그 중에는 남자도 있고 여자도 있었다. 하지만 그 둘은 항상 수백만 년이라는 시간과 수백만 킬로미터라는 거리를 사이에 두고 떨어져 있었다. 우리가 알고 있는 사례 중에 가장 놀라운 것은 오래전에 사라져버린 어떤 마을에서 일어난 일이다. 그 마을의 똑같은 거리, 똑같은 집에서 똑같이 생긴 여자 둘이 태어났다. 하지만 두 사람이 태어난 가족은 같지 않았고, 두 사람 사이에는 이백오십 년이라는 시간이 가로놓여 있었다. 이 놀라운 사건은 그 어떤 연대기에도 기록되지 않았으며, 구전을 통해 전해내려 오지도 않았다. 그건 얼마든지 이해할 수 있는 일이다. 정말로. 첫 번째 여자가 태어났을 때, 두 번째 여자가 태어나리라는 것을 아는 사람이 아무도 없었으니까. 그리고 두 번째 여자가 태어났을 때는 첫 번째 여자에 관한 기억이 이미 사라진 다음이었으니까. 당연한 일이다. 문서상의 기록이나 목격자의 증언은 전혀 없지만 우리는 필요하다면 우리의 명예를 걸고 맹세라도 할 수 있다. 우리가 지금은 사라져버린 그 마을에서 일어난 일이라고 지금까지 말한 것, 또는 앞으로 말할 것, 또는 말하게 될지도 모르는 것은 모두 실제로 일어났던 일이다. 역사에 어떤 사실이 기록되어 있지 않다고 해서 그 사실이 존재하지 않았다는 뜻은 아니다. 테르툴리아노 막시모 아폰소는 아침 면도를 끝낸 후 침착하게 눈앞의 얼굴을 살펴보며 전체적으로 봤을 때 자신이 더 나아 보인다고 생각했다. 사실 남자든 여자든 어느 쪽으로도 치우치지 않은 사람이라면 그의 얼굴이 전체적으로 조화를 이루고 있다고 말하면서 양심의 가책을 느끼지 않을 것이다. 그리고 약간 불균형한 부분과 부피가 미묘하게 달라진 부분을 마땅히 언급하는 것도 잊지 않을 것이다. 이런 표현을 써도 되는지 모르지만, 사실 그런 부분들이 마치 소금 같은 역할을 하고 있다. 그런 부분이 없었더라면 아무런 멋없이 섬세하기만 했을 얼굴에 활기를 불어넣어 주고 있는 것이다. 지나치게 균형 잡힌 얼굴은 대개 오히려 저주가 된다. 물론 테르툴리아노 막시모 아폰소가 남자로서 완벽한 외모를 갖췄다는 얘기는 아니다. 그 자신도 결코 그토록 무례해질 사람이 아니고, 우리도 결코 그토록 주관적인 평가를 내리지 않을 것이다. 하지만 재능이 조금만 덧붙여진다면 그는 틀림없이 연극의 주연급 배우로서 성공을 거둘 수도 있었을 것이다. 그리고 물론 연극을 할 수 있다면, 영화배우도 할 수 있었을 것이다. 이 말을 끼워넣은 것은 불가피한 일이다. 이야기를 풀어나가다 보면 화자가 등장인물들의 감정이나 생각을 존중하며 생각과 감정을 나란히 표현하는 것이 훌륭한 글짓기 원칙에 따라 명백하게 금지된 순간들이 찾아온다. 앞으로 알게 되겠지만, 지금이 바로 그런 순간이다. 경솔함 때문이든 원칙을 무시하는 마음 때문이든, 이런 제약(만약 이런 제약이 존재한다 해도 아마 반드시 지켜야 하는 의무의 성질을 띠고 있지는 않을 것이다)을 어기면 등장인물이 자신에게 부여된 지위에 맞는 단조로운 생각과 감정을 따라가는, 아무도 빼앗을 수 없는 권리를 행사하는 대신 출처를 보건대 그에게 완전히 낯선 것일 수도 있는 생각과 감정의 무차별적인 공격을 당하게 될 수 있다. 그런데 이런 생각과 감정들은 기껏해야 시기에 맞지 않는 것으로 판명될 수 있다. 어떤 경우에는 그것들이 재앙을 불러올 수도 있다. 테르툴리아노 막시모 아폰소에게 일어난 일이 바로 그것이었다. 그는 잠을 잘 못 잔 탓에 얼굴이 얼마나 상했는지 보려고 마치 누군가 다른 사람의 시선으로 자신을 바라보듯이 거울에 비친 자신을 바라보고 있었다. 그가 오로지 이 생각만 하며 거울을 보고 있을 때, 갑자기 그의 외모에 재능만 있다면 연극배우나 영화배우로 성공할 수도 있을 것 같다는 골치 아픈 생각을 화자가 떠올리는 바람에 그의 머릿속에서 경악이라고 표현해도 결코 지나치지 않을 반응이 일어났다. 그는 마치 연극 같은 생각을 했다. 만약 호텔 프런트 직원을 연기한 그 남자가 여기 있다면, 만약 그가 지금 이 거울 앞에 서 있다면, 그도 거울 속에서 바로 이 얼굴을 보게 될 것이다. 테르툴리아노 막시모 아폰소가 영화 속 남자에게 콧수염이 있었음을 잊어버렸다고 해서 그를 탓할 수는 없다. 그가 그 사실을 실제로 잊어버린 것은 사실이지만, 순전히 그 남자가 지금은 콧수염을 기르지 않고 있을 것이라는 절대적인 확신 때문에 그렇게 되었을지도 모른다. 그러니까 그는 신비로운 지식의 근원, 즉 육감에 기댈 필요가 없다. 수염을 깨끗이 깎아내서 털이 한 올도 남아 있지 않은 자신의 얼굴에서 그가 최고의 이유를 찾아내고 있으니까. 혼자 사는 사람이 집에서 떠올리기에는 영 어울리지 않는 경악이라는 단어가 방금 검은 마커 펜을 가지러 책상까지 뛰어갔다 온 남자의 마음을 꿰뚫고 지나간 생각을 어느 정도 정확히 표현해 주는 단어라는 점에 감정이 있는 사람이라면 모두 기꺼이 동의할 것이다. 그 남자는 지금 다시 거울 앞에 서서 자신의 윗입술 바로 위에 프런트 직원의 것과 똑같은 콧수염을 그리고 있다. 지도자들에게서 볼 수 있는, 연필처럼 가늘고 섬세한 콧수염. 그 순간 테르툴리아노 막시모 아폰소는 우리가 이름도 살아온 길도 모르는 그 배우가 되었다. 중학교의 역사교사는 이제 여기 존재하지 않는다. 이 아파트는 그의 것이 아니고, 거울 속 얼굴의 주인도 다른 사람이다. 이런 상황이 일 분만 더, 아니 일 분까지는 아니더라도 조금만 더 계속되었다면, 이 욕실에서 무슨 일이 일어났을까. 신경쇠약, 갑작스러운 광기의 발작, 파괴적인 분노가 터져나왔을지도 모른다. 하지만 테르툴리아노 막시모 아폰소는 사람을 오해로 이끄는 행동을 했음에도 불구하고(그는 틀림없이 이런 행동을 또 할 것이다) 다행히 더 강인한 사람이다. 잠시 상황에 휩쓸렸던 그가 이제 다시 상황을 장악했다. 아무리 많은 노력이 들더라도 눈을 뜨기만 하면 악몽에서 벗어날 수 있다는 것을 우리는 잘 알고 있다. 하지만 지금의 경우에는 눈을 감는 것이 치료법이다. 그의 눈이 아니라 거울에 비친 눈을 감는 것이. 갑자기 뿜어져 나온 면도용 거품이 아직 한 번도 만난 적이 없는 이 삼쌍둥이를 마치 벽처럼 효과적으로 갈라놓았다. 그리고 거울 위에 쫙 펼쳐진 테르툴리아노 막시모 아폰소의 오른손이 두 남자의 얼굴을 모두 지워버렸다. 하얀 거품과 점점 가늘어지는 검은 선들로 얼룩진 거울 표면에서 둘 다 자신의 모습을 찾아내거나 알아보지 못하도록. 테르툴리아노 막시모 아폰소는 더 이상 거울 속의 얼굴을 볼 수 없었다. 이제 그는 아파트 안에 혼자였다. 그는 샤워실로 들어갔다. 태어났을 때부터 그는 찬물로 샤워를 하는 스파르타식에 항상 깊은 회의를 품고 있었지만, 그의 아버지는 몸을 자극하고 뇌를 날카롭게 다듬는 데 찬물 샤워만큼 좋은 방법이 없다고 입버릇처럼 말하곤 했다. 그래서 그는 오늘 아침에는 퇴폐적이지만 기분 좋은 따뜻한 물 대신 찬물을 세게 맞는 것이 자신의 연약한 머리에 좋은 영향을 미쳐 항상 몰래 잠에 빠져들려고 애쓰는 내면의 일부를 완전히 깨울 수 있을지도 모른다는 생각이 들었다. 몸을 씻고 나서 물기를 말리고, 거울을 보지 않은 채 머리를 빗은 그는 침실로 들어가 침대를 정리하고 옷을 입은 다음 곧장 부엌으로 가서 아침식사를 준비하기 시작했다. 아침식사는 여느 때처럼 오렌지주스, 토스트, 커피, 요구르트였다. 교사들은 세상에서 가장 어려운 일, 즉 대부분의 경우 비옥하다기보다 불모지에 가까운 땅에 지혜의 나무, 아니 지혜의 덤불이라도 심는 일을 감당하기 위해 학교로 출발하기 전에 잘 먹어둘 필요가 있다. 아직 시간이 많이 일렀다. 수업은 열한시나 돼야 시작될 터였다. 하지만 지금 같은 상황에서는 그가 집에 있고 싶어 하지 않는 것을 충분히 이해할 수 있다. 그는 이를 닦으려고 다시 욕실로 들어갔다. 그런데 이를 닦는 동안 오늘은 위층 사람이 와서 아파트를 청소해 주는 날이라는 생각이 떠올랐다. 그녀는 나이가 지긋한 부인으로 아이가 없는 과부였는데, 육 년 전에 새로 이사 온 역사교사도 혼자 산다는 사실을 알자마자 그의 문 앞에 나타나 청소를 해주겠다고 제의했다. 아니, 오늘은 그녀가 오는 날이 아니다. 그는 거울을 이대로 두고 나갈 것이다. 거품이 이미 마르기 시작해서 손을 살짝 갖다 대기만 해도 떨어져 나온다. 하지만 아직은 거품이 거울 표면에 붙어 있고, 그 뒤에서 살짝 밖을 내다보는 사람의 모습도 보이지 않는다. 테르툴리아노 막시모 아폰소는 이제 나갈 준비를 마쳤다. 그는 사람들이 서로를 이리저리 밀쳐대는 대중교통 대신 자기 차를 몰고 가면서 조금 전에 겪은 불안한 일들을 차분히 생각해 보기로 이미 마음을 정했다. 그가 지금까지 대중교통을 이용한 것은 틀림없이 경제적인 이유 때문인 것 같다. 그는 학생들의 숙제를 가방에 넣고, 잠시 멈춰 서서 속이 빈 비디오 껍데기를 바라보았다. 자신의 상식이 해준 충고에 따라 비디오플레이어에 들어 있는 비디오를 꺼내 껍데기에 다시 넣어 곧장 가게로 가는 것이 좋을 것이다. 여기 있습니다. 그는 점원에게 이렇게 말할 것이다. 재미있는 영화인 줄 알았는데 아니더군요, 시간만 낭비했습니다. 다른 영화를 보시겠습니까. 점원은 바로 하루 전에 왔다 간 이 고객의 이름을 기억해 내려고 애쓰면서 이렇게 물을 것이다. 저희 가게에는 다양한 영화들이 갖춰져 있습니다. 갖가지 종류의 훌륭한 영화들이죠, 오래된 작품도 있고 신작도 있습니다. 아, 그렇지, 테르툴리아노. 물론 이 마지막 세 단어는 종업원의 머릿속에만 머물러 있을 것이다. 그리고 그가 이 세 단어를 생각하며 얄궂은 미소를 지으리라는 것도 상상에 불과하고. 너무 늦었다. 역사교사인 테르툴리아노 막시모 아폰소는 이미 계단을 내려가고 있다. 상식은 전에도 체념하고 패배를 받아들인 적이 있다.

그는 시내에서 천천히 차를 몰았다. 마치 일찍 집에서 나온 것을 최대한 활용하기로 한 사람처럼. 비록 천천히 바뀌는 신호등 몇 개가 그를 도와주기는 했지만, 어쨌든 그렇게 천천히 차를 몰면서 그는 지금의 상황에서 빠져나올 길을 찾으려고 머리를 쥐어짰지만 소용이 없었다. 적당히 지식이 있는 사람이라면 지금 상황이 전적으로 그의 손에 달렸다는 것을 분명히 알 수 있을 것이다. 그는 문제가 무엇인지 파악하고, 학교가 있는 거리에 차가 도착하는 순간 큰소리로 그 문제를 스스로 인정했다, 이 말도 안 되는 일을 전부 잊어버릴 수만 있다면, 이 터무니없는 일을 잊어버리고, 이 황당한 상황을 그냥 머릿속에서 지워버릴 수만 있다면. 여기서 그는 잠시 말을 멈추고 첫 번째 문장만으로도 충분했을 것이라는 생각을 했다. 그러고는 이런 결론을 내렸다, 그런데 그럴 수가 없어. 이 말은 혼란에 빠진 이 남자가 그 일에 얼마나 집착하게 되었는지를 너무나 똑똑히 보여준다. 앞에서 언급했듯이, 역사수업은 열한시나 돼야 시작된다. 열한시가 되려면 아직 두 시간이 남았다. 조금 있으면 그의 동료인 수학교사가 교직원실에 나타날 것이다. 지금 테르툴리아노 막시모 아폰소는 교직원실에서 그를 기다리며 일부러 자연스러운 태도로 가방 안에 들어 있는 숙제를 점검하는 척하고 있다. 주의 깊은 사람이라면 아마 오래지 않아 그가 그냥 그러는 척하고 있다는 사실을 알아차리겠지만, 그러려면 평범한 교사들이 이미 한 번 수정한 숙제를 또다시 읽어보는 법은 없다는 사실을 알고 있어야 할 것이다. 교사들이 숙제를 두 번 읽지 않는 것은 새로운 실수들을 발견해서 새로 수정을 하게 될 가능성이 있기 때문이라기보다는 특권과 권위와 경험 때문이거나 단순히 한 번 수정한 것을 다시 손볼 필요도 없고 손볼 수도 없기 때문이다. 테르툴리아노 막시모 아폰소는 지금 그런 일을 할 수 없었다. 자신의 실수를 수정하는 것 말이다. 물론 지금 그가 그냥 읽는 척하고 있는 숙제에서 잘못되지 않은 부분을 수정해 뜻하지 않은 진실 대신 거짓을 심어놓은 부분이 있다면 말이지만. 이건 아무리 자주 말해도 지나치지 않은 얘기지만, 최고의 발명품은 자기들이 지금 뭘 하고 있는지도 모르는 사람들의 손으로 만들어지는 법이다. 이때 수학교사가 교직원실로 들어왔다. 그는 자신의 동료인 역사교사를 보고 곧장 그에게 다가왔다. 좋은 아침이야, 그가 말했다. 예, 좋은 아침이에요. 미안, 그가 말했다, 내가 방해를 했구먼. 아뇨, 아니에요, 천만에요, 그냥 대충 살펴보기만 하고 있었어요, 이미 채점을 거의 다 마쳤거든요. 녀석들은 어떤가. 누구요. 자네 학생들. 아, 항상 그렇죠 뭐, 그럭저럭, 나쁘지는 않아요. 그 나이 때 우리랑 똑같구먼, 수학교사가 미소를 지으며 말했다. 테르툴리아노 막시모 아폰소는 동료교사가 결국 비디오를 빌려봤는지, 영화가 마음에 들었는지 물어봐 주기를 기다리고 있었다. 하지만 수학교사는 그 일을 완전히 잊어버린 것 같았다. 그의 생각은 전날의 흥미로운 대화에서 한참 떨어진 곳에 가 있었다. 그가 가서 커피를 한 잔 따라 가지고 오더니 자리에 앉아 책상 위에 신문을 펼쳤다. 세상과 나라가 어떻게 돌아가는지 이제 알아볼 준비가 됐다는 듯이. 일면의 기사 제목들을 주의 깊게 읽으면서 새로운 제목이 눈에 띌 때마다 콧잔등에 주름을 잡던 그가 말했다. 가끔은 지구가 지금처럼 한심한 상태가 된 게 전부 우리 잘못만은 아니라는 생각이 들어. 우리라니요, 누구요, 저요, 선생님이요, 테르툴리아노 막시모 아폰소는 그의 말에 흥미가 있는 척하면서 물었다. 하지만 속으로는 비록 자신의 관심사와는 한참 거리가 먼 주제로 이야기가 시작되기는 했어도 결국은 문제의 핵심으로 이야기가 이어지기를 바라고 있었다. 오렌지 한 바구니가 있다고 쳐, 동료교사가 말했다. 그런데 바구니 바닥에 있는 오렌지 하나가 썩기 시작한다면, 그래서 다른 오렌지들도 하나씩 썩기 시작한다면, 어떤 오렌지가 제일 먼저 썩기 시작했는지 누가 알 수 있겠어. 선생님이 말하는 오렌지라는 게 나라예요, 아니면 사람들이에요, 테르툴리아노 막시모 아폰소가 물었다. 한 나라 안에는 사람들이 있고, 세상에는 여러 나라가 있지, 국민이 없는 나라는 없으니까, 틀림없이 국민들이 먼저 썩기 시작하는 거야. 그런데 왜 선생님이나 제가 죄를 짊어져야 한다는 거죠. 누군가가 반드시 그래야 하니까. 하지만 선생님은 지금 사회를 고려하지 않고 있어요. 사회라는 건, 이 친구야, 인류처럼 추상적인 개념이야. 수학처럼 말이죠. 수학보다 훨씬 더 추상적이지, 거기에 비하면 수학은 이 책상의 원료인 나무만큼 현실적이야. 그럼 사회를 연구하는 학문들은 뭔데요. 사회를 연구한다는 학문들은 대개 전혀 사람들을 연구하지 않아. 사회학자가 이런 얘기를 들으면 큰일 나겠네요, 선생님을 사회적으로 매장해 버릴 테니. 자신이 일부가 돼서 연주하고 있는 오케스트라의 음악과 자신이 담당한 파트에 만족하는 건 사람들이 흔히 저지르는 실수지, 특히 음악가가 아닌 사람들이 그래. 남보다 책임이 더 중한 사람들도 있어요, 예를 들어 선생님이랑 저는 비교적 죄가 없는 편이죠, 가장 심각한 사회악에 대해서 말이에요. 아이고, 사람들이 스스로 양심을 달래려고 할 때 항상 늘어놓는 소리. 사람들이 자신은 책임이 없다며 하는 말이라고 해서 반드시 진실이 아닌 건 아니에요. 보편적인 면

책을 얻는 최고의 방법은 모든 사람에게 죄가 있으므로 죄인은 하나도 없다는 결론을 내리는 거야. 어쩌면 우리가 도저히 어떻게 해볼 도리가 없는 건지도 모르죠, 그런 게 그냥 이 세상의 문제인지도 몰라요, 테르툴리아노 막시모 아폰소가 말했다. 마치 대화를 끝내려는 듯이. 하지만 수학교사가 반박을 하고 나섰다. 지금 이 세상의 문제는 사람들이 일으킨 문제뿐이야, 이 말과 함께 그는 신문에 코를 박았다. 시간이 흘러갔다. 이제 역사수업 시간이 거의 다 되었다. 테르툴리아노 막시모 아폰소는 자신이 관심을 갖고 있는 주제를 꺼낼 방법을 찾을 수 없었다. 물론 동료교사에게 그냥 직접적으로 물어볼 수도 있었다. 단도직입적으로 질문을 던질 수도 있었다. 그건 그렇고라는 말로 말문을 열면서. 그는 이런 말을 전혀 사용한 적이 없지만, 이렇게 말의 틈을 메워주는 표현들은 바로 이런 상황을 위해 존재한다. 지나치게 고집을 부리는 것처럼 보이지 않으면서 시급히 화제를 바꿔야 할 필요가 있을 때. 마치 방금 생각난 얘기를 하는 것처럼 가장하고 있다는 것을 모두 알면서도 사회적으로 그냥 받아들여 주는 표현인 것이다. 그는 이렇게 말할 것이다, 그건 그렇고, 선생님 영화 속의 그 호텔직원 봤어요, 프런트에 있던 사람 말이에요, 그 사람 저랑 꼭 닮지 않았어요. 하지만 이것은 게임을 하면서 가장 좋은 패를 남에게 보여주는 것과 같다. 아직 자신의 게임 상대도 모르는 비밀을 제삼자에게 가르쳐 주는 것과 같은 것이다. 그랬다가는 이러쿵저러쿵 꼬치꼬치 캐묻는 질문들을 이리저리 피해야 하는 어색한 상황이 벌어질 것이다. 예를 들면, 그래, 자네와 꼭 닮은 그 사람을 만나봤나 같은 질문 말이다. 바로 그때 수학교사가 신문에서 고개를 들었다. 그래, 비디오를 빌렸나, 그가 말했다. 예, 빌렸죠, 테르툴리아노 막시모 아폰소가 신이 나서 대답했다. 거의 기뻐하는 것처럼 보일 정도였다. 그래 어땠어. 상당히 재미있던걸요, 정말로. 내 말은 그게 우울증이나 무심함을 없애는 데 도움이 됐냐는 거야. 무심함이든 우울증이든 별로 다를 것 없어요, 이름이 문제가 아니니까. 그래도 도움이 되기는 한 거지. 그랬을 수도 있죠, 영화를 보면서 두어 번 웃었으니까. 수학교사가 자리에서 일어섰다. 그에게도 수업을 기다리는 학생들이 있었다. 테르툴리아노 막시모 아폰소가 하고 싶던 말을 하기에 이보다 더 좋은 기회가 있을까. 그건 그렇고, 선생님 〈경주는 빠른 자에게〉를 마지막으로 본 게 언제예요. 뭐, 중요한 문제는 아니지만 그냥 궁금해서요. 마지막으로 본 게 처음이고, 처음이 마지막이었지. 그러니까 그게 언젠데요. 한 달쯤 전이야, 친구가 빌려줘서 봤지. 아, 저는 선생님이 그 비디오를 갖고 있는 줄 알았어요. 아냐, 내가 갖고 있었으면 자네한테 빌려줬겠지, 괜히 그걸 빌리느라고 돈을 쓰게 만들었겠어. 두 사람은 이제 복도로 나와 교실로 걸어가고 있었다. 테르툴리아노 막시모 아폰소는 편안하고 느긋한 기분이었다. 마치 우울증이 갑자기 연기처럼 날아가 무한한 공간 속으로 사라져버린 것처럼. 어쩌면 우울증이 다시는 돌아오지 않을지도 몰랐다. 복도가 꺾어지는 지점에서 두 사람은 서로 헤어져 각자 제 갈 길을 갔다. 두 사람이 그 모퉁이에 이르러 서로 나중에 보자는 말을 주고받았을 때에야 비로소 네 걸음쯤 이미 발을 옮기고 있던 수학교사가 고개를 돌려 이렇게 말했다. 그건 그렇고 그 영화의 단역배우 한 명이 믿을 수 없을 만큼 자네와 닮았던데, 자네도 봤나, 자네가 콧수염만 기르면 아주 똑같을걸. 마치 모든 것을 파괴해 버리는 번개처럼 우울한 기분이 저 높은 곳에서 떨어져 테르툴리아노 막시모 아폰소의 유쾌한 기분을 재로 만들어 버렸다. 그럼에도 그는 대담한 표정을 지으며 음절마다 툭툭 끊어지는 듯한 목소리로 간신히 대꾸했다. 예, 봤어요, 정말 깜짝 놀랐죠, 굉장한 우연의 일치예요. 그러고 나서 그는 핏기 없는 미소를 지으며 이렇게 덧붙였다. 다른 점이라고는 제가 콧수염을 기르지 않았고, 그 사람이 역사교사가 아니라는 것뿐이죠, 그것만 빼면 우린 아주 똑같아요. 동료교사가 이상한 시선으로 그를 바라보았다. 마치 아주 오랜만에 그를 다시 만난 사람처럼. 지금 생각해 보니까 몇 년 전에는 자네도 콧수염을 기르고 있었잖아, 그가 말했다. 테르툴리아노 막시모 아폰소는 길을 잃었으면서도 다른 사람의 충고에 전혀 귀를 기울이지 않는 사람처럼 대담하게 대꾸했다. 어쩌면 그때는 그 사람도 교사였는지 모르죠. 수학교사가 그에게 다가와 마치 아버지처럼 그의 어깨에 손을 얹었다. 자네 우울증이 정말 심하구먼, 그렇게 별로 중요하지도 않은 우연의 일치 때문에 자네가 심하게 동요하는 것 같아서 하는 말이야. 전 동요하지 않았어요, 그냥 잠을 잘 못자서 그래요, 밤에 기분이 좀 안 좋아서. 자네가 동요했기 때문에 기분이 안 좋았던 거겠지. 수학교사가 짚고 있는 테르툴리아노 막시모 아폰소의 어깨에 힘이 들어가는 것이 느껴졌다. 마치 머리부터 발끝까지 그의 몸 전체가 갑자기 딱딱해진 것 같았다. 충격이 너무 크고, 그 인상이 너무 강렬해서 그는 어깨에 얹었던 손을 떼어낼 수밖에 없었다. 그는 자신이 거부당했음을 깨달았다는 사실을 겉으로 드러내지 않으려고 애쓰면서 가능한 한 천천히 손을 떼어냈다. 하지만 평소와 달리 딱딱해진 테르툴리아노 막시모 아폰소의 눈빛은 의심의 여지를 전혀 남겨주지 않았다. 평온하고, 얌전하고, 온순한 역사교사, 그가 다정하게 굴면서도 우월한 자가 은혜를 베풀 듯이 대했던 그 역사교사가 이제는 완전히 다른 사람이 되었다. 규칙을 전혀 모르는 게임과 마주친 사람처럼 당혹스러워진 그는 이렇게 말했다, 그래, 그럼 나중에 보세, 오늘은 내가 학교에서 점심을 먹지 않을 거야. 테르툴리아노 막시모 아폰소는 아무 말 없이 목례를 한 다음 자기 교실로 가버렸다.

몇 줄 앞에서 우리가 했던 잘못된 발언, 이 소설이 단순한 학교 숙제보다는 적어도 한 걸음 앞서는 작품이기 때문에 그때 굳이 수정하려 하지 않았던 그 잘못된 발언과는 반대로, 그는 변하지 않았다. 그는 예전과 똑같은 사람이었다. 테르툴리아노 막시모 아폰소에게 나타난 갑작스러운 기분 변화, 수학교사에게 그토록 충격을 주었던 그 변화는 온순한 사람의 분노라고 알려진 정신병리학적 증상이 신체적으로 표현된 것에 불과했다. 핵심적인 주제에서 살짝 벗어나서, 현대의 학문 발전 덕분에 다소 신뢰를 잃기는 했어도 어쨌든 인간의 기질을 네 타입으로 나눈 과거의 분류체계를 언급한다면 우리의 말을 제대로 설명할 수 있을지도 모른다. 여기서 네 가지 타입이란 검은 담즙 때문에 생기는 우울함, 담 때문에 생기는 냉담함, 피와 관련되어 있는 쾌활함, 하얀 담즙 때문에 생기는 성마름을 말한다. 여러분도 알 수 있듯이, 인간의 기질을 서로 대칭되는 것들끼리 넷으로 나눈 이 분류체계에는 온순한 사람들이 들어갈 자리가 없었다. 그러나 항상 틀리기만 하지는 않는 역사는 그 먼 옛날에도 온순한 사람들이 분명히 존재했음을, 사실 많이 존재했음을 분명히 보여준다. 항상 새로 써지기를 기다리고 있는 역사의 새로운 장이라고 할 수 있는 지금도 우리에게 온순한 사람들은 여전히 존재하며, 과거보다 그 숫자가 훨씬 많다고 말하고 있다. 이 비정상적인 존재들을 설명할 수 있는 방법은 사람들이 앞에서 설명한 임상적인 분류체계를 확립할 때 또 다른 기질 하나를 잊어버렸다는 사실에서 찾을 수 있을 것이다. 만약 우리가 이 설명을 받아들인다면, 이것이 지금을 기분 좋게 밝혀줄 뿐만 아니라 고대의 검은 그림자들을 이해하는 데에도 도움이 될 것이다. 이 잊힌 기질은 눈물이다. 고대의 존경스러운 현자들이 눈물처럼 눈에 잘 띄고 흔한 것을 항상 눈치채지 못했다는 것, 그리고 존경스러운 면은 고대의 현자들보다 훨씬 떨어지지만 현명함이라는 측면에서는 똑같은 지금의 현자들이 눈물을 거의 고려하지 않는다는 사실은 철학적으로 수치스러운 일이라고까지 할 수는 없을망정 놀라운 일이기는 하다. 우리가 이렇게 길게 다른 소리를 늘어놓는 것이 온순한 사람들의 분노와 무슨 상관이 있는지 궁금할 것이다. 특히 온순함을 그토록 극단적으로 보여준 테르툴리아노 막시모 아폰소가 아직 우는 모습을 보여준 적이 없다는 사실을 생각하면 더욱 그러할 것이다. 인간의 기질에 관한 의학 이론에 눈물이 빠져 있다는 사실에 관해 우리가 방금 한 말은 선천적으로 감수성이 예민하기 때문에 감정을 눈물로 표현하기 쉬운 온순한 사람들이 하루 종일 손에 손수건을 들고 코를 풀어대거나 눈물 때문에 붉어진 눈가를 끊임없이 닦아내기만 한다는 뜻은 아니다. 우리가 한 말은 남자든 여자든 속으로는 고독, 남들의 무시, 수줍음 때문에 몸이 조각조각 부서질 만큼 눈물을 흘릴 수 있다는 뜻이다. 사전을 찾아보면 눈물을 흘리는 것이 사회적인 상황으로 인해 촉발되는 감정적인 상태, 의지와 태도와 자율신경에 영향을 미치는 상태로 정의되어 있다. 하지만 때로는 아무것도 아닌 단순한 말이나 좋은 의도로 지나치게 상대를 보호하려는 태도만으로도, 즉 수학교사가 방금 자기도 모르게 취한 태도 같은 것만으로도 평온하고, 얌전하고, 온순한 사람이 돌변해 버리곤 한다. 온순하던 사람이 갑자기 보이는 것이 없는 사람처럼 맹렬하게 화를 내기 때문에 그 사람의 영혼에 대해 알 만큼 안다고 생각하던 사람들이 당혹감과 어리둥절함을 느끼게 되는 것이다. 대개 이런 분노는 오래 가지 않지만, 분노가 지속되는 동안에는 상대에게 진정한 두려움을 안겨준다. 그래서 많은 사람들이 잠자리에 들기 전에 열심히 기도를 드릴 때 저 흔한 주기도문이나 아베마리아를 외지 않고 주님께 악으로부터, 특히 온순한 사람의 분노로부터 우리를 구해달라고 비는 것이다. 테르툴리아노 막시모 아폰소의 제자들에게는 이 기도가 제대로 효과를 발휘한 것 같다. 물론 그들이 습관적으로 기도에 의지하는 사람들이라면 그렇다는 말이지만. 하지만 학생들이 몹시 어리다는 점을 감안하면, 기도에 의지할 가능성은 희박하다. 그들에게도 그럴 때가 올 것이다. 테르툴리아노 막시모 아폰소가 찡그린 얼굴로 교실에 들어선 것은 사실이다. 그래서 다른 학생들보다 자신의 통찰력이 더 뛰어나다고 생각하던 한 학생은 옆자리의 친구에게 이렇게 속삭였다, 아주 진저리를 치는 얼굴인데. 하지만 이 말은 사실이 아니었다. 교사의 얼굴에 나타난 표정은 폭풍의 최종적인 효과에 불과했다. 마지막으로 여기저기 흩어져서 불어오는 바람, 그때까지 발목이 붙들렸던 빗줄기, 바람 속에서 고개를 들려고 애쓰는 딱딱한 나무들이 마지막으로 남기고 간 것. 그가 단호하고 차분한 목소리로 출석을 부른 후 이렇게 말한 것이 그 증거였다. 원래 너희가 지난번에 낸 작문숙제 채점을 다음 주로 미룰 생각이었지만, 어젯밤에 시간이 나서 예정보다 빨리 채점하기로 했다. 그는 서류가방을 열고 숙제를 꺼내 탁자 위에 놓으며 이렇게 말했다, 내가 틀린 부분을 전부 수정하고, 틀린 부분이 몇 개나 되는지에 따라 점수를 매겼다, 하지만 이번에는 예전처럼 그냥 너희한테 숙제를 돌려주지 않을 생각이다. 이번 수업 시간에 너희가 어떤 실수들을 저질렀는지 함께 분석할 거야, 다시 말해서 너희들 각자가 왜 그런 실수를 저질렀는지 설명해야 한다는 얘기다, 너희가 어떤 이유를 대느냐에 따라 점수가 달라질 수도 있어. 그는 잠시 말을 멈췄다가 이렇게 덧붙였다, 좋은 쪽으로. 학생들의 웃음소리가 마지막으로 남아 있던 구름을 날려버렸다.

점심을 먹은 후 테르툴리아노 막시모 아폰소는 동료교사들 대부분과 함께 교장이 소집한 회의에 참석했다. 교수법의 현대화를 위해 교육부가 최근에 내놓은 제안을 분석하기 위한 회의였다. 이번 제안 역시 불행한 교사들로 하여금 위협적인 소행성들이 빗발치듯 쏟아지는 곳을 뚫고 화성까지 힘겨운 여행을 하듯 살아가게 만드는 수많은 제안들 중 하나이다. 그런데 이런 여행 도중에 그만 소행성과 충돌하는 경우가 너무 많다. 그는 자신이 발언할 차례가 되자 다른 교사들이 보기에는 이상할 정도로 나른하고 단조로운 목소리로 이미 오래전에 신선함을 잃어버린 아이디어를 되풀이했을 뿐이었다. 탁자에 둘러앉은 교사들 중 몇 명은 이 아이디어를 들을 때마다 항상 사람 좋은 미소를 지었고, 교장은 짜증을 잘 감추지 못했다. 그는 이렇게 말했다, 제가 보기에 우리가 내려야 할 중요한 결정, 역사 교육과 관련해서 우리가 내려야 할 진지한 결정은 역사를 뒤에서 앞으로 가르칠 것인지, 아니면 앞에서 뒤로 가르칠 것인지 하는 점밖에 없습니다, 그 밖의 모든 것은, 물론 그것들이 하찮은 것은 결코 아니지만, 그 밖의 모든 것은 우리가 이 문제에서 어떤 결정을 내리는지에 따라 달라집니다, 제 말이 맞다는 것은 누구나 다 알고 있습니다, 제 말이 사실이 아닌 척 아무리 가장을 해도 말입니다. 이 발언이 끝나자 교장은 언제나 그렇듯이 체념한 듯한 한숨을 내쉬었고, 다른 교직원들은 서로 시선을 교환하며 웅성거렸다. 수학교사도 미소를 짓고 있었지만, 그의 미소는 범죄에 동참한 친구 같은 미소였다. 그는 마치 이렇게 말하고 있는 듯했다, 자네가 옳아, 이 중 어떤 것도 진지하게 받아들일 만한 게 없어. 테르툴리아노 막시모 아폰소가 탁자 건너편에 앉은 그에게 살짝 고개를 끄덕인 것은 그의 얼굴에 나타난 이 메시지가 고맙다는 뜻이었다. 하지만 이 제스처에는 그것 외에 다른 것도 묻어 있었다. 지금은 적당한 말이 생각나지 않으므로 그냥 이것을 숨은 제스처라고 부르겠다. 이 숨은 제스처는 복도에서 있었던 일을 자신이 아직 완전히 잊어버리지는 않았다는 말을 하고 있었다. 다시 말해서, 겉으로 드러난 제스처는 이미 일어난 일은 어쩔 수 없다며 상대를 달래는 듯한 뜻을 노골적으로 담고 있었던 반면, 숨은 제스처는 뒤로 처져서 이런 말을 덧붙이고 있었다, 그래요, 하지만 전부 다 그런 건 아니에요. 한편 이제 다른 교사가 발언할 차례였다. 그가 테르툴리아노 막시모 아폰소와 달리 유창한 말솜씨로 능수능란하게 발언을 하는 동안 우리는 이 기회를 틈타 숨은 제스처에 관해 잠깐 이야기하기로 하겠다. 이 주제가 워낙 복잡하다는 점을 감안하면, 얘기가 너무 짧은 감이 들지만 말이다. 우리가 아는 한, 숨은 제스처라는 주제가 제기된 것은 이번이 처음이다. 사람들은 예를 들어 톰이나 딕이나 해리가 특정한 상황에서 이런저런 제스처를 했다고 말한다. 아주 간단하게. 마치 의심, 연대감, 경고를 표현하는 이런저런 제스처가 모두 항상 같은 의미인 것처럼. 의심은 항상 신중하고, 지지는 항상 무조건적이며, 경고는 항상 사리사욕 없이 이루어진다는 듯이. 우리가 정말로 관심을 갖고 살펴본다면, 겉으로 크게 드러난 부분만 보고 만족해 버리지 않는다면, 마치 혜성의 꼬리 속에 들어 있는 우주먼지처럼 제스처의 뒤를 따라다니는 숨은 제스처의 다양한 섬광에 주의를 기울여야만 전체적인 진실을 알 수 있는데 말이다. 나이와 지능에 상관없이 누구나 이해할 수 있는 비유를 하나 든다면, 이 숨은 제스처들은 계약서에 깨알 같은 글씨로 적혀 있어서 읽기 어렵지만 분명히 존재하는 글귀와 같다. 관습과 양식에 따라 신중을 기하지 않는다면, 아주 가까운 미래에 숨은 제스처를 연구해서 파악하고 구분하는 작업이 기호학에서 가장 풍요로운 분야 중 하나가 되지 않는다 해도 전혀 놀랄 일이 아니다. 세상에는 그것보다 더 이상한 일들도 있으니까. 발언 중이던 교사의 말이 끝나고 교장이 다음 사람에게 막 발언권을 넘기려 할 때 테르툴리아노 막시모 아폰소가 할 말이 있다는 뜻으로 오른팔을 번쩍 처들었다. 교장은 방금 말한 교사의 견해에 대해 할 말이 있느냐면서 만약 그렇다면 테르툴리아노 막시모 아폰소도 틀림없이 잘 알고 있는 회의의 규칙에 따라 모든 사람이 발언을 마칠 때까지 기다려야 한다고 말했다. 하지만 테르툴리아노 막시모 아폰소는 그런 것이 아니라면서 방금 말한 교사의 몹시 적절한 발언과는 아무 상관이 없다고 대답했다. 그리고 현재 사용 중인 규칙뿐만 아니라 이미 사문화된 규칙도 잘 알고 있으며 지금까지 그 규칙들을 존중해 왔다고 말했다. 그는 다만 회의장에서 나가도 되는지 물어보고 싶을 뿐이라면서 학교 밖에서 급히 처리해야 할 일이 있다고 말했다. 이번에는 숨은 제스처가 전혀 없었다. 배경음이라고나 할까, 어쨌든 숨은 어조가 있을 뿐이었다. 이것은 몸짓과 목소리를 통한 의사소통에서 나타나는 많은 변이들, 단순히 두 번째나 세 번째 변이뿐만 아니라 네 번째와 다섯 번째 변이까지도 중요하게 여겨야 한다는, 우리가 위에서 제시한 이제 막 싹을 틔우는 이론에 더욱 힘을 실어주었다. 예를 들어 지금의 경우 회의에 참석한 모든 사람들은 물론 언제든지 나가도 좋다고 말하는 교장의 말 속에 숨은 깊은 안도감이 숨은 어조를 만들어 내고 있음을 눈치챘다. 테르툴리아노 막시모 아폰소는 손을 크게 흔들며 작별인사를 했다. 이것은 회의 참석자 전원을 위한 제스처이자 교장을 위한 숨은 제스처였다. 그러고 나서 그는 방을 나갔다. 그의 자동차는 학교 근처에 주차되어 있었다. 오래지 않아 그는 차 안에 앉아서 눈앞의 도로를 열심히 바라보고 있었다. 전날 오후부터 일어난 일들을 생각해 보면 지금 가보아야 마땅한 유일한 목적지, 즉 그가 〈경주는 빠른 자에게〉의 비디오를 빌린 가게 방향으로 뻗어 있는 도로였다. 그는 혼자 먹은 점심을 싸온 도시락 통에 계획을 대충 메모해 두었었다. 그리고 졸음을 불러오는 동료교사들의 발언을 방패삼아 다듬은 계획을 가지고, 이제는 비디오가게 점원과 얼굴을 맞대고 있었다. 이 고객의 이름이 테르툴리아노라는 것을 알고 몹시 재미있어 했던 그 점원 말이다. 그는 이제 곧 벌어질 상업적인 거래를 끝낸 후 그 이상한 이름과 그 이름의 주인이 보여준 몹시 특이한 행동이 묘하게 일치한다는 사실을 곰곰이 생각해 보게 될 것이다. 처음에는 이런 일이 일어날 것이라는 징조가 전혀 없었다. 테르툴리아노 막시모 아폰소는 다른 사람들과 마찬가지로 가게에 들어와서 다른 사람들과 마찬가지로 안녕하시냐고 인사를 했다. 그리고 다른 사람들과 마찬가지로 천천히 진열대를 훑어보면서 여기저기서 걸음을 멈추기도 하고, 테이프가 들어 있는 껍데기의 등에 적힌 제목을 읽으려고 고개를 갸우뚱하게 기울이기도 하다가 마침내 카운터로 가서 이렇게 말했다, 어제 빌린 비디오를 사고 싶어요, 혹시 기억하시는지 모르겠지만. 예, 잘 기억하고 있어요, 〈경주는 빠른 자에게〉였죠. 맞아요, 그걸 사고 싶어요. 그러세요, 그런데 이런 말씀을 드려도 되는지 모르겠지만, 사실 이건 손님을 위해서 드리는 말씀인데요, 어제 빌려가신 비디오를 저희에게 돌려주시고 새것을 사는 게 좋을 거예요, 쓰면 쓸수록 영상과 소리가 조금씩 나빠지게 마련이니까요, 사소한 차이인 건 사실이지만, 시간이 흐를수록 눈에 띄게 차이가 나요. 그럴 필요는 없어요, 테르툴리아노 막시모 아폰소가 말했다, 내 목적에는 어제 빌려갔던 테이프가 맞아요. 점원은 내 목적이라는 말을 들으며 약간 당혹스러웠다. 그것은 일반적으로 비디오를 이야기할 때 반드시 써야 하는 표현이 아니었다. 사람들은 비디오를 보고 싶어 한다. 비디오가 태어난 목적이 그것이고, 비디오가 만들어진 이유가 그것이다. 그뿐이다. 그런데 이 고객의 괴상한 행동은 그것으로 끝이 아니었다. 점원은 나중에 또 물건을 팔 요량으로 테르툴리아노 막시모 아폰소에게 감사의 뜻과 페니키아인들의 시대부터 내려오는 상인으로서의 배려를 마음껏 표현하기로 했다. 대여비를 공제해 드릴게요, 점원이 말했다. 그런데 그가 계산을 하는 동안 고객이 이렇게 묻는 소리가 들렸다. 혹시 같은 영화사에서 만든 다른 영화가 여기 있나요. 같은 감독의 작품을 말씀하시는 건가요, 점원이 조심스레 물었다. 아뇨, 아뇨, 같은 영화사 말이에요, 내가 관심 있는 건 영화사예요, 감독이 아니라. 죄송하지만 그동안 장사를 하면서 그런 걸 물어본 손님은 한 명도 없었어요, 손님들은 제목을 대며 영화를 찾죠, 특정한 배우의 이름을 대는 경우도 많고요, 감독에 대해 물어보는 경우는 아주 드물어요, 하지만 영화사를 물어보는 경우는 전혀 없어요. 그냥 내가 아주 까다로운 고객이라고 해두죠. 그런 것 같네요, 막시모 아폰소 씨, 점원이 고객카드를 재빨리 훑어본 후 중얼거렸다. 그는 어리둥절하고 혼란스러웠지만, 갑작스레 떠오른 기분 좋은 영감 덕분에 고객을 성으로 부르게 된 것이 기쁘기도 했다. 고객의 성은 그냥 이름으로 사용할 수도 있는 것이었으므로, 지금부터는 이 이름이 진짜 이름을 기억의 그림자 속에 몰아넣게 될지도 몰랐다. 전에 진짜 이름을 보자마자 안타깝게도 웃음이 터질 것 같았지만 말이다. 그는 같은 영화사가 만든 다른 영화가 여기에 있느냐는 고객의 질문에 대답하지 않았다는 사실을 잊어버렸다. 테르툴리아노 막시모 아폰소는 그 질문을 되풀이하면서 설명을 덧붙였다. 아무래도 자기가 이 가게에서 괴상한 손님으로 찍힌 것 같으니 혹시 그런 인상을 바로잡을 수 있을까 해서였다. 내가 같은 영화사의 다른 영화를 보고 싶어 하는 건 특정한 영화사가 소비자들에게 노골적으로나 암묵적으로나 잠재의식적으로 퍼뜨리는 경향, 의도, 메시지, 그러니까 간단히 말해서 이념적인 신호를 단계마다, 장면마다 연구해서 상당히 진전된 초고를 작성하는 데 매달리고 있기 때문이에요, 물론 그 영화사가 그렇게 하고 있다는 사실을 얼마나 이해하고 있는지는 고려에 넣지 않았죠. 테르툴리아노 막시모 아폰소가 이 말을 하는 동안 점원은 너무나 놀라서 눈을 점점 휘둥그렇게 떴다. 자신이 무엇을 원하는지 똑똑히 알고 있을 뿐만 아니라 그것을 원하는 이유까지 그럴듯하게 댈 수 있는 고객에게 완전히 넘어간 것이다. 사실 상업의 세계에서 그런 고객은 아주 드물었고, 비디오 대여점에서는 특히 더 드물었다. 하지만 홀린 듯 이야기를 듣고 있는 점원의 얼굴에 분명히 드러난 순수한 놀라움은 천박한 상업적 이해관계라는 불쾌한 얼룩으로 더러워졌다. 그가 동시에 떠올린 생각은 문제의 영화사가 영화계에서 가장 역사가 길고 가장 활발히 활동하는 곳 중 하나니까 이 고객이 그 연구인지 논문인지를 끝낼 때까지 상당한 돈을 우리 금고에 집어넣게 되겠구나, 앞으로 이 고객의 이름이 막시모 아폰소 씨라는 걸 반드시 기억해 둬야겠다는 것이었다. 물론 그 영화사가 만든 모든 영화를 비디오로 구할 수 있는 것은 아니라는 점을 고려해야 했다. 하지만 그렇더라도 이것은 계속 밀어붙일 만한 가치가 있는 유망한 거래였다. 제가 제안을 하나 할까요, 점원이 놀라움에서 벗어나 이렇게 말했다, 저희가 그 영화사에 작품목록을 달라고 요청해 볼게요. 예, 그런 방법이 있겠군요, 테르툴리아노 막시모 아폰소가 말했다, 하지만 지금 당장 급한 일은 아니에요, 게다가 아마 그 영화사가 제작한 영화를 전부 다 볼 필요는 없을 거예요, 그러니까 지금 이 가게에 있는 작품부터 시작하도록 하죠, 그러고 나서 그 결과와 내가 내린 결론에 따라 앞으로 어떻게 할 건지 결정하겠습니다. 점원의 희망이 갑자기 쪼그라들었다. 풍선은 아직 땅 위에 있었지만 이미 가스가 빠져나가고 있는 것 같았다. 작은 사업체들을 괴롭히는 것이 바로 이런 문제다. 하지만 당나귀가 발길질을 했다고 해서 반드시 다리가 부러지는 것은 아니다. 그리고 이십사 개월 만에 부자가 되지 못했다 해도, 이십사 년간 일을 한다면 혹시 부자가 될지도 모른다. 자그마한 인내심과 체념 덩어리의 효능 덕분에 이러한 도덕적 무장을 어느 정도 회복한 점원은 카운터 뒤에서 나와 진열대로 걸어가면서 이렇게 말했다, 그럼 제가 가서 저희 가게에 어떤 작품이 있는지 알아보죠. 이 말을 들은 테르툴리아노 막시모 아폰소는 이렇게 대답했다, 작품이 있거든 우선 대여섯 편이면 충분해요, 그 정도면 오늘밤에 당장 일을 시작할 수 있으니까. 비디오 여섯 편이면 보는 시간만 대략 아홉 시간이에요, 점원이 말했다. 긴 밤을 보내시게 되겠네요. 이번에는 테르툴리아노 막시모 아폰소가 아무 대답을 하지 않았다. 그는 같은 영화사가 만든 영화를 광고하는 포스터를 보고 있었다. 〈무대의 여신〉이라는 영화 였는데, 처음 포스터를 붙일 때에는 틀림없이 신작이었을 것이다. 주요 배역을 맡은 배우들의 이름이 다양한 크기의 활자로 적혀 있었고, 그들이 영화계에서 차지하는 비중에 따라 각각 다른 위치에 배열되어 있었다. 〈경주는 빠른 자에게〉에서 호텔직원을 연기했던 배우의 이름은 분명히 없을 것이다. 점원이 비디오 여섯 편을 가지고 진열대에서 돌아와 카운터 위에 올려놓았다. 작품은 더 있지만 우선 대여섯 편만 필요하다고 하셔서요. 좋아요, 내일이나 모레쯤 다시 와서 다른 작품을 가져가죠. 지금 저희에게 없는 작품을 미리 주문해 놓을까요. 점원이 이미 죽어가고 있는 희망에 다시 불을 붙여보려고 이렇게 물었다. 우선 여기 있는 것부터 보고 나서 생각해 봅시다. 손님에게 고집을 부려봤자 소용없었다. 이 손님은 자신이 원하는 것이 무엇인지 확실이 알고 있었으니까. 점원은 비디오 여섯 편의 가격을 머릿속으로 합산했다. 그는 옛날 사람이었다. 휴대용 계산기가 나오기 이전 시대의 사람. 그때 휴대용 계산기는 사람들의 꿈속에도 존재하지 않았다. 점원이 액수를 말했다. 테르툴리아노 막시모 아폰소는 그의 실수를 정정해 주었다. 그건 판매가격이지 대여비가 아니잖아요. 아, 아까 그 작품을 산다고 하셔서 이것도 사시려는 건 줄 알았죠, 점원이 변명하듯 말했다. 그래요, 이것들 중 몇 편을 사게 될지도 모르죠, 결국은 전부 다 사게 될지도 모르고, 하지만 먼저 영화를 봐야죠, 시사한다고 해야 하나, 그 표현이 맞는 것 같은데, 그래야 이 안에 내가 찾는 것이 있는지 알 수 있잖아요. 고객의 반박할 수 없는 논리에 압도당한 점원은 재빨리 계산을 다시 한 다음 비디오를 비닐봉지에 넣었다. 테르툴리아노 막시모 아폰소는 돈을 치르고, 내일 다시 보자고 인사를 한 다음 가게를 나섰다. 당신 이름을 테르툴리아노라고 지은 사람이 누구인지는 모르겠지만, 이름 한번 제대로 지었어, 기분이 상한 점원이 투덜거렸다.

학계의 승인이라는 축복을 받은 장치들을 사람들이 좋아하게 될 가능성이 높다는 점을 감안하면, 이야기가 여기에 이른 시점에서 화자로서는 역사교사가 도시를 가로질러 집으로 가는 동안 아무 일도 일어나지 않았다고 말하는 편이 가장 쉬울 것이다. 마치 타임머신처럼, 특히 직업적인 양심 때문에 플롯의 구멍을 메우기 위해 대로변의 소란이나 교통사고를 만들어 낼 수 없을 때 아무 일도 일어나지 않았다는 말이 사용된다. 다음 사건으로 급히 넘어가야 할 때나, 아니면 예를 들어 등장인물의 생각을 어떻게 처리해야 할지 잘 알 수 없을 때. 특히 등장인물의 생각이 그가 살고 있는 실존적인 공간과 아무 상관이 없을 때 그렇다. 이제 막 비디오에 맛을 들이기 시작한 교사인 테르툴리아노 막시모 아폰소가 자동차를 모는 동안 바로 이런 상태다. 그는 사실 생각을 하고 있었다. 많은 생각을 열심히. 하지만 그의 생각들은 그가 방금 살아온 지난

스물네 시간과 거의 상관없는 것들이었다. 그래서 만약 우리가 그 생각들을 이 소설 속에 포함시킨다면, 우리가 원래 하려고 했던 이야기가 아니라 다른 이야기가 되어버릴 것이다. 물론 그런 이야기를 할 만한 가치가 있을 수도 있다. 아니 우리는 테르툴리아노 막시모 아폰소의 생각에 관해 모든 것을 알고 있으므로, 그런 이야기를 할 만한 가치가 있다는 것을 분명히 알고 있다. 하지만 그렇게 했다가는 지금까지의 노력, 약 육십 쪽에 이르는 지금까지의 이야기를 무효로 선언하고 다시 그 반어적이고 무례한 첫 번째 페이지로 돌아가는 꼴이 될 것이다. 새롭고 신선할 뿐만 아니라 대단히 위험하기까지 한 모험을 한번 해보겠다고 지금까지 흘린 정직한 땀을 모두 던져버리는 셈이 되는 것이다. 테르툴리아노 막시모 아폰소의 생각이 우리를 그런 방향으로 이끌어갈 것이라고 우리는 확신하고 있다. 그러니까 새 두 마리를 한꺼번에 잃어버리고 실망을 맛보느니 차라리 새 한 마리를 손아귀에 그냥 쥐고 있도록 하자. 게다가 지금은 다른 이야기를 할 시간도 없다. 테르툴리아노 막시모 아폰소가 지금 막 차를 주차시키고 아파트까지 얼마 안 되는 거리를 걷고 있다. 한 손에는 학교에 갈 때 가져가는 가방을 들었고, 다른 손에는 비닐봉지를 들었다. 잠자리에 들기 전에 좀더 공식적인 용어로 얼마나 많은 비디오를 시사할 수 있을지 계산하는 것 외에 그가 지금 무슨 생각을 하겠는가. 그는 단역배우들에게 관심이 있다. 만약 그가 스타라면 첫 번째 장면부터 등장할 것이다. 테르툴리아노 막시모 아폰소는 이미 현관문을 열고 안으로 들어가 문을 닫았다. 그리고 책상 위에 가방을 놓은 다음, 그 옆에 비디오가 들어 있는 비닐봉지를 놓았다. 집 안에 누가 있는 것 같은 낌새는 없다. 아니 어쩌면 그런 낌새가 눈에 띄게 드러나지 않은 것뿐인지도 모른다. 마치 어젯밤 이 아파트에 들어온 존재가 그동안에 이 아파트와 갈라놓을 수 없는 일부가 된 것처럼. 테르툴리아노 막시모 아폰소는 방으로 가서 옷을 갈아입은 다음, 먹을 만한 것이 있는지 보려고 부엌으로 가서 냉장고 문을 열었다가 닫고는 잔 하나와 맥주 깡통 하나를 들고 거실로 돌아갔다. 그는 비닐봉지에서 비디오를 꺼내 제작 날짜순으로 오래된 것부터 늘어놓았다. 〈저주받은 암호〉는 그가 이미 본 〈경주는 빠른 자에게〉보다 두 해 전에 만들어진 작품이었다. 그리고 가장 최근의 작품은 작년에 만들어진 〈무대의 여신〉이었다. 제작 날짜순으로 나열된 나머지 네 편은 〈차표 없는 승객〉, 〈죽음은 새벽에 찾아온다〉, 〈경보가 두 번 울렸다〉, 〈다른 날 내게 전화해〉였다. 틀림없이 이 마지막 제목 때문에 생겨났을 무의식적인 반사작용 때문에 그는 고개를 돌려 자기 전화기를 바라보았다. 전화기에서 불이 깜박이며 메시지가 녹음되어 있음을 그에게 알려주고 있었다. 그는 몇 초 동안 망설이다가 결국 메시지를 들으려고 단추를 누르고 말았다. 첫 번째 메시지의 주인공은 자신을 밝히지 않은 여자였는데, 아마도 테르툴리아노 막시모 아폰소가 자신의 목소리를 금방 알아차릴 것이라고 생각한 모양이었다. 그 여자는 이렇게만 말했다, 나야. 그리고 계속 말을 이었다. 뭐가 잘못된 건지는 모르겠지만, 당신 벌써 일주일째 전화가 없어, 우리 관계를 끝내고 싶다면 내 얼굴을 보면서 직접 말해, 당신이 이렇게 침묵하는 게 지난번 우리 싸움과 관계 있는 건 아니겠지, 뭐, 그건 당신만 알 수 있는 일이지만, 내가 아직도 당신을 생각한다는 말을 하려고 전화했어, 사랑해, 끊을게. 두 번째 메시지의 주인공도 같은 여자였다. 제발 전화 좀 해줘. 그 다음에 세 번째 메시지가 있었지만, 그것은 수학교사가 남긴 것이었다. 이봐, 친구, 내가 오늘 뭔가 자네 기분을 상하게 한 것 같은데, 솔직히 말해서 그게 뭔지 도무지 모르겠어, 우리 사이에 혹시 오해가 있다면 대화로 풀어야 하지 않을까, 만약 내가 자네한테 사과해야 할 일을 저질렀다면, 이 전화가 적어도 사과하려는 노력의 일부라고 생각해 주게, 잘 있어, 내가 자네 친구라는 말은 굳이 안 해도 되겠지. 테르툴리아노 막시모 아폰소는 인상을 찌푸렸다. 학교에서 수학교사와 관련해서 뭔가 짜증스럽거나 불쾌한 일이 있었던 것 같은 기억이 희미하게 떠올랐지만, 그게 어떤 일이었는지 기억나지 않았다. 그는 테이프를 다시 돌려 앞의 두 메시지를 다시 들었다. 이번에는 그의 얼굴에 희미한 미소와 사람들이 대개 몽상에 잠겼다고들 하는 표정이 떠올랐다. 그는 자리에서 일어나 비디오플레이어에서 〈경주는 빠른 자에게〉의 테이프를 꺼내고 대신 〈저주받은 암호〉를 집어넣었다. 하지만 손가락으로 재생 버튼을 누르려던 마지막 순간에 그는 만약 이대로 계속 간다면 심각한 문제가 생길 것임을 깨달았다. 자신이 세운 행동 계획에서 한 가지 절차를 빼먹게 되는 것이다. 그것은 〈경주는 빠른 자에게〉의 맨 끝에 나오는 하급 단역배우들의 이름을 베끼는 것이었다. 작품 속에서 시간과 공간을 차지하고 있는데도, 스타들의 접점이자 교차 궤도로서 작으나마 위성 역할을 하며 몇 마디 대사를 하는데도, 픽션의 세계에서 반드시 필요한 이름을 얻을 권리조차 없는 사람들 말이다. 하지만 어쩌면 우리가 이런 말을 하면 안 되는 것인지도 모른다. 물론 테르툴리아노 막시모 아폰소가 나중에 이름을 베낄 수도 있었다. 하지만 사람들이 개를 인간의 가장 좋은 친구라고 하는 것처럼, 질서와 순서도 인간의 가장 좋은 친구이다. 비록 질서와 순서도 개처럼 가끔 사람을 물기도 하지만 말이다. 모든 것을 제자리에 정돈하고, 모든 것에게 자리를 마련해 주는 것은 옛날부터 항상 부유한 집안의 황금률이었다. 자신이 해야 하는 일을 순서대로 하는 것이 혼돈이라는 유령에게 맞서는 가장 단단한 보험임이 그동안 수없이 증명되었으니 말이다. 테르툴리아노 막시모 아폰소는 이제 친숙해진 〈경주는 빠른 자에게〉의 테이프를 재빨리 돌려 자신이 원하는 지점에서 멈춘 다음 화면에 흐르는 남자들의 이름을 종이에 베껴 적었다. 남자들의 이름만. 대단히 이례적인 일이기는 해도 이번에 그가 찾는 대상은 여자가 아니니까 말이다. 이 정도면 테르툴리아노 막시모 아폰소가 오랫동안 심사숙고해서 세운 계획에 대한 충분한 설명이 될 것이다. 호텔 프런트 직원의 신원을 알아내려고 노력해 보겠다는 계획 말이다. 그가 콧수염을 기르고 있던 시절의 모습과 꼭 닮은 사람, 지금도 콧수염이 없는 자신의 모습과 틀림없이 똑같을 사람. 누가 알겠는가. 어쩌면 한 사람의 머리숱이 적어지기 시작하면 나머지 한 사람도 점점 대머리가 되어갈 것이고, 결국 미래도 역시 똑같은 모습일지. 테르툴리아노 막시모 아폰소의 계획은 인도를 발견한 콜럼버스의 계획처럼 누구나 생각해 보면 금방 알 수 있는 것이었다. 호텔직원이 나온 영화와 그렇지 않은 영화의 단역배우들 이름을 모두 적어놓는 것. 예를 들어, 그가 방금 비디오플레이어에 집어넣은 〈저주받은 암호〉에 그의 복사판이 나오지 않는다면 〈경주는 빠른 자에게〉에도 나왔던 사람들의 이름을 첫 번째 명단에서 모두 지울 수 있을 것이다. 우리가 잘 알고 있듯이 네안데르탈인의 두뇌는 이런 상황에서 아무런 쓸모가 없을 것이다. 하지만 다양한 장소와 시대의 사람들과 씨름하는 데 익숙한 역사교사라면, 사실 어제만 해도 그는 고대 메소포타미아 문명에 관해 많은 지식을 담고 있는 책에서 아모리인들에 관한 내용을 읽지 않았던가. 그런 그에게 이런 식의 보물사냥은 완전히 어린애 장난이며, 아마 우리가 이렇게 자세하게 설명할 필요도 없을 것이다. 하지만 우리의 기대와는 달리 호텔직원은 〈저주받은 암호〉에도 등장했다. 이번에는 총을 든 괴한에게 위협을 받는 은행원 역이었다. 틀림없이 불만에 가득 찬 감독의 눈에 더 설득력 있는 모습을 보여주기 위해서였겠지만, 그는 괴한이 던져준 가방에 금고 속의 것들을 억지로 옮기면서 과장되게 몸을 부들부들 떨며 두려운 표정을 지었다. 괴한은 가방을 던지면서 이 가방을 채우지 않으면 네 머리를 총알로 채워주겠다고 험악한 표정으로 고함을 질렀는데, 그것은 갱 영화에서 너무나 자주 볼 수 있는 모습이었다. 이 악당은 운을 맞춰 말하는 취향이 있는 모양이었다. 은행원은 그후로 두 번 더 나왔다. 첫 번째는 경찰의 질문에 답하는 장면이었고, 두 번째는 그가 이 사건으로 인해 큰 충격을 받아 고객들을 모두 잠재적인 도둑으로 취급하기 시작했기 때문에 지점장이 그를 창구에서 다른 곳으로 보내는 장면이었다. 이 은행원은 말할 필요도 없이 호텔직원과 마찬가지로 윤기 나는 콧수염을 멋들어지게 기르고 있다. 테르툴리아노 막시모 아폰소는 이번에는 식은땀이 등골을 흘러내리는 것 같은 기분을 느끼지 않았다. 이번에는 손도 떨리지 않았다. 그는 은행원의 모습을 몇 초간 정지시키고 침착하게 호기심 어린 시선으로 그를 자세히 살펴보고는 다음 장면으로 나아갔다. 이 영화에 그와 똑같은 사람, 몸이 연결되지 않은 샴쌍둥이인지 젠다성의 포로(얼굴이 똑같이 생긴 귀족과 왕자가 등장하는 소설─옮긴이)인지, 아니면 아직 분류되지 않은 무엇인지 몰라도 어쨌든 그 사람이 이 영화에 출연했으므로 그의 신원을 알아내려면 첫 번째 명단의 이름 중 두 번째 명단에도 등장하는 이름에 모두 표시를 하는 다른 방법을 써야 할 터였다. 테르툴리아노 막시모 아폰소는 두 개의 이름, 두 개에만 십자 표시를 했다. 저녁식사 때까지는 아직 시간이 남았으므로 식욕을 참지 못할 정도는 아니었다. 그래서 그는 시간순서상 〈저주받은 암호〉 다음 작품을 볼 수 있었다. 이 영화의 제목은 〈차표 없는 승객〉이었지만, 그냥 〈완전한 시간낭비〉라는 제목을 붙여도 될 것 같았다. 자신의 쌍둥이가 이 영화에는 출연하지 않았으니까. 하지만 사실 완전한 시간낭비는 아니었다. 이 영화 덕분에 첫 번째 명단과 두 번째 명단에서 이름 몇 개를 더 지울 수 있었으니까 말이다. 이렇게 지워나가다 보면 결국 알아낼 수 있을 거야, 테르툴리아노 막시모 아폰소가 큰소리로 말했다. 마치 갑자기 옆에 누가 있었으면 좋겠다는 생각이 든 것처럼. 전화벨이 울렸다. 동료 교사인 수학교사에게서 걸려온 전화일 가능성은 가장 낮았고, 아까 두 번이나 전화한 여자의 전화일 가능성이 가장 높았다. 어쩌면 멀리서 살고 있는 어머니가 사랑하는 아들이 잘 지내는지 물어보려고 건 전화일 수도 있었다. 몇 번 벨이 울린 후 전화기가 조용해졌다. 녹음기가 금방 돌아가기 시작할 것이라는 신호였다. 그러면 거기에 녹음된 말은 누군가가 그 말을 듣고 싶어질 때까지 거기서 기다리고 있어야 할 것이다. 어떻게 지냈느냐는 어머니의 말이든, 내가 뭔가 잘못을 저지르지는 않은 것 같다고 우기는 친구의 말이든, 당신이 나한테 이러면 안 된다며 절망하는 연인의 말이든. 지금 기계 안에 녹음된 말이 무엇이든 테르툴리아노 막시모 아폰소는 그 말을 듣고 싶은 기분이 아니다. 위장이 음식을 요구하고 있기 때문이라기보다는 기분을 전환하기 위해서 그는 부엌으로 가서 샌드위치를 하나 만들고 맥주 깡통 하나를 새로 땄다. 그는 의자에 앉아 아무런 즐거움도 없이 검소한 식사를 우적우적 씹어 먹었다. 그동안 자유롭게 해방된 그의 생각들은 제멋대로 몽상에 빠져들었다. 생각을 감시하던 의식이 일종의 무감각 상태에 빠졌다는 것을 깨달은 상식은 처음의 기운 찬 개입 이후 어딘가를 정처 없이 돌아다니다가 그 모호한 명상의 불확실한 조각들 사이로 슬그머니 끼어들어 테르툴리아노 막시모 아폰소에게 그가 스스로 만들어 낸 이 상황이 마음에 드느냐고 물었다. 갑자기 정신이 번쩍 나서 차가운 기운을 금방 잃어버린 맥주의 쌉쌀한 맛과 엉터리 빵 두 조각 사이에 끼워 넣은 품질 낮은 햄의 부드럽고 끈적끈적 맛을 느낀 역사교사는 지금 여기서 벌어지고 있는 일과 행복은 아무 상관이 없으며, 지금 상황에 대해서는 그저 자신이 만들어 낸 것이 아니라는 말을 하고 싶을 뿐이라고 대답했다. 당신이 이걸 만들어 내지 않았다는 데는 나도 동감이야, 상식이 대답했다, 하지만 대부분의 경우 우리가 처하게 되는 상황은 우리가 도와주지 않았더라면 생겨나지 않았을 것들이야, 지금의 상황이 생겨나는 데 당신이 도움을 주었다는 걸 부인할 생각은 아니겠지. 그냥 호기심일 뿐이야, 그것뿐이라고. 그 얘긴 이미 했어. 너 혹시 호기심을 싫어하는 거야. 내가 하려는 말은 우리가 갖고 있는 최고의 재능, 여기서 우리란 상식을 말하는 건데, 그 최고의 재능이 항상 호기심이라는 걸 당신이 인생에서 아직 배우지 못했다는 것뿐이야. 내가 보기에 상식과 호기심은 양립

할 수 없는 것 같은데. 어쩌면 그렇게 잘못된 생각을 할 수가, 상식이 한숨을 쉬었다. 그럼 나한테 증명해 봐. 바퀴를 누가 발명했다고 생각해. 그건 아무도 모르지. 아냐, 우린 알고 있어, 바퀴를 발명한 건 상식이야, 엄청난 양의 상식이 있어야만 그걸 발명할 수 있었을 거야. 그럼 원자폭탄은, 그것도 상식이 발명한 건가, 테르툴리아노 막시모 아폰소가 상대에게 기습을 가하는 데 성공한 사람처럼 의기양양하게 물었다. 그건 아니지, 원자폭탄은 의식이 발명한 게 뻔하잖아, 원자폭탄에는 상식적이라고 할 수 있는 게 하나도 없어, 이런 말을 해서 미안한데, 상식은 원래 보수적이야. 반동적인 거겠지. 아이고, 그렇게 우리를 비난하다니, 조만간 모든 사람이 그런 말을 하고 모든 사람이 그런 말을 듣겠네. 만약 모든 사람이 똑같이 그런 말을 할 만큼 한마음이 된다면, 심지어 그런 말을 듣는 것 외에 다른 대안이 없는 사람들도 그렇게 된다면, 물론 그 사람들이 그런 말을 직접 글로 쓰는 경우는 제외한 거지만, 어쨌든 그렇다면 그런 말이 틀림없이 진실이겠지. 사람들이 한마음으로 외친다고 해서 그 주장이 항상 옳은 게 아니라는 건 당신도 잘 알고 있잖아, 대개 사람들은 어떤 의견이 마치 우산이나 되는 것처럼 그 아래로 모여들 뿐이야. 테르툴리아노 막시모 아폰소는 말을 하려고 입을 열었다. 만약 입을 연다는 표현이 지금의 대화처럼 전적으로 머릿속에서 이루어지는 소리없는 대화를 묘사할 때도 쓰일 수 있다면 말이지만. 어쨌든 상식은 이미 그 자리에 없었다. 소리없이 불러난 것이다. 상식은 딱히 패배한 것은 아니었지만, 자신이 다시 나타나는 계기가 되었던 문제로부터 대화가 옆길로 새어나가는 것을 자신이 방치한 것에 화가 난 상태였다. 물론 이런 일이 일어난 것이 전적으로 상식의 잘못만은 아니라는 가정하에 하는 말이지만. 사실 상식이 결과를 잘못 짐작하는 경우가 많았다. 바퀴를 발명했을 때도 그랬고, 원자폭탄을 발명했을 때는 그것이 재앙이 되었다. 테르툴리아노 막시모 아폰소는 손목시계를 보며 영화 한 편을 더 보는 데 시간이 얼마나 걸릴지 계산해 보았다. 간밤에 잠을 자지 못한 것이 지금 영향을 미치기 시작했기 때문이다. 눈꺼풀이 그가 마신 맥주의 도움을 받아 납덩이처럼 무거워졌다. 그가 아까 추상의 세계로 빠져든 것도 아마 그래서였을 것이다. 내가 지금 자면 아마 두세 시간 후에 다시 깰 텐데, 그가 말했다. 그러면 기분이 더 나빠질 거야. 그는 〈죽음은 새벽에 찾아온다〉를 조금 보기로 했다. 어쩌면 그 사람이 거기 안 나올지도 모르지만 말이다. 그러면 모든 것이 간단해질 것이다. 빨리 감기로 테이프를 끝까지 돌려서 이름을 베껴 적은 다음에 잠자리에 들 수 있을 것이다. 하지만 그의 생각은 잘못된 것이었다. 그 영화에서 그 사람이 병원 직원 역할을 하고 있었다. 이번에는 콧수염이 없었다. 테르툴리아노 막시모 아폰소의 털이 다시 곤두섰다. 팔에 난 털만. 등골에 식은땀이 흘러내리지도 않았다. 그냥 정상적인 땀이 그의 이마를 살짝 적시는 수준으로 만족했던 것이다. 그는 영화를 끝까지 다 보고 나서 앞서 작성한 두 개의 명단에서 이름 하나에 또 십자 표시를 했다. 그러고는 잠자리에 들었다. 심지어 불을 끄기 전에 책에서 아모리인들에 관한 내용을 몇 쪽 읽기까지 했다. 그가 잠들기 전에 마지막으로 생각한 것은 동료 수학교사에 관한 것이었다. 학교 복도에서 자신이 수학교사에게 왜 그토록 갑자기 차갑게 굴었는지 설명할 수가 없었다. 그 양반이 내 어깨에 손을 얹어서 그런 건가, 그는 이런 질문을 던지고 나서 즉시 이렇게 대답했다. 내가 그 양반한테 이런 얘기를 하면 완전 바보가 되겠지, 그 양반도 나한테 등을 돌릴 거야, 나라도 그럴 테니까. 그는 잠들기 전 마지막 일 초 동안 자신에게 하는 말인지, 아니면 동료교사에게 하는 말인지 모를 말을 중얼거렸다. 세상에는 도저히 말로 설명할 수 없는 게 있어.

글쎄, 꼭 그런 것만은 아니다. 단어가 몇 개 되지 않아서 이것은 내 입이라든가 저것은 당신 입이라는 간단한 뜻조차 표현할 수 없었던 시절이 있었다. 우리 입이 왜 서로 닿고 있느냐는 뜻을 표현하는 것은 말할 필요도 없었다. 요즘 사람들은 이런 단어들을 만들어 내는 데 얼마나 많은 노력이 들었는지 생각해 보지도 않는다. 우선 이런 단어들이 필요하다는 사실을 깨달아야 할 필요가 있었다. 누가 알겠는가. 어쩌면 이것이 무엇보다 어려운 일이었는지도 모른다. 그 다음에는 이 단어들이 즉각적으로 미치는 효과의 의미에 관해 공감대가 형성되어야 했다. 그리고 마지막으로, 이것은 결코 완수될 수 없는 임무이기도 한데, 그 단어들과 그 단어들이 미치는 영향이 중장기적으로 어떤 결과를 낳을지 상상해 보아야 했다. 이것에 비하면, 그리고 지난밤에 상식이 했던 단호한 말과는 반대로, 바퀴의 발명은 운 좋은 우연에 지나지 않았다. 만유인력의 법칙을 발견한 것이 그렇듯이. 순전히 사과가 뉴턴의 머리에 우연히 떨어졌기 때문에 그렇게 된 것이 아닌가. 바퀴는 한 번 발명된 후 영원히 그 상태로 남았지만, 단어들은 대단히 임시적인 음운과 형태의 덩어리로서 모호하고 산만한 운명을 지니고 세상에 등장했다. 어쩌면 찬란한 창조과정으로부터 물려받은 광채 덕분에 단어들이 타고난 권리라기보다는, 자신들이 다양하게 의미하고 상징하는 것들을 대신해서 자신을 분류하는 사람의 취향에 따라 불멸의 존재, 죽지 않는 존재, 영원한 존재인 척 아무리 애를 쓴다 해도 그 모호함으로 인해 언제나 변해버릴 수 있는 존재다. 그들이 도저히 저항할 수 없었던 이 선천적인 경향은 시간이 흐르면서 집단적인 의미 또는 개인적인 의미에서 어쩌면 해결할 수 없을지도 모르는 심각한 의사소통 문제가 되었다. 사람들은 사과와 양파를 혼동했고, 유산(legacies)과 법률용어(legalese)를 혼동했다. 단어들은 전에는 좋든 나쁘든 자신들이 뜻을 표현하기 위해 최선을 다했던 것들의 자리를 빼앗았으며, 결국은 거기서 거짓에 속지 마라, 빈 깡통이 요란하다, 밖에는 상표가 있지만 안에는 아무것도 없는 깡통의 화려한 행차 같은 말들이 나왔다. 아니면 단순히 단어들이 한때 담아서 보존했던 마음과 몸의 양식이 뿜어내는, 생각을 불러일으키는 냄새가 빠르게 희미해져 가고 있는 것일 수도 있다. 단어들의 기원과 운명에 관한 이렇게 종잡을 수 없는 생각들이 지금까지 우리를 이끌어 우리에게 선택의 여지가 없는 진짜 주제에서 멀어져 처음부터 다시 시작하게 만들었다. 겉으로 드러난 것과는 반대로 우리가 이것은 내 입이라든가 저것은 당신 입이라는 구절을 쓴 것은 단순한 우연이 아니다. 우리 입이 왜 서로 닿고 있느냐는 말에 대해서는 물론 말할 것도 없다. 테르툴리아노 막시모 아폰소가 몇 년 전에 같은 목적지를 향하는 비슷한 구절들과 기타 구절들의 장단기적 영향과 결과를 생각하는 데 시간을 조금 썼더라면, 물론 그가 꼭 그래야 하는 순간에 그 랬다는 가정 하에 하는 말이지만, 그랬더라면 그가 지금 곤혹스러운 표정으로 머리를 긁적이며 전화기를 바라보면서 두 번, 아니 어쩌면 세 번씩이나 그의 자동응답기에 탄식을 남겨 놓은 여자에게 도대체 무슨 말을 할 것인지 생각하게 되지는 않았을 가능성이 대단히 높다. 그가 지난밤 그 메시지를 들을 때 우리가 보았던 그 말쑥하고 희미한 미소와 꿈꾸는 듯한 표정은 결국 괘씸한 자존심의 상징에 지나지 않았다. 자존심은 특히 세상의 반을 차지하는 남자들 사이에서 뭔가 어려움이 있을 것이라는 낌새가 느껴지자마자 슬쩍 사라지거나 커다란 소리로 휘파람을 불며 딴청을 피우는 친구 같지 않은 친구와 같다. 마리아 다 파즈, 이것이 전화를 걸었던 여자의 상냥하고 믿음직한 이름이었는데, 어쨌든 그녀는 곧 출근을 하려고 집을 나설 것이다. 만약 테르툴리아노 막시모 아폰소가 지금 당장 그녀에게 전화를 걸지 않는다면, 그 가엾은 여인은 또 하루를 걱정으로 보내야 할 것이다. 그녀가 무슨 잘못이나 죄를 저질렀는지 몰라도, 물론 그녀가 잘못을 저질렀다면 그렇다는 말이지만, 그녀가 또 하루를 그렇게 보내게 하는 것은 정말로 부당한 짓이 될 것이다. 아니, 그녀에게는 그런 대접이 어울리지 않는다고 할 수도 있다. 이것은 그녀가 선호하는 표현이었다. 하지만 사실을 엄격하게 전달해야 한다는 의미에서, 지금 테르툴리아노 막시모 아폰소가 씨름하고 있는 문제는 정의와 불의에 관한 도덕관념이나 도덕적인 문제와는 아무런 상관이 없다는 말을 반드시 해야겠다. 그 문제는 만약 그가 전화를 하지 않으면 그녀가 전화를 할 것이라는 사실, 그리고 그 전화에서 그를 더욱 비난할 것이라는 사실과 관련되어 있다. 어쩌면 전화를 하면서 그녀가 울 수도 있고 울지 않을 수도 있다. 포도주를 잔에 따라 천천히 음미하며 마시고 나니 이제 잔 바닥에 남은 쓴맛의 찌꺼기를 마셔야 할 판이다. 앞으로 그가 어렵게 교훈을 배우게 될 상황에서 우리가 알아낼 기회가 많겠지만, 테르툴리아노 막시모 아폰소는 이른바 나쁜 사람이 아니다. 심지어 그를 좋은 사람들의 명단 속에 명예롭게 포함시킬 수도 있을 것이다. 만약 그 명단이 그다지 엄격하지 않은 기준에 따라 작성된다면 말이다. 하지만 앞에서 보았듯이 자신감이 부족하다는 분명한 증거인 극단적인 감수성과는 별도로, 그의 가장 커다란 약점은 그의 감정이었다. 강하거나 오래 지속되는 적이 없는 감정. 예를 들어 그의 이혼도 질투와 배신, 버림과 폭력으로 얼룩진 고전적인 신파극과는 달랐다. 그저 오랫동안 지속적으로 그의 애정에 영향을 미쳐오던 감정의 쇠퇴가 정점에 이르렀을 뿐이었다. 그는 다른 것에 정신이 팔려서든 무관심 때문이든 그냥 가만히 앉아서 그로 인해 어떤 불모의 사막이 생겨나는지 지켜보기만 했다. 하지만 그와 결혼한 여성은 그보다 더 정직하고 점잖은 사람이어서 마침내 이런 상황을 더 이상 참을 수 없다는 결론을 내렸다. 난 당신을 사랑했기 때문에 당신과 결혼했어, 어느 멋진 날 그녀가 말했다, 하지만 내가 지금 이 결혼생활을 계속한다면, 그건 오로지 내가 겁쟁이이기 때문일 거야. 당신은 겁쟁이가 아냐, 그가 말했다. 그래, 아냐, 그녀가 말했다. 여러 면에서 매력적인 이 사람이 우리가 지금 풀어놓고 있는 이야기 속에서 어떤 역할을 할 가능성은 슬프게도 아예 없지는 않을망정 극히 미미하다. 그 가능성은 그녀의 이 전남편이 하는 행동, 몸짓, 말에 달려 있다. 그는 틀림없이 어떤 욕구나 관심 때문에 그런 말, 몸짓, 행동을 하겠지만, 지금 이 단계에서는 그가 어떤 몸짓, 행동, 말을 할지 우리가 알 길이 없다. 그래서 우리는 굳이 그녀의 이름을 밝혀야 할 필요가 없다고 생각한다. 마리아 다 파즈에 대해서는, 그녀가 이 책 속에 계속 등장할지 아닐지, 무슨 목적으로 얼마나 등장할지가 테르툴리아노 막시모 아폰소에게 달려 있다. 그는 자신이 마침내 수화기를 들고 머릿속에 박혀 있는 그 번호를 누르게 된다면 그녀에게 무슨 말을 할 것인지 잘 알고 있다. 그는 수학교사의 전화번호를 외우고 있지 않기 때문에 주소록에서 번호를 찾아보고 있다. 아무래도 그가 마리아 다 파즈에게 전화를 하지는 않을 것 같다. 그는 고통받는 여자를 위로하거나 최후의 일격을 날리는 것보다 하찮은 오해를 푸는 것이 더 중요하고 급한 일이라고 생각했다. 테르툴리아노 막시모 아폰소의 옛 아내는 자신이 겁쟁이가 아니라고 말할 때 혹시 그가 그 말 때문에 기분을 상할까 봐, 자기더러 겁쟁이라고 말하는 걸로 받아들일까 봐 고심했었다. 하지만 지금의 경우에는, 살아가면서 흔히 겪게 되는 일이지만, 현명한 말한마디로 충분하다. 그런데 현재의 감정 상태를 돌아보면, 오랫동안 고통을 겪은 마리아 다 파즈에게는 심지어 반 마디의 말도 허락되지 않는다. 비록 그녀가 이해해야 할 것, 즉 자신의 남자친구인지 연인인지 성행위 파트너인지 요즘 사람들이 이런 상대를 뭐라고 부르는지 몰라도, 하여튼 그런 사람이 작별을 고할 준비를 하고 있다는 사실을 이미 거의 모두 이해하기는 했지만 말이다. 전화를 받은 것은 수학교사의 아내였다. 그녀는 아침 일찍 걸려온 전화에 짜증스런 기색을 거의 숨기지 않은 채 누구시냐고 물었다. 말 속에 숨은 뜻이 아니라 날카롭게 진동하는 목소리가 그런 뜻을 표현하고 있었다. 이것은 분명히 다양한 분야의 학자들, 특히 음성학자들이 주의를 기울여야 하는 주제다. 수백 년 전부터 이 주제를 가장 잘 알고 있는 사람들이 적절한 도움을 주어야 하겠지만 말이다. 물론 여기서 이 주제를 잘 아는 사람이란 음악계 사람들을 뜻한다. 우선은 작곡가들, 그리고 음악을 해석하는 음악가들. 그들은 소리를 만들어 내는 법을 반드시 알아야 하는 사람들이

다. 테르툴리아노 막시모 아폰소는 먼저 사과를 한 다음 자신의 이름을 밝히고 수학교사를 바꿔달라고 말했다. 잠깐만 기다리세요, 제가 불러오죠, 여자가 그의 말을 끊으며 말했다. 그리고 잠시 후 동료교사가 좋은 아침이라고 인사를 했다. 그도 좋은 아침이라고 인사를 받고는 다시 한 번 사과를 한 다음 방금 전에야 수학교사가 남긴 메시지를 들었다고 말했다, 학교에 가서 선생님과 이야기를 할 수도 있지만, 가능한 한 빨리 문제를 해결해야 더 이상 오해가 생기지 않을 것 같아서요, 이런 일이 아주 쉽게 걷잡을 수 없이 커지기도 하잖아요. 난 오해 같은 거 없어, 수학교사가 말했다, 난 갓난아기처럼 양심이 깨끗해. 예, 저도 알아요, 저도 알아요, 테르툴리아노 막시모 아폰소가 말했다, 전부 다 제 잘못이에요, 무심함, 우울증 때문에 제가 신경이 곤두서서 그래요, 지나치게 예민하게 굴고, 의심이 많아지고, 쓸데없는 생각이 자꾸 들어서. 무슨 생각, 수학교사가 물었다. 글쎄요, 저도 모르겠어요, 그냥 이런저런 생각, 예를 들면 사람들이 저를 제대로 배려하고 대접하지 않는다는 생각 같은 거요, 때로는 제가 어떤 사람인지 잘 모른다는 생각도 들어요, 그러니까 제가 누군지는 알겠는데, 어떤 사람인지는 모르겠어요, 이게 말이 되는 것 같아요. 그럭저럭, 그래도 자네의 그…… 뭐라고 할까, 반응, 그래, 자네의 그 반응은 여전히 이해가 안 돼. 솔직히 말해서 저도 이해를 못하겠어요, 그냥 잠시 스치고 지나간 인상 때문이었는데, 마치 선생님이, 뭐랄까, 마치 저보다 어른인 것처럼 군다는 생각이 들어서요. 내가 언제 자네보다 어른인 것처럼 굴었다는 거야. 우리가 복도에 서 있을 때요, 우리가 각자 수업에 들어가려고 할 때 말이에요, 선생님이 제 어깨에 손을 얹었잖아요, 그건 분명히 친구로서 한 행동이었는데, 제가 그걸 잘못 받아들였어요, 마치 선생님이 절 한 대 친 것 같더라고요. 그래, 이제 기억이 나. 선생님이 어떻게 그걸 잊어버릴 수 있겠어요, 만약 제 뱃속에 발전기가 들어 있었다면, 그때 바로 그 자리에서 선생님이 전기에 감전돼 쓰러질 정도였는데. 자네가 내 손을 거부할 때 감정이 그렇게 강했단 말이야. 글쎄요, 거부라고 할 수는 없을 것 같은데, 달팽이가 제 몸을 건드리는 손가락을 거부하는 게 아니잖아요, 그냥 몸을 움츠리는 거지. 달팽이한테는 그게 거부야. 그렇죠. 하지만 자네는 달팽이하고는 많이 달라. 가끔은 우리가 아주 비슷하다는 생각이 들어요. 누구, 자네랑 나. 아뇨, 저랑 달팽이. 이봐, 제발 그 우울증 좀 털어버리고 다른 눈으로 세상을 봐. 그것 참 이상하네요. 뭐가. 선생님이 그런 말을 쓴다는 게. 무슨 말. 다른 눈으로 세상을 보라는 말이요. 그게 무슨 뜻인지 잘 알잖아, 안 그래. 그럼요, 선생님이 무슨 말을 하려는 건지 다 이해했죠. 하지만 선생님이 방금 한 말이 최근에 생긴 제 불안감하고 기가 막히게 잘 맞아 떨어져서 말이에요. 무슨 소리인지 모르겠으니까, 좀더 똑똑히 얘기해 봐. 그러기에는 아직 때가 너무 일러요. 언젠가 때가 올지도 모르죠. 잘됐네, 기대하지. 테르툴리아노 막시모 아폰소는 속으로 생각했다, 그래

마음껏 기대해 봐요. 그러고 나서 그는 말을 이었다. 이제 우리 문제를 다시 얘기하자면, 전 그저 선생님한테 용서를 빌고 싶어서 전화한 거예요. 이미 용서했어, 용서했다고. 그게 그렇게 중요한 일도 아니지만, 자넨 지금 사람들이 흔히 찻잔 속의 태풍이라고 말하는 걸 자네 머릿속에서 만들어 낸 거야, 그런 태풍이 불 때는 배가 난파하더라도 항상 해변이 보이는 곳에서 그렇게 되기 때문에 물에 빠져 죽는 사람이 없다는 게 다행이지. 그렇게 좋게 받아들여 주셔서 고마워요. 그게 뭐 어려운 일인가, 얼마든지 그럴 수 있어. 만약 제 상식이 공상이나 환상이나 아무도 원하지 않는 조언 때문에 그렇게 정신이 팔려 있지 않았더라면, 제가 선생님의 친절한 행동에 그런 반응을 보인 것이 단순히 지나친 정도가 아니라 완전히 미친 짓이었다는 걸 금방 알아차렸을 거예요. 속지 마, 상식이라는 건 너무 흔해서 사실 양식이 될 수 없어, 그냥 통계학 책의 일부에 지나지 않는다고, 모든 사람들이 항상 자랑스레 꺼내 보이는, 그런 책 말이야. 재미있는데요, 오래전부터 사람들의 많은 갈채를 받는 상식이 통계학 책의 일부와 같다는 생각은 한 번도 해본 적이 없어요, 하지만 지금 생각해 보니 그 말이 딱 맞네요, 딱 맞아. 뭐, 역사책의 일부일 수도 있어, 사실 지금 이런 이야기를 하고 있으니까 말이지만, 반드시 만들어져야 하는데 내가 아는 한 아직 존재하지 않는 책이 하나 있어. 그게 무슨 책인데요. 상식의 역사. 선생님 정말 굉장한 분이시네요, 설마 아침에 눈을 뜨자마자 항상 이렇게 굉장한 생각을 해내는 건 아니겠죠, 테르툴리아노 막시모 아폰소가 약간 짓궂은 말투로 말했다. 적당한 자극이 있으면 그런 생각을 해내지, 하지만 꼭 아침을 먼저 먹어야 돼, 수학교사가 소리 내어 웃으면서 대답했다. 그럼 지금부터 제가 매일 아침 선생님한테 전화를 해야겠는데요. 조심해, 황금알을 낳는 거위가 어떻게 됐는지 생각해 보라고. 나중에 뵈어요. 그래, 나중에 봐, 내 다시는 자네보다 어른인 것처럼 굴지 않을게, 약속해. 예, 비록 선생님이 거의 제 아버지만큼 연세가 많으시지만요. 그러니까 더욱더 그러면 안 되지. 테르툴리아노 막시모 아폰소는 수화기를 내려놓았다. 기분이 좋고 마음이 놓였다. 게다가 수학교사와의 대화는 흥미롭고 지적인 것이었다. 누군가 우리에게 상식이 통계학의 일부에 지나지 않는다거나, 세상의 모든 도서관에 아담과 이브가 낙원에서 쫓겨나던 시절부터 지금까지 상식의 역사를 다룬 책이 없다고 말하는 것은 날이면 날마다 일어나는 일이 아니다. 시계를 흘깃 바라보니 마리아 다 파즈가 이미 은행으로 출근하기 위해 집을 나섰을 시간이었다. 그녀의 자동응답기에 기분 좋은 메시지를 남겨놓는다면 일시적으로나마 문제를 그럭저럭 해결할 수 있을 것 같았다. 그러고 나서 한번 두고 보지 뭐. 혹시 운명의 여신이 그를 해치려고 음모를 꾸미고 있을지도 모르니까 신중을 기하기 위해 그는 삼십 분 후에 전화를 걸기로 했다. 마리아 다 파즈는 어머니와 함께 살고 있는데, 두 사람은 항상 아침에 함께 집을 나선다. 한 사람은 직장으로, 한 사람은 미사를 본 후 장을 보러 가는 것이다. 마리아 다 파즈의 어머니는 남편과 사별한 후부터 열심히 교회에 다니고 있었다. 항상 피난처로 생각했던 결혼이라는 후광을 잃어버리고 오랫동안 시들어 가던 그녀는 자신이 봉사할 또 다른 남자를 찾아 나섰다. 삶뿐만 아니라 죽음도 함께 할 남자를. 그리고 다시는 그녀를 과부로 만들지 않을, 헤아릴 수 없을 만큼 커다란 장점을 지닌 남자를. 삼십 분이 흐른 후에도 테르툴리아노 막시모 아폰소는 여자의 메시지에 어떻게 답해야 할지 여전히 마음을 정하지 못하고 있었다. 처음에 그는 간단한 대답을 하는 것이 가장 좋을 것이라고 생각했다. 다정하고 자연스러운 말. 하지만 우리 모두 잘 알고 있듯이, 다정함과 냉정함, 자연스러움과 인위적인 것 사이의 미묘한 의미 차이는 거의 무한하다. 대개 우리는 각각의 상황에 맞는 어조를 자동적으로 찾아내지만, 지금의 경우처럼 불신이라는 요소가 있을 때에는 처음에는 딱 맞는 것처럼 보이던 것들이 금방 무뚝뚝하거나 지나친 것처럼 보인다. 유난히 게으른 문학을 하는 사람들이 오래 전부터 선호하던 웅변적인 침묵이란 존재하지 않는다. 웅변적인 침묵이란 그저 말이 목구멍에 걸려 있는 상태, 말이 성문(聲門)의 품을 벗어나지 못해 걸려 있는 상태일 뿐이다. 테르툴리아노 막시모 아폰소는 머리를 한참 쥐어짠 끝에 절대적으로 신중을 기하기 위해 미리 메시지를 글로 쓴 후 수화기에 대고 읽는 것이 가장 좋은 방법이라는 결론을 내렸다. 그는 종이를 몇 장이나 찢어버린 끝에 이런 메시지를 완성했다.

잘 있었어, 마리아 다 파즈, 당신이 남긴 메시지 들었어, 난 그냥 우리가 아주 조심스럽게 행동해야 한다는 말을 하고 싶어, 우리 두 사람에게 모두 딱 맞는 결정을 내려야지, 평생 동안 계속되는 건 삶 그 자체뿐이라는 걸 염두에 두고, 다른 것들은 전부 필연적으로 불확실하고, 불안정하고, 덧없어, 이건 시간이 내게 가르쳐 준 위대한 진리야, 하지만 우리가 친구라는 것, 앞으로도 친구일 것이라는 건 나도 분명히 알고 있어, 우리에게 필요한 건 오랫동안 좋은 대화를 나누면서 우리 사이의 일을 정리하는 거야, 곧 다시 연락할게. 그는 잠시 망설였다. 지금부터 그가 하려는 말은 종이에 적혀 있지 않았다. 그는 사랑한다는 말과 함께 전화를 끊었다. 수화기를 내려놓은 후 그는 자신이 쓴 글을 다시 읽어보다가 아까 충분히 주의를 기울이지 못한 묘한 뉘앙스의 말들이 끈질기게 남아 있음을 발견했다. 그 중에는 묘한 뉘앙스가 좀더 노골적으로 드러나 있는 것도 있었다. 예를 들면, 우리가 친구이고 앞으로도 항상 친구일 것이라는 저 끔찍할 정도로 진부한 말. 그건 연애를 끝내려는 사람이 할 수 있는 말 중에 최악이다. 마치 우리가 어떤 문을 닫았는데, 알고 보니 아직도 그 문 사이에 단단히 끼어 있다는 것을 알게 된 것과 같다. 게다가 그가 마지막에 한심하게 덧붙인 사랑한다는 말과는 별도로 오랫동안 대화를 나눌 필요가 있다는 말을 한 것도 어리석은 실수였다. 개인적인 경험과 역사 속의 개인들이 살아온 삶이 계속 전해주는 교훈 덕분에 지금쯤이면 이런 상황에서 긴 대화를 나누는 것이 엄청나게 위험한 일이라는 것을 알고 있어야 마땅하다. 상대를 죽여버리고 싶은 심정으로 대화를 시작한 사람이 결국 상대의 품에 안기게 되는 경우가 얼마나 많은가. 내가 달리 뭘 할 수 있었겠어, 그가 신음하듯 말했다, 우리 사이의 모든 일이 예전과 똑같이 계속될 거라면서 영원한 사랑을 들먹일 수는 없잖아, 그렇다고 그녀가 전화를 받을 수도 없는데 전화기에 대고 미안해, 모든 게 다 끝났어라고 대뜸 최후의 일격을 날릴 수도 없고, 그건 정말 비겁한 짓이니까, 정말이지 그 지경까지 떨어지고 싶지는 않아. 얻는 것도 있고 잃는 것도 있게 마련이라는 생각과 함께 이렇게 자신을 달래면서 테르툴리아노 막시모 아폰소는 그냥 지금의 결과에 만족하기로 했다. 하지만 가엾게도 그는 가장 힘든 부분이 아직 남아 있다는 것을 알고 있었다. 그래도 난 최선을 다했어, 그는 이렇게 결론지었다.

지금까지 우리는 이 흥미로운 사건이 무슨 요일에 벌어지고 있는지 굳이 알 필요가 없었다. 하지만 테르툴리아노 막시모 아폰소의 다음 행동을 이해하려면 오늘이 금요일이라는 정보가 반드시 필요하다. 이 정보를 통해 우리는 어제가 목요일이었고, 그저께는 수요일이었다는 결론을 쉽게 내릴 수 있다. 많은 독자들은 우리가 어제와 그저께에 관해 제공한 보충 정보가 불필요하고, 뻔하고, 쓸모없고, 터무니없을 뿐만 아니라 심지어 멍청하기까지 하다고 생각하겠지만, 우리는 그런 말을 듣는 경우 이런 식의 비판은 불성실과 무지를 드러낼 뿐이라고 반박할 것이다. 많은 사람들이 알고 있듯이 세상에는 수요일을 예를 들어 mercredi, miércoles, mercoledì, quarta-feira라고 부르고 목요일을 jeudi, jeuves, giovedì, quinta-feira라고 부르는 언어가 존재하니까 말이다. 금요일에 대해서는, 만약 우리가 이 이름을 보호하려고 드러내놓고 주의를 기울이지 않았더라면, 심지어 Freitag(독일어로 Frei는 '자유로운', tag는 '날'이라는 뜻—옮긴이)이라고 부르는 사람까지도 나올 것이다. 아직 그런 사람은 나오지 않았지만, 때가 되면 그런 일이 벌어질 것이다. 이 점을 분명히 밝히고, 오늘이 금요일이라는 사실에 동의하고, 우리의 역사교사가 오늘은 오후에만 수업이 있다는 점을 언급하고, 토요일, samedi, sábado, sabato인 내일은 수업이 없다는 점을 알게 되었으니 지금은 주말의 전야인 셈이다. 하지만 무엇보다도 오늘 할 수 있는 일을 내일로 미루면 안 되는 법이므로 테르툴리아노 막시모 아폰소가 관심 있는 나머지 영화들을 빌리려고 오늘 오전에 비디오 대여점에 간 것은 상당히 옳은 일이었다. 그는 자신의 조사에 아무런 소용이 없는 〈차표 없는 승객〉을 돌려주고 〈죽음은 새벽에 찾아온다〉와 〈저주받은 암호〉를 구입할 것이다. 어제 빌린 비디오테이프가 아직 세 편 남아 있으니 적어도 네 시간 반은 걸릴 것이고, 그가 대여점에서 새로 빌려올 것들까지 합하면 틀림없이 잊을 수 없는 주말이 될 것이다. 그런 것이 있는지는 모르겠지만, 어쨌든 영화의 성찬이라고나 할까. 시골 사람들이 자주 하던 말을 빌리면 진짜 단추

떨어뜨리는 놈(button-buster, 단추가 잔뜩 달린 옷을 입고 있어서 말을 하려고 숨을 들이쉴 때마다 단추가 하나둘씩 떨어져 나가는 보조[Bozo]라는 인물의 별명. 보조의 단추가 다 떨어져 나간 뒤에 보니 옷 속에는 아무것도 없었다고 한다─옮긴이)인 셈이다. 그는 옷을 입고, 아침을 먹고, 비디오테이프를 각각 껍데기에 넣어 책상서랍 속에 넣고 잠근 다음 밖으로 나가 먼저 위층으로 가서 이웃 여자에게 언제든 아파트를 청소하러 와도 좋다고 말했다. 언제든 내려오세요, 저는 오후 늦게야 돌아올 테니까. 그러고 나서 그는 전날보다 훨씬 덜 동요한 상태였지만 그래도 실수를 전혀 허용하지 않는 사람을 만나러 가는 사람답게 떨리는 마음을 안고(그가 그런 사람과 만나는 것은 이번이 처음이 아니었지만 그래서 더욱 떨렸다), 자동차에 올라 비디오 대여점으로 향했다. 지금까지 이 도시에 대해 다소 빈약한 설명만을 보고 마음속으로 이 모든 일이 중간 크기의 도시, 즉 인구가 백만 명 미만인 도시에서 벌어지는 일이라는 생각을 갖게 된 독자들에게 사실을 알려줄 순간이 왔다. 독자들의 생각과 달리 테르툴리아노 막시모 아폰소라는 교사가 오래전에는 산과 계곡과 초원이었던 곳을 모두 차지한 거대한 대도시에서 현격하게 다른 생활수준과 모든 비교를 거부하는 여러 가지 차이점을 안고 살아가는 오백여만 명의 사람들 중 하나라는 사실을 알려줄 순간이 온 것이다. 이 도시는 현재 옆으로나 위로나 끊임없이 이어지는 미로의 복사판 같은 모습이다. 처음에는 비스듬히 뻗은 길들 때문에 도시가 복잡해졌지만, 시간이 흐르면서 혼란스러운 도시구조가 어느 정도 균형을 잡았다. 이름과는 다르게 사물들을 떼어놓는 대신 한곳으로 모으는 경계선들이 확립되었기 때문이다. 대도시에서는 생존본능이 중요한데, 이 생존본능은 동물과 비동물들에게 모두 적용된다. 비동물이라는 말이 어느 사전에도 나오지 않는 난해한 말이라는 점을 우리도 이해한다. 하지만 우리는 동물이라는 말의 평범한 의미나 비동물이라는 말의 색다른 철자를 통해서 물건과 비물건, 무생물과 생물 사이의 차이점과 비슷한 점들을 첫눈에 적절하고 투명하게 드러낼 수 있도록 하기 위해 이 말을 만들어 낼 수밖에 없었다. 지금부터 우리가 비동물이라는 말을 쓸 때는 항상 존재와 그 명칭의 신선함이 완전히 사라져버린 다른 왕국에서 인간과 개를 모두 동물이라고 지칭하던 시절처럼 모든 것을 분명하고 정확하게 표현하기 위해서이다. 테르툴리아노 막시모 아폰소는 역사교사인데도 모든 동물적인 것이 비동물이 될 운명을 지니고 있으며, 인간들이 역사 속에 새겨놓은 이름과 행동들이 아무리 위대해도 우리는 비동물에게서 나와서 비동물에게로 간다는 것을 결코 이해하지 못했다. 한편 앞에서 언급했던 시골 사람들이 즐겨 쓰던 표현처럼 채찍질 사이에, 이말은 채찍이 한 번 떨어진 후 다음번 채찍이 떨어질 때까지 짧디 짧은 시간 동안 등이 휴식을 취할 수 있다는 뜻인데, 이채찍질 사이에 테르툴리아노 막시모 아폰소는 비디오 대여점으로 차를 몰고 있다. 비디오 대여점은 인생에서 그를 기다리고 있는 목전의 수많은 목적지 중 하나이다. 그가 전에 두 번 이곳을 찾았을 때 그를 상대했던 점원은 다른 손님을 상대하느라 여념이 없었다. 하지만 그는 테르툴리아노 막시모 아폰소를 알아보고 목례를 하며 이가 드러날 정도로 미소를 지었다. 거기에 특별한 의미가 있는 것 같지는 않았지만, 뭔가 구린 의도가 숨어 있을지도 모를 일이었다. 여자 점원이 앞으로 나서서 새로 도착한 손님인 테르툴리아노 막시모 아폰소에게 무슨 일이냐고 물어보려다가 무뚝뚝하고 오만한 말소리 때문에 걸음을 멈췄다. 내가 알아서 할게. 그녀는 희미한 미소를 지으며 뒤로 물러날 수밖에 없었다. 그 미소에는 무슨 일인지 알겠다는 뜻과 사과의 의미가 동시에 담겨 있었다. 이 가게에서 이 일을 시작한 지 얼마 되지 않아서 판매라는 복잡한 기술에 경험이 부족한 그녀는 아직 일급 손님들을 상대할 만큼 인정받지 못했다. 우리가 알고 있듯이 존경받는 역사교사이며 진지한 시청각 자료를 연구하는 유명한 학자인 테르툴리아노 막시모 아폰소가 비디오테이프를 대량으로 빌려가는 사람이기도 하다는 점을 잊으면 안 된다. 그는 어제 이 점을 증명했고, 오늘도 또다시 증명할 것이다. 상대하던 손님과 이야기를 끝낸 점원이 눈을 빛내며 열성적인 태도로 그에게 다가왔다. 안녕하세요, 선생님, 다시 뵙게 돼서 정말 반갑습니다, 그가 말했다. 이 인사의 진실성이나 진의에 의심의 그늘을 드리우고 싶지는 않지만 그래도 이 손님이 어제 가게에서 나갔을 때 이 점원이 한 말, 즉 누가 테르툴리아노라는 이름을 지었는지 몰라도 이름 한번 제대로 지었어라는 말과 지금의 인사말 사이에 틈을 메울 수 없는 모순이 분명히 드러나 있다는 사실을 언급하지 않고 그냥 지나갈 수는 없다. 일이 이렇게 된 이유는 카운터에 쌓여 있는 비디오 더미 속에 있다는 말을 서둘러 덧붙여야겠다. 비디오테이프가 적어도 서른 개는 되는 것 같다. 앞에서 말했던 판매의 기술에 능한 점원은 열성적이지만 마치 혼잣말을 하는 것 같은 태도로 자신의 감정을 표현한 후 실망감 때문에 눈이 멀어버려서는 안 된다는 결론을 내렸다. 그가 처음에 희망했던 것처럼 물건을 많이 팔 수는 없었지만 이 테르툴리아노라는 친구가 같은 영화사의 비디오를 모두 빌리겠다는 생각을 하게 될 가능성이 아직 남아 있었다. 따라서 그가 빌린 비디오를 대량으로 판매할 수 있다는 희망을 간직하는 것이 전혀 근거 없는 일은 아니었다. 상업의 세계는 함정으로 가득 차 있다. 비록 항상 운이 좋은 것은 아니지만 그래도 정말로 운 좋게 약간 움푹하게 패이기만 한 곳을 만나려면 카드를 가슴에 꼭 끌어안고 게임을 해야 한다. 교활하고 계산적인 사람이 되되, 고객이 이쪽의 미묘한 작전을 눈치채지 못하게 해야 하며, 손님이 자신을 보호하기 위해 미리 어떤 생각을 품고 왔다면 그 생각이 점점 사라지게 해야 한다. 손님이 조금이라도 반항하는 기색을 보이면 끈질기게 설득하고, 그의 내면 가장 깊숙한 곳의 욕망을 탐색해야 하는 것이다. 간단히 말해서 새로 온 점원이 이런 경지에 이르려면 수많은 빵과 소금을 먹어야 할 것이다. 이 점원은 테르툴리아노 막시모 아폰소가 주말에 볼 비디오를 미리 확보하겠다는 정확한 목적을 갖고 이곳에 왔으며, 어제처럼 여섯 편으로 만족하기보다는 가능한 한 많은 비디오를 섭렵하겠다고 마음먹고 있음을 모르고 있다. 이런 식으로 악덕이 또 한 번 미덕에 경의를 표하고, 이런 식으로 악덕이 희망대로 미덕을 짓밟아버리는 대신 오히려 일으켜 세웠다. 테르툴리아노 막시모 아폰소는 〈차표 없는 승객〉을 카운터 위에 올려놓고 이렇게 말했다, 이 영화에는 관심이 없어요. 그럼 손님께서 빌려가신 다른 영화들은요, 그 영화들을 어떻게 하실 건지 결정하셨나요, 점원이 물었다. 예, 〈죽음은 새벽에 찾아온다〉와 〈저주받은 암호〉는 소장할 거예요, 하지만 나머지 세 편은 아직 못 봤어요. 제가 그럼 다시 확인해 볼게요, 아직 보지 못하셨다는 작품은 〈무대의 여신〉, 〈경보가 두 번 울렸다〉, 〈다른 날 내게 전화해〉죠, 점원이 색인표를 보며 영화제목을 나열했다. 맞아요. 그럼 손님께서는 〈승객〉은 그냥 빌리는 거고 〈죽음〉과 〈암호〉는 구매하시는 거네요. 맞아요. 알겠습니다, 그럼 오늘은 어떤 영화를 찾으시나요, 저희가 지금 갖고 있는 건······. 하지만 테르툴리아노 막시모 아폰소는 점원에게 말을 끝낼 시간을 주지 않았다. 저쪽에 있는 비디오들은 나 때문에 따로 빼놓은 것 같은데. 맞아요, 점원이 별로 애쓰지 않고 승리를 거뒀다는 만족감과 승리를 거두기 위해 싸울 필요가 없었다는 실망감 사이에 사로잡혀서 말을 받았다. 저기 있는 게 몇 편이나 되죠. 서른여섯 편이에요. 다 보려면 시간이 얼마나 걸리는 거예요. 영화 한 편이 평균 한 시간 반이라고 치고 계산하면, 어디 보자……, 점원이 계산기를 향해 손을 뻗으며 말했다. 그럴 필요 없어요, 내가 답을 아니까, 오십사 시간이네요. 어떻게 그렇게 빨리 계산을 하세요, 점원이 물었다, 계산기가 등장한 후로도 머릿속으로 덧셈을 하는 능력을 잃어버리지는 않았지만, 복잡한 계산을 할 때는 항상 계산기를 사용하는데요. 별로 어렵지 않아요, 테르툴리아노 막시모 아폰소가 말했다, 반 시간 곱하기 삼십육이면 열여덟 시간이니까, 거기다 삼십육 시간을 더하면 오십사라는 숫자가 나오죠. 수학 선생님이신가요. 아뇨, 역사를 가르쳐요, 수학이 아니라, 사실 난 원래 숫자에 밝은 편이 아니에요. 그래도 그건 모르는 일이죠, 지식이라는 건 정말 굉장한 거니까. 그 지식이 어떤 것이냐에 따라 다르죠. 제 생각에는 그 지식을 알고 있는 사람이 누구냐에 따라서도 달라질 것 같은데요. 혼자 힘으로 그런 결론에 이를 수 있는 사람이라면, 테르툴리아노 막시모 아폰소가 말했다, 계산기 따위는 전혀 필요 없어요. 점원은 손님의 말 속에 숨은 의미를 자신이 완전히 이해했는지 확신할 수 없었지만, 기분 좋고 상냥한 말처럼 들렸다. 심지어 칭찬처럼 들리기도 했다. 만약 그가 집에 가는 길에 이 말을 잊어버리지만 않는다면, 집에 도착하자마자 아내에게 이 말을 그대로 들려줄 것이다. 그는 연필과 종이로 곱셈을 하기로 했다. 비디오가 워낙 많았으니까. 그는 적어도 이 손님 앞에서는 절대 계산기를 사용하지 않겠다고 이미 마음을 정하고 있었다. 계산 결과 꽤 괜찮은 금액이 나왔다. 만약 손님이 비디오를 빌리는 대신 구매했더라면 더 많은 금액이 나왔겠지만, 이런 이기적인 생각은 떠오르는 즉시 사라져버렸다. 두 사람 사이에 분명히 평화조약이 성립된 것이다. 테르툴리아노 막시모 아폰소는 돈을 치른 후 이렇게 물었다, 제가 가서 차를 가져올 동안 테이프를 열여덟 개씩 봉투 두 개에 담아주시겠어요, 차를 너무 멀리 세워놓아서 저걸 다 들고 거기까지 갈 수 없을 것 같은데. 십오분 후 점원이 직접 나와서 봉투를 트렁크에 넣고, 테르툴리아노 막시모 아폰소가 차에 탄 다음 차 문을 닫아주었다. 그리고 미소 띤 얼굴로 손을 흔들며 작별인사를 했다. 그것은 다정함의 현신 같은 모습이었다. 그러고 나서 점원은 카운터로 돌아오며 이렇게 중얼거렸다, 사람들은 첫인상이 중요하다고 하지만, 저 사람은 처음에 전혀 맘에 들지 않았는데도 그렇네. 테르툴리아노 막시모 아폰소의 생각은 매우 다른 길을 따라가고 있었다. 이틀이면 수학적으로 당연히 사십팔 시간이지, 그러면 내가 이틀 동안 한숨도 안 잔다 해도 저 영화들을 다 볼 시간이 부족해, 하지만 아직 토요일과 일요일이 온전히 남아 있는 오늘밤에 시작한다면, 그리고 영화를 반쯤 볼 때까지 그 사람이 나오지 않으면 영화를 끝까지 보지 않는다는 규칙을 제대로 지키면, 월요일까지 이 일을 다 끝낼 수 있을 거야. 이 행동계획은 그 목표와 형태가 완벽해서 부록이나 각주를 붙일 필요가 없었다. 하지만 테르툴리아노 막시모 아폰소는 계속 다짐을 했다, 만약 그 사람이 영화 중간까지 나오지 않으면 그 다음에도 안 나올 거야, 그래, 그 다음에도. 그 흥미롭고 재미있는 영화 〈경주는 빠른 자에게〉에서 호텔직원 역할을 했던 그 배우가 처음 등장한 이후로 그의 주위를 맴돌던 단어가 바로 이것이다. 그럼 그 다음에는. 테르툴리아노 막시모 아폰소는 아직 일어나지 않은 일에 대해 물어봤자 소용없다는 것을 모르는 아이처럼 질문을 던졌다, 그 다음에는 뭘 하지? 이 남자가 십오 편이나 이십 편의 영화에 출연했다는 것을 알아낸 다음에는 뭘 하지, 지금까지 내가 확인한 바에 따르면, 그 사람은 호텔직원뿐만 아니라 은행원, 병원직원 역할도 했는데, 그 다음에는 뭘 하지. 이 질문의 대답이 그의 혀 끝에 걸려 있었지만, 그는 일 분 후에야 그 답을 내놓았다, 그 사람을 찾아서 만나야지.

우연인지 아니면 뭔가 알 수 없는 이유 때문인지 누군가가 교장을 찾아가서 테르툴리아노 막시모 아폰소가 교직원실에서 점심때까지 시간을 보내고 있는 것 같다고 말했음이 틀림없다. 그가 그 방에 들어간 후로 한 일이라고는 신문을 읽은 것밖에 없으니까. 그는 숙제를 채점하지도, 강의안을 마지막으로 손질하지도, 메모를 하지도 않고 그냥 신문만 읽고 있었다. 처음에 그는 자신의 가방에서 비디오 서른여섯 편을 빌리면서 받은 영수증을 꺼내 펼쳐서 탁자 위에 놓았다. 그러고는 가장 먼저 눈에 띈 신문에서 연예면, 즉 영화 관련 기사를 찾아보았다. 그 신문을 읽고 나서 다른 두 신문을 집어든 후에도 역시 똑같은 행동을 했다. 우리가 이미 알고 있듯이 그가 이 제칠의 예술에 중독된 것은 아주 최근의 일이고 영상산업과 관련된 모든 것에 그가 무지하다는 사실도 바뀌지 않았지만, 그는 신작 영화가 즉시 비디오 시장에 출시되지는 않으리라는 것을 알고 있었다. 아니 그렇게 가정했거나, 상상했거나, 짐작한 것인지도 모른다. 이런 결론에 이르기 위해 반드시 천재적인 추론 능력이나 이성의 한계를 넘어서는 지식에 접근할 수 있는 놀라운 능력이 필요하지는 않았다. 아주 평범한 상식을 적용해서 비디오 구매나 대여와 관련된 기사들을 살펴보면 되는 간단하고도 뻔한 일이었으니까. 그는 옛날 영화들을 상영하는 영화관 정보를 찾아 볼펜을 손에 들고 극장에서 상영 중인 영화와 영수증에 나와 있는 영화제목을 하나씩 비교하며 서로 일치하는 제목이 나올 때마다 영수증에 작은 십자 표시를 그어 표시하곤 했다. 만약 누가 테르툴리아노 막시모 아폰소에게 왜 이런 짓을 하고 있느냐고 물었다면, 이미 비디오를 갖고 있는 이 영화들을 극장에서 볼 생각이냐고 물었다면, 그는 아마 깜짝 놀란 얼굴로 우리를 바라보았을 것이다. 어쩌면 우리가 그를 그처럼 어리석은 짓을 할 사람으로 보았다는 사실에 기분이 상했을지도 모른다. 그리고 그는 우리의 질문에 그럴듯한 설명을 해주려 하지도 않았을 것이다. 다른 사람들의 호기심을 차단하기 위한 간단한 대답 외에는. 그냥. 한편 이 역사교사의 내밀한 생각을 들여다보며 그의 비밀 속으로 은근히 숨어들어 간 우리는 이 어리석은 작업의 목적이 지난 사흘 동안 그를 사로잡은 일에 주의를 고정시키거나, 아니면 예를 들어 신문에서 뉴스를 읽는 바람에 주의가 산만해지는 것을 막는 것뿐이라고 말할 수 있다. 같은 방에 있는 다른 교사들은 아마 그가 신문에서 뉴스를 읽고 있다고 생각하겠지만 말이다. 하지만 인생이란 원래 우리가 세상을 향해 단단히 빗장을 걸어 잠갔다고 생각하는 문조차 겸손하고 열성적인 사환아이 앞에서 힘을 쓰지 못하도록 만들어져 있다. 방금 교직원실로 들어온 사환아이는 역사교사에게 교장선생님께서 교장실로 오라고 하셨다고 말했다. 테르툴리아노 막시모 아폰소는 자리에서 일어서서 신문을 접어놓고 영수증을 다시 가방에 넣은 다음 교실이 늘어서 있는 복도로 나갔다. 교장실은 한 층 위에 있었는데, 그리로 올라가는 계단의 천장에 난 채광창이 여름이나 겨울이나 안쪽은 너무 불투명하고 바깥쪽은 너무 더러워서 자연광이 아주 조금밖에 들어오지 않았다. 그는 또 다른 통로를 따라 내려가다가 두 번째 문 앞에서 걸음을 멈췄다. 초록색 불이 켜 있었으므로 그는 문을 두드린 다음 안에서 들어오라는 소리가 들리자 문을 열었다. 그러고서 교장에게 안녕하시냐고 인사를 하고, 교장과 악수를 한 뒤 교장의 손짓에 따라 자리에 앉았다. 이 방에 들어올 때마다 그는 어딘가 다른 곳에서 똑같은 사무실을 본 적이 있는 것 같은 느낌을 받았다. 마치 꿈을 꾸었다는 사실을 분명히 알고 있는데도 꿈의 내용을 전혀 기억할 수 없을 때와 같았다. 교장실 바닥에는 카펫이 깔려 있고, 창에는 두꺼운 커튼이 걸려 있었으며, 교장의 책상은 크고 구식이었고, 검은 가죽 안락의자는 현대적이었다. 테르툴리아노 막시모 아폰소는 이 가구, 이 커튼, 이 카펫을 알고 있었다. 아니 알고 있는 것 같았다. 어쩌면 그가 어느 날 소설에서 다른 학교의 다른 교장이 사용하는 다른 교장실에 관한 짤막한 묘사를 읽었을 가능성이 있었다. 만약 그가 지금 그 책을 직접 손에 들고 그 사실을 증명할 수 있다면, 그럭저럭 괜찮은 수준의 기억력을 지닌 사람 누구에게나 일어날 수 있는 평범한 일로 생각할 수밖에 없었을 것이다. 지금까지 그는 기억을 평범한 일상생활과 영원한 회귀라는 장엄한 순환 사이의 교차로로 생각해 왔다. 환상 말이다. 이 환상에 흠뻑 빠진 테르툴리아노 막시모 아폰소는 교장의 첫마디를 듣지 못했지만, 아무것도 놓치지 않기 위해 항상 주위를 얼쩡거리는 우리들은 그가 놓친 부분이 그리 많지 않다고 자신 있게 말할 수 있다. 교장은 그저 그의 인사에 인사로 답했을 뿐이다, 그동안 어떻게 지냈나. 그러고는 내가 자네를 좀 보자고 했다며 말문을 열었다. 하지만 이때부터는 테르툴리아노 막시모 아폰소의 몸과 마음이 모두 현실로 돌아와 있어서 그의 눈이 반짝이고 이해력도 깨어나 있었다. 내가 자네를 좀 보자고 했네, 교장이 다시 말했다. 테르툴리아노 막시모 아폰소의 얼굴에서 정신이 다른 곳에 가 있는 듯한 분위기를 눈치챘기 때문이다. 자네가 어제 회의에서 역사교육에 대해 한 말과 관련해서 자네한테 할 말이 있어서 말이야. 제가 어제 회의에서 무슨 말을 했는데요, 테르툴리아노 막시모 아폰소가 물었다. 기억이 안 나나. 글쎄요, 어렴풋이 기억이 나기는 하지만 지금 머리가 별로 맑지 않아서요, 어제 잠을 잘 못 잤습니다. 어디 아픈가.

아뇨, 아프진 않습니다, 그냥 조금 불안할 뿐이에요. 그것도 심각한 건데. 괜찮습니다, 교장선생님, 별것 아니에요, 걱정하실 필요 없습니다. 자네가 한 말을 그대로 이 종이에 적어두었네, 자네는 역사교육과 관련해서 진지하게 내려야 할 결정은 역사를 뒤에서부터 가르칠 것인지, 아니면 앞에서부터 가르칠 것인지 하는 점밖에 없다고 말했지. 제가 그런 말을 한 것이 처음도 아닌데요. 그래, 자네가 그 말을 워낙 자주 해서 다른 교사들은 이제 진지하게 듣지 않지, 자네가 첫마디를 꺼내자마자 슬그머니 웃을 정도니까. 그 사람들은 운이 좋군요, 그렇게 쉽게 즐거워하다니, 그럼 선생님은요. 내가 뭐. 선생님은 제 말을 진지하게 생각하시는지, 아니면 선생님도 제가 첫마디를 꺼내자마자 슬그머니 웃으시는지 궁금해서요, 어쩌면 제가 두 마디를 할 때까지 기다리시는지도 모르고요. 자네는 내가 어떤 사람인지 잘 아니까, 내가 그렇게 쉽게 즐거워하지 않는다는 걸 알잖나, 그런 상황에서는 더욱 그렇지, 그리고 자네 말을 진지하게 받아들이느냐는 질문에 대해서는 의문의 여지가 없네, 자네는 최고의 교사야, 학생들은 자네에게 감탄하고 자네를 존경하지, 요즘은 그런 게 바로 기적이야. 그럼 왜 저를 보자고 하신 거죠. 그냥 다시는 그 말을 하지 말라고 부탁하려고. 진지한 결정 운운하는 그 얘기 말씀이신가요. 그래. 그렇다면, 저는 앞으로 회의에서 입도 뻥긋하지 않겠습니다, 어떤 사람이 중요한 할 말이 있는데 다른 사람들은 그 이야기를 듣고 싶어 하지 않는다면 그냥 입 다물고 있는 게 최선이죠. 나는 개인적으로 자네 생각이 아주 흥미롭다고 항상 생각했네. 고맙습니다, 선생님, 하지만 그런 말씀은 저한테 하지 마시고 다른 교사들이나 교육부에 하세요, 게다가 그 얘기는 원래 제가 생각해 낸 아이디어도 아닌데요 뭐, 저보다 훨씬 능력 있는 사람들이 그런 제안을 내놓고 옹호해 왔죠. 하지만 눈에 띄는 성과는 거두지 못했지. 그건 충분히 이해할 수 있는 일입니다, 선생님, 과거에 대해 이야기하는 건 세상에서 제일 쉬운 일이죠, 전부 글로 적혀 있으니까, 그냥 했던 말을 앵무새처럼 되풀이하고, 학생들이 쓴 글이나 구두시험에서 한 말을 책에서 확인하기만 돼요, 하지만 순간마다 우리 면전에서 폭발하고 있는 현재에 대해 이야기하는 것, 매일 그런 이야기를 하면서 역사라는 강을 거슬러 그 원천이나 그 근처까지 거슬러 올라가며 우리를 지금 이 자리에 있게 한 연쇄적인 사건들을 더 잘 이해하려고 애쓰는 건 완전히 다른 문제입니다, 수많은 노력을 기울여야 하고, 끈기가 필요해요, 항상 밧줄을 팽팽하게 유지해야 하죠. 자네가 방금 한 말은 정말 굉장한 이야기일세, 아마 장관도 자네의 웅변에 설득당할걸. 흠, 그렇지는 않을 것 같은데요, 장관들은 원래 우리를 설득하려고 그 자리에 앉아 있는 사람들이니까요. 이보게, 내가 아까 한 말을 취소하겠네, 지금부터는 내가 자네를 전적으로 지지해 주지. 감사합니다, 하지만 환상을 부추기지 않는 게 최선이죠, 교육체계 전체가 책임자 앞에서 책임을 져야 하는데, 사람들은 그런 걸 아주 싫어하거든요.

우리가 고집을 부리면 돼. 어떤 사람이 옛날에 이런 말을 했습니다, 모든 위대한 진리는 기본적으로 사소한 것이니까 우리가 할 일은 그 진리가 망각 속으로 떨어지지 않도록 진리를 표현하는 새로운 방법을 찾는 것이라고요. 진리를 역설적으로 표현하는 방법을 찾는다면 더 좋겠죠. 누가 그런 말을 했나. 독일인이에요, 슐레겔이라는 사람이죠, 하지만 아마 그 사람보다 먼저 그런 말을 한 사람들이 있을 겁니다. 그래도 그런 말을 들으면 사람이 생각을 하게 되지 않나. 그렇죠, 하지만 제가 가장 좋아하는 건 위대한 진리가 그저 사소한 것에 지나지 않는다는 매혹적인 주장입니다, 그 나머지, 그러니까 진리를 역설적으로 표현할 방법을 찾아서 진리의 수명을 늘리고 진리에게 실체를 부여할 필요가 있다는 주장에는 별로 마음이 가지 않아요, 어쨌든 저는 중학교 역사교사일 뿐이니까요. 우리 아무래도 이야기를 더 많이 나눠야겠네. 모든 걸 다 할 수 있을 만큼 시간이 없어요, 선생님, 게다가 다른 교사들 중에도 틀림없이 선생님께 중요한 이야기를 해야 하는 사람들이 있겠죠, 예를 들어 까다로운 말에서 쉽게 즐거움을 얻는 법 같은 것 말입니다, 그리고 학생들도 잊어버리면 안 돼요, 불쌍한 것들, 만약 대화상대가 없으면, 녀석들은 언젠가 할 말이 하나도 없는 상태가 되어버릴지도 모릅니다, 모든 사람이 서로에게 말을 건다면 학교생활이 어떻게 될지 생각해보세요, 아마 어떤 일도 해낼 수 없을 겁니다, 그럼 저는 일이 있어서 이만. 교장은 시계를 보고 나서 말했다, 그래도 점심은 먹어야지, 우리 같이 밥 먹으러 가세. 그는 자리에서 일어나 책상을 돌아 나왔다. 그리고 자기도 모르게 진심으로 상대에게 호감을 느끼는 표정을 지으며 역사교사의 어깨에 손을 올려놓았다. 테르툴리아노 막시모 아폰소도 자리에서 일어섰다. 교장의 이런 몸짓에는 필연적으로 어른인 척하는 분위기가 있었지만, 이런 행동을 한 사람이 교장이었으므로 그것은 지극히 자연스러운 일이었다. 심지어 옳은 일이기도 했다. 인간관계란 우리가 알고 있는 그대로이니까 말이다. 테르툴리아노 막시모 아폰소의 지나치게 예민한 감각기관은 이 손길에 반응하지 않았다. 그것은 상대를 인정한다는 뜻을 표현한 교장의 행동에 골치 아픈 과장이 전혀 없다는 징조였다. 아니면, 누가 알겠는가. 어쩌면 그저 오늘 아침에 수학교사와 이야기를 나누면서 상황을 분명히 정리한 덕분에 감각기관의 플러그가 빠져버렸는지도 모를 일이었다. 또 하나의 사소한 진리, 즉 작은 원인이 큰 결과를 낳을 수 있다는 말은 아무리 되풀이해도 지나치지 않다. 교장이 안경을 가지러 책상으로 되돌아갔을 때 테르툴리아노 막시모 아폰소는 방 안을 둘러보며 커튼과 검은 가죽 안락의자와 카펫을 보고 다시 이런 생각을 했다. 난 전에 여기 와본 적이 있어. 그러고 나서 그는 누군가가 그에게 여기와 비슷한 사무실에 관한 묘사를 어딘가에서 읽었기 때문에 그럴 뿐이라는 말을 했기 때문인지 또 다른 생각을 덧붙였다. 글을 읽는 것도 어떤 장소에 가보는 또 다른 방법인지 모르지. 교장의 안경은 이제 그의 상의 윗

주머니에 안전하게 들어가 있고, 교장은 미소를 지으며 이런 말을 하고 있었다, 그럼 가보세. 테르툴리아노 막시모 아폰소는 그 순간 왜 공기가 갑자기 탁해진 것처럼 느껴졌는지 결코 설명하지 못할 것이다. 마치 눈에 보이지 않는 존재가 공기 속으로 스며든 것 같았다. 그가 처음 비디오를 본 날 갑자기 잠에서 깨어나게 만들었던 그 느낌처럼 강렬했다. 그는 이렇게 생각했다, 만약 내가 교사가 되기 전에 여기 와본 적이 있다면, 지금 내가 느끼고 있는 것은 현재 내가 불안한 상태라서 다시 떠오른 나 자신의 기억에 지나지 않을 거야. 이 생각의 뒷부분은, 뒷부분이 있었다면 말이지만, 더 이상 이어지지 않았다. 교장이 그의 팔을 붙들고 위대한 거짓말에 관해 뭔가 이야기하고 있었다. 그런 거짓말도 사소한 것인지, 그런 거짓말도 역설을 통해 망각 속으로 떨어지는 것을 막을 수 있는지. 테르툴리아노 막시모 아폰소는 마지막 순간에야 비로소 교장의 말을 이해했다. 위대한 진리, 위대한 거짓말. 제가 보기에는 시간이 흐르면 모든 것이 사소해지는 것 같습니다, 항상 똑같은 소스가 담겨 나오는 평범한 접시가 되는 거죠, 그가 대답했다. 설마 우리 식당의 요리를 비난하는 건 아니겠지, 교장이 농담을 던졌다. 그럴 리가요, 저도 그곳에 자주 가는데요, 테르툴리아노 막시모 아폰소가 똑같이 농담조로 대답했다. 두 사람은 아래층의 구내식당으로 향했다. 가는 길에 수학교사와 영어교사가 두 사람과 합류했다. 교장의 점심식탁에 사람이 가득 앉게 되었다는 뜻이었다. 그래, 교장과 영어교사가 앞서 걸어가는 가운데 수학교사가 낮은 목소리로 물었다, 기분은 어때. 좋아요, 사실 정말 좋아요. 교장하고 얘기를 나눈 건가. 예, 교장선생님이 저를 교장실로 불러서 역사를 거꾸로 가르친다느니 하는 얘기를 다시 꺼내지 말라고 하셨어요. 거꾸로라. 말하자면 그렇다는 얘기예요. 그래서 자네는 뭐라고 했어. 뭐, 제 생각을 설명했죠, 이게 벌써 백 번째쯤 되려나, 드디어 제 터무니없는 얘기가 교장선생님 생각만큼 정신 나간 얘기는 아니라는 걸 납득하신 것 같아요. 자네가 이긴 거네. 그래봤자 무슨 소용이겠어요. 맞아, 그래도 승리가 우리한테 어떤 결과를 가져올지 결코 확신할 수 없는 법이야, 수학교사는 한숨을 내쉬었다. 하지만 패배가 어떤 결과를 가져오는지는 누구나 다 알고 있죠, 특히 자신의 모든 것을 전투에 쏟아부은 사람들이 어떻게 되는지, 하지만 역사 속의 교훈에 조금이라도 주의를 기울이는 사람은 하나도 없어요. 누가 들으면 자네가 이 일에 아주 질려버린 줄 알겠네. 그런지도 모르죠, 아무래도 항상 쓰던 접시에 항상 먹던 소스를 담아내는 것 같아서요, 변하는 건 하나도 없고. 교직을 그만둘 생각인가. 잘 모르겠어요, 제가 뭘 생각하고 있는지, 뭘 원하는지, 하지만 그것도 괜찮을 것 같네요. 교직을 그만두는 거. 뭐든 그만두는 거요. 그들은 식당으로 들어가 사인용 식탁에 앉았다. 교장이 냅킨을 펼치면서 테르툴리아노 막시모 아폰소에게 말했다, 여기 동료교사들에게 자네가 나한테 방금 한 말을 다시 해줬으면 좋겠네. 무슨 얘기요. 역사교육에 관한 자네의 독창적인 개념 말이야. 영어교사가 슬그머니 미소를 짓기 시작했다. 하지만 역사교사가 무표정하고 멍하면서도 차가운 표정으로 그녀를 바라보자 입술에 막 떠오르던 미소가 그대로 얼어붙었다. 만약 개념이라는 말이 옳다 해도 그건 결코 독창적인 개념이 아닙니다, 선생님, 칭찬과 박수는 제 것이 아니에요, 테르툴리아노 막시모 아폰소가 잠시 가만히 있다가 말했다. 그거야 그렇지, 하지만 나를 납득시킨 그 말은 자네 것이잖나, 교장이 그의 말을 반박했다. 역사교사의 시선이 순식간에 식당을 떠나 복도로 내려가서 다음 층으로 올라가 교장실의 잠긴 문을 통과해 예상하던 광경을 본 후 다시 같은 길을 거쳐 이 자리로 돌아왔다. 하지만 이번에는 그의 시선 속에 고민과 당혹감이 서려 있었다. 두려움에 가까운 불안한 떨림도. 그 사람이야, 그 사람이야, 그 사람이야, 테르툴리아노 막시모 아폰소는 자꾸만 자꾸만 속으로 이 말을 되풀이했다. 그동안 그는 수학교사에게 시선을 고정시킨 채 대략 아까와 비슷한 단어들을 사용해서 여러 단계를 거치며 시간의 강을 거슬러 올라간다는 비유를 다시 말했다. 이번에는 역사의 강이라는 말을 하지 않았다. 시간의 강이라는 말이 더 강한 인상을 남길 것 같았다. 영어교사는 진지한 얼굴로 그를 바라보고 있었다. 그녀는 예순 살쯤 되었고, 자식과 손자가 있으며, 첫인상과는 달리 사방에 조롱 섞인 미소를 날리며 평생을 보내는 그런 사람이 아니다. 방금 일어난 일은 많은 사람들이 겪는 일에 불과하다. 사람들은 원래 그런 생각이 있어서 곁길로 새는 것이 아니라, 곁길로 새는 데서 접점을 보았기 때문에, 편안한 공범 의식을 보았기 때문에 곁길로 샌다. 지금 일어나고 있는 일을 우리가 이해하고 있는 줄 알고 누군가가 다 아는 일이지 않느냐는 식으로 보내는 윙크 같은 것. 순전히 다른 사람들한테서 그렇다더라는 말만 듣고 그렇게 생각하는 것이다. 테르툴리아노 막시모 아폰소는 짧은 발언을 끝낸 후 자신이 누군가 다른 사람을 납득시켰음을 깨달았다. 영어교사가 수줍은 표정으로 중얼거렸다, 언어교육을 할 때도 같은 방법을 쓸 수 있겠네, 내 말은, 같은 방식으로 언어를 가르친다는 거예요. 강의 원천으로 거슬러 올라가는 거죠, 그렇게 하면 말을 한다는 것이 무슨 의미인지 더 분명히 이해하게 될지도 몰라요. 그 분야의 전문가들은 많이 있잖습니까, 교장이 한마디 했다. 하지만 저는 그런 전문가가 아니에요, 사람들은 제가 완전한 진공 속에서, 마치 전에는 아무것도 존재하지 않았던 것처럼 영어를 가르치기를 기대하죠. 수학교사가 미소를 지으며 말했다, 이 방법이 산수에는 효과가 없을 것 같은데요, 십이라는 숫자는 아주 고집스러워서 도무지 변하질 않으니까, 십이 되기 위해 먼저 구가 될 필요도 없고, 십일이 되겠다는 야망을 불태우지도 않죠. 식사가 식탁으로 날라져 오자 화제가 바뀌었다. 테르툴리아노 막시모 아폰소는 교장실의 공기 속에서 녹아내리고 있던, 눈에 보이지 않는 플라즈마를 만든 것이 그 은행직원 겸 호텔직원인지 더 이상 확신할 수 없었다. 특히 그 우스꽝스러운 콧수염을 기른 사람은 아니겠지, 그는 속으로 생각했다. 그러고 나서 자신을 향해 슬픈 미소를 지으며 이런 생각을 했다, 내가 미쳐가고 있는 거야. 점심을 먹은 후 들어간 수업에서 그는 내내 아무것과도 상관없고 수업에도 전혀 어울리지 않는 얘기만 했다. 아모리 인들의 이야기, 함무라비 법전, 바빌론의 사법체계, 신 마르 둑, 아카드어 등은 강의계획표에 전혀 없는 내용이었으니까. 그 결과 그는 전날 옆자리 친구에게 선생이 정말 진저리를 치고 있는 것처럼 보인다고 속삭였던 학생의 시각을 바꿔놓았다. 이제 그 학생은 선생이 나사가 하나 빠졌거나, 나사에 달린 끈이 심하게 닳아버린 모양이라는, 훨씬 더 과격한 진단을 내놓았다. 다행히도 더 어린 학생들을 위한 다음 수업은 그럭저럭 매끄럽게 진행되었다. 그가 사극영화들을 잠깐 언급하자 학생들은 열렬한 관심을 보였지만, 수업 내용에서 벗어난 이야기는 그것이 전부였다. 클레오파트라나 스파르타쿠스나 노트르담의 꼽추는 한 번도 언급되지 않았다. 심지어 언제나 믿을 만한 나폴레옹 보나파르트 황제조차 언급되지 않았다. 그냥 잊어버려도 상관없는 하루로군, 테르툴리아노 막시모 아폰소는 집으로 가기 위해 자기 차에 오르면서 이렇게 생각했다. 이것은 오늘 하루와 그 자신에게 부당한 평가였다. 자신의 개혁적인 아이디어에 대해 교장과 영어교사의 지지를 얻어냈으니 말이다. 이제 다음 직원회의에서 그를 향해 슬그머니 미소를 짓는 사람이 한 명 줄어들 터였다. 어쨌든 그는 우리가 몇 시간 전에 알아낸 것처럼 쉽게 즐거워하지 않는 교장을 무서워할 필요가 전혀 없다.

집은 깨끗하고 말끔했으며, 침대는 부부의 침대처럼 깔끔했다. 부엌은 아주 말쑥했고, 욕실에서는 세제 냄새가 났다. 레몬과 비슷한 냄새였다. 그 냄새를 한 번만 들이마시면 몸이 정화되고 영혼이 고양되었다. 위층의 이웃사람이 이 독신남자의 아파트에 와서 질서를 되찾아주는 날이면, 이 집 주인은 밖에서 저녁을 먹는다. 접시를 더럽히고, 성냥을 켜고, 감자 껍질을 까고, 깡통을 따는 것이 무례한 짓이라는 생각이 들기 때문이다. 특히 프라이팬을 불 위에 올려놓는 것은 생각조차 할 수 없는 일이다. 기름이 사방으로 튈 테니까. 식당은 가까운 곳에 있다. 지난번에 그곳에 들렀을 때 그는 고기를 먹었다. 오늘 저녁에는 생선을 먹을 것이다. 변화를 주는 것은 좋은 일이다. 우리가 주의하지 않는다면, 삶이 금방 예측 가능하고, 단조롭고, 지루한 것이 될 수 있다. 테르툴리아노 막시모 아폰소는 항상 대단히 조심스러운 사람이었다. 그가 가게에서 가져온 비디오 서른여섯 편은 거실의 작은 커피 탁자 위에 쌓여 있고, 그 전날 가져와서 아직 보지 못한 나머지 비디오 세 편은 책상 서랍 속에 있다. 이제부터 그가 해야 할 일이 너무 많아서 기가 질릴 지경이다. 테르툴리아노 막시모 아폰소는 아무리 얄미운 적이라도 그런 일을 하게 되기를 바라지 않을 사람이다. 도대체 누가 그런 적인지 그가 알고 있는 것은 아니지만. 어쩌면 그가 아직 젊기 때문일 수도 있고, 항상 조심스레 살아왔기 때문일 수도 있다. 저녁식사 때까지 시간을 보내기 위해 그는 영화가 발표된 날짜 순서대로 비디오를 정리하기 시작했다. 비디오를 늘어놓기에는 탁자나 책상이 좁았으므로 그는 바닥에, 즉 책꽂이 밑에 비디오를 늘어놓기로 했다. 왼쪽에 놓인 가장 오래된 영화제목은 〈모두와 똑같은 남자〉이고 오른쪽에 놓인 가장 최근의 영화는 〈무대의 여신〉이다. 만약 테르툴리아노 막시모 아폰소가 역사교육에 관한 자신의 생각을 일관되게 주장하다 못해 일상생활의 모든 활동에 그것을 직접 적용하는 단계까지 갔다면, 물론 그것이 가능할 때의 이야기지만, 어쨌든 그랬다면 줄지어 늘어선 이 비디오들을 앞에서부터 뒤로 가며 볼 것이다. 다시 말해서 〈무대의 여신〉부터 시작해서 맨 마지막에 〈모두와 똑같은 남자〉를 보게 될 것이라는 얘기다. 하지만 우리는 우리 뇌의 커다란 부분을 차지하고 있는 전통, 습관, 관습의 엄청난 무게가 뇌의 나머지 부분이 생각해 낼 수 있는 더 훌륭하고 혁신적인 아이디어들을 무자비하게 찍어 누른다는 것을 잘 알고 있다. 어떤 경우에는 제멋대로 내버려두면 우리를 어디로 이끌고 갈지 모르는 상상력의 무절제와 방종에 맞서 이 무게가 균형을 잡아줄 수 있는 것이 사실이기는 해도, 우리가 자유의지라고 믿고 있는 것을 무의식적인 굴성에 미묘하게 굴복시키는 경우가 많다는 것 역시 사실이다. 자신이 왜 빛이 들어오는 쪽으로 항상 몸을 굽혀야 하는지 모르는 식물처럼 말이다. 따라서 이 역사교사는 자신의 손에 쥐어진 교육 프로그램을 충실히 따를 것이며, 따라서 비디오를 뒤에서부터 앞으로, 가장 오래된 것에서 가장 최근의 것 순으로, 자연스럽다고 볼 수 없는 특수효과의 시대에서 특별한 특수효과의 시대 순으로 비디오를 볼 것이다. 사실 우리는 특수효과가 어떻게 만들어지는지, 또는 조작되는지 모르기 때문에 여기에 훨씬 더 중립적인 이름을 붙여야 한다. 테르툴리아노 막시모 아폰소는 저녁식사를 마치고 돌아왔다. 사실 그는 생선을 먹지 않았다. 메뉴에 나와 있는 생선은 아귀였는데, 그는 아귀를 좋아하지 않는다. 아귀는 모래나 진흙투성이의 심해에서 사는 바다 생물로 근해에서부터 수심 일천 미터 이상 되는 깊은 곳에 살고 있으며, 길이는 최대 이 미터, 무게는 사십 킬로그램 이상 나간다. 녀석의 납작하고 커다란 머리에는 대단히 강한 이빨이 달려 있다. 간단히 말해서 아귀는 가장 보기 싫은 동물인 것이다. 테르툴리아노 막시모 아폰소의 입, 코, 위장은 단 한 번도 이 생물을 참고 받아들이지 못했다. 그는 지금 이 모든 정보를 백과사전에서 찾아내고 있다. 자신이 처음 보았을 때부터 싫어한 이 생물에 대해 알고 싶다는 호기심이 마침내 그를 자극한 것이다. 이 호기심은 몇 년 전의 과거까지 거슬러 올라가지만, 이상하게도 오늘 그는 이 호기심을 제대로 만족시키고 있다. 우리가 이상하다고 말하기는 했지만, 사실은 그렇지 않다는 것을 알고 있다. 테르툴리아노 막시모 아폰소가 아귀의 외양과 맛과 자신의 접시에 놓인 고기조각의 밀도 외에는 아귀에 대해 아무것도 모르고 오랜 세월을 살다가 어느 날 어느 순간에 갑자기 세상에 이것만큼 급한 일이 없는 것처럼 백과사전을 펼쳐 정보를 찾아본다는 사실을 논리적이고 객관적으로 설명할 길이 없다는 것을 우리는 알고 있다. 우리는 말과 이상한 관계를 맺고 있다. 어렸을 때 우리는 몇 개의 단어를 배우고, 평생을 살면서 교육, 대화, 책과의 접촉을 통해 다른 단어들을 수집한다. 하지만 누가 진지하게 물어봤을 때, 우리가 그 의미에 대해 전혀 아무런 의심도 없이 대답할 수 있는 단어는 겨우 몇 개밖에 안 된다. 그래서 우리는 긍정을 하거나 부정을 하고, 누군가를 납득시키거나 납득당하고, 주장을 하고 추론을 하고 결론을 내린다. 모호하게만 알고 있는 개념들의 표면을 겁 없이 방황하면서. 우리는 말의 어둠 속에 난 도로를 따라 더듬더듬 나아가면서 일반적으로 자신 있는 듯한 잘못된 분위기를 풍기지만, 그럭저럭 서로를 이해할 뿐만 아니라 심지어 때로는 서로를 찾아내기도 한다. 만약 우리에게 시간이 있고 참을성 없는 호기심이 우리를 쿡쿡 찔러댄다면, 우리는 항상 아귀가 무엇인지 정확히 찾아내게 될 것이다. 다음번에 식당에서 웨이터가 아귀과에 속하는 이 멋없는 생물을 권할 때, 이 역사교사는 무슨 말을 해야 할지 잘 알고 있을 것이다. 뭐라고요, 모래나 진흙투성이의 바다 밑바닥에서 사는 이 끔찍한 심해 생물 말입니까. 그리고 그는 단호한 목소리로 이렇게 덧붙일 것이다, 절대로 안 먹습니다. 우리가 물고기와 언어에 대해 이토록 지루하게 엉뚱한 이야기를 늘어놓게 된 책임은 전적으로 테르툴리아노 막시모 아폰소에게 있다. 그가 〈모두와 똑같은 남자〉를 비디오플레이어에 넣을 때까지 워낙 오랜 시간이 걸렸기 때문이다. 마치 그가 산기슭에서 정상까지 오르는 데 필요한 노력을 생각하며 머뭇거리고 있는 것 같았다. 사람들은 자연과 마찬가지로 이야기도 진공을 혐오한다고 말한다. 그러니 테르툴리아노 막시모 아폰소가 이야기할 만한 가치가 있는 일을 하나도 하지 않는 동안 우리가 삽입어구를 임시변통으로 만들어 내서 시간을 메울 수밖에 없는 것이다. 이제 그가 비디오를 껍데기에서 꺼내 비디오플레이어에 넣기로 마음을 정했으므로, 우리는 긴장을 풀고 쉴 수 있다.

한 시간이 흐르도록 그 배우는 등장하지 않았다. 십중팔구 그는 이 영화에 출연하지 않은 것 같았다. 테르툴리아노 막시모 아폰소는 테이프를 빨리 감기로 끝까지 돌려 엔딩크레딧을 조심스레 읽고 자신이 작성한 명단에서 반복되는 이름들을 지웠다. 만약 우리가 그에게 방금 본 영화가 무엇인지 직접 설명해 달라고 부탁했다면, 그는 아마 성난 시선으로 우리를 쏘아보았을 것이다. 뻔뻔스러운 사람에게만 보여주는 그런 시선 말이다. 그러면서 그는 대답 대신 또 다른 질문을 던졌을 것이다. 내가 이렇게 속된 것에 관심을 가질 사람처럼 보입니까. 이 점에 대해서는 우리도 그의 말에 동의할 수밖에 없을 것이다. 그가 지금까지 본 영화는 분명히 이른바 B급에 속하니까. 빠른 소비를 위해 빨리 만들어지며, 수학교사가 비록 다른 표현을 사용하기는 했어도 아주 깔끔하게 정리한 것처럼 영혼을 괴롭히지 않고 오로지 시간을 보내는 데에만 도움을 줄 요량으로 만들어진 영화 말이다. 또 다른 비디오가 비디오플레이어에 들어갔다. 이번 영화의 제목은 〈유쾌한 인생〉이다. 테르툴리아노 막시모 아폰소의 쌍둥이는 카바레인지 나이트클럽인지의 도어맨으로 등장한다. 염치없이 〈유쾌한 미망인〉의 여러 공연들을 베낀 환락의 장면이 등장하는 이세속적인 환락의 장소를 카바레와 나이트클럽 중 어느 쪽으로 부르는 편이 더 나을지 분명히 파악하기란 불가능하다. 테르툴리아노 막시모 아폰소는 처음에는 영화를 끝까지 다 볼필요가 없다고 생각했다. 자신이 알아야 하는 것은 이미 알고 있었으니까. 다시 말해서, 그의 분신이 이 영화에 나오는지 안 나오는지 알고 있었다는 얘기다. 하지만 플롯이 너무 불필요하게 배배 꼬여 있어서 그는 그냥 멍하니 영화를 끝까지 보며, 자동차 문을 열고 닫는 것 외에는 들고 나는 우아한 손님들에게 때로 존경심과 공범자 의식이 미묘하게 뒤섞인 진지한 표정으로 뾰족한 모자를 들어올려 인사하는 것밖에 하는일이 없는 저 불쌍한 작자에게 내면에서 연민이 꿈틀대는 것을 알아채고 깜짝 놀랐다. 적어도 나는 역사 선생이야, 그는 중얼거렸다. 자신이 직업적인 면뿐만 아니라 도덕적인 면과 사회적인 면에서도 저 배우가 맡은 하찮은 역할에 비해 우월하다는 점을 강조하려는 노골적인 의도가 들어 있는 이런 발언은 예의를 제자리에 되돌려줄 응답을 듣고 싶다는 외침이었다. 그런데 그의 상식이 여느 때와 달리 빈정거리는 듯한 말투로 그런 응답을 해주었다, 자만심을 조심해, 테르툴리아노, 당신이 배우가 아니라서 놓친 것들을 생각해 보라고, 당신이 교장 역할이나 수학교사 역할을 할 수도 있었어, 하지만 여자인 영어교사 역할을 할 수는 없으니까 그냥 평범하고 나이 많은 남자교사 역할을 할 수밖에 없겠지. 이 말이 경고처럼 들린다는 사실에 흡족해진 상식은 쇠도 한껏 달아올랐을 때 내리치는 것이 좋다는 결론을 내리고 다시 한 번 세게 망치질을 했다. 물론 당신이 연기에 조금이라도 재능이 있어야 하겠지, 하지만 그것 말고도 이 친구야, 내 이름이 상식이라는 것이 확실한 사실인 것과 마찬가지로 당신도 틀림없이 이름을 바꿀 수밖에 없었을 거야, 자존심이 있는 배우라면 그 우스꽝스러운 테르툴리아노라는 이름으로 대중 앞에 감히 나서지는 않겠지, 당신은 매력적인 예명을 짓는 수밖에 없었을 거야, 하지만 다시 생각해 보니 그럴 필요가 없을 것 같기도 하군, 막시모 아폰소 정도면 괜찮을 테니까, 한번 생각해 봐. 〈유쾌한 인생〉이 껍데기 속으로 다시 들어가고 흥미로운 제목의 다음 영화가 모습을 드러냈다. 지금 상황에서 대단히 기대를 불러일으키는 제목이었다. 〈당신이 누군지 말해줘〉. 하지만 이 영화는 자신에 관한 테르툴리아노 막시모 아폰소의 지식이나 그가 휘말려든 조사에 아무런 기여를 하지 못했다. 그는 그냥 재미로 영화를 빨리 감기로 끝까지 돌려 명단의 이름에 몇 개 더 십자 표시를 한 다음 시계를 한번 힐끗 보고는 그만 자기로 했다. 그의 눈은 빨갛게 충혈되어 있었고, 관자놀이가 욱신거렸으며, 이마도 무거웠다. 이런 일 때문에 죽도록 애쓸 필요는 없지, 그는 속으로 생각했다. 내가 이번 주말에 이 비디오를 다 못 본다 해도 세상이 끝나지는 않을 거야, 그리고 설사 세상이 끝난다 해도 끝내 풀리지 않은 수수께끼가 이것만 남지도 않을 것이고. 그는 침대에 누워 잠이 그가 먹은 수면제의 부름에 응답하기를 기다리고 있었다. 그런데 그때 상식일 수도 있지만 자신이 상식이라고 밝히지 않은 뭔가가 아주 솔직한 말투로 자기 생각에는 영화사에 전화를 걸거나 직접 찾아가서 이러이러한 영화에서 호텔직원, 은행원, 병원직원, 나이트클럽 도어맨 역할을 한 배우의 이름을 곧장 물어보는 것이 가장 쉬운 방법인 것 같다고 말했다. 영화사 사람들은 틀림없이 그런 일에 익숙해져 있을 것이라면서. 엑스트라보다 별로 나을 것이 없는 하찮은 단역배우의 이름을 묻는 것을 이상하다고 생각할 수도 있지만, 적어도 항상 스타와 슈퍼스타들에 대해서만 이야기하던 사람들이 색다른 느낌을 갖게 될 것이라고. 뒤얽힌 잠의 그물이 처음으로 그의 몸을 둘러싸고 있을 때 테르툴리아노 막시모 아폰소는 불분명한 목소리로 그것이 멍청하고, 너무 간단하고, 너무 평범한 방법이라고 대답했다. 내가 그런 생각이나 해내려고 역사를 공부한 건 아니야, 그는 이렇게 덧붙였다. 이 마지막 말은 그 어떤 것과도 관계가 없었다. 그저 그가 또다시 자만심을 과시한 것에 지나지 않았다. 하지만 우리는 반드시 그를 용서해주어야 한다. 수면제를 먹은 사람이 아니라 수면제가 그런 말을 이끌어냈으니까 말이다. 잠의 문턱에 서 있는 테르툴리아노 막시모 아폰소에게서 이제 막 꺼지려 하는 양초의 불꽃처럼 기묘할 정도로 명료한 마지막 말이 나왔다, 난 아무에게도 알리지 않고, 그 사람도 짐작조차 못하는 상태에서 그 사람을 찾아내고 싶어. 이것은 이견을 허용하지 않는 단호한 말이었다. 잠이 문을 닫았다. 테르툴리아노 막시모 아폰소는 이제 선잠을 자고 있다.

오전 열한시까지 테르툴리아노 막시모 아폰소는 이미 영화 세 편을 봤다. 하지만 처음부터 끝까지 본 영화는 하나도 없었다. 그는 아주 일찍 일어나서 비스킷 두어 개와 따뜻하게 데운 커피 한 잔으로 아침식사를 한 후 면도에 시간을 낭비하지 않고 꼭 필요한 세수 외에는 모든 절차를 생략한 채 찾아올 사람이 아무도 없다고 확신하는 사람처럼 잠옷 차림으로 그날의 일에 착수했다. 처음 두 편의 영화는 헛되이 흘러갔지만, 〈공포의 평행선〉이라는 제목의 세 번째 영화에서는 범죄가 일어나는 장면에 껌을 씹어대는 유쾌한 경찰 사진사가 등장했다. 그는 테르툴리아노 막시모 아폰소의 목소리로 삶과 죽음은 모두 각도의 문제라는 말을 계속 되풀이했다. 영화가 끝난 후 그는 다시 명단을 꺼내 이름 하나를 삭제하고, 십자 표시 몇 개를 더 그렸다. 다섯 배우의 이름에 다섯 개의 표시가 되어 있었다. 테르툴리아노 막시모 아폰소의 분신이 나온 영화의 숫자와 같았다. 그들의 이름을 공평하게 알파벳 순으로 나열하면, 아드리아노 마이아, 카를로스 마르티노, 다니엘 산타클라라, 루이스 아우구스토 벤투라, 페드로 펠릭스였다. 그때까지 테르툴리아노 막시모 아폰소는 오백만 명이 넘는 이 도시의 주민들로 이루어진 거대한 바다 속에서 길을 잃고 헤매고 있었지만, 이제부터는 여섯 명도 안 되는 사람들만 상대하면 될 것이다. 만약 그 다섯 명 중 몇 명이 점호에 답변하지 않아 이름이 지워진다면, 그가 상대할 사람의 숫자가 훨씬 더 줄어들 수도 있었다. 대단한 성과로군, 그가 중얼거렸다. 하지만 이 새로운 과업이 사실 그다지 힘들지 않았다는 사실이 금방 그의 주의를 끌었다. 적어도 이백오십만 명이 여성이므로 자신의 조사범위에서 제외된다는 사실을 생각한다면 말이다. 테르툴리아노 막시모 아폰소가 이 점을 간과했다고 해서 우리가 놀랄 필요는 없다. 이처럼 커다란 숫자가 관련된 계산을 할 때는 지금처럼 여자를 고려하지 않으려는 경향에 저항할 수 없기 때문이다. 이런 숫자상의 타격에도 불구하고 테르툴리아노 막시모 아폰소는 장래가 기대되는 이 결과를 커피 한 잔으로 축하하기 위해 부엌으로 들어갔다. 그가 커피를 막 두 모금째 마시고 있을 때 초인종이 울렸다. 탁자로 돌아가는 길이던 컵이 허공에서 그대로 멈췄다. 누구지, 그는 가볍게 컵을 내려놓으며 말했다. 어쩌면 그를 도와주고 있는 위층의 이웃이 청소 상태가 마음에 드느냐고 물어보러 온 것일 수도 있고, 아귀의 습성을 설명해 놓은 백과사전을 팔러 다니는 젊은이일 수도 있고, 그의 동료인 수학교사일 수도 있었다. 아니, 그는 아닐 것이다. 두 사람은 서로의 집을 방문한 적이 한 번도 없으니까. 누구지, 그가 다시 말했다. 그는 재빨리 커피를 후루룩 마시고 누가 왔는지 보러 갔다. 방을 가로지르면서 그는 사방에 흩어져 있는 비디오 껍데기들과 책꽂이 발치의 바닥에 무덤덤하게 늘어서서 차례를 기다리고 있는 비디오들을 걱정스러운 시선으로 흘깃 바라보았다. 만약 찾아온 사람이 위층 이웃이라면 자기가 어제 애써서 깨끗이 정리해 놓은 집을 그가 이토록 정신없이 어질러놓은 것을 보고 결코 좋아하지 않을 것이다. 그건 상관없어, 그 여자가 굳이 안에 들어올 필요는 없을 테니까, 그는 이런 생각을 하면서 문을 열었다. 그의 눈앞에 서 있는 사람은 위층 이웃이 아니었다. 백과사전을 들고 서서 그에게 마침내 아귀의 습성에 관해 우리가 알아야 할 것들을 모두 알 수 있는 엄청난 특권을 누릴 수 있게 되었다고 말하는 젊은 여자 판매원도 아니었다. 그 사람은 아직 모습을 드러낸 적은 없지만, 우리가 이름은 이미 알고 있는 은행원 마리아 다 파즈였다. 아, 당신이군, 테르툴리아노 막시모 아폰소가 탄성을 지르듯이 말했다. 그러고 나서 마음의 동요와 혼란을 감추기 위해 이렇게 덧붙였다, 안녕, 좀 놀랐어. 그가 먼저 그녀에게 들어오라고 말을 했어야 할 것이다. 들어와, 들어와, 커피를 마시고 있던 참이었어라거나 당신이 들러주다니 반가워, 난 면도를 하고 샤워를 할 테니까 편안히 있어라고 말이다. 하지만 그가 옆으로 비켜서서 그녀를 안으로 들이는 것만으로도 매우 힘들었다. 그가 그녀에게 이렇게 말할 수만 있었다면 얼마나 좋을까. 당신한테 보여주고 싶지 않은 비디오를 숨길 동안 여기서 좀 기다려. 아, 이렇게 말할 수만 있었다면 얼마나 좋을까. 미안하지만 지금은 좀 그래, 지금은 당신하고 이야기를 할 수가 없어, 내일 오지 그래. 아, 이렇게 말할 수만 있었다면 얼마나 좋을까. 하지만 이제는 때가 너무 늦었다. 이런 생각을 아까 했어야 하는 건데. 모든 것이 그의 잘못이다. 신중한 사람은 항상 경계를 늦추지 말고 긴장해야 한다. 일어날 수 있는 일을 모두 미리 예측해야 한다. 무엇보다도 가장 간단한 것이 가장 좋은 방법이라는 사실을 결코 잊지 말아야 한다. 예를 들어 초인종이 울린다는 이유만으로 순진하게 문을 열지 않는 방법이 있다. 서두르다 보면 항상 일이 복잡해진다. 틀림없다. 마리아 다 파즈는 이 아파트의 구석구석을 다 아는 사람처럼 편안하게 안으로 들어와 이렇게 물었다. 그동안 어떻게 지냈어. 그러고는 이렇게 덧붙였다. 당신이 남긴 메시지 들었어, 나도 같은 생각이야, 우린 얘기를 좀 해야 해, 내가 안 좋은 때에 찾아온 건 아니지. 그럼, 아니지, 테르툴리아노 막시모 아폰소가 말했다. 당신을 이런 꼴로 맞이해서 미안해, 머리도 안 빗고, 수염도 안 깎아서 금방 일어난 것 같은 몰골이지. 옛날에도 당신이 이런 모습으로 있는 걸 본 적이 있어, 그때는 당신이 사과할 생각을 전혀 안 했는데. 오늘은 다르잖아. 어떻게. 내 말이 무슨 뜻인지 알면서 그래, 난 이렇게 잠옷 바람으로 당신한테 문을 열어준 적이 한 번도 없어. 신선하기는 하네, 당신과 나 사이에는 이제 신선한 게 별로 없으니까. 그녀는 거실에서 겨우 세 걸음 떨어진 곳까지 가 있었다. 곧 그녀가 깜짝 놀랄 것이다. 이게 다 뭐야, 이렇게 비디오를 많이 빌려다가 뭘 하고 있었어. 하지만 마리아 다 파즈는 걸음을 멈추고 이렇게 물었다, 나한테 키스 안 할 거야. 물론 해야지, 테르툴리아노 막시모 아폰소가 당황해서 유감스럽다는 듯이 대답했다. 그녀의 뺨에 입을 맞추려고 하면서. 이것이 남자다운 조심성인지는 모르겠지만, 어쨌든 이런 행동은 아무 소용이 없었다. 마리아 다 파즈의 입이 그의 입을 찾아 나서서 이제 그의 입을 빨아들이고, 누르고, 집어삼키고 있었다. 그녀의 몸은 머리부터 발끝까지 그의 몸에 착 달라붙어 있었다. 마치 두 사람을 갈라놓고 있는 옷이 없는 것처럼. 마리아 다 파즈가 먼저 뒤로 물러서 숨을 헐떡이며 뭐라고 중얼거렸지만 말을 다 끝맺지 못했다, 내가 방금 한 일을 후회한다 해도, 내가 이런 짓을 한 것을 부끄러워하게 되더라도……. 쓸데없는 소리 마, 테르툴리아노 막시모 아폰소가 시간을 벌기 위해 임시변통으로 화난 척하면서 말했다, 무슨 말도 안 되는 소리야, 후회니, 부끄러워한다느니, 도대체 사람이 왜 자기 감정을 표현한 걸 후회하면서 부끄러워해야 하는데. 내 말이 무슨 뜻인지 당신도 잘 알잖아, 그러니까 그렇게 모르는 척하지 마. 당신이 들어왔고, 우리가 키스를 했어, 그것보다 더 정상적이고 자연스러운 일이 어디 있어. 우리가 키스를 한 게 아냐, 내가 당신한테 키스한 거지. 그거야 그렇지만, 나도 당신 키스에 답했잖아. 그건 순전히 다른 방법이 없었기 때문이야. 또 그 과장하는 버릇이 나왔군, 모든 걸 극적으로 만들어 버리지. 당신 말이 맞아, 내가 과장을 하면서 모든 걸 극적으로 만들어 버리기는 해, 내가 당신 아파트로 찾아온 게 과장한 거고, 더 이상 나를 사랑하지 않는 남자를 끌어안은 게 극적으로 만든 거야. 지금 당장 내가 떠나는 게 맞겠지, 후회와 수치심을 느끼면서, 당신이 그런 건 문제가 안 된다며 자비로운 말을 늘어놓았지만 말이야. 그녀가 떠날 가능성은 희박했지만, 그럴 수도 있다는 점이 테르툴리아노 막시모 아폰소의 뒤틀린 머릿속에 희망의 빛을 한 줄기 비춰주었다. 하지만 그의 입에서 나온 말, 어쩌면 그의 의지와 상관없이 튀어나왔다고 할 수도 있는 말은 아주 다른 감정을 표현하고 있었다. 솔직히 말해서 내가 당신을 생각하지 않는다는 생각을 당신이 왜 하게 됐는지 모르겠어. 우리가 지난번에 만났을 때 당신이 상당히 분명하게 그런 뜻을 표현했잖아. 하지만 당신을 생각하지 않는다는 말은 한 적 없어. 당신은 감정 문제에 대해서 너무 몰라, 감정 문제에서는 아무리 머리가 둔한 사람도 말로 미처 표현되지 않은 것을 이해할 수 있어. 현재 분석대상이 되고 있는 테르툴리아노 막시모 아폰소의 말이 그의 의지와 상관없이 튀어나왔다고 생각한다면, 그것은 인간의 정신이라는 실타래에 다양한 끝이 많이 있다는 점을 잊어버렸기 때문이다. 그 실타래의 가닥들 중 일부는 대화상대에게 그 안에 있는 것들을 알려주는 것 같아도 사실은 잘못된 방향을 일러주고, 막다른 길로 통하는 우회로를 암시해 주고, 근본적인 문제에 집중할 수 없게 만드는 기능을 갖고 있다는 점 역시 잊어버렸기 때문이다. 지금의 경우에는 그 실 가닥들이 앞으로 다가올 충격을 미리 줄여주는 역할을 한다고 할 수도 있다. 테르툴리아노 막시모 아폰소가 자신이 마리아 다 파즈를 생각하지 않는다는 말을 한 적이 없다면서 사실은 그녀를 생각하고 있다고 알린 것은, 좀 진부한 표현을 사용하면 그녀를 솜으로 둘러싸고, 소리를 줄여주는 베개로 둘러싸고, 사랑의 감정으로 그녀를 자신에게 묶어두기 위해서였다. 그녀가 거실에 들어가는 것을 더 이상 막을 수 없을 것 같았으므로. 실제로 그녀는 지금 거실로 들어가고 있다. 마리아 다 파즈는 방금 거실로 들어가는 데 필요한 세 걸음을 걸어 안으로 들어간다. 그녀는 자신의 귀를 가볍게 스치고 지나간 달콤한 말에 대해 생각하고 싶지 않지만, 그것 말고는 다른 것을 생각할 수 없다. 심지어 그녀는 머리가 둔한 사람을 들먹인 자신의 비유가 무례할 뿐만 아니라 부당한 것이기도 했다는 사실을 인정하고 뉘우칠 준비까지 갖추고 있다. 그녀는 입술에 미소를 매달고 테르툴리아노 막시모 아폰소를 향해 돌아선다. 그의 품에 안겨 불평불만을 전부 잊어버릴 준비를 갖추고서. 하지만 이 이야기에서는 운명이나 운 같은 유혹적인 개념이 설 자리가 없으므로 비록 불가피한 일이었다고 말하는 편이 더 정확할 것 같지만, 어쨌든 우연은 마리아 다 파즈의 눈이 먼저 켜져 있는 텔레비전을 지나고, 그 다음으로 아직 정해진 자리로 돌아가지 못한 비디오들을 지나가도록 했다. 그녀의 시선은 마지막으로 줄지어 늘어서 있는 비디오들로 향했다. 그것은 전대미문의 일이며 이 집과 그 주인의 취향과 습관을 잘 알고 있는 그녀 같은 사람에게는 결코 설명할 수 없는 일이다. 이게 다 뭐야, 무슨 비디오가 이렇게 많아, 그녀가 물었다. 내가 지금 하고 있는 일에 필요한 자료야, 테르툴리아노 막시모 아폰소가 시선을 피하며 대답했다. 내가 아주 잘못 알고 있는 게 아니라면, 내가 처음 당신을 알게 됐을 때부터 당신 일은 역사를 가르치는 거였어, 마리아 다 파즈가 말했다, 그런데 이건, 그녀는 호기심 어린 눈으로 〈공포의 평행선〉이라는 비디오를 유심히 살펴보고 있었다, 이건 당신 전공하고 별로 관련이 없는 것 같은데. 내가 평생 동안 역사만 공부해야 한다는 법은 없어. 그거야 물론 그렇지, 하지만 당신이 비디오에 둘러싸여 있는 걸 보고 내가 이상하게 생각하는 게 당연한 거 아냐, 마치 당신이 갑자기 영화를 열렬히 좋아하게 된 것 같잖아, 전에는 영화에 사실상 전혀 관심이 없었는데 말이야. 아까도 말했지만, 내가 지금 하고 있는 일이 있어, 사회학 연구라고나 할까. 나는 평범한 은행원이지만, 나처럼 머리가 둔한 사람도 당신 말이 사실이 아니라는 건 느낄 수 있어. 사실이 아니라니, 테르툴리아노 막시모 아폰소가 분개해서 소리쳤다, 사실이 아니라니, 이제 못 참아. 화내봤자 소용없어, 난 그냥 내 눈에 보이는 대로 말하는 거니까. 내가 완벽한 사람이 아니라는 건 나도 알아, 하지만 거짓말을 하는 버릇은 없어, 당신도 날 잘 알잖아. 미안해. 그래, 용서해 줄게, 우리 둘 다 이 얘기는 다시 하지 말자, 그는 이렇게 말했지만 사실은 이 얘기를 계속하는 편을 더 좋아했을 것이다. 그가 훨씬 더 두려워하는 또 다른 주제를 피하기 위해서라도. 마리아 다 파즈는 텔레비전 앞의 안락의자에 앉아 이렇게 말했다, 난 당신하고 이야기를 하러 왔어, 이 비디오에는 관심없어. 달콤한 말은 이미 천장 위 저 높은 곳으로 사라져버렸다. 옛날 사람들이 하던 말처럼, 그것은 달콤한 추억에 불과했다. 잠옷에 슬리퍼 차림으로 면도도 하지 않은 테르툴리아노 막시모 아폰소는 그 한심한 몰골 때문에 분명히 열세에 놓여 있었다. 그가 화를 내는 것이 그의 최종목적, 즉 마리아 다 파즈와의 관계를 끝내는 것에 잘 맞겠지만, 그는 신랄한 대화를 하기가 힘들 것이며, 그런 대화를 끝내기는 틀림없이 훨씬 더 힘들 것임을 알고 있었다. 그래서 그는 소파에 앉아 잠옷 가운으로 다리를 가리고 달래는 듯한 목소리로 말을 시작했다, 내 생각은……. 무슨 소리야, 마리아 다 파즈가 끼어들었다, 우리 얘기를 하자는 거야, 비디오 얘기를 하자는 거야. 우리 얘기는 나중에 하자, 지금은 그냥 내가 하고 있는 일을 당신한테 설명하고 싶어. 꼭 그러고 싶다면야, 마리아 다 파즈가 답답한 기분을 참으면서 대답했다. 테르툴리아노 막시모 아폰소는 그후에 이어진 침묵을 가능한 한 길게 늘였다. 그는 비디오 가게의 점원을 이야기에서 빼려면 어떤 말을 사용해야 하는지 찾아내려고 머리를 쥐어짜다가 묘하고 모순적인 감정을 느꼈다. 그는 자신이 거짓말을 늘어놓으리라는 것을 알면서도 이 거짓말이 일종의 뒤틀린 진실이 될 것이라고 생각했다. 다시 말해서, 그가 내놓는 설명이 처음부터 끝까지 거짓일지라도 그 말을 입 밖에 낸다는 사실만으로도 어떤 의미에서는 그것이 그럴 듯한 사실이 될 것이라는 얘기다. 만약 테르툴리아노 막시모 아폰소가 자신이 꾸며낸 이야기를 여러 번 되풀이한다면 훨씬 더 그럴 듯한 사실이 될 것이다. 마침내 이야기를 완전히 자기 것으로 만들었다는 생각이 든 그가 말을 시작했다. 내가 아무렇게나 고른 이 영화사의 영화를 몇 편 봐야겠다는 생각이 든건, 당신도 곧 알게 되겠지만 이 영화들은 모두 같은 영화사에서 만든 거야, 어쨌든 그런 생각이 든 건 얼마 전에 아이디어가 하나 떠올랐기 때문이야, 특정 영화사가 소비자들에게 퍼뜨리고 있는 경향, 의도, 노골적이거나 암시적이거나 잠재의식적인 메시지, 그러니까 간단히 말해서 이념적 신호를 영상 하나하나를 통해 연구해 보자는 아이디어였지. 그럼 왜 갑자기 그런 일, 아니 당신 말마따나 그런 아이디어가 생각난 건데, 그게 역사를 가르치는 당신 일하고 무슨 상관이야, 마리아 다 파즈가 물었다. 자신이 방금 테르툴리아노 막시모 아폰소에게 그가 궁지에 몰렸을 때 혼자 힘으로는 생각해 내지 못할 수도 있는 답변을 선선히 가르쳐 줬다는 사실을 전혀 모른 채. 아주 간단해, 그가 안도의 표정을 지으며 대답했다. 남이 보기에는 자신의 지식을 학생들에게 전달해 주는 행위에서 기쁨을 느끼는 훌륭한 교사가 당연히 만족감을 느끼고 있는 것처럼 쉽게 착각할 수 있는 표정이었다. 아주 간단해, 그가 다시 말했다, 우리가 쓰고, 공부하고, 가르치는 역사가 모든 글, 모든 단어, 심지어 모든 날짜를 꿰뚫고 있으니까, 난 그걸 이념적인 신호라고 부르는데, 그건 사실의 해석뿐만 아니라 그 사실을 표현하기 위해 우리가 사용하는 언어 속에도 처음부터 들어 있어, 우리가 그 언어를 사용할 때 다양한 형태의 의도가 있다는 걸 잊지 않는다면 말이지, 그러니까 영화는 특유의 효과적인 방법으로 역사의 실제 내용에 영향을 미쳐 그걸 오염시키고 왜곡시키는 이야기 방식이야, 그러니까 영화는 훨씬 더 빠르게, 훨씬 더 적은 의도를 갖고 그런 이념적 신호의 네트워크를 널리 퍼뜨리는 데 동참한다는 얘기야, 대개는 자신의 이익을 증진시키는 방식으로. 그는 잠시 말을 멈췄다. 그리고 듣는 사람의 이해 능력이 부족하다는 점을 염두에 두지 못하고 무미건조한 설명을 한 것을 사과하는 사람처럼 너그럽고 희미한 미소를 지으며 이렇게 덧붙였다, 이걸 글로 쓸 때는 내 생각을 좀더 분명히 표현할 수 있을 거야. 마리아 다 파즈는 이미 참을 만큼 참았음에도 분명히 감탄하는 시선으로 그를 바라볼 수밖에 없었다. 어쨌든 그는 실력 있는 역사교사이고, 이미 능력이 입증된 전문가이다. 그러니 사람들은 그가 자신의 전문분야가 아닌 곳에 감히 손을 대더라도 그 자신은 자신이 하는 말의 뜻을 알고 있을 것이라고 생각한다. 반면 그녀는 중간계급의 은행원이며 사람들이 자신이 누구이며 원하는 것이 무엇인지 먼저 설명해 주지 않는 한 이념적인 신호를 완전히 이해할 수 있는 준비가 되어 있지 않다. 하지만 테르툴리아노 막시모 아폰소가 말을 하는 동안 내내 그녀는 그의 목소리에서 일종의 난처한 기색을 감지했다. 일종의 불협화음이 때로 그의 목소리를 뒤틀어놓았던 것이다. 깨진 물항아리를 손마디로 때릴 때 나는 특유의 비브라토처럼. 빨리 누가 마리아 다 파즈에게 가서 우리가 진실을 말하고 있는 것처럼 보이지만 사실은 거짓을 숨기고 있을 때 우리 입에서 나는 소리가 바로 이것이라고 말해주어야 한다. 분명히, 그래 분명히 누군가가 그녀에게 경고를 해주거나 아니면 흔히 드러나는 힌트와 암시에 대해 알려주지 않았다면, 그녀의 눈에 깃든 감탄의 빛이 갑자기 꺼지고 그 대신 상처받은 표정과 연민이 떠오른 것을 어떻게 설명할 수 있겠는가. 그것이 그녀 자신에 대한 연민인지 아니면 앞에 앉은 남자에 대한 연민인지는 모르겠다. 테르툴리아노 막시모 아폰소는 자신의 말이 그녀를 불쾌하게 만들었을 뿐만 아니라 쓸모없기까지 하다는 것을 알아차렸다. 상대의 지능과 감수성을 무시하는 데에는 여러 가지가 있는데, 자신의 말은 그 중에서도 심각한 편에 속한다는 것도 알아차렸다. 마리아 다 파즈가 어디에도 존재하지 않는 일에 대한 설명을 들으려고 그를 찾아온 것은 아니었다. 그녀는 지난 육 개월 동안 자신의 것이라고 믿었던 작은 행복을 되찾으려면, 그런 행복이 아직도 가능하다면 말이지만, 어쨌든 그러려면 자신이 어떤 대가를 치러야 하는지 알아보려고 온 것이다. 물론 테르툴리아노 막시모 아폰소는 마치 세상에서 가장 자연스러운 말을 하는 것처럼 당신은 이 말을 안 믿겠지만 나랑 똑같이 생긴 사람이 이 영화들 중 몇 편에 배우로 등장하는 걸 봤더라고 말하지 않을 것이다. 그가 그녀에게 그런 말을 할 리가 없다. 앞에서 한 말의 뒤를 이어 금방 그런 말을 하는 것이 괜찮은 일이라 해도. 마리아 다 파즈가 그 말을 대화를 피하려는 또 다른 전술로 해석할 수도 있으니까 말이다. 그녀가 여기까지 찾아와서 알고 싶은 것은 지난 육 개월 동안 자기 것이라고 믿었던 작은 행복을 되찾기 위해 자신이 치러야 하는 대가가 얼마나 되는지 하는 것뿐인데. 우리가 같은 말을 반복한 것을 용서해 주기 바란다. 우리는 고통이 있는 곳에서는 우리 모두 같은 말을 반복할 권리가 있다는 것을 근거로 이렇게 했다. 어색한 침묵이 흘렀다. 마리아 다 파즈가 지금쯤이면 입을 열어 도전적인 태도로 이렇게 말을 해야 마땅하다, 그래, 존재하지도 않는 이념적 신호에 대한 그 터무니없는 이야기가 끝나면 우리 얘기를 하자고. 하지만 두려움이 그녀의 목구멍을 꽉 막고 있었다. 아무리 간단한 말을 해도 자신의 가느다란 희망이 유리처럼 산산조각날 수 있다는 두려움. 그래서 그녀는 아무 말도 하지 않는다. 그래서 그녀는 테르툴리아노 막시모 아폰소가 말을 시작하기를 기다린다. 하지만 테르툴리아노 막시모 아폰소는 눈을 내리깔고 앉아 있다. 잠옷

135

바지 아래로 보이는 창백한 피부와 슬리퍼에 관한 명상에 완전히 빠진 것 같은 모습이다. 하지만 사실은 전혀 아니다. 테르툴리아노 막시모 아폰소는 자신의 시선이 혹시 책상 위의 종이로 향할까 봐, 영화 목록과 배우 명단으로 향할까 봐 감히 시선을 들지 못하고 있다. 작은 십자 표시와 삭제한 이름과 물음표가 있는 종이 말이다. 지금까지는 이념적인 신호에 관한 그의 한심한 발언에 이것들이 전혀 등장하지 않았다. 지금은 이것들이 다른 사람이 해놓은 일처럼 보인다. 사람들의 일반적인 생각과 달리, 극적이고 위대한 대화의 길을 여는 데 도움이 되는 말들은 대개 수수하고, 평범하고 진부한 것들이다. 커피 한 잔 하겠느냐는 말이 이미 죽어버린 감정에 관한 신랄한 토론이나 두 사람 모두 방법을 몰라 꺼내지 못하고 있는 다정한 화해의 말로 이어질 수 있다고는 아무도 생각하지 않을 것이다. 마리아 다 파즈는 그런 말을 듣고 당연히 냉정하게 대답했어야 한다. 내가 여기 커피나 마시려고 온 건 아냐. 하지만 자신의 내면을 들여다보며 그녀는 그것이 사실이 아님을 깨달았다. 자신이 정말로 커피를 마시러 왔음을, 자신의 행복이 세상에나 바로 그 커피에 달려 있음을 깨달았다. 이제는 너무 지쳐서 체념만이 드러나는 목소리로, 그러나 아픔 때문에 흔들리는 목소리로 그녀가 말했다, 그래, 마실게. 그리고 이렇게 덧붙였다, 커피는 내가 끓일게. 그녀가 의자에서 일어났다. 그녀가 테르툴리아노 막시모 아폰소의 옆을 지나면서 걸음을 멈춘 건 중요하지 않았다. 이때 일어난 일을 어떻게 설명할 수 있을까. 우리는 말을 자꾸만 쌓아올린다. 우리가 다른 곳에 대해서 했던 바로 그 말들을. 인칭대명사, 부사, 동사, 형용사. 아무리 애써도, 아무리 몸부림쳐도, 우리는 항상 그토록 솔직하게 표현하고 싶었던 감정 속으로 들어가지 못한다. 마치 감정이 멀리 산이 있고 전면에 나무들이 있는 풍경화라도 되는 것처럼. 하지만 사실을 말하자면, 마리아 다 파즈의 정신이 몸의 직선적인 움직임을 미묘하게 정지시켰다. 무슨 뜻으로 그리 했는지 누가 알겠는가. 어쩌면 테르툴리아노 막시모 아폰소가 일어서서 그녀를 안아줄 것이라는 기대 때문인지도 모르고, 그가 그녀의 옆구리에 늘어져 있는 손을 부드럽게 잡아줄 것이라는 기대 때문인지도 모른다. 사실 실제로 일어난 것도 그런 것이었다. 그는 우선 그녀의 손을 잡았고, 그 다음에는 지나치게 몸이 가까워지지 않도록 신중을 기하면서 그녀를 끌어안았다. 그녀는 그에게 입술을 내밀지 않았고, 그도 그녀의 입술을 찾지 않았다. 더 많은 행동을 하는 것보다 더 적게 행동하는 편이, 문제를 감수성에 맡기는 편이 천 배나 더 나은 때가 있는 법이다. 다음에 이어질 순간들을 완벽하게 이끌기 위해 어떻게 하는 편이 좋은지에 대해 감수성은 이성적인 지성보다 더 많은 것을 알고 있을 것이다. 물론 다음에 이어질 순간들이 그토록 높은 경지까지 이를 운명을 타고 났다면 그렇다는 말이지만. 두 사람의 몸이 서서히 떨어졌다. 그녀가 살짝 미소를 지었고, 그도 살짝 미소를 지었다. 하지만 우리는 테르툴리아노 막시모 아폰소가 머릿속으로 다른 생각을 하고 있음을 알고 있다. 모든 것이 드러나 있는 저 종이들을 가능한 한 빨리 마리아 다 파즈의 눈이 닿지 않는 곳으로 치우는 것. 그러니 그가 그녀를 부엌으로 밀어내다시피 한 것 때문에 놀랄 필요는 없다. 어서 가 봐, 가서 커피를 끓여, 그동안 나는 이 혼돈스러운 방을 좀 치울 테니. 그런데 그때 뜻밖의 일이 일어났다. 그녀가 마치 자기 입에서 나오는 말이 별로 중요하지 않다는 듯이, 또는 그 말을 자기도 다 이해하지 못한다는 듯이 이렇게 중얼거린 것이다, 혼돈은 해석되기를 기다리는 질서일 뿐이다. 뭐, 지금 뭐라고 했어, 테르툴리아노 막시모 아폰소가 물었다. 그는 이미 명단을 치운 뒤였다. 혼돈은 해석되기를 기다리는 질서일 뿐이다. 그걸 어디서 읽었어, 아니면 누가 말하는 걸 들은 거야. 아니, 그냥 지금 떠오른 말이야, 어디서 읽은 것 같지는 않아, 누구한테서 들은 적도 없고. 그럼 어떻게 그런 말을 그렇게 불쑥 할 수가 있어. 그 말이 뭐 특별한 거야. 그럼, 특별하지. 아, 난 몰랐어, 아마 내가 은행에서 하는 일이 전부 숫자와 관련된 거라서 그럴 거야, 숫자들이 전부 뒤섞여 있으면 그 내용을 모르는 사람들한테는 혼돈처럼 보일 수 있거든, 그래도 그 안에는 질서가 잠재해 있어, 사실 나는 사람들이 숫자에 부여한 모종의 질서를 벗어나면 숫자에는 아무 의미가 없다고 생각해, 문제는 그 질서를 찾는 거지. 여긴 숫자가 전혀 없잖아. 하지만 혼돈이 있지, 당신이 직접 그렇게 말했잖아. 비디오 몇 개가 흩어져 있을 뿐이야, 그것뿐이라고. 그 안에 들어 있는 영상들도 마찬가지지, 서로 연결돼서 하나의 이야기가 되는, 그러니까 질서가 되는 영상들 말이야, 만약 우리가 그 영상들을 다른 이야기로 연결하기 전에 마구 뒤섞어 놓으면, 그 영상들은 연달아 이어지는 혼돈이 되겠지, 새로운 이야기를 만들면 질서가 연달아 나올 거고, 항상 질서 잡힌 혼돈을 뒤에 남겨둔 채로, 항상 누군가가 질서를 잡아주기를 기다리는 혼돈을 향해 가면서. 이념적인 신호로군, 테르툴리아노 막시모 아폰소가 말했다. 이 말이 타당한 것인지 완전히 확신하지는 못한 채. 그래, 원한다면 이념적인 신호라고 할 수도 있겠지. 당신, 내 말을 못 믿는 것 같은데. 내가 당신을 믿고 안 믿고는 중요한 문제가 아냐, 당신은 아마 자신이 뭘 좇고 있는지 알겠지. 내가 이해할 수 없는 건 당신이 어떻게 우연히 그런 발견을 할 수 있느냐는 거야, 혼돈 속에 질서가 들어 있고, 안에서부터 질서를 해석할 수 있다는 생각 말이야. 우리 관계가 처음 시작된 후로 몇 달 동안 당신이 나를 제대로 된 생각조차 못 할 만큼 머리 나쁜 여자로 생각했다는 소리야. 이봐, 그건 아무 상관없는 얘기잖아, 당신은 아주 똑똑한 사람이야, 하지만……. 그래, 알겠다, 하지만 당신만큼 똑똑하지는 않단 말이지, 게다가 내가 그런 일에 필요한 훈련도 받은 적이 없다는 건 말할 필요도 없는 일이겠지, 어쨌거나 나는 그냥 가난하고 하찮은 은행원이니까. 그렇게 빈정거릴 필요는 없잖아, 난 단 한 번도 당신이 나보다 멍청하다고 생각한 적 없어, 그냥 당신 생각이 정말로 독창적이라는 얘길

한 것뿐이야. 그러니까 나한테서 그렇게 독창적인 얘기가 나올 줄은 몰랐다는 거 아냐. 그래, 어떤 의미에서는 그랬어. 당신은 역사를 공부한 사람이야, 하지만 나는 우리 조상들이 실제로 이런저런 아이디어를 생각해 낼 수 있을 만큼 똑똑해진 건 그 사람들을 똑똑하게 만들어 준 아이디어를 떠올린 뒤라는 말을 하고 싶어. 날 너무 비꼬지 마, 당신 때문에 계속 놀라느라 정신을 차릴 수가 없어, 테르툴리아노 막시모 아폰소가 말했다. 그래, 당신이 소금기둥으로 변하기 전에 내가 가서 커피를 끓일게, 마리아 다 파즈가 미소를 지으며 말했다. 그녀는 부엌으로 통하는 복도를 따라 걸어가면서 이렇게 말했다, 그 혼돈을 정리해 봐, 막시모, 그 혼돈을 정리해 봐. 그는 명단을 재빨리 서랍에 넣은 뒤 서랍을 잠그고, 흩어진 비디오를 각각 껍데기에 넣었다. 아직 비디오플레이어 안에 들어 있던 〈공포의 평행선〉도 같은 길을 걸었다. 세상이 시작된 후로 혼돈에 질서를 부여하는 것이 이처럼 쉬웠던 적은 없었다. 하지만 우리가 경험을 통해 배웠듯이 항상 제대로 묶이지 않은 끈이 있게 마련이고, 항상 길가에 엎질러진 우유가 있게 마련이며, 항상 삐뚜르게 튀어나온 선이 있게 마련이다. 지금 우리가 살펴보고 있는 상황에 이것을 적용시킨다면, 테르툴리아노 막시모 아폰소가 전쟁이 시작되기도 전에 자신이 패배했음을 알고 있다는 뜻이 된다. 이념적 신호에 대한 멍청하기 짝이 없는 연설 덕분에, 그리고 그녀가 혼돈 안에 질서가 존재하며 질서를 해석할 수 있다는 말로 멋진 솜씨를 보여준

후의 상황을 보면, 지금 부엌에서 커피를 끓이고 있는 여자에게 우리 관계가 끝났어, 당신이 원한다면 계속 친구로 지낼 수는 있지만 그게 다야라거나, 아니면 이런 말을 하기는 정말 싫지만 당신에 대한 내 감정을 가늠해 봤는데 이제는 처음 같은 열정이 느껴지지 않아라거나, 아니면 그동안 정말 좋았어, 하지만 이젠 끝이야, 이제 당신은 당신 길을 가고 나는 내 길을 가는 거야라고 말하기가 불가능하다. 테르툴리아노 막시모 아폰소는 지금까지의 대화를 되새기며 자신의 전술이 어디서 실패했는지 알아내려고 했다. 물론 그에게 전술이라는 것이 있었고, 마리아 다 파즈의 변덕에 휘둘리지 않았다면 그렇다는 말이지만. 마치 작은 불길들이 갑작스레 일어나서 그가 그 불을 꺼야 하는 것 같았다. 그동안 불길이 그의 발을 핥고 있다는 것을 모르는 채. 저 여자는 항상 나보다 자신감이 있었지, 그는 속으로 생각했다. 바로 그 순간 그는 자신이 실패한 이유를 아주 다른 눈으로 볼 수 있었다. 흐트러진 복장에 면도도 하지 않고 보잘것없는 슬리퍼를 신은 이 괴상한 인간은 누구인가. 잠옷 엉덩이 부분의 줄무늬는 마치 잠옷 가운 밑에서 밖을 내다보는 색바랜 술 장식 같다. 잠옷 가운의 끈도 제대로 매어져 있지 않아서 한쪽이 다른 쪽보다 더 높이 올라가 있다. 살다 보면 화려하게 옷을 갖춰 입었을 때에만 내릴 수 있는 결정이 있는 법이다. 넥타이를 매고, 반짝반짝 윤이 나는 신발을 신었을 때에만. 그래야 고귀한 목소리로 상처받은 사람처럼 이렇게 소리칠 수 있다, 만약 내 존재가 당신을 번거롭게 한다면, 부인, 더 이상 아무 말씀도 마십시오. 그러고는 뒤도 한 번 돌아보지 않고 휙 밖으로 나가버리는 것이다. 뒤를 돌아보는 데에는 커다란 위험이 따른다. 사람이 비가 내리자마자 녹아버리는 소금기둥으로 변할 수도 있으니까. 하지만 테르툴리아노 막시모 아폰소에게는 이제 또 다른 문제가 있다. 이 문제를 풀려면 커다란 재치, 커다란 외교술, 지금까지는 그를 피해다녔던 전략적 유도술이 필요하다. 특히 우리가 이미 보았듯이, 주도권이 항상 마리아 다 파즈의 손에 있기 때문에 더욱 그러하다. 심지어 그녀가 처음 이곳에 나타나 금방 물 속에 빠져죽을 여자처럼 애인의 품 속에 몸을 던졌을 때도 그랬다. 테르툴리아노 막시모 아폰소가 생각한 것이 바로 이것이었다. 그는 감탄, 짜증, 일종의 위험한 애정 사이에 붙들려 있다. 그녀는 마치 금방이라도 물에 빠져 죽을 사람처럼 보이지만, 사실은 땅 위에 단단히 발을 붙이고 있다. 다시 문제로 돌아가서, 테르툴리아노 막시모 아폰소는 거실에 마리아 다 파즈를 혼자 남겨둘 수 없다. 만약 그녀가 커피를 들고 나타난다면. 그건 그렇고 커피를 끓이는 데 왜 이렇게 오래 걸리는 걸까. 겨우 몇 분이면 되는데. 커피를 일일이 걸러내야 하던 시절은 지났다. 만약 다정하고 조화로운 분위기 속에서 커피를 마신 후, 그녀가 그에게 저의가 있건 없건 나는 여기서 당신이 빌려온 비디오를 보면서 당신의 그 이념적 신호를 한번 찾아볼 테니 당신은 가서 옷을 입고 오라고 말한다면. 만약 잔인한 운명 때문에 테르툴리아노 막시모 아폰소의 분신이 나이트클럽 도어맨이나 은행원 역할로 등장한다면. 마리아 다 파즈가 비명을 지르는 모습을 상상해 보라. 막시모, 막시모, 이리 와봐, 빨리, 와서 병원 직원으로 나오는 저 배우를 좀 봐, 당신하고 똑같이 생겼어, 정말이야, 저 사람을 착한 사마리아인이라고 부르든, 신의 섭리라고 부르든, 자비의 형제라고 부르든 당신 마음이지만, 저 사람이 이념적 신호가 아닌 건 분명해. 하지만 이런 일은 전혀 일어나지 않을 것이다. 마리아 다 파즈가 커피를 가지고 올 것이다. 그녀가 복도를 걸어오는 소리가 지금 들려온다. 잔 두 개와 설탕 그릇, 위장을 달래기 위한 비스킷 몇 개를 쟁반에 담아서. 그리고 모든 일이 테르툴리아노 막시모 아폰소가 감히 꿈도 꾸지 못한 방향으로 흘러갈 것이다. 두 사람은 침묵 속에서 커피를 마셨다. 하지만 그것은 적대적인 침묵이 아니라 편안한 침묵이었다. 완벽한 가정적 행복. 테르툴리아노 막시모 아폰소의 입장에서 보면, 그녀가 이런 말을 했을 때 이 행복이 완전한 천국으로 변했다. 당신이 가서 옷을 입는 동안 나는 부엌을 좀 치울게, 그리고 당신이 혼자서 평화롭게 일할 수 있게 해줄게. 아, 그 얘기는 이제 그만 하자, 테르툴리아노 막시모 아폰소가 길 한가운데 끈질기게 박혀 있는 이 돌덩이를 치우려고 말했다. 하지만 그는 자신이 그 자리에 방금 또 다른 돌을 가져다 놓았음을 알고 있었다. 곧 알게 되겠지만, 이번 돌덩이는 치우기가 더 어려웠다. 어쨌든 테르툴리아노 막시모 아폰소는 무엇이든 운에 맡기고 싶지 않았다. 그는 순식간에 면도를 하고, 눈 깜짝할 사이에 세수를 하고, 번개처럼 옷을 입었다. 간단히 말해서 이 모든 일을 너무 빠르게 해치웠기 때문에 그가 부엌에 들어간 것은 접시가 다 마르려면 아직 한참을 더 기다려야 하는 때였다. 그때 무엇보다도 감동적이고 친숙한 장면이 이 아파트에서 연출되었다. 남자가 접시의 물기를 닦고, 여자가 접시를 차곡차곡 챙겨넣는 모습. 두 사람이 역할을 바꿀 수도 있었겠지만, 운명인지 숙명인지 모를 것이 이렇게 일이 진행되어야 한다고 결정해 버렸다. 마리아 다 파즈가 접시를 선반에 놓으려고 손을 뻗었을 때 반드시 일어나야 할 일이 일어나도록. 그녀가 알고 그랬는지 모르고 그랬는지 모르겠지만, 그녀의 가느다란 허리가 드러나면서 남자의 손이 유혹을 참을 수 없게 되었다. 테르툴리아노 막시모 아폰소는 행주를 내려놓았고, 그의 손에서 미끄러진 커피잔은 바닥으로 떨어져 산산히 깨져버렸다. 그는 마리아 다 파즈를 열렬히 끌어안았다. 아무리 객관적이고 공평무사한 구경꾼이라도 그가 맨 처음에 느꼈던 열정조차 이보다 강하지는 않았을 것이라고 금방 인정해 버릴 것이다. 문제는, 고통스럽고 영원한 문제는 이것이 얼마나 오래 계속될 것인가 하는 점이다. 사람들이 때로 사랑은 물론이고 열정으로 착각하기도 하는 애정에 다시 불이 붙었다는 뜻일까. 아니면 양초가 완전히 꺼지기 전에 더 높이, 참을 수 없을 만큼 더 밝게 타오르는 친숙한 현상에 지나지 않는 걸까. 우리가 이렇게 타오르는 양초의 빛을 참을 수 없는 것은 순전히 그것이 마지막 불꽃이기 때문이다. 우리 눈이 그 빛을 거부하기 때문이 아니다. 우리 눈은 그 빛을 홀린 듯이 바라보며 여전히 행복해할 테니까 말이다. 채찍질과 채찍질 사이에 등이 즐거움을 느낀다는 말을 앞에서 했다. 하지만 사실 지금 즐거움을 느끼고 있는 것은 등이 아니다. 우리는 심지어 이렇게까지 말할 수 있다. 만약 아주 노골적인 말을 써도 된다면, 즐거움을 느끼는 것은 오히려 채찍이라고. 하지만 사실 우리는 비록 지금이 과장으로 느껴질 만큼 서정적인 표현을 써도 되는 순간은 아니지만, 서로 몸을 포개고 팔다리가 문자 그대로 뒤엉킨 채 침대 위에 몸을 쭉 펴고 누운 이 두 사람의 기쁨과 쾌락 앞에서 그들을 존중하는 뜻에서 모자를 벗고 두 사람이 항상 이렇게 살아가기를, 아니면 두 사람이 미래에 어떤 상대를 만나든 두 사람이 각자 이렇게 살아가기를 빌어야 할 것이다. 그러니까 만약 지금 타고 있는 양초가 이 최후의 짧은 경련이 끝난 후 생명을 다한다면 말이다. 이 경련은 우리의 몸을 녹이면서도 동시에 우리를 딱딱하게 만들어 서로에게서 멀어지게 한다. 몸, 생각. 테르툴리아노 막시모 아폰소는 삶의 모순에 대해, 싸움에서 이기려면 때로 질 필요가 있다는 것에 대해 생각하고 있다. 지금이 바로 그런 경우다. 그가 이기려면 자신이 원하는 결정적이고 완전한 이별 쪽으로 대화를 이끌어가야 할 것이다. 그런데 적어도 한동안은 그 싸움에서 진 것으로 생각하고 포기해야 했다. 게다가 그가 이기려면 마리아 다 파즈가 이념적 신호에 대해 그가 꾸며낸 이야기와 비디오에 신경을 쓰지 못하게 만들 필요도 있었다. 이 싸움에서는 적어도 지금은 그가 이겼다. 사람들이 흔히 하는 말에 따르면, 모든 것을 가질 수는 없다. 이 말 속에는 많은 진리가 들어 있다. 인생의 추는 끊임없이 얻은 것과 잃은 것 사이를 오간다. 문제는 잃어야 하는 것과 얻어야 하는 것의 상대적인 가치에 관해 합의에 이르는 것이 인간적으로 불가능하다는 것이다. 그래서 세상이 지금과 같은 상태가 된 것이다. 마리아 다 파즈도 역시 생각을 하고 있다. 하지만 그녀는 여자라서 근본적인 것에 더 가까이 있으므로 이 아파트에 들어설 때 자신이 느낀 불안감, 그에게 정복당하고 모욕당한 채 이곳을 떠나게 될 것이라는 확신을 떠올리고 있다. 하지만 그녀가 단 한순간도 상상하지 못했던 일이 일어났다. 사랑하는 남자와 함께 침대에 드는 것. 이것만으로도 이 여자가 배워야 할 것이 아직 얼마나 많은지 알 수 있다. 연인들 사이의 수많은 극적인 다툼들이 끝나고 해결되는 곳이 침대라는 점을 그녀가 아직 모른다면 말이다. 섹스를 하는 것이 모든 육체적 문제와 도덕적 문제의 만병통치약이라서가 아니다. 비록 그렇게 생각하는 사람이 많지만 말이다. 침대에서 그런 일이 벌어지는 것은, 몸이 지치면 정신이 그 기회를 잡아 수줍게 손가락을 들고 들어가도 좋으냐고 허락을 구하기 때문이다. 이제 이성의 목소리를 들을 수 있겠느냐고, 몸이 들을 준비가 되었느냐고. 바로 이때 남자가 여자에게, 또는 여자가 남자에게 이렇게 말한다, 우리가 미쳤나봐, 우리가 정말 바보였어. 그러면 둘 중 한 사람은 연민 때문에 공평한 대답을 내놓을 수 있는데도 그렇게 하지 않는다. 글쎄, 당신은 그랬는지도 모르지만, 난 항상 여기 있었어. 말도 안 되는 것처럼 보일지도 모르지만, 잃어버렸다고 생각했던 것을 구해주는 것은 바로 이렇게 하지 않은 말로 가득 차 있는 침묵이다. 노와 나침반으로, 양초와 빵 상자를 실은 채 선원들을 찾아 안개 속에서 모습을 드러내는 뗏목처럼. 테르툴리아노 막시모 아폰소가 말했다, 점심을 같이 먹을까, 당신이 시간이 있다면. 당연히 시간이 있지, 난 항상 시간이 있어. 난 당신 어머니를 생각해 봐야 한다는 뜻이었어. 어머니한테는 혼자 산책을 할 생각이라고 했어, 어쩌면 집에서 점심을 먹지 못할지도 모른다고. 여기 오려고 핑계를 댄 거로군. 꼭 그런 건 아냐, 집을 다선 다음에야 여기 와서 당신과 이야기해 보기로 마음을 정했으니까. 그래, 이제 이야기를 했으니 됐네. 그럼, 마리아 다 파즈가 물었다, 우리 사이가 예전하고 똑같을 거라는 뜻이야. 물론이지. 어쩌면 테르툴리아노 막시모 아폰소에게서 좀더 유창한 언변을 기대한 사람이 있었을지도 모른다. 하지만 그는 앞으로도 항상 이렇게 말할 수 있을 것이다, 나한테는 시간이 없었어, 그녀가 팔로 내 목을 끌어안고 입을 맞췄고, 나도 똑같이 했지, 그러고 나서, 하나님 맙소사, 우리가 또다시 뒤엉킨 거야. 그래, 하나님이 도와주셨나, 우리가 한동안 듣지 못했던 미지의 목소리가 물었다. 글쎄, 그게 정말로 하나님이었는지는 모르겠어, 하지만 확실이 좋기는 했어. 그래서 그 다음에는. 우린 점심을 먹을 거야. 그리고 그 얘기를 할 건가. 무슨 얘기. 당신과 그녀 얘기. 그 얘긴 이미 했어. 아니, 안 했어. 했어. 그럼 이제 먹구름이 싹 걷힌 거로군. 그렇지. 그럼 이 관계를 끝낼 생각이 이제는 없다는 뜻인가. 그건 또 다른 문제야. 내일 일은 내일 해결하면 돼. 좋은 철학이야. 최고지. 내일 일이 무엇인지 알기만 한다면. 내일이 될 때까지는 그걸 알 수 없어. 당신은 모든 답을 알고 있군. 지난 며칠 동안 나만큼 거짓말을 해야 했다면 너도 똑같았을 거야. 그럼 이제 점심을 먹으러 나가겠네. 응, 그럴 거야. 그럼, 식사 잘 해, 점심 먹고 나서는 뭘 할 거야. 그후에는 그녀를 집까지 바래다주고 이리 돌아올 거야. 비디오를 보러. 그래, 비디오를 보러. 그래, 재미있게 봐, 미지의 목소리가 말했다. 마리아 다 파즈는 이미 일어나 있었다. 욕실에서 물소리가 들린다. 두 사람은 사랑을 나눈 후에는 항상 함께 샤워를 하곤 했다. 하지만 이번에는 그녀도 그 생각을 하지 못했고, 그도 그것을 기억해 내지 못했다. 아니면 두 사람 모두 기억하고 있는데, 말하지 않는 편이 낫다고 생각한 것일 수도 있다. 모든 걸 잃어버리지 않으려면 지금 갖고 있는 것만으로 만족하는 편이 최선일 때가 있으니까.

테르툴리아노 막시모 아폰소가 집으로 돌아온 것은 오후 다섯 시가 넘은 시각이었다. 그 시간을 다 낭비해 버렸네, 그는 명단을 넣어둔 서랍을 열고 〈운명과 팔짱을 끼고〉를 볼 건지 〈천사도 춤을 춘다〉를 볼 건지 망설이면서 생각했다. 그는 이 두 편의 비디오를 모두 비디오플레이어에 넣지 않을 것이다. 따라서 그는 자신의 분신, 마리아 다 파즈라면 그와 똑같이 생긴 배우라고 했을 그 사람이 〈운명과 팔짱을 끼고〉에서는 노름판 보조로, 〈천사도 춤을 춘다〉에서는 무용 선생으로 나온다는 사실을 결코 알지 못할 것이다. 그는 영화가 제작된 연대 순서를 지켜야 한다는, 스스로 정한 법칙에 갑자기 반발했다. 가장 오래된 것에서부터 가장 최근의 것 순서로 보겠다는 원칙 말이다. 그는 변화를 좀 줘서 정해진 틀을 깨뜨리는 것도 그리 나쁜 일은 아닐 것이라고 생각했다. 〈무대의 여신〉을 봐야겠다, 그가 말했다. 십 분도 안 돼서 그의 분신이 등장했다. 극장의 감독 역할을 하고 있었다. 테르툴리아노 막시모 아폰소의 위장이 갑자기 요동쳤다. 몇 년 동안 잠깐씩 스치고 지나가는 호텔직원, 은행원, 병원직원, 나이트클럽 도어맨, 경찰 사진사 역할을 하다가 점점 비중이 커져가는 역할을 맡은 걸 보니 이 배우의 삶에 많은 변화가 있었던 모양이다. 삼십 분 후 그는 더 이상 참을 수가 없어서 빨리 감기로 테이프를 끝까지 돌렸다. 하지만 기대와 달리 엔딩크레딧에서 명단에 있는 이름을 전혀 찾을 수 없었다. 그는 테이프를 다시 처음으로 돌려서 습관적으로 무시해 버렸던 오프닝크레딧을 보았다. 거기에 이름이 있었다. 〈무대의 여신〉이라는 영화에서 극장 감독 역할을 한 배우의 이름은 다니엘 산타클라라이다.

주말에 새로운 발견을 했다고 해서 그것이 이른바 주중에 처음으로 발견한 것들보다 덜 유효하거나 소중한 것은 아니다. 두 경우 모두 새로운 발견을 한 사람은 혹시 근무시간을 넘겨가면서 일하고 있는 조수가 있다면 그들에게 그 사실을 알릴 것이고, 가족이 가까이 있다면 가족에게 그 사실을 알릴 것이다. 그리고 만약 손닿는 곳에 샴페인이 없다면, 바로 이런 때를 위해 냉장고에서 기다리고 있던 스파클링 와인으로 건배를 하며 성공을 축하할 것이다. 축하의 말이 오가고, 특허를 신청하기 위해 자세한 내용을 적어놓은 다음에는 예전과 똑같은 삶이 계속될 것이다. 영감이나 재능이나 운이 스스로를 드러낼 때 시간이나 장소에 특별히 구애받지 않는다는 사실을 이미 한번 더 보여주었으니까. 발견자가 혼자 살고 있다거나 조수가 없어서 세상에 새로운 지식의 빛을 비추게 되었다는 기쁨을 나눌 사람이 한 명도 없는 경우는 거의 없을 것이다. 그런데 테르툴리아노 막시모 아폰소가 지금 처해 있는 상황은 독특하다고 할 수는 없지만, 이보다 더 굉장하고 훨씬 더 드문 것이다. 자신과 꼭 닮은 배우의 이름을 알아냈다는 사실을 전달할 사람이 아무도 없을 뿐만 아니라, 그 사실이 새어나가지 않도록 신중을 기해야 하니까 말이다. 사실 테르툴리아노 막시모 아폰소가 전화기로 달려가서 어머니나 마리아 다 파즈나 수학교사에게 전화를 걸어 잔뜩 흥분한 목소리로 이렇게 떠들어댈 것이라고 상상하기란 불가능하다. 내가 그 사람을 찾아냈어, 내가 그 사람을 찾아냈어, 그 사람 이름은 다니엘 산타클라라야. 살아가면서 그가 아무도 짐작할 수 없을 만큼 꼭꼭 감추고 싶어 하는 비밀이 하나 있다면, 이것이 바로 그것이다. 이 비밀이 새어나갔을 때의 결과가 두렵기 때문에 테르툴리아노 막시모 아폰소는 아마도 영원히 자신의 조사결과에 대해 철저히 침묵을 지켜야 할 것이다. 오늘 끝난 첫 단계 조사의 결과와 그가 앞으로 수행하게 될지도 모르는 더 자세한 조사의 결과에 대해 모두. 그는 또한 적어도 월요일까지는 꼼짝도 할 수 없는 처지다. 그는 그 남자의 이름이 다니엘 산타클라라라는 것을 알고 있지만, 유용성 면에서는 어떤 별에 대해 이름이 알데바란(황소자리에 있는 별—옮긴이)이라는 것 외에는 아무것도 모를 때와 똑같다. 영화사는 오늘과 내일 일을 하지 않을 테니 그쪽에 전화를 해봐도 소용이 없다. 기껏해야 경비원이 전화를 받아 이런 말만 할 것이다, 월요일에 다시 전화하세요, 오늘은 여기 아무도 없습니다. 그러면 테르툴리아노 막시모 아폰소는 대화를 조금이라도 길게 끌어보려고 이렇게 말할 것이다, 이런, 저는 영화사에는 일요일이나 휴일이 없는 줄 알았는데요, 해가 떠 있는 시간을 낭비하지 않으려고 특히 봄과 여름에는 주님께서 보내주신 모든 날에 영화를 찍는 줄 알았어요. 저는 그런 거 모릅니다, 제 일이 아니니까, 저는 경비원일 뿐이에요. 정보에 밝은 경비원이라면 모든 걸 다 알고 있어야죠. 제가 월급을 받기 위해 모든 걸 다 알 필요는 없어요. 그것 참 유감이군요. 하실 말씀이 또 있습니까, 경비원은 전화를 빨리 끊고 싶어서 조바심을 치며 이렇게 물을 것이다. 적어도 배우들에 관해 물어보려면 누구와 통화를 해야 하는지 정도는 말씀해 주실 수 없나요. 이것 보세요, 전 모릅니다, 아무것도 몰라요, 전 그냥 경비원일 뿐이라고 이미 말씀드렸잖아요, 월요일에 다시 전화하세요, 경비원은 화를 내며 이렇게 말할 것이다. 전화를 걸어온 사람의 뻔뻔한 태도 때문에 당연히 할 수도 있는 험한 말을 늘어놓지는 않을망정. 비디오테이프에 둘러싸인 채 텔레비전 앞의 안락의자에 앉아 테르툴리아노 막시모 아폰소는 결론을 내린다, 지금은 할 수 있는 일이 하나도 없어, 월요일까지 기다렸다가 영화사에 전화를 하는 수밖에. 그는 이 말을 하자마자 위장이 졸아드는 것을 느꼈다. 마치 갑작스레 두려움이 밀려온 것처럼. 아주 급작스러운 일이었지만, 그후에 이어진 떨림은 몇 초 동안 더 계속되었다. 콘트라베이스의 현이 고통스럽게 떨리는 것 같았다. 일종의 위협처럼 느껴지는 것에 대해 생각하지 않기 위해 그는 주말의 나머지 시간, 그러니까 아직 남아 있는 오늘과 내일 하루를 어떻게 보낼 것인지 스스로에게 물었다. 그 공허한 시간을 무엇으로 채워야 하나. 남은 영화들을 보는 것도 한 가지 방법이 되겠지만, 그래봤자 더 이상 얻을 정보가 없었다. 그저 그 남자가 다른 역할을 하는 모습만 보게 될 것이다. 어쩌면 무용교사 역할을 할 수도 있고, 소방관 역할을 할 수도 있고, 노름판 보조, 소매치기, 건축가, 초등학교 교사, 일거리를 찾아다니는 배우 역할을 할 수도 있다. 그는 지겹도록 자꾸만 등장하는 그의 얼굴, 그의 몸, 그가 하는 말, 그의 동작들을 보게 될 것이다. 마리아 다 파즈에게 전화를 걸어 이리로 오라고 할 수도 있었다. 오늘이 안 된다면 내일이라도. 하지만 그건 스스로 자신의 손을 묶는 짓이 될 것이다. 자존심이 있는 남자라면 나중에 그냥 보내버릴 여자에게 도움을 청하지 않는 법이다. 비록 그가 도움을 청하고 있음을 여자가 모른다 하더라도. 바로 이때 좀더 상서로운 생각들 뒤에서 가끔 고개를 처들던 생각 하나가 갑자기 전면으로 밀고 나왔다. 테르툴리아노 막시모 아폰소가 그 생각에 조금도 주의를 기울이지 않았는데도 말이다. 가서 전화번호부를 찾아보면 그 남자가 어디 사는지 알 수 있을 거야, 그러면 괜히 영화사 사람들을 귀찮게 하지 않아도 돼, 마음이 내킨다면 그 남자가 사는 거리와 집에 가볼 수도 있어, 물론 변장이라는 기본적인 예방조치를 취해야 하겠지만, 무엇으로 변장할지는 나한테 물어보지 마, 그건 당신이 해결할 문제니까. 테르툴리아노 막시모 아폰소의 위장이 한 번 더 요동쳤다. 이 남자는 감정이 현명하다는 것을 이해하지 못한다. 감정은 우리를 걱정하며 내일 이렇게 말할 것이다, 그러게 우리가 뭐랬어. 하지만 그때는 이미 십중팔구 때가 늦을 것이다. 테르툴리아노 막시모 아폰소는 전화번호부를 손에 들고 있다. 떨리는 손이 S자를 찾으며 전화번호부를 앞뒤로 뒤적인다. 여기 있다. 산타클라라가 세 명이다. 그런데 다니엘이라는 이름은 없다.

그다지 크게 실망스러운 일은 아니었다. 그렇게 끈질긴 조사가 그냥 이렇게 끝날 수는 없었다. 그건 너무 쉬우니까. 사실 전화번호부가 기본적으로 정보가 별로 없는 사립탐정이나 동네 경찰관에게 항상 가장 중요한 수사도구 역할을 하기는 한다. 용의자라는 박테리아를 수사관의 시야 안으로 데려다주는 일종의 종이 현미경이라는 얘기다. 하지만 이런 식으로 용의자의 신원을 밝혀내는 데에도 나름대로 어려움이 있고, 이런 방식이 실패하는 경우가 있는 것도 사실이다. 동명이인이 많고, 무심한 자동응답기가 전화를 받는 경우도 있고, 전화를 받은 사람이 상대를 경계하며 침묵을 지키는 경우도 있다. 기운이 빠지는 대답을 듣는 경우도 많다. 죄송하지만 그 사람은 이제 여기 살지 않습니다. 테르툴리아노 막시모 아폰소가 가장 먼저 떠올린 생각, 그리고 논리적으로 말해서 올바른 생각은 다니엘 산타클라라가 전화번호부에 자신의 이름을 올리지 말라고 했을 것이라는 생각이었다. 사회적인 지위가 높아서 영향력이 있는 사람들 중 일부가 이런 방식을 이용한다. 이렇게 해서 사생활이라는 신성한 권리를 지키는 것이다. 예를 들어, 사업가와 은행가들이 이런 방식을 이용한다. 부패한 고위 정치가들, 영화계의 별과 행성과 혜성과 유성들, 곰곰이 작품을 구상하는 천재적인 작가들, 천재적인 미식축구 선수들, 포뮬러 원에 출전하는 자동차 경주선수들, 고급 패션과 중급 패션계의 모델들도 마찬가지다. 하급 패션계의 모델들도 그렇다. 여러 가지 전문적인 능력을 지닌 범죄자들이 이처럼 신중하고 겸손하게 익명성을 지키는 방법을 선호한다는 것 또한 좀더 이해할 만하다. 이 방법이 불건전한 호기심으로부터 그들을 어느 정도 지켜주니까. 이런 경우 그들이 자신의 공적 덕분에 유명해진다 해도 우리는 전화번호부에서 그들의 이름을 결코 찾을 수 없을 것이다. 그런데 다니엘 산타클라라는 적어도 우리가 아는 한 범죄자가 아니다. 또한 그가 영화배우이기는 하지만 스타가 아니라는 점에 대해서도 우리는 추호도 의심하지 않는다. 그러니 그가 산타클라라라는 성을 가진 사람들의 집단에서 빠져 있는 이유를 이해하기가 정말 어렵다. 이런 당혹스러움에서 자유로워지려면 깊이 생각을 해보는 수밖에 없다. 우리가 현대사회에 존재하는 새로운 형태의 귀족들을 기록하는 일종의 고타연감(유럽의 왕가와 귀족의 족보 등을 기재한 책―옮긴이)이라고 할 수 있는 은밀하고 비밀스러운 전화번호부에 포함되고 싶다는 생각을 가슴 깊이 품고 있는 사람들의 사회적 유형에 대해 괘씸할 정도로 경박하게 이야기하는 동안, 테르툴리아노 막시모 아폰소가 한 것이 바로 그것이었다. 테르툴리아노 막시모 아폰소가 내린 결론은 비록 눈에 뻔히 보이는 것의 범주에 드는 것이지만, 그렇다고 박수갈채를 받지 못할 정도는 아니다. 지난 며칠 동안이 역사교사를 괴롭혀 온 정신적 혼란이 자유롭고 편견 없는 사고에 장애가 되지 않았음을 보여주고 있으니까 말이다. 다니엘 산타클라라의 이름이 전화번호부에 등장하지 않는 것은 사실이지만, 그렇다고 전화번호부에 등장한 세 사람 중 한 명과 배우 산타클라라 사이에, 이를테면 혈연관계가 전혀 없다는 뜻은 아니다. 또한 그들이 모두 같은 가문의 일원일 가능성도 얼마든지 존재한다. 이런 생각을 계속 하다 보면, 심지어 다니엘 산타클라라가 이 세 사람의 집 중 한 곳에 살고 있을 가능성도 있다. 그리고 그가 사용하는 전화가, 예를 들어 작고하신 할아버지 이름으로 계속 등록되어 있는 것일 수도 있다. 예전에 어른들이 작은 원인과 커다란 결과 사이의 관계를 증명하기 위해 아이들에게 하던 말처럼, 편자가 없어서 말이 사라졌고 말이 없어서 전투에서 패배한 것이라면, 테르툴리아노 막시모 아폰소가 앞의 결론에 이르기까지 따라온 추론과 추리의 궤적 역시 요컨대 패배한 군대의 편자공이 직업적으로 무능력한 사람이었다는 것이 패배의 첫 번째 원인이자 궁극적인 원인이었다는 전쟁사의 그 교훈적인 일화만큼이나 수상쩍고 문제가 있는 것처럼 보인다. 테르툴리아노 막시모 아폰소가 이제 무엇을 할 것인가. 이것이 가장 중요한 문제다. 어쩌면 그는 완곡한 접근 전략을 세우는 데 필요한 조건들, 항상 정신을 바짝 차리고 상대에게 조금씩 다가가는 신중한 방식을 연구해야겠다는 의도로 문제를 조금씩 해결해 나가는 것으로 만족할지도 모른다. 어느 모로 보나 그의 삶에서 새로운 단계인 지금, 이 일이 시작된 의자에 등을 구부리고 앉아 무릎에 팔꿈치를 괴고 손으로 머리를 감싼 그를 보면서 여러분은 그의 뇌가 열심히 움직이며 마치 체스의 달인처럼 여러 대안들을 견주어 보고, 자신이 선택할 수 있는 방법들과 다른 변형들을 곰곰이 생각하고, 상대의 움직임을 예측하고 있다고는 생각하지 못할 것이다. 삼십 분이 흘렀는데도 그는 꼼짝하지 않았다. 우리는 삼십 분이 더 흐른 후에야 그가 갑자기 벌떡 일어서서 수수께끼를 품은 페이지가 펼쳐진 전화번호부가 놓여 있는 책상으로 다가가는 것을 보게 될 것이다. 그가 대담한 결정을 내렸음이 분명하다. 마침내 신중함을 떨쳐버리고 정면으로 맞부딪히기로 한 이 남자의 용기에 감탄하자. 그는 첫 번째 산타클라라의 번호를 누르고 기다렸다. 전화를 받는 사람도, 자동응답기도 없었다. 두 번째 번호를 누르자 어떤 여자가 전화를 받았다, 여보세요. 안녕하세요, 부인, 죄송합니다만, 다니엘 산타클라라 씨와 통화를 하고 싶은데요, 그분이 거기 살고 계신다고 알고 있습니다. 아뇨, 잘못 아셨네요, 여긴 그런 사람 없어요, 전에도 없었고요. 하지만 성이…… 성이 같은 건 그냥 우연이죠, 그런 경우는 많잖아요. 아, 혹시 친척이 아니신가 했는데, 그래서 그 사람을 찾는 데 도움을 얻을 수 있을지도 모른다고 생각했거든요. 이봐요, 난 당신이 누군지도 몰라요. 죄송합니다, 제가 제 이름을 밝히지 않았군요. 아뇨, 말하지 마세요, 난 당신 이름을 알고 싶지 않아요. 아무래도 제가 번호를 잘못 알고 있었던 것 같습니다. 그래요, 그러네요. 이렇게 시간을 내주셔서 정말 감사합니다. 괜찮아요. 그럼 안녕히 계십시오, 번거롭게 해드려서 죄송합니다. 예. 이렇게 설명할 수 없을 만큼 긴장된 대화를 끝낸 후 테르툴리아노 막시모 아폰소가 침착하게 마음을 가라앉히고 맥박을 정상으로 되돌리기 위해 잠시 쉰 것은 당연한 일일 것이다. 살다 보면 같은 벌을 받는다면 차라리 큰 양을 훔치는 편이 나을 것 같다는 생각이 들 때가 있다. 그저 자신에게 닥친 재앙이 어떤 것인지를 가능한 한 빨리 알아내고 싶은 생각만 머릿속에 가득할 때, 그리고 나서 가능하다면 그 문제를 다시는 생각하고 싶지 않다는 생각이 들 때가 바로 그렇다. 따라서 테르툴리아노 막시모 아폰소는 주저 없이 세 번째 번호를 눌렀다. 어떤 남자가 전화를 받더니 무뚝뚝하게 물었다. 누구요. 테르툴리아노 막시모 아폰소는 마치 잘못을 들킨 사람처럼 어떤 이름을 중얼거렸다. 원하는 게 뭐야, 남자가 아까처럼 거친 목소리로 물었다. 그런데 묘하게도 그 목소리에 적의는 없었다. 가끔 이런 사람들이 있다. 마치 세상 모든 사람들에게 화가 난 것 같은 목소리로 말을 하기는 하는데, 알고 보면 마음씨가 비단결 같은 사람들.

이번 경우에는 대화가 짧았으므로 이 남자의 마음씨가 정말로 비단결인지 아닌지 결코 알아낼 수 없을 것이다. 테르툴리아노 막시모 아폰소는 다니엘 산타클라라 씨와 통화를 하고 싶다고 말했다. 그러자 그 성난 목소리의 남자는 그런 이름을 가진 사람은 거기 살지 않는다고 대답했다. 이 대화가 더 이상 지속될 것 같지는 않았다. 우연히 성이 일치했다거나, 혹시 친척인가 싶어서 자기가 찾으려는 사람을 찾는 데 도움이 될 것 같았다는 말을 되풀이하는 것은 의미 없는 일이었다. 어차피 항상 똑같은 질문에 똑같은 답이 오가게 마련이니까. 아무개 씨 있습니까. 아뇨, 아무개는 여기 살지 않습니다. 그런데 이번에는 뭔가 새로운 일이 일어났다. 성대에서 불협화음을 내는 그 남자가 일주일쯤 전에 어떤 사람이 전화를 걸어 정확히 똑같은 것을 물어봤다고 말한 것이다, 그게 당신은 아니었지, 그래, 목소리가 달라, 난 사람 목소리를 잘 구분하거든. 예, 제가 아니었습니다. 테르툴리아노 막시모 아폰소가 난감한 기분으로 말했다, 그런데 그 사람은 남자였습니까, 여자였습니까. 당연히 남자였지. 아, 예, 그렇죠, 이런 멍청이 같으니, 남자들 목소리가 아무리 다르다 해도 남자와 여자 목소리 차이만 하겠습니까. 하지만, 남자가 말을 덧붙였다, 지금 생각해 보니까, 그 남자가 목소리를 변조하려고 애쓰고 있다는 생각이 잠시 들었어. 테르툴리아노 막시모 아폰소는 남자에게 도와주셔서 정말 감사하다고 말하고 나서 수화기를 내려놓은 후 자리에 앉아 전화번호부 속의 세 이름을 바라보았다. 만약 세 번째 집에 전화를 건 남자가 다니엘 산타클라라를 찾았다면, 간단한 논리에 따라 방금 그가 했던 것처럼 그 남자도 세 번호로 모두 전화를 걸어봤을 것이다. 첫 번째 집에서 누가 전화를 받았는지 테르툴리아노 막시모 아폰소로서는 당연히 알 길이 없다. 그리고 별다른 감정이 없는 목소리로 그와 얘기를 하면서도 아주 무례하게 굴었던 그 성질 나쁜 여자는 그 사실을 잊어버렸거나 굳이 언급할 필요가 없다고 생각했을 것이다. 아니, 그 여자가 그 전화를 받지 않았을 가능성이 훨씬 더 높다. 테르툴리아노 막시모 아폰소는 혼잣말을 했다, 어쩌면 내가 혼자 사니까 다른 사람들도 혼자 살 거라고 생각해 버리는 경향이 있는지도 몰라. 미지의 남자 역시 다니엘 산타클라라를 찾고 있다는 소식으로 인해 깊은 동요를 느낀 그는 당혹스러웠다. 간단한 계산공식도 모두 잊어버렸는데 누군가가 이차 방정식을 풀어보라며 건네준 것처럼. 아마 빚쟁이일 거야, 그는 속으로 생각했다, 그래, 아마 그럴 거야, 빚쟁이, 예술가나 문학가는 상당히 흐트러진 삶을 사는 경향이 있으니까, 그 사람도 도박장 같은 데서 돈을 꾸었겠지, 그런데 그쪽에서 이제 돈을 갚으라고 나선 거야. 테르툴리아노 막시모 아폰소는 노름빚이 모든 빚 중에서 가장 신성하다는 얘기를 얼마 전에 읽은 적이 있었다. 어떤 사람들은 심지어 노름빚을 명예의 빚이라고 부르기까지 한다. 그는 노름빚이 왜 다른 빚보다 더 명예로운지 잘 이해할 수 없었지만, 어쨌든 그 규칙과 규정을 자신과는 아무 상관없는 일로 받아들였다. 아이고, 뭐, 그건 그 사람들 일이지, 그때 그는 이렇게 생각했었다. 하지만 지금은 노름빚이 덜 신성했으면 좋겠다는 생각이 들었다. 그냥 평범한 빚, 사람들의 기도뿐만 아니라 주기도문에도 나오는 말처럼 용서받고 잊힐 수 있는 빚이었으면. 마음을 가라앉히기 위해 그는 부엌으로 가서 커피를 끓였다. 그리고 커피를 마시면서 상황을 정리해 보았다. 아직 전화할 일이 남았어, 내가 전화를 했을 때 가능성은 두 가지야, 저쪽에서 그런 이름도 그런 사람도 모른다고 말하면 그걸로 그냥 끝이고, 그 사람이 거기 산다고 말하면 내가 전화를 끊어야지, 지금 나한테 필요한 건 그 사람이 사는 곳을 알아내는 것뿐이니까.

자신이 방금 만들어 낸 흠잡을 데 없는 논리와 흠잡을 데 없는 결론으로 정신을 무장한 그는 거실로 되돌아갔다. 전화번호부는 책상 위에 펼쳐져 있었고, 세 명의 산타클라라가 다른 곳으로 이사를 가지도 않았다. 그는 첫 번째 번호를 누르고서 기다렸다. 아무도 전화를 받지 않을 것이라는 확신이 든 후에도 한참 동안 계속 기다렸다. 오늘은 토요일이야, 그는 속으로 생각했다, 아마 외출한 모양이지. 그는 수화기를 내려놓았다. 자신이 할 수 있는 일은 이미 다 했다. 그에게 우유부단하다거나 소심하다고 비난을 퍼부을 수 있는 사람은 아무도 없었다. 그는 손목시계를 보았다. 저녁을 먹으러 나갈 때가 다 되었지만, 수의처럼 하얀 식탁보와 플라스틱 조화가 꽂혀 있는 식탁 위의 한심한 꽃병, 그리고 무엇보다도 아귀가 나올지도 모른다는 끈질긴 가능성에 대한 기억 때문에 그는 생각을 바꿨다. 오백만 명이 사는 도시에는 당연히 그에 어울리는 숫자만큼의 식당이 있다. 적어도 수천 개는 되는 셈이다. 극단적으로 사치스러운 식당이나 솔직히 혐오감이 드는 식당을 제외하더라도 그가 고를 수 있는 식당은 아주 많았다. 예를 들어 마리아 다 파즈와 함께 오늘 우연히 발견해서 점심을 같이 먹은 매력적인 식당도 있다. 하지만 테르툴리아노 막시모 아폰소는 점심때에는 일행이 있었는데 지금은 그곳에 혼자 찾아가서 식사를 해야 한다는 생각이 마음에 들지 않았다. 따라서 그는 밖으로 나가지 않기로 했다. 아주 오래전부터 사람들이 쓰던 표현대로, 그는 집에서 그냥 간단히 때우고 일찍 잠자리에 들 예정이었다. 심지어 침대 시트를 걸을 필요도 없었다. 시트는 아까와 똑같이 구겨진 채였고, 베개도 납작해진 채였으니까. 차가운 사랑의 냄새가 났다. 그는 마리아 다 파즈에게 전화를 걸어 듣기 좋은 말을 해주고 미소를 보내주어야 한다고 생각했다. 그러면 그녀도 수화기 저편에서 틀림없이 미소를 지을 것이다. 두 사람의 관계가 조만간 끝날 운명인 것은 사실이다. 하지만 무시할 수도 없고 무시해서도 안 되는 암묵적인 의무가 있다. 그날 아침 이 아파트에서 두 사람이 주로 침대에서 잠자는 것 외에 즐겁고, 이롭고, 기분 좋은 일을 조금도 즐기지 않은 것처럼 행동하는 것은 용서할 수 없을 만큼 무례한 일일 뿐만 아니라 엄청나게 무신경한 일이 될 것이다. 남자라는 사실이 신사처럼 행동하는 데 장애가 되어서는 결코 안 된다. 그리고 우리는 테르툴리아노 막시모 아폰소가 신사처럼 행동할 것임을 믿어 의심치 않는다. 얼핏 보기에는 아무리 이상해 보일지라도, 마리아 다 파즈를 생각하자마자 지난 며칠 동안 그가 강박적으로 집착했던 일, 즉 다니엘 산타클라라를 찾는 일이 다시 생각났다 하더라도 말이다. 전화를 걸어봐도 아무런 성과를 거둘 수 없었으므로 이제 그에게 남은 방법은 영화사에 편지를 쓰는 것뿐이었다. 그가 직접 그곳으로 찾아가는 것은 생각조차 할 수 없는 일이다. 그랬다가는 그의 질문을 받은 사람이 그에게 안녕하세요, 산타클라라 씨라고 인사를 할 위험이 있으니까. 고전적인 가짜 수염과 콧수염, 가발로 변장을 하는 것은 정말로 웃기는 짓일 뿐만 아니라 멍청한 짓이기도 하다. 그랬다가는 십팔 세기의 신파극에 나오는 실력 없는 배우 같은 기분이 들 테니까. 사막에 등장하는 귀족 아버지나 난봉꾼 같은 인물 말이다. 그는 삶이 자신을 치장하는 저 멋없는 못된 장난의 희생자로 자신을 선택할지도 모른다고 항상 걱정하는 편이기 때문에, 자신이 다니엘 산타클라라에 대해 질문을 던지는 순간 콧수염과 턱수염이 떨어지고 말 것이라고 확신했다. 그러면 그에게 질문을 받은 사람이 웃음을 터뜨리며 재미있는 광경을 함께 보자고 동료들을 부를 것이다. 우와, 정말 훌륭해요, 정말 훌륭해, 다들 이리 와봐, 다니엘 산타클라라 씨가 자기 자신에 대해 묻고 있어. 따라서 자신의 은밀한 목적을 달성하는 방법은 편지뿐이었다. 아마 가장 안전한 방법이기도 할 것이다. 그가 자신의 이름으로 서명을 하거나 주소를 밝혀서는 절대 안 된다는 한 가지 필수조건을 지키기만 한다면. 우리가 잘 알고 있듯이, 그는 최근 복잡한 전술들을 생각해 보았다. 비록 그의 정신적 노동을 생각이라고 부르면 안 될 만큼 그의 머릿속이 산만하고 혼란스럽기는 했지만 말이다. 그의 생각은 생각의 조각들이 이리저리 흔들리거나 정처 없이 움직이는 것에 더 가까웠다. 그 생각의 조각들은 이제야 한데 모여서 스스로를 정돈해 어느 정도 초점을 맞출 수 있게 되었다. 그래서 우리도 이제야 그 생각들을 여기에 기록하는 것이다. 테르툴리아노 막시모 아폰소가 방금 내린 결정은 정말로 깜짝 놀랄 만큼 단순하고, 눈부시게 투명할 만큼 선명한 것이다. 상식은 그와 생각이 달라서 방금 부산을 떨며 문으로 들어와 성난 목소리로 묻고 있다, 어떻게 그런 생각을 할 수가 있지. 그게 유일한 방법이야, 최선의 방법이기도 하고, 테르툴리아노 막시모 아폰소가 차갑게 말했다. 유일한 방법일 수도 있고, 최선의 방법일 수도 있겠지, 하지만 나한테 의견을 묻는다면, 난 마리아 다 파즈의 이름과 주소로 그 편지를 쓰는 건 정말 부끄러운 일이라고 말하겠어. 왜 부끄러운데. 그걸 꼭 설명을 들어야 안다면, 당신이 정말 바보인 거지. 그녀는 개의치 않을 거야. 그녀한테 말도 안 해보고 당신이 어떻게 알아. 다 그럴 만한 이유가 있어. 우리도 그 이유가 뭔지 알아, 남자들의 뻔뻔함이라고들 하지, 유혹하는 사람의 허영심과 정복자의 오만. 뭐, 나는 남자지만, 거울을 봐도 네가 말하는 것 같은 유혹자의 모습은 한 번도 못 봤어. 그리고 내가 여자들을 정복하는 사람이라는 건, 이봐, 만약 내 인생이 책이라면 그 책에서 빠져 있는 게 바로 그 장이야. 정말로. 그렇다니까, 난 절대 정복자가 아냐, 항상 정복당하는 쪽이지. 그럼 어떤 배우에 관한 정보를 요청하는 편지를 쓰는 이유를 뭐라고 설명할 거야. 난 어떤 배우에 관해 알아볼 생각이라는 얘기를 그녀한테 안 할 거야. 그럼 뭐라고 할 건데. 내가 전에 말했던 일하고 관련된 편지라고 해야지. 무슨 일. 아이고, 그 얘기를 또 하기는 싫어. 알았어, 하지만 당신이 손가락만 한 번 튕기면 마리아 다 파즈가 달려와서 당신 변덕을 모조리 받아줄 거라고 생각하는 것 같은데. 난 그냥 그녀에게 부탁을 하는 것뿐이야. 그녀와의 관계가 지금 같은 상황이라면 당신은 그녀에게 부탁을 할 권리를 모두 잃어버렸다는 뜻이야. 내 이름으로 서명을 하면 어색할지도 몰라. 왜. 나중에 어떤 결과가 나올지 전혀 알 수 없으니까. 그럼 그냥 가명을 쓰지 그래. 이름은 가명으로 해도 주소는 진짜를 써야 되잖아. 솔직히 말해서 난 지금도 당신이 그 분신인지 쌍둥이인지에 관한 일을 전부 잊어버려야 한다고 생각해. 그럴지도 모르지, 그런데 그럴 수가 없어, 지금은 그게 나보다 더 힘이 세다고. 아무래도 당신이 거대한 분쇄기를 작동시켜서 그 분쇄기가 당신을 향해 서서히 다가오고 있는 것 같아, 상식이 이렇게 경고했다. 하지만 상대가 대답을 하지 않았으므로 그는 대화의 결과가 슬퍼서 고개를 절레절레 흔들면서 물러나 버렸다. 테르툴리아노 막시모 아폰소는 마리아 다 파즈의 전화번호를 눌렀다. 아마 그녀의 어머니가 전화를 받을 것이다. 그리고 두 사람 사이의 짧은 대화는 또 하나의 가식적인 코미디가 될 것이다. 기괴하고 살짝 애처로운 코미디. 마리아 다 파즈 좀 바꿔주세요, 그는 이렇게 말할 것이다. 누구시죠. 친구입니다. 이름이 뭐예요. 그냥 친구한테서 전화가 왔다고만 전해주세요, 그러면 제가 누군지 알 겁니다. 내 딸한테 남자친구가 여러 명이라서요. 그렇게 많지는 않을 텐데요. 많든 적든 우리 딸 친구들은 다 이름을 밝혀요. 좋습니다, 마리아에게 막시모가 전화했다고 전해주세요. 마리아 다 파즈와 만나는 육 개월 동안 테르툴리아노 막시모 아폰소는 그녀의 집으로 전화를 걸 일이 별로 없었고, 그녀의 어머니가 먼저 전화를 받은 적은 그보다 훨씬 더 드물었다. 그러나 어머니의 말투와 목소리는 항상 의심으로 가득 차 있었고, 그는 짜증스러움을 잘 감추지 못했다. 그녀가 그런 태도를 취한 것은 아마도 두 사람의 관계에 대해 알고 싶은 만큼 알지 못하기 때문일 것이고, 그는 틀림없이 그녀가 너무 많은 것을 알고 있다는 사실이 짜증스러웠을 것이다. 예전에 전화로 나눈 대화들은 앞에서 예로 든 것과 그리 크게 다르지 않았다. 다만 우리의 예는 두 사람 사이에 오갔을 법한 대화를 좀더 가시 돋친 말투로 바꿔놓은 것뿐이다. 하지만 결국 이런 대화는 오가지 않았다. 마리아 다 파즈가 전화를 직접 받았으니까. 그러나 이번 대화든 다른 대화든 이 모든 대화가 전부 『서로를 이해하지 못하는 인간관계 지침서』 같은 책의 색인에 포함되어 있을 것이다. 당신이 아예 전화를 안 할 모양이라는 생각이 슬슬 들던 참이었어, 마리아 다 파즈가 말했다. 당신이 틀렸다는 걸 이제 알겠지, 내가 전화를 했으니까. 당신이 계속 침묵을 지켰다면, 나는 오늘 일이 나만큼 당신에게 의미 있는 일이 아니었다고 생각했을 거야. 그 의미가 뭐든, 그 일은 우리 두 사람 모두에게 똑같은 의미가 있어. 하지만 그 일을 생각하는 방식이나 그 일이 의미 있는 이유가 다를지도 모르지. 우리한테는 그런 차이를 잴 수 있는 도구가 없어, 그런 도구가 세상에 있다 해도 말이야. 당신은 아직 나를 생각하는 거지. 응, 난 아직 당신을 생각해. 별로 진심이 아닌 것 같은데, 그냥 내 말을 반복했을 뿐이잖아. 당신은 그런 말을 해도 되고 나는 안 되는 이유가 뭐야. 당신이 그 말을 되풀이하면서 처음 말했을 때와 같은 확신이 조금 사라졌으니까. 그 독창적이고 섬세한 분석 능력에 박수라도 쳐줘야겠는걸. 당신도 소설을 조금 읽어보면 알게 될 거야. 내가 어떻게 소설을 읽어, 장편이 됐든 단편이 됐든, 역사를 공부할 시간도 없는데, 그게 내 일이니까, 지금 나는 메소포타미아 문명에 관해 중요한 연구를 하느라고 애쓰고 있단 말이야. 그래, 침대 옆의 협탁에서 봤어. 거봐. 그래도 당신이 그렇게 시간에 쫓기고 있는 것 같지는 않아. 내가 어떻게 살고 있는지 안다면, 그런 말은 못할걸. 당신이 나한테 당신 생활을 보여준다면, 나도 당신이 어떻게 살고 있는지 알게 되겠지. 우리가 지금 그런 얘기를 하는 게 아니잖아, 우린 지금 내 직장생활에 대해 이야기하고 있어. 글쎄, 당신이 한가한 시간에 읽을 수 있는 소설보다는 당신이 빠져 있는 그 대단한 연구가 당신 직장생활을 훨씬 더 방해하는 것 같은데, 그 많은 영화들을 다 봐야 하니까. 테르툴리아노 막시모 아폰소는 이 대화의 방향이 자신에게 이롭지 않다는 것, 자신이 목적으로부터 점점 더 멀어지고 있다는 것을 깨달았다. 그의 목적이란 당연히 편지에 관한 이야기를 하는 것이었다. 그런데 오늘 벌써 두 번째로, 마치 작용과 반작용이 자동적으로 이루어지는 게임처럼, 마리아 다 파즈 자신이 방금 그에게 그 기회를 만들어 주었다. 마치 그 기회를 손바닥에 쥐고 있었던 것처럼. 그래도 그는 신중을 기해야 했다. 그가 순전히 이기적인 목적 때문에 전화를 걸었으며, 사실 감정이나 침대에서 함께 보낸 좋은 시간에 대해 이야기하려고 전화를 건 것이 아니라는 생각을 그녀가 하지 못하게 해야 했다. 그의 혀가 사랑이라는 말을 거부했으니까 말이다. 내가 그 주제에 관심이 있는 건 사실이야, 그가 달래듯이 말했다, 하지만 당신이 생각하는 것만큼은 아냐. 아까 그 모습을 봤으면 누구라도 그렇게 생각했을걸, 사방에 머리카락이 널려 있고, 당신은 잠옷에 슬리퍼 차림이고, 수염도 안 깎았고, 비디오가 사방에 널려 있었으니, 아까 당신은 정말이지 내가 생각했던 분별 있고 차분한 사람처럼 보이지 않았어. 그건 얼마든지 그럴 수 있는 일이야, 난 집에서 혼자 쉬고 있었으니까, 하지만 당신이 지금 말을 꺼냈으니 말인데, 일을 더 쉽게 빨리 해치울 수 있는 방법이 하나 있어. 설마 나더러 그 영화들을 보라는 건 아니겠지, 난 그런 벌을 받을 만큼 잘못한 적 없어. 걱정 마, 내가 아무리 잔인한 사람이라 해도 그 정도는 아냐, 그냥 영화사에 편지를 써서 내 연구와 관련된 구체적인 사실들을 물어보자는 거야, 특히 배급망이나 영화 촬영장소, 영화 한 편당 관객 수와 관련된 사실들, 그러면 아주 도움이 될 것 같아, 몇 가지 결론도 내릴 수 있을 것 같고. 흠, 그게 당신이 찾고 있는 이념적 신호와 무슨 관계가 있는지 모르겠는데. 어쩌면 내 생각만큼 관련이 없을 수도 있어, 그래도 한번 시도해 보고 싶어. 좋아, 그럼, 당신이 알아서 해. 그런데 작은 문제가 하나 있어. 그게 뭔데. 내가 편지를 쓰고 싶지 않다는 거. 그럼 당신이 직접 가서 거기 사람들을 만나보지 그래, 얼굴을 맞대고 이야기하는 게 가장 좋을 때가 있으니까, 그리고 그 사람들도 아마 좋아할걸, 역사교사가 자기네 영화에 관심을 가져주니까 말이야. 난 그게 싫어, 내 학위와 직업이 내 전문 분야가 아닌 연구와 뒤섞이는 거. 왜. 글쎄, 나도 잘 설명할 수 없을 것 같은데, 양심의 문제인 것 같기도 해. 그럼 당신이 스스로 만들어 내고 있는 그 난관을 어떻게 해결할 생각인지 난 정말 모르겠어. 당신이 편지를 쓰면 되잖아. 무슨 말도 안 되는 소리야, 나한테는 중국어만큼이나 알쏭달쏭한 주제에 관해 내가 어떻게 편지를 써. 당신이 편지를 쓰면 된다는 말은, 내가 당신 이름으로 편지를 쓰고 당신 주소를 댄다는 뜻이야, 그러면 내가 경솔한 일에 말려들 위험이 없을 거야. 아,

그런 거라면 좋아, 그렇게 하면 당신의 명예가 위험해지거나 당신이 품위를 의심받을 일이 없을 테니까. 그렇게 비꼬지 마, 아까 말했듯이, 이건 그냥 양심의 문제야. 그래, 말은 그렇게 하겠지. 내 말을 안 믿는구나. 아, 걱정 마, 난 당신을 믿어. 마리아 다 파즈. 그래, 듣고 있어. 내가 당신을 사랑하는 거 알지. 당신이 그렇다고 말하면 그런 것 같은데, 그게 사실일까 싶어. 사실이야. 그럼 당신은 나한테 그 말을 너무나 하고 싶어서 전화를 건 거야, 아니면 나더러 그 편지를 써달라고 부탁하려고 전화를 건 거야. 편지를 쓰자는 생각은 당신이랑 이야기를 하다가 떠오른 거야. 그렇지, 하지만 설마 나랑 이야기를 하는 중에 당신이 그 생각을 떠올렸다는 말을 내가 믿을 거라고 생각하는 건 아니지. 그래, 이미 어렴풋이 그런 생각을 하기는 했어. 어렴풋이. 그래, 어렴풋이. 있지, 막시모. 응, 내 사랑. 걱정 말고 그냥 편지를 써. 그렇게 말해줘서 정말 고마워, 당신이 그럴 줄은 알고 있었어, 아주 간단한 일이니까. 사랑하는 막시모, 인생이 나한테 가르쳐 준 게 있는데, 간단한 건 하나도 없다는 거야, 어떨 땐 간단해 보이기도 하는데, 우리가 가장 의심해야 하는 건 항상 인생이 가장 간단해 보일 때야. 당신 너무 회의적인 것 아냐. 내가 아는 한, 태어날 때부터 회의적인 사람은 없어. 어쨌든, 당신이 동의했으니 내가 당신 이름으로 편지를 쓸게. 내가 그 편지에 서명을 해야겠지. 그럴 필요는 없어, 내가 서명을 만들어 낼 테니까. 적어도 내 서명이랑 비슷하게는 해줘. 글쎄, 다른 사람의 필체를 흉내내는 재주가 별로 없어서, 그래도 최선을 다해볼게. 조심해, 사람이 한번 뭔가를 위조하기 시작하면 어디까지 갈지 아무도 몰라. 위조라고까지 할 것도 없어, 그냥 꾸며낸다는 얘기를 하고 싶었던 거지. 내 말을 바로잡아줘서 고마워, 사랑하는 막시모, 하지만 난 두 가지 뜻을 가진 단어를 찾아내고 싶었어. 내가 아는 한, 꾸며낸다는 뜻과 위조라는 뜻을 모두 갖고 있는 단어는 없어. 행동이 존재한다면, 그 행동을 뜻하는 단어도 반드시 존재해야지. 우리가 갖고 있는 단어들은 전부 사전에 들어 있어. 세상의 사전을 전부 합쳐도 우리가 서로를 이해하는 데 필요한 단어는 절반도 안 들어 있어. 예를 들면. 예를 들면, 나는 지금 내가 속으로 느끼고 있는 혼란스러운 감정을 뭐라고 표현해야 할지 모르겠어. 그게 무엇에 대한 감정인데. 무엇에 대한 감정이 아니라 누구에 대한 감정이냐고 물어야지. 나에 대한 감정이야. 그래, 당신에 대한 감정이야. 그게 별로 나쁜 감정이 아니었으면 좋겠는데. 모든 게 조금씩 다 들어 있어, 원한다면 모음이라고 해도 돼, 하지만 걱정 마, 내가 아무리 애를 써도 그걸 당신한테 설명할 수 없을 테니까. 그 얘기는 나중에 하자. 그건 우리 대화가 끝났다는 뜻이야. 그런 말이 아냐, 그런 뜻도 아니고. 정말로 아냐, 그럼 미안해. 그런데 다시 생각해 보니까, 지금은 그 얘기를 그만두는 게 제일 좋을 것 같아, 우리 둘 사이가 너무 긴장되어 있어서 우리가 말을 할 때마다 불꽃이 튀잖아. 내가 원해서 그렇게 된 게 아냐. 나도 마찬가지야. 하지만 이렇게 돼버렸지. 그래, 이렇게 돼버렸어. 그러니까 가정교육을 잘 받은 아이들처럼 작별인사를 하고, 서로에게 푹 자면서 좋은 꿈을 꾸라고 빌어주기나 하자고, 나중에 봐. 언제든 전화하고 싶을 때 전화해. 그래, 그렇게, 그런데 마리아 다 파즈. 응, 말 해봐. 그냥 내가 당신을 정말 생각한다는 말을 하고 싶어서. 당신이 말은 그렇게 하지.

수화기를 내려놓은 후 테르툴리아노 막시모 아폰소는 손등으로 이마의 땀을 닦았다. 그는 원하던 것을 얻었으므로 스스로에게 만족할 이유가 차고 넘쳤다. 하지만 그 길고 힘겨운 대화의 방향을 정한 것은 사실 항상 그녀였다. 그렇지 않은 것처럼 보일 때에도. 그녀는 그에게 일종의 지속적인 모욕을 주었다. 두 사람의 말에서 그것이 노골적으로 표현되지는 않았지만, 그 말들이 하나하나 그의 입 속에 점점 쓴맛을 남겼다. 사람들은 흔히 패배의 맛을 바로 그렇게 표현하곤 한다. 그는 자신이 이겼음을 알고 있었지만, 이 승리의 일부가 환상이라는 것 또한 알고 있었다. 그가 한발 한발 나아간 것이 적의 전술적 후퇴가 낳은 자동적인 결과에 지나지 않는 것 같았다. 적은 그를 유인하기 위해 솜씨 좋게 황금의 다리를 놓고 깃발을 흔들며 북을 치고 나팔을 불어댔다. 그러다 보면 그가 사면초가에 빠졌음을 알게 되는 순간이 올 것이다. 자신의 목적을 달성하기 위해 그는 마리아 다 파즈의 주위에 교활한 그물을 치고 계산적인 말을 늘어놓았다. 그러나 그녀를 묶은 줄 알았던 매듭이 사실은 그의 운신의 폭을 제한했을 뿐이다. 그녀를 알고 지낸 육 개월 동안 그는 일부러 마리아 다 파즈를 자기 사생활의 가장자리에 묶어두었다. 자신이 너무 빠져들지 않도록. 그런데 이 관계를 끝내기로 하고서 적절한 때를 기다리고 있는 지금, 그는 그녀에게 도움을 청해야 할 뿐만 아니라 그녀에게 원인도 최종 목적도 알리지 않은 채 그녀를 자신의 일에 공범으로 끌어들어야 하는 처지가 되었다. 상식이 이 자리에 있었다면 그가 파렴치하게 그녀를 이용하고 있다고 말했을 것이다. 하지만 그는 자신이 겪고 있는 상황이 세상에 하나밖에 없는 독특한 것이며, 사회적으로 받아들여질 수 있는 행동지침을 확립할 수 있는 선례도 없고, 사람이 복제되는 이례적인 상황을 미리 예상해서 만들어진 법도 없다고 대답할 것이다. 따라서 그 자신, 즉 테르툴리아노 막시모 아폰소가 고비마다 새로운 절차를 발명해야 한다고 말이다. 그 절차들은 옳건 그르건 간에 그를 목적지로 이끌어줄 것이다. 편지를 쓰는 것도 그런 절차 중 하나에 불과했다. 만약 그 편지를 쓰기 위해 그가 자신을 사랑한다고 말한 여자의 신뢰를 이용할 수밖에 없다면, 그것은 그다지 심각한 범죄가 아니었다. 세상에는 그보다 훨씬 더 나쁜 짓을 한 사람들도 있는데 아무도 그런 사람들을 공개적인 비난의 대상으로 지목하지 않으니 말이다.

테르툴리아노 막시모 아폰소는 종이 한 장을 타자기에 끼우고 잠시 생각에 잠겼다. 이 편지는 그 배우의 팬이 보낸 것처럼 보여야 할 것이다. 하지만 열성적이되 지나치게 열정적이어서는 안 된다. 사실 다니엘 산타클라라라는 배우가 히스테리컬한 감정의 폭발을 일으킬 정도의 스타는 아니니까 말이다. 이 편지에서 그는 여느 팬들과 마찬가지로 배우의 사인이 들어간 사진을 갖고 싶다고 말해야 할 것이다. 테르툴리아노 막시모 아폰소가 진짜로 알고 싶은 것은 그 배우가 사는 곳이지만 말이다. 만약 모든 상황이 가리키고 있듯이 다니엘 산타클라라가 예명이라면 그의 진짜 이름도 알아내야 했다. 그의 본명도 테르툴리아노일지 누가 알겠는가. 일단 편지를 보낸 후 어떤 일이 일어날지에 대해서는 두 개의 가설을 세울수 있다. 영화사가 직접 답장을 보내 그가 요청한 정보를 알려주든지, 아니면 자기들은 그런 정보를 줄 수 없다고 말하든지. 그런 경우라면 그들은 아마 이 편지의 진짜 주인에게 편지를 보내줄 것이다. 정말 그렇게 될까, 테르툴리아노 막시모 아폰소는 궁금했다. 잠시 곰곰이 생각해 보니 두 번째 가설은 거의 가능성이 없다는 것을 알 수 있었다. 영화사가 그런 식으로 배우에게 부담을 지우고 답장과 사진을 보내는 돈까지 감당하게 하는 것은 직업정신이 완전히 결여되어 있음을 보여줄 뿐만 아니라, 배우를 배려하는 마음은 더욱더 없다는 뜻이 될 테니까 말이다. 거기에 희망을 걸 수밖에, 그가 혼자 중얼거렸다, 만약 그 사람이 마리아 다 파즈에게 직접 답장을 보낸다면 모든 일이 끝장이야. 한순간 카드로 만든 집이 천둥같은 소리를 내며 무너지는 모습이 눈앞에 보이는 듯했다. 그가 벌써 일주일 동안 공들여 지어놓은 그 집 말이다. 하지만 행정적인 절차에 관한 논리적 판단과 다른 방법이 없었다는 인식 덕분에 그는 흔들리는 마음을 서서히 회복할 수 있었다. 편지를 쓰는 것도 쉬운 일은 아니었다. 그래서 위층에 사는 그의 이웃은 한 시간이 넘도록 타자기 두드리는 소리를 들어야 했다. 한번은 전화벨이 끈질기게 울려댔지만, 테르툴리아노 막시모 아폰소는 전화를 받지 않았다. 아마 마리아 다 파즈의 전화였을 것이다.

그는 늦게 일어났다. 밤새 고민에 싸여서 순간순간 스치고 지나가는 불안한 꿈들을 꾸고 난 다음이었다. 교사들이 한 명도 참석하지 않은 교직원 회의, 한없이 뻗어 있는 복도, 비디오플레이어에 도무지 들어가려 하지 않는 비디오테이프, 검은 스크린에서 검은 영화가 상영되고 있는 영화관, 줄마다 똑같은 이름이 반복되고 있고 그가 전혀 읽을 수 없는 전화번호부, 생선이 들어 있는 소포, 등에 돌을 지고 가며 내가 아모리인이라고 말하는 남자, 문자 대신 사람들의 얼굴이 있는 대수학 방정식. 그가 조금이라도 선명하게 기억할 수 있는 것은 소포가 나온 꿈뿐이었다. 하지만 그는 그 생선이 어떤 생선인지 알아낼 수 없었다. 이제 금방 잠에서 깬 그는 적어도 그것이 아귀는 아닐 것이라고 생각하며 자신을 위로했다. 아귀는 그 상자 안에 들어갈 수 없었을 테니까. 그는 조금 힘들게 몸을 일으켰다. 익숙지 않은 일을 하느라 몸을 지나치게 움직였을 때처럼 관절이 뻣뻣해진 것 같았다. 그는 물을 마시려고 부엌으로 들어가서 잔에 물을 가득 채워 저녁 때 짠 음식을 먹은 사람처럼 급하게 들이켰다. 배가 고팠지만 아침식사를 준비하고 싶은 생각이 없었다. 그는 잠옷 가운을 가지러 침실로 돌아갔다가 거실로 나왔다. 영화사에 보낼 편지가 책상 위에 있었다. 쓰레기통이 거의 흘러넘칠 정도로 수많은 편지를 쓴 끝에 완성한 최종본이었다. 편지를 다시 읽어보니 자신이 지금 하려는 일에 잘 맞는 것 같았다. 편지에서 그는 배우의 사인이 들어간 사진을 요구했을 뿐만 아니라, 마치 지나가는 말처럼 그의 주소도 물어보았다. 테르툴리아노 막시모 아폰소가 감히 상상력이 풍부한 최고의 전략적 발언으로 생각하고 있는 마지막 문장은 단역배우들의 중요성을 시급히 연구해야 할 필요가 있다고 암시하고 있었다. 이 편지를 쓴 사람의 주장에 따르면, 큰 강이 형성되는 데 작은 지류들이 반드시 필요하듯이, 영화 속의 액션들이 전개되는 데에는 단역배우들이 반드시 필요했다. 테르툴리아노 막시모 아폰소는 이처럼 은유적이고 예언적인 결론을 보면 영화사가 이 편지를 그냥 배우에게 보내버릴 수 없을 것이라고 확신했다. 그 배우는 가장 최근에 출연한 영화의 오프닝크레디트에 이름이 나오기는 하지만 그래도 열등하고, 직급이 낮고, 부수적이라고 여겨지는 배우군단에 속해 있었다. 일종의 필요악, 귀찮지만 없어서는 안 되는 존재인 것이다. 제작자의 입장에서 보면 단역배우들은 항상 예산에서 너무 많은 자리를 차지한다. 만약 다니엘 산타클라라가 이런 내용의 편지를 받는다면, 당연히 나일 강이나 아마존 강 같은 스타들에게 지류와 같은 역할을 하는 자신에게 어울리는 금전적 보상과 사회적 보상을 생각하게 될 것이다. 그래서 그가 단순하고 이기적인 자기만의 복지를 위해 시작한 개별행동이 증폭되어서 거대한 집단행동으로 확대된다면, 영화산업의 피라미드 구조도 카드로 만든 집처럼 무너져 내릴 것이고 우리는 영화와 인생에 관한 혁명적 개념이 새로이 탄생하는 광경을 목격하는 굉장한 운명, 아니 그보다 훨씬 좋은 역사적 특권을 누리게 될 것이다. 하지만 그런 대격변이 일어날 위험은 없다. 마리아 다 파즈라는 여자의 이름으로 된 그 편지는 담당 부서로 보내질 것이고, 그 부서의 직원이 마지막 문단에 들어 있는 불길한 말을 상사에게 알릴 것이며, 상사는 즉시 이 위험한 물건을 자신의 직속상관에게 보낼 것이다. 그리고 이 바이러스가 실수로 새어나가기 전에 이 편지에 대해 알고 있는 소수의 사람들이 당장 철저히 비밀을 지키겠다고 맹세할 것이며, 그 대가로 승진과 상당한 봉급 인상이 미리 이루어질 것이다. 그러고 나서 이 편지를 어떻게 할 것인지, 즉 배우의 사인이 들어간 사진과 배우가 사는 곳에 관한 정보를 줄 것인지, 아니면 이런 편지를 받은 적이 없거나 배달 과정에서 편지가 사라져버린 것처럼 행동할 것인지 결정을 내릴 것이다. 사진을 달라는 말은 아주 일상적인 일이지만, 주소를 알려달라는 말은 다소 이례적이다.

이사회의 토론은 그 다음날에도 하루 종일 이어질 것이다. 만장일치로 결정을 내리기가 어려워서가 아니라 미리 예측할 수 있는 모든 결과를 하나씩 오랫동안 고려해 보아야 하기 때문에. 게다가 그런 결과들뿐만 아니라 정신 나간 사람의 상상이 낳은 것처럼 보이는 다른 결과들도 생각해 보아야 하기 때문에. 최종 결정은 과격하면서도 멋진 것이 될 것이다. 회의가 끝난 후 모든 이사들이 목격자로 참석해서 안도의 숨을 내쉬는 가운데 이 편지를 불태워 버린다는 점에서 과격하고, 편지를 쓴 사람에게 이중으로 감사의 마음을 안겨줄 것이 확실한 방법으로 두 가지 요청을 들어준다는 점에서 멋지다는 뜻이다. 앞에서 말했듯이, 아주 일상적인 첫 번째 요청은 전혀 문제될 것이 없다. 두 번째 요청에 대해서는, 우리는 당신의 편지를 읽으며 커다란 흥미를 느꼈다는 식으로 대답할 것이다. 자신들이 밝히는 정보가 대단히 예외적인 것임을 강조하면서. 그들은 편지를 쓴 사람인 마리아 다 파즈가 언젠가 다니엘 산타클라라를 만날 가능성을 배제하지 않을 것이다. 이제 그녀는 주소를 갖고 있으므로 그에게 여러 배우들의 역할에 관한 지류 이론을 언급할 것이다. 하지만 의사소통의 경험을 통해 충분히 알 수 있듯이, 말의 동원 능력은 글에 비해 결코 뒤떨어지지 않을 뿐만 아니라 단기적으로는 여러 사람의 마음을 움직이는 데 더 효과적인 반면, 역사적으로는 영향을 미칠 수 있는 범위가 더 제한되어 있다. 말을 되풀이할수록 곧 숨이 차서 원래 목적과 의도에서 빗나가 버리기 때문이다.

우리를 다스리는 법이 문서로 되어 있는 이유가 달리 무엇이겠는가. 하지만 만약 그런 만남이 이루어져서 그런 주제가 제기된다 해도 다니엘 산타클라라는 마리아 다 파즈의 지류 이론에 별로 관심을 보이지 않고 좀 덜 건조한 주제로 대화의 방향을 돌리려 할 가능성이 더 높다. 우리가 물과 강에 관한 이야기를 하면서 이렇게 말도 안 되게 모순적인 말을 해도 된다면 말이지만.

마리아 다 파즈가 얼마 전 그에게 보낸 편지 한 장을 앞에 놓고 손을 풀기 위해 몇 번 연습을 해본 후 테르툴리아노 막시모 아폰소는 편지 끝에 적혀 있는 수수하지만 우아한 서명을 최선을 다해 베꼈다. 그가 이렇게 한 것은 그녀가 표현한 유치하고 다소 우울한 소망을 존중하는 뜻에서였다. 위조가 완벽할수록 편지가 더 믿을 만하게 보일 것이라고 생각해서가 아니었다. 앞에서 언급했듯이 이 편지는 겨우 며칠 만에 이 땅에서 사라져 재가 되어버릴 것이다. 이런 생각을 하다 보니 이런 말을 하고 싶어진다. 그 모든 노력이 수포로 돌아갔다고. 편지는 이미 봉투 안에 들어가 있고, 우표도 제자리에 붙어 있다. 이제 그가 할 일이라고는 거리로 내려가서 길모퉁이의 우체통에 편지를 넣는 것뿐이다. 오늘이 일요일이므로 우편물 수거 차량이 편지를 가지러 오지는 않을 것이다. 하지만 테르툴리아노 막시모 아폰소는 가능한 빨리 이 편지를 처치해 버리고 싶어 안달이 나 있다. 이 편지가 이곳에 있는 한, 시간은 인적이 끊긴 무대처럼 꼼짝도 하지 않을 것이다. 적어도 그의 머릿속에 생생하게 떠오른 인상은 그러하다. 바닥에 줄지어 늘어서 있는 비디오들도 그를 불안하고 성급하게 만든다. 그는 무대를 깨끗이 치워 아무 흔적도 남기고 싶지 않다. 일막이 끝났으니 소도구를 치울 때다. 다니엘 산타클라라의 영화도, 불안감도 이제는 안녕이다. 그 사람이 이 영화에 나올까, 아마 안 나올 거야, 그 사람이 콧수염을 길렀을까, 가르마를 가운데에 탔을까. 이제 더 이상 이름 옆에 작은 십자 표시를 할 필요도 없다. 수수께끼는 풀렸다. 바로 이 순간에 그는 전화번호부의 첫 번째 산타클라라에게 전화를 걸었던 일을 떠올렸다. 아무도 전화를 받지 않았던 그 집. 한 번 더 시도해 볼까. 만약 다시 전화를 걸어서 누군가가 전화를 받는다면, 그리고 다니엘 산타클라라가 거기 산다고 대답한다면 그가 정신적으로 그토록 많은 공을 들인 이 편지는 쓸모없는 것, 없어도 괜찮은 것이 될 것이다. 그래서 편지를 찢어 쓰레기통에 던져넣을 수 있을 것이다. 최종본이 나오기 전의 실패작들처럼 쓸모없는 물건이니까. 그는 잠시 쉬어야 할 필요가 있음을 깨달았다. 다만 한두 주일이라도. 영화사가 답변을 보낼 때까지 걸리는 시간. 그동안 그는 〈경주는 빠른 자에게〉나 호텔직원을 전혀 본 적이 없는 척할 수 있을 것이다. 이 거짓 차분함, 겉모습뿐인 고요함에 한계가 있음을, 이 차분함이 끝날 날이 임박했음을 알면서. 그리고 때가 되면 이막의 막이 무정하게 올라갈 것임을 알면서. 하지만 그는 또한 만약 그 집에 전화를 다시 걸어보지 않는다면 도전자도 없이 스스로 싸움을 도발해서 자신의 자유의지로 시작한 싸움에서 비겁하게 행동했다는 생각에 사로잡히게 될 것임을 깨달았다. 자신이 탐색의 대상인지도 모르는 다니엘 산타클라라라는 남자를 찾는 것, 이것은 테르툴리아노 막시모 아폰소가 스스로 만들어 낸 터무니없는 상황이었다. 알려진 범인이 전혀 없는 탐정소설에 더 걸맞은 상황. 지금까지 별다른 사건 없이 평온하게 이어진 역사교사의 삶에는 어울리지 않는 상황. 따라서 벽에 등을 기댄 채 이러지도 저러지도 못하게 된 그는 자신과 협정을 맺었다. 한 번 더 전화를 해보자, 만약 누가 전화를 받아서 다니엘 산타클라라가 거기 산다고 말한다면, 저 편지를 던져버리고 그 결과가 무엇이든 닥치는 대로 해결하는 거야, 그때 가서 말을 할 것인지 말 것인지 결정해야지, 하지만 아무도 전화를 받지 않는다면 편지를 보내고 나서 그 번호로 다시는 전화를 걸지 않을 거야, 무슨 일이 있어도. 그가 그때까지 느끼고 있던 굶주림 대신 그의 위장이 불안하게 떨리기 시작했다. 하지만 이미 결정을 내렸으므로 그는 그것을 돌이키고 싶지 않았다. 그가 번호를 눌렀고 저 멀리 어디에선가 전화벨이 울렸다. 땀이 그의 얼굴을 타고 천천히 흘러내리기 시작했다. 전화벨이 울리고 또 울렸다. 아무도 집에 없음이 분명했다. 하지만 테르툴리아노 막시모 아폰소는 운명에 맞서 자신의 적에게 수화기를 집어들 수 있는 마지막 기회를 주었다. 전화벨 소리가 귀에 거슬리는 승리의 외침으로 변하고 전화기가 스스로 조용해질 때까지. 그래, 그가 큰소리로 말했다, 누가 나더러 임무수행에 실패했다고 하면 가만 안 둘 거야. 갑자기 오랜만에 처음으로 마음이 차분해졌다. 이제 휴식시간이 시작되었으므로 그는 맑은 머리로 욕실에 들어가 면도를 하고, 느긋하게 샤워를 하고, 신경써서 옷을 입을 수 있었다. 일요일은 대개 재미없고 우울해지는 경향이 있지만, 태어나길 잘했다는 생각이 들 때도 있다. 아침을 먹기에는 너무 늦고 점심을 먹기에는 너무 이른 시각이었다. 어떻게든 시간을 때워야 할 터였다. 밖으로 나가서 신문을 사올 수도 있고, 내일 가르쳐야 할 내용을 살펴볼 수도 있고, 자리에 앉아서 메소포타미아 문명의 역사를 몇 쪽 더 읽을 수도 있고, 그리고, 그리고, 그때 기억의 한 귀퉁이에 반짝 불이 들어왔다. 전날 밤에 꾸었던 꿈에 관한 기억. 어떤 남자가 등에 돌을 지고 내가 아모리인이라고 말하던 꿈이었다. 만약 그 돌이 그냥 땅에서 주운 돌이 아니라 함무라비 왕의 저 유명한 법전이라면 좋을 것이다. 역사가들이 그토록 열심히 공부를 한 후에 역사적인 꿈을 꾸는 것은 지극히 논리적인 일이다. 메소포타미아 문명의 역사가 그를 함무라비 왕의 법전으로 이끌어준다 해도 별로 놀랄 일이 아니다. 그것은 문을 열고 옆방으로 들어가는 것만큼이나 자연스러운 흐름이었다. 하지만 사실 그는 아모리인이 등에 지고 있던 돌덩이 때문에 거의 일주일 동안 어머니에게 전화를 하지 않았음을 떠올렸다. 그가 자신에게도 감히 고백하지 못하고 마음 깊은 곳에 묻어둔 생각, 테르툴리아노 막시모 아폰소가 자신을 태어나게 해준 사람을 무거운 짐으로 생각한다는, 모욕적이고 악의적이고 쉬운 해석을 무조건 배제해 버리면 아무리 솜씨 좋은 꿈 해석가라도 이 꿈을 우리에게 설명해 줄 수 없을 것이다. 가엾은 여인. 저 멀리서 아무 소식도 듣지 못하고, 너무나 신중하게 아들의 인생을 존중해 주는 사람. 내 말은 그가 중학교 교사이므로 어머니는 위급한 일이 생겼을 때에만 감히 그에게 전화를 할 것이라는 뜻이다. 어떤 의미에서는 자신이 도저히 이해할 수 없는 아들의 일을 방해할까 봐 두려워서. 그녀도 교육을 못 받은 사람이 아니고 어렸을 때 역사를 공부하지 않은 것도 아니지만, 그녀는 역사를 가르칠 수 있다는 사실 자체가 항상 당혹스럽다고 생각했다. 학교에서 선생님이 과거의 사건들에 관해 이야기하는 것을 듣던 시절에는, 그 모든 일들이 순전히 상상에 불과한 것처럼 보였다. 그리고 만약 선생님이 그런 상상을 할 수 있다면 자기도 할 수 있을 것 같았다. 가끔 그녀가 자신의 삶을 상상할 때처럼. 이 사건들이 역사책에 적혀 있다는 것을 알게 되었어도 그녀의 생각은 조금도 바뀌지 않았다. 교과서는 그 책을 쓴 사람의 자유로운 공상들을 한데 모아놓은 책에 불과했다. 그런 공상과 소설 속에 나오는 공상 사이에는 분명히 차이가 거의 없었다. 이름이 카롤리나이고 성이 막시모인 테르툴리아노 막시모 아폰소의 어머니가 마침내 여기에 등장하게 되었다. 그녀는 열렬히 주도면밀하게 소설을 읽는 편이다. 따라서 그녀는 뜻하지 않게 울리는 전화와 전화벨이 울리기를 간절히 바라고 있을 때 울리는 전화에 관해 모르는 것이 없다. 그런데 지금은 그렇지 않았어, 테르툴리아노 막시모 아폰소의 어머니는 방금 이런 생각을 했다. 아들이 언제 전화를 할지 궁금해하고 있는데 갑자기 아들의 목소리가 귀에 들려온다, 엄마, 그동안 잘 지냈어요. 그래, 잘 지냈지, 여느 때랑 거의 똑같아, 너는 어땠니. 저도 잘 지내요, 항상 그렇듯이. 학교 일이 많았니. 그냥 보통 때 수준이에요, 숙제, 시험, 가끔 있는 교직원 회의. 올해는 언제 학기가 끝나니. 두 주일 정도 있으면 끝나요, 그 다음에는 일주일 동안 시험이 있어요. 그럼 앞으로 한 달 안에 네가 이리로 올 수 있는 거야. 그럼요, 당연히 엄마를 뵈러 가야죠, 그런데 가더라도 며칠밖에 못 있을 거예요. 왜. 여기 정리해야 할 일이 좀 있어서요, 마무리 지을 일이 있거든요. 무슨 일이고, 무슨 마무리인데, 방학 동안 학교는 문을 닫잖아, 게다가 내가 알기로 방학은 쉬라고 만들어진 건데. 걱정 마세요, 저도 쉴 거니까, 하지만 그 전에 먼저 정리해야 할 일이 있어요. 심각한 일이야. 예, 그런 것 같아요. 그게 무슨 소리야, 심각한 거면 그냥 심각한 거지, 그런 것 같아요라니. 그냥 말을 하다 보니 그렇게 된 거예요. 혹시 네 여자친구 마리아 다 파즈랑 관련된 일이야. 어떤 의미에서는 그래요. 넌 꼭 내가 읽고 있던 책에 나오는 사람 같구나, 누가 질문을 하면 꼭 질문으로 답하는 여자가 있거든. 지금까지 질문을 한 사람은 엄마잖아요, 제가 물어본 거라고는 어떻게 지내셨느냐는 말뿐인데. 그건 네가 나한테 명확하게 단도직입적으로 말을 안 해주니까 그런 거지,

그런 것 같아요라느니, 어떤 의미에서는 그렇다느니, 네가 나한테 그렇게 수수께끼처럼 구는 게 낯설다. 화내지 마세요. 난 지금 화를 내는 게 아냐, 이상해서 그래, 방학이 시작되더라도 넌 곧장 이리로 오지 않겠지, 내 기억으로는 전에도 그런 적이 한 번도 없으니까. 엄마, 나중에 다 얘기해 드릴게요. 너 어디로 여행이라도 가는 거냐. 또 질문을 하시네요. 가는 거야, 안 가는 거야. 여행을 간다면 엄마한테 말했겠죠. 내가 이해할 수 없는 건 네가 거기서 처리해야 하는 일과 마리아다 파즈가 뭔가 관련이 있는 것처럼 얘기하는 이유가 뭐냐는 거야. 그런 거 아니에요, 어쩌면 제가 아까 조금 과장을 했는지도 모르겠네요. 너 다시 결혼할 생각을 하고 있는 거니. 아이고, 엄마, 제발. 어쩌면 네가 반드시 결혼을 해야 할 것 같기도 하다. 요즘 사람들은 옛날만큼 결혼을 많이 안 해요, 소설에 그런 얘기가 나오잖아요. 나도 바보가 아니니까 요즘 세상이 어떤지는 잘 알아, 그저 네가 그 아가씨를 계속 붙들 필요가 없다는 생각이 드는 것뿐이야. 하지만 전 마리아한테 결혼을 약속한 적이 없어요, 같이 살자는 얘기도 꺼낸 적이 없다고요. 마리아 입장에서 보면 관계가 육 개월 동안 지속된 건 결혼약속이나 마찬가지야, 네가 여자를 몰라서 그래. 맞아요, 전 엄마 시대의 여자들이 어땠는지 몰라요. 지금 시대의 여자들에 대해서도 잘 아는 편이 아니잖아. 그럴지도 모르죠, 여자 경험이 별로 많지 않으니까, 결혼 한 번, 이혼 한 번을 빼면 나머지는 사실 별로 중요한 경험이 아니었거든요. 마리아 다 파즈가 있잖니. 마리아도 사실 그렇게 중요하지 않아요. 너 지금 엄청나게 잔인하다는 거 알고 있니. 잔인하다니, 그건 굉장히 심각한 단어예요. 그래, 그게 싸구려 로맨스 소설에나 나오는 단어처럼 들린다는 건 나도 알아, 하지만 잔인한 행동에는 여러 형태가 있지, 때로는 무관심이나 게으름으로 위장하고 나타나기도 해, 내가 예를 하나 들어줄까, 결정을 미루는 것도 다른 사람들을 정신적으로 공격하는 의식적인 무기가 될 수 있어. 이런, 엄마가 심리학에 재능이 있다는 건 옛날부터 알고 있었지만 그렇게 많이 아시는 줄은 몰랐네요. 난 심리학에 대해 아무것도 몰라, 심리학책이라고는 단한 줄도 읽어본 적이 없어, 하지만 사람에 대해서는 좀 알지. 알았어요, 때가 되면 엄마한테도 알려드릴게요. 날 너무 오래 기다리게 하지 마라, 지금부터 난 단 한순간도 마음이 편안하지 않을 테니까. 제발 걱정 마세요, 이 세상의 모든 일은 어떤 식으로든 해결책을 찾아내게 되어 있으니까. 가끔은 최악의 방식으로 해결되기도 해. 이번 일은 그렇지 않아요. 그래, 네말이 맞았으면 좋겠다. 안녕히 계세요, 엄마. 그래, 너도 몸조심해라. 예, 그럴게요. 어머니의 불안감 때문에, 산타클라라의 집에 전화를 해서 사람이 없는 것을 확인한 후 새로이 활기를 띠었던 테르툴리아노 막시모 아폰소의 즐거운 기분이 사라져버렸다. 학기가 끝난 후 그가 처리해야 할 심각한 문제가 있다고 말한 것은 용서할 수 없는 실수였다. 그후에 어머니와의 대화가 마리아 다 파즈와 그의 관계로 옮아간 것은 사실이었지만, 어느 순간부터 이야기가 계속 그 주제에 머무르고 있는 것처럼 보였다. 하지만 어머니를 달래기 위해 그가 세상의 모든 일에는 해결책이 있다는 말을 했을 때 어머니가 가끔은 최악의 방식으로 해결되기도 한다고 말한 것이 이제는 재앙의 전조처럼 보였다. 미래의 불행에 대한 경고. 그의 어머니이기도 한 카롤리나 막시모라는 나이 지긋한 부인 대신 무녀가 수화기 건너편에서 그에게 여러 가지 말로 아직 이 일을 그만둘 여유가 있다고 말한 것 같았다. 순간적으로 그는 자동차에 올라타고 다섯 시간 동안 차를 달려 어머니가 사시는 작은 마을로 가서 모든 이야기를 털어놓을까 생각해 보았다. 그렇게 해서 건강에 나쁜 독기를 영혼에서 씻어낸 후 영화에는 전혀 관심이 없는 역사교사로서 다시 일터로 돌아와 인생의 혼란스러운 장을 넘겨버리기로 결심하는 것이다. 어쩌면 심지어 마리아 다 파즈와의 결혼을 진지하게 생각해 볼 마음이 들지도 모른다. 누가 알겠는가. Les jeux sont faits, rien ne va plus(이미 주사위는 던져졌다는 뜻—옮긴이). 테르툴리아노 막시모 아폰소는 큰소리로 말했다. 그는 평생 카지노에는 발을 들여놓은 적이 없지만 독자로서 벨 에포크(19세기 말부터 1차 세계대전 전까지의 아름답고 우아한 시대—옮긴이)의 유명한 소설을 몇 편 갖고 있었다. 그는 영화사 앞으로 된 편지를 윗옷 주머니에 넣고 밖으로 나갔다. 그는 그 편지를 부치는 것을 잊어버리고 어딘가의 식당에서 점심을 먹은 후 집으로 돌아와 이 일요일 오후와 저녁의 씁쓸함을 남김없이 맛볼 것이다.

다음날 테르툴리아노 막시모 아폰소가 가장 먼저 해야 할 일은 비디오 가게에 돌려줄 테이프들을 두 개의 꾸러미로 만드는 것이었다. 그러고 나서 그는 나머지 테이프들을 한데 모아 끈으로 묶은 후 침실 벽장에 넣고 자물쇠를 잠갔다. 그는 배우들의 이름을 써놓은 종이들을 조직적으로 찢었고, 아직도 윗옷 주머니에 갖고 있는 편지의 초고들도 역시 체계적으로 찢었다. 그의 편지가 목적지까지 가는 길에 첫걸음을 내딛으려면 아직 몇 분을 더 기다려야 할 것이다. 그는 마지막으로 마치 반드시 지문을 닦아내야 할 절박한 이유가 있는 사람처럼 지난 며칠 동안 자신이 만졌던 거실의 가구들을 모조리 젖은 천으로 닦았다. 그는 또한 마리아 다 파즈가 남긴 지문도 전부 닦아냈지만 처음부터 그러려던 것은 아니었다. 그가 지워버리고 싶은 흔적은 그의 것도 그녀의 것도 아니었다. 그

189

첫 번째 날 밤에 그를 억지로 잠에서 깨웠던 존재가 남기고 간 흔적. 그런 존재가 그의 머릿속에만 존재했다고, 그가 잊어버렸던 그 꿈이 그의 머릿속에 불러일으킨 불안감의 소산일 뿐이라고 그에게 말해봤자 소용이 없었다. 그 존재가 제대로 소화되지 않은 쇠고기 스튜로 인한 초자연적인 현상에 지나지 않을 것이라고 그에게 말해봤자 소용없었다. 간단히 말해서, 우리가 마음의 산물이 바깥세상에서 물리적인 형태를 취할 수 있다는 가정을 받아들일 준비가 되어 있다 해도, 영화 속에 등장한 호텔직원이 손으로 만질 수도 없고 눈으로 볼 수도 없는 존재가 되어 땀에 젖은 손가락 자국을 아파트 여기저기에 남겨놓았다는 얘기는 절대 받아들일 수 없다고 온갖이성적인 이유들을 동원해서 그에게 증명해 봤자 소용없었다. 지금까지 알려진 바에 따르면, 영기(靈氣)는 땀을 흘리지 않는다. 테르툴리아노 막시모 아폰소는 이 일을 끝낸 뒤 옷을 입고 학교에 갈 때 들고 가는 가방과 두 개의 꾸러미를 집어든 다음 집을 나섰다. 계단에서 그와 마주친 위층 이웃은 그에게 혹시 도와줄 사람이 필요하냐고 물었고, 그는 그녀에게 정말 고맙지만 도와주시지 않아도 된다고 말했다. 그러고는 그녀에게 주말을 어떻게 지내셨느냐고 묻자 그녀는 여느 때처럼 그럭저럭 지냈지만 그가 타자치는 소리를 들었다고 말했다. 그는 조만간 컴퓨터를 한 대 사야겠다고 말했다. 적어도 컴퓨터는 조용하니까. 하지만 그녀는 타자치는 소리가 조금도 귀에 거슬리지 않았으며, 오히려 자신에게 동무가 되어

주었다고 말했다. 오늘이 청소하는 날이었으므로, 그녀는 그에게 점심식사 전에 집에 올 거냐고 물었고, 그는 그렇지 않을 것이라고 말했다. 학교에서 점심을 먹고 오후가 돼서야 돌아올 것이라고. 두 사람은 작별인사를 했다. 테르툴리아노 막시모 아폰소는 계단을 내려가면서 이웃사람이 가엾다는 듯 자신을 지켜보고 있다는 것을 의식하며 두 개의 꾸러미와 가방을 놓치지 않으려고 애썼다. 그는 계단에서 떨어져 바닥에 엎어져서 창피한 나머지 죽어버리고 싶다는 생각이 들지 않도록 발걸음을 조심스레 뗐다. 그의 차는 우체통의 반대편에 주차되어 있었다. 그는 꾸러미를 트렁크에 넣고 방향을 돌리면서 동시에 주머니에서 편지를 꺼냈다. 어떤 사내아이가 달려오다가 실수로 그와 부딪치는 바람에 편지가 테르툴리아노 막시모 아폰소의 손가락에서 미끄러져 바닥에 떨어졌다. 소년은 몇 걸음 더 가다가 멈춰 서서 사과를 했다. 하지만 야단을 맞거나 벌을 받을까 봐 겁이 났는지 되돌아와서 편지를 집어 돌려주지는 않았다. 마땅히 그래야 했는데도 말이다. 테르툴리아노 막시모 아폰소는 너그러운 몸짓을 해보였다. 사과를 받아들이고 모든 것을 용서해 주겠다고 결심한 사람의 몸짓. 그러고 나서 그는 편지를 주우려고 몸을 수그렸다. 자신과 내기를 걸어도 되겠다는 생각이 들었다. 편지를 그 자리에 가만히 놔두고 자신과 편지의 운명을 운에 맡겨보자는 생각. 행인이 이 편지를 발견하고 우표까지 붙어 있는 것을 보고는 훌륭한 시민답게 조심스레 우체통에 넣어줄 수도 있고, 어쩌면 안에 뭐가 들었는지 보려고 편지를 열어보았다가 편지를 읽은 다음 그냥 버릴 수도 있고, 편지의 존재를 전혀 눈치채지 못한 채 무심하게 밟아버릴 수도 있다. 그러면 하루 종일 수많은 사람들이 계속 편지를 짓밟아 편지는 점점 구겨지고 더러워질 것이다. 그리고 마침내 누군가가 편지를 신발 끝으로 차서 배수로에 집어넣어야겠다는 생각을 할 것이고, 거리 청소부가 그 편지를 발견할 것이다. 테르툴리아노 막시모 아폰소는 이런 내기를 하지 않고 편지를 집어들어 우체통으로 가져갔다. 마침내 운명의 수레바퀴가 돌기 시작했다. 이제 테르툴리아노 막시모 아폰소는 비디오 가게로 가서 점원과 함께 두 개의 꾸러미 안에 들어 있는 비디오들을 살펴볼 것이다. 그리고 자신이 사고 싶은 테이프와 집에 놔두고 온 테이프를 헤아려서 돈을 지불할 것이다. 어쩌면 다시는 이 가게에 발을 들여놓지 않겠다고 속으로 다짐할지도 모른다. 그런데 다행히도 그 상냥한 점원은 가게에 없었다. 그래서 경험이 없는 신참 여점원이 그를 대신 상대했기 때문에 일을 마칠 때까지 예상보다 시간이 조금 더 걸렸다. 비록 마지막으로 계산을 할 때는 테르툴리아노 막시모 아폰소의 암산능력이 또다시 요긴하게 쓰였지만 말이다. 점원은 더 빌리거나 사고 싶은 비디오가 있느냐고 물었고, 그는 없다면서 자신의 연구가 끝났다고 말했다. 모든 영화의 내러티브는 물론 걸작영화와 특히 가장 평범한 영화, 이류나 삼류영화, 일반적으로 모든 사람이 무시해 버리는 영화에도 존재하는 이념적 신호에 대해 자신이 그 유명한 연설을 늘어놓을 때 이 젊은 여자가 가게에 있지 않았다는 것을 깜박 잊어버리고서 말이다. 그는 평범한 영화의 이념적 신호가 관객들을 기습적으로 사로잡기 때문에 훨씬 더 효과적이라고 말했었다. 그가 처음 발을 들여놓았을 때보다 가게가 더 작아진 것처럼 보였다. 그때로부터 일주일도 흐르지 않는데 말이다. 그렇게 짧은 시간 안에 그의 삶이 그렇게 변해버린 것을 정말이지 믿을 수 없었다. 자신이 일종의 림보 같은 곳, 천국과 지옥을 이어주는 복도에서 떠돌고 있는 것 같았다. 이런 생각을 하다 보니 자신이 어디에서 왔고 앞으로 어디로 갈 것인지 궁금해지면서 다소 혼란스러운 기분이 되었다. 현재 사람들이 갖고 있는 생각으로 판단하건대, 영혼이 지옥에서 천국으로 옮겨지는 것과 천국에서 지옥으로 쫓겨나는 것이 똑같은 일일 리가 없으니까. 그가 학교를 향해 차를 몰고 있을 때 이런 종말론적인 생각 대신 또 다른 형태의 비유가 떠올랐다. 이번에는 자연사의 곤충 부문에서 따온 비유였다. 그는 자신이 심하게 움츠러들어서 비밀스러운 변신과정을 거치고 있는 번데기라고 생각했다. 잠자리에서 일어난 후 줄곧 우울한 기분이 그를 따라다니고 있었는데도 그는 이 비유를 떠올리며 미소를 지었다. 만약 자신이 정말로 번데기라면, 유충 상태로 고치에 들어갔으니 나비가 되어 나올 것이라는 생각이 들었다. 내가 나비라, 그는 혼자 중얼거렸다, 이제 모든 걸 봤으니 그렇단 말이지. 그는 학교에서 멀지 않은 곳에 차를 세우고 시계를 보았다. 아직 커피

한 잔을 마시고 재빨리 신문을 훑어볼 시간이 있을 것 같았다. 다른 사람들이 신문을 전부 가져가지 않았다면. 그는 자신이 수업준비를 게을리 했음을 알고 있었다. 하지만 수년간의 경험이 그 잘못을 바로잡아줄 것이다. 전에도 즉흥적으로 수업을 한 적이 있지만 그 차이를 눈치챈 사람은 아무도 없었다. 그는 교실로 들어가서 순진무구한 아이들에게 갑자기 오늘 시험을 보겠다고 말하는 짓은 절대 하지 않을 것이다. 그 것은 일종의 배신이며, 손에 칼을 쥐고서 마음대로 휘두르며 그때그때 변덕과 기존의 취향에 따라 치즈를 제멋대로 썰어대는 독재자와 같은 짓이었다. 교직원실로 들어가 보니 진열대 위에 아직 신문이 몇 부 남아 있었다. 하지만 그곳까지 가려면 탁자를 지나쳐야 했다. 탁자에서는 동료교사 세 명이 커피 잔과 물 잔들에 둘러싸여 이야기를 나누고 있었다. 그는 그곳을 그냥 지나칠 수 없었다. 특히 그 동료교사들 중 한 명이 그의 친구인 수학교사였으니 더욱더. 그는 이해와 인내심이라는 측면에서 그에게 많은 신세를 지고 있었다. 나머지 두 명의 교사는 문학을 가르치는 나이 지긋한 여교사와 자연과학을 가르치는 젊은 남자 교사였다. 그는 그 남자 교사에게 단 한 번도 친밀한 우정을 느껴본 적이 없었다. 그는 그들에게 인사를 하고 한자리에 앉아도 되느냐고 물었다. 그리고 대답을 듣기도 전에 의자를 끌어다가 앉았다. 이곳의 관습에 익숙하지 않은 사람이 보면, 그런 행동이 무례에 가까운 것으로 보일 수도 있겠지만, 이런 경우에 해당하는 교직원실의 규약

이 있었다. 그 규약은 당연히 문서로 작성된 적이 없고 공감대라는 단단한 기반 위에 세워진 것이었다. 같이 앉아도 되느냐는 질문에 부정적으로 대답해야겠다는 생각을 누구도 한 적이 없으므로, 굳이 입을 모아 긍정의 뜻을 표하지 않는 것이 최선이었다. 개중에는 진심으로 고개를 끄덕일 사람도 있고, 마음이 썩 내키지 않는 사람도 있지만, 다들 그것을 기정사실로 받아들인다. 이미 자리에 앉아 있던 사람들과 새로 온 사람 사이에 아직도 긴장을 불러일으킬 만한 예민한 구석이 있다면, 그것은 그들이 논의하고 있는 문제가 비밀스러운 것일 수도 있다는 점이다. 하지만 이것 역시 제가 방해가 되느냐는 암묵적인 질문, 빼어난 동어반복인 그 질문에 의해 해결되었다. 이 질문에 대해 사회적으로 받아들여질 수 있는 대답은 하나뿐이었다. 그럴 리가요, 이리 와서 앉으세요. 예를 들어 새로 온 사람에게 예, 사실 당신이 방해가 됩니다. 저리 가서 다른 데 앉으세요라고 말한다면, 아무리 태도가 정중하더라도 커다란 소란이 일어나서 이 집단의 내적인 관계망이 심각하게 흔들려 위험에 처하게 될 것이다. 테르툴리아노 막시모 아폰소는 커피를 한 잔 가지고 돌아와서 자리에 앉아 이렇게 물었다. 무슨 뉴스라도 있어요. 바깥 뉴스를 말하는 건가, 이 안의 뉴스를 말하는 건가, 수학교사가 물었다. 이 안의 뉴스를 알아내기에는 아직 시간이 너무 이르죠, 전 바깥 뉴스를 말한 거였어요, 아직 신문을 읽지 못해서. 어제 전쟁을 하던 사람들은 오늘도 여전히 전쟁을 하고 있죠, 문학교사가 말했다. 그리고 말할 필요도 없이, 또 다른 전쟁이 금방 시작될 가능성이 아주 높아요, 아니 확실하다고 해야죠, 자연과학교사가 말했다. 마치 두 사람이 함께 답변을 미리 연습한 것 같았다. 자넨 어떤가, 주말을 어떻게 보냈어, 수학교사가 물었다. 아, 조용하고, 평화롭게 보냈죠, 대부분의 시간을 책을 읽으며 보냈어요, 전에 그 책 얘기를 한 적이 있는 것 같은데, 메소포타미아 문명에 관한 책, 아모리인들을 다룬 부분이 아주 매혹적이에요. 나는 아내랑 같이 영화를 보러 갔네. 아, 테르툴리아노 막시모 아폰소가 시선을 피하면서 말했다. 여기 이 친구는 영화를 별로 안 좋아해, 수학교사가 다른 사람들에게 설명하듯이 말했다. 저는 영화를 안 좋아한다고 대놓고 말한 적 없어요, 지금 다시 말하지만, 영화가 제가 관심 있는 분야가 아니라고 했을 뿐이죠, 저는 책이 더 좋아요. 이보게, 그렇게 푸푸거릴 필요 없어, 별로 중요한 일도 아니잖아, 내가 자네더러 그 영화를 보라고 한 건 정말로 좋은 뜻에서 그런 거야. 푸푸거린다는 게 정확히 무슨 뜻이죠, 문학교사가 물었다. 호기심도 있었지만, 껄끄러운 상황을 부드럽게 만들어 보려는 뜻도 있었다. 푸푸거린다는 건, 수학교사가 말했다, 화를 낸다는 뜻이에요, 역정을 낸다는 뜻, 더 정확히 말하면 부아가 난다는 뜻이고. 왜 부아가 난다는 말이 화를 낸다는 말이나 역정을 낸다는 말보다 더 정확하다고 생각하시는 건데요, 자연과학교사가 물었다. 그냥 내 어린시절의 기억에서 유래한 개인적인 해석일 뿐이야, 어머니가 나더러 저리 가라고 하시거나, 내가 저지른 장난 때문에 벌을 주실 때마다 나는 인상을 쓰면서 말을 안 했지, 몇 시간 동안이나 입을 다물고 있었어, 그러면 어머니는 나더러 부아가 났다고 하셨거든. 아니면 푸푸거린다고 하시거나. 그렇지. 우리 집에서는 제가 그 나이 때, 문학교사가 말했다, 부루퉁하게 골이 난 아이를 다르게 표현했어요. 어떻게. 대개 나귀 같다고 했죠. 그게 무슨 뜻인데요. 우리 집에서는 나귀를 묶는다는 표현을 썼거든요, 사전을 찾아봤자 소용없어요, 안 나오니까, 우리 집에서만 쓰던 표현인 것 같아요. 모두들 웃음을 터뜨렸다. 테르툴리아노 막시모 아폰소만 빼고. 그는 약간 짜증스러운 미소를 지으며 이렇게 말했다, 글쎄요, 선생님 집에서만 썼던 것 같지는 않은데요, 우리 집에서도 그런 표현을 썼으니까. 또다시 웃음이 터지고 다시 평화가 찾아왔다. 문학교사와 자연과학교사가 일어서서 나중에 보자고 인사를 했다. 두 사람의 교실이 멀리 있는 모양이다. 어쩌면 위층에 있을지도 모른다. 그러니까 아직 남아 있는 사람들에게는 말을 할 시간이 몇 분 더 남아 있었다. 지난 이틀 동안 차분히 역사책을 읽었다는 사람이라면, 수학교사가 말했다, 그렇게 괴로운 표정을 지으면 안 되는 것 아냐. 선생님이 자꾸 그렇게 보시니까 그런 거예요, 전 괴로운 일 없어요, 잠을 잘 못 잔 사람처럼 보일 수는 있겠지만. 자네가 어떤지는 자네 자신이 잘 알겠지만, 그 영화를 본 이후로 예전 같지가 않아. 무슨 말씀이세요, 제가 예전 같지 않다니, 테르툴리아노 막시모 아폰소가 뜻하지 않게 깜짝 놀란 사람 같은 목소리로 물었다. 내 말 그대로야, 사람이 달라졌어. 하지만 전 옛날하고 똑같은 사람이에요. 그거야 물론 그렇지. 지금 제가 감정적인 문제 때문에 조금 걱정을 하고 있는 건 사실이에요, 최근에 일이 좀 복잡하게 꼬였거든요, 누구한테나 일어날 수 있는 그런 일이에요. 그렇다고 해서 제가 다른 사람으로 변한 건 아니에요. 나도 그런 말을 하지는 않았어, 자네가 여전히 테르툴리아노 막시모 아폰소라는 사실이나 이 학교에서 역사교사로 일하는 사람이라는 사실을 의심하는 것도 아니고. 그럼 왜 제가 옛날하고 달라졌다고 계속 말씀하시는지 모르겠네요. 그 영화를 본 다음부터 그렇다는 얘기야. 영화 얘기는 그만 하죠, 제가 영화를 어떻게 생각하는지 아시잖아요. 그러지 뭐. 저는 옛날하고 똑같은 사람이에요. 그건 당연하지. 제가 요즘 우울증으로 고생하고 있다는 얘기를 다시 해야 하나요. 아, 무심함 말이지, 자네가 그렇게 불렀잖아. 그렇죠, 그 점을 좀 고려해 주셔야죠. 난 진심으로 고려하고 있어, 자네도 잘 알고 있겠지만, 그런데 우리가 하던 얘기는 그게 아니잖아. 어쨌든 저는 옛날하고 똑같은 사람이에요. 이제 고집을 부리는 쪽은 자네인 것 같구먼. 맞아요, 하지만 제가 심리적으로 커다란 스트레스를 받고 있다고 말한 게 겨우 며칠 전이었다고요, 그러니 그게 제 얼굴과 행동에 나타나는 게 당연하죠. 물론이지. 하지만 그렇다고 해서 제가 도덕적으로나 육체적으로나 심하게 변해서 다른 사람처럼 보일 정도가 됐다는 뜻은 아니에요. 난 그저 자네가 예전 같지 않은 것 같다고 말했을 뿐이야, 자네가 다른 사람처럼 보인다는 말은 안 했어. 그게 그거예요. 문학교사라면 반대로 차이가 엄청나다고 했을걸, 문학교사는 미묘한 표현이나 뉘앙스에 대해 잘 알지, 문학은 거의 수학과 같아. 이런 세상에, 저는 뉘앙스나 미묘한 표현이 존재하지 않는 역사 분야에 속해 있으니 어쩌죠. 거기에도 존재해, 만약에, 어떻게 말해야 되나, 역사가 삶의 초상화가 될 수 있다면. 깜짝 놀랄 일이네요, 그렇게 진부한 표현에 의존하시다니 선생님답지 않아요. 그 말이 맞군, 그렇다면 역사는 삶이 아니라, 삶을 소재로 그릴 수 있는 많은 초상화들 중 하나일 수밖에, 비슷하기는 하지만 결코 똑같지 않은 초상화들 말이야. 테르툴리아노 막시모 아폰소는 다시 시선을 피했다가 의지력을 동원해서 고개를 돌려 동료교사를 바라보았다. 평온해 보이는 그 얼굴 뒤에 무엇이 숨겨져 있는지 보기 위해서. 수학교사는 특별한 생각이 없어 보이는 표정으로 그의 시선을 받다가 솔직한 호의 못지않게 동정적인 아이러니가 가득 차 있는 미소를 지으며 이렇게 말했다, 언젠가 내가 그 영화를 한 번 더 보게 될지도 모르겠네, 어쩌면 자네를 그렇게 불안하게 만든 게 뭔지 찾아낼 수 있을지도 모르지, 자네 문제의 근원이 그 영화라면 그렇다는 얘기지만. 전율이 테르툴리아노 막시모 아폰소의 몸을 머리에서 발끝까지 훑고 지나갔다. 하지만 혼란과 두려움의 와중에서 그는 그럴 듯한 대답을 생각해낼 수 있었다. 저라면 굳이 그러지 않을 거예요, 선생님 표현대로 제가 불안해하는 이유는 여자와의 관계에서 어떻게 하면 빠져나올 수 있을지 방법을 모르겠다는 거예요, 혹시 선생님도 비슷한 상황에 처하게 된다면 그 기분을 아시게 될 거예요, 하지만 지금은 수업이 있어서 가봐야겠어요, 벌써 늦었거든요. 괜찮다면 내가 복도가 꺾어지는 곳까지 같이 가고 싶은데, 비록 예전에 그 자리에서 이미 적어도 한 번 위험한 일이 일어나기는 했지만 말이야, 수학교사가 말했다, 그러니까 내 엄숙하게 약속하지, 내 손을 자네 어깨에 올리는 경솔한 짓을 다시는 하지 않겠다고. 글쎄요, 오늘은 그런 행동을 하셔도 아무렇지도 않을지 몰라요. 그래도 난 모험을 하고 싶지 않아, 자네 배터리가 완전히 충전된 사람처럼 나를 쳐다보는구먼. 두 사람 모두 웃음을 터뜨렸다. 수학교사는 마음껏, 테르툴리아노 막시모 아폰소는 조금 딱딱하게. 그의 머릿속을 두려움으로 가득 채운 그 말, 지금 누가 그에게 가할 수 있는 최악의 협박이라고 할 수 있는 그 말이 아직도 귓가에 울리고 있었으므로. 두 사람은 복도 모퉁이에서 헤어져 각자 자신의 목적지로 향했다. 역사교사의 도착은 학생들의 분별없는 희망에 종지부를 찍었다. 교사가 늦는 것을 보고 학생들은 벌써 오늘은 수업이 없을 것이라는 희망을 품었는데 말이다. 테르툴리아노 막시모 아폰소는 자리에 앉기도 전에 앞으로 사흘 후인 목요일에 마지막 필기시험이 있을 것이라고 발표했다. 이번 시험은 너희들의 최종 점수를 매길 때 결정적인 역할을 할 거야, 그가 말했다, 앞으로 남은 두 주일 동안 구두시험을 치르지 않기로 했으니까, 그리고 오늘 수업과 앞으로 남은 두 번의 수업에서는 우리가 지금까지 배운 것을 복습하기만 할 거다, 너희들이 시험을 위해 신선한 생각을 떠올릴 수 있도록. 가장 공평무사한 학생들이 이 말을 호의적으로 받아들였다. 천만다행으로 테르툴리아노 막시모 아폰소가 자신이 감당할 수 있는 수준 이상으로 가혹하게 굴 생각이 없음이 명백했으니까. 그때부터 학생들은 수업시간에 배운 내용 중에서 교사가 특별히 강조하는 부분에만 온 신경을 집중했다. 만약 무게와 비중을 두는 것이 기본적으로 인간적인 일이고 행운이 인간적인 일의 다양한 요인들 중 하나라면, 교사의 목소리에 그처럼 변화가 드러난다는 것은 교사가 자기도 모르게 시험에 출제할 문제를 선택하고 있음을 드러내고 있다는 뜻일 수도 있으니까 말이다. 노년이라고 할 만한 수준에 도달한 사람들을 포함해서 그 어떤 인간도 순전히 희망만으로는 살 수 없다는 것이 이미 잘 알려진 사실이라 해도(희망은 정상적인 삶에 없어서는 안 되는 이상한 심리적 장애이다), 오늘은 수업이 없을 것이라는 희망을 잃어버린 이 남녀 아이들이 이제 훨씬 더 문제가 많은 희망을 부채질하는 데 몰두하고 있다고 해서 우리가 무슨 말을 할 수 있겠는가. 목요일의 시험이 자기들에게 이로운 것이고, 따라서 자신들이 그 황금의 다리를 건너 다음 학년으로 의기양양하게 진급할 것이라는 희망 말이다. 수업이 막 끝날 무렵에 사무직원이 문을 두드리고 들어와서 테르툴리아노 막시모 아폰소에게 교장 선생님이 수업이 끝나자마자 교장실로 와주었으면 좋겠다고 하신다는 말을 전했다. 테르툴리아노 막시모 아폰소는 무슨 조약에 관한 설명을 이 분도 안 되는 시간 동안 서둘러 마쳤다. 하도 서둘렀기 때문에 그 자신도 이런 말을 할 수밖에 없었다, 너무 걱정 마, 이건 시험에 안 나와. 학생들은 그럴 줄 알았다는 시선을 교환했다. 주제를 하찮게 취급하는 듯한 말투보다 말의 의미가 덜 중요한 상황에서 교사가 특별히 강조하는 부분을 중요하게 평가해야 한다는 자신들의 생각이 마침내 확인되었다는 뜻이 거기에 담겨 있었다. 수업이 이처럼 서로 공감하는 분위기에서 끝나는 것은 참으로 드문 일이었다.

테르툴리아노 막시모 아폰소는 자료를 챙겨 다시 가방에 넣고 교실을 나섰다. 모든 교실에서 쏟아져 나온 학생들이 방금 전에 배운 내용과는 전혀 상관없는 주제에 관해 이야기를 나누면서 급속히 복도를 메우고 있었다. 여기저기서 교사들이 주위를 물결치는 바다처럼 둘러싼 학생들의 머리들 사이에서 눈에 띄지 않고 지나가려고 애를 쓰면서 자기들 앞에 솟아오른 암초들을 최선을 다해 피해서 천연의 항구인 교직원실을 향해 슬금슬금 움직이고 있었다. 테르툴리아노 막시모 아폰소는 교장실이 있는 곳으로 향하는 지름길을 택했다. 도중에 그는 문학교사와 마주쳐 잠시 걸음을 멈추고 이야기를 나눴다. 우리에게 필요한 건 구어표현을 수록한 좋은 사전이에요, 그녀가 그의 상의 소매를 잡아당기며 말했다. 대부분의 일반적인 사전에 이미 그런 표현이 대부분 들어 있죠, 그가 대답했다. 맞아요, 하지만 체계적이거나 분석적이지는 않아요. 정말로 그런 표현을 총망라하겠다는 목적이 없어요. 예를 들어 나귀를 묶는다는 표현을 수록하고 그 뜻을 설명하는 것만으로는 충분하지 않아요. 그보다 훨씬 더 범위를 넓혀야 한다고요. 각 표현의 구성요소들 속에서 그 표현이 나타내고자 하는 마음 상태를 직간접적으로 비유하는 부분을 찾아내야죠. 선생님 말씀이 옳아요, 우리의 역사교사가 말했다. 이 주제에 정말로 흥미가 있다기보다는 그냥 유쾌한 사람처럼 보이기 위해서였다. 하지만 지금은 제가 가봐야 할 것 같아요, 교장선생님이 부르셨거든요. 아, 그럼 가보세요, 하느님을 기다리게 하는 건 가장 나쁜 죄죠. 삼 분 후 테르툴리아노 막시모 아폰소는 교장실의 문을 두드리고 있었다. 초록 불이 들어오자 그는 안으로 들어가서 인사를 하고 교장의 답례를 받았다. 그리고 교장의 몸짓에 따라 자리에 앉아서 기다렸다. 이곳을 침범한 존재가 있는 것 같지는 않았다. 천상의 존재이든 그렇지 않든. 교장은 서류를 책상 한켠으로 치우고 미소를 지으며 이렇게 말했다. 우리가 지난번에 나눈 이야기에 대해 생각을 많이 해봤네, 역사 교수법에 관한 이야기 말이야, 그래서 드디어 결론에 도달했지. 어떤 결론입니까, 선생님. 자네한테 방학 동안 뭘 좀 부탁하려고. 부탁이요, 선생님. 방학이란 원래 쉬라고 있는 것이고, 일단 수업이 끝난 후에는 교사에게 학교 일에 계속 관심을 쏟으라고 할 수는 없는 법이라는 생각이 들겠지. 제가 그런 말을 입에 담을 리가 없다는 걸 잘 아시잖습니까, 선생님. 다른 말로 똑같은 얘기를 할 수도 있지. 그거야 그렇지만, 저는 아직 아무 말도 하지 않았습니다, 선생님이 하신 말씀이든, 그걸 다른 말로 바꾼 얘기든, 그러니까 이제 교장 선생님의 생각을 얘기해 주세요. 그게, 우리가 학습 프로그램을 뒤엎지 말라고 교육부를 설득해 볼 수 있지 않을까 하는 생각을 했네, 내 기대가 좀 지나치긴 하지만, 장관은 절대 혁명을 좋아하는 사람이 아니거든, 그러니까 우리가 연구를 좀 해서 작은 실험을 해보자고 할까 하고, 처음에는 한 학교에서 소수의 학생들만으로 시험을 해보는 거지, 자원자들을 대상으로 하면 더 좋고, 그래서 역사적 자료를 과거에서 현재로 공부하는 게 아니라 현재에서 과거로 공부하는 거야, 간단히 말해서, 자네가 오래전부터 주장해 오던 그 훌륭한 생각을 따르자는 거지, 자네가 마침내 나를 설득했다고 말할 수 있어서 기쁘네. 그럼 제게 부탁하실 일이라는 건 정확히 어떤 겁니까, 테르툴리아노 막시모 아폰소가 물었다. 교육부에 보낼 제안서를 심사숙고해서 탄탄하게 만들어 달라는 걸세. 제가 말입니까, 선생님. 이건 자네한테 아부를 하려고 하는 말이 아니라, 사실 우리 학교에서 그 일을 자네만큼 잘할 사람이 있을까 싶네, 자넨 이미 그 주제를 깊이 생각해 봤다는 걸 보여줬으니까, 아주 분명한 생각을 갖고 있겠지, 내 진심으로 하는 말이네만, 자네가 이 일을 맡아준다면 정말 기쁘겠네, 이 일에는 물론 보상이 따를 거야, 틀림없이 우리 예산에 그 정도 여유는 있을걸세. 하지만 제 아이디어가 질적

으로나 양적으로나, 선생님도 아시다시피 양적인 측면도 중
요하니까요. 교육부를 설득할 수 있는 수준인지 확신이 서지
않습니다. 교장선생님께서는 교육부 사람들을 저보다 잘 아
시죠. 슬프게도 너무 잘 알지. 그러니까……. 그러니까 내가
고집을 부리고 싶네, 우리 학교가 혁신적인 생각을 해낼 능력
이 있다는 것을 그 사람들에게 분명히 보여줄 수 있는 좋은
계기가 될 거라고 진심으로 생각하고 있거든. 그 사람들이 우
리더러 꺼져버리라고 하더라도 말입니까. 그 사람들이 그런
소리를 할 수도 있겠지, 우리 제안서를 그냥 서류철 속에 끼
워놓기만 할 수도 있고, 하지만 언젠가 누군가가 그 제안서를
기억해 낼 걸세. 그럼 우리는 그때까지 그냥 기다리기만 하면
되는 건가요. 아니지, 그동안 다른 학교들에게 이 계획에 동
참해 달라고 부탁하고, 토론회를 개최하고, 언론을 끌어들일
수도 있지. 그러다 보면 이사장이 우리에게 입 다물고 조용히
있으라는 편지를 보내오겠죠. 자네는 별로 마음이 내키지 않
는 모양이군. 제 마음을 움직일 수 있는 건 이 세상에 거의 없
습니다, 선생님, 그리고 지금은 그게 문제가 아니죠, 방학 동
안 제게 무슨 일이 일어날지 알 수 없기 때문에 이러는 겁니
다. 미안하지만 무슨 소리인지 모르겠네. 저는 최근에 생긴
제 인생의 중요한 문제 몇 가지를 처리할 생각입니다. 그래서
온 신경을 집중해야 하는 일에 제 자신을 쏟을 수 있을 만한
마음의 평화와 시간을 마련하지 못할 것 같아요. 그렇다면 그
냥 전부 없었던 일로 하세. 저한테 생각할 시간을 좀 주세요,

선생님, 며칠만, 이번 주가 끝나기 전에 반드시 답변을 드리겠습니다. 그럼 긍정적인 답변을 들을 수 있을 거라고 희망을 품어도 되나. 어쩌면요, 선생님, 하지만 지금은 확실히 말씀드릴 수 없습니다. 아무래도 자네가 뭔가에 정신이 단단히 팔려 있는 모양이군, 자네 문제가 잘 해결되기를 바라겠네. 저도 바라는 일입니다. 수업은 어땠나. 아, 아주 좋았습니다, 아이들이 공부를 열심히 하고 있어요. 그거 잘 됐군. 목요일에 필기시험을 치를 겁니다. 그리고 금요일에는 나한테 답을 주고. 예. 그 문제를 잘 생각해 보게. 예, 그러겠습니다. 나중에 실험을 이끌 사람으로 내가 누구를 염두에 두고 있는지 말할 필요는 없겠지. 감사합니다, 선생님. 테르툴리아노 막시모 아폰소는 교직원실로 내려갔다. 점심시간까지 신문을 읽을 생각이었다. 그러나 점심시간이 다가오자 다른 사람들과 함께 있는 것이 견딜 수 없다는 생각이 들기 시작했다. 오늘 아침과 같은 대화를 또다시 나누는 것을 참을 수가 없었다. 그가 직접 대화에 끼어들지 않는다 해도. 처음부터 끝까지 나귀를 묶는다거나, 월요일처럼 우울한 표정을 짓는다거나, 꿀 먹은 벙어리 등의 구어표현에 관한 이야기만 늘어놓는다고 해도. 벨이 울리기 전에 그는 밖으로 나가 식당에서 점심을 먹었다. 그리고 두 번째 수업을 하러 학교로 돌아와서 하루 종일 아무에게도 말을 걸지 않다가 저녁이 되기 전에 집으로 돌아갔다. 그는 소파에 누워 눈을 감고 마음을 비우려고, 가능하면 잠을 자려고, 그냥 사람이 놓아둔 자리에 가만히 있는 돌처럼 되려고 애썼다. 그러다가 교장의 요청에 정신을 집중하려고 아무리 애를 써도 마리아 다 파즈의 이름으로 쓴 편지의 답장을 받을 때까지 그가 견뎌낼 수밖에 없는 그 그림자를 지워버릴 수 없었다.

그는 거의 두 주일을 기다렸다. 그동안 그는 수업을 하고, 어머니에게 두 번 전화를 걸고, 목요일에 치를 필기시험을 준비하고, 다른 수업의 학생들에게 낼 또 다른 시험지의 윤곽을 잡았다. 금요일에 그는 교장에게 그의 친절한 제의를 받아들이겠다고 말했고, 주말에는 아파트에서 한 발도 나가지 않았다. 그는 마리아 다 파즈와 전화로 이야기를 나누면서 어떻게 지내는지, 답장은 받았는지 물어보았다. 동료교사인 수학교사가 걸어온 전화를 받기도 했다. 수학교사는 무슨 문제가 있는 건 아니냐고 물었다. 그는 아모리인들에 관한 장을 다 읽고 아시리아인에 관한 장으로 넘어갔으며, 유럽의 빙하시대에 관한 다큐멘터리와 인류의 먼 조상에 관한 또 다른 다큐멘터리를 보았고, 자신의 인생에서 지금 이 시기를 소설로 써도 될 것 같다는 생각을 했다. 하지만 곧 그것이 완전한 시간낭비일 것이라는 생각이 들었다. 아무도 그런 이야기를 믿지 않을 테니까. 그는 마리아 다 파즈에게 다시 전화를 걸었지만, 그의 목소리에 너무 기운이 없었기 때문에 그녀가 걱정을 하며 자기가 도울 일이 없느냐고 물었다. 그가 그녀에게 오라고 하자 그녀가 왔고, 두 사람은 침대에 들었다가 저녁을 먹으러 나갔다. 그리고 그 다음날에는 그녀가 그에게 전화를 걸어 영화사에서 편지가 왔다고 말했다, 난 지금 은행에 있으니까 당신이 들르고 싶으면 들러도 돼, 아니면 내가 집에 가는 길에 가져다줄 수도 있고. 너무 흥분해서 속으로 전율을 느끼면서 테르툴리아노 막시모 아폰소는 어떤 경우에도 절대 물어서는 안 되는 질문을 간신히 참을 수 있었다. 편지를 열어봤느냐는 질문. 이 말을 하고 싶은 것을 참느라고 그는 이 초 동안 지체한 후에야 그가 편지의 내용을 그녀에게 보여줄 준비가 되었는지에 관해 그녀가 품을 수도 있는 의심을 없애버릴 수 있는 단호한 대답을 할 수 있었다, 내가 은행으로 갈게. 만약 마리아 다 파즈가 자신이 사랑하는 남자의 부엌에서 차를 만들어와서 홀짝홀짝 마시면서 남자가 큰소리로 읽어주는 편지 내용에 귀를 기울이는 다정하고 가정적인 장면을 상상했다면, 그런 생각 따위 집어치우는 게 나을 것이다. 이제 그녀가 은행의 작은 책상에 앉아 있는 모습이 보인다. 그녀의 손은 방금 내려놓은 수화기 위에 아직 머물러 있고, 그녀 앞에는 길쭉한 모양의 편지봉투가 있다. 그 안에 편지가 들어 있지만 그녀는 정직한 사람이라 그것을 읽어볼 수 없다. 그 편지는 그녀의 것이 아니니까. 비록 이름은 그녀 앞으로 되어 있지만. 한 시간이 채 지나기도 전에 테르툴리아노 막시모 아폰소가 허겁지겁 은행으로 들어와서 마리아 다 파즈를 만나고 싶다고 말했다. 은행에는 그를 아는 사람이 아무도 없었으므로, 창구 뒤에서 일하는 젊은 여자와 그 사이에 마음과 어두운 비밀이 뒤얽힌 일들이 존재한다고 의심하는 사람도 없을 것이다. 그녀는 숫자를 다루며 일을 하는 커다란 방 뒤쪽의 자기 자리에서 그를 보았다. 그래서 그녀가 이미 편지를 손에 들고 있는 것이다. 여기 있어, 그녀가 말한다. 두 사람은 서로 인사를 주고받지도 않았고, 좋은 하루를 보내라고 말하지도 않았다. 안녕, 어떻게 지내느냐는 말도 하지 않았다. 그녀가 건네줄 편지를 건네주었을 뿐이다. 그가 말한다, 나중에 봐, 내가 전화할게. 그리고 도시의 우편 서비스를 통해 그녀에게 떨어진 역할을 모두 수행한 그녀는 자기 자리로 돌아간다. 자기보다 나이 많은 남자 동료의 의심스러운 눈초리를 알아차리지 못한 채. 얼마 전 그가 그녀 주위를 맴돌았지만 성과를 거두지 못했다. 그래서 약이 오른 그는 그때부터 항상 그 작고 반짝이는 눈으로 그녀를 지켜보았다. 바깥의 거리에서 테르툴리아노 막시모 아폰소는 거의 뛰다시피 걷고 있다. 그는 세 블록 떨어진 지하 주차장에 차를 세워두었다. 편지는 서류가방이 아니라 웃옷 안주머니에 들어 있다. 부랑아 녀석이 혹시 편지를 채갈까 봐. 거리에서 자유롭게 자란 아이들은 한때 그렇게 불리다가 나중에는 얼굴이 더러운 천사가 되었고, 그 다음에는 이유 없는 반항아가 되더니, 지금은 완곡한 표현이나 은유가 아닌 그냥 비행청소년이라고 불린다. 그는 집에 도착하기 전에는 편지를 열어보지 않겠다고 자신을 타이르고 있다. 안달이 난 청소년처럼 행동하기에는 나이가 너무 많다고. 하지만 그러면서도 그는 어둑한 주차장에서 차에 타고 나면, 자동차 문을 닫아 세상 사람들의 음침한 호기심으로부터 자신을 지킬 수 있게 되면 어른입네 하는 생각이 연기처럼 사라질 것임을 알고 있다. 차를 세워둔 곳을 찾는 데 시간이 좀 걸렸기 때문에 그의 불안감이 더욱 커졌다. 이런 비유를 해도 되는지 모르겠지만, 이 가엾은 남자는 사막 한가운데에 버려져서 길잡이가 되어줄 친숙한 냄새 하나 맡지 못하고 쓸쓸하게 여기저기를 바라보는 개와 비슷했다. 틀림없이 이층에 세웠어. 하지만 사실 그는 확신이 없었다. 결국 차를 찾아내기는 했다. 하지만 세 번이나 차에서 겨우 몇 발짝 떨어진 곳을 지나갔으면서도 차를 보지 못했다는 것을 알게 되었다. 그는 재빨리 차에 올랐다. 마치 누군가에게 쫓기는 사람처럼. 그는 문을 잠근 뒤 실내등을 켰다. 그의 손에 편지봉투가 있다. 그 안에 무엇이 있는지 알 수 있는 순간이 마침내 온 것이다. 정해진 좌표에 도착해서 다음 목적지가 어딘지 적혀 있는 지시문의 봉인을 열 순간을 맞은 선장처럼. 편지봉투에서 사진 한 장과 종이가 나온다. 사진은 테르툴리아노 막시모 아폰소의 것이지만 당신의 진실한 벗이라는 구절 밑에 다니엘 산타클라라의 서명이 있다. 종이에 적힌 글에는 다니엘 산타클라라가 안토니오 클라로의 예명이라는 정보뿐만 아니라 예외적으로 그의 집주소까지 들어 있다. 편지에는 당신의 편지에 저희가 마땅히 특별한 배려를 해드려야 할 것 같아서 이렇게 했다는 구절이 있다. 테르툴리아노 막시모 아폰소는 자신이 쓴 편지내용을 생각해 보고 단역배우들의 중요성에 관한 연구가 이루어져야 한다고 영화사에 제안한 것이 정말 훌륭한 아이디어였다며 스스로를 칭찬한다. 내가 벽에다 진흙을 던졌더니 진흙이 벽에 붙어버렸군, 그가 중얼거렸다. 이와 동시에 그는 자신이 다시 침착해졌음을 깨달았지만 별로 놀라지 않았다. 몸은 긴장을 풀고 편안한 상태였고, 불안감은 흔적도 없었다. 지류가 강으로 흘러들어가서 강의 수량이 늘어났을 뿐이다. 테르툴리아노 막시모 아폰소는 이제 어느 쪽으로 가야 하는지 알 수 있었다. 그는 운전석 문의 포켓에서 시내지도를 꺼내 다니엘 산타클라라가 살고 있는 거리를 찾아보았다. 그 거리는 시내에서 그가 잘 모르는 지역에 있다. 적어도 그는 그곳에 가본 기억이 없다. 게다가 중심가에서 멀기까지 하다. 그가 지도를 펼쳐 알아본 바로는 그렇다. 지도는 지금 운전대 위에 놓여 있다. 상관없는 일이다. 그에게는 시간이 있으니까. 세상 모든 시간이 그의 것이니까. 그는 차에서 내려 주차요금을 지불한 다음 다시 차에 올라 실내등을 끄고 시동을 걸었다. 우리가 쉽게 짐작할 수 있듯이, 그의 목적지는 그 배우가 살고 있는 거리이다. 그는 그 건물, 배우가 사는 아파트와 창문을 보고 싶다. 그의 이웃들이 어떤 사람들인지, 분위기가 어떤지, 그곳 사람들이 무슨 옷을 입고 어떤 행동을 하는지 보고 싶다. 도로에 차가 아주 많아서 자동차들이 화가 날 정도로 천천히 움직인다. 하지만 테르툴리아노 막시모 아폰소는 초조해하지 않는다. 그가 지금 가고 있는 그 거리가 저절로 움직일 위험은 없다. 그 거리는 이 도시를 사방에서 둘러싸고 있는 도로망의 포로이다. 지도에서 확인할 수 있듯이. 테르툴리아노 막시모 아폰소가 신호를 기다리며 가사도 없이 노랫가락에 맞춰 손가락으로 운전대를 두드리고 있을 때 상식이 차에 올라탔다. 안녕, 상식이 말했다. 누가 너더러 여기 타라고 했어, 운전자가 보인 반응은 이랬다. 솔직히 당신이 어디서든 나를 부른 적이 한 번이라도 있는지 기억이 안 나. 네가 무슨 말을 할지 미리 알 수 없다면 널 부를지도 모르지. 오늘처럼. 그래, 너 나더러 신중하게 생각하라고 할 거지, 이런 일에 말려들지 말라면서, 이건 지극히 무분별한 짓이라면서, 문 뒤에 악마가 도사리고 있지 않다는 보장이 없다면서, 만날 하는 소리를 할 거잖아. 글쎄, 이번에는 당신이 틀렸어, 당신이 지금 하려는 행동은 그냥 무분별한 정도가 아니라 멍청한 짓이야. 멍청해. 그래, 멍청해, 멍청하기 짝이 없어. 난 이게 왜 멍청한지 모르겠는걸. 당신은 당연히 모르지, 정신적 장님들의 부차적인 증세 중 하나가 멍청해지는 거야. 자세히 설명해 봐. 당신이 그 다니엘 산타클라라가 살고 있는 거리로 가는 중이라고 말해주지 않아도 난 이미 알고 있어, 이상한 일이지, 고양이 꼬리가 가방 밖으로 나와서 대롱거리고 있는데 당신은 눈치도 못 챘잖아. 고양이는 뭐고, 꼬리는 또 뭐야, 수수께끼 같은 소리는 관두고 요점을 말해. 아주 간단해, 그 사람은 자기 성 클라로를 가지고 산타클라라라는 가명을 만들었어. 그건 가명이 아니라 예명이야. 아, 그렇지, 가명이라는 말이 너무 저속해서 싫다며 동철이음이의어라는 말을 대신 사용한 사람이 있었지. 만약 내가 고양이 꼬리를 눈

212

치챘다 해도 그게 무슨 소용인데. 난 그 말에 별로 동의하지는 않지만, 그래도 역시 당신이 그 사람을 찾을 필요는 있었겠지, 하지만 전화번호부에서 클라로라는 이름을 찾아봤다면, 결국 그 사람을 찾을 수 있었을 거야. 이봐, 난 필요한 걸 다 갖고 있어. 그래서 그 사람이 살고 있는 거리로 가는 중이고, 그 건물, 그 사람이 살고 있는 아파트와 창문을 볼 거야, 이웃들이 어떤 사람들인지, 분위기가 어떤지, 그곳 사람들이 무슨 옷을 입고 어떤 행동을 하는지 볼 거야, 내가 잘못 안 게 아니라면, 이건 당신이 직접 한 말이야. 그래, 맞아. 한번 생각을 해봐, 당신이 거기서 창문을 올려다보고 있는데, 그 배우의 여편네, 아니 좀더 점잖은 말로 안토니오 클라로의 아내가 창에 나타나서 올라오라고 말한다면, 아니면 당신더러 약국에 가서 아스피린이나 기침약 같은 걸 사다 달라고 한다면. 말도 안 되는 소리. 그게 말도 안 되는 소리 같으면, 누군가가 거리를 지나다가 당신에게 인사를 한다고 생각해 봐, 테르툴리아노 막시모 아폰소가 아니라 당신은 결코 될 수 없는 안토니오 클라로에게. 그것도 말도 안 되는 소리야. 좋아, 이게 말도 안 되는 소리라면, 당신이 창문을 올려다보거나 그 동네 사람들의 옷차림을 연구하면서 주위를 걸어다니고 있는데 다니엘 산타클라라가 당신 앞에 불쑥 나타난다면, 당신들 두 사람이 도자기로 만든 개 인형 두 개처럼 서로를 빤히 바라보며 서 있는 거야, 마치 거울에 비친 자신의 모습을 보듯이, 거울에 비친 모습과 다른 점이 있다면, 왼쪽과 오른쪽이 뒤바뀌지 않는다는 것뿐이지, 만약 그렇게 되면 당신은 어떻게 할 거야. 테르툴리아노 막시모 아폰소는 금방 대답하지 않고 이삼 분 동안 침묵을 지키다가 이렇게 말했다. 내가 차에서 내리지 않으면 되겠네. 글쎄, 그것도 그리 확실한 방법은 아닐걸, 상식이 그의 말을 반박했다. 신호가 빨간색으로 바뀌면 차를 세워야 되잖아, 도로가 막혀 있을 수도 있고, 짐을 내리는 트럭이나 환자를 싣는 구급차가 있을 수도 있어, 그러면 당신은 수족관의 물고기처럼 전시되는 신세가 될 거야. 그 건물 일층에 사는 호기심 많은 사춘기 영화광을 피할 길이 없지, 그 녀석이 당신한테 다음 작품이 뭐냐고 묻는다면. 그럼 나더러 어쩌라는 거야. 그건 나도 모르지, 그런 걸 말해주는 건 내 일이 아니니까, 당신네 종족의 역사에서 상식의 역할은 특히 어리석음이 고개를 들고 고삐를 쥐려고 하는 것처럼 보일 때 조심하라며 닭고기 수프를 권해주는 수준을 벗어난 적이 없어. 그럼 내가 변장을 하면 되겠네. 뭘로. 글쎄, 모르겠어, 생각을 좀 해봐야지. 내가 보기에는, 당신이 다른 사람 얼굴로 변장하는 방법밖에 없어. 그래, 정말로 생각을 좀 해봐야겠어. 시간에 대해서도. 그럼 집으로 가는 게 낫겠지. 지나치게 폐가 되지 않는다면, 날 문 앞에서 내려줄 수 있어, 그럼 거기서부터는 내가 알아서 갈 수 있으니까. 집으로 같이 올라가지 않을 거야. 당신 전에는 나더러 같이 올라가자고 한 적이 없어. 그러니까 지금 묻고 있잖아. 고맙지만 난 그럴 수 없어. 왜. 정신이 상식과 볼을 맞대고 정답게 살면서 같은 식탁에서 밥을 먹고, 같은 침대에서 잠을 자고, 함께 일하러 가고, 무슨 행동을 하기 전에 상식에게 승인이나 허락을 구하는 건 건전하지 않으니까, 사람은 몇 번쯤은 스스로 위험을 감당해야 돼. 사람이라니 누굴 말하는 거야. 당신들 모두, 인류. 하지만 나는 이 편지를 받으려고 이미 위험을 무릅썼어, 그리고 그때 넌 나더러 그만두라고 했고. 당신이 이 편지를 받으려고 쓴 방법은 결코 자랑스러워할 만한 게 아냐. 당신처럼 다른 사람의 정직성을 이용하는 건 가장 혐오스러운 협박이지. 마리아 다 파즈를 말하는 거야. 그래, 마리아 다 파즈를 말하는 거야, 내가 그녀였다면 그 편지를 열어서 읽어본 다음에 당신 얼굴에 대고 문질러 버렸을 거야, 당신이 무릎을 꿇고 용서를 빌 때까지. 상식은 원래 그런 식으로 행동하는 건가. 상식은 마땅히 그렇게 행동해야 돼. 그렇겠지, 그럼 나중에 다시 봐, 난 어떤 변장을 할지 생각해 봐야 하니까. 당신이 변장을 많이 할수록 점점 더 당신 자신의 모습이 될 거야. 테르툴리아노 막시모 아폰소는 자신이 사는 건물 밖에서 거의 즉시 차를 세울 수 있는 공간을 발견하고 차를 세운 다음 시내지도를 들고 차에서 내렸다. 거리 건너편에 어떤 남자가 서서 얼굴을 들어 올린 채 반대편 건물을 올려다보고 있었다. 그 남자의 얼굴도 몸도 그와 닮은 구석이 없었고, 그 남자가 거기 있는 것도 순전히 우연의 일치일 뿐이었지만 테르툴리아노 막시모 아폰소는 등골이 서늘해지는 것을 느꼈다. 다니엘 산타클라라가 자신을 찾고 있는 것인지도 모른다는 생각이 그의 뇌리를 스쳤기 때문에. 그도 어쩔 수 없었다. 그의 불건전한 상상력이 그 자신보다 더 강했으니까. 난 당신을 찾고, 당신은 나를 찾는군. 그는 이 당혹스러운 공상을 떨쳐버리려고 어깨를 으쓱했다. 내가 헛것을 보는 거야. 그 사람은 내가 이 세상에 존재한다는 사실도 몰라. 그런데도 그가 아파트로 들어가 지친 듯이 소파에 쓰러졌을 때에도 그의 다리는 여전히 부들부들 떨리고 있었다. 잠시 동안 그는 일종의 혼수상태에 빠졌다. 결승점을 통과한 뒤 갑자기 몸에서 힘이 다 빠져버린 마라톤 선수처럼 자신을 잊어버린 채. 그가 주차장을 떠날 때, 그리고 결국은 가지 못한 목적지를 향해 차를 몰 때 그를 가득 채웠던 그 차분한 에너지에 관해 남아 있는 것이라고는 아주 희미한 기억뿐이었다. 실제로는 경험하지 않은 일에 관한 기억처럼. 아니면 지금은 이 자리에 없는 그의 일부가 경험한 일에 관한 기억처럼. 그는 힘겹게 일어났다. 다리의 느낌이 이상했다. 마치 남의 다리 같았다. 그는 부엌으로 가서 커피를 좀 끓여 천천히 마셨다. 목구멍을 거쳐 위장으로 내려가며 몸을 편안하게 해주는 따스함을 느끼면서. 그리고 나서 그는 잔과 받침 접시를 씻어놓고 거실로 돌아갔다. 그의 모든 몸짓이 느리고 신중하게 변해 있었다. 마치 화학 실험실에서 위험한 물질을 다루는 사람처럼. 하지만 그가 해야 할 일이라고는 전화번호부에서 C 항목을 펼쳐 편지에 들어 있는 정보를 확인하는 것뿐이었다. 그 다음에는 뭘 하지, 그는 자신이 찾던 것을 찾을 때까지 전화번호부를 넘기면서 생각했다. 클라로라는 이름을 가진 사람은 많았지만, 안토니오는 여섯 명밖에 되지 않았다. 찾았다, 드디어. 그가 그토록 많은 노력을 기울였지만, 너무 쉬워서 누구라도 할 수 있는 일. 이름, 주소, 전화번호를 알아내는 것. 그는 이 정보를 종이에 옮겨적고 다시 한번 자신에게 물어보았다. 이제 뭘 하지. 그의 오른손이 반사적으로 전화기를 향해 뻗어갔다. 그는 손을 그곳에 내버려둔 채 자신이 적은 것을 거듭 읽어보고는 전화기에서 손을 떼고 일어서서 아파트 안을 서성거렸다. 시험이 끝날 때까지 다음 단계로 나아가지 않는 것이 더 현명한 일이 아닌지 고민을 하면서. 그렇게 하면 적어도 고민거리가 하나 줄어들기는 할 것이다. 불행히도 그는 이미 교장에게 역사 교수법에 관한 프로젝트의 제안서를 쓰겠다고 말해버렸다. 그러니 그 일을 안 할 수도 없는 노릇이었다. 조만간 자리에 앉아서 아무도 알아주지 않을 그 제안서를 써야 할 거야, 애당초 그 프로젝트를 맡겠다고 한 것 자체가 미친 짓이었어. 하지만 학교 일이 끝날 때까지 안토니오 클라로에게 이르는 길에 발을 들여놓는 것을 미루자는 생각을 받아들일 수 있는 척하면서 자신을 속여봤자 아무 소용이 없었다. 엄밀히 말해서 다니엘 산타클라라는 존재하지 않는다. 그는 그림자이며 꼭두각시이다. 비디오테이프 안에서 모양을 바꿔가며 말도 하고 움직이기도 하다가 자신의 역할이 끝나면 다시 침묵에 빠져 꼼짝도 하지 않는 존재인 것이다. 반면 안토니오 클라로는 실제로 존재하는 구체적인 인물이다. 이 아파트에 살고 있는, 비록 어떤 사람들은 아폰소가 성이 아니라 이름이라고 말하겠지만 어쨌든 전화번호부의 A 항목을 뒤지면 이름을 발견할 수 있는 역사교사 테르툴리아노 막시모 아폰소만큼이나 확실히 존재하는 인물. 그는 다시 책상에 앉아 자신이 메모해 놓은 종이를 들고 있다. 그의 오른손은 다시 수화기 위에 놓여 있고, 그는 마치 금방 전화를 걸 것처럼 보인다. 하지만 이 남자가 마음을 정할 때까지 시간이 얼마나 오래 걸리는지. 알고 보니 이 남자가 얼마나 심하게 머뭇거리는 우유부단한 사람인지. 겨우 몇 시간 전에 마리아 다 파즈의 손에서 낚아채듯 편지를 가져온 사람이라고는 아무도 생각하지 못할 정도다. 그런데 갑자기 충동적으로 그가 번호를 누른다. 몸을 마비시키는 이런 비겁함을 극복하는 방법은 바로 이렇게 충동적으로 행동하는 것뿐이다. 테르툴리아노 막시모 아폰소는 한 번, 두 번, 세 번, 여러 번 울리는 전화벨 소리에 귀를 기울인다. 그가 안도감과 실망을 함께 느끼며 아무도 없는 것 같다는 생각과 함께 막 전화를 끊으려 했을 때 어떤 여자가 아파트 반대편에서 달려온 사람처럼 숨을 몰아쉬며 말했다. 여보세요. 테르툴리아노 막시모 아폰소는 목구멍 근육이 갑자기 단단하게 수축해 버리는 바람에 대답을 하지 못했다. 그 틈을 타서 여자가 갑갑하다는 듯이 다시 입을 열었다, 여보세요, 누구세요. 마침내 우리의 역사교사는 두 마디 말을 할 수 있었다, 안녕하세요, 부인. 하지만 여자는 얼굴도 볼 수 없는 낯선 사람에게 말을 할 때 사람들이 흔히 사용하는 서먹서먹한 말투 대신 미소가 반짝반짝 빛나는 듯한 말투로 이렇게 말했다, 나한테 장난을 치고 싶은 모양인데 그만둬. 죄송합니다만, 테르툴리아노 막시모 아폰소가 더듬더듬 말했다, 그냥 좀 여쭤볼 게 있어서요. 지금 자기가 전화하고 있는 이 아파트에 대해 모르는 게 없는 사람이 또 뭘 물어보겠다는 거야. 저는 다만 다니엘 산타클라라는 배우가 거기 사는지 여쭤보고 싶을 뿐입니다. 이것 보세요, 다니엘 산타클라라라는 배우가 집에 들어오면 안토니오 클라로가 다니엘과 안토니오가 모두 여기 사느냐고 전화로 물어보았다고 틀림없이 전해드리죠. 죄송합니다만, 무슨 말씀인지 잘 모르겠습니다. 테르툴리아노 막시모 아폰소는 순전히 시간을 벌려고 이렇게 말문을 열었지만 여자가 그의 말을 끊고 끼어들었다, 당신답지 않아, 원래 이런 식으로 장난치는 사람이 아니잖아, 그냥 할 말이나 빨리 해, 촬영이 연기된 거야, 그래. 죄송합니다만 부인, 뭔가 오해가 있는 것 같습니다, 제 이름은 안토니오 클라로가 아니에요. 당신이 내 남편이 아니라고요, 여자가 물었다. 예, 전 다니엘 산타클라라가 그곳에 사는지 알고 싶어서 전화를 건 사람일 뿐입니다. 제가 이미 대답을 했으니 그 사람이 여기 산다는 걸 이제는 아시겠네요. 예, 하지만 부인이 대답을 하실 때 말투가 좀 혼란스러워서요. 그럴 생각은 아니었어요, 제 남편이 장난을 치는 줄 알았거든요. 저는 분명히 부인의 남편이 아닙니다. 그런데 그 말을 쉽게 믿을 수가 없네요. 제가 부인 남편이 아니라는 말을요. 그 목소리 때문에요, 목소리가 제 남편하고 똑같아요. 우연의 일치겠죠. 이런 우연의 일치는 없어요. 두 사람의 목소리가 비슷할 수는 있어도 완전히 똑같을 수는 없다고요. 어쩌면 부인께서 상상을 하신 건지도 모르죠. 당신의 말 한마디 한마디가 제게는 남편의 말처럼 들려요. 믿기 어려운 말씀을 하시는군요. 이름을 알려주시겠어요, 남편에게 당신이 전화했다고 전해드릴게요. 아뇨, 괜찮습니다, 그리고 남편께서는 저를 모릅니다. 그럼 남편의 팬이군요. 꼭 그런 건 아닙니다. 어쨌든 남편이 궁금해할 거예요. 아뇨, 제가 나중에 다시 전화하죠. 잠깐만요. 전화가 끊어졌다. 테르툴리아노 막시모 아폰소는 천천히 수화기를 내려놓았다.

여러 날이 지났지만 테르툴리아노 막시모 아폰소는 다시 전화를 걸지 않았다. 안토니오 클라로의 아내와 나눈 대화가 마음에 들었다. 따라서 다시 시도해도 좋을 만큼 자신감을 느끼고 있었지만, 곰곰이 생각해 본 후 침묵을 지키기로 했다. 거기에는 두 가지 이유가 있었다. 첫째, 자신의 전화가 틀림없이 불러일으켰을 신비로운 분위기를 오래 끌면서 더욱 강화하자는 생각이 마음에 들었다. 그는 심지어 그들 부부의 대화를 상상하며 혼자 즐거워하기도 했다. 남편은 두 사람의 목소리가 완전히 똑같다는 말을 믿으려 하지 않을 것이고, 아내는 목소리가 그렇게 똑같지 않았다면 자기가 혼동할 리가 없지 않느냐고 고집을 부릴 것이다. 다음에는 당신이 집에 있을 때 전화가 오면 좋겠네, 그러면 당신이 스스로 판단할 수 있을 테니까. 그녀가 이렇게 말하면 그는 이렇게 대꾸할 것이다, 그 사람이 다시 전화를 할까, 자기가 알고 싶은 걸 당신한 테서 이미 다 알아냈는데, 내가 여기 산다는 걸 알아냈잖아. 그 사람이 찾은 건 다니엘 산타클라라였어, 안토니오 클라로 가 아니었다고. 그게 조금 이상하긴 해. 그가 전화를 미룬 두 번째 이유이자 더 강력한 이유는 다음 단계로 나아가기 전에 자신의 일을 깨끗이 마무리하는 편이 이로울 것이라는 원래 생각이 전적으로 옳다는 점을 그가 이제 인정했다는 것이다. 다시 말해서 수업과 시험이 끝날 때까지 기다렸다가 냉정해 진 머리로 상대에게 접근해 사로잡을 새로운 전략을 짜기로 한 것이다. 교장이 부탁한 재미없는 일이 그를 기다리고 있는 것은 사실이다. 하지만 거의 석 달이나 되는 방학 동안 그렇 게 무미건조한 일을 할 시간과 정신자세를 모두 마련할 수 있 을 것이다. 또한 자신이 한 약속을 지키기 위해 그는 십중팔 구 어머니에게 가서 단 며칠이라도 있다가 올 것이다. 하지만 그렇게 하기 전에 그 배우와 아내가 일찌감치 휴가를 떠나지 않을 것임을 확인할 수 있는 확실한 방법을 먼저 찾아내야 한 다. 그녀가 남편과 통화하는 줄 알고 했던 말, 즉 촬영이 연기 되었느냐는 말만 기억한다면, 다니엘 산타클라라가 새 영화 를 찍고 있으며 〈무대의 여신〉에서 알 수 있듯이 그가 배우로 서 상승세를 타고 있다면 엑스트라에 지나지 않던 옛날보다 훨씬 많은 시간을 일에 쏟고 있을 것이라는 결론을 내릴 수 있다. 따라서 테르툴리아노 막시모 아폰소가 전화를 미룬 이 유들은 이미 보았듯이 설득력 있고 현실적이다. 하지만 이 이유들 때문에 그가 반드시 아무것도 하지 않고 가만히 있어야 하는 것은 아니다. 비록 상식이 찬물을 끼얹기는 했지만, 다니엘 산타클라라가 사는 거리에 가보고 싶다는 생각이 완전히 사라지지는 않았다. 심지어 그는 다음 작전의 성공에 뭐랄까 이러한 감시활동이 불가결하다는 생각까지 해보았다. 그곳에 가본다면 상황을 가늠해 볼 수 있으니까 말이다. 전쟁 때 적의 군사력을 알아보기 위해 척후병을 보내는 것처럼. 그를 위해서는 다행히도, 그가 맨 얼굴로 그곳에 나타날 경우 일어날 일들에 관한 상식의 조롱 섞인 말들이 그의 기억 속에서 완전히 사라진 것은 아니었다. 그가 턱수염이나 콧수염을 기르고, 검은 선글라스를 쓰고, 머리에 모자를 쓸 수도 있었다. 하지만 썼다 벗었다 할 수 있는 모자와 선글라스를 제외하면, 턱수염이나 콧수염 같은 털이 영화사 측의 변덕스러운 결정 때문이든 아니면 갑작스러운 대본 수정 때문이든 다니엘 산타클라라의 얼굴에도 이미 자라고 있을 것이라고 확신했다. 따라서 그는 과거와 현재의 모든 변장방법에 의존할 수밖에 없을 것이다. 대답을 찾을 길이 없는 이 문제가 며칠 전 변장을 하고 영화사를 직접 찾아가서 다니엘 산타클라라에 관한 정보를 직접 물어보았을 때 생길 수 있는 재앙에 대해 생각하기 시작했을 때 느꼈던 두려움을 압도해 버렸다. 다른 사람들과 마찬가지로 그는 의상과 소도구 등 무대 위의 속임수와 스파이들의 변화무쌍한 변장에 모두 없어서는 안 되는 장비들을 전문적으로 판매하거나 빌려주는 업체들이 있음을 알고 있었다. 그가 그런 물건을 살 때 다니엘 산타클라라로 오인될 가능성은 그리 진지하게 고려할 필요가 없었다. 고객의 변덕에 따라 다양한 색조로 변화시킬 수 있는 화장품은 말할 것도 없고 가짜 턱수염, 콧수염, 눈썹, 가발, 머리 장식, 지극히 건강한 눈에 대는 안대, 사마귀와 점, 뺨을 부풀리기 위해 집어넣는 것, 남녀를 위한 다양한 종류의 패딩 등을 배우들이 직접 구입하는 것이 아니라면. 그럴 리는 없었다. 실력 있는 영화사라면 창고에 필요한 물건을 다 갖추고 있을 것이며, 창고에 없는 물건은 구입할 것이다. 그리고 만약 예산이 빡빡하거나 굳이 살 필요가 없는 물건이 필요하다면 그 물건을 대여할 것이다. 그런다고 해서 영화사의 명성이 더럽혀지지는 않을 것이다. 성실한 주부들도 예전에는 따스한 봄이 오자마자 담요와 외투를 전당포에 맡기곤 했다. 그렇다고 해서 그들이 사회적으로 존중받을 수 없는 삶을 산다고 생각하는 사람도 없었다. 사회도 살아가는 데 필요한 것이 무엇인지 틀림없이 알고 있으니까 말이다. 우리가 방금 쓴 문장, 즉 성실한에서부터 말이다까지의 문장이 실제로 테르툴리아노 막시모 아폰소의 머리에서 나온 것인지에 대해서는 약간 의심이 든다. 하지만 이 문장 속의 말들과 그 행간의 의미가 가장 신성하고 순수한 진실을 나타내고 있으므로 이런 문장을 쓸 기회를 그냥 흘려보내는 것은 유감스러운 일인 것 같았다. 그가 어떤 조치를 취해야 하는지 분명해진 지금, 마침내 우리를 안심시켜 주는 것은 테르툴리아노 막시모 아폰소가 아무런 두려움 없이 변장 도구와 소도구를 파는 상점에 가서 자기 얼굴에 가장 잘 어울리는 턱수염을 골라 살 수 있을 것이라는 확신이다. 하지만 일반적으로 이 잡는 덫이라고 불리는 우스꽝스러운 턱수염이 그를 우아하기 그지없는 사람으로 변신시켜 준다 하더라도, 단호하게 퇴짜를 놓아야 할 것이다. 값을 놓고 옥신각신 할 필요도 없고 값을 깎아주겠다는 유혹에 굴복해서도 안 된다. 윗입술이 그대로 드러나는 것은 말할 것도 없고 한쪽 귀에서 반대쪽 귀까지 수염이 이어져 있는 디자인과 짧은 털 때문에 그가 감추려고 하는 얼굴이 백일하에 드러날 테니까 말이다. 이와는 정반대되는 이유, 즉 호기심 많은 사람들의 주의를 끌 우려가 있다는 이유로 긴 턱수염에도 무조건 퇴짜를 놓아야 할 것이다. 그것이 열두 사도들의 수염을 본딴 디자인이 아니더라도. 따라서 가장 좋은 것은 털이 풍성하고 상당히 두꺼우며 길기보다는 짧은 편에 속하는 턱수염이다. 테르툴리아노 막시모 아폰소는 욕실 거울 앞에서 몇 시간 동안 이 수염을 붙였다 떼었다를 반복하며 시험해 볼 것이다. 이 수염에는 얼굴에 붙일 수 있는 얇은 필름이 붙어 있는데, 그는 이것을 자신의 구레나룻과 턱 모양, 눈과 입술 모양에 맞춰 조심스레 조정할 것이다. 특히 입술 모양이 중요하다. 말을 하려면 입술을 움직여야 할 테니까. 게다가 누가 알겠는가. 어쩌면 음식을 먹거나 키스를 해야 하는 일이 생길지도 모른다. 무슨 일이 생길지는 정말 아무도 모른다. 그는 자신의 새로운 얼굴을 처음 보았을 때 속에서 커다란 전율을 느졌다. 명치에서 끈질기고 불안하게 생겨나는 그 떨림은 그가 아주 잘 아는 것이었다. 하지만 그가 이처럼 충격을 받은 것은 완전히 다르게 변한 자신의 모습을 보았기 때문만 아니라, 자신에 대해 완전히 새로운 인식을 갖게 되었기 때문이기도 했다. 그가 최근 처하게 된 특이한 상황을 생각해 보면 이 점이 훨씬 더 흥미롭다. 마치 그가 마침내 자신의 진짜 정체와 얼굴을 맞댄 것 같았다. 얼굴이 달라짐으로써 그가 더욱더 자기 자신이 된 것 같았다. 이 충격이 워낙 강렬하고 그의 몸을 훑고 지나가는 에너지의 느낌이 워낙 극단적이고, 그를 채운 기쁨이 워낙 신나고 이해할 수 없는 것이어서 이 이미지를 보존해야 한다는 충동이 일었다. 그는 사람들의 눈에 띄지 않도록 조심하면서 밖으로 나가 사진을 찍기 위해 집에서 멀리 떨어진 사진관으로 향했다. 그는 사진 부스의 변덕스러운 조명과 맹목적인 기계에 자신을 맡기고 싶지 않았다. 제대로 된 사진을 찍고 싶었다. 그 사진을 보관해 두고 유심히 바라보면 기분이 좋아질 것이다. 그 이미지 앞에서 그는 이것이 바로 나라고 혼잣말을 할 수 있을 것이다. 그는 즉석에서 사진을 현상하는 비용을 추가로 지불하고 앉아서 기다렸다. 점원이 아직 시간이 좀더 걸릴 거라며 잠시 산책이나 하며 시간을 보내는 것이 어떻겠느냐고 하자 그는 바로 이 자리에서 기다리는 편이 더 좋다고 대답한 뒤 필요 없는 말을 덧붙였다. 그건 누구한테 줄 선물이에요. 가끔 그는 양손을 들어 마치 턱수염을 정리하려는 것처럼 만져보며 모든 것이 제자리에 있는지

손가락으로 확인했다. 그러고 나서 탁자 위에 쌓여 있는 사진 잡지를 다시 보기 시작했다. 그곳을 나설 때 그의 수중에는 각각의 사진을 확대한 것 외에 여섯 장의 중간 크기 사진도 있었다. 그는 자신이 여럿으로 늘어나는 것을 보지 않기 위해 이 사진들을 없애버리기로 이미 마음먹고 있었다. 그는 근처 쇼핑센터에 들러 공중화장실로 갔다. 그리고 자신을 지켜보는 호기심 어린 눈들이 없는 그곳에서 턱수염을 떼어냈다. 만약 턱수염 기른 남자가 화장실로 들어가는 것을 본 사람이 있었다 해도, 오 분 후 그곳에서 나온 깨끗이 면도한 이 남자가 바로 그 사람이라고는 장담하지 못했을 것이다. 일반적으로 말해서 사람들은 턱수염 기른 남자가 손에 무엇을 들고 있는지 알아차리지 못하지만, 그가 분명히 손에 움켜쥐고 있던 봉투는 이제 셔츠와 재킷 사이에 숨겨져 있다. 지금까지 중학교의 조용한 역사교사였던 테르툴리아노 막시모 아폰소에게 두 가지 직업, 즉 변장한 범죄자와 그의 뒤를 쫓는 경찰 역할을 할 수 있는 재능이 있음이 분명하다. 이 두 직업 중 어느 것이 우위를 차지할지는 시간이 말해줄 것이다. 집에 도착한 후 그는 여섯 장의 작은 사진을 싱크대에서 태우고 수도꼭지를 틀어 재를 수챗구멍으로 흘려보냈다. 그리고 새로 생긴 자신의 은밀한 이미지를 점잖게 들여다보다가 다시 봉투에 넣어 책꽂이에 숨겼다. 한 번도 읽은 적이 없는 『산업혁명의 역사』 뒤에.

며칠이 더 지나고 마지막 시험과 성적 공고와 함께 학기가 끝났다. 그의 동료인 수학교사가 그에게 작별인사를 했다, 난 이제 휴가를 떠날 거야, 하지만 그후에 뭔가 필요한 게 있으면 전화하게, 그리고 조심해, 각별히 조심해. 우리가 나눈 이야기를 잊지 말게, 교장이 그에게 말했다, 휴가에서 돌아온 다음에 내가 일이 어떻게 진행되고 있는지 전화하겠네, 하지만 어딘가로 떠나게 되거든, 어쨌든 자네도 좀 쉴 권리가 있으니까, 자동응답기에 연락처를 남겨놓도록 해. 며칠 후 테르툴리아노 막시모 아폰소는 마리아 다 파즈에게 저녁식사를 함께 하자고 청했다. 자신이 그녀를 형편없이 대했다는 사실이 이제야 그의 양심을 짓누르기 시작했기 때문이다. 하지만 그녀의 도움에 정식으로 고맙다는 말을 하거나, 편지의 내용을 거짓으로 지어내서라도 조금 설명해 줄 정도는 아니었다. 두 사람은 식당에서 만났다. 약속시간보다 조금 늦게 도착한 그녀는 즉시 자리에 앉아 어머니 때문에 늦었다고 말했다. 두 사람을 보면 아무도 두 사람이 애인 사이라고 생각하지 않을 것이다. 아니면 두 사람이 최근까지 애인 사이였으며, 서로에게 무관심하거나 무관심한 척해야 하는 이 새로운 상황에 아직 익숙해지지 않은 것 같다는 생각이 들지도 모른다. 두 사람은 정중한 말을 몇 마디 주고받았다. 안녕. 그동안 어떻게 지냈어. 요즘 많이 바빠. 나도 그래. 테르툴리아노 막시모 아폰소가 대화를 어떤 방향으로 이어나갈지 또다시 망설이는 동안 그녀가 그의 생각을 알아차리고 냉큼 말을 꺼냈다, 그 편지에 당신이 알고 싶어 하던 얘기가 들어 있었어, 그녀가 물었다, 당신에게 필요한 정보가 전부 있었어. 응, 그가 말했다. 자신의 대답이 진실인 동시에 거짓임을 지나치게 의식하면서. 그런 것 같지 않던데. 왜. 난 봉투가 더 두툼할 줄 알았거든. 미안하지만 무슨 소리인지 모르겠어. 내 기억이 옳다면 당신이 알고 싶어 하는 게 너무 많고 너무 자세해서 종이 한 장에 도저히 다 쓸 수 없을 정도였잖아, 그런데 봉투 안에는 종이 한 장만 들어 있었어. 당신이 그걸 어떻게 알아, 열어본 거야, 테르툴리아노 막시모 아폰소가 날카로운 목소리로 물었다. 그러나 이 말을 하면서도 그는 이처럼 불필요한 도발에 어떤 반응이 돌아올지 알고 있었다. 마리아 다 파즈가 그의 눈을 똑바로 바라보며 차분하게 말했다, 아니, 안 열어봤어, 당신도 잘 알잖아. 용서해 줘, 나도 모르게 말이 그냥 튀어나왔어, 그가 말했다. 당신이 용서해 달라고 고집을 부린다면 용서해 줄게, 하지만 그 이상은 안 돼. 그 이상이라니. 예를 들면, 당신이 나를 당신 앞으로 온 편지를 열어볼 사람으로 생각했다는 걸 결코 잊을 수 없지. 내가 정말로 그런 생각을 하지 않았다는 걸 당신도 속으로는 알잖아. 당신이 날 전혀 모른다는 걸 속으로 알고 있지. 내가 당신을 믿지 않았다면 편지에 당신 주소를 써도 되느냐고 물어보지 않았을 거야. 내 이름은 그냥 가면이었잖아, 당신 이름을 가리기 위한 가면, 당신을 가리기 위한 가면. 하지만 그 방법이 왜 최선인지 그때 설명해 줬잖아. 그래, 설명해 줬지. 그리고 당신은 거기에 동의했고. 그래, 동의했어, 그러니까……, 그러니까 지금부터

나는 당신이 받았다는 그 정보를 나한테 보여줄 거라고 기대할 거야. 내가 흥미가 있어서가 아니라 순전히 그게 당신 의무라고 생각하니까. 이젠 당신이 날 못 믿는군. 그래, 하지만 당신이 알고 싶어 했던 그 모든 정보가 어떻게 종이 한 장에 다 들어갈 수 있는지 나한테 설명해 준다면 당신을 다시 믿을 거야. 그쪽에서 나한테 모든 정보를 다 보낸 건 아냐. 아, 정보를 다 보낸 건 아니다. 그래. 그럼 당신이 받은 정보를 나한테 보여줘. 접시 위에서 음식이 차갑게 식어가고 있었다. 고기에 뿌린 소스는 굳어가고, 포도주는 잔 속에서 잊힌 채 잠들어 있었다. 그리고 마리아 다 파즈의 눈에 눈물이 고여 있었다. 한순간 테르툴리아노 막시모 아폰소는 자신과 똑같은 사람이 있다는 이 놀랍고 특이하고 한 번도 본 적이 없는 상황을 처음부터 끝까지 그녀에게 전부 이야기해 준다면 얼마나 마음이 편안해질까 생각해 보았다. 상상할 수 없는 일이 현실이 되고, 어리석음이 이성과 화해하는 이 상황은 하느님에게 불가능한 것은 없으며 지금의 과학이 누군가의 말처럼 바보에 불과하다는 결정적인 증거라고 말해준다면. 만약 그렇게 한다면, 그가 그녀에게 마음을 연다면 그전에 그가 했던 모든 이상한 행동들이 설명될 것이다. 마리아 다 파즈의 입장에서 보면 공격적이거나 무례하거나 불성실한 행동들까지. 그러니까 간단히 말해서 가장 기초적인 상식에도 어긋나는 행동들까지. 그런데 그가 했던 거의 모든 행동이 거기에 속했다. 그가 마음을 열고나면 조화가 회복되고, 모든 실수들이 무조건적으로 전부 용서될 것이다. 마리아 다 파즈는 그에게 이런 미친 짓을 그만두라며 이 일이 아주 나쁘게 끝날 수도 있다고 간절히 말할 것이다. 그러면 그는 꼭 엄마 같은 말을 한다고 대답할 것이고, 그녀는 어머니와 이야기를 해봤느냐고 물을 것이다. 그는 그런 것이 아니라 지금 몇 가지 문제가 있다는 이야기일 뿐이라고 말할 것이다. 그러면 그녀는 이제 당신이 내게 그 이야기를 다 털어놓았으니 함께 문제를 정리해 보자고 결론내릴 것이다. 손님이 있는 테이블은 많지 않다. 두 사람은 구석진 테이블에 앉아 있고, 아무도 그들에게 특별히 주의를 기울이지 않는다. 이런 상황, 즉 생선과 고기 요리를 먹으면서 감상적인 이야기나 가정사의 불만스러운 점들을 이야기하러 온 커플, 혹은 갈등을 해결하는 데 시간이 더 오래 걸려서 아페리티프를 마실 때부터 계산을 할 때까지 이야기를 나누는 커플은 식당이나 카페테리아 사업의 필수적인 부분을 형성하고 있다. 호의에서 우러나온 테르툴리아노 막시모 아폰소의 생각은 떠오를 때만큼 재빨리 사라져버렸다. 웨이터가 식사를 끝내셨느냐고 물어본 뒤 접시를 가져갔다. 마리아 다 파즈의 눈에 고여 있던 물기도 거의 다 말랐다. 우유를 엎지른 뒤에 울어봤자 소용이 없다는 말은 이미 수천 번도 더 했다. 그런 경우 문제는 우유병이 산산조각으로 부서져 바닥에 놓여 있다는 점이다. 웨이터가 커피와 함께 테르툴리아노 막시모 아폰소가 요구했던 계산서를 가져왔다. 몇 분 후 두 사람은 그의 차 안에 있었다. 내가 바래다줄게, 그가 이미 이렇게 말한 다음이었다. 그래, 당신이 괜찮다면, 그녀는 이렇게 대답했다. 두 사람은 마리아 다 파즈가 사는 거리에 도착할 때까지 아무 말도 하지 않았다. 그가 평소에 그녀를 내려주던 장소에 닿기 전에 테르툴리아노 막시모 아폰소가 차를 세우고 시동을 껐다. 그의 이례적인 행동에 놀란 그녀가 그를 흘깃 바라보았지만 여전히 아무 말도 하지 않았다. 그가 고개를 돌리지 않고, 그녀를 보지 않은 채, 단호하고 긴장된 목소리로 말했다. 지난 몇 주 동안 내 입에서 나온 말, 우리가 방금 식당에서 나눴던 대화를 포함해서 모든 말은 거짓이었어, 하지만 진실이 뭐냐고 묻지는 마, 당신한테 말해줄 수 없으니까. 그럼 당신이 그 영화사에게 요구한 건 통계자료가 아니었던 거구나. 맞아. 그리고 당신이 그 영화사에 관심을 갖게 된 진짜 이유를 말해줄 거라고 기대해 봤자 소용없는 거겠네. 그래. 아마 당신 아파트에 있는 그 비디오들이랑 관련된 거겠지. 그냥 내가 방금 한 말로 만족해 줘, 질문을 하거나 가정을 하지 말고. 아, 당신한테 질문을 하지 않겠다고 약속할 수는 있어, 하지만 내 마음대로 실컷 가정을 하는 건 내 자유야, 당신이 그걸 아무리 어리석은 생각으로 본다 해도. 왠지 별로 놀라지 않는 것 같네. 내가 왜 놀라야 되는데. 무슨 소린지 알잖아, 내가 꼭 다시 말해야 돼. 조만간 당신이 나한테 말할 수밖에 없을 거야, 난 다만 그게 오늘이 아니라고 생각할 뿐이야. 내가 왜 당신한테 말할 수밖에 없을 거라는 거야. 당신은 당신이 생각하는 것보다 더 정직한 사람이니까. 당신한테 진실을 말할 만큼 정직하지 않은데도 말이야. 그건 당신이 정직하지 않아서가 아냐, 뭔가 다른 것이 당신 입을 막고 있어서 그래. 그게 뭔데. 회의, 불안, 두려움. 무엇 때문에 그런 생각을 한 거야. 당신 표정과 말에 다 드러나 있으니까. 하지만 내 말은 거짓이었어. 그래, 거짓이었지, 하지만 내 귀에는 그렇게 들리지 않았어. 정치가들이 항상 쓰는 말을 사용할 순간이 왔다. 난 확인해 줄 수도 부정할 수도 없어. 그건 아무도 속여 넘기지 못하는 서투른 수사적 술수에 지나지 않아. 왜. 그 말이 부정보다는 긍정 쪽으로 더 기울어져 있다는 걸 누구나 알 수 있으니까. 글쎄, 난 그걸 한 번도 눈치챈 적이 없는데. 나도 마찬가지야, 방금 그런 생각이 떠올랐을 뿐이야, 당신 덕분에. 하지만 난 두려움도, 불안도, 회의도 확인해 주지 않았어. 그렇다고 부정하지도 않았지. 지금은 말장난을 할 때가 아냐. 식당에서 눈물이 그렁그렁한 눈으로 앉아 있는 것보다는 나은데 뭐. 미안해. 이번에는 사과할 필요 없어, 이제 나도 알아야 할 것을 절반은 아니까, 그러니 불평할 수 없지. 하지만 난 내가 한 모든 말이 거짓이라는 말밖에 안 했어. 그게 내가 아는 절반이라는 거야, 이제는 잠을 좀 잘 잘 수 있으려나. 나머지 절반을 알게 되면 아예 잠을 잘 수 없게 될지도 몰라. 겁주지 마, 제발. 겁낼 필요 없어, 걱정 마, 사람이 죽거나 하는 일은 아니니까. 겁주지 말라니까. 괜찮아, 우리 어머니 말씀처럼 결국은 모든 것이 해결되게 마련이니까. 조심하겠다고 약속해. 그래, 약속할게. 정말로 조심해야 돼. 그래. 만약에 내가 상상조차 할 수 없는 그 비밀들 중에서 나한테 말해줄 수 있는 게 생기거든 나한테 말해줄 거지, 그게 아무리 하찮게 보이는 거라도. 약속할게. 하지만 이번 일 같은 경우에는 전부 말하든지 아니면 아예 말을 않든지 둘 중 하나야. 그래도 난 기다릴 거야. 마리아 다 파즈는 그를 향해 몸을 수그려 뺨에 가볍게 입을 맞추고는 차에서 내리려 했다. 그가 그녀의 팔을 잡아 그녀를 막았다. 가지 마, 나랑 같이 집으로 가자. 그녀가 부드럽게 몸을 뺐다. 오늘밤은 안 돼, 당신은 이미 나한테 준 것 말고는 더 이상 줄 게 없잖아. 내가 당신한테 모든 걸 털어놓지 않는다면 그렇겠지. 아니, 그래도 마찬가지야. 그녀는 문을 열고 다시 한번 몸을 돌려 미소와 함께 작별인사를 한 다음 차에서 내렸다. 테르툴리아노 막시모 아폰소는 시동을 걸고 그녀가 건물 안으로 들어갈 때까지 기다리다가 피곤한 몸짓으로 집을 향해 차를 몰기 시작했다. 고독이 자신의 힘을 믿으며 참을성 있게 그를 기다리고 있는 곳으로.

그 다음날 오전 중반쯤에 그는 다니엘 산타클라라가 아내와 함께 살고 있는 미지의 땅을 처음으로 정찰하러 출발했다. 그의 얼굴에는 가짜 턱수염이 정성스레 고정되어 있었고, 앞챙이 있는 모자는 그의 눈을 보호하듯 그림자를 드리우고 있었다. 그는 검은 선글라스로 눈을 가리지 않기로 마지막 순간에 결정을 내렸다. 변장을 위해 착용한 다른 물건들에 선글라스까지 쓰면 무법자처럼 보여서 동네 사람들이 모두 그를 의심하게 되어 경찰이 출동할 가능성이 높기 때문이었다. 그렇게 되면 그는 경찰에 잡혀 신분이 드러날 것이고, 사람들 앞에서 창피를 당할 것이 뻔했다. 그는 이번 원정에서 특별히 의미 있는 정보를 수집할 것이라고 기대하지 않았다. 기껏해야 표면적인 사실들, 이 거리와 건물의 지형에 관한 지식만 일부 알게 될 터였다. 만약 다니엘 산타클라라가 아직 분장을 다 지우지 않은 얼굴에 한 시간 전에 연기하던 인물에게서 아직 빠져나오지 못한 것처럼 우유부단하고 곤혹스러운 표정을 지으며 건물 안으로 들어가는 모습을 본다면 그것은 요행 중의 요행이었다. 소설 같은 허구의 세계에 비해 현실은 항상 우연의 일치에 인색한 것 같다. 우리가 우연의 일치라는 원칙이 바로 이 세상을 지배하는 단 하나의 진정한 지배자라고 인정해야 하는 것이 아니라면 말이다. 만약 그런 것을 인정해야 한다면 우리가 실제로 경험하는 우연의 일치도 글 속에 등장하는 우연의 일치만큼이나 소중하게 생각해야 할 것이다. 그 반대도 마찬가지고. 테르툴리아노 막시모 아폰소는 잠시 걸음을 멈추고 가게 진열창을 들여다보다가 신문을 사서 다니엘 산타클라라가 사는 건물 바로 옆의 카페 밖에 앉아 신문을 읽으며 삼십 분을 보냈다. 그동안 다니엘 산타클라라가 건물 안으로 들어가는 모습이나 건물에서 나오는 모습은 눈에 띄지 않았다. 어쩌면 아내와 아이들과 함께 집에서 편안히 쉬고 있는지도 모르는 일이었다. 아이들이 있다면 말이지만. 아니면 지난번처럼 바쁘게 영화를 찍고 있을 수도 있었다. 아니면 아파트 안에 아무도 없거나. 아이들은 할머니 집에 방학을 보내려 갔고, 애들 엄마는 다른 어머니들과 마찬가지로 직장에 출근했는지도 모른다. 진짜든 상상이든 개인적인 독립성을 지키기 위해서거나 아니면 그녀가 물질적으로 힘을 보태지 않는다면 집안 살림을 지탱할 수 없기 때문에. 사실 단역배우가 아무리 종종걸음을 치며 작은 역할들을 맡는다 해도, 어느 정도 암묵적으로 그를 독점하고 있는 영화사가 그를 아무리 자주 선택해 준다고 해도 그가 버는 돈은 언제나 수요와 공급의 법칙을 엄격하게 따를 수밖에 없다. 그런데 이 법칙은 그 법에 종속된 사람의 객관적인 필요를 바탕으로 정해지는 법이 없고, 순전히 진짜든 상상이든 그 사람의 재능과 능력에 따라 결정된다. 그가 인정받는 능력이나 아니면 잘 알 수는 없지만 대개는 부정적인 의도를 지닌 사람들이 그에게 있다고 인정하는 능력. 이때 그들은 그에게 눈에 잘 띄지 않는 다른 재능과 한번 시험해 볼 만한 가치가 있는 능력이 있을 수도 있다는 점을 잊어버리고 있다. 만약 운명의 여신이 모험을 두려워하지 않는 영리한 제작자, 진정한 일급 스타를 파괴해 버리자는 생각을 가끔 하는 제작자, 이급은 물론이고 심지어 삼급 스타에게도 호의를 베풀어 빛나게 해준다고 알려져 있는 제작자가 다니엘 산타클라라를 알아보게 하자는 결정을 내린다면 그가 대스타가 될 수도 있다는 얘기다. 시간이 스스로 알아서 하도록 내버려두는 것은 이 세상이 시작된 이래로 항상 최선의 방법이었다. 다니엘 산타클라라는 아직 젊고, 호감 가는 얼굴과 훌륭한 몸매, 그리고 배우로서 누구도 부정할 수 없는 재능을 갖고 있다. 그가 평생 동안 호텔직원 같은 역할만 해야 한다면 그것은 부당한 일이 될 것이다. 그가 〈무대의 여신〉에서 극장 감독 역할을 하는 것을 본 것이 얼마 전이다. 마침내 그의 이름이 오프닝크레딧에 자리를 잡게 된 것이다. 이것은 그가 주목을 받기 시작했다는 징조일 수 있다. 미래가 어디 있는지는 몰라도, 그리고 결코 신선한 표현도 아니지만, 어쨌든 미래가 기다리고 있다. 반면 테르툴리아노 막시모 아폰소는 여기서 더 이상 기다리지 않는 편이 좋을 것이다. 검은색으로 치장한 그의 수상한 모습이 카페 웨이터의 선명한 기억 속에 이미 새겨졌을지도 모르니까 말이다. 그건 그렇고 그가 검은색 정장을 입고 있다는 이야기를 아까 깜빡했다. 이글거리는 햇빛을 피하기 위해 이제 그가 검은 선글라스를 쓸 수밖에 없다는 얘기도. 그는 웨이터를 부르지 않기 위해 탁자 위에 돈을 놓아두고 길 건너편의 공중전화 부스로 재빨리 걸어갔다. 그리고 상의 맨 윗주머니에서 다니엘 산타클라라의 전화번호가 적힌 종이를 꺼내 전화를 걸었다. 누구와 이야기를 나누고 싶은 생각은 없었다. 그저 전화를 받는 사람이 있는지, 있다면 그것이 누구인지 알고 싶을 뿐이었다. 이번에는 아파트 반대편에서 달려와 전화를 받는 여자도 없었고, 엄마가 집에 안 계시다고 말해주는 아이도 없었다. 테르툴리아노 막시모 아폰소와 똑같은 목소리로 여보세요라고 말하는 사람도 없었다. 부인이 직장에 간 모양이군, 그는 속으로 생각했다, 남편은 아마 영화를 찍고 있을 거야, 교통경찰이나 공공사업 하청업자 역할을 하고 있겠지. 그는 공중전화 부스에서 나와 손목시계를 보았다. 점심시간이 거의 다 됐는데 두 사람 다 집에 안 오겠지, 그가 말했다. 그런데 그 순간 어떤 여자가 지나갔다. 그는 그녀의 얼굴을 보지 못했지만, 그녀는 카페가 있는 쪽을 향해 길을 건너고 있었다. 카페 밖의 탁자에 앉으려는 것처럼 보였다. 하지만 그녀는 거기에 앉지 않고 몇 걸음 더 걸어서 다니엘 산타클라라가 사는 건물로 들어갔다. 테르툴리아노 막시모 아폰소는 갑갑한 마음에 짜증이 나서 몸을 들썩였다. 틀림없이 그녀였을 거야, 그가 중얼거렸다. 적어도 우리가 그를 알게 된 이후로, 그의 가장 커다란 결점은 상상력이 지나치다는 것이다. 아무도 그를 사실에만 관심이 있는 역사교사로 생각하지 않을 것이다. 지금 그는 자기 옆을 스쳐 지나간 여자의 뒷모습만 잠깐 보고서는 그 여자의 정체를 제멋대로 상상하고 있다. 앞에서든 뒤에서든 한 번도 본 적이 없고 알지도 못하는 여자였는데도. 하지만 테르툴리아노 막시모 아폰소에게도 인정해 줄 측면이 있는 것은 사실이다. 지나치게 비약적인 상상을 하는 경향이 있음에도 그가 결정적인 순간에는 여전히 계산적인 냉정함을 되찾는다는 것. 그의 냉정한 모습을 보면 세상에서 가장 노련한 주식투기꾼도 너무 부러운 나머지 얼굴이 창백해질 것이다. 사실 건물 안으로 들어간 여자가 다니엘 산타클라라의 아파트로 올라가는지 알아볼 수 있는, 기초적이라고까지는 할 수 없지만 어쨌든 간단한 방법이 하나 있기는 하다. 모든 것이다 그렇듯이 먼저 그것을 알아보겠다는 생각이 있어야 하겠지만 말이다. 그 방법이란 그냥 몇 분 동안 기다리는 것이다. 안토니오 클라로가 사는 오층까지 승강기가 올라간 다음 여자가 아파트 문을 열고 안으로 들어가기를 기다리는 것. 그녀가 가방을 소파에 내려놓고 집에 왔다는 편안한 느낌을 느끼는 데에는 이 분이 더 걸릴 것이다. 일전에 그가 그랬던 것처럼 그녀가 종종걸음을 치게 만드는 것은 옳은 일이 아니다. 그때 그녀는 숨찬 목소리로 전화를 받았었다. 전화벨이 울리고, 울리고, 또 울렸지만 아무도 전화를 받지 않았다. 그럼 그 여자는 아니군, 테르툴리아노 막시모 아폰소는 전화를 끊으면서 말했다. 이제는 여기서 더 이상 할 일이 없다. 이번 예비 조사의 마지막 행동이었던 전화 걸기는 끝났다. 그전에 그가 했던 많은 행동들은 작전의 성공에 절대적으로 필요한 것이었지만, 사실 시간낭비에 지나지 않는 것도 있었다. 하지만 그런 행동들은 적어도 회의, 불안, 두려움에 떠는 그의 마음을 속이는 데 도움을 주었기 때문에 그는 가만히 기다리는 것도 앞으로 나아가는 것과 똑같으며 후퇴는 찬찬히 생각해 볼 수 있는 기회와 같다고 생각하는 척할 수 있었다. 그는 근처 거리에 두고 온 차를 찾으러 나섰다. 스파이 노릇은 끝났다. 아니 우리는 그렇게 생각했다. 하지만 테르툴리아노 막시모 아폰소는 지나치는 여자들에게 모두 타는 듯 강렬한 시선을 던지지 않을 수 없다(그 여자들이 그를 어떻게 생각할지는 하늘만이 아실 것이다). 아니 뭐 모든 여자들이라고 할 수는 없다. 서른여덟 살인 남자의 아내라고 보기에는 너무 나이가 많거나 너무 어린 여자들이 제외되었으니까. 내 나이가 바로 서른여덟이니까 아마 그 사람도 같은 나이일 거야. 이쯤에서 테르툴리아노 막시모 아폰소의 생각이 두 갈래로 갈라졌다는 이야기를 해야겠다. 하나는 결혼이나 아니면 그와 비슷한 결합에서 남녀 간의 나이 차이에 관한 그의 생각 밑에 숨어 있는 차별적인 사고방식에 의문을 품는 것이다. 이런 사고방식은 적절한 것과 부적절한 것에 관한, 변동이 심하지만 뿌리가 깊은 개념들을 만들어 내는 사회적 편견을 지탱하는 역할을 한다. 나머지 하나의 갈래는 앞에서 우리가 언급했던, 역사교사와 그 배우가 비디오 증거를 통해 확인한 것처럼 서로를 쏙 빼닮았다는 사실을 바탕으로 나이도 같을 것이라는 가능성에 의문을 품는 것이다. 생각의 첫 번째 갈래와 관련해서 테르툴리아노 막시모 아폰소는 각자 자기만의 극복할 수 없는 도덕적 장벽을 갖고 있는 모든 인간이 상대도 같은 생각이라면 자기가 좋아하는 사람, 좋아하는 곳, 좋아하는 방식을 고수할 권리가 있다는 점을 인정하는 것 외에 달리 방법이 없었다. 두 번째 생각의 갈래는 테르툴리아노 막시모 아폰소의 머릿속에 누가 누구의 복사본인가 하는 골치 아픈 문제를 갑자기 되살려 놓았다. 이는 두 사람이 단순히 같은 날 태어났을 뿐만 아니라 태어난 시간, 분, 초까지 같을 것이라는 가정을 불가능한 것으로 치부한다는 뜻이었다. 두 사람이 같은 순간에 태어났다는 것은 같은 순간에 세상의 빛을 보았을 뿐만 아니라 바로 그 순간에 첫 울음도 터뜨렸을 것임을 의미하니까 말이다. 지금은 그가 이런 생각을 해야 할 더 절박한 이유가 있었다. 상식이 요구하는 확률이 최소한도로 지켜지기만 한다면 우연의 일치가 발생하더라도 아무 문제가 없다. 테르툴리아노 막시모 아폰소는 지금 자신이 그 사람보다 나이가 아래일지도 모른다는 가능성, 그 사람이 원본이고 자신은 가치가 떨어지는 단순한 복사본에 불과할지도 모른다는 가능성 때문에 마음이 불편하다. 그에게는 예지력이 존재하지 않으므로 그는 미래라는 안개 속을 들여다보며 이것이 도저히 꿰뚫어볼 수 없는 미래에 어떤 영향을 미칠지 확인할 수 없다. 그러나 우리가 아주 잘 알고 있는 초자연적인 기적을 발견한 사람이 바로 그 자신이라는 사실 때문에 그는 자기도 모르게 일종의 장자의식을 느끼고 있었다. 그리고 그 의식이 지금 이 순간 자신이 복사본일지도 모른다는 위협에 맞서 저항하고 있다. 마치 사생아로 태어난 이복형제가 야망을 품고 그를 옥좌에서 쫓아내려고 나타나기라도 한 것처럼. 이처럼 불편한 생각에 푹 빠져서 마음 깊은 곳의 불안 때문에 걱정에 휩싸인 테르툴리아노 막시모 아폰소는 여전히 얼굴에 턱수염을 매단 채로 자신이 사는 거리로 접어들었다. 그곳에서는 그를 모르는 사람이 없으니 누군가가 도둑이 선생님의 차를 훔쳐간다며 갑자기 소리를 지를 위험이 있었다. 그러면 이웃들 중 한 명이 자기 차로 그의 앞길을 단호히 막아버릴지도 모른다. 하지만 연대감은 과거의 미덕들을 많이 잃어버렸다. 이번에는 그것이 오히려 다행이라고 말하는 편이 적절할 것이다. 따라서 테르툴리아노 막시모 아폰소는 아무런 방해도 받지 않고 계속 나아갔다. 그러나 그의 차를 알아본 사람은 하나도 없었다. 그는 그 일대를 벗어나 가장 먼저 눈에 띄는 쇼핑센터로 들어갔다. 이제 그는 필요에 의해 어쩔 수 없이 쇼핑센터를 자주 찾는 사람이 되어 있었다. 십 분 후 그는 깨끗이 면도한 얼굴로 다시 모습을 드러냈다. 그의 얼굴에는 아침에 면도를 한 후 새로 자라난 극소량의 턱수염이 있을 뿐이었다. 집에 도착해 보니 자동응답기에 마리아 다 파즈의 메시지가 녹음되어 있었다. 중요한 얘기는 하나도 없고 그냥 잘 지내느냐고 묻는 내용이었다. 난 잘 있어, 그가 중얼거렸다, 아주 잘 있어. 그는 그날 밤 그녀에게 전화를 해야겠다고 스스로에게 약속했지만, 만약 다음 단계를 실행하기로 마음을 정한다면 아마 전화를 하지 않을 것이다. 이제 단 한 쪽도 더 미룰 수 없는 다음 단계란 다니엘 산타클라라에게 전화를 거는 것이다.

다니엘 산타클라라 씨 좀 바꿔주세요, 테르툴리아노 막시모 아폰소는 전화를 받은 그 남자의 아내에게 이렇게 말했다. 일전에 전화하셨던 그분이군요, 그 목소리를 알겠어요, 그녀가 말했다. 예, 맞습니다. 실례지만 누구시죠. 그건 밝힐 필요가 없을 것 같은데요, 부인 남편께서는 저를 모르니까요. 당신도 제 남편을 모르지만, 남편의 이름을 알고 있잖아요. 그건 당연하죠, 남편께서는 배우니까 공인이잖습니까. 누군 안 그런가요, 다들 어느 정도는 공인이죠, 우리를 지켜보는 사람들의 숫자가 다를 뿐. 제 이름은 막시모 아폰소입니다. 잠깐만 기다리세요. 여자가 탁자 위에 내려놓은 수화기를 누군가가 집어들었다. 두 남자의 목소리는 서로 마주보고 있는 거울처럼 자신의 목소리를 끝없이 서로에게 반사할 것이다. 안토니오 클라로가 말했다, 전화 바꿨습니다. 저는 테르툴리아노 막시모 아폰소라는 중학교 역사교사입니다. 아내 말로는 댁의 이름이 막시모 아폰소라고 하던데요. 그건 그냥 이름을 간단히 줄여서 말한 거죠. 제 정식 이름은 테르툴리아노 막시모 아폰소입니다. 그렇군요, 무슨 일로 전화를 하셨습니까. 우리 둘의 목소리가 똑같다는 걸 댁도 이미 눈치채셨죠. 예. 완전히 똑같습니다. 그런 것 같군요. 저는 이미 이 사실을 확인할 기회가 여러 번 있었습니다. 어떻게요. 최근 몇 년 동안 댁이 출연한 영화를 봤죠. 가장 먼저 본 것은 상당히 오래된 코미디 영화인 〈경주는 빠른 자에게〉였습니다, 마지막으로 본 건 〈무대의 여신〉이고요. 아마 여덟 편이나 열 편쯤 봤을 겁니다. 그래요, 그런 말씀을 들으니 정말 기분이 좋은데요. 지난 몇 년 동안 제가 출연할 수밖에 없었던 그런 영화들에 역사교사가 그토록 관심을 가질 거라고는 전혀 생각도 못했습니다, 비록 지금은 제가 말할 필요도 없이 상당히 다른 역할들을 하고 있지만 말이죠. 제가 그 영화들을 본 데에는 다 그럴 만한 이유가 있습니다. 그래서 댁과 직접 만나 이야기를 나누고 싶습니다. 꼭 직접 만나야 할 이유가 있나요. 우리 둘은 목소리만 똑같은 게 아닙니다. 무슨 말씀이시죠. 누구든 우리를 보면 우리가 쌍둥이라는 데 목숨을 걸라면 걸 수도 있다고 할 겁니다. 쌍둥이요. 쌍둥이보다 더하죠, 완전히 똑같으니까. 어떻게 똑같다는 겁니까. 그냥 똑같습니다, 아주 똑같아요. 저, 죄송하지만 저는 댁을 모릅니다, 심지어 댁이 말한 이름이 맞는지, 댁이 정말로 역사학자인지도 확신할 수 없고요.

저는 역사학자가 아닙니다, 그냥 역사교사예요, 제 이름으로 말하자면, 저는 평생 다른 이름을 가져본 적이 없습니다. 교사들은 가명을 쓰지 않죠, 좋은 일인지 나쁜 일인지 모르지만 우리는 얼굴을 다 드러내고 학생들을 가르칩니다. 그건 별로 상관없는 이야기 같은데요, 아무래도 지금 전화를 끊는 게 좋겠습니다, 할 일이 있어서 말이죠. 내 말을 믿지 않는군요. 예, 전 불가능한 일을 믿지 않습니다. 오른쪽 팔뚝에 사마귀가 두 개 있습니까, 두 개가 위 아래로 나란히. 예, 그렇습니다만. 저도 그렇습니다. 그런 건 아무 의미도 없습니다. 왼쪽 무릎 밑에 흉터가 있나요. 예. 저도 그렇습니다. 저를 만난 적이 한 번도 없는데 어떻게 그걸 다 아는 거죠. 저한테는 쉬운 일입니다, 해변 장면에서 당신을 봤으니까요, 그게 어떤 영화였는지는 지금 기억이 나지 않지만, 클로즈업 장면이 있었습니다. 그럼 당신이 나하고 똑같이 사마귀와 흉터가 있다는 걸 내가 어떻게 확인하죠. 그건 당신에게 달렸습니다. 우연의 일치라 하더라도 도저히 일어날 수 없는 일은 무한히 많습니다. 일어날 수 있는 일도 무한히 많죠, 팔뚝의 사마귀가 태어날 때부터 있었을 수도 있고, 나중에 생겼을 수도 있습니다, 하지만 흉터는 항상 몸의 특정 부위에 영향을 미치는 사고의 결과죠, 우리 둘 다 그런 사고를 겪었습니다, 그것도 십중팔구 같은 시간에 겪었겠죠. 그렇게 완전히 닮는 일이 가능하다고 쳐도, 이건 그냥 그렇게 가정을 해보자는 것뿐입니다만, 어쨌든 그렇다 쳐도 우리가 꼭 만나야 할 이유가 있는지 모르겠습니다, 당신이 왜 전화를 했는지도 모르겠고요. 호기심 때문이죠, 순전히 호기심 때문입니다, 두 사람이 똑같이 닮는 건 날이면 날마다 있는 일이 아니니까요. 이봐요, 난 지금까지 그 사실을 모르고 살아왔습니다, 그걸 모르는 걸 아쉬워해 본 적도 없고요. 하지만 지금은 알고 있잖습니다. 그래도 그냥 모르는 척하겠습니다. 당신도 나와 똑같은 일을 겪을 겁니다, 거울 속에서 자신의 모습을 볼 때마다 그것이 당신의 얼굴인지 내 얼굴인지 결코 알 수 없을 거예요. 솔직히 말해서 아무래도 당신이 미친 것 같다는 생각이 드는군요. 그 흉터를 생각해 봐요, 만약 내가 미쳤다면, 아마 당신도 미쳤을걸요. 경찰을 부르겠습니다. 글쎄요, 경찰이 이런 일에 관심을 가질까요, 내가 한 일이라고는 다니엘 산타클라라라는 배우와 통화를 하려고 전화를 두 번 건 것뿐인데, 내가 그 배우를 협박한 것도 아니고, 모욕한 것도 아니고, 해를 끼친 것도 아니잖아요, 내가 정확히 어떤 범죄를 저질렀다는 거죠. 어쨌든 아내와 나를 불쾌하게 만들었죠, 그거면 충분해요, 이제 전화 끊겠습니다. 정말로 날 만나고 싶지 않은가요, 호기심이 손톱만큼도 생기지 않아요. 아뇨, 호기심 같은 건 전혀 생기지 않습니다, 당신을 만나고 싶지 않아요. 확실히 마음을 정했군요. 그래요. 그렇다면 사과하겠습니다, 악의는 없었어요. 다시는 전화하지 않겠다고 약속해요. 약속합니다. 우리는 마음의 평화와 사생활을 누릴 권리가 있어요. 물론이죠. 당신도 같은 생각이라니 다행이네요. 그런데 아직 분명하지 않은 게 하나 있어요, 얘기를 해도 되는지 모르겠지만. 그게 뭔데요. 만약 우리가 똑같다면 죽을 때도 똑같은 순간에 죽겠죠. 똑같이 생기지도 않았고 같은 도시에 살지도 않는 사람들 중에도 매일 똑같은 순간에 죽는 사람들이 있어요. 그건 그냥 우연의 일치죠, 단순하고 진부한 우연의 일치. 이제 그만 얘기하죠, 더 이상 당신과 얘기하고 싶지 않습니다. 당신은 약속이나 지키도록 해요. 이봐요, 당신 집으로 다시는 전화하지 않겠다고 약속했으니 정말로 전화하지 않을 겁니다. 다행이군요. 한 번 더 사과드리죠, 제 사과를 받아주세요. 사과를 받아들이겠습니다. 이만 끊겠습니다. 그래요. 테르툴리아노 막시모 아폰소가 침착하고 차분하게 구는 것이 왠지 이상하다. 이런 상황에서는 전화기를 쾅 내려놓고, 분노를 느끼며 책장을 내리치고, 그동안의 노력이 헛수고였다며 소리를 지르는 것이 당연하고, 논리적이고, 인간적인 반응일 텐데 말이다. 몇 주 동안 전략을 짜고, 전술을 생각해 내고, 한 단계씩 나아갈 때마다 신중을 기하고, 이전 단계의 행동이 미칠 영향을 곰곰이 생각해 보고, 순풍이 불어올 때마다 그것을 이용하려고 돛을 조정했는데, 이 모든 노력의 결말이 사과를 하면서 나쁜 짓을 하다 들킨 아이처럼 다시는 이런 짓을 안 하겠다고 약속하는 것이라니. 그러나 테르툴리아노 막시모 아폰소는 이성적이고 합리적인 사람들의 기대와는 반대로 기뻐하고 있다. 첫째, 대화를 하는 동안 자신이 상황에 잘 대처했다는 생각 때문이다. 그는 결코 주눅 들지 않고 자기주장을 말했다. 상대와 동등하게 일대일로 이야기를 나눴다는 표현이 적절할 만큼. 게다가 심지어 때로는 민첩하게 공세를 펴기도 했다. 둘째, 그는 이 일이 여기서 끝난다는 것은 생각조차 할 수 없는 일이라고 보고 있다. 대단히 주관적인 견해임은 틀림없지만, 그가 호기심 때문에 당장 실행에 옮겨야 함에도 불구하고 어떤 경우에는 아예 잊어버린 것이 아닌가 싶을 정도로 미뤄둔 행동들이 수없이 많다는 점이 이 생각을 뒷받침하고 있다. 테르툴리아노 막시모 아폰소가 사실을 밝힌 것이 당장은 그가 느낀 것처럼 엄청난 영향을 미치지 않는다 하더라도 안토니오 클라로가 조만간 공개적으로든 은밀하게든 서로의 얼굴과 흉터를 비교해 보기 위해 조치를 취하지 않을 리가 없다. 어떻게 해야 할지 모르겠어, 안토니오 클라로가 전화로 나눈 이야기를 들을 수 없었던 아내에게 자신이 한 말과 상대방이 한 말을 들려준 후 이렇게 말했다. 그 사람이 워낙 자신 있는 말투라서 그 얘기가 진실인지 확인하고 싶은 생각이 들 정도야. 나라면 그냥 그 일을 잊어버리겠어, 세상에 똑같은 사람이 존재할 수는 없다고 하루에도 백 번씩 속으로 중얼거릴 거야, 내가 그 말을 진심으로 받아들이고 이 일을 완전히 잊어버리게 될 때까지. 그럼 당신이라면 그 사람하고 연락할 생각을 전혀 안 할 거야. 응, 안 할걸. 왜. 나도 잘 몰라, 아마 무서워서겠지. 어쨌든 흔한 일이 아닌 건 분명하지만 그게 왜 무서워. 지난번에 그 사람이랑 통화하면서 그게 당신이 아니라는 걸 알고 난 거의 현기증이 날 정도였어. 그건 그럴 만하지, 그 사람 목소리를 듣고 있으면 꼭 내 목소리를 듣는 것 같으니까. 그때 내가 생각한 건, 아니지, 그건 생각이라기보다 느낌에 더 가까웠는데, 마치 두려움이 파도처럼 나를 엄습하는 것 같았어, 소름이 끼쳤지, 그러고는 만약 목소리가 똑같다면 다른 것도 전부 똑같을 거라는 생각이 들었어. 꼭 그런 것만은 아니지, 우리가 완벽하게 똑같지는 않을 수도 있어. 그 사람은 똑같다잖아. 그러니까 우리가 그 말을 확인해야지. 어떻게 확인할 건데, 그 사람을 집으로 초대해서 서로 옷을 벗어볼 거야, 나더러 재판관이 돼서 그 사람한테 벌을 내리라고 할 거야, 아니면 당신들 두 사람이 정말로 똑같으니까 벌을 받을 필요가 없다는 말을 하라고 할 거야, 만약 내가 그 방을 나갔다가 나중에 다시 들어온다면 누가 누군지 구별할 수 없을걸, 만약 당신들 둘 중 한 명이 이 아파트를 나간다면, 내 옆에 남은 사람은 누구일까, 말해봐, 당신일까, 그 사람일까. 옷을 보면 우리 둘을 구분할 수 있을 거야. 두 사람이 옷을 바꿔 입는다면 그것도 소용없지. 걱정 마, 그냥 한번 해본 소리야, 그런 일은 절대 일어나지 않을 거야. 그래도 한번 생각해 봐, 사람의 내면이 아니라 겉모습만 보고 결정을 내려야 하는 상황을. 진정해. 지금 생각해 보니까, 당신들 두 사람이 똑같다면 죽을 때도 똑같은 순간에 죽을 거라는 말이 무슨 뜻인지도 궁금해. 그 사람도 그걸 기정사실처럼 얘기한 건 아냐, 그냥 자기 생각이나 짐작을 얘기한 거지, 마치 혼자 자문하는 것처럼. 그래, 그렇지만 그 얘기를 왜 했을까, 느닷없이. 아마 나한테 충격을 주려고 그랬을걸. 그 사람은 도대체 누구야, 우리한테서 뭘 원하는 거야. 그 사람이 누군지, 뭘 원하는지 아무것도 모르기는 나도 마찬가지야. 그 사람이 역사교사라고 했다며. 그건 사실일 거야, 그런 얘기를 꾸며내지는 않았겠지, 실제로도 교육을 받은 사람 같았어. 그리고 우리한테 전화한 걸로 말하면, 나라도 아마 그렇게 했을 거야, 만약 그 사람이 아니라 내가 우리 둘이 닮았다는 걸 알게 되었다면. 그럼 우리는 지금 어떻게 해야 하는 거야. 집 안에 그 사람이 유령처럼 자리를 잡고 있는데, 앞으로는 당신을 볼 때마다 마치 그 사람을 보는 것 같은 기분이 들 거야. 우리가 아직 충격에서 벗어나지 못해서 그래, 놀라서, 내일이 되면 이 일이 훨씬 더 단순해 보일 거야, 세상에 하고 많은 이상한 일들 중 하나쯤으로, 뭐 머리가 두 개 달린 고양이나 다리가 다섯 개 달린 송아지처럼 놀라운 일도 아니잖아, 우린 그냥 따로 떨어져서 태어난 쌍둥이일 뿐이야. 조금 전에 내가 무섭다고 말했지, 두렵다고, 하지만 내가 느끼고 있는 감정이 그게 아니라는 걸 이제 알겠어. 그럼 뭔데. 글쎄, 나도 잘 몰라, 예감 같은 건지도 모르지. 좋은 거야, 나쁜 거야. 그냥 예감이야, 닫힌 문 뒤에 또 닫힌 문이 있는 것 같은. 당신 떨고 있잖아. 응, 떨고 있어. 헬레나(이것이 그녀의 이름이다. 비록 지금까지는 우리가 이 이름을 몰랐지만)는 자신을 끌어안는 남편의 손길에 멍하니 반응하다가 소파 구석에 웅크리고 앉아 눈을 감았다. 안토니오 클라로는 그녀의 생각을 다른 데로 돌리려고, 농담으로 기분을 바꿔

주려고 애썼다. 만약 내가 스타가 되면 이 테르툴리아노라는 친구를 내 대역으로 써도 되겠어, 그 사람한테 위험한 장면이나 지루한 장면을 전부 시키고 난 그냥 집에 있으면 돼, 그래도 아무도 눈치 못 챌걸. 그녀는 눈을 뜨고 힘없는 미소를 지으며 이렇게 말했다, 다른 사람의 대역 노릇을 하는 역사교사라니 정말 볼 만할 거야, 다만 영화 속의 대역은 부름을 받았을 때에만 오는데, 이 사람은 우리 집을 침범했다는 게 다를 뿐이지. 그 생각은 하지 마, 책을 읽든지, 텔레비전을 보든지, 뭐든지 해봐. 싫어, 책 읽고 싶은 생각 없어, 텔레비전은 더 보기 싫고, 그냥 누워 있을래. 안토니오 클라로가 한 시간 후 침대로 가보니 헬레나는 자고 있는 것 같았다. 그는 그녀가 실제로 잔다고 믿는 척하며 불을 껐다. 자기도 잠이 들려면 시간이 좀 걸릴 것임을 이미 알면서도. 그는 그 침입자와 나눈 불안한 대화를 떠올리며 자신의 말은 물론 그의 말까지 샅샅이 뒤졌다. 혹시 숨은 의미가 있는가 싶어서. 그러나 마침내 그 못지않게 지쳐버린 단어들이 점점 중립적으로 변해서 의미를 잃어버리기 시작했다. 마치 그 단어들이 소리 없이, 필사적으로 계속 그 말을 내뱉고 있는 남자의 정신세계와 더 이상 아무 상관이 없는 것 같았다. 우연의 일치로 일어날 수 있는 일이 무한히 많다, 똑같이 생긴 사람들은 함께 죽는다, 그는 이렇게 말했었다. 그리고 거울 속에 비친 모습이 자기 모습인지, 아니면 상대방이 거울 속에서 자신을 바라보고 있는 건지 모른다는 말도 했었다. 그 다음으로 생각나는 것은 아내와 나눈 대화였다. 그녀의 예감, 두려움. 시간이 점점 흐르고 있었으므로 그는 순전히 개인적으로 결정을 내렸다. 좋든 나쁘든, 지금 벌어진 일이 무엇이든 이 문제를 해결해야겠다는 것. 그것도 아주 빨리. 내가 가서 그 사람이랑 얘기를 해봐야겠어. 이 결정이 그의 마음을 속이고, 몸의 긴장을 속였다. 이제 앞길이 훤히 뚫렸음을 알게 된 잠이 슬금슬금 기어들어와서 자리에 드러누웠다. 헬레나도 몸속 모든 신경의 반발을 감내하며 꼼짝 못하고 누워 있는 상황에 지쳐서 마침내 잠이 들었다. 그후 두 시간 동안 그녀는 남편 안토니오 클라로 옆에서 그럭저럭 휴식을 취할 수 있었다. 마치 둘 사이에 아무도 없는 것처럼. 만약 꿈 때문에 깜짝 놀라서 깨지 않았다면 아마 날이 밝아올 때까지 그렇게 잤을 것이다. 그녀가 눈을 떠보니 방 안이 거의 어둠에 가까운 어스름 속에 잠겨 있었다. 남편의 느리고 규칙적인 숨소리가 들렸다. 그런데 갑자기 집 안에서 다른 숨소리가 들려온다는 사실을 깨달았다. 누군가가 집 안으로 들어와서 돌아다니고 있었다. 거실일 수도 있고, 부엌일 수도 있고, 복도로 통하는 문 뒤일 수도 있었다. 어쨌든 그 존재가 바로 여기 있었다. 두려움으로 몸을 떨면서 헬레나는 남편을 깨우려고 팔을 뻗었다. 그러나 마지막 순간에 이성이 그녀를 제지했다. 여긴 아무도 없어, 그녀는 속으로 생각했다, 저 바깥에 누가 있을 리가 없어, 그냥 내가 지레 겁을 먹은 거야, 가끔 꿈이 그 꿈을 꾸고 있는 뇌에서 빠져나오는 경우가 정말 있지, 사람들은 그런 걸 환영, 환상, 예감, 징조, 다른 세상에서 온 경고라고 해, 숨소리를 내며 집 안을 돌아다니는 사람, 방금 내 소파에 앉은 사람, 커튼 뒤에 숨은 사람은 사람이 아니라 내 머릿속의 환상이야, 나를 향해 곧바로 다가와서 내 옆에서 자고 있는 이 남자와 똑같은 손으로 나를 어루만지며 똑같은 눈으로 나를 보는 사람, 똑같은 입술로 나한테 키스할 사람, 똑같은 목소리로 일상적인 말과 다정하고 친밀한 말을 건넬 사람, 영혼의 말과 육체의 말을 건넬 사람은 환상이야, 정신 나간 환상에 불과해, 두려움과 불안 때문에 악몽을 꾼 거야, 내일이면 모든 것이 제자리로 돌아가겠지, 수탉이 울어대지 않아도 난 악몽을 쫓아버릴 수 있어, 자명종만 있으면 충분할 거야, 사람을 깨우는 기계가 만들어지는 세상에서 정확하게 똑같은 사람이 존재할 리 없다는 건 누구나 다 아는 사실이야. 이건 우스꽝스러운 결론이었다. 양식과 간단한 논리에 모두 어긋나는 결론. 하지만 끊임없이 모양과 방향이 바뀌는 안개 조각들로 이루어진 불분명하고 모호한 생각들 사이를 밤새도록 헤매 다닌 이 여자에게 이 결론은 반박의 여지가 없는 것처럼 보였다. 우리는 어리석은 추론과정에게도 마땅히 감사해야 한다. 괴로운 밤에 그것이 비록 환상으로나마 우리에게 제정신을 돌려주고 마침내 멈칫거리며 잠으로 향하는 문을 열 수 있는 열쇠를 우리 손에 쥐어준다면 말이다. 헬레나는 자명종이 울리기 전에 눈을 떴다. 그리고 남편이 깨지 않도록 자명종을 끈 후 똑바로 누워 천장을 바라보며 혼란스러운 머릿속이 서서히 질서를 찾아 마침내 모든 생각들을 합리적이고 조리 있는 생각, 설명할 수 없는 환상과 너무나 쉽게 설명할 수 있는 환상들이 없는 생각으로 정리해 줄 길을 따라가도록 했다. 현실과 신화 속의 모든 키메라들, 사자의 머리와 용의 꼬리와 염소의 몸을 하고 불을 내뿜는 괴물들을 생각하면, 불면증이라는 무기력한 괴물들이 이런 모습으로도 그녀에게 나타날 수 있다는 것을 믿을 수 없었다. 지금 옆에 누워 있는 남자와 똑같이 생겼으므로 머리부터 발끝까지 몸이 어떻게 생겼는지 알기 위해 옷을 벗겨볼 필요조차 없는 다른 남자의 이미지 때문에 자신이 상스러운 것은 말할 필요도 없고 추잡하기까지 한 유혹을 받은 것처럼 이렇게 괴로워할 수 있다는 것을 믿을 수 없었다. 그녀는 자신이 부끄럽지는 않았다. 이런 생각들이 사실은 그녀에게 속한 것이 아니었으니까. 이 생각들은 생소하고 격렬한 감정들 때문에 탈선해 버린 상상력이 낳은 불분명한 열매였다. 중요한 것은 그녀가 이제 맑은 정신을 되찾아 자신의 생각과 욕망의 주인이 되었다는 것이다. 밤의 환상은 실체가 있건 없건 항상 날이 밝자마자 공기 중으로 녹듯이 사라져버린다. 빛은 세상의 질서를 되찾아 세상을 여느 때의 궤도로 돌려놓으며, 세상의 법을 다시 만든다. 이제 일어날 시간이다. 그녀가 일하는 여행사는 시내 반대편에 있다. 아침마다 출근길에 그녀는 시내 중심가의 사무실로 발령이 난다면 얼마나 좋을까 생각한다. 출근 시간의 지독한 교통체증은 누군가가 영감이 떠오른 행복한 순간에 만들어 낸, 지옥 같다는 말과 잘 맞아떨어진다. 그 사람이 언제 어디서 이 말을 만들어 냈는지는 아무도 모르지만. 남편은 한두 시간 더 잘 것이다. 오늘은 촬영이 없다. 지금 하고 있는 일은 거의 끝나가는 것 같다. 헬레나는 가벼운 몸짓으로 살짝 침대를 빠져나왔다. 원래부터 몸놀림이 가볍기는 했지만, 십 년 동안 주의 깊고 헌신적인 아내로 살면서 완벽할 정도로 가벼워졌다. 그녀는 소리 없이 방 안을 돌아다니며 옷걸이에서 옷을 벗겨내 입고는 복도로 나갔다. 한밤중의 방문객이 걸어다녔던 곳이 이곳이다. 문의 이 틈새 바로 옆에서 그의 숨소리가 나더니 그가 안으로 들어와 커튼 뒤에 숨었다. 아냐, 걱정할 필요 없다. 이 것은 헬레나의 상상력이 또다시 만들어 낸 사악한 공격이 아니다. 그녀 자신이 받았던 유혹을 스스로 놀리고 있는 것이다. 창문을 통해 들어오는 장밋빛 햇빛과 비교해 보니 이제는 그것이 너무나 하찮다. 거실의 그 창문 때문에 지난밤 그녀는 숲 속에 혼자 남겨진 동화 속의 어린 소녀처럼 겁에 질렸지만 말이다. 방문객이 앉았던 소파가 이것이다. 그가 여기 앉은 것은 우연이 아니었다. 만약 그가 쉬고 싶었던 거라면 왜 하필 이 소파, 헬레나의 소파를 선택했을까. 마치 이 소파를 그녀와 함께 사용하거나 아예 자기 것으로 만들어 버리려는 것처럼. 우리가 상상을 쫓아버리려고 하면 할수록 갖가지 상상이 우리의 갑옷에서 의식적으로든 무의식적으로든 무방비 상태로 남아 있는 지점을 찾아 공격하며 더욱 즐거워하는 것 같다. 언젠가 이 여자 헬레나가, 지금 출근시간을 맞추기 위해

서두르고 있는 그녀가 자기도 그 소파로 가서 앉은 이유를 우리에게 말해줄 것이다. 꼬박 일 분 동안 그곳에서 아늑하게 머뭇거린 이유도. 잠자리에서 일어날 때에는 그토록 단호했던 그녀가 지금은 다시 꿈의 품에 안겨 있는 것처럼 구는 이유도. 옷을 다 입고 나갈 준비를 마친 그녀가 전화번호부를 펼쳐 테르툴리아노 막시모 아폰소의 주소를 종이에 적은 이유도. 그녀는 침실 문을 열었다. 남편은 아직 자고 있는 것 같았지만, 그는 지금 깨어나기 직전의 산만한 마지막 문턱에 와 있다. 따라서 그녀가 침대로 다가가 그의 이마에 입을 맞추며 지금 나간다고 말해도 괜찮다. 그러면 남편은 그녀의 입에 키스를 할 것이다. 그것은 그 남자의 키스이기도 하다. 세상에, 아무래도 이 여자가 미친 모양이다. 그녀가 하는 행동, 그녀가 하는 생각을 보니. 출근시간에 늦은 거야, 안토니오 클라로가 눈을 비비며 물었다. 아니, 아직 몇 분쯤 시간이 있어, 그녀는 이렇게 대답하고 나서 침대 가장자리에 앉았다. 그 남자를 어떻게 하지. 어떻게 하고 싶은데. 어젯밤에 자려고 애쓰면서 그 남자를 만나봐야겠다는 생각이 들었어, 하지만 지금은 그게 과연 잘하는 짓인지 잘 모르겠어. 그 사람한테 우리가 문을 열어주든지 닫아버리든지 둘 중 하나야, 솔직히 말해서 다른 해결책은 없는 것 같아, 어느 쪽을 택하든 우리 삶은 이미 변했고, 앞으로 다시는 예전 같지 않을 거야. 결정을 내리는 건 우리야. 하지만 이미 일어난 일을 되돌릴 수는 없어, 어느 누구도, 그 남자가 나타난 건 지울 수 없는 사실이야, 우리가 그 사람을 안으로 들이지 않는다 해도, 우리가 그 사람 앞에서 문을 닫아버린다 해도, 그 사람은 우리가 더 이상 참을 수 없게 될 때까지 문 뒤편에서 기다리고 있을 거야. 상황을 너무 우울하게만 보는 것 아냐, 사실 그 사람을 만나서 간단히 문제를 해결할 수도 있어, 그 사람이 나랑 똑같다는 걸 증명하면, 나는 그래요 당신 말이 옳습니다라고 할 거야, 일단 그러고 나면 작별인사를 하고 귀찮은 존재를 떼어버리는 거지, 제발 다시는 우리를 괴롭히지 말라면서. 그래도 여전히 문 뒤편에서 기다리고 있을걸. 우리가 문을 안 열어주면 되지 뭐. 그 사람은 이미 안으로 들어왔어, 당신과 내 머릿속에 들어와 있다고. 시간이 흐르면 우리가 그 사람을 잊어버릴 거야. 그럴지도 모르지, 하지만 확신할 수는 없어, 헬레나는 자리에서 일어나 손목시계를 보며 말했다, 이제 가봐야 돼, 이러다 늦겠어. 그녀는 문을 향해 두 걸음을 뗐지만 아직 질문을 하나 던질 수 있는 시간이 있었다. 그 사람한테 전화해서 만나자고 할 거야. 오늘은 아냐, 남편이 한쪽 팔꿈치를 침대에 괴고 몸을 일으키며 대답했다, 내일도 아니고, 며칠 더 기다릴 거야, 그냥 무관심하게 침묵을 지키면서 지켜보는 것도 나쁘지 않을 것 같아, 시간이 흐르면 이 문제가 저절로 죽어버릴 수도 있으니까. 뭐, 당신이 알아서 해, 나중에 봐. 아파트 문이 열렸다가 닫혔다. 테르툴리아노 막시모 아폰소가 바깥 계단에 앉아 기다리고 있었는지 우리는 결코 알 수 없을 것이다. 안토니오 클라로는 다시 침대에 몸을 쭉 펴고 누웠다. 아내는 삶이 변했다지만, 만약 정말로 삶이 변한 것이 아니라면 그는 돌아누워 한 시간쯤 더 잘 것이다. 배우들을 부러워하는 사람들이 배우들은 많이 자야 한다고들 하는데, 그 말이 사실인 것 같다. 틀림없이 불규칙한 생활 때문일 것이다. 다니엘 산타클라라처럼 밤에 나가는 일이 드문 경우라 해도 말이다. 하지만 오 분 후 안토니오 클라로는 이렇게 이른 시간에 익숙하지 않은 모습으로 일어나 앉았다. 이 배우는 아무리 봐도 다소 게을러 보이지만 직업상 필요할 때에는 당연히 가장 일찍 일어나는 종달새만큼 일찍 일어날 수 있다. 그는 침실 창문을 통해 하늘을 바라보았다. 오늘도 더운 날이 될 것임을 어렵지 않게 알 수 있었다. 그는 아침식사를 준비하려고 부엌으로 갔다. 아내가 한 말이 생각났다. 그 사람이 우리 머릿속에 들어와 있어. 그녀는 원래 그렇게 단호하다. 아니 정확히 말해서 단호한 것은 아니다. 간결함이라는 재능을 갖고 있을 뿐이다. 짧고 함축적이고 간결한 말 네 마디로 다른 사람 같으면 사십 마디를 말해도 할 수 없는 말을 하는 것. 그는 자신이 생각해 낸 방법이 최선인지 확신할 수가 없었다. 나중에 멋대로 지껄여 댈지도 모르는 목격자 없이 일대 일로 비밀스레 만나든 아니면 상대를 멍하고 당혹스럽게 만들 만큼 쌀쌀맞게 전화를 하든 공세에 나서기 전에 잠시 기다려 보자는 방법 말이다. 그는 이 망할 놈의 테르툴리아노 막시모 아폰소가 두 사람에게 심리적으로 해로운 영향을 미치고 가정불화를 일으키기 위해 실행할지도 모르는 현재와 미래의 계획들을 자신의 말재주로 막을 수 있을지 자신이 없었다. 그 남자는 이런 계획들을 은연중에 자랑했으며, 노골적으로 실행에 옮기기도 했다. 예를 들어 어젯밤에 헬레나는 앞으로 당신을 볼 때마다 마치 그 사람을 보는 것 같을 것이라고 대담하게 선언했었다. 도덕적 기반이 심하게 흔들린 여자만이 남편의 면전에서 그런 말을 내뱉을 수 있을 것이다. 그 말 속에 간통의 요소가 들어 있음을 의식하지 못한 채. 그런 요소가 아직 어렴풋한 것은 사실이지만, 그것만으로도 대단히 커다란 의미가 있었다. 한편 만약 우리가 얘기를 꺼낸다면 안토니오 클라로가 틀림없이 화를 내며 아니라고 하겠지만, 어쨌든 그의 머릿속을 뱅뱅 돌고 있는 것은 어떤 아이디어의 윤곽이다. 우리가 이것이 마키아벨리에 필적할 만한 아이디어라고까지 말하지 않는 것은 순전히 신중함 때문이다. 적어도 이 아이디어의 궁극적인 결과, 틀림없이 부정적인 결과가 드러날 때까지는 그런 말을 하지 않겠다. 그의 아이디어는 지금은 그냥 정신적인 스케치에 불과하다. 우리가 보기에는 아무리 충격적일지라도, 만약 두 사람이 닮았거나, 흡사하거나, 완전히 똑같다는 사실이 확인된다면 노련한 솜씨와 꾀로 거기서 개인적인 이득을 취할 수 있을지, 즉 안토니오 클라로나 다니엘 산타클라라가 지금으로서는 자신에게 전혀 이로울 것 같지 않은 일에서 이윤을 올릴 방법을 찾을 수 있을지 곰곰이 생각해 보는 것이 그 아이디어의 요체다. 지금 우리는 이 아이디어를 생각해 낸 사람이 목적을 달성할 때까지 틀림없이 괴로울 그 길을 분명히 설명해 줄 것이라고 기대할 수 없다. 그도 그 길을 어렴풋이 상상하고 있을 뿐이니까 말이다. 그러니 다른 사람들의 생각을 문자화하고 그들의 행동을 충실히 베끼는 존재에 지나지 않는 우리가 아직 현관조차 벗어나지 못한 행렬의 다음 행보를 예상할 것이라고 기대하지 말라. 하지만 이제 막 싹을 틔운 이 계획에서 테르툴리아노 막시모 아폰소가 배우 다니엘 산타클라라의 대역을 할 수 있을 것이라는 생각은 배제할 수 있다. 역사교사에게 제칠의 예술이라는 경박한 영화에 참여하라고 요구하는 것은 지식인을 존경하는 마음이 심각하게 결여되었음을 보여주는 행위라는 데에 우리 모두 동의할 수밖에 없다. 안토니오 클라로가 커피를 막 다 마셨을 때 또 다른 아이디어가 그의 시냅스를 스치고 지나갔다. 자가용을 몰고 테르툴리아노 막시모 아폰소가 사는 거리로 가서 그 거리와 그가 사는 건물을 한번 살펴보자는 것이었다. 이제는 더 이상 저항할 수 없는 유전적인 본능에 휘둘리지는 않는다 해도, 인간들은 놀라울 만큼 규칙적으로 같은 행동을 반복하기 때문에, 새로운 종류의 본능이 느리지만 꾸준히 형성되고 있다는 가설을 세워도 괜찮을 것 같다. 어쩌면 사회 문화적 본능이라고 하는 편이 옳을지도 모른다. 이것은 자꾸만 반복되는 굴성들의 변이를 바탕으로 당연히 똑같은 자극에 반응해서 한 사람에게 떠오른 생각이 다른 사람에게도 반드시 떠오르는 것을 뜻한다. 먼저 극적인 변장을 하고 이 거리로 온 것은 테르툴리아노 막시모 아폰소였다. 그때 그는 눈부신 여름날 아침에 온통 검은 옷을 차려입고 있었다. 그런데 이제 안토니오 클라로가 테르툴리아노 막시모 아폰소의 거리로 갈 준비를 하고 있다. 그가 맨 얼굴로 나타났을 때 생길 수도 있는 복잡한 일들을 생각조차 해보지도 않고. 그런데 그가 면도를 하고, 샤워를 하고, 옷을 입는 동안 영감의 손가락이 그의 이마를 스치며 서랍 속 어딘가의 빈 담배상자 속에 기념품으로 간직해 놓은 다니엘 산타클라라의 콧수염이 있다는 사실이 떠올랐다. 그가 오 년 전 〈경주는 빠른 자에게〉라는 코미디 영화에서 호텔직원 역할을 할 때 쓰던 것이었다. 현명한 속담처럼 어떤 것을 오 년 동안 보관하다 보면 항상 그것을 쓸 곳이 생기는 법이다. 훌륭한 전화번호부 덕분에 안토니오 클라로가 역사교사의 주소를 알아내는 데는 시간이 많이 걸리지 않을 것이다. 전화번호부는 보통 있던 자리인 책꽂이에 약간 비스듬히 꽂혀 있다. 마치 불안한 사람이 불안감에 떨며 전화번호부를 펼쳐본 후 다시 꽂아놓은 것처럼. 그는 주소를 수첩에 적었다. 전화번호도. 오늘은 그 전화번호를 사용할 생각이 없지만, 만약 그가 어디서든 테르툴리아노 막시모 아폰소의 아파트에 전화를 해야겠다는 생각이 든다면 전화번호부를 다시 들춰보지 않아도 전화를 할 수 있게 되기를 원했기 때문에. 어쩌면 그가 전화번호부를 제자리에 꽂아놓는 걸 깜빡해서 가장 필요한 순간에 그 번호를 찾을 수 없게 될 수도 있으니까 말이다. 이제 그는 나갈 준비를 마쳤다. 콧수염도 달았다. 비록 세월이 흐르면서 접착제가 조금 약해져서 단단하게 붙였다고 할 수는 없지만. 그래도 콧수염이 중요한 순간에 떨어질 염려는 거의 없다. 역사교사가 사는 건물 옆을 걸어가며 재빨리 살펴보는 데는 몇 초밖에 걸리지 않을 테니까 말이다. 거울에 비친 자신의 모습을 보며 콧수염을 붙일 때 그는 오 년 전에 자신이 코와 윗입술 사이를 장식하고 있던 원래 콧수염을 밀어버려야 했던 기억을 떠올렸다. 그 콧수염의 모양과 디자인이 감독이 마음속으로 그리고 있는 모습과 맞지 않는다는 단순한 이유 때문이었다. 이제 주의 깊은 독자를 위해 우리가 준비를 갖출 때가 되었다. 순진하지만 지극히 똑똑한 젊은이들의 직계후손 말이다. 그 젊은이들은 영화가 처음 등장한 초창기에 화면 속의 소년을 향해 광산의 지도가 그의 발치에 쓰러져 있는 사악하고 냉소적인 적의 모자테 안에 숨겨져 있다고 소리를 지르곤 했었다. 그러니 그들이 우리를 향해 질서를 지키라며 테르툴리아노 막시모 아폰소라는 인물과 안토니오 클라로라는 인물의 행동 차이를 용서할 수 없다고 소리를 지르는 경우를 대비하자. 똑같은 상황에서 테르툴리아노 막시모 아폰소는 턱수염과 콧수염을 붙이고 뗄 때 쇼핑센터를 이용한 반면, 안토니오 클라로는 유쾌한 한낮의 빛 속에서 자신의 것이지만 사실은 자신의 것이 아닌 콧수염을 달고 역시 유쾌하게 외출 준비를 하고 있다. 우리의 주의 깊은 독자는 이 이야기 속에서 이미 지적된 것을 잊어버리고 있다. 테르툴리아노 막시모 아폰소가 모든 면에서 배우 다니엘 산타클라라의 분신인 것처럼 배우 다니엘 산타클라라도 비록 이유는 다르지만 안토니오 클라로의 분신이라는 점 말이다. 이 건물이나 이 거리에 사는 사람 중에는 어제 콧수염 없이 건물 안으로 들어간 사람이 오늘은 콧수염을 달고 나오는 것을 이상하게 생각할 사람이 하나도 없을 것이다. 혹시 그런 차이를 눈치채더라도 기껏해야 이런 말을 하는 것이 고작일 것이다, 촬영 때문에 이미 분장을 마친 모양이야. 창문을 열어 놓은 채 자동차 안에 앉아 안토니오 클라로는 도로지도를 살펴보며 우리가 이미 알고 있는 정보를 알아낸다. 테르툴리아노 막시모 아폰소가 사는 거리가 시내 반대편에 있다는 것. 그는 이웃사람에게 다정하게 아침인사를 건넨 후 출발한다. 목적지에 도착하려면 거의 한 시간이 걸릴 것이다. 그리고 그는 차를 몰고 마치 주차공간을 찾는 사람처럼 십 분 간격으로 그 건물을 세 번 지나치며 운명을 시험하려 할 것이다. 누가 알겠는가. 행복한 우연의 일치 때문에 테르툴리아노 막시모 아폰소가 거리로 내려올지. 비록 역사교사가 해야 하는 일에 대해 전부 알고 있는 우리는 지금 이 순간 그가 조용히 책상에 앉아 마치 자신의 장래가 달린 일을 하듯이 교장이 맡긴 제안서를 쓰느라 열심히 일하고 있음을 알고 있지만 말이다. 하지만 이제는 우리가 여러분에게 진실을 밝힐 수 있다. 테르툴리아노 막시모 아폰소가 다시는 교실에 들어가는 일이 없으리라는 것. 우리가 가끔 그를 따라갔던 학교에서도, 다른 학교에서도. 그 이유는 나중에 밝혀질 것이다. 안토니오 클라로는 별다른 특징이 없는 거리, 다른 건물들과 똑같은 건물을 보았다. 그 이 층짜리 아파트의 평범한 커튼 뒤에 머리가 일곱 개나 달린 레르네의 히드라 같은 놀라운 생물들만큼이나 굉장한 존재가 살고 있음을 아무도 상상조차 못할 것이다. 테르툴리아노 막시모 아폰소가 정상적인 인간의 범주를 벗어나는 그런 설명에 정말로 적합한지 여부는 두고 보아야 할 일이다. 이 두 사람 중 누가 먼저 태어났는지 아직 우리가 모르고 있으니까 말이다. 만약 먼저 태어난 사람이 테르툴리아노 막시모 아폰소라면, 굉장한 존재라는 말에 걸맞은 사람은 안토니오 클라로이다. 나중에 태어난 그가 레르네의 히드라처럼 자기 것이 아닌 자리를 차지하기 위해 가면을 쓰고 세상에 모습을 드러낸 셈이니까 말이다. 헤라클레스가 히드라를 죽인 이유도 바로 그것이다. 안토니오 클라로가 다른 항성계에서 태어나 배우가 되었다 해도 우주의 탁월한 평형은 조금도 흔들리지 않았을 것이다. 그러나 그는 이곳, 같은 도시에서 태어났다. 달에서 우리를 지켜보는 관찰자의 입장에서는 바로 옆집에서 태어난 것이나 마찬가지다. 온갖 종류의 무질서와 혼란이 일어날 수 있다. 특히 가장 심각하고, 가장 끔찍한 일이 일어날 수 있다. 우리가 테르툴리아노 막시모 아폰소를 더 오래전부터 알고 있었으므로 그를 특별히 편애한다고 생각하는 사람이 있을지도 모르니까 수학적으로 말해서 그가 나중에 태어났을 확률이 안토니오 클라로와 마찬가지로 그를 무정하게 위협하고 있음을 지적하고 싶다. 그러나 눈과 귀가 민감한 사람들에게는 다음의 구문이 아무리 이상하게 보일지라도, 앞으로 일어날 일이 이미 일어났으며 이제 필요한 것은 그것을 글로 적는 것뿐이라는 말을 하는 데에는 아무런 문제가 없다. 안토니오 클라로는 다시 거리를 따라 차를 몰지 않고 네 블록을 더 가서 다니엘 산타클라라의 콧수염을 떼어냈다. 혹시 훌륭한 시민이 그의 그런 행동을 보고 경찰을 부를지도 모르니까 아무도 못 보게 몰래. 그러고 나서는 달리 할 일이 없었으므로 그는 집으로 향했다. 집에서는 그의 다음 영화대본이 자신을 자세히 읽고 주석을 달아줄 그를 기다리고 있었다. 그가 집에서 다시 나간 것은 근처 식당으로 점심을 먹으러 갔을 때뿐이었다. 식사를 한 후 그는 잠깐 낮잠을 자고 일어나서 아내가 올 때까지 일을 했다. 그는 아직 영화의 주연배우가 아니었지만, 때가 되면 시내의 전략적인 지점들에 나붙을 포스터에 그의 이름이 등장할 것이다. 그는 자신이 비평가들에게서 이번에 맡은 변호사 역할의 연기에 대해 간략하게나마 어느 정도 찬사를 받을 것이라고 상당히 확신하고 있었다. 그에게 문제가 있다면 영화와 텔레비전에 온갖 모습으로 등장한 법률가들, 달래는 듯한 말투에서부터 공격적인 말투에 이르기까지 다양한 스타일로 법적인 이야기들을 늘어놓는 검사들, 천차만별의 언변을 지니고 있으며 고객의 무죄를 확신하는 것을 항상 아주 중요한 일이라고만 생각하지는 않는 것처럼 보이는 변호사들의 숫자가 엄청나게 많다는 점이었다. 그는 새로운 종류의 변호사를 창조하고 싶었다. 말 한마디 한마디, 몸짓 하나하나가 판사를 깜짝 놀라게 하고, 재치 있고 날카로운 말솜씨와 가차없는 추론능력과 초인간적인 지성으로 대중의 넋을 빼앗는 사람 말이다. 물론 대본에는 이런 말들이 전혀 적혀 있지 않았지만, 어쩌면 감독이 그의 설득에 넘어가 작가를 그런 방향으로 이끌어줄지도 모른다. 제작자가 그를 위해 호의적인 말을 한마디 해준다면 말이다. 그 문제를 생각해 봐야 할 것이다. 이 문제를 당장 생각해 보아야겠다고 혼잣말을 하다 보니 다른 생각, 즉 역사교사와 그가 사는 거리, 그 건물, 커튼이 걸려 있던 창문이 떠올랐다. 그리고 지난밤의 전화, 헬레나와 나눴던 이야기, 조만간 내려야 하는 결정에 관한 생각들이 꼬리를 물었다. 자신이 이 상황에서 이득을 얻을 수 있을지 지금은 별로 확신이 들지 않았다. 하지만 방금 말한 것처럼 이 문제에 대해서도 생각해 보아야 할 것이다. 그의 아내는 여느 때보다 조금 늦게 집에 돌아왔다. 쇼핑을 한 것은 아니고 여느 때와 마찬가지로 교통체증 때문이었다. 교통체증에 걸리면 상황을 결코 예측할 수 없다는 것은 안토니오 클라로도 알고 있다. 그가 테르툴리아노 막시모 아폰소가 사는 거리까지 가는 데도 한 시간이 걸렸으니까. 하지만 오늘은 내가 그 이야기를 하지 않는 편이 낫겠다, 내가 왜 그런 행동을 했는지 그녀는 결코 이해하지 못할 테니까. 헬레나도 남편과 마찬가지로 아무 말도 하지 않을 것이다. 그녀 역시 자신이 한 행동을 남편이 이해하지 못할 것이라고 확신하고 있다.

사흘 후, 오전 중반쯤에 테르툴리아노 막시모 아폰소의 전화가 울렸다. 어머니가 아들이 보고 싶어서 건 전화도 아니었고, 마리아 다 파즈가 사랑 때문에 건 전화도 아니었으며, 수학교사가 우정 때문에 건 전화도 아니었다. 교장이 일이 어떻게 되어가느냐고 물어보려고 건 전화도 아니었다. 여보세요, 안토니오 클라로입니다, 수화기 속의 목소리가 말했다. 아, 안녕하세요. 제가 너무 이른 시간에 전화를 한 건가요. 아뇨, 괜찮아요, 일어나서 일하고 있었어요. 제가 방해가 된다면 나중에 다시 전화를 드리죠. 제 일은 한 시간쯤 미뤄도 아무 상관없어요, 그래도 제가 맥락을 잊어버릴 위험은 없으니까. 그럼 곧장 본론으로 들어가죠, 지난 며칠 동안 진지하게 생각을 해본 결과 우리가 만나야 한다는 결론을 내렸습니다. 저도 같은 생각이에요, 이런 상황에 처한 두 사람이 만나지 않는 건 말이 안 되죠. 아내는 조금 마음이 내키지 않는 모양이지만 상황이 그냥 옛날과 똑같아질 수는 없다고 제가 설득했습니다. 잘 하셨습니다. 문제는 우리가 공공장소에 함께 모습을 드러낼 수 없다는 거예요. 텔레비전이나 신문에 뉴스거리로 등장해서 우리가 얻을 게 없으니까, 특히 제가 그렇죠, 만약 나하고 외모만이 아니라 목소리까지 비슷한 사람이 있다는 걸 사람들이 알게 되면 일을 하는 데 별로 좋지 않을 겁니다. 그냥 비슷한 정도가 아니죠. 쌍둥이 같다고나 할까요. 쌍둥이보다 더해요. 제가 확인하고 싶은 게 바로 그거예요. 솔직히 말해서 댁의 말처럼 우리가 똑같이 생겼다는 걸 믿기 어렵지만. 사실을 확인하는 건 댁의 힘으로 가능한 일이에요. 그러니까 우리가 만나야죠. 그렇죠, 하지만 어디서 만날까요. 뭐 생각나는 곳이라도 있어요. 댁이 우리 집으로 오는 것도 한 가지 방법이죠. 하지만 그 경우에는 이웃들이 문제예요. 예를 들어 위층에 사는 부인은 제가 밖에 나간 적이 없다는 걸 알거든요. 내가 이미 안에 있는데, 또 다른 내가 건물 안으로 들어오는 걸 그 부인이 본다면 어떨지 한번 생각해 보세요. 내가 변장을 하면 어떨까요. 어떻게요. 콧수염을 달죠. 안 돼요. 콧수염만으로는 충분하지 않을 겁니다. 위층 부인은 댁한테, 그러니까 나한테, 그 부인은 나랑 얘기하는 거라고 생각할 테니까, 경찰에 쫓기고 있느냐고 물어볼 거예요. 그 부인이 댁을 아주 잘 아는 모양이군요. 우리 집 청소를 해주거든요. 아, 그래요, 그럼 그 방법은 별로 좋지 않겠군요. 게다가 다른 이웃들도 있으니까. 맞아요. 그렇다면 시외에서 만나야 할 것 같은데요. 인적이 드문 시골에서, 그러면 우릴 볼 사람이 아무도 없으니 자유롭게 이야기를 나눌 수 있을 겁니다. 그게 괜찮겠네요. 사실 내가 그런 곳을 알고 있어요, 시내에서 삼십 킬로미터쯤 떨어진 곳이죠. 어느 방향으로요. 전화로는 설명할 수 없을 거예요, 오늘 내가 약도를 보내드리죠, 자세한 설명을 덧붙여서, 그럼, 음, 나흘 후에 만나면 되겠네요, 그러면 내 약도가 잘 도착했는지 확인할 시간이 있을 테니까. 나흘 후면 일요일이군요. 일요일도 좋죠. 하지만 왜 삼십 킬로미터나 떨어진 곳까지 가야 하죠. 도시가 어떤 곳인지 잘 알잖아요, 시내를 벗어나는 데만도 시간이 꽤 걸리죠, 거리가 끝나는 곳에서는 공장들이 나타나기 시작하고, 공장지대를 지나면 판자촌이 나타나기 시작해요, 자기도 모르는 사이에 이미 도시의 일부가 되어버린 마을들은 말할 것도 없고요. 일목요연하게 말씀을 잘 하시네요. 고마워요, 어쨌든 내가 토요일에 전화해서 약속을 다시 확인할게요. 그러세요. 댁한테 말해두고 싶은 게 하나 더 있어요. 그게 뭔데요. 내가 무장을 하고 갈 거라는 거. 왜요. 난 댁을 모르니까, 댁이 혹시 다른 마음을 품고 있을지도 모르잖아요. 내가 이 얼굴을 가진 유일한 사람이 되고 싶어서 댁을 납치하거나 없애버릴까 봐 걱정이 된다면, 분명히 말씀드리지만 난 무기를 전혀 갖고 가지 않을 거예요, 심지어 주머니칼조차도. 아뇨, 아뇨, 당신을 그런 식으로 의심하는 게 아니에요. 그래도 무장을 할 거잖아요. 그냥 신중을 기하는 거죠. 내가 원하는 건 내 말이 옳다는 걸 댁한테 증명하는 것뿐이에요. 그리고 당신이 날 모른다는 말을 했는데, 그 점에서는 사실 우리 둘 다 똑같은 입장이죠. 댁이 날 한 번도 본 적이 없는 건 사실이에요. 나도 지금까지 댁이 연기를 하면서 다른 사람 행세를 하는 것만 봤고요. 그러니 우리 둘 다 똑같아요. 언쟁을 벌이고 싶지는 않아요. 미리 선전포고 같은 건 하지 말고 차분하게 만나도록 합시다. 하지만 무장을 하고 나오는 건 내가 아니잖아요. 총을 장전하지는 않을 거예요. 그럼 뭣 하러 총을 가져오는 거죠, 장전하지 않을 거라면. 내가 연기를 하는 척하는 거죠, 꼬임에 빠져서 매복에 걸린 사람 역할. 하지만 이미 대본을 받아봤으니까 결국 자기가 살아서 여길 빠져나갈 거라는 걸 알고 있는 사람이에요. 간단히 말해서 영화를 찍는 척하는 거죠. 역사하고는 정반대네요. 역사에서는 사건이 일어난 후에야 비로소 결과를 알 수 있는데. 재미있는 생각이네요, 그런 생각은 한 번도 안 해봤는데. 나도 마찬가지예요, 방금 떠오른 생각이니까. 그럼 약속을 정한 거죠, 일요일에 만나는 겁니다. 예, 전화하세요. 걱정 마세요, 잊어버리지 않을 테니까. 댁과 이야기를 나누게 돼서 즐거웠습니다. 저도 그래요. 안녕히 계세요. 안녕히 계세요, 부인께 안부를 전해주시고요. 테르툴리아노 막시모 아폰소처럼 안토니오 클라로도 집에 혼자 있었다. 그는 그 역사 교사에게 전화를 할 생각이라고 미리 헬레나에게 이야기하면서 그녀가 그 자리에 없었으면 좋겠다고 말했다. 그와 무슨 이야기를 나눴는지 나중에 이야기해 주겠다고. 그녀는 그를 제지하려 하지 않았다. 그에게 생각 잘 했다면서 별로 쉽지 않은 대화를 시작할 때 편안한 기분을 느끼고 싶어 하는 심정을 이해한다고 말했다. 하지만 그는 헬레나가 직장인 여행사에서 전화를 두 통 걸었다는 사실을 앞으로도 결코 모를 것이다. 첫 번째 전화는 그녀가 집 번호, 즉 안토니오 클라로의 번호로 건 것이었고, 두 번째 전화는 테르툴리아노 막시모 아폰소의 번호로 건 것이었다. 무슨 운명의 장난인지 그녀가 전화한 바로 그 순간에 그와 그녀의 남편이 서로 통화를 하고 있었다. 이렇게 해서 그녀는 일이 진행되고 있음을 확실히 알수 있었지만, 자기가 왜 그런 짓을 했는지 사실 확실히 알지못했다. 우리가 자신의 행동을 그럴듯하게 설명해 보려고 여러 번 시도했다가 실패한 후에는, 우리가 이유도 모르고 한다고 항상 말하는 이런저런 행동을 하는 이유를 말하는 것만이 유일한 방법임이 점점 분명해지고 있다. 남을 잘 의심하지 않고 타협적인 사람이라면 만약 테르툴리아노 막시모 아폰소의 전화가 통화중이 아니었다면 안토니오 클라로의 아내가 응답을 기다리지 않고 전화를 끊었을 것이라고 생각할 것이다. 분명히 그녀가 여보세요, 저는 헬레나예요, 안토니오 클라로의 아내예요라고 자신의 신원을 밝히지는 않을 것이다. 잘 지내시는지 궁금해서 전화했다는 말도 하지 않을 것이다. 지금 같은 상황에서 그런 말은 전적으로 지각없는 말은 아닐망정 어쨌든 부적절한 말이 될 것이다. 두 사람이 이미 두 번이나 대화를 나누기는 했지만, 둘 중 한 사람이 상대의 기분이나 건강에 대해 물어보는 것이 자연스럽게 보일 만큼 가까운 사이가 아니라는 점을 감안하면 그렇다는 말이다. 우리는 또한 그런 말이 지극히 평범하고 일상적인 표현, 원칙적으로는 상대에게 아무런 의무나 책임을 지우지 않는 말이라는 사실을 그처럼 지나치게 친한 척하는 핑계로 받아들일 수도 없다. 물론 우리가 눈에 보이는 것보다 숨겨진 것에 더 관심을 갖는 독자들을 계몽시키기 위해 이 소설 속의 다른 곳에서 구구절절 설명한 말 속에 드러나 있듯이, 그 말 속에 숨어 있을지도 모르는 복잡한 속뜻에 청각기관의 주의를 돌리지 않는다면 그렇다는 말이다. 한편 테르툴리아노 막시모 아폰소는 안토니오 클라로와 대화를 마친 뒤 눈에 띄게 안도한 표정으로 의자 등받이에 몸을 기대고 깊이 숨을 들이쉬었다. 지금 이 시점에서 누가 그에게 둘 중 누가 게임의 주도권을 쥐고 있느냐고 물어본다면, 그는 자신이라고 대답하려 할 것이다. 상대방 역시 같은 질문을 받으면 정확히 똑같은 대답을 할 이유가 충분하다고 생각할 것임을 분명히 확신하고 있었는데도 말이다. 만남의 장소로 선택된 곳이 시내에서 너무 멀다는 점이 마음에 걸리지는 않았다. 안토니오 클라로가 무장을 하고 올 생각이라는 점에 신경이 쓰이지도 않았다. 그의 확언에도 불구하고 권총(어느 모로 보나 그는 권총을 가져올 것 같았다)이 장전되어 있을 것이라고 확신하고 있는데도 말이다. 그 자신이 보기에도 논리, 이성, 상식이 완전히 결여된 사고과정을 통해서 그는 자신이 달고 나갈 가짜 턱수염이 자신을 보호해 줄 것이라고 믿었다. 그와 처음 만났을 때는 수염을 떼지 않겠다는 굳은 결심을 바탕으로 한 어리석은 믿음이었다. 그는 손, 눈, 눈썹, 이마, 귀, 코, 머리카락의 절대적인 정체성에 대해 두 사람이 만족스러운 합의에 도달한 후에야 턱수염을 뗄 생각이었다. 그는 커다란 거울을 들고 갈 것이다. 그래야 턱수염을 떼어냈을 때 두 사람이 나란히 거울을 들여다보며 서로의 얼굴을 직접 비교할 수 있을 테니까. 그래야 두 사람의 눈이 자신에게 속한 얼굴에서 자신의 것일 수도 있었던 얼굴로 옮겨갈 수 있을 테니까. 거울은 단호하게 선언할 것이다, 만약 당신들의 눈에 보이는 것이 똑같다면, 틀림없이 나머지 부분도 그럴 거야, 나는 당신들이 반드시 옷을 모두 벗고 계속 서로를 비교해 봐야 한다고는 생각하지 않아, 여긴 누드 해변도 아니고, 역도 경기장도 아니니까. 테르툴리아노 막시모 아폰소는 처음부터 체스의 말을 이렇게 움직이게 될 것이라고 예상했던 것처럼 차분하고 자신 있게 다시 일을 시작했다. 역사 연구에 관한 자신의 대담한 제안서와 마찬가지로, 사람들의 삶에 대해서도 앞에서부터 뒤로 말하는 것이 가능할 것이라는 생각을 하면서. 사람들의 삶이 끝날 때까지 기다렸다가 서서히 흐름을 따라 원천으로 거슬러 올라가며 도중의 지류들을 파악해서 지류들도 항해해 볼 수 있을 것이다. 아무리 작고 약한 지류라도 한때는 커다란 강에서 뻗어나갔음을 의식하면서. 이렇게 수면의 반짝임, 바닥에서 솟아오르는 모든 거품, 갑자기 바닥으로 가라앉는 물살, 물이 고요하게 정체되어 있는 곳에 일일이 주의를 기울이는 느리고 신중한 방식을 통해 이야기의 끝에 도달해서 모든 순간의 시초 다음에 최종적인 브레이크를 걸 수 있을 것이다. 이런 식으로 이야기를 할 때는 이야기의 대상인 그 삶이 실제로 지속된 시간만큼 시간이 걸릴 것이다. 서두르지 말자, 사람들은 할 말이 너무 많을 때 입을 다무는 법이야, 테르툴리아노 막시모 아폰소는 이렇게 중얼거리고 나서 다시 일을 시작했다. 오후가 절반쯤 지났을 때 그는 마리아 다 파즈에게 전화를 걸어 퇴근 후에 잠깐 들러주겠느냐고 물었다. 그녀는 그러겠다고 했지만, 어머니의 건강이 좋지 않아서 오래 있을 수는 없다고 말했다. 그는 그럼 굳이 올 필요 없다면서 가족이 먼저라고 말했다. 그러자 그녀는 이렇게 대답했다, 아니, 당신을 만나고 싶어. 그는 그러라고 하면서 이렇게 말했다, 그래, 만나면 반가울 거야. 마치 그녀를 사랑하는 것처럼. 우리는 그렇지 않다는 것을 알고 있다. 아니면 그가 그녀를 사랑하면서도 정작 그 사실을 모르는 것인지도 모른다. 아니면 그가 이 문장을 정직하게 완성시킬 방법을 몰라서, 자신에게 어떤 거짓말을 할지 아니면 진실인 척하는 말을 할지 몰라서 말을 여기서 멈춘 것인지도 모른다. 그의 눈이 감정 때문에 흐릿해진 것은 사실이다. 그녀는 그를 보고 싶다고 말했다. 그래, 때로는 우리를 보고 싶어 하면서 보고 싶다고 말해주는 사람이 있는 것이 좋은 일이다. 하지만 그가 이미 손등으로 닦아버린 눈물이 제멋대로 눈에

맺혔던 것은 순전히 그가 혼자였고, 고독이 갑자기 가장 우울할 때보다 더 세게 그를 짓눌렀기 때문이다. 마리아 다 파즈는 제시간에 도착했다. 두 사람은 서로의 양 볼에 입을 맞춘 다음 앉아서 이야기를 하기 시작했다. 그가 그녀에게 어머니의 병세가 심각하냐고 묻자 그녀는 다행히도 아니라면서 그냥 노인이라서 몸이 아픈 것이라고 말했다. 그런 병이 나타났다 사라지고, 나타났다 사라지다가 나중에는 아예 자리를 잡게 되는 법이라면서. 그가 그녀에게 휴가가 언제부터냐고 묻자 그녀는 두 주일 후부터지만 그와 함께 여행을 떠날 수는 없을 것이라고 말했다. 모든 것이 어머니의 건강상태에 달렸다면서. 그는 은행 일이 잘 돌아가느냐고 물었고, 그녀는 여느 때와 마찬가지로 좋은 날도 있고 그렇지 않은 날도 있다고 말했다. 그러고 나서 그녀는 이제 학기가 끝났으니 엄청나게 지루하지 않으냐고 물었다. 그는 별로 지루하지 않다면서, 교장이 역사 교수법에 관해 교육부에 제출할 제안서 작성을 맡겼다고 말했다. 재미있겠네, 그녀가 이렇게 말하고 나서 두 사람은 침묵에 잠겼다. 그리고 잠시 후 그녀가 그에게 무슨 할 말이 없느냐고 물었고, 그는 아직 그런 말을 할 때가 되지 않았다면서 조금만 더 참아달라고 말했다. 그녀는 얼마든지 기다리겠다고 말했다. 그녀는 또한 일전에 저녁식사를 하고 나서 차에서 나눴던 대화, 즉 그가 거짓말을 했다고 시인한 대화로 문이 열리는 것 같았지만 이내 닫혀버리고 말았다면서 하지만 적어도 자신들을 갈라놓고 있는 것이 벽이 아니라

문에 불과하다는 사실은 알 수 있었다고 말했다. 그는 아무 말도 하지 않고 고개만 끄덕이며 벽보다 더 나쁜 것이 열쇠가 없는 문이라고 생각했다. 열쇠가 어디 있는지 알 수 없거나, 아니면 아예 열쇠가 존재하는지조차 알 수 없는 문. 그가 아무 말도 하지 않자 그녀가 말했다. 시간이 늦었어, 이제 가봐야겠어. 그가 말했다, 아직 가지 마. 나도 어쩔 수 없어, 어머니가 기다리고 계실 거야. 그렇지, 미안해. 그녀가 자리에서 일어나고 그도 일어섰다. 두 사람은 서로를 바라보다가 그녀가 왔을 때처럼 서로의 볼에 입을 맞췄다. 그럼 잘 있어, 그녀가 말했다. 잘 가, 그가 말했다, 집에 도착하면 전화해. 응. 두 사람은 다시 서로를 바라보았다. 그녀는 그가 작별인사를 하려고 그녀의 어깨에 얹으려던 손을 잡고 마치 아이를 대하는 것처럼 아주 부드럽게 그를 침실로 이끌었다.

안토니오 클라로의 편지는 금요일에 도착했다. 약도와 함께 손으로 쓴 메모가 동봉되어 있었다. 서명도 없고 인사도 없는 쪽지였다. 거기에는 저녁 여섯 시에 만납시다, 댁이 약속장소를 쉽게 찾으셔야 할 텐데라고 적혀 있었다. 필체가 내 것하고 완전히 똑같지는 않지만, 그래도 차이가 별로 없군, 대문자를 쓰는 방식에서 가장 차이가 나는걸, 테르툴리아노 막시모 아폰소는 이렇게 중얼거렸다. 약도에는 도시를 빠져나가는 도로가 그려져 있었는데, 도로 양 편에는 서로 팔 킬로미터 떨어져 있는 마을 두 곳이 있었다. 그리고 그 두 마을 사이를 통과하는 도로는 오른쪽으로 꺾어지면서 시골에 있는 또 다른 마을을 향하고 있었다. 그림을 보건대 처음의 두 마을보다는 작은 마을이었다. 거기서부터 또 다른 좁은 도로가 약 일 킬로미터쯤 뻗어나가다가 어떤 집 앞에서 끊어졌다. 그런데 이 집이 있는 위치에는 초보적인 그림 대신 그냥 집이라는 단어가 적혀 있었다. 아무리 솜씨가 없는 사람이라도 그릴 수 있는 단순한 스케치, 즉 지붕에는 굴뚝이 있고 정면에는 문이 있고 양 옆에는 창문이 있는 그림은 없었다. 집이라는 단어 위에는 빨간색 화살표가 그려져 있어서 의심의 여지가 없었다. 여기서 더 갈 필요는 없다는 뜻이었다. 테르툴리아노 막시모 아폰소는 서랍을 열어 도시와 그 일대의 지도를 꺼내 도로 출구를 확인했다, 여기 첫 번째 마을이 있고, 도로는 오른쪽으로 꺾어져 두 번째 마을로 이어진다, 작은 마을은 그 길을 쭉 따라가면 나온다, 약도에서 빠져 있는 것은 집 뒤로 계속 뻗어 있는 도로뿐이다, 테르툴리아노 막시모 아폰소는 약도를 다시 바라보았다. 만약 집에서 만나는 거라면, 그는 속으로 생각했다, 거울을 가져갈 필요가 없지, 모든 집에는 거울이 있으니까. 그는 사방이 탁 트인 시골 들판에서 그를 만나게 될 것이라고 생각했었다. 호기심에 찬 사람들의 눈에서 멀리 떨어진 곳. 어쩌면 이파리가 우거진 나무를 보호막 삼아 그 밑에서 만나게 될지도 모른다고 생각했었다. 그런데 지붕이 있는 곳에서 만남이 이루어지게 될 것 같았다. 마치 이미 아는 사이인 사람들의 만남처럼. 한 손에는 잔을 들고, 견과류를 안주로 마련해 놓고서. 안토니오 클라로의 아내도

오는 건지 궁금했다. 만약 그녀가 와서 왼쪽 무릎에 있는 흉터의 크기와 모양을 확인하고, 오른쪽 팔뚝에 있는 두 사마귀 사이의 거리를 재고, 두 사마귀가 각각 상과(上顆, 상완골 끝의 융기—옮긴이)와 손목뼈에서 얼마나 떨어져 있는지 재고 나서 내가 두 사람을 헷갈릴지도 모르니까 내 시야에서 벗어나지 말라고 말하는 것이 아닐까. 그렇지는 않을 것 같았다. 체면이 있는 남자라면 위험하다고까지 할 수는 없어도 힘들어질 가능성이 있는 자리(안토니오 클라로가 테르툴리아노 막시모 아폰소에게 무기를 가져가겠다고 신사답게 미리 알린 것을 생각해 보라)에 가면서 마치 조금만 위험한 징조가 나타나도 아내의 치마폭에 숨으려는 것처럼 아내를 데리고 온다는 것은 말이 되지 않는다. 아냐, 혼자 올 거야, 나라도 마리아 다 파즈를 데려가지는 않을 테니까, 테르툴리아노 막시모 아폰소는 이렇게 불안한 말을 중얼거렸다. 고유의 권리와 의무가 있는 합법적인 배우자와 일시적인 애인 사이의 커다란 차이를 인식하지 못한 채. 앞에서 말한 마리아 다 파즈의 애정이 우리 눈에는 항상 굳건한 것처럼 보였지만 그건 상관없는 일이다. 또한 상대방 아내의 애정을 의심해 보는 것이 의무까지는 아닐망정 이성적인 일이라는 점을 감안해도 그렇다. 테르툴리아노 막시모 아폰소는 시내지도와 약도를 서랍 속에 넣었지만, 손으로 쓴 메모는 넣지 않았다. 그는 그것을 자기 앞에 놓고 펜을 들어 다른 종이에 그 문장을 적었다. 상대방의 필적, 특히 대문자의 모양을 가능한 한 비슷하게 흉내내려고 애쓰면서. 차이가 가장 눈에 띄게 드러나는 곳이 대문자였으니까. 그는 종이가 가득 찰 때까지 같은 문장을 계속 반복해서 썼다. 마지막으로 쓴 문장은 아무리 경험 많은 필적감정가라도 위조의 흔적을 전혀 찾아낼 수 없을 정도였다. 테르툴리아노 막시모 아폰소가 마리아 다 파즈의 서명을 재빨리 베낄 때 보여준 솜씨는 그가 방금 만들어 낸 작품에 비하면 아무것도 아니다. 이제부터 그가 할 일은 안토니오 클라로가 A부터 H까지, J부터 K까지, M부터 Z까지 대문자를 어떻게 쓰는지 알아내서 흉내내는 법을 배우는 것뿐이다. 하지만 테르툴리아노 막시모 아폰소가 다니엘 산타클라라라는 배우와 관련된 계획을 머릿속에 품고 있다는 뜻은 아니다. 지금 그는 단순히 젊은 시절에 교직이라는 훌륭한 직업으로 자신을 이끌어주었던 연구 취미를 충족시키고 있을 뿐이다. 달걀을 세로로 세우는 법을 알아두는 것이 유용할 수도 있는 것처럼, 안토니오 클라로의 대문자 필체를 정확히 흉내낼 수 있는 것이 테르툴리아노 막시모 아폰소의 삶에서 소용이 있을지도 모른다는 가능성을 배제해서는 안 된다. 고대인들의 가르침처럼 이 물을 마시지 않겠다고 말해서는 안 된다. 특히 다른 물이 없을 때는 더욱더 그러하다는 말을 덧붙이고 싶다. 이런 생각들은 테르툴리아노 막시모 아폰소의 머릿속에서 만들어진 것이 아니므로, 우리는 그가 방금 내린 결정과 이런 생각들 사이에 존재할지도 모르는 상관관계를 분석할 능력이 없다. 그는 아무래도 우리가 포착하지 못한 자기만의 생각에 이끌려 이런 결정을 내린 것 같다. 그의 결정은 뭐랄까 뻔한 것의 필연적인 본질을 보여준다. 테르툴리아노 막시모 아폰소가 만남이 이루어질 장소로 자신을 이끌어줄 약도를 손에 넣은 지금, 그곳에 먼저 가서 살펴보자는 생각, 입구와 출구를 연구해 두자는 생각, 주위를 파악해 두자는 생각을 떠올리는 것만큼 자연스러운 일이 어디 있겠는가. 이런 표현을 써도 되는지 모르겠지만, 그렇게 하면 일요일에 길을 잃을지도 모른다는 위험을 피할 수 있다는 적지 않은 추가 이점이 있다. 이 짧은 여행 덕분에 교육부에 제출할 제안서 작성이라는 고통스러운 일을 몇 시간쯤 잊어버릴 수 있을 것이라는 생각은 그의 기분을 밝게 해주었을 뿐만 아니라, 참으로 놀랍게도 그의 얼굴에서 우울한 표정을 걷어가 버렸다. 테르툴리아노 막시모 아폰소는 혼자 있을 때도 미소를 지을 수 있는 놀라운 사람들과는 다르다. 그의 본성은 우울, 상념, 삶의 덧없음을 과장하는 의식, 크레타의 미로와도 같은 인간관계와 마주쳤을 때 느껴지는 구제불능의 당혹스러움 쪽으로 더 기울어 있다. 그는 벌집의 신비스러운 작동원리도, 나뭇가지가 더 높거나 더 낮은 자리가 아니라 지금의 그 자리에서 더 굵거나 가늘지도 않은 지금의 굵기로 솟아나오는 이유도 제대로 알지 못하지만, 자신이 이런 것을 잘 이해하지 못하는 것은 벌들 사이에서 사용되는 유전적 의사소통 암호와 몸짓을 모르기 때문이라고, 땅 속 깊은 곳의 뿌리와 나무를 덮고서 한낮의 정적 속에서는 휴식을 취하다가 바람이 불어오면 동요를 일으키는 이파리를 이어주는 식물 몸속의 뒤얽힌 도로망을 따라 맹목적으로 전달되는 정보의 흐름에 대해서는 더더욱 모르기 때문이라고 생각한다. 그가 아무리 머리를 쥐어짜도 결코 이해할 수 없는 것은 통신기술이 진정 기하급수적으로 발달하며 계속 나아지고 있는 반면 또 다른 방식의 의사소통, 즉 나와 당신 사이, 우리와 그들 사이의 진정한 의사소통이 여전히 막다른 길로 가득 찬 혼란 속에 빠져 있는 이유이다. 이런 의사소통은 전망 좋은 산책로가 있는 것 같은 환상으로 우리를 속이고, 뭔가 뜻을 표현할 때도 감출 때처럼 솔직하지 않다. 테르툴리아노 막시모 아폰소는 아마 나무가 된다 해도 개의치 않겠지만, 실제로 나무가 되는 일은 결코 없을 것이다. 그의 삶은 지금까지 이 세상에 살았던 사람들과 앞으로 살게 될 사람들의 삶과 마찬가지로 식물들이 겪는 최고의 경험을 결코 맛보지 못할 것이다. 우리가 이것을 최고의 경험이라고 생각 또는 상상하는 것은, 지금까지 떡갈나무가 직접 쓴 자서전이나 회고록을 읽어본 사람이 아무도 없기 때문이다. 따라서 테르툴리아노 막시모 아폰소가 자신이 속한 세상, 온갖 자연스러운 상황과 인위적인 상황에서 고함을 지르고 자랑을 해대는 남녀들의 세상에 신경을 쓰게 내버려두자. 그가 식물의 세계를 평화로이 떠날 수 있게 해주자. 식물들의 세상에도 갖가지 질병, 전기톱, 산불 등 걱정해야 할 것이 꽤 있다. 그는 또한 자신을 시골로 데려다 줄 차, 특히 모두들 주말을 즐기러 떠나는 오늘 같은 금요일 오후에 갖가지 차량과 보행자들을 통해 현대 사회의 의사소통 문제를 있는 그대로 보여주는 도시로부터 다른 곳으로 자신을 데려다 줄 차를 운전하는 일에 몰두하고 있다. 테르툴리아노 막시모 아폰소도 도시를 빠져나가고 있지만, 곧 다시 돌아올 것이다. 이제 그는 차가 가장 심하게 막히는 곳을 빠져나왔다. 그가 가야 할 길은 별로 붐비지 않는다. 곧 그는 내일 모레 안토니오 클라로가 그를 기다릴 집에 도착할 것이다. 그는 만일의 경우를 대비해서 턱수염을 정성들여 붙이고 나왔다. 그가 마지막 마을을 지나가고 있을 때 누군가가 그를 다니엘 산타클라라라는 이름으로 부르며 맥주나 한 잔 하자고 할지도 모르니까. 그가 보러 온 집이 안토니오 클라로의 것이거나 그가 빌린 집이라면 그렇다는 말이지만. 시골 별장 같은 것 말이다. 영화에 출연하는 단역배우들 중 얼마 전까지만 해도 소수의 특권이었던 사치스러운 생활에 접근할 수 있는 사람들은 정말로 떵떵거리며 살고 있다. 어쨌든 테르툴리아노 막시모 아폰소는 그 집으로 이어진 도로, 지금 자기 앞에 펼쳐져 있는 그 좁은 도로에 다른 용도가 없을지도 모른다는 걱정을 하고 있다. 만약 이 도로가 집 뒤로 뻗어 있지 않고 근처에 다른 집도 없다면 창가에 나타났던 그 여자가 혼잣말을 하거나 옆에 있는 이웃사람에게 이렇게 물을 것이다. 저차는 어딜 가는 거지, 내가 아는 한 지금 안토니오 클라로의 집에는 아무도 없는데, 그리고 그 남자 얼굴도 마음에 안 들어, 턱수염을 기른 남자들은 대개 뭔가 숨길 게 있는 사람들이거든. 테르툴리아노 막시모 아폰소가 그녀의 말을 듣지 못한 것이 다행이다. 그 말을 들었더라면 심각한 걱정거리가 또 하나 생겼을 것이다. 아스팔트가 깔린 그 도로는 자동차 두 대가 지나가기도 어려울 만큼 좁다. 이곳을 지나다니는 자동차도 별로 많지 않은 것 같다. 왼쪽에는 돌투성이 땅이 계곡을 향해 완만한 경사를 그리고 있고, 계곡에 길게 줄지어 늘어서 있는 나무들은 여기서 보면 재나무나 하얀 포플러처럼 보이는데 아무래도 강을 따라 자라고 있는 것 같다. 테르툴리아노 막시모 아폰소는 혹시 반대편에서 갑자기 차가 나타날지 몰라 신중하게 차를 몰고 있는데도 일 킬로미터를 가는데 시간이 별로 걸리지 않았다. 그는 이미 그 일 킬로미터를 다 달렸으니, 틀림없이 이 집이 그 집일 것이다. 도로는 계속 이어지며 층층이 솟아 있는 두 개의 야산 사이로 뱀처럼 구불구불 올라가다가 반대편으로 돌아 사라진다. 아마 여기서는 보이지 않는 다른 집들까지 이어져 있을 것이다. 그렇다면 의심 많은 그 여자는 그냥 자기가 사는 마을 근처에서 벌어지는 일에만 관심이 있는 것 같다. 이 동네 밖에서 벌어지는 일에는 관심이 없다. 집 앞쪽의 널찍한 테라스에서 훨씬 더 좁고 보수 상태도 훨씬 나쁜 또 다른 도로가 계곡을 향해 뻗어 있다. 저 길을 통해서도 이 집에 올 수 있겠군, 테르툴리아노 막시모 아폰소는 속으로 생각했다. 그는 집 근처에 너무 가까이 다가가면 안 된다는 것을 알고 있다. 길을 걷던 사람이나 염소 치는 목동이 도둑놈아 거기 멈춰라고 소리를 지르면 안 되니까 말이다. 이곳이 염소를 기를 만한 곳인 것 같아서 하는 말이다. 어쨌든 그런 일이 벌어지면 순식간에 경찰이 나타나거나, 아니면 동네 주민들이 옛날처럼 막대기와 낫으로 무장하고 나타날 것이다. 그는 그냥 이 동네를 지나가는 여행자처럼 굴어야 한다. 경치에 감탄해서 잠시 걸음을 멈춘 여행자. 그리고 기왕 이곳에 왔으니 전망 좋은 집을 감탄의 시선으로 바라보는 여행자. 지금은 집에 없는 이 집 주인은 이런 전망을 즐길 수 있으니 참으로 운 좋은 사람이다. 이 집은 소박한 단층짜리 건물이며, 누군가가 정성들여 복원한 것처럼 보이는 전형적인 시골집이다. 비록 곳곳에 방치의 흔적 또한 보이기도 하지만 말이다. 집 주인들이 여기에 자주 오지도 않고, 오더라도 잠깐만 머물다 가는 것 같다. 사람들은 대개 시골집 문밖과 창턱에 화분이 있을 거라고 생각하지만, 이 집에는 화분이 거의 없다. 말라 비틀어진 줄기만 남은 화분 몇 개와 시들어가고 있는 꽃 한 송이, 그리고 용감한 제라늄 한 송이만이 주인의 부재에 맞서 계속 투쟁하는 중이다. 집과 도로 사이에는 나지막한 담이 있고, 담 뒤에서는 밤나무 두 그루가 지붕 위로 가지를 뻗고 있다. 나무의 높이와 나이가 많아 보이는 모습으로 보건대 이 밤나무들은 이 집이 지어지기 훨씬 전부터 이곳에 있었을 것이다. 외로운 곳, 생각에 잠기길 좋아하는 사람들과 자연 그대로를 사랑하며 햇빛과 비, 더위와, 추위, 바람과 정적, 그로 인한 편안함과 불편함에 개의치 않는 사람들에게 이상적인 곳. 테르툴리아노 막시모 아폰소는 한때는 정원이라고 불릴 만했지만 지금은 담장조차 거의 남아 있지 않을 뿐만 아니라 엉겅퀴에게 침략까지 당한 공간이 되어버린 정원을 지나 집 뒤로 걸어갔다. 정원에서는 제멋대로 뒤엉켜서 자라고 있는 잡초들이 시든 사과나무, 이끼로 뒤덮인 복숭아나무, 라틴어로 Datura stramonium이라고 불리는 산사나무 열매 몇 개를 압도하고 있다. 안토니오 클라로는, 그리고 어쩌면 그의 아내 역시 이 시골집을 아끼는 마음을 금방 잃어버린 모양이다. 가끔 도시인들을 공격하다가 금방 사라져버리는 목가적인 열정이었을 것이다. 이런 열정은 짚단에서 떨어져 나온 지푸라기처럼 성냥으로 살짝만 건드려도 화르르 타올라서 순식간에 검은 재로 변해버린다. 테르툴리아노 막시모 아폰소는 이제 도로 반대편이 어떻게 생겼는지 아는 상태에서 자신의 이층 아파트로 돌아가 일요일에 그를 다시 이곳으로 불러낼 전화를 기다릴 수 있게 되었다. 그는 차에 올라 온 길을 되짚어 갔다. 그는 양심에 거리낄 만큼 다른 사람의 재산을 상대로 범죄를 저지르지 않았다는 것을 창가의 여자에게 보여주기 위해 느린 속도로 마을을 통과했다. 마치 금작화와 타임이 자라는 들판과 마찬가지로 도로에도 익숙해져 있는 염소 무리 속을 조심스레 지나가는 것처럼. 테르툴리아노 막시모 아폰소는 순전히 호기심 때문에 그 집에서 강으로 이어져 있는 것처럼 보였던 지름길을 조사해 볼 가치가 있을지 생각해 보았지만, 곧 생각을 바꿨다. 이 일대에서 그를 본 사람이 적을수록 더 좋은 법이니까. 물론 일요일 이후에는 그가 다시 이곳에 올 일이 없겠지만, 그래도 사람들이 턱수염 기른 남자를 잊어주는 편이 가장 좋을 것이다. 마을을 빠져나오면서 그는 속도를 올렸고, 몇 분 만에 다시 중앙로에 들어와 있었다. 그리고 그로부터 한 시간도 안 돼서 그는 집에 도착했다. 잔뜩 흥분해서 그곳에 갔다 온 뒤 목욕을 하고 기운을 차린 그는 옷을 갈아입고 냉장고에서 레모네이드를 꺼내 책상으로 와서 앉았다. 교육부에 제출할 제안서를 계속 쓰지는 않을 것이다. 대신 착한 아들답게 어머니에게 전화를 할 것이다. 그가 어머니에게 그동안 어떻게 지내셨느냐고 물으면 어머니는 잘 지냈다며 너는 어떠냐고 물을 것이다. 아, 항상 비슷하죠 뭐, 불편한 건 없어요. 네가 왜 전화를 안 하는지 막 궁금해하던 참이었다. 죄송해요, 할 일이 많아서요. 인간들에게 이런 말은 개미들이 길에서 만났을 때 더듬이로 서로를 살짝 건드리며 아는 척을 하는 것과 같을 것이다. 안테나로 상대를 건드리는 개미들은 마치 이런 말을 하는 것 같다, 너도 우리랑 같구나, 이제 너랑 진지한 얘기를 해도 되겠어. 문제가 있다더니 그건 어떻게 됐니, 어머니가 물었다. 해결하는 중이에요, 걱정 마세요. 바로 그게 문제야, 내가 널 걱정하는 것 말고는 할 일이 없는 사람인 줄 아니. 뭐, 엄마가 그 일을 너무 심각하게 생각하지 않는 것 같아서 다행이에요. 넌 지금 내가 어떤 표정인지 모르잖아. 엄마, 진정하세요. 물론 진정해야지, 네가 여기 온 다음에. 곧 갈게요. 마리아 다 파즈하고는 어떻게 됐니, 지금 어떤 상태야. 설명하기가 쉽지 않아요. 그래도 한번 해봐. 제가 마리아를 좋아하고,

마리아가 저한테 필요한 사람인 건 사실이에요. 세상에는 그
것보다 못한 이유로 결혼하는 사람도 있어. 그렇죠, 하지만
저는 마리아가 저한테 필요한 게 그냥 순간적인 일에 불과하
다고 생각해요, 만약 내일 제 생각이 달라진다면 어떻게 하
죠. 마리아를 좋아한다며. 그건 혼자 사는 남자가 운 좋게도
얼굴 예쁘고, 몸매 좋고, 사람들 말처럼 다정한 좋은 여자를
만났을 때 으레 드는 감정이에요. 그래, 그럼 별로 좋아하는
게 아니네. 별로 안 좋아한다는 게 아니라, 충분히 좋아하지
않는다는 거예요. 넌 네 아내를 사랑했잖아. 제가 그랬어요,
지금은 기억이 안 나요, 육 년 전 일이니까. 육 년은 많은 걸
잊어버릴 만큼 긴 세월이 아냐. 뭐, 아내를 사랑했던 것 같기
는 해요, 아내도 저에 대해 똑같은 감정이었겠죠, 하지만 알
고 보니 우리 둘 다 잘못 생각한 거였어요, 그런 일이 자주 일
어나잖아요. 그래서 마리아 다 파즈하고 같은 실수를 다시 저
지르고 싶지 않다. 예, 그래요. 너를 위해서야, 마리아를 위해
서야. 우리 둘 다를 위해서예요. 그래도 마리아보다는 너를
위해서겠지. 엄마, 제가 완벽한 사람이 아니라는 건 저도 알
아요, 제가 겪고 싶지 않은 일을 마리아도 겪지 않도록 해주
는 걸로 충분해요, 하지만 적어도 이번 일에서는 제가 이기적
이라고 해서 마리아를 보호할 생각이 없다는 건 아니에요. 어
쩌면 마리아 다 파즈는 위험을 무릅쓰는 것쯤 상관 안 할지도
모르지. 또 이혼을 하라고요, 저는 두 번째고, 마리아는 첫 번
째 이혼을, 싫어요, 엄마, 절대 안 돼요. 일이 잘 풀릴 수도 있

잖아, 우리가 행동을 할 때마다 그 결과가 어떻게 될지는 몰라. 맞는 말이에요. 왜 그런 식으로 말을 하니. 그런 식이라니요. 우리 둘이 어둠 속에 앉아 있고, 네가 갑자기 불을 켰다 껐다 하는 것 같잖아. 어머니가 그런 상상을 하시니까 그렇게 들리는 거예요. 다시 말해봐. 뭘요. 네가 한 말. 왜요. 제발 다시 말해봐. 그러죠 뭐, 맞는 말이에요. 그냥 뒤의 말만 해봐. 맞는 말이에요. 아냐, 아까랑 달라. 아까랑 다르다니, 무슨 말씀이세요. 그냥 아까랑 달라. 엄마, 쓸데없는 상상은 그만 하세요, 제발, 상상을 너무 많이 하는 건 마음의 평화를 얻는 데 도움이 안 돼요. 제가 한 말은 그냥 동의와 순응을 뜻하는 거였어요. 고맙구나, 그건 나 혼자 해석할 수 있을 것 같다, 나도 젊었을 땐 사전을 뒤적이곤 했으니까. 화를 내시는 거예요. 언제 올 거니. 아까 말씀드렸잖아요, 곧 간다고. 우린 얘기를 좀 해봐야 돼. 어머니가 원하시는 만큼 실컷 얘기를 할 수 있어요. 그거야 그렇지, 하지만 내가 원하는 얘기는 하나뿐이야. 어떤 얘기요. 모르는 척 하지 마, 난 지금 무슨 일이 벌어지고 있는지 알고 싶어. 부탁이니 여기 올 때 미리 준비한 이야기를 갖고 오지는 마라, 카드를 탁자 위에 올려놓고 공정한 게임을 해야지, 내가 너한테 기대하는 게 바로 그거야. 엄마답지 않은 말씀인데요. 네 아버지가 자주 하던 말이야, 기억나니. 좋아요, 제 카드를 전부 탁자 위에 올려놓을게요. 공정한 게임을 하겠다고 약속해, 속임수는 안 쓰겠다고. 예, 공정한 게임을 하고, 속임수는 안 쓸게요. 내가 아들한테서 듣고 싶은 소리가 바로 그거야. 제가 첫 번째 카드를 올려 놓았을 때 어머니가 뭐라고 하실지 두고 보자고요. 나도 지금까지 겪을 만큼 겪은 사람이야. 저랑 얘기를 할 때까지 그 환상을 소중히 간직하세요. 그렇게 심각한 얘기야. 시간이 흐르면 알게 되겠죠. 너무 오래 기다리게 하지는 마라, 제발. 어쩌면 다음 주 중반이 될 수도 있어요. 그러면 얼마나 좋겠니. 안녕히 계세요, 엄마. 잘 있어라, 아들. 테르툴리아노 막시모 아폰소는 수화기를 내려놓고 생각이 멋대로 방황하도록 내버려두었다. 마치 아직도 어머니와 이야기를 하고 있는 것처럼. 말이 바로 악마가 될 수도 있어, 우리는 우리한테 적합한 말만 입 밖으로 내뱉는다고 생각하지만 갑자기 다른 말이 슬그머니 빠져나가지, 그 말이 어디서 왔는지는 우리도 몰라, 우리는 그 말더러 모습을 드러내라고 한 적이 없어, 대개 그 순간이 지나고 나면 잘 기억나지도 않는 그 말 때문에 대화의 방향이 갑자기 바뀌고, 우리는 자기도 모르게 예전에 부인했던 것을 인정하거나 인정했던 것을 부인하게 되지, 방금 있었던 일이 아주 좋은 예야, 난 엄마한테 이렇게 일찍 이 정신나간 이야기를 할 생각이 없었어, 아니, 그 이야기를 할지 안 할지도 아직 모르는 상태였지, 그런데 나도 모르는 사이에 엄마가 나한테서 모든 걸 얘기하겠다는 약속을 받아냈잖아, 아마엄마는 벌써 달력에 표시를 하고 있을걸, 다음 주 월요일에다가, 혹시 내가 연락도 없이 불쑥 나타날 수도 있으니까, 난 엄마를 잘 알아, 엄마가 선택한 날이 내가 가야 하는 날이지, 만약 내가 가지 않는다 해도, 그건 엄마 책임이 아냐. 테르툴리아노 막시모 아폰소는 화가 난 것이 아니다. 오히려 그는 말로 표현할 수 없는 안도감을 느끼고 있다. 마치 어깨에 짊어지고 있던 무거운 짐을 벗어버린 것처럼. 그는 지금까지 침묵을 지키면서 얻은 것이 무엇인지 생각을 해보지만, 그럴듯한 답을 하나도 찾아낼 수 없다. 시간이 좀 흐르면 수많은 답을 만들어 낼 수 있을지도 모른다. 그것도 시간이 흐를수록 점점 더 그럴듯한 답을. 지금 그가 생각할 수 있는 것이라고는 가능한 한 빨리 그것을 가슴에서 덜어놓는 것이다. 그는 이틀 후인 일요일에 안토니오 클라로를 만날 것이다. 따라서 월요일 아침에 차에 올라 어머니에게 가서 이 조각그림 맞추기 속의 모든 카드들을, 자신의 모든 것을 보여주는 데 장애가 되는 것은 하나도 없다. 어머니에게 엄마조차 구분할 수 없을 만큼 나랑 똑같이 생긴 남자가 있다고 말하는 것과, 그 남자를 만나고 나니 내가 누군지 모르겠다고 말하는 건 전혀 다른 일이니까 말이다. 그 순간 그를 자비롭게 어루만져 주던 자그마한 위안거리가 사라져버리고, 그 자리에 갑자기 다시 시작된 통증처럼 두려움이 모습을 드러냈다. 우리가 행동을 할 때마다 어떤 결과가 우리를 기다리고 있는지 정확히 알 수는 없다, 어머니는 이렇게 말했다. 평범한 시골 주부도 이해할 수 있는 이 진부한 진리, 그런 얘길 해봤자 어느 누구도 밤잠을 못 이루게 되지는 않을 테니 굳이 말할 필요도 없는 그런 진리들의 무한한 목록 속에 포함된 이 하찮은 진리, 모든 사람의 것이며 모든 사람에게 똑같은 의미를 갖는 이 진리가 어떤 상황에서는 최악의 위협보다 더 커다란 고통과 두려움을 가져다줄 수 있다. 일초, 일초 시간이 흐를 때마다 문이 열려서 아직 일어나지 않은 것, 우리가 미래라고 부르는 것이 앞으로 들어오는 것 같다. 하지만 우리가 방금 한 말의 모순적인 본질에 맞서자면, 미래는 그저 광대한 허공일 뿐이며 영원한 현재의 먹이가 되는 시간에 불과하다고 말하는 편이 정확할 것이다. 만약 미래가 텅 비었다면, 테르툴리아노 막시모 아폰소는 속으로 생각했다. 그렇다면 일요일이라고 부를 수 있는 날은 존재하지 않아, 일요일이 존재할 가능성을 결정하는 건 나의 존재야, 만약 내가 지금 죽는다면, 미래의 일부, 아니 가능한 미래의 일부가 영원히 사라질 거야. 테르툴리아노 막시모 아폰소는 일요일이 존재하기 위해서는 내가 반드시 계속 존재해야 한다는 결론을 막 내리려는 참이었으나, 전화벨 소리가 그를 방해했다. 안토니오 클라로의 전화였다, 약도를 받았어요. 예, 받았습니다. 궁금한 건 없어요. 없어요. 저기, 내가 내일 전화하겠다고 말한 건 나도 아는데, 지금쯤이면 편지가 도착했겠다는 생각이 들어서 그냥 내일 약속을 확인하는 전화를 한 거예요. 괜찮아요, 내일 여섯 시까지 가죠. 차를 몰고 마을을 지나갈 때 어떻게 해야 할지 걱정할 필요는 없어요, 난 집으로 곧장 이어지는 지름길로 갈 테니까, 그러면 사람들이 얼굴이 똑같이 생긴 두 사람이 차를 몰고 지나가는 걸 보며 이상하게 생각할 일은 없을 겁니다. 그럼 차는요. 차라니요. 내 차 말이에요. 아, 그건 문제 없어요, 만약 누가 당신을 나로 착각하더라도 내가 새 차를 샀나 보다 할 테니까, 게다가 최근에는 내가 그 집에 별로 자주 가지 않았어요. 그럼 괜찮겠군요. 내일 모레 봅시다. 예, 일요일에 보죠. 전화를 끊은 후, 테르툴리아노 막시모 아폰소는 턱수염을 달고 갈 거라는 얘기를 할 걸 그랬다는 생각이 들었다. 하지만 그건 별로 중요하지 않았다. 그곳에 도착하자마자 수염을 뗄 생각이니까. 일요일이 이제 막 앞을 향해 크게 한 발을 내디뎠다.

테르툴리아노 막시모 아폰소가 그 집 맞은편, 도로 건너편에 차를 세운 것은 여섯시 오분이었다. 안토니오 클라로의 차는 이미 출입구 옆의 벽 앞에 세워져 있었다. 두 사람의 차는 기계적인 측면에서 볼 때 꼬박 한 세대나 차이가 난다. 다니엘 산타클라라는 자기 차를 테르툴리아노 막시모 아폰소의 차와 비슷한 것과는 결코 바꾸지 않을 것이다. 정원 문이 열려 있고, 현관문도 열려 있지만 창문은 닫혀 있다. 집 안에는 알아보기 어려운 형체가 서 있다. 그러나 안에서 흘러나온 목소리는 분명하고 정확하다. 배우의 목소리는 모름지기 그래야 하는 법이니까. 들어오세요, 자기 집이다 생각해요. 테르툴리아노 막시모 아폰소는 계단 네 개를 올라가 문턱에서 잠시 걸음을 멈췄다. 들어오세요, 들어와요, 그 목소리가 말했다, 너무 딱딱하게 굴지 말아요, 하지만 지금 보니 내가 예상했던 것과는 다른 사람이군요, 배우는 난 줄 알았는데 아니었어요. 테르툴리아노 막시모 아폰소는 한마디 말도 없이 조심스레 턱수염을 떼고 안으로 들어갔다. 그런 게 바로 무대감각이에요, 그런 걸 보면 나는 갑자기 방으로 들어가서 내가 왔다고 소리를 지르고 싶어지죠, 마치 내가 온 것이 중요한 일인 것처럼, 안토니오 클라로가 그림자 속에서 나와 열린 문으로 들어오는 밝은 빛 속에 서면서 말했다. 두 사람은 서로를 바라보며 꼼짝도 하지 않았다. 천천히, 마치 불가능한 것들로 가득 차 있는 저 깊은 곳에서 고통스럽게 몸을 이끌고 올라오듯이, 망연자실한 표정이 안토니오 클라로의 얼굴을 훑고 지나갔다. 테르툴리아노 막시모 아폰소의 표정은 그렇지 않았다. 그는 자기가 무엇을 보게 될지 알고 있었으니까. 내가 댁한테 전화했던 사람이에요, 그가 말했다, 우리가 똑같이 생겼다는 말이 장난이 아니라는 걸 당신 눈으로 직접 확인하라고 이렇게 왔습니다. 나도 이제 알겠어요, 안토니오 클라로가 더이상 다니엘 산타클라라의 냄새가 나지 않는 목소리로 더듬거렸다. 댁이 하도 고집을 부리기에 우리 둘이 많이 닮았나보다 했어요, 하지만 솔직히 말해서 이럴 줄은 몰랐습니다, 내 얼굴을 보게 될 줄은. 이제 증거를 보셨으니 저는 그만 가보겠습니다, 테르툴리아노 막시모 아폰소가 말했다. 아뇨, 아니에요, 제가 들어오라고 했으니, 이제 앉아서 얘기를 좀 나누자고 해야겠군요, 집이 좀 엉망이에요, 하지만 이 소파는 앉을 만해요, 마실 것도 좀 있을 테고, 하지만 얼음은 없어요.

아, 댁을 귀찮게 하고 싶지 않아요. 귀찮다니요, 아내가 있었다면 더 대접을 잘 했을 텐데, 그랬더라면 아내가 지금쯤 어떤 기분일지 짐작이 가네요, 나보다 더 혼란스럽고 힘들겠죠, 확실해요. 내 생각도 그래요, 아무리 불구대천의 원수라도 지난 몇 주 동안 내가 겪은 일을 똑같이 겪게 만들고 싶지는 않을 정도니까. 앉으세요, 뭘 드실래요, 위스키, 브랜디. 전 술을 잘 마시는 편이 아니라서요, 하지만 브랜디가 낫겠군요, 그냥 조금만 주세요. 안토니오 클라로가 병과 잔을 가져와 손님에게 한 잔 따라준 다음, 자기 잔에 위스키를 손가락 세 개를 포갠 높이로 따랐다. 그리고 술에 물을 섞지 않은 채 작은 탁자 맞은편에 앉았다. 아직도 충격에서 벗어날 수가 없네요, 그가 말했다. 난 그 단계를 지났어요, 테르툴리아노 막시모 아폰소가 대꾸했다, 이제 내 관심은 앞으로 어떻게 될까 하는 것뿐이죠. 어떻게 알게 된 거예요. 전화로 말한 것처럼 영화에서 댁을 봤어요. 아, 예, 이제 기억이 나네요, 내가 호텔직원으로 나온 영화였죠. 맞아요. 그러고 나서 다른 영화에서도 나를 봤다고요. 맞아요. 그럼 나를 어떻게 찾아냈어요, 다니엘 산타클라라라는 이름은 전화번호부에 없는데. 당신을 찾아내기 전에 먼저 엔딩크레디트에 어떤 역할을 했는지 전혀 표시가 되지 않은 채 나오는 모든 단역배우들 중에서 당신을 알아보는 방법을 먼저 찾아내야 했죠. 예, 물론 그랬겠죠. 시간이 좀 걸렸지만, 결국 찾아냈어. 왜 그렇게 애를 쓴 거죠. 누구든 나 같은 입장이라면 그렇게 했을 것 같은데요. 예, 그렇겠죠, 워낙 진기한 일이니까 무시해 버릴 수가 없겠죠. 그러고 나서 나는 전화번호부에서 산타클라라라는 성을 가진 사람들을 찾아내 모조리 전화를 해봤어요. 그 사람들은 당연히 날 모른다고 했겠군요. 예, 그런데 그 중 한 명이 다니엘 산타클라라를 찾는 전화를 받은 게 두 번째라는 얘기를 했어요. 댁보다 먼저 누구 다른 사람이 날 찾았다고요. 예. 아마 여성 팬이겠죠. 아뇨, 남자라고 하던데요. 이상하네요. 더 이상한 건, 그 남자가 자기 목소리를 변조시키려고 애쓰는 것처럼 들리더래요. 정말 이상하네요, 왜 목소리를 변조하려고 했을까요. 나야 모르죠. 댁하고 통화한 사람이 그냥 상상으로 꾸며낸 얘기가 아닐까요. 그럴지도 모르죠. 그래서 결국 날 어떻게 찾아냈죠. 영화사에 편지를 썼어요. 이런, 그 사람들이 내 주소를 알려주다니 놀라운데요. 당신 본명도 가르쳐 주던데요. 난 댁이 처음에 아내랑 통화하고서야 비로소 내 이름을 안 줄 알았어요. 아니에요, 영화사에서 가르쳐 줬어요. 내가 아는 한, 적어도 나와 관련해서는 영화사가 그런 일을 한 게 처음이에요. 뭐, 내가 단역배우들의 중요성을 강조하는 내용을 끼워넣기는 했어요. 어쩌면 그게 그 사람들의 마음을 움직였는지도 모르죠. 그런 구절은 오히려 정반대 효과를 낳을 가능성이 높은데. 어쨌든, 그렇게 댁의 이름을 알아낸 거예요. 그래서 우리가 이렇게 만나게 됐고요. 예, 이렇게 만나게 됐죠. 안토니오 클라로는 위스키를 조금 마셨다. 테르툴리아노 막시모 아폰소도 브랜디를 한 모금 마셨다. 그러고 나서 두 사람은 서로를 바라보았지만, 즉시 고개를 돌려버렸다. 점점 기울어가고 있는 오후의 햇빛이 아직 열려 있는 문을 통해 들어왔다. 테르툴리아노 막시모 아폰소는 잔을 한쪽으로 밀고 양손을 탁자 위에 쫙 펼쳤다. 한번 비교해 봅시다. 안토니오 클라로는 위스키를 한 모금 더 마시고 나서 자기 손을 반대편에 펼쳤다. 그는 손이 떨리는 것을 감추기 위해 손에 힘을 주었다. 테르툴리아노 막시모 아폰소도 마찬가지인 것 같았다. 두 사람의 손은 어느 모로 보나 똑같았다. 혈관, 주름살, 털, 각각의 손가락이 모두. 마치 같은 틀로 찍어낸 것 같았다. 유일한 차이점은 안토니오 클라로가 넷째손가락에 끼고 있는, 금으로 만든 결혼반지였다. 오른쪽 팔뚝의 사마귀도 한번 보죠, 테르툴리아노 막시모 아폰소가 말했다. 그는 자리에서 일어나 재킷을 벗어 소파 위에 놓고는 셔츠 소매를 팔꿈치까지 걷어올렸다. 안토니오 클라로도 일어섰지만, 먼저 현관으로 가서 문을 닫고 거실 불을 켰다. 그가 재킷을 의자 등받이에 걸쳐놓을 때 둔탁한 소리가 났다. 권총인가요, 테르툴리아노 막시모 아폰소가 물었다. 예. 어쩌면 댁이 그걸 안 가져올지도 모른다고 생각했는데. 총알은 없어요. 총알이 없다는 건 그냥 총알이 없다는 두 마디 말에 불과하죠. 직접 보여줄까요, 아무래도 내 말을 안 믿는 것 같은데. 마음대로 하세요. 안토니오 클라로가 재킷 안주머니에 손을 넣어 총을 꺼내 보여주었다. 여기 있어요. 그는 능숙하고 빠른 손놀림으로 텅 빈 클립을 제거하고 개머리판을 뒤로 잡아당겨 역시 텅 빈 약실을 보여주었다. 이제 됐어요, 그가 물었다. 됐어요. 그럼 내가 다른 주머니에 총을 하나 더 갖고 왔을 거라고 생각하지는 않는 겁니까. 그럼 총이 너무 많잖아요. 내가 당신을 없애버리려는 생각이라면 딱 맞죠. 그럼 배우 다니엘 산타클라라가 왜 역사교사인 테르툴리아노 막시모 아폰소를 없애버리고 싶어할까요. 그 다음에 일어날 일을 댁이 이야기하면서 그 문제를 직접 건드렸잖아요. 그랬죠, 하지만 난 아까 곧장 여길 떠나려고 했어요, 가지 말라고 붙든 건 댁이에요. 맞아요, 하지만 댁이 그렇게 가버렸다면 아무 문제도 해결되지 않았을 거예요, 여기서도 집에서도, 댁이 학교에서 수업을 할 때도, 댁의 아내와 잘 때도. 사실 난 독신이에요. 그래도 당신은 내 복사본, 내 분신, 거울 속에 비친 영원한 나의 모습일 거예요, 거울 속에서 나는 내 모습을 볼 수 없겠죠, 그건 참을 수 없는 일이에요. 총알 두 개면 그 문제가 불거지기도 전에 해결할 수 있어요. 그렇겠죠. 하지만 저 총에는 총알이 없어요. 그렇죠. 그리고 다른 주머니에 총이 하나 더 있지도 않고요. 맞아요. 그럼 다시 원점이군요, 그 다음에 무슨 일이 벌어질지 모르는 상태. 안토니오 클라로는 소매를 걷어올린 상태였다. 두 사람은 거리를 두고 서 있었으므로 피부에 있는 흔적을 보기가 쉽지 않았다. 하지만 두 사람이 전등이 있는 쪽으로 다가가자 그것이 보였다. 선명하고 정확하게 똑같은 모습. 이건 마치 미친 철학자의 명령을 받은 클론들이 쓰고, 연출하고, 연기하는 공상과학 영화 같아요, 안토니오 클라로가 말했다.

우린 아직 무릎의 흉터를 안 봤어요, 테르툴리아노 막시모 아폰소가 말했다. 볼 필요도 없을 것 같은데요, 증거가 더 필요해요, 손, 팔, 얼굴, 목소리, 모든 게 똑같은데, 이러다가는 우리 둘 다 옷을 모조리 벗게 되겠죠. 안토니오 클라로는 자기 잔에 위스키를 조금 더 따랐다. 그러고는 마치 술에서 뭔가 아이디어가 떠오를 거라고 기대하는 사람처럼 술을 바라보다가 이렇게 말했다, 안 될 것도 없죠, 그래요, 안 될 것도 없어요. 우리가 기괴한 꼴이 되기는 할 거예요, 증거는 더 이상 필요없다고 댁이 아까 직접 말했잖아요. 왜 기괴하다는 거죠, 허리 위쪽이 기괴한 건가요, 아니면 허리 아래쪽이 기괴한 건가요, 우리 영화배우들은, 연극배우들도 마찬가지만, 옷을 벗는 것 말고는 다른 일을 거의 안 해요. 하지만 난 배우가 아니에요. 벗기 싫으면 벗지 말아요, 난 벗을 거예요, 별 일도 아니니까, 난 그런 일에 익숙해요, 만약 우리 몸이 구석구석 전부 똑같다면, 댁은 나를 보고 있을 때조차 자기 자신을 보게 될 거예요, 안토니오 클라로가 말했다. 그는 단번에 셔츠를 벗고 신발과 바지를 차례로 벗었다. 그 다음은 속옷이었고, 마지막으로 양말을 벗었다. 그는 머리부터 발끝까지 알몸이었고, 머리부터 발끝까지 역사교사 테르툴리아노 막시모 아폰소였다. 뒤처지기도 싫고 도전을 받아들여야 할 것 같은 생각이 들어서 테르툴리아노 막시모 아폰소도 소파에서 일어나 옷을 벗기 시작했다. 습관적으로 하던 일도 아니고 수줍기도 했기 때문에 머뭇거리는 모습이었다. 옷을 다 벗었을 때에도 그는 수줍음 때문에 몸을 약간 구부렸다. 그는 이제 영화배우 다니엘 산타클라라였다. 눈에 띄는 차이라고는 발뿐이었다. 그가 아직 양말을 신고 있었으니까. 그들은 아무 말 없이 서로를 바라보았다. 무슨 말을 해도 소용없다는 사실을 의식한 채 자연스러운 놀라움을 몰아내 버리는 굴욕감과 상실감이 뒤섞인 혼란스러운 감정에 사로잡혀서. 마치 충격적일 정도로 똑같은 두 사람의 몸이 각자의 정체성에서 뭔가를 훔쳐가 버린 것처럼. 먼저 옷을 입은 사람은 테르툴리아노 막시모 아폰소였다. 그는 마치 갈 때가 되었다고 생각하는 사람처럼 서 있었지만, 안토니오 클라로는 이렇게 말했다, 좀 앉죠, 마지막으로 당신하고 분명히 해야 할 것이 하나 있으니까, 시간을 많이 뺏지는 않을 겁니다. 그게 뭔데요, 테르툴리아노 막시모 아폰소가 마지못해 다시 앉으면서 물었다. 우리가 태어난 날짜와 시간 말이에요, 안토니오 클라로가 재킷 주머니에서 지갑을 꺼내면서 말했다. 그는 지갑에서 신분증을 꺼내 탁자 건너편의 테르툴리아노 막시모 아폰소에게 건네주었다. 테르툴리아노 막시모 아폰소는 재빨리 그것을 훑어보고 돌려주며 이렇게 말했다, 나도 같은 날 태어났어요, 같은 해, 같은 달, 같은 날에. 나도 당신 신분증을 좀 보고 싶은데 괜찮겠어요. 그럼요. 테르툴리아노 막시모 아폰소의 신분증이 안토니오 클라로의 손으로 넘어갔다. 그것은 그의 손에 십 초 동안 머물다가 주인에게 되돌아갔고, 그 신분증의 주인은 이렇게 물었다, 이제 됐나요. 아직 아니에요, 우리가 각자 몇 시에 태어

낳는지 아직 모르잖아요, 우리가 종이에 그 시간을 적었으면 하는데. 왜요. 차례로 말하기로 하면 나중에 말하는 사람이 먼저 말한 사람이 제시한 시간에서 십오 분을 빼고 싶다는 유혹에 굴복할 수도 있으니까요. 십오 분을 더하지는 않고요. 시간을 더하면 나중에 말하는 사람에게 이로울 게 없잖아요. 하지만 종이에 쓰더라도 정직성을 보장할 수는 없어요, 예를 들자면, 내가 태어난 날이 시작되자마자 태어났다고 종이에 쓰는 걸 막을 방법이 없으니까, 그게 사실이 아니라 해도. 그럼 거짓말을 하는 셈이네요. 그렇죠, 하지만 우리가 태어난 시간을 그냥 소리내서 말하더라도 원한다면 거짓말을 할 수 있어요. 맞는 말이에요, 그건 정직성과 신뢰의 문제니까. 테르툴리아노 막시모 아폰소는 속으로 떨고 있었다. 그는 이런 순간이 오리라는 것을 처음부터 확신하고 있었다. 하지만 이 순간이 스스로 모습을 드러내도록 유도하는 사람, 마지막 봉인을 깨뜨리는 사람, 단 하나의 차이를 드러내는 사람이 자신이 될 것이라고는 생각하지 않았다. 그는 안토니오 클라로가 어떤 대답을 할지 이미 알면서도 이렇게 물었다, 우리가 세상에 태어난 시간을 서로에게 말해준다고 해서 뭐가 달라질까요. 우리 둘 중에 누가 상대의 복사본인지 알게 되겠죠. 그걸 알면 우리한테 무슨 일이 벌어지는데요. 나도 전혀 모르겠어요, 우리 배우들은 어느 정도 상상력을 갖고 있으니까, 내 상상에 의하면 최소한 자신이 다른 사람의 복사본이라는 사실을 알면서 살아가는 게 불편하기는 하겠죠. 그럼 당신은 그런 위험을 무릅쓸 각오가 되어 있어요. 물론이죠. 거짓말은 안 할 거죠. 거짓말을 할 필요가 없기를 바랄 뿐이에요, 안토니오 클라로가 미리 연습한 듯한 미소를 지으며 대답했다. 입술과 이가 풍부한 표정을 담고 움직이면서 솔직함과 악의, 순수함과 뻔뻔스러움이 똑같은 양으로, 하지만 식별할 수 없을 만큼 조금씩 섞여 하나가 되었다. 그가 말을 덧붙였다, 물론 당신이 원한다면, 제비를 뽑아서 먼저 말할 사람을 정할 수도 있어요. 그럴 필요는 없어요, 이건 정직성과 신뢰의 문제라고 아까 당신이 말했잖아요, 테르툴리아노 막시모 아폰소가 말했다. 그래, 태어난 시각이 언제죠. 오후 두 시예요. 안토니오 클라로가 유감스럽다는 표정을 지으며 말했다, 나는 그보다 삼십 분 전, 아니 정확히 말해서 십삼시 이십구분에 머리를 내밀었어요. 미안하지만 당신이 태어났을 때 내가 이미 세상에 있었어요. 그러니까 당신이 복사본이에요. 테르툴리아노 막시모 아폰소는 남은 브랜디를 한꺼번에 마시고 일어서서 말했다, 내가 여기 온 건 호기심 때문이었어요. 이제 그 호기심이 충족되었으니까 가보겠습니다. 벌써요, 조금 더 이야기를 나눕시다, 아직 시간이 이르잖아요, 사실 당신이 달리 계획이 없다면 함께 저녁을 먹을 수도 있어요. 이 근처에 좋은 식당이 있거든요. 위험을 피하기 위해 당신이 턱수염을 붙이고 가면 되잖아요. 고마운 말이지만, 거절할 수밖에 없네요, 우리 둘이 있어봤자 할 말이 별로 없을 거예요. 내 생각에 당신은 역사에 별로 관심이 없는 것 같고, 나는 당분간은 영화를 보는 병에서 벗어났으니까. 당신이 먼저 태어난 사람이 아니라서 화가 났군요, 내가 원본이고 당신이 복사본이라서. 화가 났다는 표현은 잘 안 맞아요, 나한테 이유를 묻지는 마세요, 하지만 일이 이런 식으로 풀리지 않았더라면 더 좋았겠죠, 어쨌든 내가 모든 걸 잃은 건 아니에요, 아직 작지만 위안거리가 하나 있으니까. 그게 뭔데요. 당신이 돌아다니면서 사람들한테 우리 둘 중에 당신이 원본이라고 자랑하더라도 복사본인 내가 옆에서 필요한 증거가 되어주지 않는다면 얻을 게 하나도 없다는 점. 이봐요, 나는 이 믿을 수 없는 이야기를 큰소리로 외치고 다닐 생각이 전혀 없어요, 어쨌든 난 영화배우지 서커스에 등장하는 괴물이 아니니까. 나도 역사교사지 기형아가 아니에요. 그 점에서는 우리 의견이 같군요, 그럼 우리가 다시 만날 이유가 전혀 없네요. 제 입장도 마찬가지예요. 그럼 남은 건 내가 당신한테 얻을 게 전혀 없는 역할을 수행하면서 행복하시라고 빌어주는 것밖에 없네요, 당신한테 갈채를 보낼 청중이 한 명도 없을 테니까. 복사본인 나도 과학자들의 호기심이 닿지 않도록 하겠다고 약속하죠, 그 호기심이 아무리 정당한 것이라도 말이에요, 그리고 언론계의 귀신들에게서도 벗어나 있겠다고 약속해요, 그 사람들의 관심역시 정당한 것이지만, 그 사람들은 그런 걸 갖고 생계를 해결하니까요, 당신도 관습이 법의 십분의 구라는 말을 들어봤겠죠, 그렇지 않았다면, 함무라비 법전은 결코 만들어질 수없었을 거예요. 우리 서로를 피하기로 합시다. 우리가 사는 곳처럼 커다란 도시에서는 별로 어려운 일이 아닐 거예요, 게다가 우리 직업이 워낙 다르니까 만약 내가 그 망할 놈의 영화를 보지 않았다면 당신이라는 사람이 있는 줄도 몰랐겠죠, 영화배우가 역사교사한테 관심을 가질 확률 또한 아마 수학적인 척도를 한참 벗어날걸요. 그건 모르는 일이에요, 우리 같은 사람들이 존재할 확률은 제로인데도 우리가 이렇게 존재하고 있잖아요. 어쨌든 난 그 영화든 다른 영화든 본 적이 없다고 생각할 거예요, 아니면 내가 길고 고통스러운 악몽을 꾸다가 마침내 이런 걸 참을 필요가 없다는 사실을 깨달았다는 것만 기억하거나, 사실 똑같은 사람이 둘이라고 해서 무슨 문제겠어요, 솔직히 지금 내가 걱정하는 건, 우리가 같은 날 태어났으니 죽을 때도 같은 날 죽게 될지 그것밖에 없어요. 지금 그걸 걱정해 봤자 무슨 소용이에요. 죽음은 항상 중요해요. 당신은 병적인 강박관념 같은 것에 시달리고 있는 것 같군요, 나한테 전화했을 때도 같은 말을 했죠, 그때 나는 뭐가 그렇게 중요하다는 건지 몰랐는데. 그때는 그냥 아무 생각 없이 한 말이에요, 맥락과 전혀 상관없는 말이 제멋대로 대화에 끼어든 거죠. 지금은 아니잖아요. 그래서 신경이 쓰입니까. 아뇨, 전혀. 방금 내 머릿속에 떠오른 생각을 들으면 신경이 쓰일지도 몰라요. 어떤 생각인데요. 우리가 오늘 보았듯이 정말로 서로 똑같다면, 우리를 하나로 묶어주는 정체성의 논리에 의해 당신이 나보다 먼저 죽게 될 거라는 거죠, 정확히 나보다 삼십일 분 먼저, 그리고 그 삼십일 분 동안 복사본이 원본의 자리를 차지해서 원본이 되는 거예요. 당신이 그 삼십일 분 동안 개인적이고 절대적이며 배타적인 정체감을 즐기길 빌어드리죠. 앞으로 당신이 즐길 수 있는 건 그것밖에 없을 테니까. 정말 친절하시군요, 테르툴리아노 막시모 아폰소가 말했다. 그는 조심스레 가짜 턱수염을 얼굴에 대고 손가락 끝으로 섬세하게 두드려 고정시켰다. 이제 그의 손은 더 이상 떨리지 않았다. 그러고 나서 그는 작별인사를 하고 문으로 향했다. 그리고 문 앞에서 걸음을 멈추더니 뒤를 돌아보며 이렇게 말했다, 아, 제일 중요한 걸 잊어버렸네요, 아직 한 가지 테스트가 남았어요. 그게 뭔데요, 안토니오 클라로가 물었다. DNA 검사, 유전정보 분석, 누구나 이해할 수 있도록 아주 간단히 말한다면, 결정적인 논거, 궁극의 증거. 절대 안 돼요. 그렇죠, 당신이 옳아요, 유전자 검사를 하려면 우리 둘이 유전자 실험실에 가야 하니까, 손에 손을 잡고, 거기 사람들이 손톱을 조금 잘라내거나 피를 한 방울 뽑을 수 있도록, 그 검사를 해보면 그냥 우리 외모가 우연히 닮은 건지, 아니면 우리가 정말로 서로의 분신인지, 그러니까 원본과 복사본인지 알게 될 거예요, 원본과 복사본이 존재하는 게 불가능하다는 생각이 아직 유일하게 남아 있는 우리의 환상이라고나 할까요. 그렇게 되면 우린 괴물 취급을 받을 거예요. 서커스에 구경거리로 등장하는 기형아 같은 존재가 되거나. 그건 우리 둘다 참을 수 없는 일이에요. 물론이죠. 당신도 같은 의견이라니 기쁘군요. 우리도 뭔가 의견을 같이 하는 게 있어야죠. 잘

가요. 잘 있어요.

강 건너편에서 지평선을 불분명하게 만들고 있는 산들 뒤로 해가 진 다음이었지만, 구름 한 점 없는 하늘에서 쏟아지는 빛은 거의 줄어들지 않았다. 무서울 정도로 강렬한 파란색 하늘이 서서히 번져가는 연한 분홍색과 섞인 부분을 빼고는. 테르툴리아노 막시모 아폰소는 차에 시동을 걸고 운전대를 꺾어 마을을 통과하는 도로를 향해 방향을 잡았다. 집을 뒤돌아보니 안토니오 클라로가 문에 서 있는 것이 보였지만 그는 계속 차를 몰았다. 두 사람 모두 작별인사로 손을 흔들지 않았다. 아직도 그 우스꽝스러운 턱수염을 달고 있군, 상식이 말했다. 중앙로에 들어서면 떼어버릴 거야, 내가 이걸 달고 있는 모습을 보는 게 이번이 마지막일걸, 이제부터는 맨얼굴로 돌아다닐 테니까, 다른 사람들이 변장을 하고 싶다면 하라지 뭐. 이번이 마지막이라는 걸 어떻게 알지. 솔직히 말하면 나도 잘 몰라, 그냥 그런 생각을 하고 있을 뿐이야, 느낌이나 직관이라고나 할까. 글쎄, 솔직히 난 당신이 그렇게 잘 해낼 줄 몰랐어, 당신 아까 아주 훌륭했어, 남자다웠다고. 난 남자야. 그래, 당신이 남자가 아니라는 말이 아냐, 하지만 옛날에는 항상 당신의 약점이 강점을 앞서는 경향이 있었잖아. 그럼 약점에 휘둘리지 않는 사람은 전부 남자란 말이야. 약점에 지배당하지 않는 사람도 남자지. 그렇다면, 여성적인 약점을 극복할 수 있는 여자도 남자겠네, 아니면 남자다운 사람이거나. 비유적으로 말하면 그래, 그렇게 말할 수 있겠지. 내가 보기

306

에는 상식이 아주 극단적인 방식으로 자신을 표현하고 있는 것 같은데. 그건 내 잘못이 아냐, 난 원래 그렇게 만들어졌는데 뭐. 충고와 의견을 제시하는 것 외에는 아무 일도 안하는 사람이 하는 말치고는 그리 좋은 변명이 아닌 것 같은데. 하지만 내가 항상 틀린 건 아니잖아. 갑자기 겸손하게 구는 모습이 잘 어울리는데. 이봐, 당신들이 날 도와주면 나도 지금보다 더 낫고, 더 능력 있고, 더 쓸모 있는 존재가 될 거야. 당신들이라니 누구. 당신들 전부, 남자, 여자 모두, 어쨌든 상식은 조류에 따라 오르락내리락하는, 일종의 산술적인 중간값이니까. 예측이 가능하다는 뜻인가. 그래. 난 무엇보다도 예측이 가능한 존재야. 그래서 네가 날 차 안에서 기다리고 있었던 거로군. 내가 다시 나타날 때가 됐거든, 사실 난 너무 오랫동안 자리를 비웠다고 비난받을 수도 있는 입장이었어. 우리 얘기 다 들었지. 처음부터 끝까지. 내가 여기 와서 저 사람이랑 이야기를 나눈 것이 잘못이라고 생각해. 당신이 말한 옳고 그름이 무슨 뜻인가에 따라 다르지, 게다가 그건 중요하지 않아, 아까 당신이 처했던 상황을 감안해 보면, 사실 다른 대안이 없었어. 이것이 이 문제에 선을 긋는 유일한 방법이었지. 무슨 선. 더 이상 만나지 않기로 합의했거든. 그렇게 소란을 피우고 나서 그냥 이렇게 끝낼 생각이란 말이야, 당신은 다시 당신 일을 하고, 그 사람도 다시 자기 일을 하고, 당신은 마리아 다 파즈와의 관계가 지속되는 한 그녀한테 돌아가고, 그 사람은 헬레나인지 뭔지 하는 여자한테 돌아간다고, 모든 걸 신중하게 카펫 밑으로 쓸어 넣어버린다고. 지금 그런 얘기를 하는 거야. 그렇게 하지 말아야 할 이유가 없잖아. 그렇게 하지 말아야 할 이유는 얼마든지 있어, 내 말이 맞아. 그건 전적으로 우리가 결정할 일이야. 당신이 시동을 꺼도 차는 계속 움직일 거야. 여기가 내리막길이니까 그렇지. 우리가 평지에 있어도 차는 계속 움직일 거야, 비록 움직이는 시간이 훨씬 짧기는 하겠지만. 그건 관성이라는 거야, 당신도 알지, 비록 역사하고는 아무 상관없는 이야기지만, 아니, 상관이 있을지도 모르지, 지금 생각해 보니까 사람이 관성을 가장 강하게 의식하는 곳이 바로 역사 속인 것 같아. 아무것도 모르면서 괜히 나서지 마, 체스를 두다가도 언제든 그만둘 수도 있는 법이야. 난 역사 이야기를 하고 있었어. 난 지금 체스 이야기를 하고 있어. 알았어, 당신 마음대로 해, 체스를 두던 사람들 중 한 명이 원한다면 혼자서 계속 체스를 둘 수도 있어, 그 사람은 별다른 술수를 쓰지 않아도 반드시 이길 거야, 흰 말을 쥐든 검은 말을 쥐든 상관없이, 자기 혼자서 모든 말을 움직일 테니까. 내가 체스를 두다가 일어서서 방을 나가버렸기 때문에 더 이상 그 자리에 없는 걸로 하자. 그래도 아직 세 명이 남아 있어. 지금 안토니오 클라로 얘기를 하는 거지. 그 사람 아내랑 마리아 다 파즈도. 마리아 다 파즈가 무슨 상관이야. 당신 기억력이 형편없구나, 당신이 조사과정에서 그녀의 이름을 이용했다는 걸 잊어버린 모양인데, 조만간 당신을 통해서든 아니면 다른 사람을 통해서든 마리아 다 파즈가 자기도 모르게 얽혀든 책략에 대해 모조리 알게 될 거야. 그리고 그 배우의 아내는, 아직 그녀가 말을 움직이지 않았다는 가정 하에 하는 말이지만, 내일이면 승리를 거둔 퀸이 될 수도 있어. 넌 상식치고는 상상력이 조금 지나치게 풍부해. 몇 주 전에 내가 한 말 기억나, 시인의 상상력이 있는 상식만이 바퀴를 발명할 수 있었다고 했지. 네가 한 말이랑은 조금 다른데. 그건 상관없어, 지금 내가 그렇게 말하고 있으니까. 네가 항상 그렇게 옳은 말만 하는 척하지 않는다면 더 좋은 말동무가 될 텐데. 난 항상 옳은 말만 한다고 주장한 적 없어, 실수를 저지르면 항상 내가 먼저 회초리를 향해 손을 내민다고. 그럴지도 모르지, 하지만 항상 세상에서 제일 끔찍한 불의의 희생자 같은 얼굴을 하고 있잖아. 말굽은 어때. 말굽이 뭐. 나 상식이 말굽도 발명했거든. 시인의 상상력으로 한 거겠지. 말한테 물어보면 아마 그렇다고 할 거야. 좋아, 이젠 그만해, 얘기가 공상 쪽으로 흘러가고 있어. 이제 어떻게 할 거야. 전화를 두 통 걸 거야, 엄마한테 전화해서 내일 모레 가겠다고 말하고, 마리아 다 파즈한테는 모레 엄마한테 가서 일주일 동안 있다 오겠다고 말해야지. 봐, 이것만큼 간단하고, 순수한 일은 없어, 이것만큼 친숙하고 가정적인 일은 없다고. 그 순간 어떤 차가 엄청난 속도로 그들을 추월했다. 그 차의 운전자가 오른손을 흔들었다. 저 사람 알아, 누구야, 상식이 물었다. 아까 나랑 얘기했던 남자야, 안토니오 클라로, 다니엘 산타클라라, 복사본인 나의 원본, 난 네가 저 사람을 알아볼 줄 알았는데. 어떻게 내가 한 번도 본 적이 없는 사람을 알아봐. 날 보는 게 곧 저 사람을 보는 거야. 하지만 그렇게 턱수염을 달고 있으면 다르지. 얘기를 하느라고 턱수염 떼는 걸 잊어버렸네, 자, 이제 내가 어떻게 보여. 그 사람 차가 당신 것보다 더 힘이 세. 훨씬 세지. 그 사람이 순식간에 지나가 버렸어. 우리 만남에 대해 아내한테 이야기해 주려고 정신없이 달리는 중일 거야. 그럴지도 모르지, 하지만 나라면 그렇게 확신하지 않을걸. 넌 체계적으로 의심을 하는 도마(예수의 열두 제자 중 하나로 예수의 부활을 눈으로 볼 때까지 믿지 않은 사람—옮긴이) 같은 놈이야. 아냐. 난 당신이 더 좋은 이름을 찾아내지 못하고 그냥 상식이라고 부르는 존재일 뿐이야. 바퀴와 말굽의 발명가이기도 하지. 시적인 감성이 떠오르는 순간에 그래, 시적인 감성이 떠오르는 순간에만. 그런 순간이 더 많지 않은 게 안타깝네. 집에 도착하면 거리 끝에서 날 내려줘, 당신이 괜찮다면. 집에 올라가서 좀 쉬지 않고. 싫어, 내 상상력을 준비시키고 싶어, 우리한테는 앞으로 상상력이 분명히 필요해질 테니까.

테르툴리아노 막시모 아폰소는 다음날 눈을 떴을 때, 상식이 차에 오르자마자 자신이 이 가짜 턱수염을 다는 것은 이번이 마지막이라고, 이제부터는 모든 사람이 자신을 볼 수 있도록 맨얼굴로 돌아다니겠다고 말한 이유를 깨달았다. 그는 다른 사람들이 변장을 하든 말든 상관없다고 단언했었다. 경솔한 사람에게는 일련의 힘든 시련을 겪은 사람이 당연히 짜증이 나서 한, 단순하고 감정적인 말로 보였을 그 말이 사실은 미래의 결과를 잉태한 행동의 씨앗이었음을 우리도 몰랐다. 그것은 상황이 반드시 변하리라는 것을 알고 적에게 도전장을 보내는 것과 같은 말이었다. 하지만 이 이야기를 계속하기 전에, 우리가 곧 설명하게 될 행동과 테르툴리아노 막시모 아폰소가 상식과 함께 잠깐 차를 타고 오면서 선언한 결심 사이에 있을지도 모르는 무의식적인 모순에 몇 줄을 바치는 편이 이 이야기의 조화를 위해 이로울 것이다. 앞 장의 마지막 페이지들을 재빨리 읽어보면 다양한 표현을 통해 분명히 드러난 기본적인 모순의 존재를 금방 알 수 있을 것이다. 상식이 신중하게 회의적인 자세로 받아들인 테르툴리아노 막시모 아폰소의 말들이 좋은 예이다. 첫째, 똑같이 생긴 두 사람이라는 문제에 선을 그었다는 말. 둘째, 그와 안토니오 클라로가 다시는 만나지 않기로 합의했다는 말. 셋째, 극적인 마지막 장면이라는 솔직한 수사법을 이용한, 그가 체스를 두다가 탁자에서 일어서서 방을 나가버렸기 때문에 더 이상 그 자리에 없다는 말. 이것이 모순이다. 테르툴리아노 막시모 아폰소가 어떻게 자신이 더 이상 그 자리에 없다는 말을, 자기가 그 방을 나갔으며 탁자에서 일어섰다는 말을 할 수 있을까. 아침식사를 마치자마자 가장 가까운 문구점으로 달려가서 마분지 상자를 사는 주제에. 그는 방금 전에 변장을 할 때 사용했던 그 턱수염을 그 상자에 넣어 안토니오 클라로에게 우편으로 보낼 것이다. 언젠가 안토니오 클라로가 변장을 해야 할 때가 온다면, 그것은 그에게 달린 일이다. 하지만 문을 쾅 닫고 그 집을 나서면서 다시는 그곳에 오지 않겠다고 말한 테르툴리아노 막시모 아폰소와는 아무런 상관이 없는 일이 될 것이다. 이틀이나 사흘 후에 안토니오 클라로가 집에서 그 상자를 열어 금방 알아볼 수 있는 그 가짜 턱수염을 보면 아내에게 이렇게 말할 수밖에 없을 것이다, 지금 여기 있는 게 턱수염처럼 보일지 몰라도, 이건 사실 도전장이야. 그러면 그의 아내가 물을 것이다, 어떻게 그럴 수가 있어, 당신한테는 적이 하나도 없는데. 안토니오 클라로는 쓸데없는 말은 하지 않고 대신 적이 없는 사람은 있을 수 없다고, 적은 적을 갖겠다는 우리의 의지에서 태어나는 게 아니라 우리를 갖겠다는 적 자신의 저항할 수 없는 욕망에서 태어나는 것이라고 대답할 것이다. 예를 들어 배우들의 세계에서는 대사 열 줄짜리 배역을 맡은 사람이 대사 다섯 줄짜리 배역을 맡은 사람의 시기심을 사는 경우가 기운이 빠질 정도로 잦다. 항상 일은 그렇게 시작된다. 시기심으로. 대사 열 줄짜리 배역을 맡은 사람은 대사 스무 줄짜리 배역으로 올라가는데 대사 다섯 줄짜리 배역을 맡은 사람은 대사 일곱 줄짜리 배역으로 만족해야 한다면, 오랫동안 무성한 잎을 달고 번창할 적의라는 나무의 성장을 촉진하는 거름이 뿌려진 것이나 마찬가지다. 그럼 이번 일에서 이 턱수염의 역할은 뭐야, 헬레나가 물을 것이다. 일전에 내가 깜빡 잊고 말을 안 했는데, 이 턱수염은 테르툴리아노 막시모 아폰소가 나를 만나러 올 때 달았던 거야, 사실 충분히 이해할 수 있는 일이지, 그 사람이 고마워, 내 말은, 만약 그 사람이 차를 몰고 마을을 지나가는 걸 누가 보고 그 사람을 나로 착각했다면 일이 얼마나 복잡해졌을지 생각해 봐. 그럼 이걸 어떻게 할 거야. 글쎄, 이 빌어먹을 참견장이를 제자리에 되돌려놓는 무뚝뚝한 편지와 함께 돌려보낼 수도 있겠지, 하지만 그렇게 하면 보복의 악순환에 말려들게 될 거야, 결과가 어떻게 될지 예측할 수도 없고, 우리는 그런 일이 어떻게 시작되는지는 알지만, 어떻게 끝날지는 몰라, 게다가 난 내 일도 생각해야지, 이제 대사 오십 줄짜리 배역을 맡게 되었으니, 모든 일이 대본에 적힌 약속대로 잘 굴러간다면 대사가 더 많은 배역을 얻게 될지도 몰라. 내가 당신이라면, 그걸 찢어서 버리거나 태워버릴 거야, 어차피 죽은 개는 물 수 없으니까. 이건 그렇게 생사가 걸린 문제가 아냐. 게다가 그 턱수염이 당신한테 어울릴 것 같지도 않아. 이건 장난이 아냐. 그냥 말하자면 그렇다는 거야, 내가 아는 거라고는 그 턱수염이 날 불안하게 만든다는 것뿐이야, 이 도시에 당신하고 똑같이 생긴 사람이 있다는 생각을 하면 몸까지 불편해져, 비록 정말로 그렇게 꼭 닮을 수 있는지 아직도 믿을 수가 없지만. 분명히 말하지만 우린 아주 똑같아, 완전히, 심지어 신분증에 찍힌 지문까지 똑같아, 내가 봤어. 그런 걸 생각만 해도 머리가 어지러워. 그렇게 골치 썩이지 말고 진정제를 좀 먹어. 이미 먹었어, 그 남자가 처음 전화를 걸었을 때부터 쭉 먹고 있다고. 그건 몰랐네. 당신은 내가 뭘 하든 잘 눈치채지 못하잖아. 그렇지 않아, 당신이 약을 몰래 먹으면 내가 그걸 어떻게 알아. 미안, 내가 지금 신경이 곤두서서, 대단한 건 아냐, 금방 괜찮아질 거야. 언젠가 우리가 이 빌어먹을 사건을 기억조차 못하는 날이 올 거야. 그 전에 이 끔찍한 털뭉치를 어떻게 할 건지 당신이 결정해야 돼. 내가 그 영화에서 달았던 콧수염하고 같이 놔둘까 해. 다른 사람이 달았던 턱수염을 왜 보관해 두겠다는 거야. 바로 그 점 때문에 그러는 거야, 이건 다른 사람 물건이지만 그 사람 얼굴은 나랑 똑같아. 똑같지 않아. 똑같아. 그렇게 미친 사람이 되고 싶으면 그냥 당신 얼굴이 그 사람 얼굴이라고 계속 말하기만 하면 되겠네. 제발 진정해. 어쨌든, 그 턱수염이 적의 도전장이라면서 마치 무슨 유물이나 되는 것처럼 보관하겠다는 이유를 말해봐, 상자를 열면서 당신이 그랬잖아, 이게 도전장이라고. 이게 적이 보낸 거라고는 안 했어. 그거야 그렇지만, 그런 생각을 하기는 했잖아. 그랬을지도 모르지, 하지만 그게 맞는 표현인지 잘 모르겠어, 그 사람이 나한테 실제로 해를 입힌 적은 없으니까. 그 사람이 존재하잖아. 내가 그 사람의 존재를 생각하는 것처럼 그 사람도 내 존재를 생각해. 그렇지, 하지만 당신이 먼저 그 사람을 찾아 나선 건 아니잖아. 내가 그 사람이었다 해도 다르게 행동하지는 않았을 거야. 만약 당신이 나한테 먼저 상의했다면 다르게 행동했을걸. 이봐, 우리 두 사람한테 이게 기분 좋은 상황이 아니라는 건 나도 알아, 하지만 당신이 왜 이렇게 격한 반응을 보이는지 이해를 못하겠어. 격한 반응이라니 무슨 뜻이야. 지금이라도 당장 당신 눈에서 불이 타오를 것 같아. 뜻밖에도 헬레나의 눈에서 불꽃 대신 눈물이 흘러나오기 시작했다. 그녀는 남편을 외면하며 돌아서서 침실로 뛰어 들어가 쾅 소리가 나도록 문을 세게 닫았다. 미신을 믿는 사람이라면, 그리고 우리가 방금 묘사한 것 같은 통탄할 만한 부부싸움을 목격한 적이 있는 사람이라면 아마 잠시도 망설이지 않고 이 싸움을 가짜 턱수염에서 뿜어져 나오는 악의의 탓으로 돌렸을 것이다. 안토니오 클라로가 배우로서 처음 일을 시작하던 무렵에 썼던 콧수염과 함께 보관해 두려는 그 턱수염 말이다. 이 부부싸움을 목격한 사람은 아마 고개를 절레절레 저으면서 안됐다는 표정으로 마치 신탁을 내리듯 이렇게 말할 것이다. 적을 집 안으로 끌어들여 놓고서 내게 와서 적에 관해 불평하지 말라, 내가 미리 경고했는데도 넌 듣지 않았다.

여기서 사백 킬로미터도 더 떨어진 곳에서 테르툴리아노 막시모 아폰소는 어린 시절에 쓰던 침실에서 잘 준비를 하고 있다. 화요일 아침에 도시를 떠난 그는 이곳까지 오는 내내 어머니에게 지금 벌어지고 있는 일을 일부라도 얘기할 것인지, 아니면 입을 꾹 다물고 있는 편이 더 현명한 것인지를 놓고 마음을 정하지 못했다. 오십 킬로미터쯤 온 후에 그는 몽땅 털어놓는 것이 제일 좋겠다고 생각했지만, 백이십 킬로미터를 왔을 때에는 어떻게 그런 생각을 할 수 있느냐며 자신에게 불같이 화를 냈고, 이백십 킬로미터를 왔을 때에는 가벼운 이야기를 하듯이 피상적인 설명을 들려주더라도 어머니의 호기심을 충족시키기에 충분할 것 같다는 생각이 들었으며, 이백십사 킬로미터를 왔을 때에는 자신이 바보 같은 생각을 했다며 어머니가 그런 걸로 만족할 리가 없다고 말했고, 사백사십칠 킬로미터를 와서 어머니 집 문 앞에 차를 세웠을 때에는 어떻게 해야 할지 전혀 알 수 없는 상태였다. 그리고 지금 잠옷을 입으면서 그는 여기 온 것이 커다란 잘못이며 완전한 실수라는 생각을 하고 있다. 자기 아파트를 떠나지 않고 그 보호막 속에 틀어박혀 추이를 지켜보는 편이 더 나았을 것이라고 말이다. 그가 이곳에 온 것이 잘못인 건 사실이다. 하지만 테르툴리아노 막시모 아폰소는 어머니 카롤리나를 비난할 생각은 없지만(그녀는 신체적으로나 도덕적으로나 그런 말을 들을 이유가 없는 사람이니까), 마치 아무것도 모르고 덫으로 날아든 경솔한 참새처럼 자신이 늑대의 입 속에 떨어진 것 같다고 생각하고 있다. 어머니는 그에게 아무것도 묻지 않았다. 그저 가끔 뭔가를 기대하는 눈초리로 그를 바라보다가 재빨리 시선을 피할 뿐이었다. 어머니의 표정은 이렇게 말하고 있었다, 지각없이 굴 생각은 없다. 하지만 그 안에 담긴 메시지는 이런 것이었다, 만약 나한테 얘기를 털어놓지 않고 여길 떠날 생각이라면 다시 한번 생각해 보는 게 좋을 거다. 테르툴리아노 막시모 아폰소는 침대에 누워 이 문제를 머릿속으로 이리저리 굴려보았지만 해결책을 찾지 못한다. 그의 어머니는 마리아 다 파즈보다 더 단호한 사람이다. 마리아 다 파즈는 그가 어떤 설명을 제시하든 거기에 만족하며, 또는 만족한 척하며 그가 진실을 드러낼 때까지 필요하다면 평생이라도 기다릴 사람이다. 테르툴리아노 막시모 아폰소의 어머니는 모든 몸짓을 통해 순간마다, 즉 그의 앞에 접시를 놓을 때에도, 그가 재킷 입는 것을 도와줄 때에도, 새로 빤 셔츠를 그에게 건네줄 때에도 이렇게 말하고 있다, 너더러 모든 걸 말하라는 건 아니다, 너도 비밀을 가질 권리가 있지, 하지만 한

가지 절대적인 예외가 있어, 너의 인생, 미래, 행복이 달려 있는 비밀은 나도 알고 싶다, 그건 내 권리야, 네가 나한테서 그 권리를 빼앗을 수는 없어. 테르툴리아노 막시모 아폰소는 침대 옆의 램프를 껐다. 그는 책을 몇 권 가져왔지만 오늘 밤에는 책을 읽고 싶은 기분이 아니다. 틀림없이 그를 어렴풋한 잠의 문턱으로 부드럽게 데려다 줄 메소포타미아 문명에 관한 책들은 너무 무거워서 집의 협탁에 그냥 놓아두었다. 투쿨티니누르타 일세(아시리아의 왕—옮긴이)의 이야기를 다룬 장이 시작되는 부분에 표시를 해놓은 채. 사람들이 역사적인 인물에 대해 하는 표현을 빌리자면, 투쿨티니누르타 일세는 기원전 십삼세기에서 십이세기 사이에 전성기를 누렸다. 밀어서 열게 되어 있는 침실 문이 어둠 속에서 살짝 열렸다. 어머니가 집에서 기르는 개인 토마르크투스가 안으로 들어온 것이다. 녀석은 아주 가끔만 모습을 드러내는 주인이 아직 여기 있는지 알아보려고 왔다. 녀석은 중간 크기의 개이며, 새까만 색이다. 가까이서 보면 사실은 회색인 다른 개들과는 다르다. 이 녀석에게 이런 이상한 이름을 지어준 것은 테르툴리아노 막시모 아폰소이다. 주인이 박식하다 보면 이런 일이 생기는 법이다. 페이스풀이니 파일럿이니 술탄이니 애드머럴이니 하는 이름처럼 세대에서 세대로 이어져 직접적인 조상들에게서 쉽게 고를 수 있는 이름을 지어주는 대신, 그는 약 천오백만 년 전에 살았다는 개의 이름을 그에게 붙여주었다. 고생물학자들에 따르면, 그 개는 달리기도 하고, 코를 킁킁거리며 냄새도 맡고, 몸에 있는 이 때문에 몸을 긁기도 하고, 친구에게만 자연스럽게 하는 행동이기는 해도 때로 물기도 하는 이 네 발 짐승들에게 아담과 같은 존재인 화석이다. 토마르크투스는 원래 여기 오래 있을 생각으로 온 것이 아니다. 녀석은 침대 발치에 웅크리고 누워서 몇 분 동안 자다가 일어나서 집 안을 한 바퀴 돌아볼 것이다. 모든 것이 제자리에 있는지 보려고. 그러고 나서 항상 곁에 있는 여주인 옆에서 밤새도록 여주인을 지키며 동무가 되어줄 것이다. 가끔 뜰로 나가서 짖어대는 이상한 외출을 할 때만 빼고. 뜰에 나가 있는 동안 녀석은 제 밥그릇에 담긴 물을 조금 먹고 제라늄 꽃밭이나 로즈마리 밭에 가서 다리를 들어올릴 것이다. 녀석은 날이 밝자마자 별일 없는지 보려고 테르툴리아노 막시모 아폰소의 침실에 다시 들어올 것이다. 개들이 살아가면서 가장 원하는 것은 아무도 곁에서 떠나지 않는 것이니까. 테르툴리아노 막시모 아폰소가 일어날 때쯤이면 침실 문이 닫혀 있을 것이다. 그의 어머니가 벌써 일어나서 돌아다니고 있다는 신호이자, 토마르크투스가 어머니와 함께 밖으로 나갔다는 신호이다. 테르툴리아노 막시모 아폰소는 손목시계를 보며 혼잣말을 한다, 아직 시간이 이르네. 마지막으로 남은 몽롱한 잠의 끝자락이 계속 버티는 동안에는 걱정을 뒤로 미룰 수 있다.

만약 장난꾸러기 고블린(중세 영국 민담에 나오는 사악한 요정이나 악마로 장난치는 걸 좋아한다—옮긴이)이 와서 그의 귀에 입을 대고 바로 지금 안토니오 클라로의 집에서, 아니 더 정확히 말하면 그의 구불구불한 뇌 안에서 엄청나게 중요한 일이 벌어지고 있다고 속삭였다면 그는 깜짝 놀라서 깨어났을 것이다. 진정제는 헬레나에게 축복이었다. 그녀가 고르게 숨을 쉬며 자는 모습이 그 증거다. 그녀의 얼굴은 마치 아이처럼 평온하고 멍한 표정이다. 그러나 그녀의 남편은 그렇지 않다. 그는 그 가짜 턱수염을 자꾸만 생각하며 그동안 계속 힘든 밤을 보냈다. 그는 테르툴리아노 막시모 아폰소가 무슨 생각으로 그것을 보냈는지 생각해 보기도 했고, 시골 별장에서 그를 만났을 때의 일에 관한 꿈을 꾸기도 하다가 불안감 속에서 깨어나곤 했다. 몸이 땀에 흠뻑 젖은 적도 있었다. 하지만 오늘은 그렇지 않다. 지난밤도 그전의 밤들과 마찬가지로 힘들었지만, 새벽이 구세주처럼 찾아왔다. 모름지기 모든 새벽은 그래야 하는 법이다. 그는 눈을 뜨고 가만히 있었다. 그는 자신이 이제 막 폭발하려 하는 것, 그래서 실제로 폭발한 것을 찾고 있음을 깨닫고 깜짝 놀랐다. 일종의 섬광, 또는 번개가 방을 빛으로 가득 채웠다. 테르툴리아노 막시모 아폰소가 처음 대화를 시작할 때 한 말이 생각났다. 영화사에 편지를 썼죠, 그가 결국 나를 어떻게 찾아냈느냐고 질문했을 때 테르툴리아노 막시모 아폰소가 대답한 말이 이것이었다. 그는 미지의 섬을 처음으로 발견한 모든 탐험가들이 그렇듯이 순수한 기쁨의 미소를 지었다. 그러나 의기양양한 발견의 짜릿함은 오래 가지 않았다. 아침에 떠오르는 생각에는 대개 제조자 측의 실수로 생긴 결함이 있다. 우리가 영구적으로 움직이는 운동 기계를 발명했다고 생각하고 등을 돌리는 순간 기계가 멈춰버리는 것이다. 영화사에 결코 부족하지 않은 것이 있다면, 배우의 사진과 사인을 요구하는 편지가 바로 그것이다. 대스타들은 대중적인 인기를 누리는 동안에는 그런 편지를 매주 수천 통씩 받는다. 아니, 말은 받는다고 해도 그들이 실제로 그 편지들을 받는 것은 아니다. 그들은 그런 편지를 보며 시간을 낭비하려 하지 않을 것이다. 영화사 직원들이 그래서 존재하는 것 아닌가. 직원들은 선반에서 편지를 쓴 사람이 원하는 사진을 찾아내 봉투에 넣는다. 봉투에는 이미 문구가 인쇄되어 있다. 편지를 누구에게 보내든 항상 똑같은 문구. 사진을 넣고 나면, 서둘러, 늦었어, 다음이 뭐야 단계다. 다니엘 산타클라라는 분명히 스타가 아니다. 만약 영화사가 그의 사진을 요구하는 편지를 하루에 세 통 받게 된다면, 그것은 깃발을 내걸고 그날을 국경일로 정할 만한 일이다. 게다가 영화사는 그런 편지들을 결코 보관하지 않는다. 전부 문서 분쇄기로 보내는 것이다. 그 모든 갈망과 감정들이 해독할 수 없는 한심한 종이쪼가리 더미가 된다. 그러나 영화사의 서류 담당 직원이 자사 소속 예술가들에게 대중이 감탄하고 있다는 증거를 하나도 잃어버리지 않도록 모든 것을 기록하고 정리해서 적절히 분류하라는 지시를 받았다고 가정한다면, 테르툴리아노 막시모 아폰소의 편지가 안토니오 클라오에게 무슨 쓸모가 있을지, 아니 좀더 정확히 말해서 똑같이 생긴 두 사람이 존재한다는 이 복잡하고 괴상한 전대미문의 상황에서 빠져나갈 출구를 찾는데 그 편지가 무슨 기여를 할 수 있을지 의문을 품지 않을 수 없다. 물론 그런 출구가 존재한다면 하는 말이지만. 안토니오 클라로가 그토록 기쁘고 즐거운 마음으로 깨어난 것은 논리에 의해 순식간에 부서져 버린 이 비현실적인 희망 때문이었음을 반드시 말해두어야겠다. 또한 만약 그런 기분이 일부 남아 있다면, 그것은 순전히 테르툴리아노 막시모 아폰소의 편지가 단역배우들의 중요성을 언급한 부분 때문에 서류철에 보관해 두는 영광을 누릴 만큼 관심을 받았을지도 모른다는 가능성이 희박하게나마 있기 때문이다. 누가 알겠는가. 어쩌면 그 편지가 인간적인 요소에는 전혀 관심이 없는 마케팅 전문가의 관심을 끌었을지도 모른다. 이 모든 것은 그 편지가 역사교사의 펜을 통해 다니엘 산타클라라의 자아에 제공해 줄 수 있는 아주 작은 만족감에 대한 욕구로 귀결된다. 항공모함 운영에 선실보이가 중요하다는 점을 조금이라도 인정받을 때와 같은 만족감. 선실보이들이 항해 중에 하는 일이라고는 놋쇠로 만든 물건들을 반짝반짝 닦아 놓는 것밖에 없다고 하더라도 말이다. 이것만 보아도, 안토니오 클라로가 테르툴리아노 막시모 아폰소라는 사람이 쓴 편지에 관해 물어보려고 그날 아침 영화사에 가보기로 결심했다는 주장이 솔직히 말해서 수상쩍게 보일 것이다. 그가 그토록 순진하게 상상했던 것을 찾아낼 가능성이 별로 없다는 점을 감안하면 말이다. 하지만 살다 보면 우유부단이라는 구렁텅이에서 빠져나와 아무리 쓸모없고 아무리 피상적인 일이라도 해야겠다는 절박한 욕구가 아직 우리가 스스로의 의지로 뭔가를 할 수 있다는, 이를테면 들어가는 것이 금지되어 있는 문의 열쇠구멍을 들여다보는 일 같은 것을 할 수 있다는 마지막 징후일 때가 있다. 안토니오 클라로는 이미 침대를 빠져나왔다. 아내를 깨우지 않으려고 조심에 조심을 거듭하며 침대를 빠져나온 그는 지금 거실의 커다란 소파 위에 널브러져 있다. 무릎에 그의 다음 영화대본을 펼쳐놓은 채로. 이것이 영화사를 찾아가는 핑계가 되어줄 것이다. 그는 지금까지 핑계를 댈 필요를 느껴본 적도 없고 집에서 핑계를 대야 하는 질문을 받은 적도 없는 사람인데. 하지만 양심이 전적으로 편안하지 않을 때는 이렇게 되는 법이다. 분명히 해둬야 할 게 있어, 헬레나가 모습을 드러내면 그는 이렇게 말할 것이다, 대사가 조금 빠진 것 같아, 지금 읽어보니 도무지 말이 안 돼. 사실 아내가 거실로 들어올 때 그는 자고 있겠지만 그것은 전혀 영향을 미치지 않을 것이다. 그녀는 그가 역할을 연구하려고 일어났다고 생각했으니까. 그런 사람들이 있다. 책임감이 지나치게 강해서 항상 불안해하는 사람들. 마치 매순간 자기들이 의무를 다하지 못해 비난받고 있다고 생각하는 것처럼. 그는 자기가 갑자기 깨어났으며, 잠을 잘 못 잤다고 다소 혼란스럽게 설명했다. 그녀가 다시 가서 좀더 자지 그러느냐고 하자 그는 자기가 대본에서 잘못된 부분을 찾아냈는데, 오로지 영화사만이 그 잘못을 고칠 수 있다고 말했다. 그녀는 서둘러 영화사로 달려갈 필요는 없으니 점심을 먹은 후에 가도 될 것이라면서 지금은 좀더 자둬야 한다고 말했다. 그러나 그가 계속 고집을 부리자 그녀는 단념했다. 자기는 다시 침대 속으로 기어들어갈 수 있으면 좋겠다는 말만 했을 뿐이었다, 두 주일 뒤면 휴가야, 그때 내가 얼마나 많이 자는지 한번 봐, 특히 그 약을 먹으면, 낙원 같을 거야. 휴가를 전부 침대에서만 보낼 건 아니지, 그가 말했다. 내 침대는 나의 성이야, 그녀가 대답했다, 그 성 안에 있으면 난 안전해. 당신 병원에 가봐야겠어, 전에는 이렇지 않았잖아. 그거야 그럴 만도 하지, 지금까지는 내 마음속에 두 남자를 동시에 품어본 적이 없으니까. 진심이야. 당신이 말하는 그런 진심은 아냐, 게다가 내가 잘 알지도 못하는 사람한테 당신이 질투를 느끼는 게 아주 웃기는 일이라는 건 당신도 인정해야 돼, 내가 이번 일하고 어떤 식으로든 관련을 맺게 되더라도 난 그 사람을 알게 될 일이 결코 없을 텐데 말이야. 지금이 안토니오 클라로가 사실 영화사에 가는 것은 대본 문제 때문이 아니라 아내의 머릿속을 점령하고 있는 두 남자 중 두 번째 남자의 편지를 읽을 수 있다면 한번 읽어보기 위해서라고 고백하기에 딱 좋은 순간일 것이다. 하지만 인간의 뇌가 항상 일종의 망상에 잘 빠져든다는 점을 감안하면, 적어도 흥분 속에서 보낸 지난 며칠 동안 그 두 번째 남자가 첫 번째 남자를 압도해 버렸다고 생각하는 것도 터무니없는 일은 아니다. 그러나 우리는 그런 설명이 혼란에 빠진 안토니오 클라로의 정신에게 너무 많은 노력을 요구할 뿐만 아니라 상황을 더욱더 복잡하게 만들기만 할 것이며, 그 말을 들은 헬레나가 십중팔구 커다란 동정심을 보일 것임을 인정한다. 안토니오 클라로는 질투를 하는 것이 아니며, 질투를 하는 것은 바보 같은 짓이고, 자신은 단지 그녀의 건강을 걱정할 뿐이라고만 말했다. 당신 휴가를 잘 이용해야지, 여기서 아주 먼 곳으로 가자, 그가 말했다. 솔직히 난 그냥 집에 있고 싶어, 게다가 당신은 촬영해야 하잖아. 그렇지만 아직 촬영을 시작할 때가 안 됐어. 그래도……. 시골 별장에 가 있을 수도 있어, 내가 마을 사람한테 우리 대신 정원 정리 좀 해달라고 부탁할게. 거기는 쓸쓸해서 숨이 막힐 지경이야. 그럼 어디 다른 데로 가지 뭐. 아까도 말했지만 난 그냥 집에 있고 싶어. 그것도 종류만 다르지 쓸쓸하긴 마찬가지 아냐. 그래도 난 여기가 좋아. 당신이 정말로 그러고 싶다면야. 응, 정말로 그러고 싶어. 더 이상 할 말이 없었다. 두 사람은 침묵 속에서 아침을 먹었고, 삼십 분 후 헬레나가 출근했다. 안토니오 클라로는 별로 서두를 필요가 없었는데도 금방 집을 나섰다. 그는 이제 자기가 공세에 나선다는 생각을 하면서 차에 올랐다. 하지만 도무지 이유를 알 수 없었다.

배우들이 영화사를 찾는 경우는 많지 않다. 특히 배우가 팬에게서 온 편지에 관해 물어보려고 영화사에 온 것은 틀림없이 이번이 처음일 것이다. 비록 이 편지가 이례적으로 사진이나 사인뿐만 아니라 주소까지 알려달라고 했다는 점에서 다른 편지와 다르기는 하지만 말이다. 안토니오 클라로는 편지 내용을 모른다. 그저 편지에 그의 주소를 알려달라는 말만 적혀 있을 것이라고 생각하고 있다. 만약 안토니오 클라로가 다행히도 영화사의 부장 중 한 명과 아는 사이가 아니었다면, 임무를 수행하기가 어려웠을 것이다. 그 부장은 그와 함께 학교를 다녔으며, 두 팔을 활짝 벌리고 여느 때처럼 그를 맞아주었다. 아니, 여긴 웬일이야. 그게, 어떤 사람이 내 주소를 알려달라는 편지를 보냈다는 얘기를 들어서, 그냥 호기심에 그 편지를 읽어보고 싶어서 말이지, 그가 말했다. 글쎄, 그런 일은 내 소관이 아닌데, 하지만 자네를 도와줄 사람을 찾아볼게. 그는 인터콤으로 누군가와 이야기를 하며 필요한 것을 간략하게 설명했다. 잠시 후 어떤 젊은 여자가 미소를 지으며 들어와 이미 준비하고 있던 말을 했다, 안녕하세요, 지난번 영화 정말 잘 봤습니다. 정말 친절한 분이군요. 알고 싶은 게 뭐라고 하셨죠. 테르툴리아노 막시모 아폰소라는 사람이 쓴 편지에 관한 거예요. 만약 그 사람이 사진만 보내달라고 썼다면 편지가 남아 있지 않을 거예요, 그런 편지는 보관하지 않거든요, 설사 보관했다 해도, 서류함이 거의 터질 지경으로 편지가 많아요. 내가 알기로 그 사람은 내 주소를 알려달라고 했고, 조금 재미있는 말도 편지에 쓴 것 같아요, 그래서 오늘 내가 여기까지 온 거죠. 그 사람 이름이 뭐라고 하셨죠. 테르툴리아노 막시모 아폰소, 역사교사예요. 아시는 분인가요. 그렇기도 하고 아니기도 해요, 무슨 말이냐면, 그 사람에 대해 들어본 적이 있어요. 편지를 보낸 지는 얼마나 됐어요. 이 주일은 넘었고, 삼 주일은 안 됐을 거예요, 확실치는 않아요. 그럼 제가 편지 등록부를 먼저 찾아볼게요, 하지만 솔직히 말해서 그 이름을 들어본 적이 없는 것 같네요. 등록부 담당이신가요. 아뇨, 제 동료가 담당하고 있어요, 하지만 그 동료는 휴가 중이에요, 그래도 그런 이름이라면 사람들이 뭐라고 한마디 했겠죠, 테르툴리아노라는 이름이 많을 리가 없으니까요. 그래요, 그렇겠죠. 저랑 같이 가시겠어요, 여자가 말했다. 안토니오 클라로는 친구에게 작별인사를 하고 여자를 따라갔다. 그건 결코 어려운 일이 아니었다. 그녀는 몸매가 좋았고, 좋은 향수를 바르고 있었으니까. 두 사람은 여러 사람이 일하고 있는 어떤 방을 지나갔는데, 그 중 두 사람이 그가 지나가는 것을 보고 수줍은 미소를 지었다. 이는 단역배우를 알아보는 사람이 없을 것이라는, 오래된 계급적 편견의 지배를 받은 의견에도 불구하고 그런 사람들이 있다는 것을 보여준다. 두 사람은 벽에 선반이 죽 늘어서 있는 사무실로 들어갔다. 거의 모든 선반에 커다란 기록부들이 가득 꽂혀 있었다. 하나밖에 없는 탁자 위에도 선반에 꽂힌 것과 똑같은 기록부가 펼쳐져 있었다. 마치 시간을 거슬러 올라가는 것 같네요, 안토니오 클라로가 말했다. 중앙 등기소의 자료보관실 같아요. 여기도 자료보관실이에요, 자료를 임시로 보관해 둔다는 점만 다르죠, 저 탁자 위에 있는 기록부가 다 차면, 제일 오래된 기록부를 폐기할 거예요, 그러니까 진짜 등기소랑은 달라요, 거기서는 모든 걸 보관해 두니까, 산 사람의 기록이든 죽은 사람의 기록이든. 그래도 우리가 지나온 저 방과 비교하면 여긴 다른 세상 같아요. 아무리 현대적인 사무실에도 아마 이런 방이 있을걸요, 과거에 묶인 녹슨 닻 같은 곳이죠, 살아 있는 것들의 세상에서는 쓸모가 없는. 안토니오 클라로는 강한 눈빛으로 그녀를 바라보며 말했다, 우리가 이 방에 들어온 후로 댁이 흥미로운 말을 많이 한 거 알아요. 그렇게 생각하세요. 예, 그래요. 어쩌면 갑자기 카나리아처럼 노래하기 시작한 참새 같은 거겠죠. 거봐요, 또 흥미로운 말을 했잖아요. 여자는 아무 말도 하지 않고 등록부를 몇 장 넘겨 삼 주 전으로 거슬러 올라가더니 오른쪽 집게손가락으로 목록 속의 이름들을 하나하나 짚어나가기 시작했다. 삼 주 전의 기록이 그냥 지나가고, 두 주 전의 기록도 그냥 지나갔다. 이제 한 주 전의 기록으로 옮겨와서 오늘에 이르렀다. 그런데도 테르툴리아노 막시모 아폰소라는 이름은 여전히 나타나지 않았다. 아무래도 잘못 알고 오신 것 같은데요, 여자가 말했다, 그런 이름이 기록에 없어요, 그렇다면 그 편지가 실제로 왔다 해도 여길 통과하지 않았다는 뜻이에요, 틀림없이 도중에 사라져버렸을 거예요. 아이고, 이런, 내가 너무 폐를 끼쳤군요, 나 때문에 시간만 낭비했어요, 하지만, 안토니오 클라로가 다정하게 말을 덧붙였다, 혹시 다른 주의 기록을 보면 안 될까요. 왜 안 되겠어요. 여자가 등록부를 몇 장 더 넘기더니 한숨을 쉬었다. 사 주 전에는 사진을 달라는 사람이 엄청 많았네요, 토요일까지 훑어보는 데 시간이 상당히 걸리겠어요, 하지만 다행히도 중요한 배우들에 관한 편지는 컴퓨터가 있는 부서에서 다루거든요,

대중을 위해 기록부를 산더미처럼 보관해 놓은 이 케케묵은 방과는 다르죠. 안토니오 클라로는 이 상냥한 여자가 하고 있는 검색 작업을 자기도 할 수 있음을 조금 시간이 흐른 후에야 깨달았다. 자기가 대신 찾아보겠다고 이미 말했어야 한다는 것도. 특히 여기 기록되어 있는 것들이 아주 기초적인 것이어서 이름과 주소 목록에 불과하니까 말이다. 평범한 전화번호부에서 누구나 찾아볼 수 있는, 그런 것. 따라서 직원이 아닌 사람들의 호기심 어린 눈이 닿지 않도록 따로 보관해야 할 만큼 비밀을 유지하거나 신중을 기할 필요가 없었다. 여자가 미소를 지으며 자신을 도와주겠다는 그의 제안에 고마움을 표시했지만 그의 제안을 받아들이지는 않았다. 그가 일하는 것을 지켜보며 한가로이 서 있을 수는 없다는 것이었다. 시간의 흐름과 함께 등록부의 페이지들도 넘어가고 벌써 목요일에 이르렀는데도 테르툴리아노 막시모 아폰소의 흔적은 여전히 나오지 않았다. 안토니오 클라로는 불편한 기분이 들면서 애당초 여기 올 생각을 한 자신을 저주하고, 그 망할 놈의 편지가 모습을 드러낸다 해도 자신한테 무슨 소용이 있겠느냐는 생각을 하기 시작했다. 이 난감한 상황을 정당화할 수 있는 방법을 찾을 수가 없었다. 그의 자아가 이곳으로 오면서 탐욕스러운 고양이처럼 만끽했던 자그마한 만족감조차 급속히 당혹스러움으로 바뀌고 있었다. 여자가 등록부를 닫았다. 정말 죄송하지만 여긴 없네요. 제가 공연히 일만 만들어 드렸으니 사과를 해야죠. 당신이 그 편지를 그토록 보고 싶어 하는 걸 보면 그 편지가 아무것도 아닌 것일 리가 없어요. 여자가 친절하게 말했다. 그 편지에 흥미로운 구절이 있다고 들었거든요. 어떤 구절인데요. 아, 나도 잘 몰라요. 하지만 단역배우들이 영화의 성공에 중요한 역할을 한다든가 뭐 그런 내용이었던 것 같아요. 마치 어떤 기억이 내면에서 그녀를 뒤흔들어놓은 것처럼 여자가 깜짝 놀라더니 이렇게 말했다, 단역배우들에 관한 내용이라고 하셨어요. 예, 안토니오 클라로가 말했다. 이로 인해서 아직 조금이나마 희망을 품을 수 있을 것이라고는 믿기가 어려웠다. 하지만 그 편지는 여자가 쓴 거였어요. 여자요, 안토니오 클라로가 여자의 말을 되풀이했다. 갑자기 머리를 한 대 맞은 것 같았다. 예, 여자요. 그럼 그 여자는, 아니 그 편지는 어떻게 됐죠. 그 편지를 제일 처음 읽은 사람이 아주 괴상한 편지라는 생각이 들어서 즉시 옛날 부장님한테 달려가 보여드렸죠, 그 부장님은 그 편지를 총무부로 보냈고요. 그 다음에는요. 그 편지는 되돌아오지 않았어요, 어디 금고에 들어 있거나, 아니면 이사님 비서가 문서 분쇄기에 넣어버렸겠죠. 왜요, 왜요. 아주 적절한 두 가지 질문이네요. 아마 그 구절 때문일 거예요, 그런 내용이 회사 안팎이나 전국을 돌아다니며 단역배우들을 위해 평등과 정의를 요구하는 걸 경영진이 별로 좋아하지 않아서겠죠, 그러면 이 업계에 혁명이 일어날 테니까요, 만약 하류층 사람들, 사회 전체에서 단역배우 같은 역할을 하고 있는 사람들이 그런 요구를 하게 된다면 무슨 일이 벌어질지 생각해 보세요. 아까 옛날 부장님이라고 하셨는데, 왜 옛날 부장님이죠. 그때 선견지명을 발휘한 덕분에 금방 승진하셨거든요. 그러니까 그 편지가 사라져 버렸단 말이죠, 안토니오 클라로가 우울한 표정으로 중얼거렸다. 원본은 사라진 게 맞아요, 하지만 제가 쓰려고 사본을 보관해 뒀어요, 복사본이죠. 사본을 보관해 뒀어요, 안토니오 클라로가 그녀의 말을 되풀이했다. 그는 자신의 몸을 훑고 지나간 전율이 사본이라는 첫 번째 단어가 아니라 복사본이라는 두 번째 단어 때문에 생겨난 것임을 의식했다. 아주 특별한 주장인 것 같아서 근무규정을 살짝 어기기로 했죠. 그럼 그 편지를 지금 갖고 있어요. 아뇨, 집에 있어요. 아, 집에. 복사본을 보고 싶다면 제가 한 부 보내드릴게요, 어차피 그 편지는 다니엘 산타클라라라는 배우한테 온 거니까요, 당신이 법적으로 그 배우의 대리인이시잖아요. 정말 뭐라고 감사해야 할지, 다시 한번 말하지만, 당신을 만나서 이야기하게 돼서 정말 즐거웠습니다. 저도 즐거웠어요, 오늘 제가 기분이 좋아요, 아니면 제가 책에 등장하는 인물 같은 기분이 들어서 그런지도 모르죠. 어떤 책에 나오는 무슨 인물이요. 아, 그건 별로 중요한 게 아니에요, 이제 현실로 돌아가야죠, 공상과 소설은 옆으로 밀어두고, 내일 제가 그 편지를 복사해서 댁으로 부쳐드릴게요. 저기, 더 이상 폐를 끼치고 싶지 않아서 그러는데, 제가 나중에 다시 와도 돼요. 그건 절대 안 돼요, 제가 당신한테 서류를 넘겨주는 모습을 여기 사람들이 본다면 뭐라고 생각하겠어요. 당신 평판이 안 좋아지나요, 안토니오 클라로가 장난스러운 미소를 살짝 지으며 물었다. 그 정도면 괜찮게요. 그녀가 신랄한 말투로 말했다, 자칫하다간 일자리를 잃을지도 몰라요. 미안해요, 내가 경솔했어요, 기분을 상하게 할 뜻은 없었는데. 아뇨, 그런 건 아니에요, 제 말을 오해하셨네요. 그런 일은 흔하죠, 그래서 우리가 세월이 흐를수록 계속 사람들의 말에 귀를 기울이면서 여과장치를 갖게 되는 것이고요. 무슨 여과장치 말인가요. 그 여과장치는 목소리를 걸러내는 체 역할을 해요, 어떤 말이든 그 체를 지나가면서 일종의 앙금을 남기죠, 그러니까 그 말이 실제로 어떤 뜻을 담고 있었는지 알아내려면 그 앙금을 세심하게 분석해 봐야 돼요. 아주 복잡한 일인 것 같네요. 그렇지 않아요, 필요한 과정이 순식간에 이루어지니까, 컴퓨터처럼요. 하지만 각각의 과정들이 서로를 방해하는 경우는 전혀 없죠, 처음부터 끝까지 엄격한 질서를 지켜야 하거든요. 훈련만 받으면 누구나 할 수 있어요. 아니면 선천적인 재능이 있거나, 딱 맞는 음을 내는 것처럼. 그렇게까지 정확할 필요는 없어요, 말을 들을 수 있는 능력만 있으면 돼요, 예리함은 다른 데서 오는 거니까. 하지만 때로는 모든 게 다 술술 풀릴 거라고 생각하지는 마세요, 이건 그냥 제 경험이에요, 다른 사람들은 어떤지 저도 몰라요. 집에 가면 마치 제 여과장치가 꽉 막힌 것 같아요, 샤워를 해서 몸을 씻어내듯이 내면을 씻어낼 수 없다는 게 안타까울 뿐이에요. 당신이라는 참새가 카나리아처럼 노래하는 게 아니라 나이팅게일처럼 노래하고 있다는 생각이 들기 시작하는데요. 세상에, 지금 앙금이 엄청나게 많아요, 여자가 소리쳤다. 저기, 당신을 다시 만나고 싶은데요. 저도 그렇게 생각했어요, 제 여과장치가 방금 저한테 그렇게 말해줬거든요. 정말이에요, 진심으로 하는 말이에요. 하지만 정말로 진지하지는 않죠. 난 아직 당신 이름도 몰라요. 왜 제 이름을 알고 싶은 건데요. 화내지 말아요, 사람들이 서로를 소개하는게 당연하잖아요. 그럴 만한 이유가 있을 때는 그렇죠. 그럼 이유가 없나요, 안토니오 클라로가 물었다. 솔직히 말해서 이유가 하나도 없는 것 같아요. 만약 내가 당신 도움이 필요하다면서 다시 온다면요. 그건 간단하죠, 부장님에게 오늘 당신을 도와줬던 직원을 불러달라고 하면 돼요. 그래도 아마 내 동료가 나오겠지만, 지금 휴가 중인 동료 말이에요. 그러니까 다시는 당신 소식을 들을 수 없는 거로군요. 그래요, 하지만 약속은 지킬게요, 당신 주소를 알고 싶다는 사람이 보낸 편지를 받아보실 수 있을 거예요. 그럼 그걸로 끝이에요. 그걸로 끝이에요, 여자가 대답했다. 안토니오 클라로는 옛 동급생에게 고맙다고 인사를 하러 가서 한동안 가벼운 잡담을 나누다가 이렇게 물었다, 날 도와준 직원의 이름이 뭐지. 마리아, 왜. 아니, 뭐 그냥, 그걸 안다고 해서 전에 알던 것보다 더 많이 알게되는 것도 아냐. 그럼 전에는 뭘 알고 있었는데. 아무것도.

계산은 쉬웠다. 만약 누군가가 우리에게 편지를 한 통 썼는데 그 편지를 나중에 찾아보니 다른 사람의 서명이 있더라고 말한다면, 우리가 세울 수 있는 가설은 두 가지뿐이다. 하나는 서명의 주인이 처음 사람의 요구에 따라 편지를 썼다는 것이고, 또 하나는 처음 사람이 안토니오 클라로로서는 알 수 없는 이유로 남의 서명을 위조했다는 것이다. 그것이 끝이다. 진실이 무엇이든 편지에 써 있는 보낸 사람 주소가 처음 사람의 것이 아니라 서명 주인의 것이며 영화사가 분명히 그 주소로 답장을 보냈음을 감안하면, 이 편지의 내용을 알고서 조치를 취한 사람이 처음 사람이며 서명의 주인은 아무런 일도 하지 않았음을 감안하면, 여기서 내릴 수 있는 결론은 단순히 논리적인 수준을 넘어 눈에 뻔히 보이는 것이다. 첫째, 명백히 드러나 있듯이, 두 사람이 편지를 이용한 이 속임수를 실행하기로 합의했다는 것. 둘째, 역시 안토니오 클라로가 알 수 없는 이유로 처음 사람이 가능한 한 마지막까지 자신의 정체를 드러내지 않으려 했다는 것. 실제로 그는 이 목적을 달성했다. 안토니오 클라로는 속을 알 수 없는 마리아라는 여자가 보낸 편지가 도착할 때까지 사흘 동안 가장 기초적인 이런 추론들을 생각하고 또 생각했다. 편지에는 다음과 같은 말을 손으로 쓴 카드가 동봉되어 있었지만 서명은 없었다, 이 편지가 당신에게 유용하게 쓰이기를 바랍니다. 안토니오 클라로가 자문하고 있던 것이 바로 이것이었다. 이제 어쩐다. 하지만 만약 우리가 여과장치와 말을 걸러내는 체의 이론을 현재 상황에 적용한다면 찌꺼기, 잔여물, 침전물이 남아 있음을 알게 될 것이라는 말을 반드시 해야겠다. 또는 안토니오 클라로가 감히 카나리아라고 불렀다가 다시 나이팅게일이라고 불렀던 그 마리아의 표현처럼 앙금이라고 할 수도 있을 것이다. 그가 무슨 생각으로 그녀를 그렇게 불렀는지는 오로지 그만이 알 것이다. 어쨌든 이제 우리가 분석절차를 배웠으므로, 앞에서 말한 앙금을 통해 여기에 목적이 존재한다는 사실이 드러난다고 말할 수 있을 것이다. 어쩌면 아직 불분명하고 모호한 목적일 수도 있지만, 만약 그 편지에 서명한 사람이 여자가 아니라 남자였다면 그런 목적이 드러나지 않았을 것이라고 장담할 수 있다. 이는 만약 테르툴리아노 막시모 아폰소가 예를 들어 친한 남자친구가 있고 이 교묘한 사기극을 그 친구와 함께 꾸몄다면, 다니엘 산타클라라가 그 편지를 그냥 찢어버렸을 것이라는 뜻이다. 근본적인 문제, 즉 두 사람을 하나로 묶어주었으며 지금은 오히려 두 사람을 떼어놓을 가능성이 아주 높은 완전한 정체성이라는 문제에 비해 이것이 중요하지 않다고 생각했을 테니까 말이다. 그런데 슬프게도 이 편지에 서명을 한 사람은 여자다. 그녀의 이름은 마리아 다 파즈인데, 안토니오 클라로는 영화배우로 활동하면서 단 한 번도 우아하고 유혹적인 역할을 맡은 적이 없다. 심지어 악당 역할도 맡은 적이 없다. 그는 이를 보상하기 위해 현실 속에서 최선을 다해 노력하고 있다. 비록 항상 좋은 결과가 나오는 것은 아니지만. 얼마 전 영화사 직원과의 일화에서 확인했듯이, 우리가 지금까지 그의 성적인 매력에 대해 언급하지 않은 것은 순전히 그것이 지금 이야기하고 있는 사건들과 관계가 없는 듯 보였기 때문이라는 사실을 여기서 지적하고 넘어가야 할 것 같기도 하다. 하지만 일반적으로 말해서 인간의 행동을 결정하는 것은 아직도 본능에 따라 휘둘리는 우리가 온갖 어려움을 무릅쓰고 힘들게 우리의 동기 속에 끼워넣는 소수의 이성적인 요인들과 함께 온갖 중요한 본능과 부수적인 본능에서 흘러나오는 충동들의 협업이므로, 그리고 이런 행동에는 순수한 면과 천박한 면이 동시에 존재하고 정직성이 거짓말만큼이나 중요하므로, 만약 그가 이 편지의 서명자에 관해 보이고 있는 관심에 대해 우리에게 제시할 설명을 우리가 일시적으로라도 받아들이지 않는다면 안토니오 클라로에게는 부당한 일이 될 것이다. 그의 설명이란, 이 편지의 지적인 필자라고 짐작되는 테르툴리아노 막시모 아폰소와 실제로 이 편지를 쓴 마리아 다 파즈 사이에 어떤 관계가 존재하는지 알고 싶다는 자연스럽고 매우 인간적인 호기심을 말한다. 우리는 안토니오 클라로가 명민함이나 통찰력이 없지 않다는 것을 여러 번 관찰할 기회가 있었다. 하지만 사실 범죄학에 족적을 남긴 수사관들 중 가장 명민한 사람이라도 이 이상한 일에서 모든 증거, 특히 문서를 통해 확인할 수 있는 바와 달리, 이 편지의 도덕적 필자와 실제로 이 편지를 쓴 사람이 같다는 사실은 결코 짐작하지 못했을 것이다. 두 가지의 분명한 가설이 우리의 관심을 요구하고 있다. 덜 중요한 것부터 더 중요한 것의 순서로 말한다면, 첫 번째 가설은 두 사람이 그냥 친구 사이라는 것이고, 두 번째 가설은 두 사람이 연인이라는 것이다. 안토니오 클라로는 두 번째 가설 쪽으로 기울어져 있다. 첫째, 이것이 그가 자주 등장하는 영화 속에서 단순히 목격자로서 지켜보기만 했던 감상적인 플롯과 잘 들어맞기 때문이고, 둘째 그 결과로 이것이 그에게 익숙한 영역일 뿐만 아니라 이미 대본도 준비되어 있는 것이나 마찬가지이기 때문이다. 이제 헬레나가 지금 상황을 아는지, 안토니오 클라로가 영화사에 찾아가서 등록부를 뒤지면서 지적이고 향기로운 마리아와 나눈 이야기를 그녀에게 들려줬는지, 마리아 다 파즈가 서명한 편지를 그녀에게 보여줬거나 보여줄 생각인지, 간단히 말해서 그녀가 그의 아내임을 감안해서 그가 위험할 정도로 요동치는 자신의 생각들을 그녀에게 털어놓을 작정인지 의문을 가져볼 때가 되었다. 이 의문의 답은 아니오이다. 세 번 모두 아니오. 편지는 어제 아침에 도착했지만, 안토니오 클라로는 아무도 찾을 수 없는 곳을 찾아 그 편지를 보관할 생각뿐이었다. 그런데 그런 장소가 있다. 헬레나가 결혼 후 몇 달 동안 대충 훑어본 후로 전혀 관심을 보이지 않은 책 『영화의 역사』의 책갈피. 진실을 존중하는 마음에서, 안토니오 클라로가 엄청나게 많은 생각을 해보았음에도 아직 이렇다 할 행동계획을 만족스럽게 마련하지 못했다는 말을 해둬야겠다. 하지만 우리는 이 소설의 마지막 페이지에 이르기까지 앞으로 일어날 일들을 아직 구상하지 않은 것들만 빼고 모두 알고 있는 특권을 누리고 있으므로 내일 배우 다니엘 산타클라라가 마리아 다 파즈의 아파트에 전화를 걸 것이라고 말할 수 있다. 순전히 전화를 받는 사람이 있는지 알아보기 위해서. 지금이 한여름, 즉 휴가철이라는 것을 잊으면 안 된다. 그는 전화를 걸더라도 한마디도 하지 않을 것이다. 그의 입술에서는 그 어떤 소리도 나오지 않을 것이다. 완벽한 침묵. 상대방이 그의 목소리와 테르툴리아노 막시모 아폰소의 목소리를 혼동하지 않도록. 만약 상대방이 목소리를 혼동한다면 그는 아마 테르툴리아노 막시모 아폰소인 척할 수밖에 없을 텐데, 지금의 상황을 감안하면 그것이 어떤 결과를 낳을지 전혀 짐작할 수 없다. 이것이 아주 뜻밖의 일처럼 보일지도 모르지만, 헬레나가 직장에서 돌아와 그가 외출했는지 안 했는지 알아보기 전의 몇 분 동안에 그는 역사교사의 아파트에 전화를 걸 것이다. 하지만 이번에는 그가 할 말이 없지는 않을 것이다. 안토니오 클라로는 그의 말을 들어줄 사람이 있든 없든, 자동응답기가 대답을 하든 말든 이미 할 말을 준비해 놓았다. 그는 이렇게 말할 것이고, 지금 이렇게 말하고 있다, 여보세요, 안토니오 클라로입니다, 내가 전화할 거라고는 생각하지 못했겠죠, 사실 나도 당신이라면 놀랐을 겁니다, 집에 없는 모양이군요, 아마 시골 어딘가로 휴가를 떠난 거겠죠, 당연한 일입니다, 지금은 휴가철이니까, 어쨌든 당신이 집에 있든 없든 당신에게 커다란 부탁을 하나 하고 싶어요, 돌아오는 대로 나한테 전화를 주세요, 우리가 서로에게 할 말이 아주 많이 있는 것 같으니까, 아무래도 우리가 만나야 할 것 같군요, 시골의 내 별장 말고 다른 데서, 솔직히 내 별장은 너무 외진 곳에 있으니까요, 호기심 어린 시선이 미칠 수 없는 곳이 좋겠습니다, 사람들의 시선은 우리에게 전혀 득이 되지 않을 테니까, 어쨌든 당신도 나와 같은 생각이라면 좋겠어요, 내가 전화 받기 제일 편한 시간은 아침 열시에서 저녁 여섯시 사이입니다, 토요일과 일요일을 빼면 요일은 상관없어요, 하지만 이번 주말까지만 그렇습니다. 그는 주말 이후에는 헬레나, 이것이 내 아내의 이름인데 전에 말한 적이 있는지 잘 모르겠네요, 어쨌든 헬레나가 휴가라서 집에 있을 겁니다, 하지만 내가 영화를 찍고 있지 않은데도 우리는 아무 데도 가지 않을 겁니다라는 말을 덧붙이지 않았다. 그런 말을 하는 것은 그녀가 사정을 모른다는 사실을 인정하는 것과 마찬가지일 것이다. 지금처럼 신뢰가 존재하지 않는 경우, 분별 있고 균형 잡힌 사람이라면 자기 결혼생활의 비밀을 있는 대로 전부 드러내지 않을 것이다. 특히 지금 상황이 심각하다는 점을 감안하면 더욱더 그렇다. 테르툴리아노 막시모 아폰소에게 결코 뒤떨어지지 않는 날카로운 재치를 갖고 있음이 증명된 안토니오 클라로는 자기들이 지금까지 해오던 역할이 이제 바뀌었으며, 지금부터는 자신이 변장을 해야 한다는 것을 깨닫는다. 처음 보기에는 역사교사가 뒤늦게 이유 없이 자신을 도발하는 것으로 보였던 행위, 즉 뺨을 후려갈기듯이 그 가짜 턱수염을 보낸 행위가 의미와 목적이 있었으며, 일종의 예감에서 나온 것처럼 보인다. 다음에 만날 장소가 어디든 테르툴리아노 막시모 아폰소가 아니라 안토니오 클라로가 변장을 해야 할 것이다. 그리고 테르툴리아노 막시모 아폰소가 안토니오 클라로와 그의 아내를 한번 슬쩍 보기 위해 가짜 턱수염을 달고 이 거리를 찾아왔듯이, 안토니오 클라로도 마리아 다 파즈가 어떤 여자인지 알아보기 위해 가짜 턱수염을 달고 그녀가 사는 거리로 가서 은행까지 그녀의 뒤를 밟을 것이다. 가끔은 테르툴리아노 막시모 아폰소가 사는 곳이 보이는 지점까지 뒤를 밟기도 할 것이다. 그는 이렇게 필요한 기간만큼 그녀의 그림자가 될 것이다. 우리가 쓰는 이 글과 어쩌면 쓸지도 모르는 글이 그에게 다른 행동을 시킬 때까지. 지금까지 한 말을 생각해 보면, 안토니오 클라로가 과거에 다니엘 산타클라라의 얼굴에 붙였던 콧수염을 보관해 놓은 상자가 있는 서랍장으로 향한 것이 전혀 놀랍지 않을 것이다. 이 콧수염은 지금 상황에는 분명히 잘 맞지 않는다. 안토니오 클라로가 이 제부터 쓰게 될 가짜 턱수염을 며칠 전부터 보관해 놓은 빈 시가 상자와 마찬가지다. 과거에 매우 현명하다고 일컬어지는 왕이 살았다. 그는 힘들이지 않고 얻은 철학적 영감 덕분에 태양 아래 새것은 없다고 선언했다. 이 말을 할 때 그는 아마 자신의 지위에 걸맞은 엄숙한 태도를 보였을 것이다. 우리는 이 말을 너무 진지하게 받아들이면 안 된다. 우리 주위의 모든 것이 바뀌고 태양 자체도 옛날의 태양이 아닐 때 우리가 이런 말을 하게 될지도 모르니까 말이다. 반면 사람들의 움직임과 몸짓은 그리 많이 변하지 않았다. 이스라엘의 삼대 왕 (솔로몬을 가리킴 ─옮긴이) 시절뿐 아니라 인간이 잔잔한 연못에서 자신의 얼굴을 처음으로 보고 이것이 나라는 생각을 했던, 태곳적의 그날부터 따져봐도 그렇다. 지금 이곳, 우리가 있는 곳, 우리가 존재하는 곳에서 사백만에서 오백만 년이 흘렀는데도 그 원시적인 몸짓은 지금도 단조롭게 되풀이된다. 태양과 그 태양이 비추는 세상의 변화를 전혀 모른 채. 만약 현실이 이렇다는 증거가 더 필요하다면 안토니오 클라로가 욕실의 매끈한 거울 앞에서 한때 테르툴리아노 막시모 아폰소의 것이었던 턱수염을 그와 똑같이 조심스럽게, 그와 똑같이 정신을 집중해서 붙이는 모습을 지켜보기만 하면 된다. 어쩌면 몇 주 전에 테르툴리아노 막시모 아폰소가 다른 욕실의 다른 거울 앞에서 안토니오 클라로의 콧수염을 자기 얼굴에 그리면서 느꼈던 것과 똑같은 두려움까지도 느끼고 있는 것인지도 모른다. 야만적인 공통의 조상보다도 더 자신에 대한 확신이 없는 그들은 이것이 나라고 말하고 싶다는 순수한 유혹에 빠지지 않았다. 그때 이후로 두려움이 많은 변화를 겪었고, 회의(懷疑)는 훨씬 더 많은 변화를 겪었기 때문이다. 지금 이곳에서 자신 있는 확인 대신에 우리 입에서 나오는 것이라고는 저게 누구냐는 질문뿐이다. 아마 앞으로 사백만에서 오백만 년이 흘러도 이 질문의 답을 찾아낼 수 없을 것이다. 안토니오 클라로는 턱수염을 떼어내서 다시 상자에 넣었다. 헬레나가 곧 지친 몸으로 집에 올 것이다. 그녀는 평소보다 훨씬 더 과묵한 모습으로 마치 이곳이 자기 집이 아닌 것처럼, 가구들이 낯선 것처럼, 가구의 모퉁이와 가장자리들이 자신을 알아보지 못하고 열심히 집을 지키는 개처럼 지나가는 그녀에게 위협적으로 으르렁거리는 것처럼 아파트 안을 돌아다닐 것이다. 그녀의 남편이 한마디만 하면 상황이 바뀔지도 모르지만, 우리는 안토니오 클라로도 다니엘 산타클라라도 그 말을 하지 않으리라는 것을 알고 있다. 어쩌면 하기 싫은 것일 수도 있고, 할 수 없는 것일 수도 있다. 운명적인 일들의 이유는 항상 인간적이다. 순전히 인간적. 누구든 과거의 교훈을 바탕으로 산문으로든 운문으로든 그렇지 않다고 말하는 사람은 그것이 무슨 뜻인지도 모르고 말하는 것이다. 이렇게 대담한 의견을 피력해도 괜찮다면 말이지만.

다음날 헬레나가 출근한 후 안토니오 클라로는 마리아 다 파즈의 집에 전화를 걸었다. 특별히 가슴이 떨리거나 기분이 들뜨지는 않았다. 침묵이 그를 보호하는 방패가 되어줄 테니까. 전화를 받은 사람의 목소리는 단조로웠으며, 몸이 아팠다가 회복 중인 사람 특유의 머뭇거리는 듯한 연약함이 느껴졌다. 하지만 그 목소리가 특정한 나이의 여자 것임이 어느 모로 보나 분명했는데도 노파, 아니 좀더 완곡한 표현을 원한다면 나이 지긋한 부인의 목소리만큼 연약하게 들리지는 않는다. 그녀는 말을 많이 하지 않았다, 여보세요, 여보세요, 누구시죠, 뭐라고 말 좀 해보세요, 여보세요, 여보세요, 솔직히 정말 무례한 사람이군요, 사람이 자기 집에서도 편안히 쉴 수 없다니. 그러고 나서 그녀는 전화를 끊었다. 그러나 다니엘 산타클라라는 정말로 유명한 배우들의 항성계 궤도를 돌고 있지는 않을지라도 이런 경우 관계를 알아채는 훌륭한 귀를 갖고 있다. 따라서 그는 그 나이 지긋한 부인이 어머니가 아니면 할머니거나, 할머니가 아니면 이모라는 것을 쉽사리 알 수 있었다. 주인을 사랑해서 평생 독신으로 지낸 늙은 하인일지도 모른다는 진부한 문학적 가정은 현실과 아무런 관련이 없으므로 금방 배제해 버렸다. 그의 접근방법을 감안하면, 그는 그 집에 아버지나 할아버지나 삼촌이나 남자 형제 같은 남자가 살고 있는지 아직 모르고 있음이 분명하다. 하지만 안토니오 클라로는 그런 가능성에 대해 지나치게 걱정할 필요가 없다. 어느 모로 보나, 병들었을 때나 건강할 때나, 살아서나 죽어서나 그는 마리아 다 파즈 앞에 다니엘 산타클라라가 아니라 테르툴리아노 막시모 아폰소로 나타날 테니까 말이다. 테르툴리아노 막시모 아폰소는 비록 그 집 식구들이 친구로서든 연인으로서든 그에게 활짝 문을 열어주지 않는다 해도 적어도 암묵적으로 인정받는 관계를 맺고 있음이 분명하다. 만약 우리가 안토니오 클라로에게 테르툴리아노 막시모 아폰소와 마리아 다 파즈의 관계와 관련해서 지금 염두에 두고 있는 목적을 감안할 때 어느 편이 더 좋으냐고 묻는다면, 두 사람이 연인인 편이 좋은지 친구인 편이 좋은지 묻는다면, 그가 어떤 대답을 할지 너무나 분명하다. 만약 두 사람의 관계가 우정이라면 그는 두 사람이 연인일 경우에 비해 관심이 확 줄어들어 버릴 거라고 말할 것이다. 안토니오 클라로가 생각하고 있는 행동계획은 목표설정과 관련해서 크게 진전했을 뿐만 아니라, 전에는 부족했던 동기마저 점점 더 강해지기 시작했음을 알 수 있다. 만약 우리가 해석을 크게 잘못한 것이 아니라면, 비록 그 힘이 전적으로 개인적인 복수라는 악의적인 생각에 바탕을 둔 것 같지만 말이다. 그런데 우리가 알 수 있듯이 지금의 상황은 복수를 약속하지도 않았고, 복수를 어떤 식으로든 정당화해 주지도 않았다. 테르툴리아노 막시모 아폰소가 한마디 말도 없이(아마 이것이 가장 나쁜 부분일 것이다) 다니엘 산타클라라에게 가짜 턱수염을 보냄으로써 직접 도전을 해온 것은 사실이다. 하지만 상식을 조금만 동원하면 이 문제를 거기서 끝낼 수도 있었다. 안토니오 클라로가 어깨를 으쓱하며 아내에게 이렇게 말할 수도 있었다는 뜻이다, 바

344

보 같은 녀석, 내가 그렇게 쉽게 화를 낼 줄 아는 모양인데, 아주 잘못 생각했지, 저것 좀 쓰레기통에 버려줘, 만약 그 사람이 이런 짓을 또 할 정도로 멍청하다면 경찰에 신고해서 이런 짓을 다시는 못하게 하자고, 결과가 어떻게 된다. 불행히도 상식이 필요할 때 항상 나타나는 것은 아니다. 그리고 상식이 잠깐씩 자리를 비운 순간이 중요한 드라마와 가장 끔찍한 재앙을 낳는 경우가 많다. 우주가 원래는 깊은 생각을 바탕으로 만들어져야 하는 법이지만, 실제로는 그렇지 않다는 것을 보여주는 증거는 창조주가 우리를 비춰주는 별을 태양으로 부르라고 명령했다는 사실에서 찾아볼 수 있다. 만약 별들의 왕인 태양이 상식이라는 이름을 갖고 있었다면, 지금쯤 인간의 정신이 밤이나 낮이나 얼마나 계몽되어 있을지 생각해 보라. 모두들 알고 있듯이 우리가 달빛이라고 부르는 빛은 달에서 나오는 것이 아니라 항상 태양에서만 나오는 것이니까 말이다. 말과 단어가 탄생한 이래로 우주의 기원에 관한 수많은 이론들이 만들어진 것은 그 모든 이론들이 차례로 비참한 실패를 기록했기 때문이다. 이처럼 이론들이 한결같이 실패했기 때문에 현재 인기를 누리고 있는 몇 가지 이론들의 앞날도 밝지 않다. 하지만 이제 안토니오 클라로에게 돌아가 보자. 그가 가능한 한 빨리 마리아 다 파즈를 만나고 싶어 한다는 것은 분명하다. 또한 그가 완전히 뒤틀린 이유로 인해 복수에 집착하게 되었음도 분명하다. 여러분은 이미 눈치챘겠지만, 그의 생각을 돌려놓을 수 있는 것은 하늘에도 땅에도 없다. 그가 그녀가 사는 건물을 찾아가서 드나드는 여자들을 모두 붙들고 마리아 다 파즈냐고 물을 수 없음은 분명하다. 그렇다고 모든 것을 운에 맡기고 그녀가 사는 거리를 한 번, 두 번, 세 번 오락가락하다가 세 번째에 가장 먼저 눈에 띄는 여자를 붙들고 당신이 마리아 다 파즈인 것 같군요, 마침내 당신을 만나게 되어서 얼마나 기쁜지 모릅니다, 저는 영화배우인데 이름은 다니엘 산타클라라입니다, 저랑 차 한 잔 하실까요, 길만 건너면 되는데, 아무래도 우리 사이에 할 이야기가 많은 것 같습니다, 아 이 턱수염이요, 통찰력이 대단하시군요, 속지 않으시다니, 하지만 제발 놀라지 말고 침착하십시오, 우리가 좀더 조용한 곳, 제가 아무 걱정 없이 턱수염을 뗄 수 있는 곳에서 만날 수 있다면 당신이 아주 잘 아는 사람이 눈앞에 서 있다는 것을 알게 될 겁니다, 제 생각에는 아주 친밀한 사이인 것 같은데, 만약 그 사람이 여기 있었다면 저는 시기심 같은 것은 전혀 느끼지 않고 축하해 줬을 겁니다, 바로 우리의 테르툴리아노 막시모 아폰소 말입니다라고 말할 수도 없는 노릇이다. 그가 이렇게 말하면 그 가엾은 여인은 그의 엄청난 변신에 완전히 압도당할 것이다. 하지만 지금 우리가 그의 변신을 설명할 수는 없다. 먼저 도착한 사람들의 어깨를 밀며 내가 왔다고 소리 지르지 말고 참을성 있게 자신의 차례를 기다려야 한다는 근본적인 지침을 명심하는 것이 중요하니까 말이다. 하지만 만약 우리가 가끔 잠재적인 악을 통과시킨다면, 그들이 자기 차례를 놓쳤다는 진부한 이유 때문에 독성을 일부 잃어버리거나 연기처럼 허공으로 사라져버릴지도 모른다는 가정을 완전히 거부하지는 않을 것이다. 이처럼 생각과 분석이 쏟아져 나오는 것, 이리저리 흩어진 생각들과 우리가 계속 매달려 있는 그 생각의 지류들 때문에 안토니오 클라로가 진심으로 원하는 것이 마리아 다 파즈가 정말로 가치가 있는지, 그가 그렇게 공을 들일 만한 가치가 있는지를 알아내는 것이라는 무미건조한 현실을 시야에서 놓쳐서는 안 된다. 만약 그녀가 매력 없는 사람이라면, 철로처럼 비쩍 마르거나 살이 너무 많아서 고생하는 사람이라면, 물론 사랑이 끼어들면 둘 다 그다지 커다란 장애가 되지는 않을 것이라는 말을 서둘러 덧붙여야겠지만, 어쨌든 그런 사람이라면 우리는 다니엘 산타클라라가 재빨리 뒷걸음질을 치는 모습을 보게 될 것이다. 과거에 편지, 우스꽝스러운 책략, 순수한 신분확인 절차 등을 통해 형성된 우정을 바탕으로 사람을 만났을 때 자주 그랬던 것처럼. 내가 오른손에 파란색 파라솔을 들고 있을게. 난 단춧구멍에 하얀 꽃을 꽂을게. 하지만 결국 파라솔도 꽃도 보이지 않는다. 어쩌면 둘 중 한 사람은 약속장소에서 기다리다 헛걸음을 했을지도 모르고, 어쩌면 둘 다 약속장소에 나왔지만 꽃을 하수도에 던지고 파라솔로 보여주고 싶지 않은 얼굴을 가렸을지도 모른다. 하지만 다니엘 산타클라라는 걱정할 필요가 없다. 마리아 다 파즈는 젊고, 예쁘고, 우아하며, 몸매도 좋고 성격도 좋다. 하지만 성격도 좋다는 부분은 눈앞의 문제와 상관이 없다. 왜냐하면 요즘은 한때 파라솔이나 꽃의 운명을 결정했던 척도가 성격에 특별히 민감하지 않으니까 말이다. 한편 안토니오 클라로가 마리아 다 파즈의 아파트 앞 길바닥에서 몇 시간 동안 서성거리며 이웃들이 당연히 느끼게 될 두려움으로 인해 숙명적이고 위험한 결과가 생길 것을 감수하고 그녀가 나타나기를 기다리는 짓을 하고 싶지 않다면 해결해야 할 중요한 문제가 있다. 만약 이웃들이 그를 의심하기 시작한다면 즉시 경찰에 전화를 걸어 턱수염을 기른 남자가 수상쩍게 얼쩡거리고 있다면서 그가 건물이 무너지지 않도록 지키느라 그곳에 있는 것이 아닌 게 분명하다고 말할 것이다. 따라서 그는 반드시 이성과 논리를 동원해야 한다. 마리아 다 파즈는 직장이 있을 가능성이 높다. 정규직으로 일하고 있어서 정해진 시간에 집을 나섰다가 돌아올 가능성이 높다는 뜻이다. 헬레나처럼. 하지만 안토니오 클라로는 헬레나에 관해 생각하고 싶지 않았으므로 두 사람은 서로 아무런 관계가 없고, 마리아 다 파즈와의 사이에서 무슨 일이 일어나든 자신의 결혼생활이 위험해지지는 않을 것이라고 스스로를 타이른다. 이것을 변덕이라고 불러도 좋을 것이다. 남자들이 쉽게 빠져든다는 그 변덕. 지금의 경우에 무엇보다 나쁜 단어인 증오는 아니더라도 복수, 보복, 앙갚음, 배상, 원한, 앙심 등의 말조차 적절하지 않다면 말이다. 세상에, 이런 터무니없는 일이, 이 일이 도대체 어떻게 끝날까, 자신의 복사본과 얼굴을 마주한 적이 한번도 없는 행복한 사람들은 이렇게 소리친다. 충격을 줄이기 위한 기분 좋은 메모 한 장 없이 우편으로 상자에 든 가짜 턱수염을 받는 끔찍한 모욕을 당해본 적이 한번도 없는 사람들. 지금 이 순간 안토니오 클라로의 머릿속을 들여다보면, 저열한 감정에 지배당하고 있는 마음이 최선의 이유와 최악의 행동을 결합시켜 그 둘이 서로를 정당화하도록 교활하게 양심을 압박하면서 가장 기본적인 양식과는 반대로 양심을 어디까지 끌고 들어갈 수 있는지 알 수 있을 것이다. 이것은 똑같은 사람이 항상 이기거나 지는 일종의 이중게임이다. 방금 안토니오 클라로가 생각한 것은 비록 믿을 수 없는 것처럼 보이겠지만, 테르툴리아노 막시모 아폰소 행세를 하면서 그의 애인을 침대로 끌어들이는 것이 자신이 맞은 따귀를 훨씬 더 철저하게 되돌려주는 방법일 뿐만 아니라 가장 극단적인 방법이라는 것이다. 자존심에 상처를 입은 아내 헬레나를 위해 복수하는 방법으로 이보다 더 어리석은 것이 있을까. 우리가 아무리 간청하더라도 안토니오 클라로는 이것이 이론적으로는 똑같이 충격적인 새로운 모욕으로만 앙갚음할 수 있는 엄청난 모욕이라는 점을 설명할 수 없을 것이다. 이제 이것은 그의 머릿속에서 강박관념이 되었다. 이미 손을 쓸 수가 없다. 그가 헬레나가 직장을 갖고 있으며 정해진 시간에 집을 나갔다가 돌아온다는 점에서 마리아 다 파즈와 비슷하다는 점을 떠올리며 잠시 중단되었던 이성적인 생각으로 돌아올 수 있다는 것은 굉장한 일이다. 대단히 가능성이 희박한 우연한 만남을 기대하며 거리를 오락가락하는 대신 그가 해야 할 일은 그곳에 아주 일찍 가서 눈에 띄지 않는 곳에 서서 마리아 다 파즈가 나오기를 기다리다가 그녀가 나오면 직장까지 뒤를 밟는 것이다. 이보다 더 쉬운 일이 있겠느냐고 생각할 수도 있겠지만, 그것이 얼마나 잘못된 생각인지. 첫 번째 문제는 마리아 다 파즈가 건물에서 나와 왼쪽으로 갈지 오른쪽으로 갈지를 그가 모른다는 것이다. 따라서 그는 그녀가 선택하는 방향과 자신이 차를 세워두게 될 장소와 관련해서, 자신이 그녀를 지켜보기 위해 선택한 장소가 그녀를 미행하는 작업을 더 복잡하게 만들지 아니면 쉽게 만들지 알지 못한다. 여기서 잊지 말아야 할 것은 이 첫 번째 문제 못지않게 심각한 두 번째 문제다. 그녀가 건물 밖에 자기 차를 세워놓았을지도 모른다는 것. 그런 경우 그는 그녀를 시야에서 놓치지 않은 채 자기 차로 달려가서 도로로 나설 시간이 충분하지 않을 것이다. 그는 첫날에는 십중팔구 완전히 실패를 맛본 뒤 둘째 날에 다시 와서 부분적인 실패와 부분적인 성공을 거둘 것이다. 그러고 나서 탐정들의 수호성인이 그의 집요함에 탄복해서 셋째 날에 완벽하고 성공적인 미행을 할 수 있게 해줄 것이라고 믿게 될 것이다. 안토니오 클라로에게는 그래도 해결해야 할 문제가 하나 더 있을 것이다. 지금까지 극복한 엄청난 문제들에 비하면 비교적 하찮은 문제임이 분명하지만, 그래도 놀라운 기지와 자발적인 행동으로 이 문제를 처리해야 할 것이다. 다니엘 산타클라라는 아침 일찍 촬영이 있거나 시외에서 촬영이 있을 때 일 때문에 어쩔 수 없이 침대에서 일어나야 할 때를 제외하고는, 헬레나가 출근한 뒤 한두 시간 동안 더 따스한 침대에 누워 있기를 좋아한다는 사실을 우리는 이미 알고 있다. 따라서 그는 하루도 아니고 이틀씩이나, 아니 어쩌면 사흘씩이나 종달새처럼 일찍 일어나려 한다는 이례적인 상황을 설명할 방법을 찾아내야 할 것이다. 우리가 알다시피 그는 현재 일을 쉬면서 〈매력적인 도둑의 재판〉의 촬영이 시작될 것이라는 연락을 기다리고 있다. 이 영화에서 그는 변호사의 조수 역할을 하게 될 것이다. 만약 마리아 다 파즈에 관한 조사가 하루에 끝날 일이라면 헬레나에게 영화 제작자들과 회의가 있다고 둘러대는 것도 나쁜 방법이 아니다. 하지만 지금 상황을 감안하면, 조사가 하루 만에 끝날 가능성은 아무리 좋게 말해도 희박하다. 하지만 그가 반드시 매일 연달아 조사에 나설 필요는 없다. 사실 생각해 보니 매일 조사에 나서는 것은 그가 생각하고 있는 목적에 맞지 않을 것 같기도 하다. 마리아 다 파즈가 사는 거리에 턱수염을 기른 남자가 사흘 연속 나타나는 것은 앞에서 보았듯이 이웃들의 의심과 경계심을 불러일으킬 뿐만 아니라, 어린시절의 악몽이 시대착오적으로 되살아나게 함으로써 이중의 상처를 입힐 수 있다. 우리는 몇 세대에 걸쳐 순진무구한 아기들을 위협하던 턱수염 난 도깨비의 존재가 텔레비전의 등장으로 현대 어린이들의 상상 속에서 완전히 지워졌다고 확신하고 있었는데 말이다. 안토니오 클라로는 이런 생각을 하면서, 첫날의 조사가 어떻게 될지도 모르면서 둘째 날과 셋째 날을 가정하며 걱정하는 것은 아무 의미 없는 일이라는 결론에 재빨리 도달했다. 따라서 그는 헬레나에게 내일 제작자들과 회의가 있다고 말할 것이다. 늦어도 여덟시까지는 가야 돼. 그렇게 일찍, 그녀는 이렇게 말하겠지만, 별로 관심을 보이지는 않을 것이다. 나도 알아, 하지만 감독이 정오에 공항으로 출발해야 하기 때문에 어쩔 수 없이 여덟 시로 잡았어. 그래, 그녀는 이렇게 말하고 나서 부엌으로 들어가 문을 닫았다. 저녁식사로 무엇을 만들지 생각해 보려고. 그녀에게는 시간이 충분했지만, 혼자 있고 싶었다. 일전에 그녀는 침대가 자신의 성이라고 말했는데, 그렇다면 부엌은 그녀의 요새였다. 한편 매력적인 도둑처럼 소리 없이 솜씨 좋게 일을 처리하는 안토니오 클라로는 가짜 턱수염과 콧수염이 든 상자를 넣어놓은 서랍을 열어 턱수염을 꺼낸다음, 거실의 커다란 소파 쿠션 밑에 그것을 소리 없이 능숙하게 숨겼다. 자기들이 거의 앉지 않는 자리를 골라서. 이렇게 해두면 수염이 찌그러지지 않겠지, 그는 속으로 생각했다.

그가 마리아 다 파즈가 나올 것이라고 예상되는 문을 거의 정면에서 바라보는 길 건너편에 차를 세운 것은 다음날 아침 여덟시에서 몇 분이 더 지났을 때였다. 마치 탐정들의 수호성인이 밤새 그곳을 지키면서 그를 위해 자리를 마련해 둔 것 같았다. 대부분의 상점들은 아직 문을 열기 전인데, 일부 상점들은 문에 붙어 있는 공고문에 의하면 직원들이 휴가를 갔기 때문에 문을 열지 않는다고 되어 있다. 거리에는 사람이 많지 않고, 몇몇 사람들은 길기보다는 짧은 쪽에 가까운 줄을 짓고 서서 버스를 기다리고 있다. 안토니오 클라로는 마리아 다 파즈를 염탐하기 위해 어디에 어떻게 자리를 잡아야 할지 열심히 생각했던 것이 시간낭비였을 뿐만 아니라, 아무 짝에도 쓸모없는 정신적 에너지 낭비였음을 금방 깨달았다. 차 안에서 신문을 읽는 것이 주의를 끌 위험이 가장 적은 방법이다. 그는 그저 누군가를 기다리고 있는 것처럼 보일 것이다. 사실 누군가를 기다리고 있는 것은 맞지만 그 사실을 큰소리로 말할 수는 없다. 몇몇 사람들, 주로 남자들이 가끔 그가 지켜보고 있는 건물에서 나왔지만, 건물에서 나온 여자들 중에는 안토니오 클라로가 자신이 출연했던 영화 속의 여성 등장인물들의 도움을 빌어 자기도 모르는 사이에 머릿속에 그리고 있던 이미지와 일치하는 사람이 없었다. 건물의 문이 열리고, 머리부터 발끝까지 보기 좋은 모습을 한 젊고 예쁜 여자가 나이 지긋한 노부인과 함께 나온 것은 여덟시 삼십분 정각이었다. 저 사람들이야, 그는 속으로 생각했다. 그는 신문을 내려놓고 시동을 켠 다음 기다렸다. 출발선에서 출발신호를 기다리는 말처럼 안달하며. 두 여자는 천천히 인도 오른쪽을 걸어갔다. 젊은 여자가 나이 든 여자를 부축하는 모습이었다. 두 사람이 모녀 사이임은 의심의 여지가 없다. 아마 둘이서만 살고 있을 것이다. 저 노부인이 어제 전화를 받은 사람이야, 걷는 모습을 보니 어디가 아픈 모양인데, 하지만 젊은 여자는, 저 여자가 그 유명한 마리아 다 파즈야, 틀림없어, 몸매가 예쁘군, 그래, 그 역사교사가 눈이 꽤 높은데. 두 여자가 멀어지고 있었지만 안토니오 클라로는 어떻게 해야 할지 알 수 없었다. 그들을 뒤따라갔다가 두 사람이 차에 오르면 되돌아오는 방법이 있었지만, 그랬다가는 두 사람을 놓칠 위험이 있었다. 어떻게 하지, 여기 있을까, 나갈까, 저 할망구를 어디로 데려가는 거야. 그가 이렇게 다소 무례한 말을 쓴 것은 마음이 불안한 탓이다. 안토니오 클라로는 보통 이런 식으로 말하는 사람이 아닌데, 그런 말이 그냥 튀어나왔다. 각오를 단단히 다지고 그는 차에서 뛰어나와 두 여자의 뒤를 따라 걸었다. 두 사람과의 거리가 삼십 미터쯤 되었을 때 그는 걷는 속도를 늦춰 두 여자의 속도와 맞추려고 애썼다. 너무 가까이 다가가지 않기 위해 그는 가끔 걸음을 멈추고 가게 진열장을 들여다보는 척해야 했다. 그는 느린 걸음걸이 때문에 슬슬 짜증이 나기 시작하는 것을 깨닫고 깜짝 놀랐다. 마치 느린 걸음걸이가 앞으로 자신이 취할 행동에 장애가 되기라도 하는 것 같았다. 앞으로 어떤 행동을 취할지 아직 머릿속에서 분명히 정하지는 않았지만, 어쨌든 그는 자신에게 방해가 되는 것을 가만히 두지 않을 것이다. 가짜 턱수염 때문에 턱이 근질거렸고, 두 여자는 한없이 걷기만 하는 것 같았다. 게다가 지금까지 걸은 거리도 얼마 되지 않았다. 다 합해서 삼백 미터쯤. 다음 모퉁이를 돌자 걷기가 끝났다. 마리아 다 파즈는 교회 계단을 오르는 어머니를 도와주고, 입을 맞추며 작별인사를 한 다음, 이제 온 길을 되짚어 걷고 있다. 마치 춤추듯이 걷는 여자들처럼 재빠른 걸음으로. 안토니오 클라로는 길을 건너서 어떤 상점 앞에서 걸음을 멈췄다. 조금 있으면 상점 진열창에 날씬한 마리아 다 파즈가 지나가는 모습이 비칠 것이다. 바짝 긴장해야 하는 이 순간에 잠시라도 우물쭈물하다가는 모든 것이 허사로 돌아갈 위험이 있었다. 만약 그녀가 거리에 세워진 차들 중 하나에 올라탔는데, 그가 자신의 차에 재빨리 올라타지 못한다면, 조심스레 세운 계획을 다음 기회로 미루며 작별인사를 해야 할 것이다. 안토니오 클라로는 마리아 다 파즈에게 차가 없다는 것을 모르고 있다. 그녀는 자신이 일하는 은행 근처에서 자신을 내려줄 버스를 조용히 기다릴 것이다. 최신 기술을 총망라한 탐정 지침서가 이 도시의 시민 오백만 명 중에서 일부는 자기만의 교통수단을 장만하는 데 뒤처져 있음을 깜빡 잊어먹은 것이다. 버스를 기다리는 줄은 아까보다 별로 길어지지 않았다. 마리아 다 파즈는 그 줄에 합류했고, 안토니오 클라로는 그녀와 너무 가까워지지 않기 위해 세 명에게 자리를 양보했다. 가짜 턱수염이 그의 얼굴을 가리고 있지만 눈, 코, 눈썹, 머리, 머리카락, 귀는 가려주지 못한다. 비교(秘敎)의 교의를 배운 사람이라면 턱수염이 가리지 못하는 것들의 목록에 영혼을 추가하겠지만, 지금 우리는 그냥 침묵을 지킬 것이다. 시간이 시작된 후로 계속되었으며 앞으로도 오랫동안 계속될 논쟁에 기름을 붓고 싶지 않다. 마리아 다 파즈는 버스에서 간신히 빈자리를 찾아 앉았다. 안토니오 클라로는 뒤쪽 통로에 서 있을 것이다. 일이 잘 됐어, 그는 속으로 생각했다, 이렇게 되면 저 여자랑 같이 갈 수 있어.

테르툴리아노 막시모 아폰소가 어머니에게 한 얘기는 어떤 사람, 어떤 남자를 만났는데 그가 자기랑 너무 닮아서 자기들을 잘 아는 사람이 아니면 혼동할 정도이며, 그 남자와 한 번 만났는데 지금은 만난 것을 후회한다는 내용이었다. 가족인 쌍둥이 형제에게서 아주 작은 몇 가지 차이점만 제외하고는 자신의 모습이 그대로 재현되는 것을 보는 것과 한 번도 본 적이 없는 사람과 얼굴을 맞대고서 자기도 모르게 누가 누군지 잠시 헷갈리는 것은 다른 문제니까 말이다. 적어도 처음에는 엄마도 우리 둘 중 누가 엄마 아들인지 알아볼 수 없을걸요. 엄마가 아들을 제대로 알아맞힌다 해도 그건 순전히 우연일 거예요. 너하고 똑같이 생긴 사람 열 명한테 똑같은 옷을 입혀 내 앞에 데려다 놓아도, 네가 그 사람들 사이에 끼어 있어도 난 곧장 내 아들을 지목할 거다, 모성본능은 절대 실패하는 법이 없어. 세상에 모성본능이라고 부를 수 있는 건 없어요, 내 말은, 만약 내가 태어나자마자 엄마하고 헤어져서 이십 년 후에야 비로소 만나게 된다면, 그래도 엄마가 날 알아볼 수 있을 거라고 확신하세요. 글쎄, 알아볼지 어떨지는 모르겠다. 주름이 쭈글쭈글한 신생아의 작은 얼굴과 스무 살 젊은이의 얼굴은 같지 않으니까, 하지만 내 안에 뭔가가 있어서 너를 다시 한번 보게 될 거야, 틀림없어. 하지만 세 번째로 나를 봤을 때는 시선을 돌릴지도 모르죠. 그래, 그럴지도 모르지, 하지만 그 순간부터 내 가슴이 아파올지도 몰라. 그럼 나는요, 내가 엄마를 다시 한번 보게 될까요, 테르툴리아노 막시모 아폰소가 물었다. 아마 그렇지는 않겠지, 그의 어머니가 말했다, 하지만 그건 자식들이 전부 배은망덕한 녀석들이라 그래. 두 사람은 함께 웃음을 터뜨렸다. 어머니가 물었다, 그래서 네가 그동안 그렇게 걱정을 했던 거니. 예, 정말 충격이었어요, 그런 일이 일어날 수 있다는 걸 믿기가 어려웠죠, 아마 유전학에서도 안 된다고 할걸요, 처음에는 그 일 때문에 악몽을 꾸다가, 나중에는 그 일에 집착하다시피 했어요. 그럼 지금은 어때. 다행히도 상식이 나타나서 날 도와줬어요, 서로의 존재를 모른 채 이렇게 오랫동안 살아왔으니 우리가 만난 후에도 서로 떨어져서 지내야 한다는 걸 깨닫게 해준 거죠, 우린 같이 있는 것조차 참을 수가 없었어요, 절대 친구가 될 수 없을 거예요. 적이 될 가능성이 더 높지. 나도 그런 생각을 한 적이 있어요, 하지만 여러 날이 지나면서 모든 게 정상으로 돌아왔죠. 이제는 악몽에 대한 희미한 기억 같은 것만 남아 있어요. 시간이 흐르면 그 기억도 점차 지워지겠죠. 그래야지. 토마르크투스가 도나 카롤리나의 발치에 누워 있었다. 마치 잠들어 있을 때처럼 포갠 앞발 위에 머리를 얹을 수 있도록 고개를 쭉 뺀 자세로. 테르툴리아노 막시모 아폰소가 잠시 녀석을 바라보다가 말했다. 만약 저 녀석이 나랑 그 남자를 만나면 어떻게 할지 궁금해요. 우리 둘 중에 누구를 주인으로 생각할까요. 냄새로 널 알아볼 거야. 우리 둘의 냄새가 똑같지 않다면 그렇겠죠, 그런데 냄새가 다르다고 장담할 수가 없어요. 틀림없이 뭔가 다른 부분이 있을 거야. 그럴지도 모르죠. 얼굴은 아주 비슷해 보일 수 있어도 몸은 안 그래, 너희 둘이 벌거벗고 거울 앞에 서서 발톱까지 모든 걸 샅샅이 비교하지는 않았을 것 아냐. 물론 그렇게 하지는 않았어요, 엄마, 테르툴리아노 막시모 아폰소가 재빨리 말했다. 딱히 거짓말은 아니었다. 그와 안토니오 클라로가 실제로 거울 앞에 함께 선 적은 없었으니까. 개가 눈을 떴다가 감더니 다시 떴다. 이제 일어나서 마당으로 나가 제라늄과 로즈마리가 그동안 얼마나 자랐는지 둘러볼 때가 됐다는 생각을 하고 있는 모양이었다. 녀석은 앞다리와 뒷다리를 쭉 뻗더니 등을 가능한 한 길게 늘였다. 그러고는 문 쪽으로 걸어갔다. 너 어디 가니, 토마르크투스, 가끔 모습을 나타내는 남자 주인이 물었다. 개는 문턱에서 걸음을 멈추고 뭔가 이해하기 쉬운 명령을 기대하면서 고개를 돌렸다. 그러나 주인이 명령을 내리지 않자 녀석은 밖으로 나갔다. 그럼 마리아 다 파즈하고는 어떻게 됐어, 지금 상황을 이야기해 줬니, 도나 카롤리나가 물었다. 아뇨, 나도 견디기 힘든 걱정을 마리아한테 안겨주기 싫었어요. 무슨 말인지 알겠다, 하지만 네가 마리아한테 이야기했어도 나는 역시 이해했을 거야. 말하지 않는 편이 최선인 것 같았어요. 그럼 이제 말해줄 거니, 그 일이 일단락됐으니까. 그럴 가치가 없어요, 어느 날 마리아가 내가 걱정하고 있다는 걸 알아챘죠, 나는 상황을 얘기해 주겠다고 약속했지만, 당장 얘기해 줄 수는 없다고 했어요, 언젠가 얘기해 주겠다고 했죠. 그런데 그 언젠가가 결코 오지 않을 것 같은데. 그 일은 건드리지 말고 그냥 놔두는 게 제일 나아요. 어떤 상황에서는 건드리지 않고 그냥 놔두는 게 최악의 방법이기도 해, 상황이 더 악화되기만 하거든. 하지만 건드리지 않으면 우리가 그냥 평화롭게 살 수 있게 될 수도 있죠. 네가 마리아 다 파즈를 생각했다면 말했을 거다. 전 마리아를 많이 생각해요. 하지만 충분히 생각하지는 않지, 너를 사랑하는 여자와 한 침대에서 자면서도 그 여자에게 마음을 열지 않는다면 네가 거기에 있을 이유가 없잖아. 마치 마리아를 잘 아는 것처럼 편을 들어주시네요. 한번도 마리아를 본 적이 없지만, 난 마리아를 잘 알아. 엄마가 아는 건 내가 말해준 것뿐이잖아요, 그나마 내가 말해준 게 많지도 않고. 네가 편지에서 마리아를 언급한 적이 두 번 있었지, 전화로도 몇 번 마리아 이야기를 한 적이 있고, 그거면 충분해. 마리아가 나한테 딱 맞는 여자라는 걸 알아차리기에 충분하다고요. 글쎄, 네가 마리아한테 딱 맞는 남자라고 말할 수 있다면, 마리아에 대해서도 그런 말을 할 수 있겠지. 하지만 엄마는 내가 그런 남자가 아니었다고, 아니, 아니라고 생각하시죠. 그런 것 같다. 그럼 제일 좋은 해결책은, 제일 간단한 방법은 우리 관계를 끝내는 거예요. 난 그런 말 안 했다. 논리적으로 생각해 봐요, 엄마, 만약 마리아가 나한테 딱 맞는 여자인데 나는 마리아한테 딱 맞는 남자가 아니라면 엄마가 우리 둘을 결혼시키려고 그렇게 애쓰는 이유가 뭐예요. 네가 눈을 떴을 때 마리아가 네 옆에 있게 하려고. 하지만 난 잠들어 있지 않아요. 자면서 걸어다니는 사람이 아니라고요. 나한테도 내 인생이 있고, 일이 있어요. 너의 일부는 네가 태어났을 때부터 쭉 잠들어 있었어. 내가 걱정하는 건 네가 어느 날 고약한 상황에서 잠을 깰지도 모른다는 거야. 카산드라랑 닮은 구석이 있네요, 엄마. 그게 뭔데. 뭐가 아니라 누구냐고 물어야죠. 내가 모르는 것 같으면 네가 가르쳐 줘야지, 내가 알기로 뭔가를 모르는 사람을 가르치는 건 자선행위니까. 알았어요. 카산드라는 트로이의 왕인 프리아모스의 딸이에요. 그리스인들이 성문 밖에 목마를 세워놓았을 때, 카산드라는 저 말을 안에 들여놓으면 트로이가 멸망할 거라고 외치기 시작했어요. 호메로스의 『일리아드』에 이 이야기가 자세히 설명되어 있어요, 일리아드의 시 말이에요. 그래, 나도 들은 적이 있다. 그래서 그 다음 얘기가 어떻게 되는데. 트로이인들은 카산드라를 미친 여자 취급하면서 그녀의 예언을 무시해 버렸죠. 그래서. 트로이는 공격을 당해 약탈당하고 잿더미가 됐어요. 그러니까 그 카산드라라는 여자의 말이 옳았구나. 내가 역사에서 배운 바에 의하면, 카산드라는 항상 옳아요. 그런데 내가 카산드라랑 닮은 구석이 있다고. 예, 분명해요, 난 마녀를 엄마로 둔 아들로서 최대한 애정을 담아 그 말을 또 할 수도 있어요. 그럼 너는 트로이가 불길에 휩싸이게 만든, 의심 많은 트로이인들과 같은 녀석이라는 소리네. 지금은 불길에 휩싸일 트로이가 없어요. 그후로 이름과 장소는 다르지만 트로이처럼 불에 타서 사라진 곳이 얼마나 되지. 너무 많아서 셀 수도 없어요. 넌 트로이처럼 되고 싶지 않겠지. 내 아파트 밖에 목마가 서 있는 게 아니잖아요. 하지만 만약 거기에 목마가 있다면, 이 늙은 카산드라의 말을 잘 듣고 목마를 안에 들여놓지 마. 알았어요, 혹시 히힝거리는 소리가 나는지 잘 들어볼게요. 내가 부탁하고 싶은 건 하나뿐이다, 그 남자랑 다시는 만나지 마, 약속할 거지. 예, 약속해요. 토마르크투스는 주인들 곁으로 다시 돌아갈 때가 되었다고 생각했다. 녀석은 마당에서 로즈마리와 제라늄 주위의 냄새를 맡으며 돌아다니고 있었지만, 그곳이 녀석의 마지막 기항지는 아니었다. 녀석은 테르툴리아노 막시모 아폰소의 침실로 가서 침대 위에 열린 채 놓여 있는 여행가방을 보았다. 개로 살아온 기간이 제법 길었으므로 녀석은 이것이 무엇을 의미하는지 알 수 있었다. 그래서 결코 어디론가 가버리는 법이 없는 여주인의 발치 대신 금방 떠날 사람의 발치에 드러누웠다.

그와 똑같이 닮은 쌍둥이, 아니 더 대중적이고 다소 천박한 표현을 쓴다면 판박이라고 할 수 있는 그 사람 문제를 어머니 한테 얘기할 때 가장 신중을 기하는 방법이 무엇인지 수많은 고민을 했던 테르툴리아노 막시모 아폰소는 이제 걱정거리들을 그다지 많이 남겨두지 않은 채 이 어려운 일을 그럭저럭 헤쳐 나왔다고 꽤 확신하고 있었다. 마리아 다 파즈 이야기가 다시 나오는 것을 미리 막지는 못했지만, 그는 대화 도중에 일어났던 일 하나를 기억해 내고는 깜짝 놀랐다. 그가 마리아 와의 관계를 완전히 끝내는 편이 제일 좋은 것 같다고 말했을 때 일어난 일이었다. 정확히 그 순간에, 돌이킬 수 없는 것처럼 보이는 그 문장을 말한 순간, 그는 속으로 일종의 나른함을 느꼈다. 반쯤은 의식적인 상태에서 포기를 갈망하는 심정. 마치 그의 머릿속에서 어떤 목소리가 그로 하여금 그의 고집이 마지막 보루에 불과하며, 그 보루 뒤에서 그는 무조건적인 항복을 뜻하는 백기를 들고 싶다는 억압된 욕망과 여전히 씨름하고 있음을 깨닫게 하려고 애쓰고 있는 것 같았다. 만약 이런 생각이 맞다면, 그는 속으로 생각했다, 난 반드시 이 문제를 진지하게 생각해 보고, 십중팔구 첫 번째 결혼이 내게 남기고 간 이 두려움과 우유부단함을 분석하고, 같이 살고 싶을 만큼 어떤 사람을 생각한다는 것이 어떤 의미인지를 나 자신을 위해서 완전히 파악해야 해, 사실 난 결혼할 때 그런 생각을 해보지도 않았으니까, 그리고 솔직히 내가 마음속 깊이 무서워하는 것은 다시 실패할지도 모른다는 점이라는 걸 고백할 수밖에 없으니까. 이 갸륵한 결심이 집으로 돌아오는 테르툴리아노 막시모 아폰소의 머릿속을 가득 채웠다. 가끔씩 스치듯 지나가는 안토니오 클라로의 모습과 함께. 이상하게도 그의 생각들은 실제로 그와 꼭 닮은 안토니오 클라로의 모습을 있는 그대로 표현하지 않으려 했다. 마치 온갖 증거들에도 불구하고 그의 존재를 인정하지 않으려고 하는 것 같았다. 그와 나눴던 이야기들도 토막토막 머릿속에 떠올랐다. 특히 그 시골 별장에서 나눴던 이야기들이. 하지만 그 이야기들이 이상하게 멀고 무심하게 느껴졌다. 마치 그와는 전혀 관계가 없는 일인 것처럼. 마치 책장이 다 떨어져 나가고 몇 장만 느슨하게 붙어 있는 책에서 언젠가 읽은 이야기처럼. 어머니에게 다시는 안토니오 클라로를 만나지 않겠다고 약속했으니 그를 만나지는 않을 것이다. 그가 그 방향으로 한 걸음을 떼었다고 해서 내일 그를 비난할 수 있는 사람은 아무도 없을 것이다. 그의 삶이 변할 것이다. 그는 집에 도착하자마자 마리아 다 파즈에게 전화를 걸 것이다. 집을 떠나 있는 동안 마리아한테 전화를 했어야 하는 건데, 내가 용서받을 수 없을 만큼 배려가 부족했어, 마리아의 어머니 건강이 어떤지만 묻고 전화를 끊는 한이 있어도 그렇게 했어야 하는 건데, 최소한 그 정도는 할 수 있는 일인데, 특히 마리아의 어머니가 내 장모가 될지도 모르니까, 테르툴리아노 막시모 아폰소는 겨우 이십사 시간 전만 해도 신경을 괴롭혔을 미래의 전망을 생각하며 미소를 지었다. 이번 휴가는 정신과 몸에 분명히 좋은 영향을 미쳤다. 생각이 분명해졌으며, 그는 새 사람이 되어 있었다. 그는 오후 늦게 집에 도착해 아파트 출입문 밖에 차를 세우고는 방금 차를 몰고 사백 킬로미터 이상을 논스톱으로 달려온 사람답지 않게 가볍고 부드러운 최고의 기분으로 마치 사춘기 소년처럼 가볍게 계단을 올라갔다. 심지어 여행가방의 무게조차 느껴지지 않았다. 여행가방은 당연히 갈 때보다 더 무거워져 있었는데도 말이다. 그는 거의 춤을 추듯이 아파트로 들어갔다. 포르투갈어로 romance, 즉 소설이라고 불리는 장르, 누군가가 이 장르의 현재 형태에 더 잘 맞는 용어를 생각해 낼 때까지는 계속 그렇게 불리게 될 장르의 전통적인 관습에 따라, 일부러 부정적인 말을 하나도 쓰지 않고 내러티브 속의 사건들을 단순하게 나열한 이 유쾌한 구절은 완전히 대조적인 상황에 대비해서 약삭빠르게 배치된 것이라고 할 수 있을 것이다. 대조적인 상황은 작가의 의도에 따라 극적이거나, 잔인하거나, 무서운 것이 될 수 있다. 예를 들어, 피가 흥건한 바닥에 살인사건 피해자가 누워 있는 장면, 내세에서 열리는 영혼들의 집회, 역사교사를 여왕벌로 착각하고 수벌들이 몸이 달아서 떼를 지어 사납게 달려드는 장면, 또는 이 모든 것이 다 포함된 악몽 같은 것들. 지금까지 지겹도록 증명된 것처럼, 서구 소설가들의 상상력에는 한계가 없으니까 말이다. 아니, 앞에서 언급했던 호메로스 시대 이후로 쭉 그랬다고 해야 할 것이다. 생각해 보면 호메로스는 인류 최초의 소설가였으니까. 테르툴리아노 막시모 아폰소의 아파트는 마치 제이의 어머니처럼 그를 향해 팔을 벌리고, 공기를 목소리 삼아 이렇게 중얼거렸다. 어서 오너라, 내 아들, 널 기다리고 있었어, 난 너의 성이고 요새야, 그 어떤 힘도 날 이길 수 없지, 네가 없을 때도 난 네 것이니까, 나는 폐허가 된다 해도 여전히 한때 너의 것이었던 집일 거야. 테르툴리아노 막시모 아폰소는 여행가방을 바닥에 내려놓고 천장의 불을 켰다. 거실은 깔끔했고, 가구에는 먼지 한 점 없었다. 남자들은 혼자 살 때도 결코 여자들과 완전히 떨어져서 지내지 못한다는 것은 위대하고 엄숙한 진리다. 우리는 지금 마리아 다 파즈 이야기를 하는 것이 아니다. 그녀도 자기만의 개인적이고 미심쩍은 이유들 때문에 어쨌든 그 진리가 옳다고 동의하겠지만 말이다. 우리가 이야기하는 것은 위층에 사는 여자다. 그녀는 어제 오전 내내 이곳을 청소했다. 마치 이 아파트가 자기 것인 것처럼 정성을 다해서. 아니 십중팔구 그보다 더 정성을 기울였을 것이다. 자동응답기에서 불이 깜박이고 있다. 테르툴리아노 막시모 아폰소는 자리에 앉아 메시지에 귀를 기울인다. 자동응답기에서 튀어나온 첫 번째 목소리는 교장의 것이었다. 교장은 휴일을 잘 보내고 있느냐면서 교육부에 보낼 제안서가 어떻게 되어가고 있느냐고 물었다. 물론, 이것이 힘든 한 해를 보낸 자네가 휴식을 취할 수 있는 정당한 권리에 어떤 식으로든 영향을 미쳐서는 안 되지. 두 번째 메시지에서는 수학교사의 느릿느릿하고 아버지 같은 목소리가 흘러나왔다. 중요한 내용은 없고, 그냥 우울증이 좀 나았느냐면서 좋은 친구와 오랫동안 한가하게 전국을 돌아다니며 여행을 하는 것이 그의 병에 가장 좋은 치료법인지도 모른다고 말했을 뿐이었다. 세 번째 메시지는 안토니오 클라로가 일전에 남겨 놓은 것이었다. 여보세요, 안토니오 클라로입니다, 내가 전화할 거라고는 생각하지 못했죠라는 말로 시작되는 메시지 말이다. 그의 목소리가 고요한 거실에 울려 퍼지는 것만으로도 우리가 앞에서 언급했던 소설의 전통적인 관습이 결국은 상상력이 부족한 화자가 사용한 진부한 해결책이었을 뿐만 아니라 위대한 우주적 평형의 문학적 결과물이기도 하다는 사실이 분명해졌다. 우주는 처음 시작되었을 때부터 지능을 조직화하는 능력이 완전히 결여된 시스템이었지만, 무한히 증식하는 경험을 통해 새로운 것을 배울 수 있는 시간이 그동안 충분하고도 남았으며, 한없이 펼쳐지는 삶의 스펙터클에서 분명히 알 수 있듯이 오류를 모르는 보상기제를 만들어 냈기 때문이다. 이 보상기제를 구성하는 부품들의 기능이 조금 지연된다 하더라도 정말로 중요한 문제에는 아무런 영향이 미치지 않는다는 것을 증명하는 데에는 그저 시간이 아주 조금 더 걸릴 뿐이다. 그리고 일 분을 더 기다리든, 한 시간을 더 기다리든, 일 년을 더 기다리든, 한 세기를 더 기다리든 달라지는 것은 없다. 테르툴리아노 막시모 아폰소가 날아갈 듯한 기분으로 집에 도착했음을 기억하자. 또한 우리가 방금 탄탄한 근거를 내세워 언급한 우주적 보상기제가 분명히 존재한다는 사실의 뒷받침을 받는 소설의 전통적인 관습에 따라 그가 행복한 기분을 망가뜨림과 동시에 사람이 모퉁이를 돌거나 문에 열쇠를 꽂아 넣을 때 맞닥뜨릴 수 있는 모든 것에 대한 깊디깊은 절망, 고통, 두려움 속으로 그를 던져넣을 것과 대면할 수밖에 없다는 사실도 기억하자. 우리가 앞에서 설명한 끔찍한 두려움들은 단순한 예에 불과했다. 테르툴리아노 막시모 아폰소가 맞닥뜨리게 될 것은 바로 그런 두려움일 수도 있고, 그보다 훨씬 더 심한 것일 수도 있었다. 하지만 그는 그런 상황에 맞닥뜨리지 않았다. 아파트는 주인을 향해 어머니처럼 팔을 벌리며 기분 좋은 말을 몇 마디 속삭였다. 모든 집들이 할 수 있지만, 대개 거주자들은 들을 줄 모르는 그런 말. 쓸데없이 단어를 더 이상 낭비하지 말고 간단히 말하자면, 그 어떤 것도 테르툴리아노 막시모 아폰소의 행복한 귀가를 망칠 수 없을 것처럼 보였다는 얘기다. 순전한 환상, 순전한 혼동, 순전한 공상. 우주라는 기계의 바퀴들은 자동응답기 내부의 전자부품 속으로 옮겨져서 누군가의 손가락이 단추를 눌러 마지막으로 남은 가장 무서운 괴물우리의 문을 열어주기를 기다리고 있었다. 바닥에 누워 있는 피투성이 시체나, 실체가 없는 유령들의 회의나, 욕망에 들떠 윙윙거리며 구름처럼 달려드는 수벌들이 아니라, 안토니오 클라로가 일부러 꾸며낸 설득력 있는 목소리, 그의 다급한 애원. 제발 부탁이니 다시 만날 수 있을까요, 우리가 서로에게 할 말이 아주 많아요. 어제 바로 이 시간에 테르툴리아노 막시모 아폰소

가 다시는 그 남자에게 상관하지 않겠다고 어머니에게 약속
했다는 사실을 우리는 여기 이쪽에서 목격하고 있다. 그는 그
남자를 만나지도 않을 것이고, 전화를 해서 이미 벌어진 일은
어쩔 수 없다고 말하지도 않을 것이며, 그에게 제발 자신을
평화롭게 그냥 내버려두라고 부탁하지도 않을 것이라고 말했
다. 우리는 그 결정에 열심히 갈채를 보냈지만, 그 전화 메시
지 때문에 가엾은 테르툴리아노 막시모 아폰소가 불안해진
것에 잠시 연민을 느껴보자. 그러려면 우리가 그의 입장이 되
어보기만 하면 된다. 그의 이마에는 또다시 땀이 흥건히 배어
나왔고, 그의 손은 또다시 떨리고 있으며, 언제라도 지붕이
무너질 것만 같은 완전히 새로운 느낌이 엄습했다. 자동응답
기의 불은 여전히 깜박거리고 있다. 그 안에 한두 개의 메시
지가 아직 남아 있다는 뜻이다. 안토니오 클라로의 메시지를
들은 충격으로 비틀거리면서 테르툴리아노 막시모 아폰소는
테이프를 멈추고 이제 남은 메시지가 과연 무엇일지 알아보
는 것을 두려워하고 있다. 어쩌면 똑같은 목소리가 경멸로 가
득 차서 그가 당연히 동의할 것이라 여기고 또다시 만날 날짜
와 시간과 장소를 정할지도 모른다. 그는 의자에서 일어남과
동시에 자신이 빠져들었던 맥없는 상태에서도 빠져나와 옷을
갈아입으려고 침실로 들어갔다가 생각을 바꿨다. 그에게 가
장 필요한 것은 찬물 샤워다. 그러면 정신이 번쩍 나서 기운
이 돌아올 것이다. 그의 머리 위에 매달려 있는 검은 구름을
씻어낼 수 있을 것이다. 그 구름 때문에 그의 이성이 심하게

흐려져서 그는 아직 남아 있는 메시지 중 적어도 하나는 마리아 다 파즈의 것일 수도 있다는 생각을 이제야 비로소 떠올렸다. 방금 떠오른 이 생각은 마치 오랫동안 지연되다가 샤워기에서 떨어져내린 축복 같았다. 세 여자가 발코니에서 벌거벗고 즐긴 샤워(『눈먼 자들의 도시』에 나온 장면—옮긴이)가 아니라, 안전이 언제 깨어질지 몰라 불안한 아파트에 혼자 갇혀 있는 이 남자가 누린, 정화의 샤워. 물과 비누를 가지고 연민 어린 손길로 그의 몸을 더러움으로부터 해방시키고 그의 영혼을 두려움으로부터 해방시켜 주는 샤워. 그는 일종의 향수 (鄕愁)와도 같은 고요한 마음으로 마리아 다 파즈를 생각했다. 마치 배가 세계일주 여행을 떠나기 전에 마지막 기항지를 생각하듯이. 몸을 씻고 물기를 닦은 다음 기운을 차리고 깨끗한 옷으로 갈아입은 그는 남은 메시지를 들으려고 거실로 돌아왔다. 그는 우선 교장과 수학교사의 메시지를 지우기 시작했다. 그것들은 보존해 둘 가치가 없었으니까. 그러고는 인상을 찌푸리며 안토니오 클라로의 메시지를 다시 듣고 단추를 세게 눌러 지워버렸다. 그리고 마침내 그는 그 다음 메시지를 들으려고 자리를 잡았다. 네 번째 메시지를 남긴 사람은 아무말도 하지 않았다. 그 메시지는 무려 삼십 초 동안이나 이어졌지만, 수화기 건너편에서는 속삭이는 소리도, 배경음으로 틀어놓은 음악소리도 들리지 않았다. 심지어 자기도 모르게 살짝 내뱉는 숨소리조차 없었다. 그러니 영화에서 관객들의 불안 수준을 높이려고 사용하는, 일부러 무겁게 내뱉는 숨소리는 말할 것도 없었다. 설마 또 그 사람은 아니겠지, 테르툴리아노 막시모 아폰소는 상대가 전화를 끊기를 기다리면서 속으로 화를 내며 생각했다. 그 사람은 아니었다. 그럴 리가 없었다. 방금 그렇게 장황한 메시지를 남긴 사람이 또다시 전화를 걸어 완전히 침묵을 지킬 리가 없었다. 다섯 번째인 마지막 메시지는 마리아 다 파즈의 것이었다. 나야, 그녀가 말했다. 마치 그렇게 말할 수 있는 사람이 세상에 자기뿐인 것처럼. 나야. 상대가 자신의 목소리를 알아차릴 것이라고 확신하고 하는 말. 지금쯤 집에 오고 있겠네, 잘 쉬었어, 어머니 집에서 혹시 당신이 전화를 할까 생각했었는데, 당신한테 그런 걸 기대한 게 잘못이지, 어쨌든 그건 중요하지 않아, 그냥 당신을 환영한다는 다정한 말을 몇 마디 남기고 싶었어, 마음이 내킬 때 전화해, 아무 때나, 하지만 의무감 때문에 전화하지는 마, 그건 당신과 내게 안 좋은 일이니까, 당신이 그냥 내게 전화를 하고 싶다는 생각 때문에 전화를 해준다면 얼마나 좋을까 하는 생각이 가끔 들어, 갑자기 갈증이 나서 물을 마시러 가는 사람처럼 말이야, 하지만 난 당신한테 그런 걸 바라는 게 지나친 일이라는 걸 알아, 당신은 갈증이 나지 않는데도 갈증이 나는 척하는 법이 없지, 미안, 이런 말을 할 생각은 없었어, 그냥 당신이 건강한 몸으로 무사히 집에 돌아왔으면 좋겠다는 말을 하고 싶었는데, 참, 어머니 얘기가 나왔으니 말인데, 우리 어머니가 많이 좋아지셨어, 미사에도 다시 나가시고, 직접 장도 보셔, 며칠 지나면 완전히 건강해지실 거야, 당신에게 키스를 보낼게, 자꾸만, 자꾸만. 테르툴리아노 막시모 아폰소는 테이프를 뒤로 돌려서 이 메시지를 다시 들었다. 처음에는 자신이 찬사와 아첨을 들을 자격이 있다고 완전히 확신하는 사람이 찬사와 아부에 귀를 기울일 때처럼 점잔빼는 미소를 짓고 있었지만, 점차 그의 얼굴이 진지해지더니 생각에 잠긴 표정으로 바뀌었다가 다시 걱정스러운 표정으로 변했다. 갑자기 어머니의 말이 생각났다, 네가 자고 일어났을 때 마리아가 옆에 있었으면 좋겠다. 이 말이 그의 머릿속에서 이제 메아리치고 있다. 무시당하는 것에 지친 카산드라의 마지막 경고처럼. 그는 손목시계를 보았다. 마리아 다 파즈가 퇴근해서 돌아와 있을 시간이었다. 그는 그녀에게 십오 분의 여유를 더 준 다음 전화를 걸었다. 여보세요, 그녀가 말했다. 나야, 그가 말했다. 이제야. 응, 돌아온 지 한 시간도 안 됐어, 샤워만 하고 당신이 집에 돌아올 때까지 기다렸다 전화한 거야. 내가 남긴 메시지 들었구나. 응. 아 참, 내가 하지 말아야 할 말을 한 것 같은데. 무슨 말. 글쎄, 정확히 기억나지는 않지만, 마치 내가 당신한테 나를 좀 봐달라고 계속 매달리기만 하는 것 같아서, 다시는 그러지 않겠다고 아무리 결심해도 항상 그렇게 자존심 상하는 얘기를 하게 된다니까. 그런 말 하지마, 그건 당신한테는 물론이고 나한테도 옳지 않아. 마음대로 생각해, 하지만 이런 식으로 계속 질질 끌 수는 없다는 걸 나도 이제 분명히 알겠어, 이러다가는 얼마 남지 않은 자존심마저 잃어버리고 말 거야. 계속될 거야. 뭐, 우리 사이의 오해가 앞으로도 계속될 거라는 얘기야. 내가 앞으로도 메아리조차 들려주지 않는 벽하고 이야기하는 것 같은 한심한 기분을 계속 느껴야 된다고. 아냐, 당신을 사랑한다고 말하는 거야. 그런 말은 전에도 들었어, 특히 침대에서, 침대에 들기 전, 침대에 있을 때, 하지만 일이 끝난 다음에는 한번도 못 들었어. 그래도 진심이야, 당신을 정말로 사랑해. 제발, 제발, 날 더 이상 괴롭히지 마. 내 말 좀 들어봐. 그래, 듣고 있어, 항상 내가 원한 건 당신 말을 듣는 것뿐이야. 앞으로 우리 삶이 변할 거야. 못 믿겠어. 믿어, 믿어야 돼. 당신이나 잘 생각하고 말해, 지킬 수도 없거나 지키지 않을 말로 괜히 희망을 주지 말고. 미래가 어떻게 될지는 우리 둘 다 몰라, 그래서 지금, 오늘 이렇게 부탁하는 거야, 날 믿어달라고. 난 이미 당신을 믿고 있는데, 왜 하필이면 오늘 그런 부탁을 하는 거야. 당신하고 함께 살고 싶으니까, 우리가 같이 살았으면 좋겠어. 내가 지금 잘못 들은 거지, 내가 지금 꿈을 꾸고 있는 거야. 당신이 원한다면 기꺼이 다시 한번 말해줄 수도 있어. 조건이 있어, 반드시 똑같이 말해야 돼. 당신하고 함께 살고 싶으니까, 우리가 같이 살았으면 좋겠어. 말도 안 돼, 사람이 이렇게 순식간에 변할 수는 없어, 나더러 같이 살자니, 당신 머리랑 가슴속에서 도대체 무슨 일이 벌어진 거야, 지금까지 당신은 그런 생각을 전혀 해본 적이 없으니까 내가 희망을 가지면 안 된다는 걸 분명히 밝히는 데만 신경을 썼잖아. 사람은 순식간에 바뀔 수 있어, 그래도 여전히 똑같은 사람이야.

정말로 나랑 같이 살고 싶어. 응. 같이 살고 싶을 만큼 마리아 다 파즈를 사랑한다고. 그래. 다시 한번 말해봐. 그래, 그래, 그래. 이제 그만, 숨이 막힐 것 같아, 이러다 터져버릴지도 몰라. 조심해, 제발, 난 당신이 무사하길 바라니까. 어머니한테 이 이야기를 해도 괜찮아, 어머니는 이 행복한 순간을 기다리며 평생을 사신 분이야. 물론 괜찮지, 비록 당신 어머니가 날 그렇게 좋아하는 편은 아니지만. 어머니도 다 이유가 있어서 그러신 거지, 당신이 계속 핑계를 대면서 결정을 내리지 않았잖아, 어머니는 딸이 행복해지기를 바라서, 비록 내가 증거를 많이 보여주지는 않았지만, 어머니들은 다 똑같아. 어제 우리 어머니가 나랑 당신 얘기를 하다가 뭐라고 하셨는지 알아. 뭐라고 하셨는데. 네가 자고 일어났을 때 마리아가 옆에 있었으면 좋겠다고 하셨어. 그게 당신에게 필요한 말이었던 것 같네. 그래. 당신이 자고 일어났을 때 난 여전히 그 옆에 있었어, 얼마나 오랫동안 있었는지는 나도 모르지만, 어쨌든 거기 있었어. 어머니한테 이제는 편안히 주무실 수 있게 되었다고 말씀드려. 하지만 난 한숨도 못잘 거야. 언제 만날 수 있어. 내일, 퇴근하자마자, 내가 택시를 타고 곧장 그리로 갈게. 빨리 올 거지. 응, 곧장 당신의 품으로 갈게. 테르툴리아노 막시모 아폰소는 전화기를 내려놓고 눈을 감은 채 마리아 다 파즈가 웃으며 소리치는 것을 들었다. 엄마, 엄마. 그 다음에는 두 여자가 서로를 끌어안는 모습이 눈에 보이는 듯했다. 두 사람은 소리를 지르는 대신 중얼거렸으며, 웃는 대신 눈물을 흘렸다. 때로 우리는 행복을 찾는 데 왜 그토록 시간이 오래 걸리는 건지, 왜 행복이 좀더 빨리 찾아오지 않고 지금처럼 우리가 희망을 접었을 때 갑자기 나타나는 건지 자문하곤 한다. 그렇게 행복이 찾아오면 우리는 십중팔구 어찌할 바를 모를 것이다. 우리는 웃음과 눈물 중 하나를 고르는 대신 어떻게 반응해야 할지 모를 수도 있다는 비밀스러운 불안감에 사로잡힐 것이다. 테르툴리아노 막시모 아폰소는 잊고 있던 습관으로 돌아가려는 듯이 혹시 먹을 것이 없나 보려고 부엌으로 들어갔다. 항상 통조림뿐이지, 그는 속으로 생각했다. 냉장고에는 결코 못 보고 지나치지 않도록 커다란 빨간색 글씨로 이렇게 적혀 있는 메모가 붙어 있었다. 냉장고에 수프가 있어요. 그것은 위층 이웃이 붙여놓은 것이었다. 고맙기도 하지. 이번만은 통조림을 먹지 않아도 될 것이다. 여행 때문에 지치고, 감정 때문에 녹초가 된 테르툴리아노 막시모 아폰소는 열한시도 되기 전에 침대에 들었다. 그는 메소포타미아 문명을 다룬 부분을 한 페이지 읽으려고 했지만, 책이 두 번이나 그의 손에서 떨어졌다. 결국 그는 불을 끄고 잠을 청했다. 그의 의식이 막 서서히 흐려지고 있을 때 마리아 다 파즈가 와서 그의 귓가에 속삭였다. 당신이 그냥 전화를 걸고 싶어서 전화를 해준다면 얼마나 좋을까. 그녀는 아마 이 다음 말을 계속 이어갔을 것이다. 하지만 그는 이미 침대에서 일어나 잠옷 위에 가운을 입고 그녀에게 전화를 걸고 있었다. 마리아 다 파즈는 당신이냐고 물었고, 그는 그렇다고 대답했다. 목이 말라서 물을 한 잔 청하려고 왔다고.

대부분의 사람들이 생각하는 것과는 반대로, 결정을 내리는 것은 세상에서 가장 쉬운 일 중 하나이다. 우리가 하루 종일 수많은 결정을 내린다는 사실이 이를 증명하고도 남는다. 그러나 여기서 우리는 문제의 핵심과 곧장 부딪힌다. 이런 결정들이 나중에 이런저런 문제들, 아니 좀더 명확히 말하자면 매끈하게 다듬어야 할 필요가 있는 거친 부분들을 가지고 항상 우리를 찾아오기 때문이다. 이런 문제들 중 첫 번째 것은 한 번 내린 결정을 끝까지 고수할 수 있는 우리의 능력이고, 두 번째 것은 결정을 끝까지 밀고 나가려는 우리의 의지이다. 마리아 다 파즈와의 관계와 관련해서 테르툴리아노 막시모 아폰소에게 이 둘 중 하나가 없다는 얘기는 아니다. 우리는 최근 몇 시간 동안 두 사람의 관계가 요즘 사람들 말마따나 엄청난 질적인 변화를 겪었음을 목격했다. 그는 그녀와 함께 살기로 결정했고, 그 점에 대해 절대적인 확신을 갖고 있다. 만약 이 결정이 아직 구체적인 형태를 띠지 않았다면, 아니 또다시 요즘 사람들 말을 이용하자면 행동으로 옮겨지지 않았다면, 그것은 말을 행동으로 옮기는 데에도 역시 나름의 어려움, 거친 부분들이 있기 때문이다. 예를 들어, 정신은 나태한 몸을 밀어붙여 의무를 완수하게 만들기 위해 반드시 충분한 힘을 끌어올려야 한다. 짧은 시간 안에 해결할 수 없는 상세한 계획 조정이라는 살풍경한 문제, 예를 들어 누가 누구의 아파트에서 살 것인지를 결정하는 문제 같은 것은 말할 것도 없다. 마리아 다 파즈가 사랑하는 사람의 소박한 집으로 들어올 것인지, 아니면 테르툴리아노 막시모 아폰소가 사랑하는 사람의 더 넓은 집으로 들어갈 것인지. 이제 약혼한 사이가 된 이 커플은 소파에서 서로 바짝 붙어 있거나 침대에 누워서 익숙한 집을 버리는 문제를 생각할 때 당연히 느끼게 마련인 거부감에도 불구하고 이 주제를 생각해 본 결과 두 번째 방법을 선택하기로 했다. 마리아 다 파즈의 아파트에는 테르툴리아노 막시모 아폰소의 책을 둘 공간이 충분하겠지만, 테르툴리아노 막시모 아폰소의 아파트에는 마리아 다 파즈의 어머니가 지낼 공간이 충분하지 않다는 점을 감안한 것이다. 이 문제와 관련해서 일은 더 이상 바랄 것이 없을 정도로 잘 풀려나갔다. 문제는 테르툴리아노 막시모 아폰소가 모든 이점과 위험들을 곰곰이 생각해 본 후 마침내 자신과 똑같은 사람이 존재한다는 놀라운 사실을, 비록 많이 거칠고 깔쭉깔쭉한 부분들을 부드럽게 다듬기는 했지만 어머니에게 이야기한 반면, 그가 영화사에 편지를 쓰는 이유에 대해 거짓말을 했다는 것을 인정하면서 마리아 다 파즈에게 했던 약속을 지킬 기미가 없다는 점이다. 그때 그는 자신의 반쪽짜리 고백을 완전하고, 진실하고, 확실한 것으로 만들어 줄 정보를 그녀에게 밝히는 일을 뒤로 미뤘었다. 그후로 그는 그 일을 언급하지 않았고 그녀도 묻지 않았다. 마지막으로 남은 문을 열어줄 몇 마디, 기억나, 내 사랑, 당신한테 거짓말했을 때 말이야, 기억나, 내 사랑, 당신이 나한테 거짓말했을 때 말이야 같은 말은 할 수 없었다. 만약 이 남자나 이 여자가 이 고통스러운 일에 종지부를 찍을 수 있을 만큼 충분한 시간적 여유가 있었다면, 유전자의 심술과 잔인함에 관한 이야기로 지금의 행복을 망치고 싶지 않다는 말로 지금의 이 침묵을 정당화할 수 있었을 것이다. 오래지 않아 우리는 이차 세계대전 때의 폭탄이 너무 낡아서 폭발하지 않을 것이라 믿고 땅 속에 그냥 방치하면 어떤 비극적인 일이 생길 수 있는지 알게 될 것이다. 카산드라가 옳았다. 그리스인들은 트로이를 불태울 것이다.

교장이 교육부에 제출하기 위해 써달라고 부탁했던 제안서를 아예 끝내버리기로 결심한 테르툴리아노 막시모 아폰소는 벌써 이틀째 고개 한번 들지 않고 책상에 앉아 있다. 그가 마리아 다 파즈의 아파트로 옮겨갈 날짜는 아직 정해지지 않았지만, 그는 새 집으로 옮겨갈 때 복잡한 문제가 생기지 않도록 가능한 한 빨리 이 일에서 벗어나고 싶어 한다. 이사를 하고 나면 서류를 정리하고 수많은 책들을 정돈하는 등 할 일이 많을 것이다. 마리아 다 파즈는 혹시 방해가 될까 봐 전화를 하지 않았다. 그도 그 편이 더 좋다. 마치 예전의 생활, 자기 아파트의 고독과 평화와 사생활에 작별인사를 하고 있는 것 같아서. 그런데 묘하게도 타자기 소리는 방해가 되지 않는다. 그는 자주 가는 식당에서 점심을 먹고 곧장 돌아왔다. 며칠만 더 지나면 일이 다 끝날 것이다. 그러면 원고를 수정해서 다시 타자로 치기만 하면 될 것이다. 그렇다, 원고 전체를 다시 타자로 쳐야 한다. 한 가지는 확실하다. 그도 머지않아 대부분의 동료들과 마찬가지로 컴퓨터와 프린터를 사야 할 것이다. 최신 쟁기와 보습이 일반화되었는데도 여전히 삽으로 땅을 파는 것은 당혹스럽다. 마리아 다 파즈가 신비로운 컴퓨터의 세계로 그를 안내해 줄 것이다. 그녀는 컴퓨터를 공부했기 때문에 잘 알고 있다. 그녀가 일하는 은행에는 책상마다 컴퓨터가 한 대씩 있다. 구식 등기소의 옛날 모습과는 다르다. 초인종이 울렸다. 이 시간에 누구지, 그는 일을 방해받은 것에 짜증을 내며 중얼거렸다. 위층 이웃이 청소를 하러 오는 날도 아니고, 집배원은 우편물을 아래층 우편함에 넣어둔다. 그리고 수도회사, 가스회사, 전기회사에서 각각 사람이 나와 각자의 계량기를 점검하고 간 것이 겨우 며칠 전이다. 어쩌면 아귀의 습성을 설명해 놓은 백과사전을 팔러 다니는 젊은이인지도 모른다. 다시 초인종이 울렸다. 테르툴리아노 막시모 아폰소가 문을 열었더니 턱수염을 기른 남자가 서 있었다. 그 남자가 말했다. 나예요, 비록 나처럼 안 보이겠지만. 무슨 일입니까, 테르툴리아노 막시모 아폰소가 낮고 긴장된 목소리로 물었다. 그냥 당신하고 얘기가 하고 싶어서요, 안토니오 클라로가 대답했다, 휴가를 마치고 돌아오면 전화해 달라고 했는데 전화가 없더군요. 우리가 서로 나눌 얘기는 이미 다했는데요. 그럴지도 모르죠, 하지만 난 아직 당신에게 할 말이 있어요. 미안하지만 무슨 소리인지 모르겠군요. 당연해요, 하지만 설마 나더러 이렇게 문 밖에 서서 이야기를 하라는 건 아니겠죠, 이웃들이 들을 위험이 있는데. 그 얘기가 무엇이든 난 관심 없어요. 그렇지 않아요, 당신도 아주 많이 관심을 갖게 될 겁니다, 당신 여자친구에 관한 이야기니까, 이름이 마리아 다 파즈죠. 무슨 일이 있었어요. 아직은 아니에요, 하지만 우리가 이야기할 게 바로 그거예요. 아무 일도 없었다면, 할 얘기도 없겠네요. 난 아직 아무 일도 없었다고 했어요. 테르툴리아노 막시모 아폰소는 문을 조금 더 열고 한쪽으로 비켜섰다. 들어오세요, 그가 말했다. 안토니오 클라로는 아파트 안으로 들어왔다. 그러고는 상대방이 지금 서 있는 자리에서 움직이기 싫어하는 것 같았기 때문에 이렇게 물었다. 나한테 앉으라고 권하지도 않을 건가요, 앉아서 얘기하는 편이 나을 것 같은데. 테르툴리아노 막시모 아폰소는 눈에 띄게 짜증을 내는 표정으로 한마디 말도 없이 서재로도 쓰이는 거실로 들어갔다. 안토니오 클라로는 그의 뒤를 따라가 마치 가장 좋은 자리를 고르려는 듯이 방 안을 둘러보더니 안락의자를 선택했다. 그러고는 조심스레 가짜 턱수염을 떼어내면서 이렇게 말했다. 당신이 날 처음 봤을 때 앉아 있던 자리가 여기겠군요. 테르툴리아노 막시모 아폰소는 대답하지 않았다. 그는 계속 서 있었다. 딱딱한 자세로 분명히 항의의 뜻을 표출하면서. 할 말이나 빨리 하고 가세요. 하지만 안토니오 클라로는 서두를 이유가 없었다. 당신이 앉지 않으면, 그가 말했다, 나도 일어서야 할 텐데, 난 정말로 그러고 싶지 않아요. 그는 차분하게 주위를 둘러보며 책들과 벽에 걸린 판화들, 타자기, 책상 위에 흩어진 종이, 전화기 등을 살펴보고 나서 이렇게 말했다, 일을 하고 있었군요, 내가 안 좋은 때에 찾아온 모양입니다, 하지만 내가 여길 찾아오게 된 문제가 워낙 급박한 거라 어쩔 수가 없었어요. 그래, 당신이 이렇게 불쑥 찾아오게 된 문제라는 게 뭔데요. 내가 아까 문 앞에서 말했듯이, 당신 여자친구에 관한 일이에요. 당신이 마리아 다 파즈하고 무슨 상관이죠. 당신이 생각하는 것보다 상관이 많아요, 하지만 어떻게, 왜, 얼마나 상관이 있는지 설명하기 전에 먼저 이걸 보여드리죠. 그가 재킷 안주머니에서 네 겹으로 접은 종이를 꺼내 펼쳐서 테르툴리아노 막시모 아폰소에게 내밀었다. 그는 마치 그 종이를 금방이라도 떨어뜨리려는 것처럼 손끝으로 잡고 있었다. 당신이 이 편지를 빨리 받아서 읽어보는 게 좋을 겁니다. 그가 말했다, 내가 어쩔 수 없이 이걸 바닥에 던져버리는 무례를 범하게 만들 생각이 아니라면, 게다가 이 편지는 당신에게 낯선 것도 아니에요, 우리가 시골 별장에서 만났을 때 당신이 내게 이 편지 이야기한 걸 분명히 기억하고 있겠죠, 차이점이 있다면, 그때 당신은 당신이 직접 이 편지를 썼다고 했는데, 사실은 당신 친구의 서명이 여기 적혀 있다는 점뿐이에요. 테르툴리아노 막시모 아폰소는 종이를 한 번 훑어보고 돌려주었다. 이걸 어떻게 손에 넣었어요, 그가 자리에 앉으면서 물었다. 고생을 좀 했죠, 하지만 그럴 만한 가치가 있었어요, 안토니오 클라로가 이렇게 대답하고 나서 말을 덧붙였다, 모든 면에서. 왜요. 뭐, 처음에는 다소 저열한 감정, 그러니까 약간의 허영이라고나 할까, 그걸 아마 자아도취라고 하는 것 같은데, 그런 것 때문에 영화사의 자료철을 뒤져볼 생각을 한 게 사실이에요, 간단히 말해서, 난 당신이 나를 주제로 한 편지에서 단역배우들에 관해 뭐라고 썼는지 보고 싶었어요, 하지만 그건 그냥 핑계였어요, 당신의 진짜 이름을 알아내기 위한 방편이었다고요, 그것뿐이에요. 그리고 당신은 목적을 달성했죠. 영화사에서 답장을 해주지 않았더라면 더 좋았을 텐데. 이미 너무 늦었어요, 친구, 너무 늦었어요, 당신이 판도라의 상자를 열었으니 이제 그 결과를 받아들이는 수밖에 없어요, 다른 대안이 없다고요. 결과 같은 건 없어요, 그 문제는 이미 죽어서 땅에 묻혔어요. 그건 당신 생각이죠. 무슨 뜻이죠. 당신이 당신 친구의 서명을 잊어버리고 있는 것 같아서 하는 말이에요. 아, 그건 설명할 수 있어요. 어떻게. 내가 모습을 드러내지 않는 게 좋을 것 같았거든요. 이제 내가 당신한테 무슨 뜻이냐고 물어봐야겠네요. 그냥 마지막 순간까지 그림자 속에 숨어 있다가 갑자기 나타나서 놀래주고 싶었을 뿐이에요. 당신이 확실히 그렇게 하기는 했죠, 그후로는 헬레나가 예전 같지 않아요, 완전히 충격을 받았어요, 이 도시에 자기 남편과 똑같이 생긴 사람이 있다는 걸 알고는 신경이 갈기갈기 찢어져 버린 모양이에요, 비록 지금은 진정제 덕분에 기분이 좀 나아졌지만, 하지만 아주 조금 나아졌을 뿐이에요. 미안해요, 당신 부인의 마음을 상하게 할 생각은 없었어요. 그런 일이 생길 줄 미리 예상했어야죠, 당신이 내 입장이 됐다고 한번 생각해 보기만 하면 됐을 텐데. 하지만 난 당신이 결혼한 줄 몰랐어요. 그래도 마찬가지예요, 생각해 봐요, 내가 지금 당신 친구 마리아 다 파즈에게 가서 테르툴리아노 막시모 아폰소와 나 안토니오 클라로가 똑같다고, 음경 크기에 이르기까지 완전히 똑같다고 말한다면 어떻게 될지, 그 가엾은 여자가 얼마나 충격을 받을지 생각해 봐요. 그러기만 해봐요. 아, 걱정 말아요, 아직은 당신 여자친구에게 아무 말도 안 했고, 앞으로도 안 할 거니까. 테르툴리아노 막시모 아폰소가 벌떡 일어섰다. 그게 무슨 뜻이죠, 아직은 당신 여자친구에게 아무 말도 안 했고, 앞으로도 안 할 거라니, 그게 무슨 뜻이에요. 쓸데없는 질문을 하는군요, 그냥 질문을 위한 질문, 시간을 벌기 위한 질문, 아니면 달리 뭐라고 해야 할지 몰라서 하는 질문. 헛소리 그만두고 내 질문에 대답이나 해요. 폭력적인 성향을 드러내는 건 나중으로 미뤄도 돼요, 하지만 순전히 당신을 위해서, 내가 당신을 오 초 만에 쓰러뜨릴 수 있을 만큼 가라데를 잘 한다는 걸 미리 알려 드리죠, 물론 최근에 훈련을 좀 게을리한 건 사실이지만 당신 같은 사람을 상대하는 데는 문제가 없어요, 우리가 똑같이 생겼고 음경 크기가 똑같다고 해서 우리 힘도 똑같은 건 아니에요. 당장 나가요, 안 나가면 경찰을 부를 거야. 텔레비전 방송국, 사진기자, 언론에도 연락을 하지 그래요, 그러면 몇 분 만에 우리가 세계적인 화제가 될 텐데. 내 다시 한번 말하지만, 만약 이 이야기가 새어나가면 배우로서 당신도 끝장이에요, 테르툴리아노 막시모 아폰소가 경고했다. 그럴지도 모르죠, 하지만 단역배우의 운명은 그 배우 자신을 빼고는 어느 누구에게도 전혀 중요하지 않아요. 그것만으로도 이런 얘기를 당장 그만둘 필요가 있어요, 가세요, 그리고 지금까지 일어난 일을 잊어버려요, 나도 그렇게 하려고 노력할 테니까. 좋아요, 하지만 이 작전, 이걸 망각 작전이라고 부르죠, 이 작전은 이십사 시간 후에야 시작될 거예요. 왜요. 마리아 다 파즈가 그 이유예요, 당신이 지금 그렇게 흥분하게 된 이유이자 그 이름이 다시 언급되는 게 싫어서 그냥 숨겨버리고 싶어 하는 것 같은 그 마리아 다 파즈. 이봐요, 마리아 다 파즈는 이번 일하고 아무 상관이 없어요. 그렇겠죠, 그 여자는 내가 존재한다는 사실조차 모르고 있는 게 분명하니까. 어떻게 그렇게 확신하는 거죠. 뭐, 확신할 수는 없어요, 그냥 추측이에요, 하지만 당신이 내 추측을 부정하지 않으니까, 그게 최선이라고 생각했어요. 당신 아내가 겪은 일을 그녀도 겪게 만들고 싶

않았어요. 아이고, 다정하기도 하시지, 뭐, 그녀가 충격을 받지 않게 만드는 건 당신 손에 달렸어요. 미안하지만 무슨 소리인지 모르겠어요. 이제 변죽은 그만 울립시다, 당신은 아까나한테 질문을 던진 후로 계속 빙빙 돌고 있어요, 내가 이미준 답을 듣지 않으려고. 나가요. 나도 여기 있고 싶은 생각 없어요. 당장 나가요, 당장. 좋아요, 그럼 내가 당신 여자친구앞에 직접 나타나서 당신이 용기가 없어서든 아니면 당신만아는 다른 이유 때문이든 그녀에게 해주지 않은 이야기를 해주죠. 나한테 총이 있었다면, 당신을 죽였을 거야. 그랬을지도 모르죠, 하지만 이건 영화가 아니에요. 친구, 현실에서는모든 게 훨씬 더 간단하죠, 살인자와 피살자까지도. 그냥 할말이나 해요, 마리아랑 이야기한 적이 있어요. 그래요, 그런적이 있어요, 전화로. 그녀한테 뭐라고 했어요. 시골에 셋집으로 나와 있는 집을 보러 오늘 나랑 같이 드라이브를 가자고했어요. 당신 시골 별장 말이에요. 물론이죠, 내 시골 별장,하지만 걱정 말아요, 당신 친구 마리아 다 파즈와 이야기를나눈 사람은 안토니오 클라로가 아니라 테르툴리아노 막시모아폰소였으니까. 당신은 미쳤어, 이런 악마 같은 계획을 짜다니, 원하는 게 뭐야. 정말로 대답을 듣고 싶어요. 그래, 말해.좋아요, 난 그녀와 밤을 함께 보낼 생각이에요, 그것뿐이에요. 테르툴리아노 막시모 아폰소가 주먹을 꽉 쥐고 안토니오클라로에게 다가갔지만, 커피 탁자에 발이 걸려 비틀거렸다.만약 상대가 마지막 순간에 그를 잡아주지 않았더라면 바닥에 쓰러졌을 것이다. 그는 팔다리를 허우적거리며 몸부림을 쳤지만, 안토니오 클라로는 그의 팔을 졸라 간단히 그를 제압해 버렸다. 다치기 전에 분명히 알아둬, 그가 말했다, 당신은 내 상대가 못 돼. 그는 그를 소파로 밀어버리고 다시 자리에 앉았다. 테르툴리아노 막시모 아폰소는 아픈 팔을 문지르면서 분개한 표정으로 그를 바라보았다. 당신을 해칠 생각은 없었어, 안토니오 클라로가 말했다, 하지만 우스꽝스럽고 진부한 상황이 또다시 반복되는 걸 막을 방법이 그것밖에 없어서, 두 남자가 한 여자를 놓고 싸우는 상황 말이야. 이봐, 마리아 다 파즈는 나랑 결혼할 사람이야, 테르툴리아노 막시모 아폰소가 말했다. 마치 이것이 도저히 반박할 수 없는 근거라도 된다는 듯이. 그럴 줄 알았지, 그녀와 이야기할 때 당신들 두 사람이 서로를 정말 진지하게 생각하고 있다는 인상을 받았거든, 사실 난 장단을 맞추느라 배우로서 내 경험을 총동원했어, 하지만 그녀는 당신이 아닌 다른 사람과 이야기하고 있다는 생각을 조금도 못하더군, 그녀가 집을 보러 가자는 말에 왜 그렇게 좋아했는지 이제 알겠어, 그녀는 벌써 자기가 그 집에 살고 있는 모습을 상상하고 있었겠지. 마리아의 어머니가 편찮으셔, 마리아는 어머니를 혼자 남겨두고 떠나려고 하지 않을걸. 그래, 그녀도 그 이야기를 했어, 하지만 그녀를 금방 설득했지, 사실 하룻밤은 금방 지나가니까. 테르툴리아노 막시모 아폰소는 소파에서 안절부절못했다. 안토니오 클라로가 생각한 것을 실제로 행동에 옮길지도 모른다는 사실을 자신이 그렇게 여러 말로 인정해 버린 것이 견딜 수 없이 화가 났다. 왜 이런 짓을 하는 거지, 그가 물었다. 이번에도 역시 자신이 체념을 향해 한 발을 더 내디뎠다는 사실을 뒤늦게 깨달으면서. 사실 설명하기가 어려워, 하지만 한번 애써보지, 안토니오 클라로가 대답했다, 어쩌면 당신이 나타나면서 내 결혼생활이 망가진 것에 대한 복수인지도 몰라, 당신은 자신이 그런 영향을 미쳤다는 걸 상상도 못하고 있지만, 어쩌면 돈 후안의 변덕인지도 몰라, 난봉꾼이라고나 할까, 하지만 가장 그럴듯한 설명은 순전히 원한 때문이라는 거야. 원한이라. 그래, 원한, 당신이 조금 전에 그랬잖아, 총이 있었으면 날 죽여버렸을 거라고, 그건 이 세상에 똑같은 사람이 둘이나 존재해서는 안 된다는 뜻이었지, 나도 전적으로 동감이야, 이 세상에 똑같은 사람이 둘이나 존재해서는 안 돼, 아무리 강조해도 지나치지 않지, 내가 지난번 당신을 만날 때 가져갔던 권총에 총알이 들어 있었다면, 그리고 내게 그걸 쏠 용기가 있었다면 이 문제는 벌써 해결되었을 거야, 하지만 물론 우리는 품위 있는 사람들이라 감옥에 가는 걸 무서워하지, 그래서 내가 그때 당신을 죽일 수 없었기 때문에 다른 방식으로 당신을 죽일 거야, 당신 여자친구와 그짓을 하는 걸로, 슬픈 건 그녀가 사실을 결코 모를 거라는 점이지, 그녀는 내내 당신과 사랑을 나누고 있다고 생각할 거야, 그녀가 하는 부드럽고 열정적인 말은 모두 테르툴리아노 막시모 아폰소를 향한 것이겠지, 안토니오 클라로가 아니라, 그걸로 위안을 삼도록 해. 테르툴리아노 막시모 아폰소는 아무 말도 하지 않았다. 그는 자신의 머리를 방금 꿰뚫고 지나간 생각을 상대가 읽지 못하도록 재빨리 시선을 내리깔았다. 갑자기 체스 게임을 하면서 안토니오 클라로가 말을 움직이기를 기다리고 있는 것 같은 느낌이 들었다. 상대가 손목시계를 보며 입을 열었을 때 그는 마치 싸움에 진 사람처럼 어깨를 축 늘어뜨린 것 같았다. 이제 가봐야겠어, 마리아 다 파즈의 집에 들러서 그녀를 데리고 나와야 하니까. 하지만 테르툴리아노 막시모 아폰소는 상대가 덧붙이는 말을 들으면서 새로이 기운을 얻은 듯 몸을 곧게 폈다. 내가 내 모습으로 갈 수는 없겠지, 당신 옷하고 차가 필요해, 내가 당신 행세를 하려면 다른 것도 전부 당신 걸로 갈아입어야 할 거야. 미안하지만 무슨 소리인지 모르겠는걸, 테르툴리아노 막시모 아폰소가 당황한 척하면서 말했다, 그러고는 이렇게 덧붙였다, 아, 그렇지, 당신이 그 옷을 입고 있는 걸 마리아가 이상하게 생각하거나, 그런 차를 살 돈이 어디서 났느냐고 물어보기라도 하면 큰일이지. 바로 그거야. 그래서 나더러 내 옷이랑 차를 빌려달라고. 그렇다니까. 그럼 내가 거절하면 어떻게 할 건데. 아주 간단해, 수화기를 들고 마리아 다 파즈한테 모든 걸 얘기하는 거야, 만약 당신이 불행히도 날 막으려 한다면, 내가 칼이라는 단어를 말하는 데 걸리는 시간보다 더 짧은 시간 안에 당신을 잠재워 버릴 거야, 그러니까 조심해, 지금까지는 우리가 그럭저럭 폭력을 피했지만, 폭력이 꼭 필요해지면 난 망설이지 않을 거니까. 알았어,

테르툴리아노 막시모 아폰소가 말했다. 어떤 옷이 필요한데, 정장이랑 넥타이, 아니면 당신이 지금 입고 있는 여름옷이랑 비슷한 거. 캐주얼한 옷이면 돼, 이것처럼. 테르툴리아노 막시모 아폰소는 방을 나가 침실로 들어가서 옷장을 열고 서랍을 열었다. 그로부터 오 분도 채 안 돼서 그는 상대에게 필요한 것을 모두 들고 돌아왔다. 셔츠, 바지, 스웨터, 양말, 신발. 욕실에서 갈아입어, 그가 말했다. 욕실에 갔다가 돌아온 안토니오 클라로는 손목시계, 지갑, 신분증이 커피 탁자 위에 놓여 있는 것을 보았다. 자동차 관련 서류는 장갑을 넣어두는 칸에 있어, 테르툴리아노 막시모 아폰소가 말했다. 그리고 이건 자동차 열쇠고, 이건 집 열쇠, 당신이 옷을 갈아입으러 왔을 때 내가 집에 없을 수도 있으니까 말이야, 당신이 나중에 옷을 갈아입고 싶어 할 것 같거든. 맞아, 난 오전 중반에 돌아올 거야, 아내한테는 한낮이 지난 후에 돌아올 거라고 말했어, 안토니오 클라로가 대꾸했다. 아내에게는 하룻밤 외박을 하는 이유를 근사하게 둘러댔겠지. 일 때문이라고 했어, 처음 있는 일도 아니니까. 그런데 안토니오 클라로는 갑자기 혼란에 휩싸여서 자신이 왜 상대에게 이렇게 시시콜콜 설명을 해주는지 모르겠다고 생각했다. 이 아파트에 처음 들어온 후로 줄곧 그가 권위를 갖고 상황을 완전히 장악했는데 말이다. 테르툴리아노 막시모 아폰소가 말했다, 당신 서류나, 손목시계나, 당신 아파트 열쇠나 자동차를 가져가면 안 돼, 당신 물건, 당신 정체를 드러낼 만한 것을 지니고 있으면 안 된다고, 여자들은 선천적으로 호기심이 많을 뿐만 아니라, 사람들 얘기가 그렇다는 말이지만, 어쨌든 항상 사소한 걸 잘 눈치채거든. 당신 아파트 열쇠는 어떻게 할까, 당신한테도 필요할 텐데. 괜찮아, 가져가, 걱정할 필요 없어, 위층에 사는 이웃이 복제품을 갖고 있거든, 당신이 좋다면 복사본이라고 해도 돼, 그 이웃은 내 대신 청소를 해주는 사람이야. 아, 그렇군. 안토니오 클라로는 이 고통스러운 대화를 자신에게 이로운 방향으로 이끌 때 보여주었던 흔들림없는 냉정함 대신 자리를 잡은 불안감을 떨쳐버릴 수 없었다. 이건 그가 시작한 일이지만 지금은 이야기를 하는 도중에 자기도 모르게 방향이 바뀌었거나, 자신이 눈치채지도 못한 미묘한 손길이 자신을 옆에서 밀어 길에서 벗어나게 만들어 버린 것 같았다. 그가 마리아 다 파즈를 데리러 갈 순간이 다가오고 있었다. 하지만 시간이 얼마 남지 않은 그 급박한 문제 외에 그보다 훨씬 더 급박한 개인적인 문제가 그를 향해 조여들고 있었다. 어서 가, 여기서 꺼져. 사람은 아무리 위대한 승리를 거뒀어도 적절한 때에 물러날 줄 알아야 한다. 안토니오 클라로는 자신의 신분증, 아파트 열쇠, 자동차 열쇠, 손목시계, 결혼반지, 자신의 이니셜이 새겨진 손수건, 머리빗을 커피 탁자 위에 서둘러 나란히 놓았다. 그러고는 자동차 관련 서류가 장갑을 넣어두는 칸에 있다는 쓸데없는 말을 덧붙인 후 이렇게 물었다, 내 차가 어떤 건지 알아, 아래층 문하고 아주 가까운 곳에 세워뒀어. 테르툴리아노 막시모 아폰소는 그의 차를 안다고 대답했다, 당신이 시골 별장에 세워놓은 걸 봤어. 그럼 당신 차는 어디 있지. 거리 모퉁이에 가보면 있을 거야, 이 건물을 나가서 왼쪽에, 문 두 개짜리 파란색 세단이야, 테르툴리아노 막시모 아폰소가 이렇게 말하면서 차의 제조연도와 등록번호를 알려주었다. 혹시라도 혼란이 생기면 안 되니까. 가짜 턱수염은 안토니오 클라로가 앉아 있는 의자 팔걸이에 놓여 있었다. 저거안 가져갈 거야, 테르툴리아노 막시모 아폰소가 물었다. 당신이 산 거니까 당신이 가져, 난 내일 옷을 갈아입으러 여기 올때도 지금하고 똑같은 얼굴일 테니까, 안토니오 클라로가 아까와 같은 권위를 약간 회복한 목소리로 대답하더니, 비꼬듯이 이렇게 덧붙였다. 그때까지 난 역사교사인 테르툴리아노막시모 아폰소야. 두 사람은 잠시 서로를 바라보았다. 그래, 테르툴리아노 막시모 아폰소가 안토니오 클라로를 맞이하면서 했던 말이 이제 진실이 되었다. 앞으로도 영원히 그럴 것이다. 우리가 서로에게 할 말은 이미 다 했다는 말. 테르툴리아노 막시모 아폰소는 소리 없이 현관문을 열고 손님이 나갈수 있도록 한쪽으로 비켜섰다. 그러고는 천천히, 아까와 마찬가지로 조심스럽게 다시 문을 닫았다. 사람들은 당연히 그가이웃들의 악의적인 호기심을 자극하지 않으려고 이렇게 했다고 생각할 것이다. 하지만 만약 카산드라가 이 자리에 있었다면, 사람들이 관뚜껑을 닫을 때 바로 이렇게 한다는 점을 우리에게 일깨워 주었을 것이다. 테르툴리아노 막시모 아폰소는 거실로 돌아가서 소파에 앉아 눈을 감고 뒤로 등을 기댔다. 꼬박 한 시간 동안 그는 꼼짝도 하지 않았다. 하지만 여러분의 생각과 달리 그가 잠을 잔 것은 아니었다. 다만 자신의 낡은 차가 도시를 빠져나갈 때까지 기다렸을 뿐이다. 그는 마리아 다 파즈를 생각하면서 아무런 고통도 느끼지 못했다. 그녀는 그저 서서히 저 멀리로 사라져가는 사람일 뿐이었다. 그는 안토니오 클라로를 적으로 생각했다. 그 적은 첫 번째 전투에서 이겼지만, 만약 이 세상에 정의가 조금이라도 남아 있다면 두 번째 전투에서는 질 것이다. 오후의 햇빛이 기울어가고 있었고, 그의 차는 이미 중앙로를 빠져나갔을 것이다. 그들은 십중팔구 마을을 통과하지 않는 지름길을 택했을 것이다. 이제 그들이 시골 별장 앞에 멈춰선다. 안토니오 클라로가 주머니에서 열쇠를 꺼내들고 있다. 이것은 그가 테르툴리아노 막시모 아폰소의 아파트에 놓아두고 올 수 없었던 단 하나의 열쇠다. 그는 마리아 다 파즈에게 주인이 이 열쇠를 주었다고 말할 것이다. 물론 주인은 우리가 여기서 밤을 지낼 생각이라는 것을 모른다면서. 이 집 주인은 동료교사야, 전적으로 믿을 만한 사람이지, 그래도 난 내 개인적인 일을 그 사람한테 털어놓고 싶지 않아, 여기서 잠깐 기다려, 내가 가서 아무 이상 없는지 보고 올 테니까. 마리아 다 파즈는 셋집으로 나와 있는 시골 별장에 과연 무슨 이상이 있을 수 있는지 궁금해지려는 참이었지만, 테르툴리아노 막시모 아폰소의 키스, 깊고 압도적인 키스가 그녀의 정신을 빼앗았다. 그리고 키스가 끝난 후 그가 자리를 비운 동안 그녀는 시골, 계곡, 강을 따라 검은 선을 이루고 있는 포플러와 재나무, 그 뒤편의 산들, 제일 높은 능선에 거의 닿을 지경인 태양의 아름다움에 정신을 빼앗겼다. 테르툴리아노 막시모 아폰소, 그러니까 방금 소파에서 일어난 그 테르툴리아노 막시모 아폰소는 안토니오 클라로가 안에서 무엇을 하고 있는지 짐작할 수 있다. 자신의 정체를 드러낼지도 모르는 것들을 냉정하게 찾고 있을 것이다. 영화 포스터 같은 것. 하지만 영화 포스터는 전혀 위험하지 않으므로 그는 그것들을 그냥 내버려둘 것이다. 사실 교사도 영화광이 될 수 있는 것 아닌가. 가장 문제가 되는 것은 그와 헬레나가 복도에 있는 탁자 위에 올라가서 찍은 사진이었다. 마침내 그가 현관에 다시 나타나 그녀를 불렀다, 이제 들어와도 돼, 바닥에 낡은 커튼이 떨어져 있어서 집이 아주 초라해 보였어. 그녀는 자동차에서 나와 기쁜 마음으로 계단을 뛰어올라갔다. 문이 그녀의 등 뒤에서 쾅 소리를 내며 닫혔다. 얼핏 보기에 이것은 배려심의 부족을 드러내는 것처럼 보일 수 있지만, 이 집이 외딴 곳에 있다는 것을 명심해야 한다. 가까운 곳에도 먼 곳에도 이웃은 없으며, 게다가 우리는 의무적으로 이해심을 가져야 한다. 방금 집 안으로 들어간 두 사람은 문이 닫히면서 나는 소리를 걱정하는 것보다 훨씬 더 흥미로운 문제를 다뤄야 하니까 말이다.

테르툴리아노 막시모 아폰소는 바닥에 떨어져 있던 편지 복사본을 집어들었다. 안토니오 클라로가 가져온 것 말이다. 그는 영화사에서 온 답장을 보관해 둔 책상 서랍을 열어 답장을 꺼낸 다음, 그 두 가지 문서와 턱수염을 단 자신의 사진까지 들고 부엌으로 들어갔다. 그는 그것들을 개수대에 놓고 성냥으로 불을 붙인 다음 불이 그것들을 재빠르게 먹어들어 가는 것을 지켜보았다. 불꽃이 종이를 씹어서 집어삼키더니 재로 만들어 토해냈다. 불이 꺼진 것처럼 보였는데도 여전히 여기저기서 불꽃이 재빨리 치솟아 오르며 종이를 계속 갉아먹었다. 그는 새까맣게 그을린 종이를 이리저리 뒤집어가며 완전히 불에 태웠다. 그러고는 수도꼭지를 틀어 재를 완전히 수챗구멍으로 내려 보냈다. 그러고 나서 그는 침실로 들어가 비디오를 숨겨두었던 옷장에서 비디오들을 꺼내 거실로 돌아왔다. 그가 욕실에서 가져다둔 안토니오 클라로의 옷가지가 안락의자에 놓여 있었다. 테르툴리아노 막시모 아폰소는 옷을 벗었다. 그리고 혐오감 때문에 코를 찡그리면서 안토니오 클라로가 입었던 팬티를 입었다. 다른 대안이 없었다. 이건 반드시 필요한 일이었으니까. 필요란 운명이 변장을 하고 나타나야 할 때 채택하는 이름 중 하나이다. 이제 그가 테르툴리아노 막시모 아폰소의 복사본이 되어버린 형편이었으므로, 안토니오 클라로가 뒤에 남겨두고 간 안토니오 클라로가 되는 수밖에 없었다. 안토니오 클라로는 내일 옷가지를 찾으러 이곳에 다시 오더라도 테르툴리아노 막시모 아폰소의 모습으로 거리로 나가는 수밖에 없을 것이다. 그리고 그가 여기에 남겨둔 옷이나 다른 곳에 남겨둔 옷들이 안토니오 클라로라는 그의 신분을 회복시켜 줄 때까지 테르툴리아노 막시모 아폰소로 남아 있어야 할 것이다. 좋든 싫든 옷이 사람을 만드는 것은 사실이다. 테르툴리아노 막시모 아폰소는 안토니오 클라로가 소지품을 놓아둔 탁자로 가서 자신의 변신을 순서대로 마무리지었다. 먼저 그는 손목시계를 찬 다음, 결혼반지를 약지에 끼고, 머리빗과 이니셜 AC가 있는 손수건을 바지 주머니에 넣고, 그의 아파트 열쇠와 자동차 열쇠를 다른 주머니에 넣었다. 그리고 뒷주머니에는 신분증을 넣었다. 혹시라도 누가 그의 정체를 의심한다면 이 신분증이 그가 안토니오 클라로라는 확실한 증거가 되어줄 것이다. 그는 나갈 준비를 다 마쳤다. 이제 남은 것은 마지막 마무리, 즉 안토니오 클라로가 아파트로 들어올 때 붙이고 있던 가짜 턱수염뿐이었다. 마치 그가 이 턱수염이 필요해질 것임을 알고 있었던 것 같은 느낌이었다. 하지만 턱수염은 그저 우연의 일치가 일어나기를 기다리고 있었을 뿐이다. 때로는 우연의 일치가 발생하는 데 몇 년이 걸리기도 하고, 때로는 일렬종대를 지어 차례대로 나타나기도 하니까 말이다. 테르툴리아노 막시모 아폰소는 욕실로 가서 변장을 마무리했다. 턱수염을 그동안 여러 번 떼었다 붙인데다가 두 사람이 사용했기 때문에 수염이 얼굴에 잘 붙지 않는다. 그래서 정부기관에서 나온 눈 밝은 사람이나 겁 많고 의심 많은 시민들의 의심을 살 우려가 있다. 마침내 턱수염이 그의 피부에 그럭저럭 달라붙었다. 이제 테르툴리아노 막시모 아폰소가 적당히 인적 드문 곳에서 쓰레기통을 발견할 때까지만 제자리에 붙어 있으면 된다. 이 가짜 턱수염은 그 쓰레기통에서 짧지만 파란만장한 생애를 마감할 것이다. 그리고 어두운 쓰레기통 속의 악취를 내뿜는 쓰레기들 사이에서 비디오들도 휴식을 취하게 될 것이다. 테르툴리아노 막시모 아폰소는 거실로 돌아가서 필요한 것 중에 잊은 것은 없는지 둘러본 다음 침실로 들어갔다. 침대 옆 탁자에는 고대 메소포타미아 문명에 관한 책이 있다. 그가 그 책을 갖고 있어야 할 이유가 없는데도 그는 그 책을 집어들었다. 테르툴리아노 막시모 아폰소는 왜 아모리인과 아시리아인들을 동무로 삼아야겠다고 생각했을까, 이십사 시간도 안 돼서 집으로 다시 돌아올 텐데. Alea jacta est, 그는 혼자 중얼거렸다. 더 이상 이야기할 것이 없다. 될대로 되라지. 도망칠 길이 없다. 루비콘 강은 닫히고 있는 이 문이고, 그가 내려가고 있는 계단이고, 자동차까지 걸어가는 발걸음이고, 자동차 문을 여는 이 열쇠이고, 차를 매끄럽게 거리로 데려가는 이 엔진이다. 주사위는 던져졌다. 이제 주사위는 신들의 무릎에 놓여 있다. 지금은 팔월이고 오늘은 금요일이다. 거리에는 자동차도 사람도 그리 많지 않다. 그가 향하고 있는 거리는 아주 먼 곳이었는데, 지금은 갑자기 가까워졌다. 날이 어두워진 지 삼십 분도 더 지났다. 테르툴리아노 막시모 아폰소는 건물 밖에 차를 세웠다. 차에서 내리기 전에 그는 건물의 창문들을 올려다보았지만 불이 켜진 곳은 하나도 없었다. 그는 머뭇거리며 속으로 자문해 보았다, 이제 어떻게 한다. 여기에 이성이 답변했다, 왜 이렇게 망설이고 있는지 이해가 안 가, 만약 당신이 당신 바람대로 안토니오 클라로라면 차분하게 계단을 올라가서 당신 아파트로 가면 되잖아, 불이 꺼져 있는 데는 틀림없이 뭔가 이유가 있겠지, 사실 다른 집 창문들에도 불이 켜져 있지 않잖아, 당신은 고양이가 아니라서 어둠 속에서는 잘 볼 수가 없으니 그냥 불을 켜기만 하면 돼, 물론 뭔가 알 수 없는 이유로 인해 저기서 당신을 기다리는 사람이 없다는 가정 하에 하는 말이지만, 아니 우리 모두가 알고 있듯이, 당신이 아내에게 일 때문에 오늘 밤에 외박하겠다고 말한 걸 기억해야겠지, 그러니까 이제 당신은 그 이야기를 계속 끌고나가야 할 거야. 테르툴리아노 막시모 아폰소는 메소포타미아 문명에 관한 책을 팔 밑에 끼고 거리를 건너 건물의 문을 열고 승강기에 올라탔다. 승강기 안에는 이미 누군가 타고 있었다. 안녕, 당신을 기다리고 있었어, 상식이 말했다. 이런, 네가 나타날 거라는 생각을 왜 못했지. 무슨 생각으로 여기 온 거야. 모르는 척하지만, 나만큼이나 잘 알고 있으면서. 복수하려고, 반격하려고, 적의 아내와 동침하려고, 당신 여자가 그와 함께 침대에 들어 있으니까. 바로 그거야. 그럼 그 다음에는 어떻게 할 건데. 아무것도, 마리아 다 파즈는 자기가 엉뚱한 사람하고 같이 잤다는 생각을 절대 못할 거야. 그럼 이 사람들은. 이 사람들은 이 희비극의 힘겨운 결말에 도달하겠지. 왜. 넌 상식이잖아, 그러니까 잘 알고 있을 텐데. 난 승강기 안에서는 내 재주를 조금 잃어버리거든. 안토니오 클라로가 내일 집에 돌아오면 일 때문에 다른 곳에 가 있었다면서 어떻게 오늘

밤 아내와 함께 잘 수 있었는지 설명하느라 엄청 애를 먹을 거야. 당신이 그렇게 사악한 계획을 짤 수 있을 줄은 몰랐어. 인간적인 거야, 친구, 그냥 인간적인 거라고, 악마는 계획을 짜지 않아, 어쨌든 인간이 선한 존재였다면 악마는 아예 존재하지도 않았겠지. 그럼 내일은. 아, 집을 일찍 나설 핑계를 생각해 내야지. 그럼 그 책은. 이 책이 뭐, 나도 잘 몰라, 어쩌면 기념품으로 여기 남겨둘지도 모르지. 승강기가 오층에서 멈췄다. 테르툴리아노 막시모 아폰소가 물었다, 나랑 같이 갈 거야. 아니, 난 상식이야, 거긴 내가 있을 곳이 아니. 나중에 봐. 글쎄, 그럴 수 있을까.

테르툴리아노 막시모 아폰소는 문에 귀를 바짝 갖다댔다. 안에서는 아무 소리도 들리지 않았다. 자연스럽게 행동해야 한다. 마치 자기가 이 집 주인인 것처럼. 하지만 그의 심장이 워낙 격렬하게 뛰고 있어서 몸 전체가 떨릴 정도였다. 이 일을 계속 진행할 용기가 생기지 않을 것 같았다. 갑자기 승강기가 내려가기 시작했다. 도대체 누구지, 그는 겁에 질렸다. 그래서 더 이상 머뭇거리지 않고 열쇠로 문을 열어 안으로 들어갔다. 집은 어둠에 잠겨 있었지만, 아마도 창문을 통해 들어오는 것 같은 가늘고 희미한 빛 덕분에 서서히 사물들의 윤곽이 구분되면서 물건들이 형태를 드러내기 시작했다. 테르툴리아노 막시모 아폰소는 전등 스위치를 찾으려고 문 옆의 벽을 더듬거렸다. 아파트 안에서는 움직임이 전혀 없었다. 아무도 없군, 그는 속으로 생각했다, 집 안을 제대로 둘러볼 수 있겠어. 그렇다, 그가 하룻밤 동안 그의 것이 될 이 아파트를 반드시 자세히 알아둘 필요가 있다. 어쩌면 혼자서 밤을 보내게 될지도 모르지만. 만약 예를 들어 헬레나의 가족들이 시내에 살고 있어서 그녀가 남편이 없는 틈을 타 가족들을 만나러 갔다면. 그녀가 내일이나 돼야 돌아올 생각이라면. 그렇다면 상식이 사악하다고 평가했던 계획은 완전히 실패로 돌아갈 것이다. 대부분의 진부한 정신적 장난처럼. 아이의 입김만으로 무너져 버리는, 카드로 만든 집처럼. 삶에는 아이러니가 있다고들 하지만, 사실 삶은 우리가 알고 있는 모든 것들 중에서 가장 둔한 녀석이다. 어느 날 누군가가 삶에게 이런 말을 했음이 틀림없다, 계속 똑바로 가, 똑바로. 길을 벗어나지 마. 그때 이후로 바보 같은 삶은 교훈을 배울 능력도 없는 주제에 우리를 가르친다고 뽐내면서 자신에게 주어진 명령을 맹목적으로 따르기만 했다. 자신의 앞을 가로막는 것들을 죄다 쓰러뜨리면서. 심지어 자신이 어떤 피해를 입혔는지 살펴보거나 우리에게 용서를 구하기 위해 걸음을 멈추는 법도 없었다. 단 한번도. 테르툴리아노 막시모 아폰소는 아파트를 샅샅이 살펴보고, 전등 스위치를 껐다 켜고, 문과 옷장과 서랍을 열었다 닫았다. 그 안에는 남자의 옷, 신경에 거슬리는 여자의 속옷, 권총이 있었지만 그는 아무것도 손대지 않았다. 그는 그저 자기가 있는 곳을 잘 알아두고, 이 집의 여러 방들 사이의 관계와 이 집의 거주자들에 대해 알아낼 수 있는 것을 알아내고 싶었을 뿐이다. 마치 지도를 볼 때처럼. 지도를 보면 어떤 길로 가야 할지 알 수 있지만, 지도는 우리가 목적지에 도착할 수 있을 것이라고 보장해 주지는 못한다. 그는 조사를 끝낸 후 눈을 감고도 아파트 전체를 돌아다닐 수 있게 되었을 때 안토니오 클라로의 소파임이 분명한 곳으로 가서 앉아 기다렸다. 그가 원하는 것은 헬레나가 집에 오는 것뿐이다. 헬레나가 저 문으로 들어와 나를 보게 되기를, 그래서 내가 이곳까지 올 용기가 있는 사람이라는 사실의 증인이 되어 주기를, 내가 원하는 것은 기본적으로 그것뿐이다, 증인. 그녀는 열한시가 넘어서 집에 돌아왔다. 불이 모두 켜져 있는 것을 보고 깜짝 놀란 그녀가 현관에서 소리쳤다. 당신이야. 응, 나야, 테르툴리아노 막시모 아폰소가 말했다. 그의 목구멍이 바짝바짝 말랐다. 순식간에 그녀가 거실로 걸어 들어왔다. 어떻게 된 거야, 내일이나 올 줄 알았더니. 두 사람은 서로 묻고 답하면서 짧은 키스를 주고받았다. 일이 연기됐어, 테르툴리아노 막시모 아폰소가 말했다. 그러고 나서 그는 즉시 자리에 앉아야 했다. 다리가 후들후들 떨렸기 때문에. 신경이 곤두서서 그런 것일 수도 있고, 키스 때문일 수도 있었다. 그는 여자가 자신에게 하는 말을 거의 듣지 못했다. 친정에 갔다 왔어. 장인 장모님은 어떠셔, 그가 간신히 물었다. 잘 지내셔, 여자가 대답했다. 그러고는 이렇게 물었다, 저녁은 먹었어. 응, 걱정 마. 난 피곤해, 일찍 잘래, 이 책은 뭐야. 아, 사극 영화를 할 예정이라 하나 샀어. 중고책인데, 누가 여기다 메모를 써 놨잖아. 맞아, 헌책방에서 찾은 책이야. 헬레나는 방을 나갔고, 몇 분 후 다시 침묵이 찾아왔다. 테르툴리아노 막시모 아폰소가 침실로 들어간 것은 늦은 시간이었다. 헬레나는 잠들어 있었고, 베개 위에는 그가 입어야 할 잠옷이 놓여 있었다. 두 시간이 지난 후에도 그는 여전히 깨어 있었다. 그의 음경은 잠잠했다. 그때 여자가 눈을 떴다. 잠이 안 와, 그녀가 물었다. 응. 왜. 나도 몰라. 그러자 그녀가 그를 향해 돌아누워서 그를 안아주었다.

아침에 먼저 눈을 뜬 것은 테르툴리아노 막시모 아폰소였다. 그는 알몸이었다. 침대보와 이불이 그가 누워 있는 쪽의 바닥을 향해 미끄러져 있었기 때문에 헬레나의 가슴 한쪽이 드러나 있었다. 그녀는 곤히 자고 있는 것 같았다. 두꺼운 커튼도 거의 막지 못한 아침 햇빛이 반짝이는 빛과 그림자로 방 안을 가득 채웠다. 바깥 날씨는 틀림없이 더울 것이다. 테르툴리아노 막시모 아폰소는 자신의 음경이 점점 딱딱해지는 것을 느꼈다. 또다시 불만을 느끼는 모양이었다. 그 순간 그는 마리아 다 파즈를 생각했다. 그는 다른 방, 다른 침대를 상상했다. 엎드리고 있는 그녀의 몸도. 그는 그녀의 몸을 구석구석 모두 알고 있었다. 엎드리고 있는 안토니오 클라로의 몸도 상상했다. 그의 몸과 똑같은 몸. 갑자기 자신이 길의 끝에 도달한 것 같다는 생각이 들었다. 멈추시오, 심연이 있음이라

401

고 적힌 표지판이 붙어 있는 벽이 앞에서 길을 막고 있는 것 같았다. 하지만 그는 뒤돌아갈 수 없다는 것, 그가 걸어온 길이 사라져버렸다는 것을 깨달았다. 남은 것이라고는 그의 발이 딛고 서 있는 작은 공간뿐이었다. 그는 꿈을 꾸고 있었지만 그것을 몰랐다. 불안감이 금세 공포로 변하면서 그는 깜짝 놀라 격렬하게 잠에서 깨어났다. 벽이 산산이 부서지는 그 순간에. 벽에서 나온 팔들이, 벽에서 팔이 자라나는 것보다 더 나쁜 일들이 일어난 적도 있으니까 하는 말이지만, 어쨌든 그 팔들이 그를 낭떠러지 쪽으로 잡아당기고 있었다. 헬레나가 그를 진정시키려고 그의 손을 꼭 잡았다. 괜찮아, 악몽을 꾼 거야, 다 끝났어, 당신이 지금 있는 곳은 여기야. 그는 숨을 헐떡이고 있었다. 마치 벽이 무너지면서 갑자기 그의 허파에 들어 있던 공기를 모두 비워버린 것처럼. 그래, 진정해, 헬레나가 다시 말했다. 그녀는 가슴을 드러낸 채 한쪽 팔꿈치를 바닥에 괸 자세로 몸을 기울이고 있었다. 얇은 침대보를 통해 그녀의 허리 곡선, 허벅지 윤곽이 드러났다. 그녀가 하는 말들은 고통에 시달리고 있는 이 남자의 몸에 반가운 비처럼 떨어져 내렸다. 애무나 축축한 키스처럼 피부에 닿는 비. 점차, 마치 증기 구름이 처음 생겨난 곳으로 되돌아가듯, 테르툴리아노 막시모 아폰소의 겁에 질린 영혼이 지쳐 녹초가 된 정신으로 돌아왔다. 헬레나가 물었다, 무슨 꿈을 꾼 거야, 말해봐. 혼란에 빠진 이 남자, 자신이 만든 미로에서 길을 잃어버리고 이제 성적인 의미로는 잘 알고 있지만 그 밖의 부분에서는 전혀 모르는 사이인 여자의 옆에 누워 있는 이 남자는 출발지점이 없어져 버린 길에 대해 이야기했다. 마치 그가 내딛는 발걸음이 도로의 실체를 삼켜버린 것 같았다. 그 실체가 뭔지는 모르겠지만, 그것은 시간에 지속성을 주고 공간에 차원을 주는 것이었다. 그는 벽에 대해서도 이야기했다. 시간을 가로지르면서 둘을 모두 가로지른 벽. 그의 발이 딛고 있던 공간에 대해서도 이야기했다. 작은 두 개의 섬. 자그마한 인간의 군도. 하나는 여기에, 또 하나는 저기에. 그리고 멈추시오, 심연이 있음이라고 적힌 표지판에 대해서도 이야기했다. 기억하라, 우리에게 경고를 해주는 사람이 적이다, 햄릿이라면 삼촌과 의붓아버지 클라우디우스에게 이런 말을 할 수 있었을 것이다. 그녀는 깜짝 놀란 표정으로 살짝 당혹스러워하며 그의 말에 귀를 기울였다. 그런 생각들을 표현하는 남편의 모습은 익숙하지 않았다. 그의 말투는 더했다. 마치 단어 하나하나에 복사본이 딸려 있는 것 같았다. 사람이 사는 동굴에서 울리는 메아리처럼. 그런 동굴에서는 누가 숨을 쉬고 있는지, 누가 방금 중얼거렸는지, 누가 방금 한숨을 쉬었는지 알아낼 수가 없다. 그녀는 자신의 발 또한 두 개의 작은 섬이라는 생각, 자신의 발과 아주 가까운 곳에 다른 섬 두 개가 쉬고 있다는 생각, 이 네 개의 섬이 한데 모여 완벽한 군도를 이룰 수 있으며, 실제로 이루고 있다는 생각이 마음에 들었다. 이 세상에 완벽함이라는 것이 존재한다면, 그리고 이 침대보가 그 완벽함이 닻을 내리기로 선택한 바다라면 그렇다는 말이지만. 이제 좀 진정됐어, 그녀가 물었다. 응, 그가 말했다, 이 것보다 더 좋은 건 없을 것 같아. 이상해, 어젯밤 같은 당신 모습은 처음이야, 당신은 아주 부드럽게 내 몸 안으로 들어왔 지, 나중에 생각해 보니 욕망과 눈물이 뒤섞인 것 같았어, 기 쁨도, 고통스러운 신음과 용서해 달라는 애원도. 글쎄, 당신 이 그렇게 느꼈다면 그런 거겠지. 불행히도 세상에는 딱 한번 만 일어날 뿐 결코 되풀이되지 않는 일들이 있어, 그 밖의 일 들은 자꾸만 되풀이되는데. 그렇게 생각해. 어떤 사람이 옛날 에 이런 말을 했어, 만약 우리가 누군가에게 장미를 준다면, 그 다음부터는 그 사람한테 장미 외에 다른 것을 줄 수 없게 된다고. 우리가 한번 시험해 볼까. 지금. 응, 어차피 우리 둘 다 알몸이잖아. 그럴듯한 이유네. 훌륭한 이유지, 아마 최고 의 이유는 아니겠지만. 네 개의 섬이 한데 뭉쳐서 군도가 다 시 만들어졌다. 바다는 절벽을 거세게 때렸다. 저 위에서 누 군가가 고함을 지르고 있다면 그것은 파도를 타는 인어들의 외침이고, 신음소리가 있다 해도 고통스러운 신음은 전혀 없 었으며, 만약 누군가가 용서를 구한다면 지금부터 영원히 용 서받을 것이다. 두 사람은 서로의 품에서 잠시 쉬었고, 마지 막 키스와 함께 그녀가 침대에서 빠져나갔다. 일어나지 마, 좀더 자, 난 아침식사를 준비할게.

테르툴리아노 막시모 아폰소는 잠들지 않았다. 그는 이 아 파트에서 빨리 나가야 했다. 안토니오 클라로가 전날 말했던 것보다 일찍 집으로 돌아올 위험이 있었다. 그는 한낮이 되기 전에 돌아오겠다고 말했었다. 시골 별장에서 일이 그의 예상대로 풀리지 않아서 그가 벌써 이곳을 향해 달려오고 있다면 어쩌지, 자신에게 화를 내며 평화로운 자신의 집에 화를 묻어버릴 생각으로 안달하고 있다면. 집에 돌아온 후 그는 아내에게 전날 밤의 일에 대해 이야기할 것이다. 자신의 기분이 나빠진 이유를 설명하기 위해 있지도 않은 방해와 일어나지도 않은 논쟁과 이루어지지도 않은 합의를 꾸며내면서. 테르툴리아노 막시모 아폰소의 문제는 쉽사리 이 집을 나갈 수 없다는 데 있다. 그는 헬레나의 의심을 사지 않을 만한 핑계를 대야 한다. 지금까지는 그녀가 지난 밤 함께 자며 쾌락을 느낀 남자가 남편이 아니라고 생각할 이유가 없었음을 기억하라. 이제 그는 이런 아침에, 여름의 토요일 아침에 급한 일이 있다고 그녀에게 말할 용기를 어디서 찾을 것인가. 마지막 순간까지 그 이야기를 하지 않고 있었던 이유는 또 어떻게 설명할 것인가. 논리적으로 따지면, 우리가 목격한 바와 같이 이 커플이 도달한 숭고한 조화를 염두에 두고 계속 침대에 누워 있다가 중단된 대화를 계속해야 할 것이다. 혹시 생각날지도 모르는 더 재미있는 이야기들과 함께. 헬레나가 곧 아침식사를 들고 나타날 것이다. 두 사람이 이렇게 아침식사를 함께 먹은 것은 정말 오래전의 일이었다. 사랑의 향기가 나는 침대에서 친밀한 분위기를 느끼며 아침을 먹는 것 말이다. 그러니 모든 가능성을 살펴봐도, 적어도 우리가 알고 있는 모든 가능성을 살펴본다면, 마지막임이 분명한 이런 기회를 허비하는 것은 용서할 수 없는 일이 될 것이다. 테르툴리아노 막시모 아폰소는 생각하고, 생각하고, 또 생각한다. 그리고 그가 이렇게 생각을 거듭하는 동안, 인간 영혼의 역설적인 에너지라고 할 만한 것이 엄청난 극단에 도달할 수 있기 때문에 이곳에서 나가야 한다는 욕구가 점점 희미해지고 덜 절박해진다. 그리고 그와 동시에 예상할 수 있는 모든 위험들을 경솔하게 옆으로 치워버리면서 안토니오 클라로에 대한 자신의 결정적인 승리를 직접 목격하고 싶다는 터무니없는 욕망이 그의 마음속에서 점점 강해진다. 그 자리에 남아서 어떤 결과가 나오든 정면으로 맞설 준비를 하자는 생각 말이다. 그 사람이 와서 여기 있는 그를 발견하라지. 그 사람이 고함을 지르든, 화가 나서 펄펄 뛰든, 폭력을 휘두르든 무슨 상관이람. 그가 무슨 짓을 해도 그의 패배감을 줄일 수는 없을 것이다. 그는 테르툴리아노 막시모 아폰소가 궁극의 무기를 휘두르고 있음을 알게 될 것이다. 수천 번이나 욕설을 들은 이 역사교사가 그에게 어디 있었느냐고 묻는 것만으로, 그리고 헬레나가 팔의 사마귀와 무릎의 상처와 음경 크기가 똑같은 것은 물론이고 오늘부터는 짝짓기에서도 똑같아질 이 두 남자가 실행한 놀라운 모험의 지저분한 측면을 마침내 알게 되는 것만으로 충분할 것이다. 어쩌면 구급차가 와서 잔뜩 얻어맞은 테르툴리아노 막시모 아폰소의 몸을 실어가야 할지 모른다. 하지만 그를 공격한 사람의 상처는 결코 낫지 않을 것이다. 침대에 누워 아침식사를 기다리고 있는 이 남자의 뇌가 만들어 낸 복수에 관한 이 저열한 생각들이 어쩌면 더 이상 나아가지 않았을지도 모른다. 앞에서 언급한 인간 영혼의 모순적인 에너지가 아니었다면. 이 에너지를 다른 이름으로 부른다면, 보기 드물게 고귀한 감정, 전적으로 개탄스러운 신사들의 조상을 생각하면 박수를 받아 마땅한 신사다운 본성의 출현 가능성이라고 할 수 있을 것이다. 믿을 수 없는 일처럼 보이겠지만, 도덕적인 비겁함, 진실이 드러날 것이라는 두려움 때문에 마리아 다 파즈가 안토니오 클라로의 품에 떨어지도록 내버려둔 이 남자는 평생에 가장 힘든 일을 해낼 준비가 되어 있을 뿐만 아니라 한 남편이 옆에 있는 상태에서 또 다른 남편이 현관으로 들어오는 것을 보게 될 이 미묘한 상황에 헬레나를 혼자 내버려두지 않는 것이 자신이 반드시 지켜야 할 의무임을 깨닫기까지 한 바로 그 남자이다. 인간의 영혼은 항상 광대가 튀어 올라 여러 가지 표정을 지으며 혀를 내밀 준비를 하고 있는 상자이다. 하지만 그 광대가 상자 너머로 그냥 우리를 바라보기만 할 때도 있다. 그는 만약 우리가 정의롭고 정직하게 행동하는 것을 우연히 보게 된다면 잘했다는 듯이 고개를 끄덕이고는 사라져버린다. 우리가 아직은 완전한 실패작이 아니라고 생각하면서. 테르툴리아노 막시모 아폰소는 방금 내린 결정 덕분에 자신의 기록표에서 몇 가지 사소한 실수들을 제거했다. 하지만 그는 다른 실수들을 적어놓은 잉크가 기억이라는 갈색 종이 위에서 희미해지기 전에 커다란 고통을 겪게 될 것이다. 사람들은 흔히 말한다. 시간이 해결해 줄 거라고. 하지만 우리는 항상 시간이 충분한지 묻는 것을 깜빡 잊어버린다. 테르툴리아노 막시모 아폰소가 막 일어나고 있을 때 헬레나가 아침식사를 들고 들어왔다. 침대에서 아침을 먹고 싶지 않아, 그녀가 물었다. 그는 아니라고, 쟁반이나 컵이 미끄러질까 봐 항상 한쪽 눈을 외로 꼬아야 하고 버터가 녹으면서 남긴 얼룩과 시트의 접힌 틈으로 기어들다가 항상 피부의 섬세한 틈 속으로 들어오는 빵 부스러기에 신경을 쓰는 것보다는 의자에 편안하게 앉아 있는 편이 더 좋다고 말했다. 그는 이 말을 가능한 한 코믹하고 기분 좋게 하려고 애썼지만, 이 말의 유일한 목적은 테르툴리아노 막시모 아폰소가 새롭고 절박하게 집착하고 있는 생각을 감추는 것이었다. 그 생각이란 바로 이것이다. 만약 안토니오 클라로가 나타난다 해도 적어도 우리가 부부 침대에 앉아 죄스럽게 스콘과 토스트를 씹어 먹는 모습을 보게 되지는 않으리라는 것. 만약 안토니오 클라로가 나타난다 해도 적어도 자신의 침대가 정리되고 방도 환기가 되었음을 알게 되리라는 것. 만약 안토니오 클라로가 나타난다 해도 적어도 우리가 제대로 몸을 씻고 머리도 빗고 옷도 갖춰 입은 모습을 보게 되리라는 것. 외모와 마찬가지로 죄도 그러하니까. 우리가 죄와 손을 잡고 걷고 있으며, 이런 일을 피할 방법이나 이런 일을 해서 얻을 수 있는 이득이 없는 것 같으므로, 죄로 하여금 가끔 미덕에게 경의를 표하게 하는 것이 나을 것 같다. 순전히 형식적으로나마. 게다가 죄에게 그 이상을 요구해 봤자 아마 소용이 없을 것이다.

시간이 흐르고 있다. 열시 반이 지났다. 헬레나는 장을 보러 나갔다. 그녀는 갔다 오겠다면서 그에게 키스를 했다. 몇 시간 전에 이 남자와 이 여자를 부정하게 결합시켜 불타오르게 했던 열정의 불꽃의 따스하고 위안이 되는 흔적. 이제 고대 메소포타미아 문명에 관한 책을 무릎 위에 펼쳐 놓고 소파에 앉아서 테르툴리아노 막시모 아폰소는 안토니오 클라로가 나타나기를 기다리고 있다. 그의 상상력이 족쇄를 걷어차 버리기 일쑤이기 때문에 그는 앞에서 말한 안토니오 클라로와 그의 아내가 어쩌면 거리에서 만나 이 뒤얽힌 문제를 일거에 해결하기 위해 함께 계단을 올라오고 있는지도 모른다고 상상했다. 헬레나는 그에게 이렇게 대들 것이다, 당신은 내 남편이 아니에요, 내 남편은 집에 있어요, 저기 앉아 있잖아요, 당신은 우리 삶을 무너뜨리려고 했던 역사교사예요. 그러면 안토니오 클라로는 이렇게 주장할 것이다, 아냐, 내가 당신 남편이야, 저 사람이 역사교사라고, 저 사람이 읽고 있는 책을 봐, 저 놈은 남을 사칭하고 다니는 세계 최고의 사기꾼이야. 그러면 그녀가 그의 말을 자르면서 이렇게 비꼴 것이다, 아, 그래요, 그럼 당신이 아니라 저 사람이 결혼반지를 끼고 있는 이유를 한번 설명해 봐요. 장을 보러 갔던 헬레나가 방금 혼자 돌아왔다. 이제 열한시다. 잠시 후면 그녀가 이렇게 물을 것이다, 무슨 걱정이라도 있어. 그러면 그는 아니라고 할 것이다, 아니, 도대체 왜 그런 생각을 한 거야. 그러면 그녀는 이렇게 말할 것이다, 뭐, 그렇다면 왜 자꾸 시계를 보는 거야. 그러면 그는 자기도 이유를 모르겠다고 대답할 것이다. 그냥 습관이 된 것 같다고. 어쩌면 걱정되는 일이 좀 있는 것 같기도 하다고. 만약 저쪽에서 나한테 함무라비 왕 역할을 준다면 배우로서 내가 정말로 힘을 받게 될 텐데. 열한시 반이 되고, 열두시 십오 분 전이 되었지만 안토니오 클라로는 여전히 나타나지 않는다. 테르툴리아노 막시모 아폰소의 심장은 잔뜩 화가 나서 사방으로 발길질을 해대는 말 같다. 걱정이 그의 목을 조이며 그에게 소리를 질러댄다, 아직 시간이 있다고, 봐, 그녀가 저 방에 있는 동안 기회를 놓치지 말고 도망쳐, 아직 거의 십 분이나 남았어, 하지만 조심해, 승강기를 사용하면 안 돼, 계단으로 내려가서 거리에 발을 내딛기 전에 양쪽을 살펴봐. 이제 한낮이다. 거실의 시계가 마치 안토니오 클라로에게 마지막으로 등장할 기회를 주려는 듯, 마지막 순간에라도 약속을 지킬 기회를 주려는 듯 천천히 종을 울린다. 하지만 테르툴리아노 막시모 아폰소가 스스로를 속이려고 해봤자 소용없는 일이다. 그가 지금까지 오지 않았다는 건 영영 안 올 것이라는 뜻이다. 누구든 약속시간에 늦을 수 있다. 차가 고장 날 수도 있고, 타이어에 구멍이 날 수도 있다. 이런 일은 매일 일어나며 어느 누구도 이런 일들로부터 자유롭지 않다. 지금부터는 일 분, 일 분이 고통스러울 것이다. 그러다가 곤혹스러움과 당혹감이 찾아들고 결국은 이런 생각이 들 것이다, 그래, 늦어졌다고 치자고, 그것도 아주 심하게, 하지만 전화라는 게 그럴 때 쓰라고 있는 물건이잖아, 전화를 걸어서 자동차 톱니바퀴나 기어박스나 팬벨트가 망가졌다고 얘기하지 않는 이유가 뭐야. 그런 일들은 그의 자동차처럼 낡은 차에 얼마든지 일어날 수 있는 일이다. 한 시간이 또 지났는데도 안토니오 클라로는 나타나지 않았다. 헬레나가 나와서 점심식사가 다 되었다고 말했을 때, 테르툴리아노 막시모 아폰소는 배가 고프지 않다면서 그녀에게 혼자 먹으라고, 어쨌든 자신은 나갈 일이 생겼다고 말했다. 그녀는 이유를 물었다. 그가 자기는 그녀의 남편이 아니므로 자신이 무엇을 할 작정인지 일일이 그녀에게 말해줄 의무가 없다고 쏘아붙일 수도 있었을 것이다. 하지만 그의 카드를 모조리 탁자 위에 올려놓고 공정한 게임을 할 순간은 아직 오지 않았다. 따라서 그는 나중에 모든 걸 설명해 주겠다고만 말했다. 테르툴리아노 막시모 아폰소가 항상 혀끝에 달고 사는 약속이었다. 하지만 그는 이런 약속을 지키더라도 뒤늦게 부분적으로만 지킬 뿐이다. 그의 어머니에게 물어보라. 마리아 다 파즈에게 물어보라. 우리 역시 그의 이런 모습을 처음 보는 것이 아니다. 헬레나는 옷을 갈아입어야 할 것 같지 않느냐고 물었고 그는 그렇다고 말했다. 자기가 지금 입고 있는 옷은 지금 나가서 하려는 일에 맞지 않는다고. 정장, 그러니까 재킷과 바지를 입는 편이 더 어울릴 거야, 어쨌든 난 관광객도 아니고 시골로 여름휴가를 가는 길도 아니니까. 십오 분 후 헬레나가 승강기까지 그를 따라 나왔다. 그녀의 눈은 금방 눈물을 흘리겠다고 경고라도 하듯이 물기에 젖어 반짝이고 있었다. 테르툴리아노 막시모 아폰소가 미처 거리까지 내려가기도 전에 그녀는 흐느끼고 있었다. 아직 대답을 듣지 못한 질문을 자꾸만 되풀이하면서, 당신 왜 그래, 당신 왜 그래.

테르툴리아노 막시모 아폰소가 차에 올라타면서 가장 먼저 생각한 것은 여기서 도망쳐 어디 조용한 곳으로 가서 차를 세우고 지금 상황을 진지하게 생각해 보며 지난 이십사 시간 동안 그의 머릿속에서 요동치고 있는 혼란을 질서 있게 정돈해 앞으로 어떻게 할 것인지 결정하자는 것이었다. 그는 차에 시동을 걸고 모퉁이를 돌자마자 자신이 곰곰이 생각을 해볼 필요가 없다는 것을 깨달았다. 마리아 다 파즈에게 전화를 걸기만 하면 되었다. 이 생각을 왜 일찍 못했지, 아마 그 아파트 안에 갇혀 있어서 전화를 걸 수 없었기 때문일 거야. 이백 미터쯤 더 가서 그는 공중전화를 발견했다. 그는 차를 세우고 서둘러 공중전화 부스로 들어가서 전화를 걸었다. 부스 안은 숨이 막힐 정도로 더웠다. 수화기 저편에서 어떤 여자가 물었다, 누구세요. 친숙한 그녀의 목소리가 아니었다. 마리아 다 파즈와 통화하고 싶은데요, 그가 말했다. 그래요, 하지만 누구신데요. 전 마리아의 동료입니다, 마리아가 일하는 은행의 동료. 마리아 다 파즈는 죽었어요, 오늘 아침에 자동차 사고로, 약혼자랑 같이 있었는데 둘 다 죽었어요, 비극적인 일이죠, 정말 비극적이에요. 순식간에 테르툴리아노 막시모 아폰소의 몸이, 머리부터 발끝까지 온몸이 땀에 흠뻑 젖었다. 그는 뭐라고 횡설수설 중얼거렸고, 여자는 그 말을 알아듣지 못했다. 뭐라고 하셨죠. 그래, 그가 뭐라고 했을까. 이미 기억나지 않는, 또는 앞으로도 기억하지 못할 몇 마디 말. 그가 영원히 잊어버린 말. 그는 자신이 무슨 짓을 하고 있는지 깨닫지 못한 채 갑자기 전원이 끊겨버린 자동인형처럼 수화기를 떨어뜨렸다. 화덕 같은 공중전화 부스 안에 꼼짝도 않고 서 있는 그의 귓가에 한 단어, 단 한 단어가 메아리쳤다. 죽었다. 하지만 다른 단어들이 곧 나타나서 제자리를 찾더니 소리를 질러댔다. 네가 그녀를 죽였어. 안토니오 클라로가 무모한 운전으로 그녀를 죽인 것이 아니다. 물론 사고의 원인이 그것이라면 그렇다는 말이지만. 그녀를 죽인 것은 테르툴리아노 막시모 아폰소이다. 그의 도덕적 연약함이 그녀를 죽였다. 복수 외에는 모든 것에 눈멀게 만든 그의 의지가 그녀를 죽였다. 둘 중 한 사람, 그러니까 배우와 역사교사 중 한 사람은 이 세상에서 여분의 존재라고 했다. 하지만 너는 아니었다. 넌 여분이 아니었다. 너 대신 나타나서 네 어머니의 옆자리를 차지할 복사본은 없다. 너는 독특한 존재였다. 평범한 사람들이 모두 독특한 존재이듯이. 진정으로 독특한 존재이듯이. 사람들은 우리가 자신을 증오한다면 다른 사람 역시 증오할 수밖에 없다고 말한다. 그러나 최악의 증오는 다른 사람이 자기와 똑같은 것을 참지 못하는 증오일 것이다. 만약 상대가 자신과 완벽하게 닮았다면 더욱 심각하다. 테르툴리아노 막시모 아폰소는 마치 술에 취한 사람처럼 비틀거리며 공중전화 부스에서 나와 몸을 던지듯이 차에 탔다. 그러고는 멍하니 앞을 바라보며 앉아 있다가 더 이상 참지 못하고 눈물을 흘리기 시작했다. 흐느낌이 그의 가슴을 뒤흔들었다. 이 순간 그는 마리아 다 파즈를 사랑한다. 지금까지 그녀를 이렇게 사랑해 본 적이 없었고, 앞으로도 그녀를 이렇게 사랑하지 못할 것이다. 그가 느끼는 슬픔은 새로 생겨난 그녀의 부재 때문이지만, 자신의 죄에 대한 인식이 상처를 만들어 내고 있다. 이 상처가 곪아 거기서 고름과 더러운 것이 앞으로 영원히 흘러나올 것이다. 몇몇 사람들이 그를 바라보았다. 세상에 이익이 되지도 않고 해가 되지도 않는 불필요하고 무기력한 호기심 때문에. 하지만 한 사람은 그에게 다가와 뭔가 도울 일이 없느냐고 물었다. 그는 괜찮다고, 고맙다고 말했다. 이렇게 감사의 뜻을 표하고 나서 그는 훨씬 더 쓰라린 울음을 쏟아냈다. 마치 누군가가 다가와서 그의 어깨에 손을 얹고 이렇게 말한 것 같았다, 참고 견뎌봐, 시간이 흐르면 슬픔도 사라질 테니. 이건 사실이다. 시간이 흐르면 모든 것이 사라진다. 하지만 시간이 슬픔을 줄여주는 데에 시간이 걸리는 경우가 있다. 그리고 슬픔이 결코 줄어들지 않고 시간도 흐르지 않는 경우들이 다행히 극소수이기는 해도 지금까지 분명히 있었고 앞으로도 있을 것이다. 그는 더 이상 흘릴 눈물이 남지 않게 될 때까지 그렇게 앉아 있었다. 이제 시간이 다시 움직이며 그에게 질문을 던지기로 마음을 먹었다, 이제 어떻게 하지, 어디로 갈 거야. 이 순간 테르툴리아노 막시모 아폰소, 십중팔구 평생 동안 안토니오 클라로로 살아야 할 그는 갈 데가 없다는 사실을 깨달았다. 첫째, 그가 자기 것이라고 부르던 아파트는 테르툴리아노 막시모 아폰소의 것이었지만 이제 테르툴리아노 막시모 아폰소는 죽었다. 둘째, 안토니오 클라로의 것이었던 아파트로 차를 몰고 가서 헬레나에게 남편이 죽었다고 말할 수는 없다. 그녀의 입장에서는 그가 안토니오 클라로니까. 그리고 마지막으로 마리아 다 파즈의 아파트가 있지만 그는 그 집에 한 번도 초대받지 못했다. 그는 오로지 딸을 잃은 가엾은 어머니에게 아무 짝에도 쓸모없는 조의를 표하러나 갈 수 있을 뿐이다. 이쯤에서 가장 자연스러운 일은 테르툴리아노 막시모 아폰소가 또 다른 어머니를 생각하는 것이 될 터이다. 그 어머니도 이미 이 슬픈 소식을 전해 듣고 마리아 다 파즈의 어머니처럼 아무도 위로해 줄 수 없는 자식 잃은 어미의 눈물을 흘리고 있을 것이다. 하지만 그의 입장에서 보면 그가 지금도 앞으로도 언제나 테르툴리아노 막시모 아폰소이며, 따라서 살아 있다는 확고한 인식이 다른 상황에서라면 그가 가장 먼저 충동적으로 생각해 냈을 일, 즉 자신이 무사함을 어머니에게 알리는 일을 일시적으로 차단해 버린 모양이었다. 한편 그는 대답하지 않고 그냥 내버려둔 질문의 답변을 반드시 찾아내야 했다. 이제 어떻게 하지, 어디로 갈 거야. 이것은 이곳처럼 거대한 대도시든 그렇지 않은 곳이든 도시에서는 항상 비교적 해결하기 쉬운 문제 중 하나다. 온갖 취향과 주머니 사정을 고려한 다양한 호텔과 하숙집들이 있으니까 말이다. 그가 가야 하는 곳이 그런 곳이다. 그것도 그냥 더위를 피해 몇 시간 동안 자유로이 울기 위해 찾아가는 것이 아니다. 전날 밤을 헬레나와 함께 보낸 것은 게임에서 말을 움직인 것에 불과했다. 네가 내 아내와 잠을 잘 작정이라면 나도 네 아내와 잠을 자주마. 눈에는 눈, 이에는 이. 이 동해 복수법(同害復讐法, talion)을 적용하기에 이것만큼 적절한 사례는 없었다. 현재 우리가 사용하는 똑같다(identical)는 단어가 라틴어의 talis와 같은 뜻이고, 여기에서 talion이라는 단어가 나왔으니까 말이다. 또한 그들이 저지른 죄가 똑같을 뿐만 아니라, 죄를 저지른 사람들도 똑같았으니까 말이다. 이제 다시 앞으로 돌아가서, 죽음이 이 게임에 끼어들어 장군을 부를 거라고는 아무도 예상하지 못했을 때 그가 헬레나와 함께 밤을 보낸 것과, 비록 내일 신문에는 죽은 사람의 이름이 테르툴리아노 막시모 아폰소라고 나오겠지만 그의 입장에서는 안토니오 클라로가 죽었다는 것을 아는 상태에서 그녀와 두 번째 밤을 보냄으로써 한 번의 속임수에 그보다 훨씬 더 나쁜 속임수를 뒤섞는 것은 완전히 다른 일이다. 비록 우리 인간들이 여전히 동물이며, 개중에는 다른 사람들보다 더 짐승 같은 사람도 있지만, 그래도 우리에게는 몇 가지 버젓한 감정들이 있다. 때로는 자존감의 흔적이나 시초가 드러나는 경우도 있다. 이 테르툴리아노 막시모 아폰소, 우리의 심한 비난을 받아 마땅한 행동을 수없이 많이 했던 그도 우리가 보기에 영원히 저주를 받을 만한 일을 감히 저지르지는 않을 것이다. 따라서 그는 호텔에 방을 구하고 내일 어떤 일이 펼쳐지는지 두고 볼 것이다. 그는 차에 시동을 걸고 시내 중심가를 향해 차를 몰았다. 그곳이라면 선택의 범위가 넓어질 테니까. 그에게 필요한 것은 소박한 별 두 개짜리 호텔뿐이다. 딱 하룻밤만 묵을 수 있는 곳. 하지만 그게 딱 하룻밤뿐일 거라고 어떻게 장담하겠어, 그는 속으로 생각했다, 내일 내가 어디서 자게 될지, 그리고 그 다음, 그 다음, 또 그 다음에는 어떻게 될지. 미래에도 반드시 역사교사가 필요할 것이라는 생각이 생전 처음으로 들었다. 하지만 이 역사교사는 아니었다. 이제 배우 다니엘 산타클라라는 전도 유망한 자신의 직업을 포기하는 수밖에 없을 것이다. 그리고 과거의 자신과 앞으로 계속 이어질 자신의 존재 사이에서 평형점을 반드시 찾아야 할 것이다. 우리의 의식이 우리에게 난 당신이 누군지 안다고 말해주는 것은 틀림없이 마음의 위안이 된다. 하지만 만약 사방에서 사람들이 서로에게 그가 누구냐는 난처한 질문을 하고 있음을 우리의 의식이 깨닫게 된다면 우리 자신과 의식 자신이 한 말을 모두 의심하기 시작할지도 모른다. 이런 공개적 호기심을 가장 먼저 드러낼 기회를 잡은 사람은 호텔 접수대의 직원이었다. 그가 테르툴리아노 막시모 아폰소에게 신분증을 요구했던 것이다. 천만다행으로 호텔직원이 그에게 이름을 먼저 묻지는 않았다. 그랬더라면 테르툴리아노 막시모 아폰소는 순전히 습관 때문에 지난 삼십팔 년 동안 자기 것이었던 이름을 댔을지도 모른다. 이제 그 이름은 사고의 피해자라면 결코 피해갈 수 없는 부검을 기다리며 어딘가의 냉장고 속에 망가진 모습으로 누워 있는 시체의 것인데 말이다. 그가 호텔직원에게 건네준 신분증에는 안토니오 클라로의 이름이 써 있다. 사진 속의 얼굴은 호텔직원 앞에 서 있는 사람의 얼굴과 똑같다. 만약 그 얼굴을 자세히 살펴봐야 할 이유가 있다면 꼼꼼이 조사해 보겠지만 그럴 이유는 없다. 테르툴리아노 막시모 아폰소는 숙박부에 서명을 했다. 이럴 때 필요한 것은 원래 서명과 비슷하게 글씨를 휘갈겨 쓰는 것뿐이다. 그는 방 열쇠를 손에 들고 있다. 짐이 없다는 말은 이미 해두었다. 그는 아무도 설명을 요구하지 않은 진실을 뒷받침하기 위해 자신이 비행기를 놓쳤으며 짐가방을 공항에 두고 왔다고 설명했다. 그래서 하룻밤만 여기 묵는 거라고. 테르툴리아노 막시모 아폰소가 이렇게 이름을 바꿨어도 그는 여전히 우리가 비디오 가게까지 따라갔던 사람, 항상 필요 이상으로 말을 많이 하는 사람, 자연스럽게 행동하는 법을 모르는 사람이다. 다행히도 호텔직원에게는 달리 생각해야 할 일들이 있다. 전화벨이 울리고, 방금 도착한 외국인 몇 명이 무겁게 짓누르는 짐가방을 들고 있었다. 테르툴리아노 막시모 아폰소는 자기 방으로 올라가서 마음을 편안히 한 다음, 방광을 비우려고 욕실로 갔다. 그는 호텔직원에게 말한 것처럼 비행기를 놓친 것 외에는 걱정거리가 전혀 없는 사람 같았다. 하지만 그것은 그가 잠시 쉬려고 침대에 눕기 전의 일이었다. 그가 침대에 눕자마자 그의 상상력이 고철 더미가 되어버린 자동차를 그의 눈앞에 대령했기 때문이다. 그 안에는 지독할 정도로 피를 흘리고 있는 망가진 시신 두 구가 있었다. 눈물이 다시 흐르고, 흐느낌이 다시 터져나왔다. 그의 어머니에 관한 충격적인 생각이 그의 흐트러진 머릿속으로 갑자기 침입해 들어오지 않았더라면, 그가 얼마나 오랫동안 이런 상태로 있었을지 누가 알겠는가. 그는 벌떡 일어나 전화기에 손을 뻗으면서 동시에 속으로 자신을 욕했다. 난 바보야, 얼뜨기, 멍청이, 저능아, 둘도 없이 우둔한 놈, 경찰이 내 아파트를 찾아갈 거라는 생각을 왜 못했지, 경찰은 이웃들에게 내게 친척이 있었는지 물을 테고, 위층에 사는 이웃이 경찰에게 어머니의 주소와 전화번호를 알려줄 텐데, 이렇게 뻔한 일을 왜 여지껏 생각하지 못한 거야, 어떻게 그럴 수가 있지. 아무도 대답하지 않았다. 전화벨이 울리고 또 울렸지만, 전화를 받아 누구시냐고 묻는 사람은 아무도 없었다. 그렇게 물어봐야 테르툴리아노 막시모 아폰소가 마침내 이렇게 말할 수 있을 텐데 말이다, 저예요, 전 살아 있어요, 경찰이 잘못 안 거예요, 나중에 설명해 드릴게요. 그의 어머니는 집에 없었다. 다른 상황이었다면 이례적이었을 이 사실이 의미하는 것은 한 가지뿐이었다. 어머니가 시내로 오고 있다는 것. 어머니가 택시를 대절해서 오고 있다는 것. 어쩌면 이미 도착했는지도 몰랐다. 그랬다면 어머니는 위층 이웃에게 가서 열쇠를 달라고 했을 것이고, 지금쯤은 슬픔에 겨워 울고 있을 것이다. 가엾은 어머니, 어머니의 경고가 다 맞는 말이었어요. 테르툴리아노 막시모 아폰소는 자신의 집에 전화를 걸었지만 이번에도 역시 아무 응답이 없었다. 그는 차분히 생각하려고 애썼다. 혼란스러운 머리를 맑게 정돈하려고. 경찰이 이례적으로 부지런을 떨었다 해도 수사를 진행해서 결론을 내리는 데는 시간이 필요할 것이다. 이 도시에 오백만 명이나 되는 사람들이 살고 있으며, 그들이 끊임없이 움직이고 있다는 점, 사고도 많고 사고 피해자는 그보다 훨씬 더 많다는 점, 피해자들의 신원을 확인해서 가족을 찾아내야 한다는 점을 잊으면 안 된다. 혹시 사고가 나거든 이러이러한 곳에 전화를 하라는 말이 적혀 있는 종이조각 하나 없이 거리를 돌아다니는 부주의한 사람들을 감안하면 이것은 결코 쉬운 일이 아니다. 다행히도 테르툴리아노 막시모 아폰소는 그런 사람이 아니다. 마리아 다 파즈도 그런 사람이 아니었던 것 같다. 두 사람의 수첩에서 개인적인 정보만 적게 되어 있는 페이지에 신원확인에 필요한 모든 것이 있었다. 적어도 처음에 필요한 정보는 다 있었다. 그런데 이런 정보만으로 충분한 경우가 거의 전부다. 범죄자를 제외하고는 어느 누구도 가짜 신분증이나 다른 사람에게서 훔친 신분증을 가지고 돌아다니지 않을 것이다. 따라서 현재의 사건과 관련해서 경찰이 사실로 간주한 것이 정말로 사실이라는 결론을 내리는 것이 합당하다. 그리고 피해자 중 한 명의 신원을 의심할 이유가 없는 마당에, 나머지 한 명의 신원을 의심할 이유가 없지 않은가. 테르툴리아노 막시모 아폰소는 다시 전화를 걸었지만 역시 아무도 전화를 받지 않았다. 그는 이제 마리아 다 파즈의 생각을 하지 않는다. 지금 그는 다만 카롤리나 막시모가 어디 있는지 알고 싶을 뿐이다. 요즘 택시는 아주 성능이 좋다. 과거의 낡은 고물차들과는 다르다. 그리고 이처럼 극적인 상황에서는 운전수에게 차를 빨리 몰아준다면 팁을 주겠다고 약속할 필요도 없을 것이다. 따라서 어머니가 이곳까지 오는 데는 네 시간이면 될 것이다. 게다가 오늘이 토요일이고 많은 사람이 휴가를 떠나서 거리를 오가는 차들이 최저 수준으로 줄어들었음을 감안하면, 어머니는 이미 그의 아파트에 도착했을 것이다. 아들의 불안을 달래주려고. 그는 다시 전화를 걸었다. 그런데 이번에는 뜻밖에도 자동응답기가 켜졌다, 저는 테르툴리아노 막시모 아폰소입니다, 메모를 남겨주십시오. 그것은 엄청난 충격이었다. 아까까지만 해도 그는 극도로 불안한 상태였기 때문에 자동응답기가 켜지지 않았다는 사실을 눈치채지 못했다. 그런데 지금 이 소리를 들으니 마치 자신의 목소리가 아닌 것 같았다. 이미 죽어버린 낯선 사람의 목소리. 내일이 되면 예민한 사람들이 불안해하지 않도록 살아 있는 사람의 목소리를 대신 녹음해 두어야 할 것이다. 전 세계 수많은 곳에서 매일 벌어지고 있는 삭제와 대체 작전. 비록 우리는 이런 사실을 생각하고 싶어 하지 않지만 말이다. 테르툴리아노 막시모 아폰소는 몇 초가 흐른 후에야 비로소 마음을 가라앉히고 목소리를 낼 수 있었다. 그는 떨리는 목소리로 이렇게 말했다, 엄마, 사람들 말은 사실이 아니에요, 난 건강하게 살아 있어요, 지금 제가 묵고 있는 호텔 이름이랑 방 번호랑 전화번호를 가르쳐 드릴게요, 거기 도착하는 대로 저한테 전화를 주세요, 이제 울지 마시고요, 울지 마세요. 만약 테르툴리아노 막시모 아폰소 자신이 눈물을 터뜨리지 않았더라면 울지 마시라는 마지막 말을 한 번 더 했을지도 모른다. 그의 눈물은 그의 어머니를 위한 것이었고, 마리아 다 파즈를 위한 것이었다. 그녀에 대한 기억이 다시 되살아났다. 그의 눈물은 또한 자신을 위한 연민의 눈물이기도 했다. 녹초가 된 그는 다시 침대 위로 쓰러졌다. 몸에 힘이 없어서 병든 아이처럼 무기력했다. 그는 점심을 먹지 않았음을 기억해 냈다. 그런데 이것이 식욕을 돋구는 대신 격렬한 구토증을 일으켰기 때문에 그는 침대에서 일어나 욕실로 달려가야 했다. 하지만 구역질을 해도 그의 위장에서는 쓴물만 넘어왔다. 그는 다시 방으로 와서 머리를 손에 묻은 채 침대에 앉아 생각이 하류를 향해 떠가는 작은 코르크 보트처럼 정처없이 움직이도록 내버려두었다. 그 코르크 배는 가끔 바위에 부딪히면 잠시 방향을 바꾸기도 한다. 이처럼 반쯤은 의식이 없는 것 같은 백일몽 덕분에 그는 어머니에게 반드시 말했어야 하는 중요한 사실을 기억해 냈다. 그는 자동응답기가 또다시 말썽을 부려 돌아가지 않을까 봐 걱정하면서 다시 자기 집으로 전화를 걸었다. 그리고 자동응답기가 몇 초 동안 머뭇거리다가 윙소리를 내며 켜졌을 때 커다랗게 안도의 한숨을 내쉬었다. 그는 짤막한 메시지를 남겼다, 잊지 마세요, 지금 제 이름은 안토니오 클라로예요. 그러고 나서 그는 마치 현재 논의 중인 불안하고 변덕스러운 정체성을 확실하게 밝혀줄 중대한 증거를 방금 발견한 사람처럼 다음과 같이 덧붙였다. 엄마가 기르는 개 이름은 토마르크투스예요. 어머니가 여기에 나타나더라도 그가 어머니에게 아버지와 조부모와 이모, 고모, 삼촌들의 이름을 줄줄이 열거할 필요는 없을 것이다. 그가 무화과나무에서 떨어져 팔이 부러진 일이나 처음으로 사귄 여자친구, 또는 그가 열 살 때 집의 굴뚝이 번개에 맞아 부서졌던 일을 이야기할 필요도 없을 것이다. 카롤리나 막시모 아폰소가 자기 아이가 바로 눈앞에 서 있음을 확신하는 데는 놀라운 모성 본능이나 과학적이고 확실한 DNA 검사가 필요하지는 않을 것이다. 개의 이름만으로 충분할 것이다.

전화벨이 울린 것은 거의 한 시간이 흐른 뒤였다. 테르툴리아노 막시모 아폰소는 깜짝 놀라서 벌떡 일어났다. 그는 전화기에서 어머니의 목소리를 듣게 되기를 바랐으나 그에게 들려온 목소리는 접수대 직원의 것이었다. 카롤리나 클라로 여사가 손님을 뵙고 싶어 합니다. 아, 우리 어머니세요, 그가 더듬거리며 말했다, 제가 곧 내려가죠, 곧 내려갈게요. 그는 방을 뛰어나가면서 자신을 타일렀다, 정신을 바짝 차려야 돼, 지나치게 다정하게 굴면 안 돼, 우리가 소란을 덜 피울수록 더 좋아. 승강기 속도가 느린 것이 걷잡을 수 없이 쏟아져 나오는 감정을 다스리는 데 도움이 되었다. 그래서 테르툴리아노 막시모 아폰소는 아주 그럴듯한 모습으로 로비에 나타나 노부인을 끌어안았고, 노부인은 본능 때문인지 아니면 이곳으로 택시를 타고 오면서 오랫동안 생각을 한 덕분인지 아들의 이러한 애정표현에 신중히 응답했다. 아이고, 내 귀여운 아들이라고 떠들어대며 천박하고 열정적으로 지나치게 감정을 표현하지는 않았다. 비록 지금의 극적인 상황에서는 아이고, 내 가엾은 아들이라고 말하는 편이 더 잘 맞았겠지만 말이다. 두 사람이 서로를 끌어안고 눈물을 흘리며 흐느끼는 것은 방으로 돌아가서 문을 닫을 때까지 미뤄두어야 했다. 죽었다 살아난 아들이 엄마라고 말하면 그녀는 고마움이 넘치는 가슴에서 간신히 솟아나온 말밖에 할 수 없을 것이다, 너로구나, 너로구나. 그러나 이 여자는 쉽게 기분이 풀리는 타입이 아니다. 그런 타입의 사람들이 기분 나쁜 일을 잊어버리는 데에는 포옹 한 번으로 충분하다. 그런데 이번 경우에는 그 기분 나쁜 일이라는 것이 그녀에게 저질러진 일이 아니라 이성과 존경심에 어긋나는 일이다. 상식에 어긋나는 일이기도 하다. 상식이 똑같이 생긴 남자들의 이야기가 비극으로 끝나는 것을 막으려고 얼마나 노력했는지 잊어버렸느냐는 말을 듣지 않으려고 하는 말이다. 카롤리나 막시모는 복사본이라는 말을 쓰지 않고 그냥 이렇게만 말할 것이다, 죽은 사람이 둘이다, 이제 이 일을 처음부터 설명해 봐, 아무것도 숨기지 말고, 부탁이다, 진실을 절반만 드러낼 때는 이미 지났어, 거짓말을 절반쯤 섞는 것도 마찬가지고. 테르툴리아노 막시모 아폰소는 어머니가 앉을 수 있도록 의자를 끌어다 준 다음 침대 가장자리에 앉아 이야기를 시작했다. 어머니가 요구한 대로 처음부터. 그녀는 그의 말을 방해하지 않았으며, 충격을 받은 표정을 지은 것도 딱 두 번뿐이었다. 안토니오 클라로가 마리아 다 파즈와 사랑을 나누기 위해 그녀를 시골 별장으로 데려가겠다고 말하는 부분에서 한 번, 그리고 아들이 왜, 어떻게 헬레나의 아파트로 갔으며 거기서 무슨 일이 있었는지를 설명했을 때 또 한 번. 그녀는 마치 미친 짓이라고 말하려는 것처럼 입술을 움직였지만 소리를 내지는 않았다. 이미 밤이 되어 있었다. 어둠이 두 사람의 얼굴을 가려주었다. 테르툴리아노 막시모 아폰소가 말을 멈추자 그의 어머니가 반드시 물을 수밖에 없는 질문을 던졌다. 그럼 이제 어쩔 거니. 엄마, 옛날에 나였던 테르툴리아노 막시모 아폰소는 이제 죽었어요, 그리고 나머지 한 사람은 만약 앞으로도 계속 삶의 일부가 되고 싶다면 안토니오 클라로가 되는 것밖에 방법이 없어요. 그냥 진실을 이야기하지 그러니, 자초지종을 말하는 거야, 모든 걸 제 자리에 돌려놓으면 왜 안 돼. 어머니도 자초지종을 들으셨잖아요. 그랬지, 그래서. 엄마, 이 네 명, 그러니까 죽은 사람과 산 사람이 모두 사나운 호기심을 지닌 세상 사람들의 기쁨과 즐거움을 위해 대중의 시선에 노출되어야 한다고 진심으로 생각하는 거예요, 그걸로 우리가 뭘 얻겠어요, 죽은 사람이 살아 돌아오지도 않을 것이고, 산 사람이 그 자리에서 죽지도 않을 거예요. 그럼 우린 이제 어떻게 하니. 어머니는 그 가짜 테르툴리아노 막시모 아폰소의 장례식에 가서 그 사람이 진짜 아들인 것처럼 슬퍼하세요, 헬레나도 거기 가겠지만 그녀가 왜 그 자리에 있는지 아무도 몰라야 해요. 그럼 너는.

아까도 말했지만 전 안토니오 클라로예요, 제가 불을 켰을 때 엄마가 보게 될 얼굴은 그의 것이에요, 제 얼굴이 아니라. 하지만 넌 내 아들이야. 맞아요, 전 엄마 아들이에요, 하지만 제가 태어난 마을에서는 엄마 아들 노릇을 할 수 없어요, 그 사람들 입장에서 보면 저는 죽은 사람이니까, 우리가 서로 만나고 싶어지면 아무도 테르툴리아노 막시모 아폰소라는 역사교사가 이 세상에 존재하는지도 모르는 곳에서 만나야 할 거예요. 그럼 헬레나는. 내일 제가 가서 그녀에게 용서를 구하고 이 시계와 결혼반지를 돌려줄 거예요. 고작 이런 결말을 맺으려고 그 두 사람이 죽은 거로구나. 예, 제가 죽였어요, 그것도 그 둘 중 하나는 무고한 피해자죠, 완전히 무고한 피해자. 테르툴리아노 막시모 아폰소는 자리에서 일어나 불을 켰다. 그의 어머니는 울고 있었다. 몇 분 동안 두 사람은 서로의 시선을 피하며 침묵을 지켰다. 그러다가 축축한 손수건으로 눈가를 찍어내며 어머니가 중얼거렸다, 늙은 카산드라가 옳았어, 그 목마를 안으로 들이지 말았어야 하는 건데. 이젠 어쩔 수 없어요. 그래, 이젠 어쩔 수 없지, 앞으로도 어쩔 수 없을 거야, 우린 모두 죽을 거다. 짧은 침묵이 흐른 후 테르툴리아노 막시모 아폰소가 물었다, 혹시 경찰이 사고에 대해 자세히 이야기해 주던가요. 그 차가 차선을 벗어나서 반대 방향에서 오던 트럭 앞으로 곧장 뛰어들었다는구나, 두 사람이 즉사했을 거라는 얘기도 했어. 이상하네요. 뭐가. 그 사람 운전 실력이 좋은 것 같던데. 무슨 일이 있었겠지. 차가 미끄러진 건지도 몰라요, 도로에 기름이 떨어져 있었을 수도 있잖아요. 경찰이 그런 말은 전혀 안 하던데, 그냥 그 차가 차선을 벗어나서 트럭 앞으로 곧장 뛰어들었다는 말밖에 없었어. 테르툴리아노 막시모 아폰소는 다시 침대 가장자리에 앉아 손목시계를 보며 말했다. 접수대에 어머니 방을 하나 잡아달라고 얘기할게요, 저랑 같이 저녁을 먹고 오늘밤은 여기서 보내세요. 아니, 난 네 집으로 돌아가고 싶다, 나랑 저녁을 먹고 나서 네가 택시를 불러주면 되잖니. 제가 어머니를 모셔다 드릴 수 있어요, 절 보는 사람은 없을 거예요. 차도 없으면서 어떻게 날 데려다 주겠다는 거야. 그 사람 차가 있어요. 어머니가 슬픈 표정으로 고개를 저으며 말했다. 그 사람 차, 그 사람 아내, 이젠 네가 그 사람 인생만 가져오면 되겠구나. 글쎄요, 전 그보다 더 나은 삶을 찾아야 할걸요. 하지만 지금은 가서 뭘 좀 먹어요, 비극적인 얘기는 잠시 접어두고. 그는 어머니를 부축해 일으키려고 손을 내밀었다가 팔로 어머니를 끌어안으면서 이렇게 말했다. 제가 자동응답기에 남겨놓은 메시지 지우는 거잊지 마세요, 조심, 또 조심해야 돼요, 상자 속에 숨었지만 깜빡 잊고 꼬리를 집어넣지 않은 고양이처럼 굴면 안 돼요. 저녁식사를 끝낸 후 어머니가 다시 말했다, 택시를 불러다오. 아뇨, 제가 집까지 데려다 드릴게요. 그러다 사람들이 보면 어쩌려고 그래, 게다가 그 차에 탈 생각만 하면 온몸이 떨려. 알았어요, 하지만 제가 택시를 타고 같이 갔다가 올게요. 얘, 난 어린애가 아냐, 혼자 갈 수 있어, 고집부리지 마라. 어머니가 떠날 때 테르툴리아노 막시모 아폰소는 이렇게 말했다, 가서 좀 쉬세요, 엄마, 좀 쉬셔야 돼요. 아마 우리 둘 다 잠을 못 잘 거다, 너도, 나도, 그녀가 대답했다.

어머니가 옳았다. 적어도 테르툴리아노 막시모 아폰소는 몇 시간 동안이나 눈을 감지 못했다. 자동차가 차선을 벗어나 트럭의 거대한 주둥이를 향해 돌진하는 모습이 자꾸만 나타났다. 왜, 그는 자문해 보았다, 왜 그렇게 통제력을 잃어버렸을까, 타이어가 터졌을지도 모르지, 아냐, 그럴 리가 없어, 그랬다면 경찰이 얘길 했겠지, 맞아, 내가 몇 년 동안 그 차를 쉴 새 없이 이용했지, 하지만 정비소에서 완전히 점검을 받은 게 겨우 석 달 전인데, 정비소에서는 아무 문제없다고 했고, 기계도, 전기 장치도. 그는 날이 밝아올 무렵에야 잠이 들었지만, 오래 자지는 못했다. 일곱시가 지난 직후에 그는 급히 해야 할 일이 생각나서 깜짝 놀라 잠에서 깨었다. 헬레나를 만나러 가야 한다는 생각이 떠오른 걸까. 하지만 그러기에는 시간이 너무 일렀다. 그렇다면 무슨 일일까. 그의 머릿속에서 갑자기 불이 반짝 켜졌다. 신문. 신문에 뭐라고 났는지 봐야 했다. 도시 경계선 바로 외곽에서 벌어진 그런 사건은 기사거리였다. 그는 침대에서 뛰어나와 옷을 입고 접수대로 서둘러 내려갔다. 전날 그를 상대했던 접수직원이 아니라 야간 포터가 수상쩍은 시선으로 그를 바라보았기 때문에 테르툴리아노 막시모 아폰소는 이렇게 말해야 했다, 그냥 신문을 사러 가는 거예요. 이 흥분한 손님이 숙박비도 내지 않고 나가려 한다고

그가 생각할까 봐. 멀리 갈 필요는 없었다. 모퉁이에 신문판
매대가 있었다. 그는 신문 세 종류를 샀다. 그 중 한 곳에는
반드시 사고에 관한 이야기가 있을 것이다. 그는 신문을 들고
호텔로 돌아와 방으로 올라가서 불안한 표정으로 신문을 뒤
적이며 자동차 사고 소식이 실린 면을 찾았다. 사고 소식은
그가 세 번째로 찾아본 신문에만 실려 있었다. 구겨진 자동차
를 찍은 사진도 있었다. 온몸을 부들부들 떨면서 테르툴리아
노 막시모 아폰소는 기사를 읽었다. 그는 자세한 이야기는 건
너뛰고 기본적인 사실들만 살폈다. 어제 오전 아홉시 삼십분
경, 도시 외곽에서 세단과 트럭이 정면충돌했다. 세단에는 두
명이 타고 있었는데, 이름은 이러이러하고, 그들이 갖고 있던
신분증 덕분에 즉시 신원을 파악할 수 있었다. 구급차가 도착
했을 때 두 사람은 이미 사망한 상태였다. 트럭 운전수는 얼
굴과 손에 경미한 부상을 입었을 뿐이다. 경찰은 트럭 운전수
에게 사고 책임이 전혀 없다고 보고 있는데, 경찰 심문에서
그는 승용차가 아직 좀 떨어진 거리에 있을 때, 즉 그 차가 차
선을 벗어나기 전에 차 안의 두 사람이 몸싸움을 벌이는 것
같았다고 말했다. 하지만 자동차 앞 유리창에 빛이 반사되어
서 확실히 보지는 못했다. 본사 기자가 나중에 입수한 정보에
따르면, 이 불운한 두 여행자는 약혼한 사이였다고 한다. 테
르툴리아노 막시모 아폰소는 기사를 다시 읽어보았다. 이 일
이 일어난 것은 자신이 아직 헬레나와 침대에 누워 있을 때였
다는 생각이 떠올랐다. 그러고 나서 안토니오 클라로가 아침

일찍 차를 몰고 돌아오려 한 것과 트럭 운전수의 말이 필연처럼 서로 연결되었다. 두 사람 사이에 무슨 일이 있었던 걸까, 그 시골 별장에서 무슨 일이 있었기에 두 사람이 차 안에서도 여전히 다투고 있었던 걸까, 아니 그냥 다툰 정도가 아니라 몸싸움을 벌였다고 했다. 이 사고를 유일하게 목격한 사람이 생생하고 정확하게 묘사한 바에 따르면. 테르툴리아노 막시모 아폰소는 손목시계를 보았다. 여덟시 몇 분 전이었다. 헬레나는 이미 일어나 있을 것이다. 아닐지도 모르고. 그녀는 아마 수면제를 먹었을 것이다. 잠을 자려고. 아니 좀더 정확히 말하면 도망치려고. 가엾은 헬레나. 마리아 다 파즈만큼이나 무고한 사람. 자신에게 어떤 일이 닥칠지 그녀는 지금 거의 모르고 있다. 테르툴리아노 막시모 아폰소가 호텔을 나선 것은 아홉 시였다. 그는 접수대에 면도용품을 가져다 달라고 했고, 아침식사를 했으며, 이제는 헬레나에게 이야기를 하러 가고 있다. 똑같이 생긴 남자들에 관한 이 믿을 수 없는 이야기가 완전히 끝나고 정상적인 생활이 여느 때처럼 희생자들을 뒤에 남겨둔 채 다시 원래의 길을 가기 시작하려면 반드시 해야 하는 말을 하러. 만약 테르툴리아노 막시모 아폰소가 이제부터 하려는 일을, 자신이 그녀에게 줄 충격을 완전히 인식하고 있었다면 한마디 설명이나 변명도 없이 도망쳤을지도 모른다. 아마도 지금의 상황이 이대로 썩어가도록 내버려둔 채. 하지만 그의 머릿속이 왠지 안개가 낀 것 같다. 통증을 줄여주는 마취약 같은 것에 취한 것처럼. 그것이 지금 그를 그의 의지 너머로 밀어붙이고 있다. 그는 건물 맞은편에 차를 세우고 길을 건너 승강기에 올라탔다. 그는 둘둘 만 신문을 팔에 끼고 있다. 비극적인 소식의 전달자, 운명의 목소리와 말. 그는 최악의 카산드라이다. 그냥 그런 일이 일어났다고 말하는 것만이 유일한 의무인 카산드라. 그는 주머니 속에 있는 열쇠로 현관문을 열고 싶지 않았다. 이제는 복수, 앙갚음, 보복의 여지가 전혀 없다. 그는 아귀의 습성이 자세히 설명되어 있는 백과사전의 뛰어난 문화적 장점들을 자랑하는 서적 외판원처럼 초인종을 울렸다. 하지만 지금 그가 원하는 것, 온몸으로 원하는 것은 그에게 문을 열어준 사람이 거짓말로라도 됐어요, 우리 집에 이미 그 책이 있어요라고 말해주는 것이다. 문이 열리고 반쯤 어둠에 잠긴 복도에 헬레나의 모습이 드러났다. 그녀는 깜짝 놀란 표정으로 그를 바라보았다. 마치 그를 다시 볼 수 있을 거라는 희망을 완전히 포기했던 사람처럼. 그녀는 그에게 불쌍하게 일그러진 얼굴, 눈 밑의 다크서클을 보여주었다. 그녀가 자신에게서 도망치려고 먹은 약이 효과를 발휘하지 못했음이 분명하다. 어디 있었어, 그녀가 더듬거리며 말했다. 무슨 일이 있었던 거야, 어제 당신이 나간 후로 내가 얼마나 괴로웠는데. 그녀가 그의 품을 향해 다가왔지만, 그의 품은 열리지 않았다. 하지만 그녀를 밀쳐내지도 않았다. 순전히 연민 때문이었다. 두 사람은 함께 안으로 들어갔다. 그녀는 여전히 그에게 매달린 채였고, 그는 서투른 꼭두각시 인형처럼 거북하고 어색했다. 그는 아무 말도 하지 않았다. 그녀가 소파에 앉을 때까지 한마디도 하지 않을 것이다. 그가 그녀에게 해야 하는 말은 신문을 사러 나갔다가 돌아와서 아무런 저의 없이 그냥 새로운 소식을 가져왔다고 말하는 것처럼 무해하게 보일 것이다. 그는 그녀에게 신문을 펼쳐 보여주며 비극이 일어난 장소를 손가락으로 가리킬 것이다. 여기 있네. 그녀는 그의 차가움을 눈치채지 못하고 거기에 적힌 내용을 찬찬히 읽다가 짜부라진 자동차 사진에서 시선을 돌릴 것이다. 그리고 기사를 다 읽고 나서 슬픈 표정으로 이렇게 중얼거릴 것이다. 끔찍해. 하지만 그녀가 이 말을 한 것은 순전히 상냥한 여자이기 때문이다. 기사 속의 불행이 그녀를 직접적으로 건드리지는 않는다. 사실 그녀가 말로는 공감하고 있는 것처럼 보이지만 그녀에게서 왠지 안도감 같은 것이 느껴졌다. 자기도 모르게 그렇게 됐음이 분명하지만, 나중에 한 말이 그러한 감정을 쉽게 알아볼 수 있게 표현해 준다. 끔찍해, 이런 건 전혀 즐겁지 않아, 오히려 그 반대지, 하지만 적어도 이것으로 혼란은 끝났네. 테르툴리아노 막시모 아폰소는 여전히 그녀 앞에 서 있었다. 임무수행 중인 전령들이 항상 서 있는 것처럼. 아직 전달해야 할 소식이 더 있으니까. 최악의 소식이. 헬레나에게 신문은 이미 과거의 것이다. 구체적인 현재, 손에 잡힐 듯 생생한 현재는 이런 것이다. 남편이 자신에게 돌아왔다는 것. 안토니오 클라로가 그의 이름이다. 그가 그녀에게 어제 오후와 밤에 무엇을 했는지, 어떤 중요한 문제가 있었기에 한마디 말도 없이 그렇게 오랫동안 그녀를 떠나 있었는지 말해줄 것이다. 테르툴리아노 막시모 아폰소는 이제 잠시도 더 지체할 수 없음을 깨닫는다. 만약 지체한다면 영원히 입을 다물어야 할 것이다. 그가 말했다, 죽은 남자는 테르툴리아노 막시모 아폰소가 아니었어. 그녀가 불안한 눈으로 그를 바라보더니 아무 소용이 없는 말을 했다, 뭐, 뭐라고 했어. 그가 그녀의 시선을 피하면서 다시 말했다, 죽은 남자는 테르툴리아노 막시모 아폰소가 아니었어. 헬레나의 불안감이 갑자기 완전한 공포로 변했다. 그럼 누군데. 당신 남편. 그녀에게 이 이야기를 전달할 방법은 이것뿐이었다. 그녀에게 미리 마음의 준비를 시킬 수 있는 말은 이 세상에 하나도 없었다. 상처가 생기기도 전에 붕대를 감으려 하는 것은 무의미하고 잔인한 일이었다. 절망감 때문에 정신을 차릴 수 없는 헬레나는 자신의 머리 위에서 터진 재앙을 물리치려고 계속 애쓰고 있었다. 하지만 신문에는 신분증이 그 끔찍한 남자, 테르툴리아노 막시모 아폰소 것이라고 되어 있잖아. 테르툴리아노 막시모 아폰소는 재킷 주머니에서 지갑을 꺼내 열고 안토니오 클라로의 신분증을 꺼내 그녀에게 내밀었다. 그녀는 그것을 받아 사진을 보다가 자기 앞의 남자를 바라보았다. 그리고 모든 것을 이해했다. 증거들이 그녀의 머릿속에서 정신없이 쏟아지는 냉혹한 불빛처럼 형태를 잡았다. 이 괴물 같은 상황이 그녀를 압도했다. 한순간 그녀가 의식을 잃을 것처럼 보였다. 테르툴리아노 막시모 아폰소는 그녀에게 다가가 손을 잡았고, 그녀는 마치 거대한 눈물방울처럼 생긴 눈을 뜨더니 갑자기 뒤로 물러났다. 그러고는 힘이 완전히 빠져서 가만히 있었다. 발작 같은 흐느낌이 터져나온 덕분에 기절을 하지는 않았다. 이제 흐느낌이 무자비하게 그녀의 가슴을 뒤흔들고 있었다. 나도 꼭 이렇게 울었는데, 그는 속으로 생각했다, 도저히 어떻게 해볼 수 없는 상황과 맞닥뜨리면 우리 모두 이렇게 울지. 이젠 어떻게 할 거죠, 그녀가 깊은 물 속으로 빠져드는 것 같은 표정으로 물었다. 내가 당신 인생에서 영원히 사라질게요, 그가 말했다, 앞으로 다시는 날 만날 일이 없을 겁니다, 당신에게 용서를 구하고 싶지만 감히 그럴 수가 없군요, 그건 이미 상처 입은 당신을 모욕하는 짓이 될테니까. 당신만 죄를 지은 건 아니에요. 그건 그렇지만 대부분의 책임이 나한테 있습니다, 비겁했던 것이 나의 죄죠, 그것 때문에 두 사람이 죽었어요. 마리아 다 파즈가 정말로 당신의 약혼녀였나요. 예. 그녀를 사랑했어요. 예, 그녀를 깊이 사랑했습니다, 결혼할 예정이었어요. 그런데도 그녀가 그와 함께 가는 걸 내버려뒀군요. 이미 말했듯이, 비겁함 때문이었습니다, 내가 약한 사람이라. 그래서 복수를 하려고 여기로 온 거로군요. 예. 테르툴리아노 막시모 아폰소는 몸을 똑바로 펴며 한 걸음 뒤로 물러났다. 그리고 안토니오 클라로가 사십팔 시간 전에 했던 동작들을 똑같이 반복하며 손목시계를 벗어 탁자 위에 놓고, 결혼반지를 그 옆에 놓았다. 그가 말했다, 지금 입고 있는 옷은 나중에 우편으로 돌려드리겠습니다. 헬레나가 반지를 집어 마치 처음 보는 물건을 보듯이 바라보았다. 테르툴리아노 막시모 아폰소는 눈에 보이지 않는 흔적을 지우려는 것처럼 멍하니 왼손 약지를 오른손 검지와 엄지로 문질렀다. 두 사람 모두 안토니오 클라로의 손가락에 그 반지가 없었던 것이 두 사람의 직접적인 사망원인일지도 모른다는 생각은 하지 않았다. 앞으로도 그런 생각은 결코 하지 않을 것이다. 하지만 그것이 사실이었다. 어제 아침, 시골 별장에서 안토니오 클라로가 아직 잠들어 있을 때 마리아 다 파즈가 깨어났다. 그는 오른쪽 옆구리를 바닥으로 향한 채 누워 왼손을 그녀의 베개 위 눈 높이쯤 되는 곳에 올려놓고 있었다. 마리아 다 파즈는 생각이 혼란스럽게 뒤엉킨 채 나른하고 기분 좋은 육체적 감각과 도무지 설명할 수 없는 정신적 불안 사이를 오가고 있었다. 녹슨 덧창의 틈새로 스며 들어 오는 빛이 점점 강해지며 방 안을 가득 채웠다. 마리아 다 파즈는 한숨을 쉬며 테르툴리아노 막시모 아폰소를 보려고 몸을 돌렸다. 그의 왼손이 그의 얼굴을 거의 다 덮고 있었다. 약지에는 몇 년 동안 결혼반지를 꼈을 때 생기는 하얗고 둥근 자국이 있었다. 마리아 다 파즈는 몸을 떨었다. 눈이 잘못됐음이 틀림없었다. 아니면 끔찍하기 짝이 없는 악몽을 꾸고 있는 중이거나. 테르툴리아노 막시모 아폰소와 똑같은 이 남자는 테르툴리아노 막시모 아폰소가 아니다. 테르툴리아노 막시모 아폰소는 이혼한 후로 반지를 낀 적이 없다. 그의 손가락에 있던 자국은 이미 오래전에 희미하게 사라져버렸다. 남자는 평온하게 자고 있다. 마리아 다 파즈는 조심스레 침대를 빠져나와 여기저기 흩어진 옷가지를 집어들고 방을 나섰다. 그리고 복도에서 옷을 입었다. 여전히 충격이 커서 생각을 제대로 할 수 없었고, 머릿속을 빙빙 맴돌고 있는 질문의 답을 생각해 낼 수 없었다. 내가 미쳤나. 그녀를 이곳으로 데려와서 함께 밤을 보낸 남자는 테르툴리아노 막시모 아폰소가 아니었다. 그건 확실했다. 하지만 만약 저 사람이 그가 아니라면 도대체 누구란 말인가. 어떻게 서로를 혼동할 정도로 몸도, 몸짓도, 목소리도 똑같은 사람이 세상에 둘이 있을 수 있단 말인가. 조금씩, 조금씩, 마치 조각그림 맞추기를 하면서 딱 맞는 그림 조각들을 찾아내는 사람처럼 그녀는 여러 가지 사건들과 행동들을 연결시키기 시작했다. 테르툴리아노 막시모 아폰소의 모호한 말들, 대충 둘러댄 대답, 영화사에서 온 편지, 그가 언젠가 그녀에게 모든 것을 말해주겠다고 약속했던 것 등이 기억났다. 그녀는 여기서 더 이상 앞으로 나아갈 수 없었다. 이 남자가 누구인지 그녀는 도저히 알 수 없을 것이다. 그가 그녀에게 말해주지 않는 이상. 테르툴리아노 막시모 아폰소의 목소리가 침실에서 들려왔다, 마리아 다 파즈. 그녀가 대답하지 않자 그 목소리가 은근히 달래듯이 고집스레 그녀를 불렀다, 아직 너무 일러, 이리 와. 그녀는 기운이 빠져 주저 앉았던 의자에서 일어나 침실을 향해 움직였지만, 문 앞에서 더 이상 나아가지 않았다. 그가 말했다, 옷은 왜 입었어, 이리 와, 옷 벗고 얼른 뛰어 들어오라고, 아직 파티가 끝난 게 아니잖아. 당신 누구야, 마리아 다 파즈가 물었다. 그리고 그가 미처 대답하기도 전에 말을 이었다. 약지의 그 자국은 어떻게 생긴 거야. 안토니오 클라로는 자신의 손을 바라보며 말했다. 아, 이거. 그래, 그거. 당신은 테르툴리아노가 아니야. 그래, 아냐, 난 테르툴리아노가 아냐. 그럼 누구야. 지금은 그냥 내가 테르툴리아노가 아니라는 걸 아는 것만으로 만족해야 할 거야, 당신 친구를 다시 만나거든 그 친구한테 물어보면 되겠지. 물론 그럴 거야, 난 다만 내가 누구한테 속아 넘어간 건지 꼭 알아야겠어. 나한테 속은 거지, 처음에는, 하지만 그 사람도 도왔어, 아니, 그 가엾은 친구한테는 달리 방법이 없었지, 당신 약혼자는 딱히 영웅이 아니니까 말이야. 안토니오 클라로는 아무것도 걸치지 않은 알몸으로 침대에서 나와 미소를 지으며 마리아 다 파즈에게 다가왔다. 내가 누구든 무슨 상관이야, 질문은 그만두고 침대로 들어와. 마리아 다 파즈는 절망에 빠져 소리를 질렀다, 이 나쁜 놈. 그러고는 거실로 도망쳤다. 잠시 후 안토니오 클라로가 옷을 갖춰 입고 떠날 준비를 갖춘 모습으로 나타났다. 그가 냉정하게 말했다, 난 히스테리를 부리는 여자는 못 참아, 당신 집에 내려줄게, 그걸로 끝이야. 삼십 분 후 고속으로 달리던 자동차가 트럭과 충돌했다. 도로에 기름이 떨어져 있었던 것은 아니었다. 유일한 목격자는 경찰에게 앞유리가 번쩍여서 확신할 수는 없지만 차 안에 타고 있던 두 사람이 서로 몸싸움을 하는 것 같았다고 말했다.

마침내 테르툴리아노 막시모 아폰소가 말했다, 당신이 날 용서해 줄 수 있는 때가 오기를 바랍니다. 헬레나가 대답했다, 용서는 그냥 말에 불과해요. 우리가 가진 게 말밖에 없어요. 이제 어디로 갈 거죠. 여기저기, 조각들을 주워서 흉터를 감추려고 애써볼 겁니다. 안토니오 클라로 행세를 하면서. 예, 그 사람은 죽었으니까요. 헬레나는 아무 말도 하지 않았다. 그녀의 오른손이 신문 위에 놓여 있었고, 왼손에서는 결혼반지가 반짝였다. 남편의 것이었던 반지를 손끝으로 계속 잡고 있는 것도 바로 그 손이었다. 그녀가 말했다, 당신을 여전히 테르툴리아노 막시모 아폰소라고 불러줄 수 있는 사람이 한 명 있군요. 예, 제 어머니죠. 어머님이 시내에 와 계시나요. 예. 그런 사람이 하나 더 있어요. 누구죠. 나. 당신은 그럴 수 없을 거예요, 우린 다시는 만나지 않을 테니까. 그건 당신한테 달렸어요. 뭐라고요, 무슨 소리인지…… 나하고 같이 있어 달라는 뜻이에요, 내 남편을 대신해 달라고, 모든 면에서 안토니오 클라로가 되어 그의 삶을 이어가 달라고, 그에게서 그 삶을 빼앗아간 사람이 당신이니까. 제가 여기 머물러야 한다는 뜻인가요, 우리가 함께 살아야 한다고. 그래요. 하지만 우린 서로를 사랑하지 않아요. 그럴지도 모르죠. 어쩌면 당신이 날 증오하게 될지도 몰라요. 그럴지도 모르죠. 아니면 내가 당신을 증오하게 되거나. 그 정도 위험은 기꺼이 감수하겠어요, 그러면 세상에 유일한 사례가 하나 생겨날 거예요, 미망인이 남편과 이혼하는 사례. 하지만 당신 남편한테도 가족이 있을 것 아닙니까, 부모님, 형제들, 제가 어떻게 그 사람

행세를 할 수 있겠어요. 그건 괜찮아요, 내가 도울게요. 하지만 난 배우가 아니에요. 난 역사교사입니다. 그건 당신이 맞춰야 하는 조각그림의 일부예요. 하지만 무엇이든 때가 있게 마련이죠. 어쩌면 우리가 서로를 사랑하게 될지도 모르죠. 그럴지도 몰라요, 내가 당신을 증오할 수 있을 것 같지 않으니까. 나도 마찬가지예요. 헬레나가 일어서서 테르툴리아노 막시모 아폰소에게 다가갔다. 마치 그에게 키스를 하려는 것처럼 보였다. 하지만 아니었다. 그런 생각을 하다니. 남을 존중하는 마음을 좀 가져봐. 어쨌든 무엇이든 때가 있게 마련이잖아. 그녀는 그의 왼손을 잡고 천천히, 아주 천천히, 그때가 되기를 기다리면서 반지를 그의 손가락에 끼웠다. 테르툴리아노 막시모 아폰소가 그녀를 부드럽게 끌어당겼고, 두 사람은 그렇게 서 있었다. 거의 포옹하는 것처럼, 거의 함께 있는 것처럼. 시간의 가장자리에서.

안토니오 클라로의 장례식은 사흘 후에 열렸다. 헬레나와 테르툴리아노 막시모 아폰소의 어머니는 각자의 역할을 하러 갔다. 한 사람은 가짜 아들을 애도하러, 또 한 사람은 죽은 사람과는 전혀 모르는 사이처럼 행세하러. 그는 집에 남아서 고대 메소포타미아 문명에 관한 책을 읽었다. 아람 사람들에 관한 장이었다. 전화벨이 울렸다. 그것이 새로 생긴 부모나 형제에게서 걸려온 전화일 수도 있다는 생각은 아예 하지도 못한 채 테르툴리아노 막시모 아폰소는 수화기를 들고 말했다. 여보세요. 수화기 저편에서 그와 똑같은 목소리가 탄성을 질렀다. 드디어. 테르툴리아노 막시모 아폰소는 몸을 떨었다. 안토니오 클라로도 그, 테르툴리아노가 전화를 하던 밤에 지금 이 의자에 앉아 있었을 것이다. 이제 대화가 그대로 반복될 것이다. 시간이 생각을 바꿔 되돌아온 것이다. 다니엘 산타클라라 씨입니까, 그 목소리가 물었다. 예, 맞습니다. 잘됐군요, 몇 주 동안 당신을 찾아 헤맸습니다, 이제야 마침내 찾아냈군요. 무슨 일이시죠. 글쎄요, 당신을 만나고 싶습니다. 왜요. 우리 목소리가 똑같다는 걸 이미 눈치채셨죠. 비슷한 것 같기는 하군요. 아뇨, 비슷한 게 아니라 똑같아요. 댁이 그렇게 생각하신다면 뭐. 똑같은 건 목소리뿐만이 아닙니다. 무슨 말씀이시죠. 우리가 같이 있는 걸 누가 보면 쌍둥이인줄 알 거예요. 쌍둥이라고요. 쌍둥이보다 더 하죠, 완전히 똑같아요. 어떻게 똑같다는 겁니까. 그냥 똑같아요, 똑같다고요. 아무래도 이야기를 여기서 끊어야겠군요, 할 일이 있어서. 내 말을 안 믿는군요. 예, 난 불가능한 일은 믿지 않습니다. 오른쪽 팔뚝에 사마귀 두 개가 나란히 나 있나요. 예, 그래요. 나도 그래요. 그걸로는 아무것도 증명할 수 없습니다. 무릎 아래에 흉터가 있나요. 예. 나도 그래요. 테르툴리아노 막시모 아폰소는 깊이 숨을 들이쉰 후 이렇게 물었다, 지금 어디 있습니까. 댁의 아파트에서 멀지 않은 공중전화 부스에 있어요. 그럼 어디서 만날까요. 외진 곳이 좋겠죠, 우리를 볼 사람이 없는 곳. 물론이죠, 우린 서커스에 등장하는 괴물이 아니니까. 수화기 건너편의 목소리가 도시 외곽의 공원에서 만나자고 제의하자 테르툴리아노 막시모 아폰소는 그러자고 했다. 하지만 공원 안으로 차를 몰고 들어갈 수는 없어요, 그가 말했다. 그럼 더 좋죠, 그 목소리가 말했다. 예, 나도 같은 생각입니다. 세 번째 호수 바로 뒤에 나무가 우거진 곳이 있어요,

거기서 댁을 기다리고 있겠습니다. 내가 먼저 도착하지 않는다면 그렇겠죠, 시간은요. 지금. 한 시간쯤 후에. 좋습니다. 좋습니다, 테르툴리아노 막시모 아폰소는 수화기를 내려놓으며 상대의 말을 되풀이했다. 그는 종이를 들고 급히 갈겨썼다, 돌아올게. 하지만 서명을 하지는 않았다. 그는 침실로 들어가서 권총이 들어 있는 서랍을 열었다. 그는 클립을 개머리판 속에 넣고 총알을 약실로 옮겼다. 그리고 옷을 갈아입었다. 깨끗한 셔츠, 넥타이, 바지, 재킷, 가장 좋은 신발. 그는 권총을 허리띠에 끼우고 밖으로 나갔다.

우리나라 고전 중에 옹고집전이라는 것이 있다. 심술궂기 그지없는 옹고집에게 박대를 당한 스님이 옹고집을 혼내주려고 짚단으로 가짜 옹고집을 만들어 결국 진짜 옹고집이 집에서 쫓겨나게 만든다는 이야기이다. 옹고집은 식구들 앞에서 자신이 옹고집이라고 주장하지만, 식구들은 진짜보다 더 진짜 같은 가짜 옹고집을 진짜로 알고 진짜를 쫓아내 버린다. 그래서 거지가 되어 떠돌던 옹고집은 스님을 만나 자신의 죄를 뉘우치고, 스님은 가짜 옹고집에 걸었던 주술을 푼다. 그리하여 옹고집은 자신의 정체를 식구들 앞에 확인시키고 집으로 돌아갈 수 있게 된다.

이 이야기는 '모름지기 사람은 착하게 살아야 한다'는 교훈을 전달하기 위해 지어진 것임이 분명하지만, 주인공과 가장 가까운 식구들마저 진짜를 버리고 가짜 옹고집을 선택하는 장면은 사라마구의 이 소설과 더불어 '과연 나를 나로 인정받게 해주는 것은 무엇인가'라는 문제를 제기한다.

이 두 작품에서 주인공들은 자신과 똑같이 생긴 인물 앞에서 넋을 잃고 혼란에 빠진다. 그렇지 않아도 사는 재미라고는 도무지 느끼지 못하던 『도플갱어』의 주인공 테르툴리아노 막시모 아폰소는 자신과 똑같이 생긴 배우가 누구인지 알아내는 데 강박적으로 집착하면서도 주위 사람들에게는 그 사실을 극구 숨긴다. 자기 어머니와 애인, 직장동료들이 옹고집의 식구들처럼 진짜와 가짜를 구분하지 못해 결국 자신을 버릴까 봐 겁이 났던 걸까? 아니면 테르툴리아노 본인조차 정체감이 흔들렸던 걸까?

그런데 여기서 재미있는 것은 바로 옹고집도 테르툴리아노도 '자신과 똑같이 생긴' 사람 앞에서 무너진다는 점이다. 그럼 '내가 바로 나임'을 인정받게 해주는 것이 오로지 외모뿐인 걸까? 얼굴보다 영혼이 아름다워야 한다는데, 그래서 외모지상주의가 잘못된 것이라는데, 만약 어느 날 갑자기 나와 똑같이 생긴 사람이 나타나서 나라고 주장한다면 내 주위 사람들은 진짜와 가짜(이건 그냥 편의상 붙인 이름이다. 이른바 '가짜' 입장에서 보면 내가 가짜일 테니까)를 구분할 수 있을까?

하긴 열길 물속은 알아도 한길 사람 속은 모른다니 내 주위 사람들이 무슨 수로 영혼을 구분할 수 있을까 싶다. 혹시 신기(神氣)라도 내리면 몰라도.

사라마구는 이 작품을 통해 겉으로만 사람을 판단하는 세상, 그렇게 할 수밖에 없는 사람들의 이야기를 하고 싶었던 건지도 모른다. 실제로 테르툴리아노와 그를 꼭 닮은 배우 안토니오 클라로가 서로 옷을 바꿔 입는 장면에서 사라마구는 옷이 곧 그 사람이라고 말한다. 생김새에서 한 걸음 더 나아가 이제는 옷차림만으로 사람의 정체성이 결정된다니. 그런데 그 말이 틀렸다고 자신 있게 반박할 수 없으니 그것이 더 갑갑하다.

하지만 한 가지 다행스러운 점은, 적어도 현실에서는 생김새뿐만 아니라 몸에 난 흉터, 생일, 지문까지 나와 똑같은 사람이 존재할 가능성이 지극히 희박하다는 것이다. 만약 그런 사람이 정말로 내 앞에 나타난다면 무지 무서울 것 같다.

도플갱어

초판 1쇄 2006년 9월 25일
초판 17쇄 2016년 8월 30일

지은이 | 주제 사라마구
옮긴이 | 김승욱
펴낸이 | 송영석

펴낸곳 | (株) 해냄출판사
등록번호 | 제10-229호
등록일자 | 1988년 5월 11일

04042 서울시 마포구 잔다리로30 해냄빌딩 5 · 6층
대표전화 | 326-1600 **팩스** | 326-1624
홈페이지 | www.hainaim.com

ISBN 978-89-7337-775-6